MW01114532

L'ÉVEIL DU LÉVIATHAN

DU MÊME AUTEUR

L'ÉVEIL DU LEVIATHAN, THE EXPANSE 1, Actes Sud, 2014 ; Babel nº 1327.

LA GUERRE DE CALIBAN, THE EXPANSE 2, Actes Sud, 2015 ; Babel nº 1395.

LA PORTE D'ABADDON, THE EXPANSE 3, Actes Sud, 2016 ; Babel nº 1527.

LES FEUX DE CIBOLA, THE EXPANSE 4, Actes Sud, 2017 ; Babel nº 1596.

LES JEUX DE NÉMÉSIS, THE EXPANSE 5, Actes Sud, 2018 ; Babel nº 1665.

LES CENDRES DE BABYLONE, THE EXPANSE 6, Actes Sud, 2019.

LE SOULÈVEMENT DE PERSÉPOLIS, THE EXPANSE 7, Actes Sud, 2019.

Titre original :
Leviathan Wakes
Éditeur original :
Orbit / Hachette Book Group, Inc., New York
© Daniel Abraham et Ty Franck, 2011

© ACTES SUD, 2014
pour la traduction française
ISBN 978-2-330-05112-9

JAMES S. A. COREY

L'ÉVEIL
DU LÉVIATHAN

THE EXPANSE 1

roman traduit de l'anglais (États-Unis)
par Thierry Arson

B**A**BEL

*Pour Jayné et Kat, qui m'encouragent
à rêver de vaisseaux spatiaux.*

PROLOGUE

JULIE

Le *Scopuli* avait été pris d'assaut huit jours plus tôt, et Julie Mao était finalement prête à se laisser abattre.

Il lui avait fallu passer ces huit jours coincée dans un compartiment de stockage pour en arriver à ce stade. Pendant les deux premiers elle était restée immobile, convaincue que les hommes en tenue de combat renforcée qui l'avaient enfermée là ne plaisantaient pas. Les premières heures, le vaisseau sur lequel on l'avait emmenée ne bougea pas, et elle flotta dans sa prison en donnant de légères poussées pour éviter de se cogner contre les parois ou la combinaison atmosphérique avec laquelle elle partageait l'espace. Lorsque l'appareil se mit en mouvement, la poussée rétablit son poids et elle resta debout en silence, jusqu'à ce que les crampes envahissent ses jambes. Alors elle s'assit au ralenti et se mit en position fœtale. Elle avait uriné dans sa propre combinaison, sans se soucier de la démangeaison accompagnant la sensation de chaleur humide, uniquement préoccupée par le risque de glisser sur la flaque laissée sur le sol. Elle ne pouvait pas faire de bruit. Ils l'auraient abattue.

Au troisième jour, la soif la força à l'action. Les bruits du vaisseau étaient omniprésents autour d'elle. Le discret bourdonnement du réacteur et de la propulsion. Les sifflements et les chocs sourds constants des systèmes hydrauliques et des serrures en acier, quand les portes pressurisées entre les ponts s'ouvraient et se fermaient.

Le martèlement ouaté de lourdes bottes arpentant les planchers métalliques. Elle attendit que tous les sons perceptibles lui semblent distants, puis elle décrocha la combinaison et la posa sur le sol. Tout en guettant le moindre bruit qui serait allé crescendo, elle désassembla le vêtement et en sortit la réserve d'eau. Celle-ci était ancienne et croupie. Manifestement la combinaison n'avait pas été utilisée ni entretenue depuis bien longtemps. Mais cela faisait des jours qu'elle n'avait rien bu, et le liquide tiède contenu dans la réserve fut le meilleur qu'elle ait jamais goûté. Elle dut fournir un réel effort de volonté pour ne pas tout avaler d'un coup, au risque de le vomir aussitôt.

Quand le besoin d'uriner revint, elle détacha de la combinaison le sac du cathéter et se soulagea dedans. Assise sur le sol et presque à l'aise sur le coussin que formait le vêtement rembourré, elle se demanda qui étaient ses ravisseurs – des membres de la Flotte de la Coalition, des pirates, ou pire. Elle somnola par intermittence.

Le quatrième jour, l'isolement, la lassitude et le nombre d'endroits de plus en plus restreints où uriner la poussèrent finalement à prendre contact avec eux. Elle avait entendu des cris de douleur étouffés. Quelque part, pas très loin, on frappait ou on torturait ses compagnons de bord. Si elle attirait l'attention des ravisseurs, peut-être qu'ils la mettraient avec les autres. Cela lui allait. Les coups, elle pouvait supporter. Il lui semblait que c'était bien peu de chose si cela signifiait revoir d'autres gens.

Le compartiment de stockage se trouvait juste à côté du sas intérieur. En vol, ce n'était généralement pas une zone très fréquentée, même si elle ne connaissait rien de l'agencement particulier du vaisseau. Elle réfléchit à ce qu'elle dirait, à la façon dont elle se présenterait. Quand elle entendit enfin quelqu'un qui approchait, elle essaya juste de hurler qu'elle voulait sortir. Le râle sec qui s'échappa de sa gorge l'étonna. Elle déglutit, remua la langue pour tenter de générer un peu de salive, et refit une tentative. Un autre son anémié franchit ses lèvres.

Ils étaient juste derrière la porte du compartiment. Une voix parlait avec calme. Julie levait le poing pour marteler le panneau lorsqu'elle comprit ce qui se disait.

Dave. Le mécanicien de son vaisseau. Dave, qui collectionnait les extraits de vieux dessins animés et connaissait un million de blagues. Dave, suppliant d'une petite voix brisée.

"Non. Je vous en prie, non. Ne faites pas ça", disait-il.

Les systèmes hydrauliques et les serrures de sécurité cliquetèrent quand l'écoutille intérieure s'ouvrit. Il y eut le son mat d'une masse de chair s'écrasant au sol, à l'intérieur. Un autre son métallique accompagna la fermeture du battant. Le sifflement de l'air qui en était chassé.

Quand le cycle du sas fut terminé, les gens derrière sa porte s'éloignèrent. Elle ne fit rien pour attirer leur attention.

Ils avaient nettoyé le vaisseau de fond en comble. La détention par les flottes des planètes intérieures était un scénario désagréable, mais ils avaient tous suivi une formation pour ce genre de situation. Les données sensibles relatives à l'APE avaient été effacées et remplacées par des fichiers d'aspect anodin, avec de fausses dates d'entrée. Tout ce qui était trop sensible pour être confié au système informatique, le capitaine l'avait détruit. Quand leurs agresseurs montèrent à bord, l'équipage pouvait jouer la carte de l'innocence.

Cela n'avait eu aucun effet.

Il n'avait pas été question du chargement ou des permis. Les envahisseurs étaient arrivés comme s'ils étaient propriétaires de l'appareil, et le capitaine Darren s'était couché comme un chien. Les autres – Mike, Dave, Wan Li – avaient simplement levé les mains et suivi le mouvement sans faire de vagues. Les pirates, les chasseurs d'esclaves ou quoi qu'ils soient d'autre les avaient sortis du petit transport qui avait été son foyer, et les avaient fait descendre dans un conduit d'arrimage sans même les revêtir d'une combinaison isolante. L'épaisseur de mylar minime du conduit avait été le seul rempart entre eux et la rudesse absolue du néant. À la moindre déchirure, ils pouvaient dire adieu à leurs poumons.

Julie était passée par là elle aussi, et puis ces salopards avaient voulu lui arracher ses vêtements.

Cinq années d'entraînement au jiu-jitsu en semi-apesanteur, et eux dans un espace confiné, en apesanteur. Elle avait fait beaucoup de dégâts. Elle commençait à espérer avoir le dessus quand de nulle part un poing lourdement ganté l'avait frappée à la tête. Aussitôt tout était devenu flou. Ensuite le compartiment de stockage, et *Abattez-la si elle fait du bruit*. Quatre jours à garder le silence pendant qu'ils tabassaient ses amis avant d'en jeter un par un sas de décompression.

Après six jours, tout était devenu calme.

Passant de périodes de conscience à des fragments de rêve, elle n'était que vaguement consciente à mesure que les bruits de pas, les conversations, le son des portes pressurisées, le grondement du réacteur s'estompaient peu à peu. Quand la propulsion s'arrêta, la pesanteur suivit, et Julie émergea d'un rêve dans lequel elle pilotait sa vieille chaloupe dans une course pour se retrouver à flotter dans l'air tandis que ses muscles protestaient vigoureusement avant de se détendre.

Elle s'approcha de la porte et pressa l'oreille contre le métal froid. La panique l'envahit jusqu'à ce qu'elle perçoive le son paisible des recycleurs d'air. Le vaisseau générait toujours son alimentation et son atmosphère, mais le propulseur était éteint et personne n'ouvrait une porte, ne se déplaçait ni ne parlait. Peut-être y avait-il une réunion de l'équipage. Ou une petite fête sur un autre pont. À moins que tout le monde soit dans la salle des machines, pour résoudre un gros problème.

Elle passa un jour à écouter et à attendre.

Au septième jour, elle ne disposait plus d'une seule goutte d'eau. Depuis vingt-quatre heures, personne à bord ne s'était déplacé à portée de son oreille. Elle suça une plaquette en plastique arrachée à la combinaison jusqu'à ce qu'elle obtienne un peu de salive. Alors elle se mit à crier. Elle cria jusqu'à en être enrouée.

Personne ne vint.

Le huitième jour, elle était prête à ce qu'on la tue. Elle n'avait plus d'eau depuis deux jours, et sa poche à déchets était pleine depuis quatre. Elle colla les épaules contre le mur arrière du compartiment et des deux mains prit fermement appui contre les cloisons latérales. Puis elle détendit les deux jambes et frappa de toutes ses forces. Les crampes qu'occasionna le premier coup faillirent lui faire perdre connaissance. Au lieu de quoi elle hurla.

Imbécile, se dit-elle. Son état de déshydratation et huit jours sans activité étaient plus que suffisants pour amorcer un phénomène d'atrophie musculaire. Elle aurait au moins dû pratiquer quelques exercices d'échauffement.

Elle massa ses muscles engourdis jusqu'à ce que la sensation de crispation disparaisse, s'étira et se concentra comme elle si elle était de retour au dojo. Quand elle eut recouvré le contrôle de son corps, elle frappa de nouveau. Encore. Et encore, jusqu'à ce que la lumière apparaisse au pourtour de la porte. Elle recommença, et le panneau finit par être tellement enfoncé que seules les trois charnières et la serrure restaient en contact avec son cadre.

Une dernière fois, et la porte s'incurva tant que le pêne sortit de la gâche, et l'ensemble s'ouvrit.

Julie jaillit hors du compartiment de stockage, mains levées à mi-hauteur et prête à sembler menaçante ou terrifiée selon ce qui lui paraîtrait le plus approprié.

Il n'y avait personne à ce niveau : le sas, le compartiment où elle avait passé les huit derniers jours, et une demi-douzaine d'autres. Tous étaient déserts. Dans un kit d'intervention elle prit une clef magnétique aimantée d'une taille suffisante pour briser un crâne, et elle descendit l'échelle menant au pont inférieur.

Puis à celui situé en dessous, et au suivant. Les cabines de l'équipage étaient impeccablement rangées, d'une façon presque militaire. Au réfectoire, aucun signe de lutte. L'unité médicale était déserte. Dans la salle des torpilles, personne. Le poste de communication était presque éteint, et les rares écrans encore en service ne trahissaient aucun signe du *Scopuli*. Une peur nouvelle lui serra le ventre. Pont après pont et quartier après quartier, aucun signe de vie. Il s'était passé quelque chose. Une fuite radioactive. Un poison quelconque dans l'air. Quelque chose qui avait poussé à l'évacuation de l'appareil. Elle se demanda si elle saurait le manœuvrer seule.

Mais s'ils étaient partis, elle les aurait entendus sortir par le sas, non ?

Elle atteignit l'écoutille du dernier pont, celle qui donnait accès à la salle des moteurs, et s'immobilisa quand le système d'ouverture ne fonctionna pas automatiquement. Sur le panneau d'activation une lumière rouge signifiait que la salle avait été verrouillée de l'intérieur. Lui revinrent alors à l'esprit la possibilité des radiations ou d'un incident technique majeur. Mais dans un cas comme dans l'autre, pourquoi verrouiller de l'intérieur ? Et elle était passée devant nombre de panneaux de contrôle muraux, or aucun n'avait indiqué une alerte quelconque. Non, il ne s'agissait pas de radiations. Autre chose, donc.

Il y avait plus de désordre ici. Du sang. Des outils et des conteneurs éparpillés. Quoi qu'il se soit passé, ça s'était passé ici. Non, tout avait commencé ici. Et tout s'était fini derrière cette porte close.

Il lui fallut deux heures, armée d'un chalumeau et de leviers récupérés dans la réserve de la machinerie, pour découper l'écoutille. Le système hydraulique étant hors service, elle dut l'ouvrir de force, à la main. Une bouffée d'air chaud la caressa, qui charriait des odeurs d'hôpital sans celle de l'antiseptique. Une senteur métallique, propre à donner la nausée. La salle de torture, donc. Ses amis devaient se trouver à l'intérieur, battus à mort ou découpés en morceaux. Julie brandit sa clef et se prépara à éclater au moins un crâne avant qu'ils la tuent. Elle se laissa flotter à l'intérieur.

La salle des machines était très grande, avec un plafond voûté pareil à celui d'une cathédrale. Le réacteur occupait le centre de l'espace. Mais quelque chose n'allait pas dans son aspect. Là où elle s'était attendue à voir des écrans, des panneaux lumineux et des plaques de protection, une couche faite d'une substance évoquant la boue semblait avoir tout recouvert. Lentement, une main tenant toujours sur l'échelle, elle s'en approcha. L'odeur singulière devint suffocante.

La boue solidifiée autour du réacteur avait une structure qu'elle n'avait encore jamais vue. Des tubulures la parcouraient comme des veines ou des conduits d'aération. Certaines palpitaient. Ce n'était donc pas de la boue.

De la chair.

Une partie saillante de l'ensemble se tourna vers elle. En comparaison de l'ensemble, elle ne paraissait pas plus grosse qu'un orteil, ou le petit doigt. C'était la tête du capitaine Darren.

— Aidez-moi, dit la chose.

1

HOLDEN

Cent cinquante ans plus tôt, alors que la querelle de chapelle entre la Terre et Mars menaçait de se transformer en conflit ouvert, la Ceinture avait constitué un horizon lointain recelant des richesses énormes en minerais mais hors de toute atteinte économique viable, et les planètes extérieures échappaient encore aux projets d'exploitation industrielle les plus irréalistes. Puis Solomon Epstein avait conçu son petit propulseur à fusion modifiée, l'avait installé à l'arrière de son modeste yacht trois places et l'avait mis en marche. Avec un bon télescope, vous pouviez toujours voir son appareil filer un peu en dessous de la vitesse de la lumière en direction de l'infini. Les funérailles les plus longues et les plus réussies de toute l'histoire de l'humanité. Par chance, il avait laissé les plans de son invention dans son ordinateur, chez lui. Si le propulseur Epstein n'avait pas offert les étoiles aux êtres humains, il leur avait livré les planètes.

Long de sept cent cinquante mètres et large de cinq cents, affectant plus ou moins la forme d'une bouche d'incendie et en majeure partie vide à l'intérieur, le *Canterbury* était un transport colonial rééquipé. Autrefois il avait été plein de gens, de machines, d'approvisionnements, de cloches environnementales, de projets et d'espoirs. Aujourd'hui, un peu moins de vingt millions de personnes vivaient sur les lunes de Saturne. Le *Canterbury* y avait amené près d'un million de leurs ancêtres.

Quarante-cinq millions d'âmes sur les lunes de Jupiter. Une des lunes d'Uranus comptait cinq mille colons qui formaient l'avant-poste le plus avancé de la civilisation humaine, du moins jusqu'à ce que les Mormons terminent la construction de leur vaisseau générationnel et s'élancent vers les étoiles, enfin libres des restrictions relatives à la procréation.

Et puis il y avait la Ceinture.

Si vous posiez la question à un recruteur de l'Alliance des Planètes extérieures éméché et enclin aux confidences, il vous disait que cent millions d'individus peuplaient la Ceinture. Vous questionniez un agent recenseur d'une planète intérieure, le chiffre était plus proche de cinquante millions. Mais dans un cas comme dans l'autre, cela représentait une population énorme, avec d'énormes besoins en eau.

C'est pourquoi le *Canterbury* et la douzaine de transports similaires de la Pure'n'Kleen Water Company faisaient l'aller-retour entre les généreux anneaux de Saturne et la Ceinture en treuillant des glaciers. Et ce serait leur lot jusqu'à ce qu'ils ne soient plus que des épaves.

Jim Holden y voyait une certaine poésie.

— Holden?

Il se tourna vers le pont du hangar. Naomi Nagata, chef ingénieur à bord, le dominait de toute sa taille. Elle mesurait près de deux mètres, avait coiffé sa tignasse brune ondulée en une queue-de-cheval, et son expression présente oscillait entre l'amusement et la contrariété. Elle avait cette habitude propre aux Ceinturiens qui consistait à agiter les mains au lieu de hausser les épaules.

— Holden, vous m'écoutez, ou vous regardez seulement au-dehors?

— Il y a eu un problème, répondit-il, et parce que vous êtes très, très douée, vous pouvez le résoudre même si vous ne disposez pas de l'argent ou du matériel nécessaires.

Elle éclata de rire.

— Donc vous n'écoutiez pas.

— Pas vraiment, non.

— Eh bien, vous avez vu juste, en gros. Le système d'atterrissage du *Knight* ne fonctionnera pas correctement dans l'atmosphère tant que je n'aurai pas remplacé les joints d'étanchéité. Ça va poser un problème ?

— Je vais demander au vieux, dit Holden. Quand avons-nous utilisé la navette dans l'atmosphère pour la dernière fois ?

— Jamais, mais le règlement stipule que nous devons avoir à bord au moins une navette capable d'un vol atmosphérique.

— Eh, patronne ! cria Amos Burton de l'autre bout de la soute.

L'assistant né sur Terre de Naomi agita un bras épais dans leur direction, mais il s'adressait à Naomi. Il pouvait bien se trouver sur le vaisseau du capitaine McDowell, et Holden être le second, dans le monde d'Amos Burton la seule véritable autorité avait pour nom Naomi Nagata.

— Qu'est-ce qu'il y a ? répondit-elle sur le même ton.

— Un câble défectueux. Vous pourriez tenir ce petit salopard pendant que je vais en chercher un de rechange ?

Elle posa les yeux sur Holden, et son regard disait : *Nous en avons terminé ?* Il lui adressa un petit salut sarcastique, et elle s'éloigna en secouant la tête, sa silhouette longiligne sanglée dans son bleu de travail maculé de graisse.

Sept années passées dans la Flotte de la Terre, cinq à travailler dans l'espace avec des civils, et jamais il ne s'accoutumerait à cette ossature longue et fine, pour tout dire improbable, des Ceinturiens. Une enfance passée dans la pesanteur avait façonné à jamais sa façon de voir les choses.

Arrivé devant l'ascenseur principal, il leva brièvement le doigt sur le bouton du pont de navigation. Il était tenté par l'idée d'aller voir Ade Tukunbo – son sourire, sa voix, ce parfum de patchouli et de vanille dans ses cheveux –, mais il se reprit et appuya sur le bouton de l'infirmerie. Le devoir avant le plaisir.

Quand il entra, Shed Garvey, l'infirmier, était courbé sur la table d'examen et débridait le moignon du bras gauche de Cameron Paj. Un mois plus tôt, celui-ci avait eu le coude écrasé par un bloc de glace de trente tonnes qui glissait de cinq millimètres par seconde. Ce genre d'accident n'était pas rare chez les gens pratiquant le métier dangereux qui consistait à découper et déplacer des icebergs à zéro g, et Paj prenait le tout avec le fatalisme d'un professionnel. Holden se pencha sur l'épaule de Shed pour le regarder extraire des tissus morts un des asticots médicinaux.

— Quelles sont les nouvelles ?

— Ça m'a l'air en très bonne voie, monsieur, répondit Paj. J'ai encore quelques nerfs. Shed m'a parlé de la prothèse qu'il va me fixer.

— Si nous parvenons à contrôler la nécrose, dit Garvey, et à condition qu'il ne guérisse pas trop vite avant notre arrivée sur Cérès. J'ai vérifié sa police d'assurance, et il l'a souscrite depuis assez longtemps pour avoir droit à une prothèse avec rétroaction à la force, senseurs de pression et de température, et un logiciel dernier cri pour la motorisation. La totale. Ce sera presque aussi bien qu'un vrai avant-bras. Les planètes intérieures ont mis au point un nouveau biogel qui fait repousser le membre, mais ce n'est pas couvert par notre convention médicale.

— Que les Intérieurs aillent se faire foutre, avec leur gelée magique. Je préfère avoir un bon vieux faux bras conçu par les Ceinturiens qu'un truc que ces salopards font pousser dans leurs labos. Rien que de porter un de leurs bras, ça doit vous transformer en trou-du-cul… Euh, sans vouloir vous offenser, monsieur.

— Pas de problème, répondit Holden. Je suis content de savoir qu'on va vous réparer.

— Dites-lui l'autre truc, fit Paj avec un sourire malicieux.

Shed rougit un peu.

— J'ai… je l'ai entendu dire par d'autres gars à qui on en a posé une, dit-il sans regarder Holden. Apparemment, il y a une période d'identification du corps avec la prothèse pendant laquelle, si le sujet se, hem, masturbe, il a l'impression que c'est la main de quelqu'un d'autre qui le fait.

Holden laissa le commentaire flotter dans l'air pendant une seconde, le temps que les oreilles de Shed virent au cramoisi.

— C'est bon à savoir, lâcha-t-il. Et pour la nécrose ?

— Il y a une légère infection. Les asticots la limitent, et l'inflammation est en fait une bonne chose, dans la situation présente, de sorte que nous n'avons pas à lutter trop durement tant qu'elle ne se répand pas.

— Il sera remis pour le prochain trajet ?

Pour la première fois, Paj se renfrogna.

— Merde alors, sûr que je serai remis ! Je suis déjà prêt. C'est mon truc, être prêt, monsieur.

— Probablement, dit Shed. Selon la façon dont le lien prendra. Si ce n'est pas le prochain trajet, alors le suivant.

— Que dalle, fit Paj. Je suis capable de manier la glace avec une seule main mieux que la moitié des bourrins que vous avez à bord de cette poubelle.

Holden réprima un sourire.

— Une fois encore, c'est bon à savoir. Restez comme ça.

Paj grommela quelque chose. Shed préleva un autre asticot sur le moignon. Holden retourna à l'ascenseur, et cette fois il n'hésita pas.

Le poste de navigation du *Canterbury* n'avait rien pour impressionner. Les écrans occupant toute une cloison qu'Holden avait imaginés lorsqu'il s'était engagé dans la Flotte existaient bien sur les plus grands vaisseaux mais, même là, c'était plus pour la décoration que par besoin. Ade était assise devant deux écrans à peine plus larges que les terminaux individuels. Des graphiques illustrant l'efficacité et la puissance du réacteur et du moteur évoluaient en temps réel dans les coins, des données se déroulaient sur la droite à mesure que les différents systèmes les transmettaient. Elle portait un gros casque dont les écouteurs recouvraient entièrement ses oreilles, et il s'en échappait le rythme assourdi d'une ligne de basse. Si le *Canterbury* détectait une anomalie, elle en était avertie. Si un système commettait une erreur, elle en était avertie. Si le commandant McDowell quittait son poste, elle en était avertie et avait ainsi le temps de couper la musique et de paraître s'affairer avant son arrivée. Cet hédonisme mineur n'était qu'un des mille aspects de sa personne qui la rendaient attirante aux yeux d'Holden. Il l'approcha par-derrière, lui ôta son casque en douceur et dit :

— Salut.

Elle sourit, tapota un des écrans et fit glisser le casque autour de son long cou fin où il reposa tel un bijou technologique.

— Officier en second James Holden, dit-elle d'un ton exagérément formel que son lourd accent nigérian rendait encore plus prononcé. Et que puis-je faire pour vous ?

— Vous savez, c'est amusant que vous posiez cette question, parce que je pensais justement qu'il serait très agréable de revenir en bonne compagnie à ma cabine, quand le troisième quart commencera. Nous pourrions nous offrir un petit dîner romantique avec la même nourriture infâme qu'on sert à la coquerie, écouter un peu de musique.

— Boire un peu de vin, ajouta-t-elle. Enfreindre un peu le protocole. L'idée est séduisante, mais je n'ai pas le goût pour les activités sexuelles, ce soir.

— Je ne parlais pas d'activités sexuelles, mais de dîner ensemble. Bavarder un peu.

— Moi, je parlais d'activités sexuelles.

Holden s'accroupit à côté de son fauteuil. Dans la gravité réduite de deux tiers que provoquait leur poussée actuelle, c'était une position tout à fait confortable. Le sourire d'Ade s'adoucit. Le déroulé des données émit un tintement discret. Elle l'étudia, tapa une touche de déblocage et se tourna vers lui.

— Ade, je vous aime bien, fit-il. Je veux dire, j'apprécie vraiment votre compagnie. Je ne comprends pas pourquoi nous ne pouvons pas passer un peu de temps ensemble en restant habillés.

— Holden. Mon cœur. Arrêtez ça, d'accord?

— Arrêter quoi?

— Arrêtez de vouloir que je devienne votre petite amie. Vous êtes charmant. Vous avez un joli petit cul, et vous êtes plutôt distrayant au pieu. Mais ça ne signifie pas que nous sommes fiancés.

Holden se balança sur ses talons, et malgré lui il sentit qu'il faisait la moue.

— Ade. Pour que ça marche pour moi, il faut qu'il y ait un peu plus que ça.

— Mais il n'y a pas plus, répliqua-t-elle en lui prenant la main. Et c'est très bien comme ça. Ici, vous êtes le second, et moi en contrat à durée limitée. Un autre trajet, peut-être deux, et je serai partie.

— Je ne suis pas enchaîné à ce vaisseau, moi non plus…

Le rire de la jeune femme exprimait autant la chaleur que le doute.

— Depuis combien de temps êtes-vous sur le *Cant*?

— Cinq ans.

— Vous n'irez nulle part ailleurs. Vous vous sentez bien ici.

— Bien? Le *Cant* est un transport de glace vieux d'un siècle. Pour trouver un engagement plus merdique, il faut vraiment chercher. Chaque personne à bord est soit dramatiquement sous-qualifiée, soit elle a sérieusement merdé lors de son dernier engagement.

— Et vous vous sentez bien à bord.

Son regard était moins amical, d'un coup. Elle se mordilla la lèvre inférieure, baissa les yeux sur l'écran, les releva.

— Je n'ai pas mérité ça, dit-il.

— C'est vrai, approuva-t-elle. Écoutez, je vous ai dit que je n'étais pas d'humeur, ce soir. J'ai besoin d'une bonne nuit de repos. Je serai plus conciliante demain.

— Promis ?

— C'est même moi qui préparerai le dîner. Excuses acceptées ?

Il se pencha et pressa ses lèvres contre celles de la jeune femme. Elle répondit, d'abord poliment puis avec plus de fougue. Elle enserra sa nuque dans ses doigts un moment, avant de l'écarter.

— Vous êtes beaucoup trop doué pour ce genre de choses. Vous devriez y aller, maintenant. Le devoir, tout ça…

— Très bien, dit-il, sans bouger d'un millimètre.

— Jim…

Le système de communication interne du vaisseau émit un déclic annonçant son activation.

— Holden sur la passerelle, ordonna le capitaine McDowell d'une voix pincée, avec un léger écho.

Holden répondit par un geste obscène qui fit rire Ade. Il se pencha vivement, déposa un baiser sur sa joue, puis se dirigea vers l'ascenseur principal en souhaitant sans trop de méchanceté que McDowell souffre de furonculose fulgurante et d'humiliation publique pour son intervention malvenue.

La passerelle était à peine plus grande que ses quartiers, et moitié moins que la coquerie. Si l'on faisait abstraction de l'écran de contrôle surdimensionné que le commandant avait exigé à cause de sa myopie croissante et de sa méfiance pour toute chirurgie correctrice, il aurait pu s'agir de l'arrière-salle d'un bureau de comptable. L'air sentait l'astringent de nettoyage et le thé yerba maté trop fort de quelqu'un. McDowell fit pivoter son fauteuil à l'arrivée d'Holden, et désigna le poste de communication par-dessus son épaule.

— Becca ! Mettez-le au parfum.

Rebecca Byers, l'officier de transmissions de service, aurait pu être la progéniture issue de l'accouplement entre un requin et une hache. Des yeux noirs, des traits acérés et des lèvres si fines qu'elles semblaient ne pas exister. La rumeur à bord prétendait qu'elle s'était enrôlée pour éviter des poursuites après l'assassinat de son ex-mari. Holden l'aimait bien.

— Signal de détresse, dit-elle. Capté il y a deux heures. La vérification du transpondeur a été authentifiée par le *Callisto*. Ce n'est pas une blague.

— Ah, fit Holden, puis : Merde. Nous sommes les plus proches ?

— Le seul vaisseau à quelques millions de kilomètres.

— Eh bien, ça semble logique.

Becca tourna son attention vers le capitaine. McDowell fit craquer les jointures de ses doigts et contempla l'écran. La lumière de celui-ci lui donnait un teint verdâtre assez étrange.

— Il est près d'un astéroïde répertorié n'appartenant pas à la Ceinture, dit-il.

— Vraiment ? fit Holden, incrédule. Ils l'ont percuté ? Il n'y a rien d'autre à des millions de kilomètres à la ronde.

— Peut-être qu'ils se sont arrêtés là parce que quelqu'un avait besoin d'aller faire sa grosse commission. Une andouille se trouve là-bas et a actionné son signal de détresse, et nous sommes les plus proches. C'est tout ce que nous savons. En admettant que…

La loi en vigueur dans tout le système solaire était sans équivoque. Dans un environnement aussi hostile à la vie que l'espace, l'aide et la bienveillance de vos congénères humains n'étaient pas en option. Par sa seule existence, le signal de détresse obligeait le vaisseau le plus proche à venir porter assistance à son émetteur. Ce qui ne signifiait pas que cette loi était universellement appliquée.

Le *Canterbury* était en charge maximale : plus d'un million de tonnes de glace soumis à une accélération progressive pendant le mois écoulé. Tout comme le petit glacier qui avait écrasé le bras de Paj, cette masse serait difficile à ralentir. La tentation d'avoir une défaillance dans les communications, d'effacer les données reçues et de laisser le grand dieu Darwin décider était toujours présente.

Mais si telle avait été l'intention de McDowell, il n'aurait pas fait venir son second. Ni proféré cette suggestion alors que tout le monde à bord pouvait l'entendre. Holden comprenait le stratagème. Le capitaine allait faire croire que lui-même aurait volontiers passé outre les lois d'assistance si cela n'avait tenu qu'à lui, mais comme il y avait Holden… Les membres d'équipage le respecteraient pour avoir rechigné à sabrer dans les profits du vaisseau. Et ils respecteraient Holden pour avoir insisté pour qu'on applique les règles. Quoi qu'il arrive, le capitaine et son second seraient détestés pour ce que la loi et la simple décence humaine les obligeaient à faire.

— Nous devons nous arrêter, dit Holden, avant de risquer : Il y aura peut-être une prime de sauvetage.

McDowell pianota sur son écran. La voix d'Ade s'éleva de la console, aussi douce et chaude que si elle s'était trouvée dans la pièce.

— Capitaine ?

— J'ai besoin d'une évaluation sur l'arrêt de cette poubelle.

— Monsieur ?

— Quelles difficultés pour stopper au niveau de CA-2216862 ?

— Nous allons faire halte auprès d'un astéroïde ?

— Je vous le dirai quand vous aurez suivi mon ordre, navigateur Tukunbo.

— Oui, monsieur, répondit-elle, et Holden perçut une série de clics. Si nous nous déroutons maintenant et que nous fonçons à plein pendant à peu près deux jours, je peux nous amener à moins de cinquante mille kilomètres, monsieur.

— Qu'entendez-vous par "foncer à plein" ? demanda McDowell.

— Chacun devra rester dans son siège anti-crash.

— Et c'est ce que nous ferons, bien sûr, soupira le capitaine en grattant sa barbe emmêlée. Avec un peu de chance, le déplacement de la glace ne causera pas plus de quelques millions de dollars de dégâts à la coque. Je me fais vieux pour tout ça, Holden. Vraiment.

— Oui, monsieur, c'est très vrai. Et j'ai toujours aimé votre poste.

Avec une grimace, McDowell lui adressa un geste obscène. Rebecca s'esclaffa brièvement, et il se tourna vers elle.

— Envoyez un message à la source du signal pour avertir que nous sommes en route. Et faites savoir à Cérès que nous aurons du retard. Holden, dans quel état est le *Knight* ?

— Pas question d'un vol atmosphérique tant que nous n'aurons pas changé certaines pièces, mais il tiendra sans problème cinquante mille kilomètres dans le vide.

— Vous en êtes bien certain ?

— Naomi l'a affirmé. Ce qui rend la chose vraie.

McDowell se leva, dépliant sa carcasse de près de deux mètres vingt-cinq plus famélique que celle d'un adolescent sur la Terre. Entre son âge et le fait de n'avoir jamais vécu dans la pesanteur normale, il n'allait pas tarder à le payer très cher. Holden éprouvait pour lui un élan de sympathie qu'il n'exprimerait jamais, pour ne pas mettre McDowell mal à l'aise.

— Voilà le topo, Jim, dit le capitaine assez bas pour que seul son second l'entende. Il est exigé de nous que nous nous arrêtions et que nous fassions une tentative de sauvetage, mais nous ne sommes pas obligés de nous dérouter, si vous me comprenez.

— Nous nous serons arrêtés, remarqua Holden.

McDowell donna une tape dans le vide de ses deux mains pareilles à des araignées. Un des nombreux gestes propres aux Ceinturiens, qui avait évolué pour demeurer visible quand ils portaient une combinaison pressurisée.

— Je ne peux pas faire autrement, dit-il. Mais si vous remarquez quoi que ce soit qui vous semble ne pas coller, ne vous remettez pas à jouer au héros. Vous remballez et vous rentrez au bercail.

— Et nous laissons faire le vaisseau suivant qui passera dans le secteur ?

— Et nous ne prenons pas de risques. C'est un ordre. Compris ?

— Compris, dit Holden.

McDowell enclencha le système comm interne et entreprit d'expliquer la situation à l'équipage. Holden imagina qu'il entendait le chœur des grognements mécontents montant à travers les ponts. Il alla voir Rebecca.

— Qu'est-ce que nous avons sur ce vaisseau ?

— Un cargo léger. Enregistré sur Mars. Port d'attache : Éros. Nom : le *Scopuli*…

2

MILLER

Assis dans le fauteuil en mousse profilée, l'inspecteur Miller adressait un aimable sourire d'encouragement à la fille, tout en s'efforçant de trouver un sens à ce qu'elle racontait.

— Et d'un coup, *vlan*! La pièce est pleine de mecs qui hurlent et qui sortent des surins, expliquait-elle en agitant une main. On aurait dit un numéro de danse, sauf que Bomie avait l'air de rien savoir de rien du tout, et amen. Vous pigez, *qué*?

Debout près de la porte, Havelock cligna des yeux à plusieurs reprises. Son visage large était parcouru de tics qui trahissaient son impatience. C'était pour cette raison qu'il ne passerait jamais inspecteur principal. Et pourquoi il était aussi minable au poker.

Miller était très bon au poker.

— Absolument, dit-il, avec les accents d'un habitant des niveaux inférieurs, et il fit le même geste que la fille. Bomie, il n'a rien vu venir. Le poing fantôme.

— Le poing fantôme en plein, ouais, dit la fille comme s'il venait de citer une phrase de l'Évangile.

L'inspecteur hocha la tête et la fille l'imita. Ils ressemblaient à deux oiseaux engagés dans une parade de séduction.

L'appartement loué était un trou constitué de trois pièces dont la peinture crème et noir s'écaillait – salle de bains, cuisine, salon. Les montants d'un lit escamotable avaient été cassés et réparés tant de fois que l'ensemble ne se rétractait plus. Si près du centre de Cérès, c'était moins dû à la pesanteur qu'à la masse en mouvement. L'atmosphère sentait la bière, la levure protéinée et les champignons. Cuisine locale, et donc celui qui avait culbuté la fille avec assez de vigueur pour démolir son lit n'avait pas payé assez pour le dîner. Ou bien la fille avait préféré dépenser l'argent pour de l'héroïne, du malta ou du MCK.

C'était son affaire, de toute façon.

— Et après, *qué*? demanda Miller.

— Bomie a fusé comme un pet, dit la fille en s'esclaffant. Il a décampé *pfuitt*, kennis-tu?

— *Ken*, répondit Miller.

— Et puis, tous ces nouveaux mecs. Par-dessus la tête. Je suis KO.

— Et Bomie?

La fille détailla Miller du regard, en remontant lentement de ses chaussures à son chapeau de feutre rond et aplati. Miller eut un petit rire, donna une légère poussée sur son siège et se mit debout dans la pesanteur anémiée.

— Il se pointe, et je lui demande, *qué si*? dit-il.

— *Como no?* dit la fille. *Pourquoi pas?*

Le tunnel à l'extérieur était blanc là où il n'était pas crasseux. Dix mètres de large, et allant en pente douce dans les deux directions. L'éclairage fade par diodes n'avait pas la prétention d'imiter le soleil. Environ cinq cents mètres plus bas, quelqu'un avait percuté le mur si violemment qu'on apercevait la roche nue, et la trace de l'impact n'avait toujours pas été camouflée. Elle ne le serait peut-être jamais. On était à une grande profondeur, près du centre. Les touristes ne venaient jamais ici.

Havelock ouvrit le chemin jusqu'à leur chariot, et à chaque pas il rebondissait trop haut. Il ne venait pas dans les niveaux où la pesanteur était basse, ce qui rendait sa façon de marcher bizarre. Miller vivait sur Cérès depuis toujours, et à dire vrai la force de Coriolis le déséquilibrait parfois un peu, lui aussi.

— Alors, dit son équipier pendant qu'il composait le code de leur destination, tu t'es bien amusé ?

— Je ne vois pas ce que tu veux dire, répondit Miller.

Les moteurs électriques ronronnèrent, et le chariot avança dans le tunnel sur ses pneus en mousse qui crissaient doucement.

— Avec cette conversation venue d'ailleurs, devant un type né sur la Terre ? dit Havelock. Je n'en ai pas compris la moitié.

— Ce n'était pas des Ceinturiens qui voulaient exclure le Terrien, mais des glandus qui excluaient le type instruit. Et maintenant que tu en parles, oui, c'était plutôt marrant.

Havelock rit. Il encaissait très bien d'être asticoté. C'était ce qui le rendait si bon pour les sports d'équipe : football, basket-ball, politique.

Domaines dans lesquels Miller n'était pas très doué.

Cérès, cité portuaire de la Ceinture et des planètes extérieures, affichait deux cent cinquante kilomètres de diamètre, des dizaines de milliers de kilomètres de tunnels sur une infinité de niveaux. La faire tourner pour obtenir 0,3 g avait demandé une demi-génération aux meilleurs cerveaux des Industries Tycho, et ils en étaient toujours fiers. À présent Cérès comptait plus de six millions de résidents permanents, et avec les milliers de vaisseaux qui faisaient escale chaque jour, la population montait jusqu'à sept millions.

Du platine, du fer et du titane venus de la Ceinture. De l'eau de Saturne, des légumes et du bœuf des serres à panneaux solaires de Ganymède et d'Europe, des cultures biologiques de la Terre et de Mars. Des cellules énergétiques de Io, de l'hélium 3 des raffineries installées sur Rhéa et Iapetus. Un flot de richesse et de pouvoir sans équivalent dans l'histoire de l'humanité passait par Cérès. Là où le commerce fonctionnait à un tel niveau, il y avait aussi le crime. Et là où il y avait le crime, on trouvait des forces de sécurité pour l'endiguer. Des gens comme Miller et Havelock, dont la tâche consistait à traquer des chariots électriques le long des rampes, sentir la pesanteur artificielle se dérober sous eux, et demander à des putes vulgaires ce qui s'était passé la nuit où Bomie Chatterjee avait cessé de ramasser l'argent de la protection pour le compte de la société du Rameau d'or.

Le poste principal des services de sécurité Hélice-Étoile, force de police et garnison militaire pour Cérès, se trouvait au troisième niveau sous la surface de l'astéroïde, occupait deux kilomètres carrés et s'enfonçait si profond dans la roche que Miller pouvait gravir cinq étages depuis son bureau sans quitter le centre. Havelock alla rendre le chariot pendant que Miller se rendait à son box, téléchargeait l'enregistrement de son entrevue avec la fille et se le repassait. Il en était à la moitié quand son partenaire arriva d'un pas traînant.

— Tu as appris quelque chose ? demanda Havelock.

— Des miettes. Bomie s'est fait sauter dessus par une bande de voyous du coin non répertoriés. Des fois, un type au bas de l'échelle comme Bomie engage des brutes qui simulent une agression, pour qu'il puisse les combattre héroïquement. Ça fait monter sa cote. C'est ce qu'elle voulait dire quand elle a parlé d'un numéro de danse. Les types qui en avaient après lui étaient de ce calibre, sauf qu'au lieu de se transformer en un redoutable ninja Bomie s'est fait la belle, et on ne l'a plus revu.

— Et maintenant ?

— Maintenant, rien, dit Miller. C'est ce que je ne pige pas. Quelqu'un a refroidi un collecteur du Rameau d'or, et il n'y a pas de représailles. Je veux dire, d'accord, Bomie est en bas de l'échelle, mais…

— Mais dès qu'on commence à s'en prendre aux petits, il y a moins d'argent qui remonte jusqu'aux gros, termina Havelock. Alors pourquoi le Rameau d'or n'a pas lancé une opération de représailles ?

— Je n'aime pas ça, maugréa Miller.

— Ah, ces Ceinturiens ! railla Havelock. Un truc va de travers et tu penses que tout l'écosystème s'effondre. Si le Rameau d'or est trop faible pour défendre ses revenus, c'est une bonne chose. Ce sont eux, les méchants, tu te souviens ?

— Mouais. Tu peux dire ce que tu veux sur le crime organisé, au moins il est organisé.

Havelock s'assit sur la petite chaise en plastique à côté du bureau de Miller et tendit le cou pour regarder l'enregistrement.

— Bon, et c'est quoi, cette histoire de "poing fantôme" ?

— Un terme de boxe. Le coup que tu n'as pas vu venir.

L'ordinateur émit un tintement et la voix du capitaine Shaddid jaillit des haut-parleurs :

— Miller ? Vous êtes là ?

— Hem, fit Havelock. Mauvais signe, ça.

— Quoi ? dit Shaddid.

Elle n'avait jamais vraiment dépassé ses préjugés concernant les origines d'Havelock, qui venait d'une planète intérieure. Miller leva une main pour intimer le silence à son collègue.

— Je suis là, capitaine. Que puis-je pour vous ?

— Venez me voir dans mon bureau, je vous prie.

— J'arrive.

Il se leva, et son équipier prit sa place devant l'écran. Ils n'échangèrent pas un mot. Tous deux le savaient, le capitaine Shaddid les aurait convoqués nommément si elle avait souhaité que le Terrien soit présent. Une autre raison pour laquelle l'inspecteur ne deviendrait jamais inspecteur principal. Miller le laissa devant l'enregistrement, à essayer d'analyser les subtiles nuances entre les classes et les conditions, les origines et les espèces. Le boulot de toute une vie, pour lui.

Le bureau de Shaddid était décoré dans un style feutré, féminin. De véritables tapisseries étaient accrochées aux murs, et une odeur de café et de cannelle qui devait coûter le dixième du prix de ces marchandises réelles émanait d'un diffuseur dans son filtre à air. Elle portait l'uniforme avec décontraction, et ses cheveux retombaient librement sur ses épaules, en violation du règlement. Si on avait demandé à Miller de la décrire, la formule "coloration trompeuse" aurait figuré dans sa réponse. D'un mouvement de tête elle lui désigna un siège, et il s'y assit.

— Qu'avez-vous découvert ? demanda-t-elle, mais son regard était fixé sur le mur derrière lui : il ne s'agissait pas d'un jeu télévisé, elle faisait juste la conversation.

— Les types du Rameau d'or ressemblent à ceux de Sohiro et de la Loca Greiga. Toujours actifs, mais… distraits, je crois que c'est comme ça que je les qualifierais. Ils laissent un peu filer les choses. Ils ont moins d'hommes de main sur le terrain, moins de capacité pour s'imposer. J'ai recensé une demi-douzaine de malfrats de niveau moyen qui ont disparu.

Il avait enfin toute son attention.

— Tués ? demanda-t-elle. Une opération de l'APE ?

Une opération de l'Alliance des Planètes extérieures était la hantise constante des services de sécurité de Cérès. S'inscrivant dans la tradition d'Al Capone et du Hamas, de l'Ira et des Guerriers rouges, l'APE était aimée des gens qu'elle aidait et redoutée de ceux qui se mettaient en travers de son chemin. C'était à la fois un mouvement social, une nation en devenir, et un réseau terroriste, et elle manquait totalement de conscience institutionnelle. Le capitaine Shaddid n'aimait peut-être pas Havelock parce qu'il venait d'un puits de gravité, mais elle pouvait travailler avec lui. L'Alliance l'aurait expédié dans le vide par un sas. Les individus tels que Miller n'auraient mérité qu'une balle dans le crâne, et une balle en plastique, pour qu'aucun éclat ne risque d'endommager une canalisation.

— Je ne le pense pas, répondit-il. Ça ne ressemble pas à une guerre. C'est… Pour être franc, madame, je ne sais pas ce que c'est. Nos statistiques sont bonnes. Le racket est en baisse, les jeux clandestins aussi. Cooper et Hariri ont fermé le bordel de mineures au niveau 6, et de ce qu'on sait il n'a pas rouvert. Il y a un peu plus d'action par des indépendants, mais hormis ça, tout a l'air d'aller. C'est juste que j'ai cette impression de bizarrerie.

Elle acquiesça, mais son regard était de nouveau fixé sur le mur. Il avait perdu son attention aussi vite qu'il l'avait obtenue.

— Eh bien, mettez ça de côté, dit-elle. J'ai quelque chose pour vous. Un nouveau contrat. Vous uniquement. Pas Havelock.

Miller croisa les bras.

— Un nouveau contrat, répéta-t-il lentement. Ce qui veut dire?

— Ce qui veut dire que les services de sécurité Hélice-Étoile ont accepté un contrat n'entrant pas dans les missions de sécurité qu'ils assurent sur Cérès, et que dans mon rôle en tant que responsable du site pour la firme, je vous le confie.

— Je suis viré?

Elle parut chagrinée de cette réaction.

— C'est une mission additionnelle. Vous conservez votre poste actuel sur Cérès. C'est juste ça, une addition… Écoutez, Miller, tout comme vous je trouve que ça pue. Je ne vous retire pas de votre poste. Je ne vous enlève pas le contrat principal. C'est un service que quelqu'un sur Terre veut rendre à un actionnaire.

— Nous rendons des services aux actionnaires, maintenant?

— Vous, oui.

Le ton conciliant avait disparu. Les yeux du capitaine Shaddid étaient aussi sombres que de la pierre mouillée.

— Très bien, dit Miller. Alors je vais rendre ce service.

Elle lui tendit son terminal de poche. Il sortit le sien et accepta l'étroit rayon de transfert. Quelle que soit la nature de cette mission, Shaddid voulait éviter d'en laisser des traces dans le réseau général. Une nouvelle arborescence nommée JMAO apparut sur son écran.

— Il s'agit de retrouver la fille d'un couple, expliqua Shaddid. Ariadne et Jules-Pierre Mao.

Ces noms ne lui étaient pas inconnus. Il pressa le bout de ses doigts sur l'écran de son terminal.

— Des Entreprises Mao-Kwikowski ?

— Eux-mêmes.

Miller laissa échapper un petit sifflement.

Maokwik n'était certes pas une des dix plus importantes entreprises de la Ceinture, mais elle figurait assurément parmi les cinquante plus grosses. À l'origine c'était une firme légale impliquée dans l'échec homérique des cités des nuages vénusiennes. Ils avaient utilisé l'argent tiré du procès étalé sur des décennies pour se diversifier et s'agrandir, en particulier dans le transport interplanétaire. À présent la station de Maokwik était indépendante et flottait entre la Ceinture et les planètes intérieures avec la majesté d'un paquebot de jadis sur les océans. Le simple fait que Miller en sache autant sur leur compte prouvait qu'ils avaient assez d'argent pour acheter et vendre des hommes tels que lui.

Et il venait d'être acheté.

— Ils sont basés sur Luna, dit le capitaine Shaddid. Ils jouissent donc de tous les droits et privilèges accordés aux citoyens de la Terre. Mais ils font beaucoup d'affaires dans les transports, là-bas.

— Et ils ont égaré une fille ?

— La brebis galeuse de la famille. Pendant ses études supérieures, elle s'est acoquinée avec un groupe appelé la Fondation des Horizons lointains. Des activistes étudiants.

— Sur la ligne de l'APE, dit-il.

— Assimilés, corrigea Shaddid.

Il ne fit aucun commentaire, mais sa curiosité était éveillée. Il se demanda dans quel camp le capitaine se rangerait si l'APE attaquait.

— La famille a voulu croire que ce n'était qu'une passade. Ils ont deux autres enfants plus âgés en participation majoritaire, donc si Julie voulait s'amuser dans l'espace à jouer à la combattante pour la liberté, il n'y avait pas grand risque pour eux.

— Mais maintenant ils veulent qu'on la retrouve, dit-il.

— Exact.

— Qu'est-ce qui a changé?

— Ils n'ont pas jugé bon de partager avec moi cette information.

— Ah.

— Selon les dernières données, elle était employée sur la station Tycho, mais elle a conservé un appartement là-bas. J'ai trouvé l'adresse sur le réseau, et j'ai verrouillé les lieux. Le mot de passe figure dans vos fichiers.

— Très bien. Mon contrat?

— Trouver Julie Mao, la capturer et la ramener à ses parents.

— On parle donc de kidnapping, dit-il.

— Oui.

Miller consulta son terminal de poche, ouvrant les différents fichiers sans vraiment s'intéresser à leur contenu. Curieusement, il avait le ventre noué. Depuis trente ans il travaillait pour le compte des forces de sécurité de Cérès, et dès le premier jour il n'avait déjà plus entretenu beaucoup d'illusions sur le job. Une blague répandue disait que Cérès n'avait pas de lois, mais une police. Il n'avait pas les mains plus propres que le capitaine Shaddid. Parfois, des preuves disparaissaient des locaux sécurisés. Il était moins question de savoir si c'était bien ou mal que de définir si la chose était justifiée. Vous passiez votre vie dans une bulle de pierre avec votre alimentation, votre eau, votre *air* expédiés d'endroits tellement distants que vous auriez eu du mal à les apercevoir avec un télescope, et une certaine flexibilité morale était nécessaire. Mais jamais encore on ne lui avait ordonné d'effectuer un enlèvement.

— Un problème, inspecteur ? demanda Shaddid.

— Non, madame. Je m'y ferai.

— Ne prenez pas trop de temps pour ça.

— Oui, madame. Autre chose ?

Le regard dur de Shaddid s'adoucit, comme si elle mettait un masque. Elle sourit.

— Tout se passe bien, avec votre équipier ?

— Havelock est au poil, affirma-t-il. L'avoir avec moi me rend plus acceptable auprès des gens, par contraste. C'est un plus.

Le sourire du capitaine devint un peu plus naturel. Rien de tel qu'un peu de racisme partagé pour nouer des liens avec un supérieur. Miller salua d'un hochement de tête et prit congé.

Son antre se trouvait au huitième niveau, près d'un tunnel résidentiel large d'une centaine de mètres, avec en son centre cinquante mètres de verdure soignée. L'éclairage encastré et bleuté de la voûte était censé évoquer un ciel d'été sur Terre, d'après Havelock. À vivre à la surface de la planète, avec l'effet de masse qui pesait sur chaque muscle et chaque os, sans rien que la pesanteur pour retenir l'air respirable, on prenait vite le chemin de la folie douce. Mais la teinte bleutée était agréable, quand même.

Certains suivaient l'exemple du capitaine Shaddid et parfumaient l'air de leurs quartiers. Pas toujours avec des odeurs de café et de cannelle, bien sûr. Havelock avait opté pour l'arôme de pain chaud. D'autres préféraient des senteurs florales, ou des semi-phéromones. Candace, l'ex-femme de Miller, avait jeté son dévolu sur un parfum nommé *Lys terrestre* qui pour lui avait toujours évoqué certaines étapes dans le recyclage des ordures. Ces derniers temps il se contentait de l'odeur vaguement astringente de la station elle-même. Un air recyclé déjà passé dans un million de poumons. L'eau du robinet si propre qu'on pouvait l'utiliser pour les travaux de laboratoire, alors qu'elle avait été de la pisse, de la merde, des larmes et du sang, et qu'elle le redeviendrait. Le cycle de la vie sur Cérès était tellement restreint qu'on pouvait en voir la courbe. Et il aimait ça.

Il se servit un verre de whiskey de mousse, un alcool spécifique à Cérès, élaboré à partir de levure synthétique, puis il ôta ses chaussures et s'installa sur le lit. Il avait toujours en tête la grimace désapprobatrice de Candace, et il l'entendait encore soupirer. Il ébaucha une excuse à son souvenir et se remit au travail.

Juliette Andromeda Mao. Il lut ses dossiers, universitaire et professionnel. Pilote de chaloupe confirmée. Il y avait une photo d'elle à dix-huit ans. Elle y apparaissait vêtue d'une combinaison pressurisée taillée sur mesure, le casque sous le bras : un joli brin de fille au visage épanoui de citoyenne lunaire, avec de longs cheveux noirs. Elle souriait comme si l'univers venait de lui donner un baiser. Le texte joint disait qu'elle était arrivée première dans une course quelconque appelée le Parrish/Dorn 500K. Une brève recherche apprit à l'inspecteur qu'il s'agissait d'une sorte de compétition à laquelle seuls les gens vraiment riches pouvaient participer. La chaloupe de Julie – le *Razorback* – avait établi un nouveau record qui avait tenu deux ans.

Il sirota son whiskey tout en se demandant ce qui avait bien pu arriver à une fille assez riche et influente pour posséder son propre vaisseau. Entre participer à des compétitions spatiales de luxe et se retrouver pieds et poings liés et renvoyée à la maison dans une nacelle de survie, il y avait une sacrée marge. Mais peut-être pas, après tout.

— Pauvre petite fille riche, dit Miller à l'écran. Ça doit craindre d'être toi.

Il ferma les fichiers et but sans hâte, avec application, le regard fixé sur le plafond nu au-dessus de lui. Le fauteuil où Candace avait l'habitude de s'asseoir pour lui demander comment s'était passée sa journée était vide, mais il la voyait toujours là. Maintenant qu'elle n'était plus présente pour le faire parler, il était plus facile de respecter ses besoins. Elle avait été seule. Il le comprenait, à présent. Il l'imagina roulant les yeux.

Une heure plus tard, le sang fluidifié par l'alcool, il réchauffa un bol de vrai riz et de faux haricots – la levure et les champignons pouvaient imiter n'importe quoi, pour peu que vous ayez eu votre dose de whiskey auparavant –, ouvrit la porte et mangea en contemplant la circulation qui passait tranquillement devant lui. Les gens du deuxième quart s'entassèrent dans les stations de métro, puis en ressortirent. Les gamins qui habitaient deux étages en dessous – une fillette de huit ans et un garçon de quatre – accueillirent leur père avec des embrassades, des cris, des accusations mutuelles et des larmes. La voûte bleue luisait dans son éclairage indirect, immuable, statique, rassurante. Un moineau voleta dans le tunnel, planant d'une façon qui d'après Havelock était impossible sur Terre. Miller lui lança un faux haricot.

Il essaya de se concentrer sur la fille Mao, mais en vérité son cas ne l'intéressait pas tellement. Il arrivait quelque chose aux familles du crime organisé de Cérès, et cela le rendait très nerveux.

Cette affaire Julie Mao ? C'était un détail.

3

HOLDEN

Après deux jours ou presque passés en pesanteur dense, Holden avait mal aux genoux, au dos et au cou. Et à la tête. Sans parler des pieds. Il franchit l'écoutille d'équipage du *Knight* au moment où Naomi remontait l'échelle depuis la soute. Elle lui sourit et leva les pouces.

— Le mécanisme de sauvetage est verrouillé, annonça-t-elle. Le réacteur chauffe. Nous sommes prêts à y aller.

— Bien.

— Nous avons un pilote ?

— Alex Kamal est de rotation aujourd'hui, donc ce sera lui. J'aurais bien aimé que ce soit Valka. Il n'est pas aussi bon pilote qu'Alex, mais il est plus tranquille, et j'ai mal au crâne.

— J'aime bien Alex, moi, dit-elle. Il est exubérant.

— Je ne sais pas ce que vous entendez par *exubérant*, mais si ça veut dire Alex, ça me fatigue déjà.

Il gravit l'échelle menant au poste des opérations et au cockpit. Dans la surface d'un noir luisant d'un panneau mural désactivé, le reflet de Naomi grimaça dans son dos. Il ne comprenait pas comment les Ceinturiens, minces comme des crayons, parvenaient à se remettre aussi vite d'une pesanteur dense. Des décennies de pratique et une reproduction sélective, sans doute.

Arrivé aux ops, Holden s'installa à la console de commande, et le siège anti-crash s'adapta silencieusement aux contours de son corps. Ade les soumettait à un demi-g pour l'approche finale, et la mousse du fauteuil était agréable. Il laissa échapper un petit grognement. Les commutateurs, le plastique et le métal conçus pour supporter plusieurs g et des centaines d'années, cliquetèrent sèchement. Le *Knight* répondit par une série d'indicateurs de diagnostic lumineux et un bourdonnement presque inaudible.

Quelques minutes plus tard Holden regarda en arrière et vit apparaître la chevelure noire clairsemée d'Alex Kamal, puis son visage rond à l'expression enjouée, d'un brun sombre que des années de vie à bord des vaisseaux spatiaux n'avaient pas réussi à faire pâlir. Alex avait grandi sur Mars et il était d'une stature plus solide qu'un Ceinturien. Comparé à Holden, il était mince, mais même ainsi sa combinaison de vol se tendait au niveau de la taille, qu'il avait bien rembourrée. Alex avait servi dans la Flotte martienne, mais il avait clairement renoncé à l'entretien physique du militaire.

— Comment va, monsieur ? fit-il avec son accent traînant.

Cette vieille affectation commune à tous ceux de Mariner Valley exaspérait Holden. Il n'y avait plus de cowboy sur Terre depuis un siècle au moins, et Mars n'avait pas un brin d'herbe qui ne soit pas sous dôme, ou un cheval vivant hors d'un zoo. Mariner Valley avait été aménagé par des natifs d'Inde orientale, des Chinois et un petit contingent de Texans. Apparemment, l'accent s'était répandu comme un virus. Ils l'avaient tous, à présent.

— Comment se comporte notre vieux coursier ?

— Tout en douceur jusqu'à maintenant. Il nous faut un plan de vol. Ade nous amènera à un arrêt relatif dans…
– Il consulta l'écran – quarante minutes, donc il faut faire vite. Je veux sortir, faire le boulot et remettre le *Cant* en route vers Cérès avant qu'il commence à rouiller.

— Compris, dit Alex avant de grimper dans le cockpit du *Knight*.

Les écouteurs d'Holden cliquetèrent, et la voix de Naomi dit :

— Amos et Shed sont à bord. Nous sommes parés, en bas.

— Merci. On attend juste qu'Alex donne les coordonnées de vol, et on y va.

L'équipage était réduit au strict nécessaire : Holden au poste de commandement, Alex pour les amener sur zone et les faire revenir, Shed au cas où des survivants auraient besoin d'une aide médicale, Naomi et Amos pour récupérer ce qui pouvait l'être, s'il n'y avait pas de survivants.

Alex ne tarda pas à se manifester :

— C'est bon, chef. Ce sera un trajet d'environ quatre heures en vol en mode bouilloire. Masse totale consommée : trente pour cent, mais le réservoir est plein. Durée totale de la mission : onze heures.

— Bien reçu. Merci, Alex.

Le *vol en mode bouilloire* était une expression d'argot employée dans la Flotte, qui signifiait que les propulseurs utiliseraient de la vapeur surchauffée. Le réacteur nucléaire du *Knight* serait d'un usage dangereux aussi près du *Canterbury*, et une source de gaspillage certaine pour un trajet aussi court. Les propulseurs de la navette étaient du modèle ayant précédé celui d'Epstein, beaucoup moins performant.

— Demande permission de quitter le nid, dit Holden en passant sur le circuit comm qui les reliait à la passerelle du *Canterbury*. Ici Holden. Le *Knight* est prêt.

— C'est bon, Jim, allez-y, répondit McDowell. Ade nous met en panne. Soyez prudents quand vous arriverez là-bas, les enfants. Cette navette coûte une petite fortune, et j'ai toujours eu le béguin pour Naomi.

— Bien compris, dit Holden, qui repassa sur le circuit comm interne. Alex, vous pouvez nous faire sortir.

Il se laissa aller au fond de son siège et écouta les craquements qui signalaient les dernières manœuvres du *Canterbury*. L'acier et la céramique grinçaient autant et aussi sinistrement que le bois d'un voilier. Ou que les articulations d'un Terrien après une séance passée à plusieurs g. Un moment il éprouva une forme de sympathie pour le vaisseau.

Ils ne s'arrêtaient pas réellement, bien entendu. Dans l'espace, rien n'était jamais totalement immobile ; on se mettait simplement en orbite inverse avec un autre objet. Ils suivaient maintenant CA-2216862 dans son joyeux voyage long d'un millénaire autour du soleil.

Ade leur envoya son feu vert, et Holden évacua l'air du hangar et ouvrit les portes. Alex les fit sortir sur des cônes de vapeur surchauffée.

Ils partirent à la recherche du *Scopuli*.

CA-2216862 était un caillou d'un demi-kilomètre à son plus large, qui s'était éloigné de la Ceinture et avait été happé par la gravité énorme de Jupiter. Il avait fini par trouver sa propre orbite lente autour du soleil dans le vaste désert entre Jupiter et la Ceinture, un territoire vide, même pour l'espace.

La vision du *Scopuli* collé au flanc de l'astéroïde dont la faible gravité suffisait à le maintenir là donna le frisson à Holden. Même s'il volait à l'aveuglette, sans aucun instrument opérationnel, les probabilités qu'il heurte un tel objet étaient infinitésimales. C'était un barrage routier de cinq cents mètres sur une autoroute large de millions de kilomètres. La chose ne devait donc rien au hasard. Holden se gratta la nuque et sentit les poils qui s'y étaient hérissés.

— Alex, tenez-nous à deux kilomètres de l'objectif, ordonna-t-il. Naomi, que pouvez-vous me dire sur ce vaisseau ?

— La configuration de la coque correspond aux informations enregistrées. C'est bien le *Scopuli*, aucun doute. Pas de rayonnement à l'électromagnétique, ni à l'infrarouge. Uniquement l'émission du signal de détresse. On dirait que le réacteur est à l'arrêt. Il a dû être coupé manuellement, et non à la suite de dommages, parce que nous ne décelons aucune fuite de radiation non plus.

Holden étudia les images qu'ils obtenaient grâce aux télescopes du *Knight* ainsi que celle que créait la navette en faisant rebondir un faisceau laser sur la coque du *Scopuli*.

— Et ce qui ressemble à un trou dans son flanc ?

— Euh, fit Naomi. Le ladar confirme qu'il s'agit d'un trou dans la coque.

Holden se rembrunit.

— Bon, on reste là encore une minute, et on vérifie encore l'environnement. Rien d'autre sur les écrans, Naomi ?

— Non. Et le matériel du *Cant* pourrait repérer un gamin jetant des cailloux sur Luna. Becca dit qu'il n'y a personne dans un rayon de vingt millions de kilomètres, répondit Naomi.

Holden pianota un rythme complexe sur le bras de son fauteuil et s'éleva légèrement dans son harnais. Il avait chaud, et il tendit la main pour diriger l'embout de l'aérateur le plus proche vers son visage. Une démangeaison subite envahit son cuir chevelu quand la sueur s'évapora.

Si vous remarquez quoi que ce soit qui vous semble ne pas coller, ne vous remettez pas à jouer au héros. Vous remballez et vous rentrez au bercail. C'étaient ses ordres. Il regarda l'image du *Scopuli*, le trou dans son flanc.

— Bon. Alex, approchez-nous à un quart de kilomètre, et position stationnaire. Nous irons à la surface avec l'araignée. Oh, et gardez la propulsion prête. Si une mauvaise surprise nous attend à bord de cette épave, je veux que nous puissions filer de là aussi vite que possible, et par la même occasion faire fondre tout ce qu'il y a derrière nous. Compris?

— Compris, chef, répondit Alex. Le *Knight* reste prêt à détaler jusqu'à ce que vous en décidiez autrement.

Holden consulta la console de commande une fois encore, à la recherche d'une lumière rouge clignotante qui lui aurait donné la permission de revenir au *Cant*. Mais tout baignait dans une lueur d'un vert doux. Il déboucla son harnais et d'une poussée quitta son siège. Une pression légère du pied contre la cloison l'envoya rejoindre l'échelle, et il descendit tête la première en se guidant avec légèreté grâce aux barreaux.

Dans le poste d'équipage, Naomi, Amos et Shed étaient toujours sanglés dans leurs sièges anti-crash. Se tenant à l'échelle, Holden bascula complètement pour qu'ils ne lui semblent plus à l'envers. Ils ouvrirent leurs harnais.

— Voilà la situation : la coque du *Scopuli* a subi une déchirure, et quelqu'un a laissé ce vaisseau près de cet astéroïde. Aucune présence sur les écrans, donc ça signifie peut-être que l'incident s'est produit il y a un bout de temps, et qu'ils sont tous partis. Naomi, vous piloterez l'araignée, et tous les trois nous nous encorderons et irons faire un tour sur l'épave. Shed, vous resterez avec l'araignée jusqu'à ce que nous trouvions quelqu'un de blessé, ce qui semble peu probable. Amos et moi, nous pénétrerons dans le navire par le trou dans la coque, et nous jetterons un coup d'œil. Si nous tombons sur quoi que ce soit qui ressemble même de loin à un objet piégé, nous revenons à l'araignée, Naomi nous ramène au *Knight* et nous traçons aussitôt. Des questions?

Amos leva une main épaisse.

— Peut-être que nous devrions être armés, chef. Au cas où il y aurait des types du genre pirates encore embusqués à bord.

Holden eut un rire bref.

— Eh bien, s'il y en a, alors leurs copains ne les ont pas attendus. Mais si ça peut vous rassurer, prenez une arme.

Si l'imposant mécanicien terrien était armé, il ne serait pas le seul à se sentir rassuré, mais Holden jugea plus sage de ne pas l'avouer. Autant leur laisser penser que la personne aux commandes de l'opération maîtrisait la situation.

Avec sa clef d'officier, Holden ouvrit le râtelier et Amos prit un automatique de gros calibre tirant des projectiles autopropulsés, sans recul et conçus pour un usage dans le vide. Les antiques pistolets étaient plus fiables, mais en apesanteur ils se transformaient aussi en propulseurs. Un tir avec une arme de poing traditionnelle était capable de générer assez de poussée pour atteindre la vitesse de libération d'un rocher de la taille de CA-2216862.

L'équipage se laissa flotter dans la baie de chargement où l'œuf aux pattes arachnoïdes qu'était l'araignée de Naomi les attendait, déjà ouvert. Chacun des quatre bras était muni à son extrémité d'une pince de manipulation, sans compter tout un assortiment d'outils pour découper et souder. Les deux bras arrière pouvaient s'accrocher à la coque d'un vaisseau pour stabiliser l'engin tandis que les deux appendices antérieurs permettaient des réparations ou le découpage de ce qu'il y avait à récupérer comme pièces transportables.

— On se coiffe, dit Holden.

Ils s'entraidèrent pour ajuster leurs casques. Chacun vérifiait sa propre combinaison avant de faire de même pour quelqu'un d'autre. Quand les portes de la soute à fret s'ouvriraient, il serait trop tard pour vérifier qu'ils avaient bien des tenues totalement étanches.

Pendant que Naomi grimpait dans l'araignée, Amos, Holden et Shed accrochèrent leur filin à la cage métallique du cockpit. Naomi vérifia la bonne marche de l'appareil avant d'enclencher l'évacuation de l'atmosphère et d'ouvrir les portes. Dans sa combinaison, les sons perçus par Holden se réduisirent au sifflement de l'air et à un peu de parasites dans le système radio intégré. L'air avait un soupçon de parfum médicamenteux.

Naomi passa en premier. Elle fit descendre l'araignée vers la surface de l'astéroïde en déclenchant de courts jets de nitrogène sous pression, tandis que les autres traînaient derrière elle au bout de leurs filins longs de trois mètres. Holden regarda en arrière, en direction du *Knight* : un coin massif en métal gris, avec le cône du propulseur saillant de son extrémité la plus large. Comme tout ce que les humains concevaient pour le voyage spatial, il était dessiné pour être efficace, sans souci d'esthétique. Cet aspect des choses attristait toujours Holden. On aurait dû accorder un peu plus d'intérêt à la beauté, même ici.

Le *Knight* lui parut s'éloigner de lui en dérivant et devenir de plus en plus petit, alors que lui-même ne bougeait pas. L'illusion se dissipa dès qu'il regarda devant lui l'astéroïde dont ils se rapprochaient rapidement. Il ouvrit un canal pour contacter Naomi, mais elle fredonnait tout en manœuvrant l'araignée, ce qui prouvait qu'elle au moins n'était pas inquiète. Il ne dit rien mais laissa le canal ouvert pour profiter de son chant.

De près, le *Scopuli* n'avait pas l'air en si mauvais état. À l'exception du trou béant dans son flanc, il n'avait souffert d'aucun dommage. Il n'avait pas percuté l'astéroïde, c'était évident : on l'avait seulement laissé assez près pour que la microgravité du rocher le maintienne en place. Holden prit des photos avec l'objectif intégré à son casque et les transmit au *Canterbury*.

Naomi stoppa l'araignée trois mètres au-dessus du trou dans la coque du *Scopuli*. Amos poussa un sifflement bas qui se diffusa dans leur circuit de communication.

— Ce n'est pas une torpille qui a fait ça, chef. C'est une mine. Vous voyez comment le métal est recourbé sur tout le pourtour de la brèche ? On a collé une mine directement sur la coque.

En plus d'être un mécanicien compétent, Amos se servait d'explosifs pour briser les icebergs flottant autour de Saturne et les transformer en morceaux plus faciles à manier. Une autre bonne raison de l'avoir à bord du *Knight*.

— Donc nos amis du *Scopuli* s'arrêtent, laissent quelqu'un grimper sur leur coque et poser une mine, résuma Holden. Résultat : cette brèche, et tout l'air s'échappe du vaisseau. Vous trouvez ça logique, vous ?

— Non, répondit Naomi. Absolument pas. Vous voulez toujours aller à l'intérieur ?

Si vous remarquez quoi que ce soit qui vous semble ne pas coller, ne vous remettez pas à jouer au héros. Vous remballez et vous rentrez au bercail.

Mais à quoi s'était-il attendu ? Bien sûr que le *Scopuli* n'était pas en état de marche. Bien sûr que quelque chose n'allait pas du tout avec ce vaisseau. Le plus étonnant aurait été de ne rien voir d'étrange.

— Amos, dit-il, gardez votre arme à la main, juste au cas où. Naomi, vous pouvez élargir la brèche ? Et allez-y avec prudence. Si vous remarquez quoi que ce soit qui cloche, tout le monde fait marche arrière.

Naomi approcha son appareil par petites poussées de nitrogène semblables à une respiration humaine dans une nuit froide. Le chalumeau de l'araignée s'alluma, et sa flamme passa du rouge au blanc, puis au bleu. En silence, les bras articulés se déplièrent dans un mouvement d'insecte, et Naomi commença à découper. Holden et Amos se laissèrent tomber à la surface du vaisseau grâce à leurs semelles magnétiques. Holden sentit la vibration dans ses pieds quand Naomi détacha un morceau de coque. Un moment plus tard le chalumeau s'éteignit et Naomi arrosa les bords de la brèche avec un jet refroidissant. Holden fit signe à Amos que tout allait bien, avant de se laisser glisser très lentement à l'intérieur du *Scopuli*.

La charge explosive avait été placée presque exactement au milieu du vaisseau et avait créé une brèche dans la coquerie. Quand les bottes d'Holden se collèrent à la cloison, il sentit des morceaux de nourriture gelés crisser sous ses semelles. Il n'y avait aucun corps en vue.

— Vous pouvez venir, Amos. Pas de membre d'équipage visible, dit-il dans sa radio.

Il se déplaça de côté et un instant plus tard le mécanicien le rejoignait, son arme dans la main droite, une torche électrique puissante dans la gauche. Le faisceau blanc balaya les murs de la coquerie.

— On commence par quel côté ?

Holden se tapota la cuisse d'une main, tout en réfléchissant.

— La mécanique d'abord. Je veux savoir pourquoi le réacteur est déconnecté.

Ils empruntèrent une échelle en direction de l'arrière du vaisseau. Toutes les portes pressurisées étaient ouvertes, ce qui était mauvais signe. Elles auraient dû être fermées, surtout si l'alarme de perte d'atmosphère s'était déclenchée. Pas un seul pont avec une atmosphère. Donc pas de survivants. Ce n'était pas une surprise, mais la constatation entraînait quand même une sensation d'échec. Ils traversèrent le petit vaisseau rapidement, et firent halte dans la réserve attenante à la salle des machines. Les éléments moteurs coûteux et les outils étaient à leur place.

— À mon avis, ce n'était pas un vol, dit Amos.

Holden ne répondit pas *Alors c'était quoi ?* mais la question resta en suspens entre eux.

La salle des machines était impeccable, froide et morte. Holden patienta pendant qu'Amos l'examinait. Le mécanicien consacra dix minutes à flotter autour du réacteur.

— Quelqu'un a effectué les procédures de mise à l'arrêt, dit-il enfin. Le réacteur ne s'est pas coupé à cause de l'explosion, on l'a éteint après. Pas de dommages apparents. Tout ça n'a aucun sens. Si tout l'équipage a péri durant l'attaque, qui a éteint le réacteur? Et si c'est l'œuvre de pirates, pourquoi n'ont-ils pas emporté le vaisseau? Il est toujours en état de marche.

— Et avant d'éteindre, ils ont pris la peine d'ouvrir toutes les portes pressurisées du vaisseau, dit Holden. Pour évacuer tout l'air. J'imagine que c'était au cas où quelqu'un de l'équipage se serait caché dans un coin. C'est bon, remontons aux ops et voyons si nous parvenons à pirater l'ordinateur de bord. Il nous apprendra peut-être ce qui s'est passé.

En flottant, ils retournèrent vers l'avant le long de l'échelle, puis arrivèrent au pont des ops. Là aussi, l'endroit était désert et n'avait subi aucun dommage. Le manque de cadavres commençait à déranger Holden plus que leur présence ne l'aurait fait. Il arriva au poste informatique principal et pianota sur quelques touches pour voir si le système fonctionnait encore sur son circuit de sauvegarde. Ce n'était pas le cas.

— Amos, commencez à extraire l'unité centrale. Nous allons l'emmener avec nous. Je vais vérifier les communications, pour voir si je peux trouver cette balise de détresse.

Le mécano s'approcha de la console et sortit des outils pour s'attaquer au panneau devant lui. Tout en travaillant, il se mit à marmonner un chapelet sans fin d'insanités. Comme l'ensemble n'était pas aussi plaisant que Naomi quand elle fredonnait, Holden coupa la liaison comm et se dirigea vers la console des communications. Elle était hors service, comme le reste des équipements du vaisseau. Mais il trouva la balise.

Personne ne l'avait activée. Quelque chose d'autre les avait attirés ici. Perplexe, Holden recula.

Il survola la salle du regard, pour repérer quelque chose qui n'aurait pas été à sa place. Là, sur le pont, sous la console de l'opérateur des communications : un petit boîtier noir qui n'était relié à rien.

Son cœur s'arrêta de battre pendant ce qui lui sembla être un long moment. Il héla Amos :

— Ça ressemble à une bombe, d'après vous ?

Le mécano ne réagit pas. Holden rétablit la transmission avec lui.

— Amos, est-ce que ça ressemble à une bombe pour vous ? fit-il en désignant le boîtier suspect.

Le mécanicien cessa de travailler sur le terminal et se laissa dériver jusqu'à l'objet en question. D'un geste qui serra la gorge d'Holden, il saisit le boîtier et le souleva.

— Non. C'est un émetteur. Vous voyez ? dit-il, et il brandit l'appareil devant le casque d'Holden. Il y a simplement une batterie qui y est reliée. Qu'est-ce que ça fout ici ?

— C'est la balise de détresse que nous avons tracée. Merde. Celle du vaisseau ne s'est jamais déclenchée. Quelqu'un a utilisé cet émetteur pour en faire une fausse, qu'il a reliée à la batterie.

Holden avait parlé avec calme, mais il avait du mal à réprimer un sentiment de panique naissante.

— Et pourquoi ils auraient fait ça, chef ? Décidément, ça n'a aucun sens.

— Ça pourrait en avoir un si l'émetteur est différent d'une balise standard.

— Comme ?

— Comme un second signal activé automatiquement quand quelqu'un déplace le boîtier, dit Holden qui passa aussitôt sur le système comm général. C'est bon, tout le monde : on est tombés sur quelque chose de vraiment bizarre, donc on plie bagage. Tout le monde retourne à bord du *Knight*, et chacun fait très gaffe…

Un craquement annonça l'établissement du réseau externe, et la voix de McDowell emplit les écouteurs de son casque :

— Jim ? Il se peut que nous ayons un problème, ici.

4

MILLER

Miller était en plein dans son repas du soir quand le système comm de son appartement émit un signal. Il jeta un œil au code d'envoi. *La Grenouille Bleue.* Un bar proche du spatioport qui servait à manger aux millions de visiteurs de Cérès et se prétendait une réplique presque exacte de son célèbre modèle terrien, à Mumbai, avec en plus des prostituées sous licence et des drogues légales. Miller avala une autre bouchée de haricots fongiques et de riz avant de décider s'il allait ou non accepter l'appel.

J'aurais dû m'en douter, songea-t-il.

— Quoi ? dit-il.

L'écran s'alluma. Hasini, le directeur adjoint, était un homme au teint sombre et aux yeux de la couleur de la glace. L'ombre de rictus qui planait sur ses traits résultait d'une lésion neurologique. Miller lui avait rendu service quand Hasini avait commis l'erreur de s'apitoyer sur le sort d'une prostituée qui n'était pas sous contrat. Depuis, l'inspecteur de la sécurité et le barman s'étaient rendu quelques services. L'économie souterraine de la civilisation.

— Votre partenaire est encore là, annonça Hasini malgré le vacarme de la musique bhangra en fond sonore. Je crois qu'il passe une mauvaise soirée. Je dois continuer à le servir ?

— Ouais, dit Miller. Faites en sorte qu'il soit relax pendant encore… Laissez-moi vingt minutes.

— Il n'a pas envie d'être relax. Il cherche même une raison de se foutre en rogne.

— Alors faites en sorte qu'il n'en ait pas l'occasion. J'arrive.

Hasini acquiesça et lui craqua son sourire en biais avant de couper la communication. Miller considéra le repas qu'il n'avait consommé qu'à moitié, soupira, et balança les restes dans la poubelle à recyclage automatique. Il alla prendre une chemise propre, puis marqua un temps d'hésitation. À *La Grenouille Bleue*, il faisait toujours un peu trop chaud pour lui, et il détestait porter une veste. Il préféra prendre un pistolet en plastique dans son étui de ceinture. Pas aussi rapide à dégainer, mais s'il en arrivait là, de toute façon il serait perdant.

La Cérès nocturne était impossible à distinguer de la Cérès diurne. À l'inauguration de la station, il y avait bien eu une tentative pour abaisser et accentuer l'éclairage, afin de respecter le cycle terrestre de vingt-quatre heures et d'imiter la rotation de la planète bleue. Le simulacre avait duré quatre mois, et puis le Conseil avait annulé ces mesures.

S'il avait été de service, Miller aurait pris un de ces chariots électriques qui sillonnaient les grands tunnels pour rejoindre les niveaux du spatioport. Et bien qu'il soit de repos, il fut tenté de le faire, mais une superstition enracinée en lui l'en dissuada. S'il prenait un chariot, il agissait en flic, or le métro était tout aussi rapide. Miller alla à pied jusqu'à la station la plus proche, il s'enregistra et s'assit sur un banc comme tout le monde. Un homme de son âge accompagné d'une fillette dè pas plus de trois ans arriva une minute plus tard et ils s'installèrent en face de lui. La gamine parlait sans arrêt de tout et de rien, et son père répondait simplement par des grognements et des hochements de tête quand il pensait la réaction appropriée.

Miller et l'homme se saluèrent d'un petit signe de tête. La jeune chipie tira sur la manche de son père pour accaparer son attention. L'inspecteur l'observa – les yeux sombres, les cheveux clairs, le teint pâle. Elle était déjà trop grande, ses membres étaient trop longs et trop fins pour qu'on la confonde avec une Terrienne. Sa peau avait déjà ce reflet rosâtre particulier aux enfants de la Ceinture, né du cocktail pharmaceutique qu'ils ingurgitaient pour assurer une croissance solide de leur ossature et de leur musculature. Miller vit que le père avait remarqué son intérêt. Il sourit et désigna l'enfant.

— Quel âge ? demanda-t-il.

— Deux ans et demi.

— Bel âge.

Le père haussa les épaules, puis sourit.

— Des enfants ? dit-il.

— Non, répondit Miller. Mais mon divorce a le même âge, en gros.

Ils feignirent de rire ensemble, comme si tout cela était hilarant. Miller imagina Candace qui croisait les bras et détournait le regard. La brise légère sentant l'huile et l'ozone annonçait l'arrivée du métro. Laissant le père et la fille monter dans un compartiment, il en choisit un autre.

Les voitures du métro étaient arrondies, conçues pour correspondre aux passages d'évacuation. Il n'y avait pas de fenêtre. Le seul paysage aurait été la pierre filant à trois centimètres du véhicule, dans un bourdonnement continu. À la place, de grands écrans faisaient défiler des publicités pour des spectacles, des commentaires sur les scandales politiques internes à la planète, ou vous proposaient d'aller dilapider une semaine de salaire dans des casinos si merveilleux que votre existence en paraîtrait plus riche après une telle expérience. Miller laissa les couleurs vives et vides de sens danser devant lui, et ignora leur contenu. Ses pensées étaient centrées sur son problème qu'il étudiait sous tous les angles, sans même chercher une solution.

C'était un simple exercice mental. Considérer les faits en se gardant de porter un jugement : Havelock était un Terrien. Havelock se trouvait une fois de plus dans un bar près du spatioport, et il cherchait la bagarre. Havelock était son partenaire. Affirmation après affirmation, fait après fait, facette après facette. Il n'essayait pas de classer les éléments ou d'en tirer une quelconque histoire. Cette phase viendrait plus tard. Il avait assez à faire rien qu'à chasser de son esprit les affaires du jour et à se préparer à la situation en cours. Quand le métro atteignit sa station, il se sentait concentré. Comme s'il marchait sur l'intégralité de son pied, c'est ainsi qu'il aurait décrit son état à l'époque où il avait quelqu'un à qui le décrire.

La Grenouille Bleue était bondée, et la chaleur des corps s'ajoutait à la température artificielle de Mumbai et à la pollution artificielle de l'air. Les tables ondulaient et s'incurvaient, le rétroéclairage les rendant plus sombres que simplement noires. La musique qui emplissait l'air avait une présence physique, et son rythme était une série de petites secousses. Au milieu d'un groupe de videurs dopés aux stéroïdes et de serveuses très peu vêtues, Hasini accrocha le regard de Miller et lui indiqua le fond de la salle. L'inspecteur se contenta de tourner et de fendre la foule.

Les bars des spatioports étaient toujours des lieux d'instabilité. Il prit soin de ne bousculer personne. Et s'il ne pouvait l'éviter, il préférait que ce soit un Ceinturien plutôt qu'un type des planètes intérieures, une femme plutôt qu'un homme. Il affichait constamment une expression d'excuse légère.

Havelock était attablé seul, une de ses mains enserrant une flûte. Lorsque son équipier s'assit, il tourna la tête vers lui, prêt à s'emporter, les narines frémissantes et les yeux agrandis. Puis la surprise le saisit. Et quelque chose comme une gêne maussade.

— Miller, dit-il. Qu'est-ce que tu viens faire ici ?

Dans les tunnels au-dehors, il aurait hurlé. Ici il parvint tout juste à se faire entendre de son collègue.

— Je n'avais pas grand-chose à faire dans ma piaule, répondit Miller. J'ai pensé venir chercher la bagarre, pour m'occuper.

— C'est une bonne nuit pour ça.

Il avait raison. Même dans les bars qui servaient les gens venus des planètes intérieures, le mélange était rarement meilleur qu'un Terrien ou un Martien pour dix. En scrutant la foule, Miller constata que les hommes et femmes à la silhouette plus petite et ramassée en composaient près d'un tiers.

— Un vaisseau est arrivé? demanda-t-il.

— Ouais.

— De la FCTM?

La Flotte de la coalition Terre-Mars passait souvent par Cérès sur son trajet pour Saturne, Jupiter et les stations de la Ceinture, mais Miller n'avait pas assez prêté attention à la position respective des planètes pour connaître toutes leurs orbites. Havelock secoua la tête.

— La sécurité d'une entreprise qui effectue une rotation depuis Éros. Protogène, je crois.

Une serveuse apparut auprès de Miller, tatouages glissant sur sa peau, dents brillantes dans la lumière noire. Il prit la boisson qu'elle lui proposait. Eau de Seltz.

Il se pencha vers Havelock, assez près pour se faire entendre sur un ton normal :

— Tu sais, peu importe le nombre de leurs culs que tu botteras. Shaddid ne t'appréciera pas plus pour ça.

Havelock redressa vivement la tête et le regarda. La colère dans ses yeux masquait mal la honte et la peine.

— C'est la vérité, ajouta Miller.

Son partenaire se leva en chancelant et se dirigea vers la sortie. Il essayait de marcher d'un pas lourd, mais dans la pesanteur tournante de Cérès et à cause de son état d'ébriété, il n'y arrivait pas très bien et donnait plutôt l'impression de sautiller. Le verre à la main, Miller se glissa dans son sillage et calma d'un sourire et d'un haussement d'épaules les visages offensés que son partenaire laissait derrière lui.

Les tunnels publics près du spatioport étaient couverts d'une couche de crasse et de graisse que les assainisseurs d'air et les produits d'entretien n'arrivaient pas à éradiquer. Havelock sortit, la tête rentrée dans les épaules, les lèvres serrées et la rage irradiant de sa personne comme de la chaleur. Mais les portes de *La Grenouille Bleue* se refermèrent derrière eux, et leur hermétisme parfait coupa la musique comme si quelqu'un l'avait éteinte. Le pire du danger était passé.

— Je ne suis pas saoul, dit Havelock d'une voix trop forte.

— Je n'ai pas dit que tu l'étais.

Il se retourna et pointa un index accusateur sur la poitrine de Miller.

— Et toi, tu n'es pas ma nounou.

— C'est vrai, ça aussi.

Ils marchèrent ensemble pendant environ un quart de kilomètre. Les enseignes à cristaux liquides étincelants étaient autant d'invites. Bordels et salons de shoot, cafés et clubs de poésie, casinos et spectacles de combats. L'air sentait l'urine et la nourriture périmée. Havelock commença à ralentir, et ses épaules se rabaissèrent peu à peu.

— J'ai bossé aux homicides à Terrytown, dit-il. J'ai fait trois ans aux mœurs à L-5. As-tu seulement idée de ce que c'est ? Ils faisaient le commerce d'enfants, làbas, et je suis un des trois types qui ont mis fin à ça. Je suis un bon flic.

— Oui, tu es un bon flic.

— Foutrement bon.

— Oui.

Ils passèrent devant un bar à nouilles. Un hôtel à capsules individuelles, un terminal public dont le bandeau déroulait les dernières nouvelles : LA STATION SCIENTIFIQUE PHŒBÉ SOUFFRE DE PROBLÈMES DE COMMUNICATION. LE NOUVEAU JEU ANDREAS K RAPPORTE 6 MILLIARDS DE DOLLARS EN QUATRE HEURES. PAS D'ACCORD SUR LE CONTRAT DU TITANIUM ENTRE MARS ET LA CEINTURE. Les messages défilaient devant les yeux d'Havelock, mais il ne les lisait pas.

— Je suis un flic foutrement bon, répéta-t-il et, un moment plus tard : Alors pourquoi, merde ?

— Ce n'est pas toi. Les gens te regardent, et ils ne voient pas Dmitri Havelock, un bon flic. Ils voient la Terre.

— Conneries, ça. J'ai passé huit ans sur les stations orbitales et sur Mars avant d'être envoyé ici. J'ai bossé sur Terre peut-être six mois, au total.

— La Terre. Mars. Ils ne sont pas très différents, fit remarquer Miller.

— Essaie de dire ça à un Martien, répliqua Havelock avec un rire aigre. Il te bottera le cul.

— Je ne voulais pas dire… Écoute, je ne doute pas qu'il y ait toutes sortes de différences. La Terre déteste Mars parce que Mars a une flotte bien meilleure. Mars déteste la Terre parce que la Terre a une flotte plus grande. Peut-être que le foot est mieux en pesanteur normale, peut-être que c'est pire. Je n'en sais rien. Je veux juste dire que pour n'importe qui d'aussi éloigné du soleil, il s'en fout. À cette distance, tu peux couvrir la Terre et Mars avec ton pouce. Et…

— Et je ne suis pas à ma place ici.

Derrière eux, la porte du bar à nouilles s'ouvrit et quatre Ceinturiens en uniforme gris-vert sortirent. L'un d'eux portait sur sa manche le cercle fendu de l'Alliance des Planètes extérieures. Miller se raidit, mais le quatuor ne vint pas dans leur direction, et son équipier ne le vit même pas. Il s'en était fallu de peu.

— Je le savais, dit Havelock. Quand j'ai accepté ce contrat avec Hélice-Étoile, je savais que je devrais y mettre du mien pour me faire accepter. Je pensais que ce serait pareil que n'importe où ailleurs, tu comprends ? Tu te pointes, on te rudoie un peu pendant quelque temps, et puis on voit que tu assures et on te traite comme un membre de l'équipe. Ce n'est pas comme ça, ici.

— C'est vrai.

Havelock secoua la tête, cracha sur le sol et considéra la flûte dans sa main.

— Je crois que nous avons volé des verres à *La Grenouille Bleue*, dit-il.

— Et nous sommes sur une voie publique avec de l'alcool non cacheté, dit Miller. Enfin, toi, au moins. Moi, c'est de l'eau de Seltz.

Havelock s'esclaffa, mais on sentait du désespoir dans cet éclat, et quand il reprit la parole, ce fut d'un ton plein de regret :

— Tu penses que je suis descendu ici dans le but de me cogner avec des gens des planètes intérieures, pour que Shaddid, Ramachandra et tous les autres aient une meilleure opinion de moi.

— L'idée m'a traversé l'esprit.

— Tu te trompes.

— D'accord, dit Miller, certain pourtant d'avoir vu juste.

Havelock leva sa flûte.

— On rapporte les verres ? fit-il.

— Et si on allait plutôt au *Distinguished Hyacinth Lounge* ? proposa Miller. C'est moi qui régale.

Le *Distinguished Hyacinth Lounge* était situé trois niveaux plus haut, assez loin pour que les piétons venus du spatioport y soient très peu nombreux. Et c'était un bar de flics. Ceux de Hélice-Étoile composaient la majeure partie de la clientèle, mais des membres des forces de sécurité de firmes moins importantes – Protogène, Pinkwater, Al Abbiq – y traînaient aussi. À plus de cinquante pour cent, Miller estimait le dernier accès dépressif de son partenaire en voie de rémission, mais s'il faisait erreur mieux valait garder les choses en famille.

Le décor était purement ceinturien : tables pliantes et chaises de vaisseaux à l'ancienne rivées aux murs et au plafond, comme si la pesanteur risquait de disparaître à tout moment. Des plantes aux branches sinueuses et du lierre du Diable – élément de base du recyclage de l'air de première génération – décoraient les murs et les piliers non encastrés. La musique était assez douce pour qu'on puisse s'entendre, et assez forte pour que les conversations privées le restent. Le premier propriétaire, Javier Liu, était un ingénieur civil venu de Tycho pendant la grande rotation et qui s'était assez plu sur Cérès pour y rester. C'était maintenant ses petits-enfants qui dirigeaient l'établissement. Javier II se tenait derrière le comptoir et discutait avec la moitié du service des mœurs. Miller ouvrit le chemin vers le fond de la salle et au passage salua de la tête les hommes et les femmes qu'il connaissait. Alors qu'il s'était montré prudent et diplomate à *La Grenouille Bleue*, ici il adoptait une attitude crânement mâle. Dans les deux cas, c'était un personnage qu'il jouait.

Lorsque Kate, la fille de Javier III, et donc la quatrième génération pour le même bar, repartit de leur table avec les verres de *La Grenouille Bleue* sur son plateau, Havelock prit la parole :

— Alors, c'est quoi, cette enquête privée super-secrète dont Shaddid t'a chargé ? Ou est-ce qu'un simple Terrien n'a pas à le savoir ?

— C'est ce qui t'a mis en rogne ? répondit Miller. Ce n'est rien. Des actionnaires ont perdu la trace de leur fille. Ils veulent que je la retrouve et que je la ramène à la maison. Une mission de merde.

— Ça m'a l'air plus dans leurs cordes, non ? fit Havelock en désignant d'un mouvement de menton les membres des mœurs.

— La fille n'est pas une mineure. Il s'agit de la kid-napper.

— Et tu es doué pour ça ?

Miller se laissa aller contre le dossier de sa chaise. Havelock attendait, et il eut l'impression désagréable que les rôles s'étaient inversés.

— C'est mon boulot, dit-il.

— Ouais, mais nous parlons d'une adulte, là, non ? Ce n'est pas comme si elle ne pouvait pas rentrer d'elle-même si elle le voulait. Mais au lieu de ça, ses parents demandent aux forces de sécurité de la ramener à la maison, qu'elle soit d'accord ou pas. Ce n'est plus une opération de maintien de l'ordre. Ce n'est même pas dans les attributions des forces de sécurité de la station. C'est des familles à problèmes qui se servent de leur pouvoir.

Miller se remémora la fille mince à côté de sa chaloupe de course. Son grand sourire.

— Je te l'ai dit, c'est un boulot de merde, lâcha-t-il.

Kate Liu revint, avec sur son plateau une bière locale et un verre de whiskey. Miller fut heureux de cette diversion. La bière était pour lui. Légère et parfumée, avec juste la touche subtile d'amertume qu'il fallait. Une écologie fondée sur les levures et la fermentation donnait des breuvages très fins.

Havelock sirota son whiskey. Miller y vit le signe qu'il ne cherchait plus à s'enivrer. Rien de tel que retrouver les gars du bureau pour ne plus avoir envie de perdre les pédales.

— Eh ! Miller ! Havelock ! lança une voix familière.

Yevgeny Cobb, des homicides. Miller lui fit signe de les rejoindre, et la conversation roula sur les fanfaronnades de l'inspecteur et sa résolution d'une affaire particulièrement laide. Trois mois d'enquête pour découvrir d'où venaient les toxines, et pour finir l'enterrement de la victime était pris en charge par l'assurance, et une pute du marché parallèle était renvoyée sur Éros.

À la fin de la soirée, Havelock riait et plaisantait avec les autres. S'il y avait de temps à autre un regard en biais ou une petite pique, il ne semblait pas en être dérangé.

Miller se rendait au bar pour commander une autre tournée quand son terminal sonna. Et cinquante autres dans la salle. Il sentit son ventre se nouer tandis que ses collègues et lui-même sortaient leur appareil de leur poche.

Le capitaine Shaddid était visible sur son écran. Son regard un peu vague était empli d'une fureur difficilement contenue. Elle était l'image même d'une femme de pouvoir qu'on vient de tirer du lit.

— Mesdames et messieurs, dit-elle, quoi que vous fassiez, laissez tomber et rendez-vous à votre poste pour y recevoir des ordres en urgence. Nous sommes confrontés à une situation délicate.

"Il y a dix minutes, un message crypté et signé nous est parvenu, envoyé de la région de Saturne. Nous n'avons pas confirmation de son authenticité, mais les signatures correspondent aux clefs enregistrées. J'ai interdit sa diffusion, mais nous sommes en droit de penser qu'un trou-du-cul quelconque va le faire passer sur le réseau, et ce sera le bordel cinq minutes après. Si vous êtes auprès d'un civil, coupez immédiatement. Pour les autres, voici à quoi nous sommes confrontés.

Shaddid se déplaça sur le côté et pianota sur l'interface de son système. L'écran vira au noir, puis le visage et les épaules d'un homme l'occupèrent. Il était vêtu d'une combinaison pressurisée orange et avait ôté son casque. Un Terrien, la trentaine passée. Le teint pâle, les yeux bleus, les cheveux noirs coupés court. Avant même qu'il ouvre la bouche, Miller détecta les signes d'un choc et de la colère dans ses yeux et dans la façon dont il tendait la tête en avant.

— Je m'appelle James Holden.

5

HOLDEN

Dix minutes passées à deux g, et Holden commençait à avoir mal au crâne. Mais McDowell leur avait ordonné de revenir au plus vite. Le *Canterbury* faisait chauffer son énorme propulseur, et Holden ne voulait pas rater le départ.

— *Jim ? Il se peut que nous ayons un problème, ici.*
— *Je vous écoute.*
— *Becca a trouvé quelque chose, et c'est suffisamment étrange pour me filer une trouille de tous les diables. Nous rentrons immédiatement.*

— Alex, encore combien de temps ? demanda Holden pour la troisième fois en dix minutes.
— Encore une heure. Vous voulez qu'on prenne le jus ? demanda Alex.
Dans l'argot des pilotes, *prendre le jus* signifiait une accélération de plusieurs g qui plongerait dans l'inconscience tout être humain ne s'étant pas fait administrer les médicaments appropriés. Le *jus* était ce cocktail de drogues que le siège du pilote lui injecterait afin qu'il reste éveillé, alerte et, avec de la chance, préservé d'une

attaque cardiaque alors que son corps pèserait cinq cents kilos. Holden avait recouru au jus à de multiples reprises quand il était dans la Flotte, et la descente qui suivait était désagréable.

— Pas si ce n'est pas indispensable, répondit-il.

— *Comment ça, étrange ?*

— *Becca, raccordez-le. Jim, je tiens à ce que vous voyiez ce que nous voyons.*

De la langue, Holden décrocha un comprimé d'analgésique de l'intérieur de son casque, et pour la cinquième fois il se repassa ce que les senseurs de Becca avaient enregistré. La chose dans l'espace se trouvait à environ deux cent mille kilomètres du *Canterbury*. Selon le scan du transport, le relevé montrait une fluctuation, la fausse couleur gris-noir développant graduellement un pourtour plus doux. C'était une hausse de température limitée, moins de deux degrés. Holden n'en revenait pas que Becca l'ait détectée. Il prit note de lui rédiger un rapport louangeur la prochaine fois qu'elle serait éligible à une promotion.

— *D'où c'est venu ? demanda Holden.*

— *Aucune idée. C'est simplement une tache un peu plus chaude que l'environnement, dit Becca. Je pencherais bien pour un nuage de gaz, parce que nous n'en recevons aucun écho radar, mais il n'est pas supposé y avoir de nuages de gaz par là. Je veux dire, il viendrait d'où ?*

— *Jim, une chance que le* Scopuli *ait détruit le vaisseau qui l'a mis HS ? dit McDowell. Il pourrait s'agir d'un nuage de vapeur consécutif à l'anéantissement d'un vaisseau ?*

— *Je ne pense pas, monsieur. Le* Scopuli *ne dispose d'aucun armement. Le trou dans son flanc résulte de mines, non d'un tir de torpille, et j'en déduis qu'ils n'ont même pas riposté. Il se peut que ce soit l'endroit où le* Scopuli *a dégazé, mais...*

— *Mais peut-être pas. Rentrez au bercail, Jim. Tout de suite.*

— Naomi, qu'est-ce qui chauffe lentement et ne donne pas d'écho radar ou ladar quand on le scanne ? dit Holden. Si vous avez une idée...

— Hmm, fit-elle pour se donner le temps de réfléchir. N'importe quoi absorbant l'énergie de l'ensemble des senseurs ne rendrait aucun écho. Mais la chose pourrait voir sa température augmenter en perdant cette énergie absorbée.

Près du siège d'Holden, l'écran infrarouge de la console des senseurs brillait comme le soleil. Alex poussa un juron sonore dans le système comm.

— Vous voyez ça ? demanda-t-il.

Holden l'ignora et ouvrit un canal avec McDowell.

— Capitaine, nous venons d'avoir un pic massif d'infrarouges.

Pendant de longues secondes, il n'y eut pas de réponse. Quand enfin McDowell parla, ce fut d'une voix très tendue. Jamais encore son second ne l'avait entendu trahir sa peur aussi nettement.

— Jim, un vaisseau vient d'apparaître dans cette zone plus chaude. Il dégage un maximum de chaleur. D'où peut-il bien venir, bon sang ?

Holden allait répondre, mais il perçut la voix faible de Becca dans le casque du capitaine :

— Aucune idée, monsieur, dit-elle. Mais c'est plus petit que sa signature thermique. D'après le radar, de la taille d'une frégate.

— Avec quoi ils font ça ? s'exclama McDowell. Un système d'invisibilité ? Une téléportation magique par les trous de ver ?

— Monsieur, dit Holden, Naomi a émis l'hypothèse que la chaleur détectée provienne de matériaux absorbant l'énergie. Des matériaux furtifs. Ce qui signifie que cet appareil se serait dissimulé à dessein. Et qu'en conséquence ses intentions ne sont pas amicales.

Comme en réponse, six nouveaux objets apparurent sur son radar. Les icônes jaunes qui marquaient leur position passèrent immédiatement à l'orange vif quand le système enregistra leur accélération. Sur le *Canterbury*, Becca s'écria :

— Échos rapides ! Nous avons six nouveaux contacts à haute vélocité sur une trajectoire de collision !

— Jésus sur un bâton sauteur ! jura McDowell. Ce vaisseau vient de tirer une salve de torpilles contre nous ? Ils veulent nous anéantir ?

— Oui, monsieur, répondit Becca.

— Temps estimé avant impact ?

— Un peu moins de huit minutes, monsieur.

McDowell pesta sourdement.

— Nous avons des pirates, Jim.

— Que voulez-vous que nous fassions ? demanda Holden en s'efforçant d'adopter un ton calme et professionnel.

— J'ai besoin que vous n'encombriez pas les transmissions et que vous laissiez mon équipage travailler. Vous êtes à une heure de nous, au mieux. Les torpilles sont à huit minutes. Terminé.

Il coupa la communication, laissant Holden avec le sifflement bas des parasites.

Dans la navette, le circuit comm général explosa dans un concert de voix. Alex voulait qu'on prenne le jus et qu'on devance les torpilles pour rejoindre le *Cant*, Naomi évoquait la possibilité de détourner les projectiles, Amos maudissait le vaisseau furtif et s'interrogeait sur l'origine de son équipage. Shed était le seul à garder son calme.

— Fermez-la, tous ! aboya Holden, et l'appareil plongea soudain dans un silence abasourdi. Alex, définissez-moi l'itinéraire le plus rapide jusqu'au *Cant* sans que nous risquions d'y rester. Faites-moi savoir dès que vous l'avez. Naomi, mettez en place un canal triple entre Becca, vous et moi. Nous aiderons de notre mieux. Amos, vous pouvez continuer de jurer, mais coupez votre micro.

Il attendit. Les secondes s'égrenaient et les rapprochaient de l'impact.

— La liaison est établie, annonça Naomi.

Holden perçut deux bruits de fond distincts dans le canal comm.

— Becca, ici Jim. Naomi est sur le même canal que nous. Dites-nous ce que nous pouvons faire pour aider. Naomi a parlé de la possibilité de dérouter les torpilles.

— Je fais tout ce que je sais faire, répondit Becca avec une sérénité ahurissante. Ils nous fixent avec un faisceau laser de ciblage. Je diffuse un peu de tout pour le brouiller, mais ils ont vraiment du matériel de première. Si nous étions plus proches, ce laser de ciblage ferait un trou dans notre coque.

— Et des leurres physiques ? dit Naomi. Vous ne pouvez pas lâcher de la neige ?

Pendant que Naomi et Becca discutaient, Jim ouvrit un canal privé avec Ade.

— Eh, ici Jim. J'ai Alex qui travaille sur une solution à grande vitesse pour que nous arrivions avant…

— Avant que ces missiles nous transforment en une brique volante ? enchaîna Ade. Bonne idée. Se faire avoir par des pirates n'est pas un spectacle à manquer.

Derrière le ton qui se voulait narquois, il sentait sa peur.

— Ade, s'il vous plaît, je veux vous dire quelque chose…

— Jim, qu'est-ce que vous en pensez ? demanda Naomi sur l'autre canal.

Holden jura.

— Euh, à propos de quoi ?

— Du fait d'utiliser le *Knight* pour essayer d'attirer ces missiles.

— On peut faire ça ? dit-il.

— Peut-être. Vous écoutiez, ou pas ?

— Euh… Pendant un instant j'ai eu l'attention prise par quelque chose ici. Refaites-moi le topo.

— Nous tentons de nous caler sur la fréquence de rayonnement lumineux du *Cant* et nous la diffusons avec notre système comm. Les torpilles nous prendront peut-être pour leur cible, expliqua Naomi comme si elle s'adressait à un enfant.

— Et elles dévieront pour venir nous pulvériser ?

— Nous pourrions filer tout en attirant les missiles. Ensuite, une fois assez éloignés du *Cant*, nous coupons toute diffusion par le système comm et nous essayons de nous abriter derrière l'astéroïde.

— Ça ne marchera pas, dit Holden avec un soupir. Les missiles vont suivre le faisceau laser de ciblage pour la direction générale, mais ils vont aussi prendre des relevés télescopiques de la cible en acquisition. Il suffira aux pirates d'un coup d'œil à notre navette pour savoir que nous ne sommes pas leur cible.

— Et ça ne vaut pas le coup d'essayer ?

— Même si nous réussissions, des torpilles conçues pour désemparer le *Cant* nous transformeraient en une longue traînée de néant graisseux.

— Bon, alors que nous reste-t-il comme option ? dit Naomi.

— Aucune. Des types très futés dans les labos de la Flotte ont déjà pensé à tout ce qui pourrait nous venir à l'esprit dans les huit prochaines minutes.

Le dire à haute voix revenait pour Holden à l'admettre.

— Alors nous faisons quoi ? insista Naomi.

— Sept minutes, dit Becca d'une voix toujours aussi incroyablement calme.

— On retourne sur zone. Peut-être que nous parviendrons à tirer quelques personnes du vaisseau après qu'il aura été touché. Ou les aider à contrôler les dégâts. Alex, et cette trajectoire ?

— Compris, chef, dit Alex. J'ai entré les coordonnées pour une prise de jus. Selon un angle d'approche qui évitera que notre réacteur fasse un trou dans le *Cant*. Prêts pour un peu de rock and roll ?

— Ouais. Naomi, que tout le monde se harnache, ordonna Holden avant d'ouvrir un canal avec McDowell. Monsieur, nous arrivons en urgence. Débrouillez-vous pour survivre, et nous aurons le *Knight* sur zone pour vous ramasser ou vous aider à maîtriser les dommages.

— Compris, répondit le capitaine qui coupa aussitôt.

Holden rouvrit le canal avec Ade.

— Ade, nous allons prendre le jus, donc je ne parlerai plus, mais laissez ce canal ouvert pour moi, d'accord ? Dites-moi ce qui se passe. Euh, ou contentez-vous de fredonner, ça m'ira. J'ai simplement besoin de savoir que vous allez bien.

— D'accord, Jim.

Elle ne se mit pas à fredonner, mais elle conserva la liaison, et il l'entendit respirer.

Alex commença le compte à rebours sur le réseau comm général. Holden vérifia le harnais de son siège anti-crash et enfonça le bouton commandant la prise de jus. Une douzaine d'aiguilles se plantèrent dans son dos à travers les membranes de sa combinaison. Son cœur eut une embardée et des bandes chimiques de fer enserrèrent son cerveau. Sa colonne vertébrale devint d'une froideur de mort, et son visage s'empourpra comme sous l'effet d'une brûlure due aux radiations. Il frappa du poing le bras de son siège. Il détestait cette phase, mais la suivante était pire encore. Sur le circuit général, Alex poussa un cri lorsque les drogues atteignirent son système. Sur les ponts inférieurs, les autres recevaient leur dose de traitement qui les empêcherait de succomber mais les laisserait sous sédation pendant la majeure partie du trajet.

— Un, dit Alex, et Holden pesa cinq cents kilos.

Les nerfs à l'arrière de ses orbites s'enflammèrent sous la masse de ses globes oculaires. Ses testicules s'écrasèrent contre ses cuisses. Il se concentra pour ne pas avaler sa langue. Autour de lui, la navette grinça et gémit. Il y eut un choc déconcertant dans les ponts inférieurs, mais aucun voyant ne passa au rouge sur son panneau de contrôle. Le système de propulsion du *Knight* était capable de délivrer une très grande poussée, mais au prix d'une combustion prodigieuse de carburant. Enfin, s'ils parvenaient à sauver le *Cant*, c'était sans importance.

Malgré le martèlement du sang à ses oreilles, Holden entendait toujours la respiration légère d'Ade et les clics de son clavier. Il aurait aimé pouvoir s'endormir à ce son, mais le jus chantait dans son sang qu'il incendiait. Il était plus éveillé qu'il ne l'avait jamais été.

— Oui, monsieur, dit Ade sur le circuit comm.

Il fallut une seconde à Holden pour comprendre qu'elle parlait à McDowell. Il augmenta le volume pour entendre ce qu'ils disaient.

— … allumer les principaux, puissance maximale.

— Nous sommes à plein, monsieur. Si nous essayons d'atteindre une combustion aussi forte, nous allons arracher le propulseur de ses supports, répondit Ade.

McDowell devait lui avoir demandé d'allumer l'Epstein.

— Mademoiselle Tukunbo, dit le capitaine, il nous reste… quatre minutes. Si vous le bousillez, je ne vous enverrai pas la facture.

— Bien, monsieur. Allumage des principaux. Réglage sur intensité maximale, dit Ade.

En fond sonore, Holden perçut l'alarme indiquant une poussée de plusieurs g. Il y eut un déclic plus bruyant quand Ade boucla son harnais.

— Principaux dans trois… deux… un… exécution, dit-elle.

Du *Canterbury* parvint un grondement si puissant qu'Holden dut baisser le volume sonore du circuit comm. Le vaisseau gémit et grinça comme une démone pendant plusieurs secondes, puis il y eut un fracas soudain. Holden enclencha le visuel extérieur et lutta contre le voile noir induit par la poussée qui menaçait sa vision périphérique. Le *Canterbury* était toujours en une seule pièce.

— Ade, qu'est-ce que c'était, bordel? demanda McDowell d'une voix empâtée.

— Le propulseur a brisé un support. Les principaux sont déconnectés, monsieur, répondit Ade qui se garda pourtant d'ajouter : *Exactement comme je l'avais prédit.*

— Et on y a gagné quoi?

— Pas grand-chose. Les torpilles ont maintenant une vélocité de quarante kilomètres-seconde, en accélération constante. Nous en sommes à manœuvrer avec les micro-propulseurs.

— Merde, souffla McDowell.

— Ils vont nous toucher, monsieur, ajouta Ade.

— Jim, fit la voix subitement très nette du capitaine sur le canal direct qu'il venait d'ouvrir. Nous sommes plantés, et nous n'y pouvons plus rien. Double-cliquez pour avaliser.

Holden effectua un double-clic radio.

— Bien. Donc il ne nous reste plus qu'à réfléchir à la meilleure façon de survivre après l'impact. S'ils veulent nous handicaper avant de passer à l'abordage, ils vont neutraliser notre propulseur et notre système comm. Becca diffuse un SOS depuis le lancement des torpilles, mais j'aimerais que vous continuiez à faire du bruit si nous sommes réduits au silence. S'ils savent que vous êtes quelque part, là, dans le coin, ils auront peut-être moins envie de tous nous balancer par les sas. Des témoins, si vous me suivez.

Holden double-cliqua une deuxième fois.

— Demi-tour, Jim. Abritez-vous derrière cet astéroïde. Appelez de l'aide. C'est un ordre.

Troisième double-clic, puis Holden ordonna à Alex de mettre en panne. En un instant le géant assis sur sa poitrine disparut et fut remplacé par une sensation d'extrême légèreté. Sans les produits qui couraient dans ses veines, il aurait certainement cédé à la nausée.

— Quoi de neuf? s'enquit Alex.

— Nouvelles directives, répondit-il malgré ses dents qui claquaient à cause du jus. Nous appelons à l'aide et nous négocions une libération des prisonniers une fois que les méchants auront investi le *Cant*. Direction l'astéroïde, au plus vite, puisque c'est le seul abri proche disponible.

— Compris, chef, dit le pilote qui ajouta, un ton plus bas : En ce moment, je tuerais pour disposer d'une jolie paire de canons.

— J'entends bien.

— On réveille les gamins en bas?

— Laissez-les dormir.

— Bien compris, dit Alex avant de couper la communication.

Avant que la poussée en g ne reprenne, Holden enclencha le SOS du *Knight*. Le canal avec Ade était toujours ouvert, et maintenant que McDowell était hors circuit il pouvait de nouveau entendre sa respiration. Il mit le volume au maximum et se laissa aller au fond de son siège, en attendant la sensation d'écrasement. Alex ne le déçut pas.

— Une minute, annonça Ade, d'une voix assez forte pour créer de la distorsion dans les haut-parleurs intégrés de son casque.

Holden ne baissa pas le son pour autant. Le timbre d'Ade dispensait un calme extraordinaire alors qu'elle égrenait le compte à rebours avant l'impact.

— Trente secondes.

Il éprouvait une pulsion désespérée de parler, de dire quelque chose de rassurant, de lancer des déclarations ridicules et fausses d'amour. Le géant accroupi sur sa poitrine se contenta de rire au diapason du grondement bas de leur réacteur.

— Dix secondes.

— Préparez-vous à couper le réacteur et à jouer au mort après que les torpilles auront touché leur cible, dit McDowell. Si nous ne représentons pas une menace, ils ne nous frapperont pas.

— Cinq, dit Ade.

— Quatre.

— Trois.

— Deux.

— Un.

Toute la structure du *Canterbury* frémit, et les écrans devinrent blancs. Ade prit une brève inspiration qui s'interrompit quand la radio coupa. Le déferlement de parasites faillit faire exploser les tympans d'Holden. Il baissa le volume et se brancha sur Alex.

La poussée redescendit subitement à un deux g tolérables, et tous les senseurs du vaisseau affichèrent une surcharge. Une lumière éclatante se déversa par le petit hublot du sas.

— Au rapport, Alex, au rapport ! s'écria Holden. Que s'est-il passé ?

— Mon Dieu. Ils l'ont atomisé. Ils ont atomisé le *Cant*, dit le pilote d'une voix assourdie, comme s'il n'en revenait pas.

— Quelle est sa situation ? Faites-moi un rapport sur le *Canterbury* ! Les senseurs ne détectent plus rien ici. Tout est devenu blanc !

Après un long moment, Alex répondit :

— Mes senseurs n'indiquent rien non plus, chef. Mais je peux vous donner la situation du *Cant*. Je peux le voir.

— Vous le voyez ? D'ici ?

— Oui. C'est un nuage de vapeur de la taille du mont Olympe. Il n'en reste plus rien, chef. Plus rien.

Impossible, protesta l'esprit d'Holden. Ces choses-là n'arrivent pas. Les pirates n'anéantissent pas des cargos transportant de la glace. Personne n'y gagne rien. Personne n'en tire profit. Et si vous voulez vraiment assassiner cinquante personnes, il est *beaucoup* plus simple d'aller dans un restaurant, armé d'un fusil d'assaut.

Il avait envie de le crier, de hurler au pilote qu'il se trompait. Mais il ne devait surtout pas craquer. *C'est moi le patron, à présent.*

— D'accord. Nouvelle mission, Alex. Désormais, nous avons assisté à un assassinat, et nous sommes des témoins. Ramenez-nous à l'astéroïde. Je vais commencer à compiler de quoi émettre. Réveillez tout le monde. Ils doivent savoir. Je réamorce l'ensemble des senseurs.

Méthodiquement, il éteignit chaque senseur et son logiciel, puis il patienta deux minutes et les remit en fonction un à un. Ses mains tremblaient. Il se sentait nauséeux, et avait l'impression de commander son corps à distance. Il n'aurait pu dire ce que cet état devait au jus et au choc.

Les senseurs revinrent tous à la vie. À l'instar de tout autre navire parcourant les voies spatiales, le *Knight* était doté d'une protection contre les radiations. Sans elle, vous ne pouviez pas supporter le taux massif dans lequel baignait la ceinture de Jupiter. Mais Holden doutait que les concepteurs de l'appareil aient pensé à l'explosion proche d'une demi-douzaine d'armes nucléaires quand ils avaient défini les spécifications du vaisseau. Ils avaient eu de la chance. Le vide pouvait certes les protéger d'une vague électromagnétique, mais la radiation accompagnant l'explosion aurait quand même pu griller tous les senseurs de la navette.

Une fois le dispositif en action, il scanna le secteur où le *Canterbury* s'était trouvé. Il n'y avait pas un débris plus gros qu'une balle de base-ball. Il se connecta au vaisseau responsable de cette horreur, lequel s'éloignait vers le soleil à pas plus d'un g. Une chaleur soudaine envahit la poitrine d'Holden.

Il n'avait pas peur. La fureur lui faisait frôler l'anévrisme, elle martelait ses tempes, crispait ses poings et rendait tous ses tendons douloureux. Il enclencha les circuits comm et focalisa un faisceau de ciblage sur l'appareil qui battait en retraite.

— Ce message s'adresse à quiconque a ordonné la destruction du *Canterbury*, le transport commercial de glace que vous venez de vaporiser. Vous ne vous en tirerez pas en filant, espèce de fils de pute. Je me fous de vos raisons, mais sachez que vous venez d'assassiner cinquante amis à moi. Il faut que vous sachiez qui ils étaient. Je vous envoie le nom et la photographie de chaque victime qui a péri sur ce vaisseau. Regardez bien ce que vous avez fait. Pensez-y pendant que je fais ce qu'il faut pour découvrir qui vous êtes.

Il coupa le canal vocal, ouvrit les fichiers du personnel du *Canterbury* et entreprit de transmettre ceux de l'équipage à l'autre appareil.

— Qu'est-ce que vous faites ? demanda Naomi derrière lui, et non dans les écouteurs de son casque.

Elle se tenait immobile, tête nue, et la sueur avait plaqué son épaisse chevelure noire sur son crâne et son cou. Son expression était indéchiffrable. Holden ôta son casque lui aussi.

— Je leur montre que le *Canterbury* était un vaisseau réel avec un équipage constitué de gens réels. Des gens avec un nom, et une famille, dit-il, et le jus rendait sa voix moins ferme qu'il l'aurait souhaité. S'il y a quelque chose qui ressemble à un être humain et qui a donné les ordres à bord de cet appareil, j'espère que ça le hantera jusqu'au jour où ils le mettront dans le recycleur pour meurtre.

— Je ne pense pas qu'ils apprécient beaucoup, dit-elle en désignant le panneau derrière lui.

Le vaisseau ennemi les avait maintenant pris dans son propre faisceau de ciblage. Holden retint son souffle. Aucun missile ne fut tiré, et après une poignée de secondes l'appareil furtif éteignit son laser et fila à plusieurs g. Il entendit Naomi laisser échapper un soupir frémissant.

— Alors le *Canterbury* n'est plus? demanda-t-elle.

Holden hocha la tête.

— Ça me dépasse, dit Amos.

Lui et Shed se tenaient auprès de l'échelle menant au carré d'équipage. Le visage du mécanicien était livide par endroits et marqué de taches rouges à d'autres, et ses grosses mains s'ouvraient et se refermaient sans qu'il en ait conscience. Shed tomba à genoux, et heurta rudement le pont à cause de l'accélération à deux g. Il ne pleura pas. Il regarda simplement Holden, et dit :

— Cameron n'aura jamais sa prothèse, on dirait…

Puis il enfouit la tête dans ses mains et se mit à trembler.

— Ralentissez, Alex, dit Holden dans le système comm. Plus de raison de foncer, maintenant.

Le vaisseau revint progressivement jusqu'à un g.

— Et maintenant, chef? dit Naomi en posant un regard dur sur lui.

Vous êtes aux manettes, à présent. Comportez-vous comme il convient.

— Mon premier choix serait de les effacer de l'espace, mais comme nous n'avons aucune arme… nous allons les suivre. Les garder à l'œil jusqu'à ce que nous apprenions où ils rendent. Et les démasquer, pour que tout le monde sache.

— Je vote pour, tonna Amos.

— Emmenez Shed en bas, lui dit Naomi par-dessus son épaule, et mettez-le sur une couchette. Si nécessaire, administrez-lui quelque chose pour qu'il dorme.

— Compris, chef.

Amos passa un bras massif autour de la taille de Shed et l'aida à descendre au niveau inférieur. Dès qu'ils furent partis, Naomi s'adressa à Holden :

— Non, monsieur. Nous n'allons pas prendre en chasse ce vaisseau. Nous allons demander de l'aide, et nous rendre là où cette aide nous dira d'aller.

— Je… commença Holden.

— Oui, c'est vous qui décidez. Ce qui fait de moi votre second, et c'est le boulot du second de dire à son supérieur quand il se conduit comme un idiot. Vous vous conduisez comme un idiot, monsieur. Avec cette émission, vous avez déjà essayé de les provoquer, au risque de nous faire tuer. Et maintenant vous voulez leur donner la chasse ? Et que ferez-vous s'ils nous laissent les rattraper ? Vous leur enverrez un autre plaidoyer émotionnel ? fit-elle en se rapprochant de lui. Vous allez ramener en sécurité les quatre membres survivants de votre équipage. Et c'est tout. Quand nous n'aurons plus rien à craindre, vous pourrez entamer votre croisade. Monsieur.

Holden déboucla le harnais de son siège et se leva. Le jus commençait à se dissiper, laissant son corps affaibli et au bord du haut-le-cœur. Menton relevé, Naomi ne céda pas un pouce.

— Heureux de vous avoir à mes côtés, Naomi, dit-il. Allez vous occuper de l'équipage. McDowell m'a donné une dernière consigne.

Elle le dévisagea d'un regard critique, et il perçut sa méfiance. Il ne chercha pas à se défendre. Il attendit simplement qu'elle ait fini. Elle le salua d'un hochement de tête et descendit l'échelle vers le pont inférieur.

Après son départ, il travailla avec méthode à assembler un ensemble à émettre qui comprendrait toutes les données des senseurs du *Canterbury* et du *Knight*. Alex descendit du cockpit et s'affala dans le siège voisin.

— Vous savez, chef, j'ai bien réfléchi, dit-il.

Sa voix était marquée du même chevrotement postjus que celle d'Holden.

Celui-ci réprima son irritation devant cette interruption, et dit :

— À quel sujet ?

— Cet appareil furtif.

Holden se détourna de la tâche en cours.

— Dites-moi.

— Eh bien, je ne connais pas de pirates qui aient ce genre de matos.

— Continuez.

— En fait, la seule fois où j'ai vu ce genre de moyens techniques, c'était dans la Flotte, dit Alex. Nous avons travaillé sur des vaisseaux avec une enveloppe absorbant l'énergie et des puisards internes à énergie. Il s'agissait d'une arme plus stratégique que tactique. Vous ne pouvez pas dissimuler un propulseur en activité, mais si vous réussissez à vous mettre en position et à éteindre le propulseur, en conservant toute l'énergie à l'intérieur du vaisseau, vous êtes difficile à localiser. Ajoutez un revêtement externe qui absorbe l'énergie, et les radars, les ladars et tous les senseurs passifs ne vous détectent pas. Et puis, il y a cette histoire de torpilles nucléaires : difficile de se les procurer en dehors des forces militaires.

— Vous sous-entendez que c'était la Flotte martienne ?

Alex prit une longue inspiration un peu fébrile avant de répondre :

— Si nous *avions* cette technologie, mais vous savez bien que les Terriens ont travaillé dessus, eux aussi.

Ils s'entreregardèrent dans l'espace restreint, et les implications leur firent l'effet d'un poids plus écrasant que celui subi sous dix g. De la poche sur sa cuisse, Holden sortit l'émetteur et la batterie qu'ils avaient récupérés sur le *Scopuli*. Il démonta l'ensemble à la recherche d'un tampon ou d'une marque. Alex l'observait, avec calme pour une fois. L'émetteur était d'un modèle courant, et il aurait pu être prélevé dans le poste radio de n'importe quel vaisseau du système solaire. La batterie n'était qu'un bloc gris. Alex tendit la main, et Holden la lui donna. Le pilote fit sauter l'enveloppe en plastique gris et tourna la batterie métallique entre ses doigts. Sans dire un mot, il en présenta le fond à son supérieur. Imprimé sur le métal sombre, on pouvait voir un numéro de série précédé des lettres FRM.

Flotte de la République martienne.

La radio avait été réglée pour émettre à pleine puissance. L'ensemble des données était prêt. Holden se tenait devant la caméra, légèrement penché en avant.

— Je m'appelle James Holden, dit-il, et mon transport commercial, le *Canterbury*, vient d'être détruit par un vaisseau de guerre doté de technologie avancée. Cette unité militaire apparaît avoir certains éléments constituants frappés de numéros de série appartenant à la Flotte martienne. La transmission des données suit.

6

MILLER

Le chariot fonçait dans le tunnel, et ses sirènes masquaient le son strident des moteurs. Ils laissaient dans leur sillage des civils curieux et l'odeur de rapports surchauffés. Miller était penché en avant dans son siège, et il aurait souhaité que leur véhicule aille plus vite encore. Ils étaient à trois niveaux et peut-être quatre kilomètres du poste de police.

— D'accord, dit Havelock. Je suis désolé, mais là, quelque chose m'échappe.

— Quoi ? fit Miller.

Il voulait dire *Qu'est-ce que tu as à jacasser comme ça ?*, mais son partenaire comprit *Qu'est-ce qui t'échappe ?*

— Un transport de glace à des millions de kilomètres d'ici s'est fait anéantir. Pourquoi déclencher l'alerte générale ? Nos réserves d'eau dureront pendant des mois avant même la moindre mesure de rationnement. Et ce ne sont pas les transports de glace qui manquent. Alors pourquoi est-ce un événement critique ?

Miller tourna la tête et le détailla du regard. Cette corpulence ramassée, avec l'ossature épaisse due à une croissance en pesanteur standard. Exactement comme ce trou-du-cul de la transmission. Ils ne comprenaient pas. Si Havelock s'était trouvé à la place de ce James Holden, il aurait certainement commis la même connerie irresponsable. Le temps d'une respiration, ils n'appartinrent plus aux forces de sécurité et redevinrent un Ceinturien et un Terrien. Miller détourna les yeux avant qu'Havelock puisse voir le changement dans ses prunelles.

— Ce connard d'Holden ? Celui qui a effectué l'émission ? dit-il. Il vient juste de déclarer la guerre à Mars pour nous.

Le chariot fit une embardée et louvoya quand son ordinateur de bord ajusta sa course à un problème virtuel dans la circulation un demi-kilomètre devant eux. Havelock oscilla et agrippa la barre de maintien. Ils empruntèrent une rampe d'accès au niveau supérieur, et les piétons s'écartèrent pour les laisser passer.

— Tu as grandi là où l'eau est peut-être polluée, mais où elle tombe du ciel pour toi, dit Miller. L'air est plein de saletés, mais il ne risque pas de s'échapper si les joints de ta porte sont défectueux. Ce n'est pas du tout la même chose ici.

— Mais nous ne sommes pas sur ce transport, dit Havelock. Nous n'avons pas besoin de glace. Nous ne sommes pas menacés.

Miller soupira et se frotta les yeux avec le pouce et l'index, jusqu'à ce que des fantômes de fausse couleur s'épanouissent sur ses paupières.

— Quand j'étais à la Crim', il y avait ce type, un spécialiste de l'entretien de propriété qui travaillait sur Luna, pour un contrat. Quelqu'un lui a grillé la moitié de la peau du corps avant de le balancer par un sas. Il s'est trouvé qu'il était responsable de la maintenance de soixante piaules au niveau 30. Ambiance craignos. Il avait un peu trop forcé sur les économies, et il n'avait pas remplacé les filtres à air depuis trois mois. Résultat, il commençait à y avoir de la moisissure dans trois apparts. Et tu sais ce que nous avons découvert, après ça ?

— Non, quoi ?

— Rien du tout, mais nous avons cessé de chercher. Certaines personnes doivent mourir, et il en faisait partie.

Et le type qui l'a remplacé a fait nettoyer les conduits et changer les filtres en temps et en heure. C'est comme ça, dans la Ceinture. Tous ceux qui y sont venus et n'ont pas estimé que les systèmes environnementaux n'ont pas la priorité sur tout le reste sont morts jeunes. Et tous ceux qui restent sont ceux qui s'en soucient.

— L'effet sélectif? dit Havelock. Sérieusement, tu plaides pour l'effet sélectif? Jamais je n'aurais pensé t'entendre débiter ce genre de conneries.

— Quel genre?

— Ces conneries de propagande raciste. Celle qui prétend que les différences environnementales ont tellement changé les Ceinturiens que ce ne sont plus seulement des êtres maigrichons souffrant d'obsessions compulsives, mais qu'ils ne sont plus vraiment humains.

— Ce n'est pas ce que je dis, rétorqua Miller en soupçonnant que c'était précisément ce qu'il disait. C'est simplement que les Ceinturiens n'ont pas une vision à long terme quand vous merdez avec leurs ressources de base. Cette eau deviendra de l'air, un agent propulseur, et tout bêtement de l'eau potable pour nous. Quand ce sujet vient sur le tapis, nous n'avons aucun sens de l'humour.

Le chariot heurta une rampe métallique. Le niveau inférieur s'éloigna sous eux. Havelock resta silencieux, puis revint à la charge :

— Ce Holden n'a pas dit que c'était Mars. Ils ont seulement trouvé une batterie martienne. Tu penses que vous allez... déclarer la guerre? Uniquement sur la foi des images de la batterie que ce type a transmises?

— Nous ne nous préoccupons pas de ceux qui attendent d'avoir le fin mot de l'histoire.

En tout cas pas ce soir, songea-t-il. *Une fois que toute l'affaire sera dévoilée, nous verrons quelle position adopter.*

Le poste de police était entre à moitié et aux trois quarts plein. Les hommes de la sécurité s'y agglutinaient par petits groupes, acquiesçaient les uns envers les autres, les yeux étrécis et les mâchoires serrées. Un des flics des Mœurs rit d'une réflexion quelconque, et son hilarité bruyante et forcée sentait la peur. Miller vit le changement s'opérer chez son partenaire tandis qu'ils traversaient la zone commune pour atteindre leurs bureaux. Havelock avait réussi à mettre la réaction de Miller sur le compte d'une hypersensibilité. Mais il fallait traverser toute la salle. Tout un poste de police. Quand ils arrivèrent devant leurs sièges, les yeux d'Havelock étaient écarquillés.

Le capitaine Shaddid fit son entrée. Son expression troublée avait disparu. Elle avait tiré ses cheveux en arrière, son uniforme tombait impeccablement et sa voix était aussi posée que celle d'un chirurgien dans un hôpital de campagne. Elle approcha du premier bureau sur son chemin et en fit un pupitre improvisé.

— Mesdames et messieurs, vous avez tous entendu la transmission. Des questions?

— Qui a laissé cet abruti de Terrien près d'une radio? s'écria quelqu'un.

Miller vit Havelock s'esclaffer avec les autres, mais ses yeux démentaient son attitude. Shaddid fit la moue, et l'assemblée se calma.

— Voilà quelle est la situation, dit-elle. Nous n'avons aucun moyen de contrôler cette information. Elle a été diffusée partout. Cinq sites du réseau interne l'ont relayée, et nous devons partir du principe que le public est au courant depuis déjà dix minutes. Notre rôle consiste désormais à limiter au minimum les troubles et à assurer l'intégrité de la station autour du spatiosport. Les postes 50 et 2-13 nous aideront dans cette tâche. Les autorités du spatioport ont relâché tous les vaisseaux enregistrés sur une planète intérieure. Ce qui ne signifie pas qu'ils soient tous partis. Il leur faut encore rassembler leur équipage. Mais ça veut dire qu'ils vont partir.

— Et les locaux gouvernementaux ? demanda Miller, assez fort pour être entendu de tous.

— Ce n'est pas notre problème, Dieu merci, dit Shaddid. Ils ont une infrastructure en place. Les portes anti-souffle sont fermées et verrouillées. Ils se sont isolés des principaux systèmes environnementaux, donc nous ne respirons pas leur air en ce moment.

— Eh bien, c'est un soulagement, dit Yevgeny quelque part au milieu des inspecteurs de la Crim'.

— Les mauvaises nouvelles, maintenant, reprit Shaddid, et Miller entendit cent cinquante flics retenir leur souffle. Nous avons quatre-vingts agents de l'APE sur la station. Ils sont tous employés légalement, et vous savez que c'est le genre de chose qu'ils attendaient. Le gouverneur a donné l'ordre de ne pas recourir à la détention préventive. Personne ne se fait arrêter sans avoir commis une infraction.

Un chœur de voix furieuses s'éleva.

— Pour qui se prend-il ? lança quelqu'un au fond de la salle.

Shaddid tourna vivement la tête dans cette direction, avec une célérité de mouvement digne d'un requin.

— Le gouverneur est celui qui a passé un contrat avec nous pour que nous gardions cette station en ordre de marche, répliqua-t-elle. Nous suivrons donc ses directives.

Dans sa vision périphérique, Miller vit Havelock qui approuvait de la tête. Il se demanda ce que le gouverneur pensait de l'indépendance de la Ceinture. Peut-être que l'APE n'était pas seule à guetter ce genre de situation. Shaddid continuait de parler, soulignant les réponses en matière de sécurité auxquelles ils étaient autorisés. L'inspecteur n'écoutait plus que d'une oreille distraite, et il était tellement perdu dans ses spéculations sur les ressorts politiques derrière la situation qu'il faillit ne pas entendre le capitaine prononcer son nom.

— Miller prendra la deuxième équipe et couvrira les secteurs 13 à 24. Kasagawa, troisième équipe, 25 à 36, et ainsi de suite. Ce qui fait vingt hommes par équipe, sauf pour Miller.

— Je peux me débrouiller avec dix-neuf, affirma Miller, avant de glisser à Havelock : Tu es hors de ce coup, partenaire. Un Terrien armé là-bas n'arrangerait pas les choses.

— Ouais, je l'avais vu venir.

— Bien, dit Shaddid. Vous connaissez la marche à suivre. Au boulot.

Miller rassembla sa brigade antiémeute. Tous les visages lui étaient familiers, il n'y avait là que des hommes et des femmes avec qui il avait déjà travaillé. Mentalement, il les répartit avec une efficacité presque automatique. Brown et Gelbfish avaient une expérience dans les Groupes spéciaux d'intervention, ils mèneraient les opérations sur les ailes s'il fallait contrôler une foule. Aberforth avait écopé de trois signalements pour violence excessive depuis que son gamin avait été arrêté pour vente de drogue sur Ganymède. Elle resterait donc en seconde ligne. Elle aurait l'occasion de résoudre ses problèmes de maîtrise de sa colère une autre fois. Dans tout le poste, les autres commandants de groupe prenaient des décisions similaires.

— Et maintenant, on s'équipe, conclut-il.

Ils se dirigèrent en groupe vers le magasin du matériel. Miller fit halte. Havelock était resté appuyé contre son bureau, bras croisés, les yeux perdus dans le vague. Miller était partagé entre sa sympathie pour cet homme et l'impatience. C'était dur de faire partie de l'équipe sans y avoir de rôle actif. D'un autre côté, qu'espérait-il d'autre en acceptant un contrat dans la Ceinture ? Le regard d'Havelock accrocha le sien. Ils échangèrent un simple hochement de tête. Miller fut le premier à se détourner.

Le magasin du matériel était autant un entrepôt qu'un coffre-fort de banque, et il avait été conçu par quelqu'un qui se souciait plus d'économiser l'espace que de sortir facilement ce qui s'y trouvait. L'éclairage dispensé par des diodes électroluminescentes blanches encastrées donnait au mur gris un aspect stérile. La pierre nue répercutait les voix et les pas. Des rangées d'armes à feu, des piles de boîtes de munitions, des tas de sacs à mise sous scellés, des serveurs de rechange et des uniformes de remplacement s'alignaient contre les murs et occupaient la majeure partie de l'espace. L'équipement antiémeute était rangé dans la pièce adjacente, dans des casiers d'acier gris protégés par des serrures électroniques de haute sécurité. La dotation standard comprenait des boucliers en plastique anti-impact, des protège-mentons, des plastrons et des protège-cuisses renforcés, ainsi que des casques – le tout conçu pour faire d'une poignée de membres de la sécurité une force intimidante, inhumaine.

Miller entra son code d'accès. Les serrures se désenclenchèrent et les casiers s'ouvrirent.

— Eh bien, fit-il sur le ton de la conversation. Merde alors.

Les casiers étaient aussi vides que des cercueils gris sans corps. De l'autre côté de la pièce, il entendit les jurons qui fusaient. Il ouvrit un à un tous les casiers auxquels il avait accès. C'était partout la même chose. Une Shaddid livide apparut à son côté.

— Quel est le plan B ? demanda-t-il.

Le capitaine cracha au sol, puis ferma les yeux. Ils roulèrent sous ses paupières comme si elle rêvait. Deux longues respirations plus tard, ils se rouvrirent.

— Vérifier les casiers des Groupes spéciaux d'intervention. Il devrait y avoir de quoi équiper deux personnes dans chaque groupe.

— Des snipers ? dit Miller.

— Vous avez une meilleure idée, inspecteur ? répondit-elle en appuyant sur le dernier mot.

Il leva les mains en signe de reddition. Le but de l'équipement antiémeute était d'intimider et de contrôler. Celui des GSI, de tuer avec la plus grande efficacité possible. Apparemment, leur mission venait de changer.

Au quotidien, un millier de vaisseaux occupaient le spatioport de Cérès, où l'activité ralentissait rarement et ne cessait jamais. Chaque secteur pouvait accueillir vingt appareils, la circulation des humains et du fret, les camions de transport, les grues, les chariots élévateurs industriels. Et son escouade était responsable de douze secteurs.

L'air empestait le réfrigérant et l'huile. Ici la gravité était légèrement supérieure à 0,3 g, la rotation de la station à elle seule créant une sensation d'oppression et de danger. Miller n'aimait pas cet endroit. Sentir le vide si près sous ses pieds le rendait nerveux. Quand il croisait les dockers et les équipages des transports, il ne savait jamais s'il devait sourire ou se renfrogner. Il était là pour impressionner les gens et leur rappeler de se tenir dans les lignes, mais aussi pour les rassurer et montrer par sa seule présence que tout était sous contrôle. Après avoir parcouru les trois premiers secteurs, il décida d'opter pour le sourire. C'était le genre de mensonge qu'il pratiquait le mieux.

Ils venaient d'atteindre la jonction entre les secteurs 19 et 20 quand ils entendirent crier. Miller sortit de sa poche son terminal individuel, le connecta au réseau central de surveillance et se brancha sur le système des caméras de sécurité. Il lui fallut quelques secondes pour trouver ce qu'il cherchait : un rassemblement de peut-être cinquante ou soixante civils qui bloquait toute la largeur du tunnel et la circulation dans les deux sens. Certains brandissaient des armes au-dessus de leur tête. Des couteaux, des gourdins improvisés. Et au moins deux pistolets. Des poings frappaient le vide. Au centre du groupe, un individu massif et torse nu battait quelqu'un à mort.

— En piste, dit Miller.

D'un signe, il entraîna son escouade au pas de course. Ils étaient encore à une centaine de mètres quand il vit l'homme sans chemise précipiter sa victime au sol et lui écraser la nuque du pied. La tête de la femme se tourna selon un angle qui ne laissait aucun doute. Miller fit ralentir son équipe. Inutile d'être essoufflés, l'arrestation d'un meurtrier entouré d'une foule d'amis serait déjà assez difficile.

La situation était sur le point de dégénérer, il le sentait. La foule allait faire mouvement, se rendre à l'aéroport, aux vaisseaux. Si d'autres gens se mêlaient à ce début de chaos… que se passerait-il ensuite ? Au niveau immédiatement supérieur et à moins de cinq cents mètres, il y avait un bordel qui accueillait des clients venus des planètes intérieures. L'inspecteur des douanes du secteur 21 était marié avec une fille de Luna, et il s'en était peut-être vanté un peu trop souvent.

Les cibles potentielles étaient trop nombreuses, se dit Miller en faisant signe à ses snipers de prendre du champ. Il fallait qu'il raisonne un début d'émeute, qu'il l'arrête ici, afin que personne d'autre ne soit tué.

En pensée, il vit Candace qui croisait les bras et lui demandait : *Et c'est quoi, ton plan B ?*

L'extérieur de la foule donna l'alerte bien avant que Miller l'atteigne. Le mouvement des corps et des menaces se modifia. Miller repoussa son feutre vers l'arrière de son crâne. Des hommes, des femmes. Le teint sombre, pâle, ou doré, mais tous avec la silhouette déliée des Ceinturiens, tous avec le rictus agressif de chimpanzés en guerre.

— Laissez-moi en descendre un ou deux, monsieur, dit Gelbfish depuis son terminal. Histoire de leur foutre une trouille de tous les dieux.

— On va y arriver, dit Miller en souriant à la foule furieuse. On va y arriver.

Le visage qu'il cherchait apparut au premier rang. Celui de Sans-Chemise. L'homme était imposant, le sang couvrait ses mains et avait éclaboussé sa joue. Le noyau de l'émeute.

— Celui-là? demanda Gelbfish, et Miller sut qu'un minuscule point rouge brillant était fixé au centre du front de Sans-Chemise alors même que celui-ci défiait d'un regard étincelant les uniformes qui approchaient.

— Non. Ça ne ferait que déchaîner les autres.

— Alors on fait quoi? s'enquit Brown.

Satanée bonne question.

— Monsieur, dit Gelbfish, ce fumier a un tatouage de l'APE sur l'épaule gauche.

— Eh bien, s'il faut que vous tiriez, commencez par là.

Miller s'avança et relia son terminal au système local de sonorisation. Quand il prit la parole, sa voix tonna dans les haut-parleurs placés en hauteur.

— Ici l'inspecteur Miller. À moins que vous vouliez tous être placés en détention pour complicité de meurtre, je vous suggère de vous disperser. Maintenant.

Il mit en sourdine le microphone de son terminal et ajouta, à l'adresse de Sans-Chemise :

— Pas toi, le balèze. Tu bouges un muscle et on te descend.

Dans la foule quelqu'un lança une clef anglaise, et l'outil en métal argenté décrivit une courbe basse en direction de la tête de Miller. Il réussit presque à l'éviter, mais le manche le toucha à l'oreille. Sa tête s'emplit instantanément d'un carillonnement grave, et l'humidité du sang coula sur son cou.

— Ne tirez pas! cria-t-il. Ne tirez pas.

Des rires traversèrent la foule, comme si c'était à elle qu'il s'était adressé. Bande d'abrutis. Enhardi, Sans-Chemise s'avança. Les stéroïdes avaient gonflé ses cuisses à tel point qu'il se dandinait à chaque pas. Miller rebrancha le micro de son terminal. Tant que la foule les regardait se faire face, elle ne partait rien casser. L'émeute ne se propageait pas. Pas encore.

— Alors, mon pote, tu ne frappes à mort que les gens sans défense, ou on peut entrer dans la danse ? demanda Miller d'un ton détendu, mais sa voix retentit dans les haut-parleurs avec la puissance d'une déclaration divine.

— C'est quoi, ces conneries que tu aboies, chien de Terrien ? dit l'autre.

— Terrien ? répliqua Miller en riant sous cape. J'ai l'air d'avoir grandi dans un puits de gravité ? Je suis né sur ce caillou.

— Les Intérieurs te tiennent en laisse, enculé. Tu es leur chien.

— C'est ce que tu penses ?

— Sûrement quoui, répondit Sans-Chemise.

Sûrement que oui. Il gonfla les pectoraux. Miller réprima une soudaine envie de rire.

— Alors tuer cette pauvre femme, c'était pour le bien de la station ? Pour le bien de la Ceinture ? Ne sois pas idiot, mon gars. Ils te manipulent. Ils veulent que vous vous comportiez tous comme des émeutiers décervelés, pour avoir une raison de fermer cet endroit.

— *Schrauben sie sie weibchen*, lâcha Sans-Chemise dans le mauvais allemand de la Ceinture, et il se pencha en avant.

D'accord, c'est la deuxième fois qu'il m'injurie, constata Miller.

— Les genoux, ordonna-t-il.

Les jambes de Sans-Chemise explosèrent en deux geysers sanglants, et il s'effondra avec un hurlement de douleur. Miller dépassa son corps qui se tortillait au sol et se campa face aux autres.

— Vous prenez vos ordres de ce *pendejo* ? dit-il. Écoutez-moi, vous savez tous ce qui se prépare. Nous savons quand la danse commence, comme ça, *pan*, pas vrai ? Ils ont bousillé *tu agua*, et nous connaissons tous la réponse. Ça se finit hors d'un sas, pas vrai ?

Il la lut sur leurs visages : la peur subite des snipers, et puis l'indécision. Il profita de l'avantage sans leur laisser le temps de réfléchir. Il revint au jargon du premier niveau, la langue de ceux qui possèdent l'éducation, et l'autorité :

— Vous savez ce que Mars veut ? Ils veulent que vous fassiez ça, justement. Ils veulent que ce connard à terre s'assure que tout le monde considère les Ceinturiens comme une bande de psychopathes prêts à mettre en pièces leur propre station. Ils veulent pouvoir se dire que nous sommes exactement comme eux. Eh bien, non. Nous sommes des Ceinturiens, et nous savons nous prendre en charge.

Il choisit un homme en bordure de la foule. Pas aussi musculeux que Sans-Chemise, mais d'un beau gabarit. Lui aussi avec le cercle fendu de l'APE sur le bras.

— Toi, dit-il. Tu veux te battre pour la Ceinture ?

— Pour sûr, répondit l'autre.

— Je n'en doute pas. Lui aussi, fit Miller en désignant Sans-Chemise du pouce. Mais maintenant il est estropié, et il va tomber pour meurtre. Donc nous en avons déjà perdu un. Vous voyez, vous tous ? Ils veulent nous retourner les uns contre les autres. On ne peut pas les laisser faire ça. Chacun de vous que je devrai arrêter, estropier ou tuer, ce sera un de moins quand le jour viendra. Et ce jour arrive. Mais ce n'est pas aujourd'hui. Vous comprenez ?

L'homme de l'APE eut une grimace hargneuse. Le reste de la foule s'écarta de lui, l'isolant. Miller pouvait la sentir comme un courant invisible contre lui, qui venait de changer.

— Le jour approche, *hombre*, dit le type de l'APE. Tu as choisi ton camp?

Le ton était celui de la menace, mais il n'y avait pas de puissance derrière les mots. Miller inspira lentement. C'était fini.

— Toujours le camp des anges, dit-il. Pourquoi vous ne retourneriez pas tous au travail? Ici, le spectacle est terminé, et nous avons tous encore un tas de trucs à faire.

Son élan brisé, la foule se débanda. D'abord un, puis deux qui quittèrent le rassemblement, puis tous se dispersèrent en même temps. Cinq minutes après l'arrivée de Miller, les seuls signes de l'incident étaient Sans-Chemise qui gémissait dans une flaque de son propre sang, la blessure à l'oreille de Miller et le cadavre de la femme que cinquante bons citoyens avaient regardée se faire battre à mort. Elle était de petite taille et portait une combinaison de vol marquée du signe d'une compagnie de transport martienne.

Un seul mort. La nuit n'est pas si mauvaise, songea Miller avec aigreur.

Il s'approcha de l'homme, dont le tatouage était maculé de sang, et s'accroupit auprès de lui.

— Mon pote, tu es en état d'arrestation pour le meurtre de cette dame, là, quelle que puisse être son identité. Tu n'es pas obligé de répondre aux questions sans la présence d'un avocat ou d'un représentant syndical, et si tu oses ne serait-ce qu'un regard de travers dans ma direction, je t'atomise. On s'est bien compris?

D'après l'expression de l'homme, il sut que c'était le cas.

7

HOLDEN

Holden était capable de savourer un café à un demi-g. Il lui suffisait de s'asseoir et de lever la boisson sous son nez, en laissant l'arôme envahir ses narines. Il fallait ensuite aspirer à petits coups, et prendre garde de se brûler la langue. Boire du café était une des activités qui ne facilitaient pas le passage à la microgravité, mais à un demi-g ça allait encore.

C'est pourquoi il s'assit et s'efforça de se concentrer sur le café et la gravité dans le silence de la petite coquerie du *Knight*. Même Alex, d'habitude bavard, restait silencieux. Amos avait posé sa grosse arme de poing sur la table et la contemplait d'un regard fixe et plein de frayeur. Shed s'était endormi. Assise de l'autre côté de la pièce, Naomi sirotait un thé tout en gardant un œil sur le panneau de contrôle mural voisin. Elle y avait transféré celui des ops.

Tant qu'il restait centré sur son café, il n'avait pas à penser à Ade lâchant son dernier hoquet de peur avant d'être transformée en vapeur scintillante.

Alex ruina tous ses efforts en prenant la parole :

— À un moment ou un autre, il va quand même falloir décider où nous allons.

Holden acquiesça, but une gorgée de café et ferma les yeux. Ses muscles vibraient comme des cordes pincées, et sa vision périphérique était constellée de points lumineux imaginaires. Les premiers effets de la retombée post-jus se manifestaient, et celle-ci allait être gratinée. Il voulait profiter des derniers moments avant que la douleur le frappe.

— Il a raison, Jim, dit Naomi. Nous ne pouvons pas voler indéfiniment en rond à un demi-g.

Il ne rouvrit pas les yeux. L'obscurité derrière ses paupières était fade, mouvante, et porteuse d'une sensation de nausée latente.

— Nous n'allons pas attendre indéfiniment, répondit-il. Nous attendons cinquante minutes que la station Saturne me rappelle et me dise quoi faire de leur vaisseau. Le *Knight* est toujours la propriété de P et K. Nous sommes toujours employés par eux. Vous vouliez que je demande de l'aide, j'ai demandé de l'aide. Maintenant nous attendons de voir à quoi elle ressemblera.

— Nous ne devrions pas nous diriger vers la station Saturne, alors, chef? demanda Amos, dont la question s'adressait à Naomi.

— Pas avec le *Knight*, ronchonna Alex. Même si nous disposions du carburant nécessaire pour ce trajet, ce qui n'est pas le cas, je n'ai pas envie de rester le cul assis dans cette boîte de conserve pendant les trois prochains mois. Non, si nous allons quelque part, c'est Jupiter ou la Ceinture. Nous sommes à égale distance des deux.

— Je vote pour que nous continuions en direction de Cérès, déclara Naomi. P et K a une antenne, là-bas. Et nous ne connaissons personne dans le complexe de Jupiter.

Toujours sans ouvrir les yeux, Holden secoua la tête.

— Non. Nous attendons qu'ils répondent.

Naomi poussa une sorte de grognement exaspéré. C'était étrange, se dit-il, qu'on puisse interpréter la voix de quelqu'un d'après les sons les plus indistincts proférés. Un toussotement, ou un soupir. Ou un très léger hoquet, juste avant de mourir.

Holden se redressa et ouvrit les yeux. D'un geste calculé, il déposa sa chope de café sur la table. Ses mains commençaient à trembler.

— Je ne veux pas voler en direction du soleil et de Cérès, parce que c'est le cap qu'a pris le vaisseau torpilleur, et j'ai pris en compte votre remarque sur le fait de le poursuivre, Naomi. Je ne veux pas aller vers Jupiter, parce que nous n'avons de carburant que pour un trajet, et une fois que nous aurons pris cette direction, nous ne pourrons plus choisir une autre destination. Donc nous restons ici, à boire du café, parce qu'il faut que je prenne une décision, et que P et K a son mot à dire. Nous attendons leur réponse, et ensuite je prendrai ma décision.

Il se leva au ralenti, avec précaution, et alla vers l'échelle menant au carré d'équipage.

— Je vais m'allonger un peu, le temps que le gros des tremblements passe. S'il y a un message de P et K, prévenez-moi.

Il avala des sédatifs – de petits cachets amers qui laissaient un arrière-goût évoquant du pain moisi –, mais il ne réussit pas à dormir. Encore et encore McDowell posait la main sur son bras et l'appelait Jim. Becca riait et jurait comme un marin. Cameron fanfaronnait en racontant ses prouesses avec la glace.

Ade poussait un petit hoquet.

Holden avait effectué neuf fois le circuit Cérès-Saturne avec le *Canterbury*. Deux allers-retours par an, pendant presque cinq ans. Et durant tout ce temps, l'équipage n'avait quasiment pas changé. Voler à bord du *Cant* représentait peut-être le bas de l'échelle, mais cela signifiait aussi qu'il n'y avait nulle part ailleurs où aller. Les gens restaient, faisaient peu à peu du transport leur foyer. Après les transferts incessants vécus dans la

Flotte, il appréciait cette stabilité. Et lui aussi avait fait son nid à bord de cette vieille poubelle. McDowell lui dit quelque chose qu'il ne comprit qu'à moitié. Le *Cant* grinça comme s'il était soumis à une accélération brutale.

Ade sourit et lui lança un clin d'œil.

La pire crampe à la jambe de l'histoire de l'humanité se répercuta dans tous les muscles de son corps d'un seul coup. Holden mordit sauvagement dans son protège-dents en hurlant. La douleur fit déferler en lui un oubli qui était presque un soulagement. Son esprit se ferma, submergé par les besoins de son corps. Par chance ou pas, les médicaments commencèrent à faire effet. Ses muscles se dénouèrent. Ses nerfs cessèrent de vouloir rompre, et la conscience lui revint comme un écolier revêche retourne en cours. Sa mâchoire le fit souffrir quand il ôta le protège-dents. Il l'avait mordu si fort qu'il avait laissé des marques dans le caoutchouc.

Dans la faible lumière bleutée de la cabine, il se demanda quel genre d'homme pouvait exécuter l'ordre d'anéantir un vaisseau civil.

Durant son passage dans la Flotte, il avait accompli certains actes qui l'empêchaient encore de dormir, parfois. Il avait suivi des ordres qu'il désapprouvait avec vigueur. Mais viser un vaisseau civil avec cinquante personnes à bord et presser le bouton qui allait lancer six missiles nucléaires ? Il aurait refusé. Si son supérieur avait insisté, il aurait déclaré que c'était un ordre illégitime et aurait exigé que l'officier en second prenne le contrôle de l'appareil et mette le commandant aux arrêts. Ils auraient dû l'abattre pour lui faire quitter le poste de tir.

Pourtant il avait connu des gens qui auraient exécuté cet ordre sans sourciller. Il pensait que c'étaient des sociopathes, des animaux qui ne valaient pas plus que ces pirates qui abordaient votre vaisseau, volaient votre moteur et votre air. Ce n'étaient pas des êtres humains.

Mais alors même qu'il entretenait cette haine que les brumes médicamenteuses rendaient réconfortante, il ne pouvait pas croire que les coupables avaient agi sans réfléchir. Et la question qui le taraudait en sourdine demeurait *Pourquoi ? Que pouvait-on gagner à détruire un transport de glace ? Qui payait pour ça ? Il y avait toujours quelqu'un qui payait.*

Je vais te retrouver. Je vais te retrouver et te buter. Mais avant ça, je vais t'obliger à m'expliquer.

La deuxième vague d'effets pharmaceutiques explosa dans son système sanguin. Il se sentit brûlant, le corps amolli, ses veines emplies de sirop. Juste avant que les substances chimiques lui fassent perdre conscience, Ade lui sourit et lui adressa un clin d'œil.

Et elle s'évapora, comme de la poussière dans le vent.

Son système comm émit un bip.

— Jim, dit la voix de Naomi, la réponse de P et K vient enfin d'arriver. Vous voulez que je vous la transmette ?

Holden dut fournir un effort pour donner un sens à ces paroles. Il cligna des yeux. Quelque chose n'allait pas avec sa couchette. Avec le vaisseau. Peu à peu, les souvenirs lui revinrent.

— Jim ?

— Non, fit-il. Je veux voir ça aux ops avec vous. Combien de temps suis-je resté dans le cirage ?

— Trois heures.

— Merde. Ils ont pris le temps pour répondre, hein ?

Il roula hors de sa couchette et essuya la substance sèche qui collait à ses cils. Il avait pleuré durant son sommeil. Il se dit que c'était dû au contrecoup du jus. Et cette douleur tenace dans sa poitrine, c'était seulement une trop grande pression sur ses cartilages.

Qu'est-ce que vous avez foutu pendant ces trois heures, avant de nous répondre ? se demanda-t-il.

Dans le poste de communication, Naomi l'attendait. L'écran devant elle affichait le visage figé d'un homme en train de parler. Ses traits lui parurent vaguement familiers.

— Ce n'est pas le directeur des opérations.

— Non, c'est le conseiller légal de P et K à la station Saturne, répondit Naomi. Vous vous souvenez, celui qui avait fait ce speech sur les mesures de rétorsion prises après les vols dans les stocks ? "Nous voler, c'est vous voler vous-mêmes." C'est lui.

— Un avocat, grogna Holden en grimaçant. Alors les nouvelles sont mauvaises.

Naomi remit le message au début. L'homme sur l'écran revint à la vie.

— James Holden, ici Wallace Fitz. Je vous contacte depuis la station Saturne. Nous avons bien reçu votre demande d'aide, ainsi que votre rapport sur l'incident. Nous avons également capté votre émission accusant Mars d'avoir détruit le *Canterbury*. Une initiative pour le moins malavisée. Le représentant de Mars sur la station Saturne était dans mon bureau moins de cinq minutes après la diffusion de votre message, et la République martienne est très irritée par ce qu'elle voit comme des accusations de piraterie sans fondement la concernant.

"Afin d'enquêter sur cette affaire, et d'aider à découvrir qui sont les véritables coupables, s'il y en a, la Flotte martienne envoie un de ses vaisseaux stationnés dans le système de Jupiter pour vous récupérer. Le *Donnager*. P et K vous transmet les ordres suivants : vous allez vous diriger à vitesse maximale vers le système de Jupiter. Vous coopérerez pleinement et suivrez à la lettre les instructions que vous donnera le *Donnager* ou tout officier de la Flotte de la République martienne. Vous aiderez de votre mieux la FRM dans son enquête concernant la destruction du *Canterbury*. Vous vous abstiendrez de tout message, hormis à notre adresse ou à l'adresse du *Donnager*.

"Si vous contreveniez aux instructions émanant de la compagnie ou du gouvernement de Mars, votre contrat avec P et K deviendrait automatiquement caduc et en conséquence vous vous retrouveriez illégalement en possession d'une navette de P et K. Nous vous poursuivrions alors selon les lois en vigueur.

"Wallace Fitz. Terminé.

La mine sombre, Holden fixa du regard l'écran un moment encore, puis il secoua la tête.

— Je n'ai jamais dit que Mars avait fait ça.

— D'une certaine façon, vous l'avez laissé entendre, remarqua Naomi.

— Je n'ai rien dit qui ne soit corroboré par les données factuelles que j'ai transmises, et je ne me suis risqué à aucune spéculation.

— Bon, et on fait quoi, maintenant? demanda Naomi.

— Pas question, dit Amos. Pas question, bordel de merde.

La coquerie était une pièce exiguë. Tous les cinq y étaient entassés tant bien que mal. Les murs en stratifié gris portaient les marques en spirales brillantes là où la moisissure s'était développée et avait été grattée avec les micro-ondes et la paille de fer. Shed était attablé dos contre une cloison, Naomi en face de lui. Alex se tenait sur le seuil. Amos avait marché de long en large – deux pas dans un sens, deux dans l'autre – avant que l'avocat ait achevé sa première phrase.

— Ça ne me plaît pas plus qu'à vous, dit Holden en désignant l'écran. Mais c'est la décision du bureau. Je ne voulais pas vous créer des problèmes.

— Il n'y a pas de problème, répliqua Shed en passant une main dans ses cheveux blonds et raides. Je continue de penser que vous avez fait ce qui convenait.

Et maintenant, qu'est-ce que les Martiens vont faire de nous, à votre avis?

— Je serais pour qu'on se planque jusqu'à ce qu'Holden dise à la radio que ce n'était pas eux, proposa Amos. Bordel de merde, c'est quoi, cette histoire? Ils nous ont attaqués, et maintenant nous devrions *coopérer*? Ils ont tué le capitaine!

— Amos… fit Holden.

— Désolé, Holden. Chef. Mais quand même, on se fait mettre, là, et c'est douloureux. On ne va pas leur obéir, hein?

— Je ne tiens pas du tout à disparaître à jamais sur un vaisseau carcéral martien, dit Holden. Comme je vois les choses, il nous reste deux options. Soit nous faisons comme ils veulent, ce qui revient à nous livrer à eux pieds et poings liés. Soit nous filons, nous essayons d'atteindre la Ceinture et nous nous planquons.

— Je vote pour la Ceinture, déclara Naomi, qui croisa les bras.

Amos leva une main pour donner son accord. Shed l'imita, un peu plus lentement.

Alex eut une petite moue.

— Je connais le *Donnager*, dit-il. Il n'a rien d'un gentil cargo. C'est le vaisseau amiral de la Flotte martienne pour Jupiter. Une unité de guerre. Un quart de million de tonnes d'emmerdes. Vous avez déjà servi sur un vaisseau de cette taille?

— Non, répondit Holden. Rien de plus gros qu'un destroyer.

— J'ai servi sur le *Bandon*, dans la Flotte. Nous pouvons aller n'importe où, un vaisseau comme celui-là nous retrouvera. Il est équipé de quatre moteurs principaux dont chacun est plus gros que cette navette. Conçu pour endurer de longues périodes à plusieurs g avec chaque membre d'équipage gavé de jus jusqu'aux oreilles. Nous ne leur échapperons pas, monsieur, et même si nous parvenions à les distancer, leurs senseurs sont capables de localiser une balle de golf et de la toucher avec une torpille de l'autre côté du système solaire.

Amos se leva brusquement.

— Oh, on s'en fout, monsieur. Ces enfoirés de Martiens ont pulvérisé le *Cant*! Moi, je suis pour qu'on prenne la tangente. Qu'au moins on leur donne du fil à retordre.

Naomi posa une main sur son avant-bras, et le grand mécano se figea, puis se rassit. Le silence s'installa dans la pièce. Holden se demanda si McDowell avait jamais eu un tel appel à passer, et ce que le vieux aurait fait dans la situation présente.

— Jim, la décision vous revient, dit Naomi.

Son regard était dur. *Vous allez ramener en sécurité les quatre membres survivants de votre équipage. Et c'est tout.*

Holden hocha la tête et se tapota les lèvres avec deux doigts.

— P et K ne nous a pas complètement coincés. D'accord, nous ne pouvons sans doute pas nous échapper, mais je ne veux pas disparaître non plus, dit-il. Je pense que nous allons faire ce qu'il veut, mais pas comme il le veut. Pourquoi ne pas désobéir à *l'esprit* de l'ordre qu'il nous donne?

Naomi avait fini de travailler sur le panneau de contrôle des communications, et ses cheveux flottaient à présent autour d'elle comme un nuage dans la gravité nulle.

— C'est bon, Jim, j'ai basculé toute la puissance disponible dans le système comm. Ils entendront le message fort et clair jusqu'à Titania.

Holden leva une main pour la passer dans ses cheveux collés à son crâne par la transpiration, ce qui eut pour effet de les dresser dans toutes les directions. Il remonta la fermeture de sa combinaison et appuya sur le bouton déclenchant l'enregistrement.

— Ici James Holden, précédemment du *Canterbury*, actuellement à bord de la navette *Knight*. Nous coopérons à une enquête visant à découvrir qui a détruit le *Canterbury* et, dans le cadre de cette enquête, nous sommes disposés à être accueillis à bord de votre vaisseau, le *Donnager*, de la Flotte martienne. Nous espérons que cette coopération n'entraînera pour nous ni emprisonnement ni mauvais traitements. Ces dernières éventualités auraient pour seul effet de renforcer l'idée que le *Canterbury* a été détruit par un vaisseau martien. James Holden. Terminé.

Il se renversa dans son siège.

— Naomi, diffusion à spectre élargi.

— C'est ce qui s'appelle un tour de cochon, chef, dit Alex. Difficile pour nous de disparaître, maintenant.

— Je crois en un idéal de société transparente, monsieur Kamal, répondit Holden.

Le pilote sourit, et d'une poussée alla flotter le long du couloir. Avec un son bas de satisfaction venu du fond de sa gorge, Naomi pianota sur le panneau de contrôle.

Holden l'appela, et elle tourna la tête vers lui, ce qui fit voleter paresseusement sa chevelure, comme si elle se noyait.

— Si ça se passe mal, dit-il, j'ai besoin que… J'ai besoin que vous…

— Que je vous jette en pâture aux chiens, j'ai compris, termina-t-elle. Je vous mets tout sur le dos et je me débrouille pour ramener les autres en sécurité sur la station Saturne.

— Exactement. Personne ne joue au héros.

Elle laissa ces mots planer dans l'air jusqu'à ce que toute leur ironie se soit dissipée.

— Ça ne m'était même pas venu à l'esprit, monsieur, fit-elle.

— *Knight*, ici le commandant Theresa Yao du vaisseau *Donnager*, de la Flotte de la République martienne, dit la femme au visage sévère sur l'écran comm. Message reçu. Veuillez dorénavant vous abstenir de toute émission générale. Mon navigateur vous transmet les coordonnées. Suivez très exactement l'itinéraire qui vous sera indiqué. Yao. Terminé.

Alex éclata de rire.

— Je crois bien que vous l'avez mise en pétard, dit-il. J'ai les coordonnées. Ils nous ramasseront dans treize jours. Ça va lui laisser le temps de macérer un peu.

Avec un soupir, Holden se laissa aller au fond de son siège.

— Treize jours avant qu'on me mette aux fers et qu'on m'enfonce des aiguilles sous les ongles. Allez, autant commencer notre vol vers la prison et la torture. Vous pouvez entrer l'itinéraire donné dans la bécane, monsieur Kamal.

— Compris, chef. Euh…

— Un problème ?

— Eh bien, les systèmes du *Knight* viennent de balayer l'itinéraire prévu à la recherche d'éventuelles collisions, et nous avons six objets de la Ceinture dont la trajectoire est en interception avec la nôtre.

— Des objets de la Ceinture ?

— Contacts rapides, pas de signal de transpondeur, précisa Alex. Des vaisseaux, mais qui se déplacent en toute discrétion. Ils nous rattraperont environ deux jours avant le *Donnager*.

Holden afficha l'image. Six petites signatures, d'un jaune orangé tirant sur le rouge. Vitesse de plus en plus grande.

— Eh bien, fit-il à l'écran. Et vous êtes qui, *vous* ?

8

MILLER

— L'agression contre la Ceinture est ce qui permet à la Terre et à Mars de survivre. Notre faiblesse est leur force, dit la femme masquée sur l'écran du terminal de Miller.

Le cercle coupé en deux de l'APE apparaissait derrière elle, comme s'il avait été peint sur un drap.

— N'ayez pas peur d'eux, ajouta-t-elle. Le seul pouvoir tient à votre peur.

— Ouais, ça et une centaine de vaisseaux de guerre, remarqua Havelock.

— De ce que j'ai entendu dire, si vous frappez dans vos mains et que vous affirmez y croire, ils ne peuvent pas vous tirer dessus.

— Faudra que j'essaie, un de ces quatre.

— Nous devons nous soulever ! dit la femme d'une voix qui grimpait dans les aigus. Nous devons prendre notre destinée en main avant qu'elle nous soit volée ! Souvenez-vous du *Canterbury* !

Miller éteignit l'écran et se renversa dans son siège. Le moment du changement d'équipes arrivait, et des voix s'apostrophaient dans le poste tandis que ceux en fin de service poussaient leurs remplaçants à se dépêcher. L'odeur du café frais se mêlait à la fumée de cigarette.

— Il y en a peut-être une dizaine comme elle, dit Havelock en désignant le terminal du menton. Mais elle, c'est ma préférée. Il y a des fois, je suis sûr qu'elle a réellement l'écume aux lèvres.

— Combien de dossiers en plus ? demanda Miller.

Son équipier haussa les épaules et tira sur sa cigarette. Il s'était remis à fumer.

— Deux, trois cents. Il en arrive plusieurs par jour. Ils ne viennent pas tous de la même source. Parfois ils sont diffusés à la radio. Et parfois ailleurs. Orlan est tombée sur des types dans un bar près du spatioport qui s'échangeaient ces enregistrements vidéo comme si c'étaient des pamphlets.

— Elle les a arrêtés ?

— Non, répondit Havelock, comme c'était sans grande importance.

Une semaine s'était écoulée depuis que James Holden, le martyr autoproclamé, avait fièrement annoncé que lui et son équipage comptaient aller parler à quelqu'un de la Flotte martienne au lieu de simplement se défausser de tout ce merdier. La séquence de la fin du *Canterbury* était visible partout, et les débats faisaient rage sur tous les supports. Les fichiers comptes-rendus qui montraient en détail l'incident étaient soit parfaitement valables, soit manifestement trafiqués. Les torpilles qui avaient anéanti le transport étaient présentées comme des missiles nucléaires ou du matériel pirate standard ayant touché le cargo par erreur. À moins qu'il s'agisse d'un faux bricolé avec de vieux enregistrements et destiné à dissimuler ce qui était réellement arrivé au *Cant*.

Les troubles avaient duré trois jours, de façon sporadique, comme un feu encore assez chaud pour renaître dès le premier souffle d'air. Les établissements administratifs avaient rouverts sous haute sécurité, mais ils avaient rouvert. Le retard pris par les activités portuaires se comblait peu à peu. Le salopard sans chemise sur qui Miller avait ordonné qu'on tire se trouvait à l'infirmerie d'Hélice-Étoile, sous bonne garde, où on lui posait de nouveaux genoux. Il remplissait les formulaires d'une plainte visant l'inspecteur et se préparait à son procès pour meurtre.

Six cents mètres cubes d'azote avaient disparu d'un entrepôt, dans le secteur 15. Une prostituée sans permis avait été rouée de coups et enfermée dans une unité de stockage. Dès qu'elle aurait donné des indices sur ses agresseurs, elle serait arrêtée. On avait retrouvé les gamins qui avaient brisé les caméras de surveillance au niveau 16. À la surface, c'était la routine.

À la surface seulement.

Quand Miller avait débuté à la Crim', il avait été très frappé par le calme irréel dont faisaient preuve les familles des victimes. Des gens qui venaient de perdre leur femme, leur mari, un enfant, un être très cher. Des gens dont la vie venait d'être marquée au fer rouge par la violence. Le plus souvent, ils offraient poliment à boire et répondaient aux questions, de sorte que les inspecteurs se sentaient les bienvenus. Un civil découvrant la scène aurait pu s'y tromper. C'était seulement dans l'attention qu'ils portaient à leur manière de se tenir et à ce quart de seconde supplémentaire avant que leur regard se concentre sur lui que Miller décelait l'étendue des dégâts subis.

La station Cérès prenait garde à ses manières. Ses regards mettaient un quart de seconde de plus à se concentrer. Les gens de la classe moyenne – commerçants, employés de maintenance, informaticiens – l'évitaient dans le métro comme l'auraient fait de petits délinquants. Les conversations se tarissaient à son approche. Au poste, l'impression d'être en état de siège se faisait chaque jour plus prégnante. Un mois plus tôt, Miller et Havelock, Cobb et Richter étaient encore le bras armé de la loi qui assurait la sécurité de tous. À présent ils n'étaient plus que les employés d'une entreprise de sécurité basée sur Terre.

Pour subtile qu'elle soit, la différence n'en était pas moins profonde. Elle lui donnait envie de se dresser de toute sa taille, de montrer par son corps qu'il était un Ceinturien. Qu'il avait sa place ici. Cela lui donnait envie de reconquérir une opinion positive auprès des gens. Laisser passer une poignée de types qui diffusaient de la propagande en réalité virtuelle avec un simple avertissement, peut-être.

Ce n'était pas une réaction très sensée.

— Qu'est-ce que nous avons au menu ? demanda-t-il.

— Deux cambriolages qui semblent similaires, répondit Havelock. Le rapport à boucler sur cette querelle domestique de la semaine dernière. Une agression sérieuse au Nakanesh Import Consortium, mais j'ai vu Shaddid en parler à Dyson et Patel, donc ils s'en occupent sûrement déjà.

— Alors tu veux que…

Havelock leva les yeux et les braqua ailleurs pour masquer le fait qu'il détournait le regard. C'était quelque chose qu'il faisait de plus en plus souvent depuis que la situation s'était dégradée.

— Il faut vraiment que nous en finissions avec la paperasse, dit-il. Pas seulement celle qui concerne la querelle domestique. Il y a quatre ou cinq dossiers encore ouverts uniquement parce qu'ils doivent être relus et corrigés.

— Ouais, fit Miller.

Depuis les premiers troubles il avait vu tous les clients d'un bar être servis avant Havelock. Il avait remarqué comment ses collègues, et Shaddid la première, lui affirmaient que lui, Miller, faisait partie des bons, une excuse à peine déguisée pour son partenariat avec un Terrien. Et il avait noté qu'Havelock s'en était rendu compte, lui aussi.

Cela lui donnait des envies protectrices envers son équipier, l'envie qu'il passe ses journées dans la sécurité du travail de bureau, devant un café maison. Aider cet homme à prétendre qu'on ne le détestait pas parce qu'il avait grandi dans une gravité différente.

Ce n'était pas non plus une réaction très sensée.

— Et pour ton affaire perso ? demanda Havelock.

— Quoi ?

Le Terrien brandit un dossier. Celui de Julie Mao. L'histoire d'enlèvement. Le détail. Miller acquiesça et se frotta les yeux. Près de l'entrée du poste, on poussa une exclamation. Quelqu'un d'autre s'esclaffa.

— Ouais, non, je n'y ai pas encore touché, dit-il.

Avec un sourire, Havelock lui tendit la chemise. Il l'accepta et l'ouvrit. La fille de dix-huit ans lui sourit de toutes ses dents, qu'elle avait parfaites.

— Je ne voudrais pas te laisser toute la paperasserie, dit-il.

— Eh, ce n'est pas toi qui m'as tenu à l'écart de cette affaire ; c'est Shaddid. Et puis... ce n'est que de la paperasserie. Ça n'a jamais tué personne. Si tu te culpabilises, tu peux toujours m'offrir une bière après le boulot.

Miller tapota le mince dossier contre le coin de son bureau, pour aligner les documents à l'intérieur, contre la reliure.

— D'accord, dit-il. Je vais me pencher un peu sur cette histoire. Je serai de retour à l'heure du déjeuner, et j'écrirai quelques lignes pour faire plaisir à la patronne.

— Je serai là, répondit Havelock et, alors que son partenaire se levait : Eh, écoute, je ne voulais rien dire tant que je n'étais pas sûr, mais je ne veux pas non plus que tu l'apprennes ailleurs...

— Tu as fait une demande de mutation ?

— Oui. J'ai discuté avec quelques-uns de ces types de Protogène, quand ils sont passés. Ils disent que leur antenne sur Ganymède recherche un nouvel enquêteur en chef. Et j'ai pensé que...

Il haussa les épaules.

— C'est un bon changement de poste, dit Miller.

— Je veux simplement aller quelque part où on voit le ciel, même si c'est à travers un dôme, affirma le Terrien, et sa franchise un peu bourrue de policier ne put dissimuler la tristesse dans sa voix.

— C'est un bon changement de poste, répéta Miller.

L'appartement de Juliette Andromeda Mao était situé au neuvième niveau d'un tunnel qui en comptait quatorze disposés en gradins, près du spatioport. Le grand V qu'il formait était large de presque un kilomètre à son sommet, et pas plus large qu'un tunnel classique à sa base. Sa modernisation avait fait partie d'un programme touchant une douzaine de structures similaires remontant à des années avant que l'astéroïde se soit vu ajouter sa fausse pesanteur. À présent, des appartements bon marché et tout en longueur étaient creusés dans les murs, par centaines à chaque niveau. Des gamins jouaient sur les rues en terrasses, criant et riant sans raison. En bas, quelqu'un faisait évoluer un cerf-volant dans la brise légère qui soufflait en permanence, et le diamant brillant en mylar tournoyait et ruait dans les micro-turbulences. Miller compara les chiffres sur son terminal à ceux peints sur le mur. *5151-I*. Le doux foyer d'une pauvre petite fille riche.

Il appliqua son neutraliseur sur la serrure, et la porte d'un vert sale se déverrouilla et le laissa entrer.

L'appartement s'enfonçait dans le corps de la station. Trois petites pièces en enfilade : d'abord ce qui tenait lieu de salon-salle-à-manger-cuisine, puis une chambre à peine plus large que la couche qu'elle contenait, et enfin une cabine encombrée par une douche, des toilettes et un demi-lavabo. La formule standard. Il l'avait déjà vue mille fois.

Miller resta immobile une minute, sans rien examiner en particulier, et écouta le sifflement rassurant de l'air recyclé dans les conduits. Il réservait son jugement en attendant de se faire une impression de l'endroit et, partant, de la fille qui y avait habité.

Spartiate n'était pas le mot qui convenait. L'appartement était simple, oui. Les éléments décoratifs se résumaient à une petite aquarelle encadrée représentant le visage d'une femme dans un style vaguement abstrait, au-dessus de la table dans la première pièce, et un groupe de plaques de la taille de cartes à jouer accrochées au-dessus du lit, dans la chambre. Il s'approcha pour lire les textes qu'elles portaient. Un diplôme décerné par le Centre de jiu-jitsu de Cérès reconnaissant à Julie Mao – et non Juliette – le grade de ceinture violette. Un autre la hissant à la ceinture marron. Les deux étaient distantes de deux ans. Une école sérieuse, donc. Des doigts, il effleura l'espace vide sur le mur, là où la plaque de la ceinture noire pourrait être placée. Aucune affectation visible – pas d'étoiles de lancer stylisées ou d'imitations d'épées. Juste la reconnaissance que Julie Mao avait fait ce qu'elle avait fait. Il lui accorda un bon point pour cela.

Les tiroirs contenaient deux tenues de rechange, une en toile épaisse et en jeans, l'autre en lin bleu, avec une écharpe en soie. Une pour le travail, l'autre pour la détente. C'était moins que ce que Miller possédait, et il n'avait pourtant pas une garde-robe volumineuse.

Avec les chaussettes et les sous-vêtements, il trouva un brassard marqué du cercle scindé de l'APE. Rien de surprenant pour une fille qui avait tourné le dos à l'aisance et aux privilèges pour venir vivre dans ce trou. Dans le réfrigérateur, deux boîtes de plats à emporter au contenu trop vieux et une bouteille de la bière locale.

Après une seconde d'hésitation, Miller prit la bière. Il s'assit à la table et sortit le terminal rétractable de son logement. Comme l'avait dit Shaddid, le mot de passe de l'inspecteur lui donna accès à la partition de Julie.

Le fond d'écran représentait une chaloupe de course. L'interface était arrangée en petites icônes lisibles.

Communication, loisirs, travail, personnel. *Élégant*.
C'était le mot qu'il cherchait. Pas spartiate, élégant.

Il passa rapidement en revue ses fichiers professionnels, pour se faire une impression d'ensemble, comme
avec l'appartement. L'heure des recherches rigoureuses
n'était pas encore venue, et une première impression
était généralement plus utile qu'une encyclopédie. Elle
avait des vidéos d'entraînement sur différents transports
légers. Quelques archives concernant la politique, mais
rien de militant. Un recueil de poésie écrit par un des
premiers colons de la Ceinture.

Il passa à sa correspondance personnelle. Elle était
classée avec autant de méthode que celle d'un Ceinturien.
Tous les messages entrants étaient dirigés vers des sous-
dossiers. TRAVAIL, PERSONNEL, INFORMATIONS, COURSES.
Il ouvrit Informations. Deux ou trois cents brèves politiques, résumés d'un groupe de discussion, communiqués
et annonces. Quelques-uns avaient été consultés, mais
rien n'indiquait un intérêt assidu pour le sujet. Julie était
le genre de femme prête à se sacrifier pour une cause,
mais pas le genre à prendre plaisir en lisant la propagande. Miller referma le dossier.

COURSES était une longue suite de simples messages
commerciaux. Quelques reçus, quelques annonces, des
demandes de biens et de services. Une annulation pour
un cercle de célibataires basé dans la Ceinture retint
son attention. Il ouvrit la correspondance en rapport
avec ce sujet. Julie s'était inscrite au service de ren-
contres catégorie "g basse, basse pression" en février de
l'année précédente, et avait annulé en juin sans l'avoir
utilisé.

Le dossier PERSONNEL était plus diversifié. Soixante
ou soixante-dix sous-dossiers désignés par des noms.
Certains étaient ceux de personnes – SASCHA LLOYD-
NAVARRO, EHREN MICHAELS. D'autres des notations parti-
culières – CERCLE D'ENTRAÎNEMENT, APE.

— Ah, voilà qui pourrait être intéressant, dit-il à l'appartement vide.

Cinquante messages remontant à cinq ans, tous expédiés par les stations des Entreprises Mao-Kwikowski dans la Ceinture et sur Luna. Contrairement aux tracts politiques, tous avaient été ouverts.

Miller but une gorgée de bière et examina les deux messages les plus récents. Le dernier, toujours non lu, venait de JPM. Jules-Pierre Mao, probablement. Celui le précédant montrait trois brouillons de réponse dont aucun n'avait été envoyé. Ils étaient destinés à Ariadne. La mère.

Il y avait toujours un petit côté voyeur à exercer le métier d'inspecteur. Il était dans son droit en venant ici et en fouillant dans la vie privée d'une femme qu'il n'avait jamais rencontrée. Cela faisait légitimement partie de son enquête d'apprendre qu'elle était seule, que les effets de toilette dans la salle de bains étaient uniquement les siens. Qu'elle avait une certaine fierté. Personne ne pourrait se plaindre, du moins pas d'une façon qui aurait des répercussions sur son emploi, s'il lisait tous les messages personnels de Julie. Du point de vue éthique, la dégustation de sa bière était l'acte le plus contestable qu'il ait commis depuis son entrée dans l'appartement.

Et pourtant il hésita encore quelques secondes avant d'ouvrir l'avant-dernier message.

L'image affichée changea. Sur du matériel de meilleure qualité, il aurait pu déceler sur le message affiché un original écrit à l'encre sur du papier, mais le système bon marché de Julie tremblotait et une lueur douce nimbait le côté gauche de l'écran. L'écriture était délicate et lisible, soit naturelle, soit tracée avec un programme de calligraphie assez perfectionné pour varier la forme des lettres et la longueur des lignes.

Ma chérie,

J'espère que tout va bien pour toi. J'aimerais que tu m'écrives de toi-même, de temps en temps. J'ai l'impression que je dois remplir une demande en trois exemplaires pour simplement savoir comment va ma propre fille. Je sais, cette aventure dans laquelle tu t'es lancée est fondée sur ton désir de liberté et d'indépendance, mais il y a certainement encore de la place pour un peu de prévenance.

Je voulais te contacter surtout parce que ton père est de nouveau entré dans une de ses phases de consolidation de nos biens, et nous envisageons de revendre le Razorback. Je sais que cette chaloupe a été importante pour toi, à une époque, mais j'imagine que nous avons tous abandonné l'idée que tu allais refaire des courses. Actuellement, il s'agit d'économiser sur les frais de stockage, et il n'y a aucune raison de se montrer sentimental.

C'était signé des initiales déliées AM.

Miller réfléchit à ce texte. Il aurait cru que les extorsions parentales chez les très riches seraient plus subtiles. *Si tu ne fais pas comme on te dit, nous nous débarrasserons de tes jouets. Si tu n'écris pas. Si tu ne reviens pas à la maison. Si tu ne nous aimes pas.*

Il ouvrit le premier brouillon de réponse, incomplet.

Mère, si c'est le nom que tu te donnes :

Merci beaucoup d'avoir salopé une fois de plus ma journée. Je n'arrive pas à croire que tu sois aussi égoïste, mesquine et grossière. Je n'arrive pas à croire que tu réussisses à dormir la nuit ou que tu aies seulement pensé que je pourrais...

Miller survola la suite. Le ton semblait ne pas faiblir. Le deuxième brouillon était daté de deux jours plus tard :

Maman,

Je suis désolée que nous nous soyons tellement éloignées ces dernières années. Je sais que ça a été dur pour toi et pour papa. J'espère que tu le comprendras, les décisions que j'ai prises n'ont jamais eu pour but de vous faire souffrir.

Pour ce qui est du Razorback, *je souhaiterais que vous reconsidériez ce que vous envisagez de faire. C'est mon premier bateau, et je*

Le message s'arrêtait là. Miller se laissa aller contre le dossier de la chaise.

— Du calme, petite, dit-il à la Julie imaginaire avant d'ouvrir le dernier brouillon.

Ariadne,
Faites ce que vous avez à faire.
                                        Julie

Il éclata de rire et leva la bouteille pour porter un toast à l'écran. Ils avaient très bien su la frapper là où ça lui ferait mal, et Julie avait accusé le coup. S'il réussissait à la capturer et à la ramener, ce serait une mauvaise journée pour tous les deux. Pour tout le monde.

Il finit sa bière, mit la bouteille dans le vide-ordures recycleur et ouvrit le dernier message. Il craignait fort d'apprendre le sort final réservé au *Razorback*, mais c'était son boulot d'en savoir autant que possible.

Julie,
Il ne s'agit pas une plaisanterie. Ce n'est pas un des accès mélodramatiques de ta mère. D'après des renseignements fiables, la Ceinture est sur le point de devenir une zone très peu sûre. Quelles que soient les divergences entre nous, nous pourrons régler ce problème plus tard.
POUR TA PROPRE SÉCURITÉ, RENTRE À LA MAISON MAINTENANT.

Miller se rembrunit. Le recycleur d'air bourdonnait. Au-dehors, les gamins du coin poussaient des sifflets stridents. Il toucha l'écran et ferma le dernier message de ERREMENTS / CULPABILITÉ MERDIQUE, puis le rouvrit.

Il avait été envoyé de Luna deux semaines avant que James Holden et le *Canterbury* créent le spectre d'une guerre entre Mars et la Ceinture.

Cette mission devenait intéressante.

9

HOLDEN

— Les vaisseaux ne répondent toujours pas, dit Naomi avant d'entrer une séquence dans la console comm.

— Je ne pensais pas qu'ils le feraient, répondit Holden. Mais je veux montrer au *Donnager* que nous craignons d'être suivis. À ce stade, il faut tout faire pour se couvrir.

La colonne vertébrale de Naomi craqua quand elle s'étira. Holden prit une barre protéinée dans la boîte ouverte sur ses cuisses et la lui lança.

— Mangez.

Elle défit l'emballage pendant qu'Amos grimpait à l'échelle et venait s'affaler dans le siège près d'elle. Son bleu de travail était si crasseux qu'il luisait par endroits. Tout comme les autres, trois jours dans l'espace exigu de la navette n'avait pas arrangé son hygiène personnelle. Holden leva une main et gratta ses cheveux gras avec dégoût. Le *Knight* n'était pas assez spacieux pour avoir des douches, et les lavabos à zéro g étaient trop petits pour qu'on puisse y plonger la tête. Amos avait résolu le problème en se rasant le crâne. Maintenant il n'avait plus qu'un anneau un peu plus sombre autour de sa calvitie. Curieusement, la chevelure de Naomi demeurait brillante et ne paraissait pas huileuse. Holden aurait aimé savoir comment elle s'y prenait.

— Envoyez-moi de quoi mâchouiller, chef, dit Amos.

— Capitaine, corrigea Naomi.

Holden lança une autre barre protéinée au mécano, qui l'attrapa au vol et la considéra avec un air écœuré.

— Bordel, chef, je donnerais ma noix gauche pour de la nourriture qui ne ressemble pas à un godemiché.

Il cogna sa barre contre celle de Naomi, en une caricature de toast.

— On en est où, pour l'eau ? demanda Holden.

— Je n'ai pas arrêté de ramper entre les coques toute la journée. J'ai vissé tout ce qui pouvait être vissé, et j'ai balancé de l'époxy sur tout ce qui ne pouvait pas l'être. Nous n'avons plus une seule fuite dans le circuit hydro.

— Ce sera quand même juste, Jim, ajouta Naomi. Les systèmes de recyclage du *Knight* sont minables. Et cette navette n'a pas été conçue pour recycler en eau potable les déchets de cinq personnes pendant deux semaines.

— *Juste*, je peux gérer. Il faudra simplement apprendre à vivre avec les odeurs corporelles des autres. Je craignais d'apprendre que nous n'aurions pas assez d'eau.

— À ce propos, je vais retourner à mon casier et m'asperger de déodorant, déclara Amos. Après une journée passée à ramper dans tous les recoins de cette poubelle, je sens tellement mauvais que ça risque de m'empêcher de dormir.

Il avala le reste de sa barre, eut un claquement de lèvres pour feindre le contentement, puis il quitta son siège et se dirigea vers l'échelle donnant sur le carré d'équipage. Holden mordit dans sa propre barre. Elle avait un goût évoquant du carton enduit de graisse.

— Que fait Shed ? demanda-t-il. Je le trouve très discret, ces temps-ci.

Naomi fronça les sourcils et posa sa barre à moitié mangée sur la console.

— Je voulais vous en parler. Il ne va pas bien, Jim. De nous tous, c'est lui qui a le plus de mal avec… ce qui s'est passé. Vous et Alex avez servi dans la Flotte. Ils vous forment à encaisser la perte de membres de votre équipage. Amos vole depuis si longtemps que c'est en fait le *troisième* vaisseau mère qu'il voit disparaître, si vous arrivez à le croire.

— Et vous, vous êtes entièrement constituée de béton et de titane, dit Holden, sans vraiment plaisanter.

— Pas entièrement. À quatre-vingts, quatre-vingt-dix pour cent, maxi, répliqua-t-elle avec l'ombre d'un sourire. Sérieusement : je pense que vous devriez lui parler.

— Pour lui dire quoi ? Je ne suis pas psychiatre. Dans la Flotte, la version qu'on a de ce genre de speech inclut les notions de devoir, de sacrifice pour l'honneur et de vengeance de nos camarades tombés. Ça ne fonctionne pas aussi bien quand vos amis ont été assassinés sans raison apparente, et alors qu'on ne peut rien y faire.

— Je n'ai pas dit que vous deviez le remettre d'aplomb. J'ai dit qu'il fallait que vous lui parliez.

Holden se leva de son siège et la salua.

— Bien, monsieur, dit-il et, arrivé à l'échelle, il fit halte pour ajouter : Une fois encore, merci, Naomi. J'aimerais vraiment…

— Je sais. Allez remplir votre rôle de capitaine, dit-elle en se retournant vers le panneau de contrôle et en affichant l'écran des ops du vaisseau. De mon côté, je vais continuer de dire bonjour aux voisins.

Holden trouva Shed dans la minuscule infirmerie de bord du *Knight*. C'était plus un placard qu'une pièce. À part la couchette renforcée, les unités de rangement et une demi-douzaine d'appareils fixés aux cloisons, il y avait juste assez de place pour un seul tabouret collé au plancher par ses pieds magnétiques. Shed y était assis.

— Eh, mon grand, je peux entrer ? demanda Holden. *J'ai vraiment dit "Eh, mon grand" ?*

Avec un haussement d'épaules, Shed déploya un écran d'inventaire sur le panneau mural, ouvrit différents tiroirs et inventoria leur contenu. En faisant mine d'être en plein dans une quelconque activité.

— Écoutez, Shed. Ce qui est arrivé au *Canterbury* a réellement bouleversé tout le monde, et vous…

Shed se retourna. Il tenait à la main un tube blanc.

— Solution à trois pour cent d'acide acétique. J'ignorais qu'on en avait à bord. Le *Cant* n'en avait plus, et j'ai trois personnes souffrant de VG qui en auraient grand besoin. Pourquoi il y en a sur le *Knight*, c'est ça qui me dépasse.

— "VG"? fut tout ce qu'Holden trouva à répondre.

— Verrues génitales. Une solution à l'acide acétique est le traitement pour toutes les verrues visibles. Elle les brûle. Ça fait un mal de chien, mais ça marche. Aucune raison d'en avoir un tube dans une navette. L'inventaire médical est toujours tellement bordélique…

Holden ouvrit la bouche pour parler, ne trouva rien à dire et la referma.

— Nous avons de la crème avec de l'acide acétique, poursuivit Shed d'une voix de plus en plus aiguë, mais rien contre la douleur. À votre avis, de quoi a-t-on le plus besoin à bord d'une navette de sauvetage? Si nous avions trouvé quelqu'un sur cette épave avec des verrues génitales, nous aurions été parés. Mais une fracture? Pas de chance, mon vieux. Serre les dents.

— Shed, écoutez… commença Holden.

— Oh, et regardez ça. Pas de coagulant. Mais où est le problème, hein? Eh, aucun risque que quelqu'un participant à une mission de sauvetage se mette à *saigner*. Si vous avez des grosseurs sur votre engin, bien sûr, on peut vous soigner, mais si vous saignez? Pas question! Je veux dire, nous avons quatre cas de syphilis sur le *Cant* en ce moment. Une des affections les plus anciennes à avoir été répertoriées, et nous ne pouvons toujours pas nous en débarrasser. Je répète aux gars : "Les putes de la station Saturne se tapent tous les transporteurs de glace du circuit, alors sortez couverts", mais est-ce qu'ils m'écoutent ? Non. Et nous nous retrouvons avec des cas de syphilis alors que nous manquons de ciprofloxacine.

Holden sentit sa mâchoire inférieure saillir. Il agrippa le cadre de l'écoutille et se pencha dans la pièce.

— Tout le monde est mort à bord du *Cant*, dit-il d'un ton brutal, en appuyant sur chaque mot. Tout le monde est mort. Personne n'a plus besoin d'antibiotiques. Personne n'a besoin de crème contre les verrues.

Shed se tut, et se vida de tout son air comme s'il venait de recevoir un coup de poing au plexus. Il referma les tiroirs de l'armoire et éteignit l'écran d'inventaire avec des gestes précis.

— Je sais, dit-il calmement. Je ne suis pas idiot. J'ai juste besoin d'un peu de temps.

— Comme nous tous. Mais nous sommes coincés dans cette boîte de conserve ensemble. Je vais être franc, je suis venu ici parce que Naomi s'inquiète pour vous, et maintenant que je suis là, vous me filez vraiment la pétoche. Ça va, parce que je suis le capitaine et que c'est mon boulot. Mais je ne peux pas vous laisser effrayer Alex ou Amos. Il reste dix jours avant que nous soyons secourus par un vaisseau de guerre martien, et c'est déjà assez flippant sans que le toubib du bord pète un câble.

— Je ne suis pas médecin, seulement infirmier, dit Shed d'une toute petite voix.

— Vous êtes *notre* médecin, d'accord ? Pour nous quatre à bord avec vous, vous êtes notre médecin. Si Alex se met à avoir des crises de stress post-traumatique et a besoin de médicaments pour tenir le coup, il viendra vous voir. Et s'il vous trouve en train de délirer sur les verrues, il tournera les talons et reviendra dans le cockpit, mais pour piloter il ne s'en sortira pas. Vous voulez pleurer ? Faites-le avec nous tous. Nous nous installerons dans la coquerie, nous prendrons une cuite et nous pleurerons comme des bébés, mais nous le ferons ensemble, là où c'est sans risque. Plus question que vous vous calfeutriez ici.

Shed acquiesça.

— Nous pouvons faire ça ? demanda-t-il.

— Faire quoi ?

— Prendre une cuite et pleurer comme des bébés ?

— Bien sûr que oui. C'est sur l'agenda officiel de la soirée. Présentez-vous à la coquerie à vingt heures précises, médecin Garvey. Et apportez une tasse.

Shed allait répondre quand le réseau comm s'alluma et la voix de Naomi retentit :

— Jim, remontez aux ops.

Holden crispa une main sur l'épaule de Shed pendant une seconde, puis il le laissa.

Aux ops, Naomi avait rallumé l'écran comm et s'entretenait avec Alex à voix basse. Visage fermé, le pilote secouait la tête. L'écran affichait une carte.

— Que se passe-t-il ? demanda Holden.

— Nous recevons un faisceau de ciblage, Jim. Il s'est calé sur nous et a commencé à transmettre il y a deux minutes.

— Ça vient du *Donnager* ?

Le vaisseau de guerre martien était la seule source de communication laser à bonne distance qu'il pouvait imaginer.

— Non, ça vient de la Ceinture, répondit Naomi. Et pas de Cérès, d'Éros ou de Pallas. Aucune des grosses stations.

Elle désigna un petit point sur l'écran.

— Ça vient de là.

— C'est un coin d'espace vide.

— Erreur. Alex a vérifié. C'est le site d'un gros projet de construction sur lequel travaille Tycho. On n'a pas beaucoup de détails sur le sujet, mais les échos radar sont très puissants.

— Il y a là-bas un système comm capable de braquer un faisceau de la taille de votre anus sur nous, à trois unités astronomiques de distance, ajouta Alex.

— D'accord, ouah, je suis impressionné. Et que dit notre faisceau comm de la taille d'un anus ?

— Vous n'allez jamais le croire, répondit Naomi en branchant l'enregistrement.

Un homme au teint sombre et à l'ossature lourde de Terrien apparut à l'écran. Ses cheveux grisonnaient, et son cou était noueux de muscles vieillis. Il sourit et déclara :

— Salut, James Holden. Je m'appelle Fred Johnson.

Holden appuya sur le bouton "pause".

— Ce type me dit quelque chose. Cherchez son nom dans la base de données de la navette.

Au lieu d'obéir, Naomi le fixa d'un regard perplexe.

— Quoi ? fit-il.

— C'est *Frederick Johnson.*

— D'accord.

— Le colonel Frederick Lucius Johnson.

La pause dura peut-être une seconde. Elle aurait tout aussi bien pu s'étirer sur une heure.

— Oh, merde, marmonna enfin Holden.

L'homme à l'écran avait jadis compté parmi les officiers les plus décorés des Nations unies, et il avait fini en symbole d'un de ses échecs les plus embarrassants. Pour les Ceinturiens, c'était le shérif terrien de Nottingham devenu Robin des Bois ; pour la Terre, un héros tombé en disgrâce.

Fred Johnson avait accédé à la gloire par une série de captures de pirates ceinturiens de haut rang, pendant une de ces périodes de tensions entre la Terre et Mars qui semblaient naître après quelques dizaines d'années de calme et se dissiper de nouveau. Chaque fois que les deux superpuissances du système croisaient le fer, le crime augmentait dans la Ceinture. Le colonel Johnson

– qui n'était alors que capitaine – et sa petite escadre de trois frégates armées de missiles avaient détruit une dizaine de vaisseaux pirates et deux de leurs principales bases en l'espace de deux ans. Lorsque la Coalition avait cessé de se chamailler, les actes de piraterie avaient notablement baissé dans la Ceinture, et le nom de Fred Johnson traînait sur toutes les lèvres. Il avait été promu et on lui avait confié le commandement d'une escadre de la Flotte, avec pour tâche de faire respecter l'ordre dans la Ceinture, ce dont il s'était acquitté avec succès.

Jusqu'à la station Anderson.

C'était un petit dépôt de la Ceinture à l'opposé de Cérès, et la plupart des gens, dont une majorité de Ceinturiens, auraient eu du mal à le situer sur une carte. Sa seule importance se résumait à une station de distribution mineure de l'eau et de l'air, dans une des zones les plus clairsemées de la Ceinture. Moins d'un million de Ceinturiens étaient approvisionnés en air par Anderson.

Gustav Marconi, un bureaucrate de carrière mis en poste par la Coalition sur la station, avait décidé de percevoir une taxe supplémentaire de trois pour cent sur tous les chargements transitant par Anderson, dans le but d'accroître les rentrées financières. Moins de cinq pour cent des Ceinturiens achetant leur air à Anderson vivaient avec un masque, de sorte qu'un peu moins de cinquante mille Ceinturiens risquaient de devoir passer une journée par mois sans respirer. Seul un petit pourcentage de ces cinquante mille personnes ne disposait pas de la marge nécessaire dans leur système de recyclage pour couvrir ce léger manque. Parmi eux, seuls quelques-uns estimaient qu'une révolte armée était la réponse appropriée.

Ce qui explique pourquoi, sur le million de personnes touchées par cette mesure, cent soixante-dix Ceinturiens armés seulement marchèrent sur la station, l'investirent et jetèrent Marconi par un sas. Ils exigèrent du gouvernement la garantie qu'aucune autre taxe ne serait appliquée à l'air et l'eau transitant par la station.

La Coalition leur envoya le colonel Johnson.

Durant le Massacre de la station Anderson, les Ceinturiens continuèrent de faire tourner les caméras de l'installation, et ils diffusèrent dans le système solaire l'intégralité de l'assaut. Tout le monde put voir les Marines de la Coalition mener une longue et horrible bataille couloir par couloir contre des hommes qui n'avaient rien à perdre et aucune raison de se rendre. Comme c'était prévisible, la Coalition l'emporta, mais le massacre retransmis en direct dura trois jours. L'image vidéo emblématique de cet épisode ne fut pas un combat mais la dernière que les caméras de la station prirent avant d'être débranchées : le colonel Johnson au centre ops, parmi les cadavres des Ceinturiens qui avaient opposé leur dernière résistance là, contemplant le carnage d'un regard impassible, mains pendantes le long du corps.

Les Nations unies avaient essayé de ne pas ébruiter la démission du colonel, mais il était trop connu du public. La vidéo de la bataille avait occupé les réseaux pendant des semaines, jusqu'à ce que l'ex-colonel fasse une déclaration publique dans laquelle il présentait ses excuses pour le massacre et annonçait que les relations entre la Ceinture et les planètes intérieures étaient intenables et que la situation allait vers une tragédie encore plus grande.

Puis il avait disparu. On l'avait presque oublié, et il n'aurait plus été qu'une note en bas de page dans le grand livre d'histoire des carnages humains si la colonie de Pallas ne s'était pas révoltée, quatre ans plus tard. Cette fois les métallurgistes de l'affinerie jetèrent le gouverneur de la Coalition hors de la station. Il ne s'agissait pas d'une petite installation avec cent soixante-dix rebelles, mais d'un des astéroïdes majeurs de la Ceinture, hébergeant une population de cent cinquante mille âmes. Lorsque la Coalition ordonna de faire intervenir les Marines, tout le monde s'attendit à un bain de sang.

Le colonel Johnson surgit de nulle part et entama les négociations avec les métallurgistes. Dans le même temps il convainquit les commandants de la Coalition de ne pas engager leurs troupes et d'attendre que la station soit libérée sans heurts. Il passa plus d'une année en pourparlers avec le gouverneur de la Coalition afin d'améliorer les conditions de travail dans les affineries. Et subitement le Boucher de la station Anderson devint un héros de la Ceinture, et une icône.

Une icône qui envoyait maintenant des messages privés au *Knight*.

Holden remit l'enregistrement en marche, et ce Fred Johnson-là dit :

— Monsieur Holden, je pense que vous vous êtes fait avoir. Sachez tout d'abord que je m'exprime en qualité de représentant officiel de l'Alliance des Planètes extérieures. J'ignore ce que vous avez entendu dire sur notre compte, mais nous ne sommes pas une bande de cowboys impatients de tirer dans tous les coins pour obtenir notre liberté. J'ai consacré ces dix dernières années à œuvrer pour l'amélioration de la vie des Ceinturiens, et je l'ai fait sans que personne soit tué. J'ai tellement foi en cette idée que j'ai renoncé à ma citoyenneté de Terrien quand je suis venu ici.

"Si je vous dis ça, c'est pour que vous compreniez à quel point je me suis investi. Dans le système solaire, je suis peut-être la personne qui souhaite le moins la guerre, et ma voix a du poids lors des conseils de l'APE.

"Vous avez peut-être entendu certains de ces messages diffusés qui appellent à se venger de Mars pour ce qui est arrivé à votre vaisseau. J'ai parlé à tous les chefs de secteur de l'APE, et aucun n'a revendiqué cette attaque.

"Quelqu'un se donne beaucoup de mal pour provoquer une guerre. Si c'est Mars, alors dès que vous monterez à bord de ce vaisseau de leur Flotte vous ne direz plus jamais un mot en public qui ne vous ait été glissé par vos maîtres martiens. Je ne veux pas croire que Mars est responsable. Je ne vois pas quel bénéfice ils tireraient d'un tel conflit. Mon espoir est donc que même après votre embarquement à bord du *Donnager*, vous serez toujours un acteur dans ce qui va suivre.

"Je vous envoie un mot de passe. La prochaine fois que vous émettrez publiquement, employez le mot *omniprésent* dans votre première phrase, pour indiquer que vous ne vous exprimez pas sous la contrainte. Si vous ne l'utilisez pas, j'en déduirai que vous agissez sous la contrainte. Et quoi qu'il en soit, je veux que vous le sachiez, vous avez des alliés dans la Ceinture.

"Je ne sais pas qui vous étiez ni ce que vous avez fait auparavant, mais désormais votre voix compte. Si vous voulez vous en servir pour améliorer la situation, je ferai tout ce qui est en mon pouvoir pour vous y aider. Si vous vous retrouvez libre, contactez-moi aux coordonnées qui suivent. Je pense que nous avons certainement beaucoup de choses à échanger.

"Johnson, terminé.

L'équipage s'était installé dans la coquerie et buvait une bouteille de mauvaise tequila dénichée par Amos. Shed en prenait quelques gouttes à la fois dans sa tasse et s'efforçait poliment de ne pas grimacer. Alex et Amos buvaient comme des marins : un doigt d'alcool au fond de leur tasse, qu'ils vidaient cul sec. Si le pilote lâchait toujours la même exclamation après chaque rasade, le mécano variait les jurons. Il en était à son onzième, et jusqu'alors il ne s'était pas répété.

Holden observait Naomi. Elle faisait tourner la tequila dans sa tasse et lui rendait le même regard fixe. Il se surprit à se demander quel mélange génétique avait produit ses traits. Il y avait de l'africain et du sud-américain, pas de doute. Son nom laissait supposer des ancêtres japonais, mais physiquement cette influence était tout juste détectable dans le léger repli cutané, à l'angle interne de l'œil. Elle n'aurait jamais une beauté conventionnelle, mais vue sous le bon angle elle dégageait un charme saisissant.

Merde, je suis plus parti que je le pensais.

Pour dissimuler son trouble, il dit :

— Donc…

— Donc le colonel Johnson vous a appelé, termina-t-elle. Vous êtes devenu quelqu'un d'important, monsieur.

Amos posa sa tasse sur la table avec un luxe de précautions exagéré.

— Je voulais vous poser la question, monsieur. Est-ce qu'il y a la moindre chance que nous acceptions son offre d'aide et que nous retournions simplement dans la Ceinture ? Je ne sais pas ce que vous en pensez, mais avec ce vaisseau de guerre martien devant nous et la demi-douzaine d'appareils mystérieux derrière, ça commence à devenir foutrement fréquenté, dans le coin.

— C'est une blague ? ironisa Alex. Si nous changions de cap maintenant, nous serions arrêtés avant que le *Donnager* nous rattrape. Ils foncent pour nous rattraper avant les Ceinturiens. Et si nous nous dirigeons vers les appareils non identifiés, le *Donnie* risque d'interpréter ça comme un revirement de notre part, et nous anéantir tous.

— Je suis d'accord avec M. Kamal, dit Holden. Nous avons choisi notre trajectoire et nous allons la suivre jusqu'au bout. Je ne perdrai pas pour autant le contact avec Fred. À ce propos, vous avez effacé son message, Naomi ?

— Oui, monsieur. Je l'ai effacé à la paille de fer de la mémoire de la navette. Les Martiens ne sauront jamais qu'il nous a parlé.

Holden approuva de la tête et ouvrit un peu plus la fermeture Éclair de sa combinaison de vol. Avec cinq personnes bien éméchées, la température dans la coquerie commençait à sérieusement grimper. Naomi arqua un sourcil en remarquant le tee-shirt qu'il portait depuis déjà plusieurs jours. Embarrassé, il referma sa combinaison.

— Je ne comprends rien au comportement de ces appareils, chef, dit Alex. Admettons qu'ils soient en pleine mission kamikaze. Avec leur nombre et s'ils ont des missiles nucléaires, ils pourraient tout juste égratigner un monstre comme le *Donnie*. Il lui suffirait de déployer son réseau de défense pour créer une zone d'exclusion large de mille kilomètres. Il aurait pu anéantir ces appareils s'il l'avait voulu, et depuis un bout de temps, mais je crois que les Martiens se posent autant de questions que nous sur leur identité.

— Ils doivent avoir compris qu'ils ne pourront pas nous rattraper avant le *Donnager*, dit Holden. Et ils ne peuvent pas espérer l'emporter s'ils l'attaquent. Je me demande vraiment ce qu'ils ont en tête.

Amos versa ce qui restait de tequila dans chacune des tasses et leva la sienne pour porter un toast.

— Bordel, je crois qu'on va bientôt le savoir.

10

MILLER

Quand elle commençait à s'irriter, Shaddid tapotait la pointe de son majeur contre son pouce. Cela produisait un son ténu, aussi feutré que le pas d'un chat, mais depuis que Miller avait remarqué ce tic il lui semblait devenir chaque fois plus bruyant. Aussi léger qu'il soit, il paraissait emplir son bureau.

— Miller, dit-elle avec un sourire forcé, nous sommes tous à cran, en ce moment. Les temps ont été rudes.

— Oui, madame, dit-il en baissant la tête comme un arrière prêt à se frayer un passage en force dans le mur des défenseurs adverses. Mais je pense que c'est assez important pour mériter qu'on se penche un peu plus…

— C'est un service qu'on rend à un actionnaire, rappela le capitaine. Son père est devenu nerveux. Il n'y a aucune raison de penser qu'il ait voulu que Mars détruise le *Canterbury*. Les tarifs douaniers remontent. Il y a eu une explosion de gaz dans une mine, sur l'un des sites de la Lune Rouge. Éros a des problèmes avec ses fermes de levure. Dans la Ceinture, il n'y a pas un jour sans que se produise un événement susceptible de faire s'inquiéter un père pour sa petite fleur de fille.

— Oui, madame, mais la synchronisation des événements…

Les doigts du capitaine accélérèrent leur tempo. Miller se mordit la lèvre. La cause était perdue.

— Ne vous mettez pas à traquer les conspirations, dit Shaddid. Nous avons tout un paquet de crimes que nous savons bien réels. La politique, la guerre, les cabales à l'échelle du système solaire ourdies par les méchants des planètes intérieures qui voudraient nous arnaquer ? Ce n'est pas votre rayon. Pondez-moi simplement un rapport qui explique que vous effectuez des recherches, je le ferai remonter, et nous pourrons nous remettre à notre boulot.

— Oui, madame.

— Autre chose ?

— Non, madame.

Shaddid hocha la tête et se tourna vers son terminal. Miller ramassa son couvre-chef sur le bord du bureau et sortit de la pièce. Un des filtres à air du poste était tombé en panne durant le week-end, et son remplacement avait laissé planer dans l'atmosphère un parfum de plastique neuf et d'ozone qu'il trouvait rassurant. Il alla s'asseoir à son bureau, croisa les doigts derrière sa tête et fixa du regard le tube lumineux au plafond. Le nœud qui s'était formé au creux de son ventre ne s'était pas détendu. C'était vraiment dommage.

— Ça n'est pas trop bien passé, alors ? demanda Havelock.

— Ça aurait pu se passer mieux.

— Elle t'a retiré la mission ?

— Non, je la conserve. Elle veut seulement que je bâcle le boulot.

— Bah, ça pourrait être pire. Au moins tu dois découvrir ce qui s'est passé. Et si tu passais simplement un peu de temps à fouiner, après le travail, juste pour garder la main, si tu vois ce que je veux dire ?

— Ouais, fit Miller. Pour garder la main.

Leurs deux bureaux étaient inhabituellement propres. La barrière de paperasse qu'Havelock avait dressée entre lui et le reste du poste s'était érodée jusqu'à disparaître, et Miller savait au regard de son équipier et aux mouvements de ses mains que le flic en lui avait envie de retourner dans les tunnels. Il n'aurait pu dire si c'était pour faire ses preuves avant son transfert, ou simplement pour briser quelques crânes. Peut-être étaient-ce là deux façons d'exprimer la même chose.

Essaie de ne pas te faire tuer avant de partir d'ici, songea Miller.

— Qu'est-ce qu'on a ? fit-il.

— Une boutique de matériel informatique. Secteur 8, troisième niveau. Une plainte pour racket.

Miller resta immobile un moment et étudia sa propre réticence comme si c'était celle d'un autre. Il se faisait l'impression d'être un chien à qui Shaddid avait donné un morceau de viande fraîche avant de lui désigner ses croquettes. La tentation d'oublier le magasin d'informatique s'épanouit en lui, et pendant quelques secondes il faillit y céder. Finalement, avec un soupir, il reposa ses pieds sur le sol et se leva.

— C'est bon, dit-il, allons rendre le commerce plus sûr dans la station.

— Belle maxime de vie, fit Havelock.

Il vérifia son arme, ce qu'il faisait beaucoup plus souvent depuis quelque temps.

La boutique était franchisée et spécialisée dans les divertissements. Les présentoirs blancs et propres proposaient du matériel pour divers environnements interactifs : simulations de bataille, jeux d'exploration, sexe. Une voix de femme ululait dans les haut-parleurs quelque chose entre l'appel musulman à la prière et l'orgasme, avec en accompagnement un rythme à la batterie. La moitié des produits était en hindi sous-titré en chinois et en espagnol, l'autre en anglais avec une traduction en hindi. L'employé, un gamin de seize, dix-sept ans, arborait comme un étendard une barbe noire pas assez fournie.

— Je peux vous aider ? demanda-t-il.

Le regard qu'il posa sur Havelock était à la limite du mépris. Le Terrien sortit son badge et le lui présenta, et dans le mouvement il s'arrangea pour que l'adolescent ait tout le temps de voir son arme.

— Nous aimerions parler à…, commença Miller avant de consulter la plainte sur son terminal. Asher Kamamatsu. Il est là?

Le directeur de l'établissement était imposant, pour un Ceinturien. Plus grand qu'Havelock, il avait le ventre conquérant et une musculature saillante au niveau des épaules, des bras et du cou. Si Miller plissait les paupières, il discernait le garçon de dix-sept ans qu'il avait été sous les couches déposées par le temps et les désillusions, et ce garçon-là ressemblait beaucoup au jeune employé. Son bureau se révéla presque trop petit pour eux trois et encombré de boîtes pleines de logiciels pornographiques.

— Vous les avez attrapés? demanda Kamamatsu.

— Non, répondit Miller. Nous essayons toujours de savoir qui ils sont.

— Bon sang, mais je vous l'ai déjà dit. La caméra du magasin a pris des images d'eux. Je vous ai donné le nom de ce salopard.

D'après le terminal de Miller, le suspect s'appelait Mateo Judd. C'était un docker au casier criminel sans rien de remarquable.

— Vous pensez donc qu'il agit en solo. D'accord. Nous allons le serrer et le mettre à l'ombre. Aucune raison de chercher à savoir pour qui il travaille. Probablement personne qui prendra mal la chose, de toute façon. D'après mon expérience, dans le domaine du racket les collecteurs sont remplacés dès qu'un d'entre eux tombe. Mais puisque vous êtes certain que c'est uniquement ce type qui pose problème…

L'air bougon du boutiquier lui confirma qu'il s'était bien fait comprendre. Accoudé sur une pile de cartons marqués СИРОТЛИВЫЕ ДЕВУШКИ, Havelock souriait.

— Pourquoi ne pas me dire ce qu'il voulait? proposa Miller.

— Je l'ai déjà dit à l'autre flic, répliqua le commerçant.

— Racontez-moi.

— Il voulait nous vendre une assurance privée. Cent par mois, pareil que le dernier type.

— Le dernier type? fit Havelock. Alors c'est déjà arrivé?

— Bien sûr. Tout le monde doit payer quelque chose, vous savez. C'est le prix pour faire du commerce, ici.

Miller ferma son terminal en fronçant les sourcils.

— Philosophique. Mais si c'est le prix pour faire du commerce, pourquoi nous avoir appelés?

— Parce que j'ai pensé que vous… vous autres de la police aviez le contrôle sur toute cette merde. Depuis que nous avons cessé de payer la Loca, j'ai pu faire des bénéfices corrects. Et voilà que ça recommence.

— Une minute, fit Miller. Vous dites que la Loca Greiga a cessé de vous faire cracher au bassinet en échange de sa protection?

— Bien sûr. Et pas seulement ici. La moitié des gars du Rameau que je connaissais ne se montrent plus. On a tous cru que les flics avaient pris la situation en main, pour une fois. Mais maintenant il y a ces nouveaux salopards, et c'est la même chose, une fois de plus.

Un frisson désagréable parcourut la nuque de Miller. Il lança un regard interrogateur à Havelock, qui secoua la tête. Lui non plus n'était pas au courant. La société du Rameau d'or, l'équipe de Sohiro, la Loca Greiga. Tout le crime organisé sur Cérès souffrait du même effondrement écologique, et à présent un nouveau venu voulait prendre la place laissée libre. Peut-être par opportunisme. Peut-être pour une autre raison. Il répugnait presque à poser les questions suivantes. Son équipier allait penser qu'il devenait paranoïaque.

— À quand remonte la dernière fois où un des anciens gars est venu percevoir son enveloppe pour vous protéger ? demanda-t-il.

— Je ne sais plus. Mais ça fait déjà un bail.

— Avant ou après que Mars a détruit ce transport de glace ?

Le commerçant croisa ses bras épais et plissa les yeux.

— Avant, dit-il. Peut-être un mois ou deux avant. Quel rapport ?

— J'essaie seulement d'établir une échelle de temps qui soit juste, répondit Miller. Et le nouveau type, ce Mateo, il vous a dit qui était derrière votre nouvelle assurance ?

— C'est votre boulot de le découvrir, non ?

L'expression du boutiquier s'était tellement fermée que Miller s'imagina entendre des bruits de serrure. Oui, Asher Kamamatsu savait qui le rackettait. Il avait assez de cran pour en parler, mais pas assez pour désigner nommément le coupable.

Intéressant.

— Eh bien, merci pour les renseignements, dit Miller en se levant. Nous vous tiendrons au courant de ce que nous découvrons.

— Heureux que vous soyez sur le coup, dit Kamamatsu, répondant au sarcasme par le sarcasme.

Dans le tunnel extérieur, Miller fit halte. Le voisinage était au point de friction entre le louche et le respectable. Des traces blanches marquaient les endroits où les graffitis avaient été recouverts de peinture. Des hommes à vélo louvoyaient ici et là, et la mousse des pneus bourdonnait sur la pierre polie du sol. Miller s'avança au ralenti, les yeux fixés au plafond loin au-dessus de leur tête, jusqu'à ce qu'il repère la caméra de sécurité. Il sortit son terminal, naviga jusqu'aux fichiers correspondant au code de la caméra et croisa les références avec les clichés fixes de la boutique. Pendant un moment il fit défiler les gens en avant, puis en arrière. Et il trouva Mateo qui sortait du magasin. Un rictus suffisant déformait le visage du racketteur. Miller figea l'image et l'agrandit. Havelock regarda par-dessus son épaule et poussa un sifflement bas.

Le cercle scindé de l'APE était parfaitement visible sur le brassard du malfrat. Le même genre de brassard que celui trouvé dans l'appartement de Julie Mao.

Avec quel genre de personnes as-tu traîné, petite ? songea Miller. *Tu vaux mieux que ça. Tu dois savoir que tu vaux mieux que ça.*

— Eh, partenaire, dit-il à haute voix. Tu crois pouvoir rédiger le rapport pour cette entrevue ? Il y a quelque chose que j'aimerais faire, et ce ne serait peut-être pas très indiqué que tu m'accompagnes. Sans vouloir t'offenser.

— Tu vas aller poser des questions aux gars de l'APE ?

— Juste secouer quelques branches, pour voir ce qui tombe de l'arbre.

Miller aurait cru que sa seule qualité de membre sous contrat de la sécurité suffirait à le faire remarquer dans un bar réputé pour être fréquenté par les sympathisants de l'APE. En l'occurrence, la moitié des visages qu'il reconnut dans l'éclairage tamisé du *John Rock Gentlemen's Club* étaient des citoyens normaux. Plusieurs travaillaient pour Hélice-Étoile, tout comme lui, mais ceux-là étaient de service. La musique était purement ceinturienne, des carillons doux accompagnés de cithare et de guitare, avec des paroles dans une demi-douzaine de langues. Il en était à sa quatrième bière, deux heures après la fin de son service, et sur le point de laisser tomber son plan qui semblait voué à l'échec, quand un grand homme mince s'assit au bar à côté de lui. Ses joues grêlées par l'acné donnaient un aspect ravagé à un visage qui sinon paraissait perpétuellement au bord de l'hilarité. Ce n'était pas le premier brassard de l'APE que l'inspecteur ait vu ce soir, mais cet homme le portait avec un air de défi et d'autorité. Miller le salua d'un hochement de tête.

— J'ai appris que vous avez posé des questions sur l'APE, dit l'inconnu. Ça vous intéresserait de la rejoindre?

Miller sourit et leva son verre, dans un geste volontairement évasif.

— C'est à vous que je devrais m'adresser, si c'était le cas? fit-il d'un ton dégagé.

— Peut-être bien que je pourrais vous aider.

— Peut-être bien que vous pourriez me parler de deux ou trois autres choses, alors.

Il sortit son terminal et le posa sur le comptoir en faux bambou. Le visage de Mateo Judd brillait sur l'écran. L'homme de l'APE fronça les sourcils et tourna l'appareil vers lui pour mieux voir.

— Je suis un réaliste, dit Miller. Quand Chucky Snails dirigeait les opérations de "protection", il m'arrivait de parler à ses hommes. Idem quand la Main a pris la relève, et ensuite la société du Rameau d'or. Mon boulot ne consiste pas à empêcher les entorses faites à la loi, mais à assurer la stabilité de Cérès. Vous me comprenez?

— J'aurais du mal à répondre par l'affirmative, dit l'homme au visage marqué par l'acné, et son accent lui donnait l'air plus cultivé que Miller ne l'aurait pensé. Qui est cet individu?

— Il s'appelle Mateo Judd. Il a commencé à proposer sa protection dans le secteur 8. Il affirme avoir le soutien de l'APE.

— Les gens affirment beaucoup de choses, inspecteur. Car vous êtes inspecteur, n'est-ce pas? Mais nous parlions de réalisme…

— En admettant que l'APE veuille s'introduire dans l'économie souterraine sur Cérès, tout se passerait beaucoup mieux si nous pouvions nous parler. Communiquer.

L'homme eut un rire froid et repoussa le terminal. Le barman passa devant eux, avec dans le regard une question qui n'avait pas de rapport avec leurs consommations et ne s'adressait pas à Miller.

— J'ai entendu dire qu'il régnait un certain degré de corruption au sein des forces d'Hélice-Étoile, déclara l'homme. Je dois reconnaître que je suis impressionné par votre franchise. Je vais clarifier les choses : l'APE n'est pas une organisation criminelle.

— Vraiment ? C'est moi qui me trompe, alors. Je m'étais dit que, à la façon dont elle tue pas mal de gens…

— Vous essayez de m'appâter. Nous nous défendons contre les gens qui exercent un terrorisme économique contre la Ceinture. Les Terriens. Les Martiens. Nous nous appliquons à protéger les Ceinturiens. Même vous. Inspecteur.

— Du terrorisme économique ? Ça semble un peu excessif.

— C'est ce que vous pensez ? Les planètes intérieures nous considèrent comme leur main-d'œuvre attitrée. Ils nous infligent des impôts. Ils dirigent ce que nous faisons. Au nom de la stabilité, ils imposent leurs lois et ignorent les nôtres. Dans le courant de l'année dernière, ils ont doublé le tarif douanier sur Titan. Cinq mille personnes sur une boule de glace en orbite autour de Saturne, à des mois de trajet de tout autre endroit. Pour eux, le soleil n'est qu'une étoile brillante. Vous pensez qu'ils ont une voie de recours ? Ils ont empêché toutes les entreprises de fret ceinturiennes de passer des contrats avec Europe. Leurs taxes de transit sur Ganymède sont deux fois plus élevées pour nous. La station scientifique sur Phœbé ? Nous n'avons même pas le droit de nous placer en orbite. Il n'y a pas un seul Ceinturien sur ce satellite. Quoi qu'ils fassent dans cette station, nous ne le découvrirons que lorsqu'ils nous revendront leur technologie, dans dix ans.

Miller but une gorgée de bière et désigna son terminal d'un mouvement de tête.

— Ce type n'est pas un des vôtres?

— Non.

L'inspecteur rempocha son terminal. Curieusement, il croyait cet homme qui ne se comportait pas en voyou. Aucune morgue en lui, aucune tendance à vouloir impressionner le monde entier. Non, cet homme était sûr de son fait, amusé et, en son for intérieur, profondément las. Miller avait connu des soldats comme lui, mais aucun criminel.

— Autre chose. Je cherche quelqu'un.

— Une autre enquête?

— Pas exactement, non. Juliette Andromeda Mao. On l'appelle Julie.

— Le nom devrait me dire quelque chose?

Miller haussa les épaules.

— Elle fait partie de l'APE.

— Vous connaissez tout le monde à Hélice-Étoile? répliqua l'homme et, devant l'absence de réponse : Nous sommes considérablement plus nombreux que les membres de votre société.

— Remarque pertinente. Mais si vous pouviez vous renseigner, je vous en serais reconnaissant.

— Je ne crois pas que vous soyez en position d'attendre ce genre de service.

— Ça ne coûte rien de demander.

L'homme eut un petit rire bas et posa une main sur l'épaule de Miller.

— Ne revenez plus ici, inspecteur, dit-il, et il s'éloigna dans la foule.

La mine assombrie, Miller prit une autre gorgée de bière. Il avait le sentiment vague et désagréable d'avoir commis un faux pas. Il était venu ici certain que l'APE s'intéressait à Cérès, voulait capitaliser sur la destruction du transport de glace et la montée de la peur et de la détestation envers les planètes intérieures chez les habitants de la Ceinture. Mais comment cela cadrait-il avec l'anxiété étrangement opportune du père de Julie Mao ? Ou la disparition de tous ces criminels habitués des postes de police de Cérès ? Plus il y réfléchissait et plus le problème lui faisait penser à une vidéo floue. L'image était presque là, mais presque seulement.

— Trop de points, maugréa-t-il. Pas assez de lignes.

— Je vous demande pardon ? dit le barman.

— Non, rien, fit-il en poussant la bouteille à moitié vide loin de lui. Merci.

De retour dans son appartement, il mit un peu de musique. Les chants lyriques que Candace aimait, quand ils étaient encore jeunes et, à défaut de l'être d'espoir, emplis d'un fatalisme plus enjoué. Il baissa l'éclairage à demi en se disant que, s'il parvenait à se détendre, si pendant quelques minutes il réussissait à oublier cette sensation irritante d'avoir raté un détail crucial, la pièce manquante du puzzle apparaîtrait d'elle-même.

Il s'était à moitié attendu à ce que Candace se manifeste dans ses pensées, soupirant et le regardant d'un œil sévère comme elle l'avait fait dans la vie réelle. Au lieu de quoi il se retrouva à parler avec Julie Mao. Dans cet état de somnolence qu'induisaient la fatigue et l'alcool, il l'imagina assise au bureau d'Havelock. Elle n'avait pas le bon âge et était plus jeune que la femme réelle l'aurait été. C'était la gamine souriante de la photo. La fille qui avait fait la course à bord du *Razorback* et qui avait gagné. Il eut le bon sens de lui poser des questions, et les réponses qu'elle donna eurent la force de la révélation. Tout devint logique. Non seulement le changement survenu dans la société du Rameau d'or et son affaire d'enlèvement, mais aussi le transfert d'Havelock, la destruction du transport de glace, sa propre vie et son propre travail. Il rêva que Julie Mao riait, et il se réveilla tard, avec la migraine.

Havelock l'attendait à son bureau. Son visage large et ramassé de Terrien lui parut curieusement étranger, mais il fit de son mieux pour repousser cette impression.

— Tu as l'air patraque, commenta son équipier. La nuit a été agitée ?

— Je vieillis, et j'ai bu de la mauvaise bière, c'est tout.

Un des membres de la brigade des mœurs cria avec colère quelque chose à propos de ses fichiers qui une fois de plus n'étaient plus accessibles, et un technicien traversa la salle en trottinant, tel un cancrelat nerveux. Havelock se pencha vers son collègue et prit une expression grave.

— Sérieux, nous faisons toujours équipe et… parole d'honneur, je pense que tu es le seul véritable ami que j'aie sur ce caillou. Tu peux me faire confiance. S'il y a quelque chose que tu as envie de dire, je suis prêt à t'écouter.

— C'est génial, dit Miller. Mais je ne sais pas de quoi tu parles. La nuit dernière a été un fiasco.

— Pas d'APE ?

— Si, bien sûr. De toute façon, tu te retournes dans ce poste, tu trouves trois types de l'APE. Je manque juste des bons renseignements.

Havelock se redressa, les lèvres si serrées qu'elles étaient livides. La dérobade de son équipier constituait une question implicite, et le Terrien désigna le panneau d'affichage. Un nouvel homicide arrivait en tête de liste. À trois heures du matin, alors que Miller était en pleine conversation onirique, quelqu'un s'était introduit chez Mateo Judd et lui avait logé dans l'œil gauche une cartouche de fusil de chasse pleine de gel balistique.

— Eh bien, dit Miller, c'était une erreur.

— Quelle erreur ?

— L'APE ne s'intéresse pas aux criminels. Elle s'intéresse aux flics.

11

HOLDEN

Le *Donnager* était laid.

Holden avait vu des photos et des vidéos des anciens navires de guerre qui parcouraient jadis les océans de la Terre, et même à l'époque des coques en acier il s'était toujours dégagé d'eux une certaine forme de beauté. Avec leurs lignes élancées, ils avaient l'apparence de créatures fendant le vent et difficilement tenues en laisse. Le *Donnager* ne donnait pas du tout cette impression. Comme tous les vaisseaux spatiaux à long rayon d'action, il était construit selon la configuration "tour de bureaux" : chaque pont était un étage, avec des échelles et des ascenseurs courant le long de l'axe central. La poussée constante remplaçait la gravité.

Et le *Donnager* ressemblait vraiment à un immeuble couché sur le flanc. Massif et parsemé de petites protubérances bulbeuses à des endroits apparemment fortuits. Avec ses quelque cinq cents mètres de long, il avait la taille d'une tour de cent trente étages. D'après Alex, son poids à vide était de deux cent cinquante mille tonnes, et il semblait plus lourd. Une fois de plus, Holden se dit qu'une bonne partie du sens esthétique humain s'était formé à l'époque ou des appareils profilés fendaient les airs. Le *Donnager* ne se déplacerait jamais dans un milieu plus épais qu'un nuage de gaz interstellaire, de sorte que les courbes et les angles constituaient une perte d'espace. Le résultat était laid.

Il était aussi intimidant. Tandis qu'Holden l'observait de son siège voisin de celui d'Alex dans le cockpit du *Knight*, l'énorme vaisseau de guerre s'aligna sur leur trajectoire et s'approcha jusqu'à sembler stopper au-dessus d'eux. Une rampe d'accostage apparut dans le ventre plat et noir du *Donnager*, dessinée par un carré de faible lumière rouge. Le *Knight* émettait des bips répétés, ce qui lui rappela des faisceaux de ciblage laser pointés sur leur coque. Il chercha les canons de défense rapprochée braqués sur lui, mais ne put les repérer.

Quand Alex parla, il sursauta.

— Bien compris, *Donnager*, dit le pilote. Commandes bloquées. Je coupe la poussée principale.

Les derniers vestiges de poids disparurent. Les deux appareils se déplaçaient toujours à plusieurs centaines de kilomètres par minute, mais leurs trajectoires similaires créaient l'illusion de l'immobilité.

— Permission d'accoster, chef. Je fais entrer la navette ?

— Il semble un peu tard pour une tentative de fuite, monsieur Kamal, répondit Holden.

Il s'imagina Alex commettant une erreur que le *Donnager* interprétait comme une menace, et les canons de défense rapprochée envoyant deux cent mille lingots d'acier revêtus de Teflon pour les transpercer.

— En douceur, Alex, dit-il.

— On dit qu'un de ces appareils est capable de détruire toute une planète, fit Naomi par le circuit comm.

Elle se trouvait au poste des ops, un pont plus bas.

— N'importe qui peut détruire une planète depuis son orbite, répliqua Holden. Il suffit de balancer des enclumes par les sas. Cet engin-là pourrait détruire… merde. N'importe quoi.

Les réacteurs de manœuvre les déplaçaient par petites touches. Holden savait qu'Alex les guidait à l'intérieur du vaisseau de guerre, mais il ne pouvait se départir de l'impression que le *Donnager* les avalait.

L'accostage prit près d'une heure. Une fois que le *Knight* fut à l'intérieur de la cale, un bras de manipulation énorme se saisit de la navette et la déposa dans une zone déserte du pont. Des pinces se refermèrent sur l'appareil, et le *Knight* retentit d'un son métallique qui rappela à Holden les serrures magnétiques d'une cellule de prison à bord d'un vaisseau.

Les Martiens étirèrent un conduit d'accostage d'une des parois et en fixèrent l'embout au sas de la navette. Holden rassembla l'équipage devant l'écoutille intérieure.

— Pas de flingues, pas de couteaux, rien qui puisse avoir l'air d'une arme, recommanda-t-il. Ils nous laisseront sans doute nos terminaux individuels, mais gardez-les éteints, par simple précaution. S'ils vous les demandent, vous les leur donnez sans râler. Notre survie tient peut-être à ce qu'ils nous jugent accommodants.

— Ouais, grogna Amos, ces fumiers ont tué McDowell, mais c'est à nous d'agir gentiment…

Le pilote allait répondre, mais Holden le prit de vitesse :

— Alex, vous avez effectué vingt vols avec la Flotte de la République martienne. Il y a quelque chose d'autre que nous devrions savoir ?

— Pareils que ce que vous avez dit, chef. *Oui, monsieur, non, monsieur*, et le petit doigt sur la couture quand on vous donne un ordre. Avec les simples soldats, ça devrait aller, mais on a appris aux officiers à ne plus avoir aucun sens de l'humour.

Holden considéra son équipage restreint, et il espéra ne pas les avoir condamnés à mort en les amenant là. Il déverrouilla l'écoutille, et ils se laissèrent dériver en apesanteur dans le court conduit d'accostage. Quand ils atteignirent l'autre extrémité et le sas, une surface d'un gris terne immaculé, tout le monde descendit vers le sol. Les semelles magnétiques de leurs bottes les rivèrent au plancher. Le sas se ferma et siffla pendant plusieurs secondes avant de s'ouvrir sur une salle plus vaste où se tenaient une douzaine de personnes. Holden reconnut le commandant Theresa Yao. Plusieurs autres portaient l'uniforme d'officier de la Flotte, et ils faisaient sans doute partie de ses proches subordonnés. Il y avait aussi un homme vêtu en simple soldat, qui masquait mal son impatience, et six Marines en tenue de combat renforcée, dont les fusils d'assaut étaient dirigés sur Holden. Il leva les mains.

— Nous ne sommes pas armés, dit-il avec un sourire, en faisant de son mieux pour paraître inoffensif.

Les fusils d'assaut restèrent braqués, mais le commandant Yao s'avança.

— Bienvenue à bord du *Donnager*, dit-elle. Chef, vérification.

L'homme en uniforme de simple soldat les approcha d'un pas lourd et les palpa rapidement et avec professionnalisme. Cela fait, il se tourna vers un des Marines et lui montra son poing fermé, pouce levé. Les armes s'abaissèrent, et Holden eut du mal à réprimer un soupir de soulagement.

— Et maintenant, commandant? demanda-t-il en gardant un ton posé.

Yao le dévisagea d'un air critique durant de longues secondes avant de répondre. Elle avait les cheveux tirés en arrière dans une coiffure des plus strictes, et quelques mèches grisonnantes y traçaient des lignes droites. Chez elle il discernait le léger ramollissement de l'âge au niveau de la mâchoire et au coin des yeux. Son expression glaciale possédait cette arrogance tranquille commune à tous les commandants de la Flotte qu'il avait côtoyés. Il se demanda ce qu'elle voyait quand elle le regardait ainsi, et il résista à une envie soudaine de remettre un peu d'ordre dans sa chevelure graisseuse.

— Le chef Gunderson va vous conduire à vos quartiers et vous y installer, répondit-elle. Quelqu'un viendra ensuite vous débriefer.

L'homme en tenue de simple soldat les guidait déjà hors de la salle quand Yao reprit la parole, d'une voix devenue subitement tranchante :

— Monsieur Holden, si vous avez des renseignements concernant les six appareils qui vous suivent, c'est le moment de les partager. Nous leur avons accordé un délai de deux heures pour changer de trajectoire, il y a de cela une heure. Jusqu'à maintenant, ils n'ont rien fait dans ce sens. Dans une heure je vais ordonner le tir d'une salve de torpilles. S'ils comptent parmi vos amis, vous pourriez leur éviter beaucoup de souffrances.

Holden secoua la tête avec emphase.

— Tout ce que je sais, c'est qu'ils ont surgi de la Ceinture quand vous vous êtes dirigés vers nous, commandant. Ils ne nous ont pas contactés. Pour nous, le plus probable est qu'il s'agit de citoyens de la Ceinture inquiets et qui viennent voir ce qui se passe.

Yao acquiesça. Si elle estimait l'idée de témoins déconcertante, elle n'en laissa rien paraître.

— Emmenez-les en bas, chef, ordonna-t-elle avant de tourner les talons.

Gunderson poussa un sifflement doux et désigna une des deux portes. Holden et son équipage le suivirent à l'extérieur, escortés par les Marines. Pendant qu'ils s'enfonçaient dans les entrailles du *Donnager*, Holden put profiter de sa première vision en situation d'une unité martienne de première importance. Chaque centimètre carré de cet appareil était conçu pour offrir une efficience nettement plus grande qu'à bord de tous les vaisseaux des Nations unies sur lesquels il avait servi. *Mars les construit vraiment mieux que nous.*

— Bordel, chef, ils récurent leurs poubelles à fond, glissa Amos derrière lui.

— Lors d'une mission prolongée, la majeure partie de l'équipage n'a pas grand-chose d'autre à faire. Alors quand vous n'êtes pas occupé à une autre tâche, vous briquez ce qu'il y a à briquer.

— Vous voyez, c'est pour ça que je bosse sur des transports, répondit le mécanicien. Entre nettoyer les ponts, se bourrer la gueule et baiser, j'ai ma préférence.

Tandis qu'ils empruntaient un dédale de coursives, une vibration légère envahit les structures du vaisseau, et la pesanteur se manifesta graduellement. La poussée des propulseurs agissait de nouveau. Holden fit s'entre-choquer les talons de ses bottes pour activer les senseurs et couper l'effet magnétique des semelles.

Ils ne virent presque personne. Les quelques personnes qu'ils croisèrent se déplaçaient d'un pas rapide, dans un quasi-silence, et elles leur accordèrent à peine un regard au passage. Lorsque le commandant Yao avait annoncé qu'ils lanceraient une salve de torpilles dans une heure, il n'y avait pas eu la moindre trace de menace dans le ton qu'elle avait employé. C'était une simple constatation. Pour la plupart des jeunes éléments de l'équipage, ce serait la première fois qu'ils se retrouveraient en situation de combat – si on en arrivait là. Et Holden ne le croyait pas.

Il se demandait quoi penser de la position de Yao, prête à anéantir une poignée d'appareils de la Ceinture simplement parce qu'ils faisaient route dans sa direction. Rien dans son attitude ne suggérait qu'elle aurait hésité à détruire un transport de glace comme le *Canterbury*, s'il y avait une bonne raison de le faire.

Gunderson s'arrêta devant une écoutille marquée OQ117. Il glissa une carte dans la serrure et fit signe à tout le monde d'entrer.

— C'est mieux que ce que je craignais, dit Shed, l'air impressionné.

Le compartiment était spacieux, selon les standards des vaisseaux stellaires. Il était meublé de six couchettes pour g élevée et d'une petite table avec quatre sièges collés au plancher par des pieds magnétiques. Une porte ouverte dans une cloison laissait entrevoir une pièce plus petite avec des toilettes et un lavabo. Gunderson et le lieutenant des Marines suivirent l'équipage d'Holden à l'intérieur.

— C'est votre lieu de résidence jusqu'à plus ample informé, dit le chef. Il y a un panneau comm encastré dans le mur. Deux des hommes du lieutenant Kelly resteront stationnés à l'extérieur de vos quartiers. Contactez-les et ils vous feront parvenir tout ce dont vous pourriez avoir besoin.

— On pourrait avoir quelque chose à grailler? dit Amos.

— Nous allons vous faire porter à manger. Vous devez rester ici jusqu'à ce qu'on vous appelle, dit Gunderson. Lieutenant Kelly, vous avez quelque chose à ajouter?

Le marine prit le temps de contempler les nouveaux venus.

— Les hommes en poste à l'extérieur sont là pour assurer votre protection, dit-il, mais ils réagiront de façon appropriée si vous créez le moindre problème. Bien reçu?

— Cinq sur cinq, lieutenant, répondit Holden. Pas d'inquiétude à avoir. Mon équipage sera le groupe d'invités le plus facile à vivre que vous ayez jamais reçu.

Kelly adressa un petit hochement de tête à Holden, avec ce qui semblait être de la gratitude. C'était un professionnel chargé d'une mission déplaisante. Holden pouvait comprendre. D'un autre côté, il connaissait assez les Marines pour savoir qu'ils pouvaient se montrer très désagréables s'ils se sentaient provoqués.

— Pouvez-vous emmener M. Holden ici présent à son rendez-vous en repartant, lieutenant? J'aimerais régler tous les détails avec ces gens.

Kelly acquiesça et prit Holden par le coude.

— Veuillez venir avec moi, monsieur.

— Où allons-nous, lieutenant?

— Le lieutenant Lopez a demandé à vous voir dès votre arrivée. Je vais vous amener auprès de lui.

Le regard nerveux de Shed passa du marine à Holden, puis revint sur le soldat. Naomi hocha la tête. Ils se reverraient tous, se dit Holden. Il pensait même que c'était probable.

D'un pas pressé, Kelly le précéda à l'intérieur du vaisseau. Il ne tenait plus son arme comme s'il était prêt à s'en servir, mais la laissait pendre de son épaule. Soit il avait décidé que le capitaine du *Knight* n'allait pas lui créer d'ennuis, soit il pensait pouvoir le maîtriser aisément si ce n'était pas le cas.

— Puis-je vous demander qui est le lieutenant Lopez ?

— La personne qui a demandé à vous voir, répondit Kelly.

Le marine fit halte devant une porte grise et nue, y frappa une fois et le fit entrer dans une petite pièce meublée d'une table et de deux chaises inconfortables d'apparence. Un homme brun installait un magnétophone. Il eut un geste vague de la main en direction d'un des sièges. Holden s'y assit. La chaise était encore plus inconfortable qu'elle en avait l'air.

— Vous pouvez y aller, Kelly, dit l'homme qu'Holden supposait être Lopez.

Le marine sortit en refermant la porte derrière lui.

Quand Lopez eut fini, il s'attabla face à Holden et lui tendit la main. Holden la serra.

— Je suis le lieutenant Lopez. Kelly vous l'a probablement dit. Je suis membre des services de renseignements de la Flotte, ce qu'il ne vous a certainement pas dit. Mon travail n'a rien de secret, mais ils forment les Marines à ne pas trop parler.

Il plongea la main dans une poche, en sortit un petit paquet de losanges blancs et en goba un. Il n'en offrit pas à Holden. Ses pupilles se contractèrent jusqu'à n'être plus que des points noirs tandis qu'il suçait le losange.

Une drogue pour aider à la concentration. Il allait guetter tous les tics faciaux et comportementaux d'Holden pendant l'interrogatoire. Difficile de lui mentir.

— Lieutenant de vaisseau James R. Holden, du Montana, dit-il.

Ce n'était pas une question.

— Oui, monsieur, répondit quand même Holden.

— Sept années dans la Flotte des Nations unies, dernière affectation à bord du destroyer *Zhang Fei*.

— C'est exact.

— Votre dossier précise que vous avez été dégradé pour avoir agressé un officier supérieur. C'est assez cliché, Holden. Vous avez frappé le vieux ? Sérieusement ?

— Non. Je l'ai raté. Je me suis cassé la main sur une cloison.

— Comment est-ce arrivé ?

— Il a été plus rapide que je m'y attendais, répondit Holden.

— Pourquoi avoir essayé de le frapper ?

— Je projetais mon dégoût de moi-même sur lui. C'est juste un coup de chance si j'ai finalement blessé la bonne personne.

— On dirait que vous y avez beaucoup réfléchi depuis, dit Lopez, dont les pupilles minuscules ne quittaient pas le visage de son vis-à-vis. Une thérapie ?

— J'ai eu beaucoup de temps pour y penser à bord du *Canterbury*.

Lopez ignora l'ouverture flagrante et enchaîna :

— À quelles conclusions êtes-vous arrivé, après toutes ces cogitations ?

— La Coalition marche sur la nuque des gens ici depuis déjà plus de cent ans. Je n'ai pas aimé être sa botte.

— Un sympathisant de l'APE, donc ? dit Lopez, impassible.

— Non. Je n'ai pas changé de camp. J'ai arrêté de jouer. Je n'ai pas renoncé à ma citoyenneté. J'aime le

Montana. Je suis ici parce que j'aime voler, et que seul un vieil appareil rouillé de la Ceinture comme le *Canterbury* acceptait de m'embaucher.

Pour la première fois, Lopez sourit.

— Vous êtes un homme d'une franchise rare, monsieur Holden.

— Oui.

— Pourquoi avoir affirmé qu'un vaisseau militaire martien avait détruit votre transport?

— Je n'ai jamais dit ça. J'ai tout expliqué dans le message diffusé. L'appareil possédait une technologie disponible uniquement dans les flottes des planètes intérieures, et j'ai trouvé un composant électronique estampillé "Flotte de la République martienne" dans le système qui nous a faussement poussés à faire halte.

— Nous allons vouloir l'examiner.

— Aucun problème.

— Votre dossier mentionne que vous êtes le fils unique d'une coopérative familiale, dit Lopez comme s'ils n'avaient jamais parlé que du passé intime d'Holden.

— Exact : cinq pères, trois mères.

— Ce qui fait beaucoup de parents pour un seul enfant…

Le lieutenant défit lentement l'emballage d'un autre losange. Les Martiens tenaient beaucoup aux traditions familiales.

— L'allègement fiscal pour huit adultes n'ayant qu'un seul enfant en commun leur a permis de posséder neuf hectares de terre cultivable, expliqua Holden. Il y a plus de trente milliards d'individus sur Terre. Neuf hectares, c'est l'équivalent d'un parc national. Par ailleurs, le mélange d'ADN est légal. Ils ne sont pas seulement parents sur le papier.

— Comment ont-ils décidé qui allait vous porter?

— Mère Élise avait les hanches les plus larges.

Lopez déposa le deuxième losange sur sa langue et le suçota quelques secondes. Avant qu'il ait pu reprendre la parole, le pont frémit. L'enregistreur tressauta sur ses supports.

— Un tir de torpilles ? dit Holden. J'imagine que ces appareils de la Ceinture n'ont pas dévié de leur course.

— Un avis sur ce sujet ?

— Seulement que vous semblez très désireux d'anéantir des vaisseaux de la Ceinture.

— Vous nous avez placés dans une situation où nous ne pouvons pas nous offrir le luxe de paraître faibles. Après vos accusations, beaucoup de gens se sont fait une très mauvaise opinion de nous.

Holden haussa les épaules. Si le lieutenant guettait un signe de culpabilité ou de remords, il en serait pour ses frais. Les vaisseaux ceinturiens savaient très bien à quoi s'attendre. Ils ne s'étaient pas déroutés. Malgré tout, quelque chose l'intriguait.

— Peut-être qu'ils vous détestent, dit-il. Mais il est difficile de trouver un nombre suffisant de membres d'équipage suicidaires à bord de six appareils. Peut-être qu'ils se pensent capables de distancer vos torpilles.

Lopez ne bougea pas d'un cil. Tout son corps était sous l'emprise d'une tétanie exceptionnelle due aux drogues de concentration qui se déversaient en lui.

— Nous…, commença le lieutenant.

L'alarme du quartier général se mit à mugir. Dans cette petite pièce métallique, le son était assourdissant.

— Bordel de merde, ils auraient *riposté* ? lança Holden.

Lopez s'ébroua comme un homme qui cherche à s'extraire d'un mauvais rêve éveillé. Il se leva et enfonça le bouton comm à côté de la porte. Un instant plus tard, un marine entra.

— Ramenez M. Holden dans ses quartiers, ordonna le lieutenant.

Et il sortit au pas de course.

Du canon de son arme, le marine désigna la coursive. Son visage était un masque figé par la crispation.

C'est toujours une partie de plaisir... jusqu'à ce que quelqu'un riposte, songea Holden.

✦

Naomi tapota le siège vide à côté du sien et sourit.

— Ils vous ont enfoncé des pointes sous les ongles ? demanda-t-elle.

— Non. En fait, l'interrogateur s'est montré d'une humanité surprenante pour un obsédé du renseignement, répondit Holden. Mais bien sûr, il n'en était qu'à la phase d'échauffement. Et vous, vous avez appris quelque chose sur ces autres vaisseaux ?

— Que dalle, dit Alex. Mais l'alarme générale signifie qu'ils les prennent très au sérieux, tout à coup.

— Tout ça ne rime à rien, déclara Shed avec calme. On flotte dans l'espace à l'intérieur de ces bulles de métal, et d'un seul coup on se met à essayer de percer celle des autres ? Vous avez déjà vu les effets d'une décompression et d'une exposition au froid, à long terme ? Tous les capillaires dans vos yeux et à la surface de votre peau explosent. Les dommages causés aux tissus des poumons peuvent entraîner une pneumonie fulgurante suivie de plaies semblables à celle de l'emphysème. Si vous n'en mourez pas tout simplement, bien entendu.

— Eh bien, c'est foutrement réjouissant, doc, lâcha Amos. Merci pour l'info.

Soudain le vaisseau tout entier vibra sur une séquence syncopée mais très rapide. Les yeux écarquillés, Alex regarda Holden.

— C'est le réseau de défense rapproché qui entre en action, dit-il. Ce qui signifie : torpilles en approche. Vous avez intérêt à vous harnacher à vos sièges, les enfants. Le vaisseau risque de se lancer dans des manœuvres un peu violentes.

À part Holden, ils avaient tous bouclé leurs sangles de sécurité. Il se hâta de les imiter.

— Tout ça pue un max, dit Alex. Ce qui se passe, c'est à des milliers de kilomètres de nous, et nous n'avons aucun instrument pour le voir. Nous ne saurons pas si un des projectiles a franchi le rideau de défense avant qu'il vienne éventrer la coque.

— Les gars, merci d'arrêter de me faire rire, s'exclama Amos.

Les yeux de Shed étaient immenses, son visage trop pâle. Holden secoua la tête.

— Ça ne va pas arriver, affirma-t-il. C'est trop improbable. Quels que soient ces vaisseaux, ils peuvent faire illusion, mais c'est tout.

— Avec tout mon respect, chef, quels que soient ces vaisseaux, ils auraient déjà dû être anéantis, et ce n'est pas le cas, dit Naomi.

Les bruits étouffés d'un combat distant se multipliaient. Le grondement occasionnel d'un tir de torpille. La vibration presque constante des canons à tir rapide du système de défense rapprochée. Holden se rendit compte qu'il s'était endormi seulement quand il fut tiré de sa somnolence par un rugissement à déchirer les tympans. Amos et Alex hurlèrent. Shed cria.

— Que s'est-il passé? beugla-t-il à pleins poumons, pour se faire entendre.

— Nous sommes touchés, chef! dit Alex. Et c'était l'impact d'une torpille!

La gravité baissa subitement. Les moteurs du *Donnager* avaient stoppé. À moins qu'ils aient été touchés.

Amos ne cessait de crier "Merde, merde et re-merde!". Mais au moins Shed avait fait silence. Du fond de son siège anti-crash, livide, les yeux exorbités, il regardait droit devant lui, fixement. Holden déboucla son harnais et s'avança vers le panneau comm.

— Jim! lui cria Naomi. Que faites-vous?

— Il faut que nous sachions ce qui se passe, répondit-il sans se retourner.

Dès qu'il parvint à la cloison près de l'écoutille, il enfonça le bouton d'appel. Il n'y eut pas de réponse. Il l'écrasa une nouvelle fois, puis se mit à tambouriner sur l'écoutille. Personne ne vint.

— Mais où sont passés nos putains de Marines ? dit-il.

L'éclairage baissa, revint à son intensité normale. Puis le même phénomène se reproduisit, encore et encore, sur un rythme lent.

— Les tourelles à tir manuel sont entrées en action. Merde. Ils sont au contact, dit Alex, épouvanté.

Dans toute l'histoire de la Coalition, aucun vaisseau de premier rang ne s'était jamais trouvé en situation de bataille rapprochée. Or c'était bien ce qui leur arrivait maintenant, puisque les canons principaux du vaisseau tiraient, ce qui voulait dire que la distance entre eux et la cible était suffisamment courte pour qu'une arme non guidée soit valable. La cible se trouvait à des centaines, peut-être seulement à des dizaines de kilomètres, mais certainement pas à des milliers. D'une façon ou d'une autre, les appareils de la Ceinture avaient survécu au barrage défensif du *Donnager*.

— Il y a quelqu'un d'autre que moi qui pense que c'est complètement anormal, bordel de merde ? s'écria Amos, une touche de panique dans la voix.

Le *Donnager* se mit à résonner comme un gong frappé à répétition par une masse. Tir de riposte.

Le projectile qui tua Shed ne fit pas un bruit. Comme dans un tour de magie, deux perforations parfaitement rondes apparurent de chaque côté de la pièce, avec entre elles le siège anti-choc de Shed. L'instant d'avant, l'infirmier était là. Le suivant, sa tête avait disparu. Le sang jaillit des artères en un geyser rouge, se déploya en deux lignes minces et se dirigea en se tortillant vers les orifices dans les parois par lesquels l'air était aspiré.

12

MILLER

Depuis trente ans, Miller travaillait dans la sécurité. La violence et la mort étaient pour lui des compagnons familiers. Des hommes, des femmes. Des animaux. Des enfants. Il lui était arrivé de tenir la main d'une femme agonisante qui se vidait de son sang. Il avait tué des gens, et il lui suffisait de fermer les yeux et de penser à eux pour les revoir en train de mourir. Si on lui avait posé la question, il aurait répondu qu'il n'y avait plus grand-chose qui soit de nature à l'ébranler.

Mais il n'avait encore jamais assisté au déclenchement d'une guerre.

Le *Distinguished Hyacinth Lounge* était à l'heure dense du changement d'équipes. Des hommes et des femmes de la sécurité – la plupart portant l'uniforme d'Hélice-Étoile, mais aussi d'autres sociétés moins importantes – buvaient un alcool pour décompresser après leur journée de travail, ou assaillaient le buffet du petit-déjeuner pour y prendre du café, des champignons à la chair compacte dans leur sauce sucrée, des saucisses contenant peut-être un millième de viande naturelle. Miller en mâchonnait une et surveillait l'écran mural. Un ponte des relations externes d'Hélice-Étoile regardait directement l'objectif, et tout dans son comportement disait le calme et la certitude tandis qu'il expliquait comment tout allait vers le chaos.

— Les scans préliminaires suggèrent que l'explosion découle d'une tentative ratée de connecter un engin nucléaire au poste d'accostage. Des officiels du gouvernement martien se sont référés à l'incident seulement dans les termes "action terroriste présumée", et ils ont refusé tout commentaire concernant l'enquête en cours.

— Encore un, lâcha Havelock dans son dos. Tu sais, un de ces connards va bien finir par y arriver.

— Ce qui fera une journée intéressante, répondit Miller. J'allais t'appeler.

— Ouais, désolé, dit son coéquipier. Je me suis levé un peu tard.

— Des nouvelles de ton transfert ?

— Non. J'imagine que mon dossier traîne sur un bureau, quelque part dans la station Olympe. Et toi ? Du nouveau pour ta mission avec la fille ?

— Rien encore. Écoute, la raison pour laquelle je voulais que nous nous rencontrions avant d'aller au poste… Il me faut quelques jours pour essayer de suivre certaines pistes en relation avec Julie. Avec tout le bordel qui arrive, Shaddid ne m'accordera que le droit de passer quelques coups de fil.

— Mais tu t'en fous, dit Havelock, et ce n'était pas une question.

— Je ne la sens pas, cette affaire.

— Comment est-ce que je pourrais t'aider ?

— En me couvrant.

— Et comment je vais m'y prendre ? demanda Havelock. Ce n'est pas comme si je pouvais leur annoncer que tu es malade. Ils ont accès à ton dossier médical, comme à celui de n'importe lequel d'entre nous.

— Raconte-leur que j'ai forcé sur l'alcool. Que Candace est réapparue. C'est mon ex-femme.

La mine pensive, Havelock mastiqua une bouchée de saucisse. Puis il secoua lentement la tête. Ce n'était pas un refus, mais le prélude à une question. Miller décida d'être patient.

— Tu me dis que tu préférerais voir la patronne penser que tu es absent parce que tu as fait la noce, que tu as le cœur brisé et que tu n'es pas opérationnel, plutôt qu'avouer que tu bosses sur la mission qu'elle t'a assignée? Je ne pige pas.

Miller s'humecta les lèvres de la langue et se pencha en avant, en s'appuyant des coudes sur la table au revêtement blanc cassé. Quelqu'un avait gravé un symbole dans la surface lisse. Un cercle scindé. Et ils étaient dans un bar de flics.

— Je ne sais pas ce que je cherche, dit-il. Il y a un tas de trucs qui s'emboîtent les uns dans les autres, et pourtant je n'arrive pas à me faire une vision d'ensemble de l'affaire. Tant que je n'en sais pas plus, mieux vaut que je la joue profil bas. Un gars se prend un retour d'affection avec son ex, et il taquine un peu trop la bouteille pendant quelques jours? Ce n'est pas de nature à intriguer qui que ce soit.

Havelock secoua encore la tête, cette fois pour exprimer une incrédulité tranquille. S'il avait été un Ceinturien, il aurait fait un geste des mains, pour que vous puissiez le voir quand il portait une combinaison pressurisée. Un autre des centaines de petits signes comportementaux par lesquels un Ceinturien se trahissait. L'écran mural affichait maintenant l'image d'une femme blonde en uniforme strict. La représentante des relations extérieures parlait de la réponse tactique de la Flotte martienne et se demandait si l'APE était derrière l'accroissement des actes de vandalisme. C'était ainsi qu'elle décrivait le fait de tripatouiller un réacteur nucléaire en surcharge tout en plaçant un piège explosif propre à détruire un vaisseau : du vandalisme.

— Il y a un truc qui ne colle pas, dit Havelock, et pendant un moment Miller ne sut pas s'il commentait les actes de guérilla ceinturiens, la riposte martienne ou le service qu'il avait demandé. Sérieux : où est la Terre, dans tout ça ? Toutes ces conneries s'accumulent, et on ne les entend pas réagir.

— Pourquoi réagirions-nous ? fit Miller. C'est Mars et la Ceinture qui sont en bisbille.

— À quand remonte la dernière fois où la Terre a laissé un événement majeur se produire sans y être impliquée jusqu'au cou ? dit Havelock, avant de soupirer. D'accord. Tu es trop bourré pour venir au poste. Ta vie amoureuse est un désastre. Je vais essayer de te couvrir.

— Juste pour quelques jours.

— Fais en sorte d'être revenu avant que quelqu'un décide que c'est l'occasion rêvée pour qu'une balle perdue tue bêtement un certain flic terrien.

Miller se leva de table.

— Compte sur moi. Et surveille tes arrières.

— Pas besoin de me le dire deux fois, répondit son équipier.

Le Centre de jiu-jitsu de Cérès était situé près du spatioport, là où la gravité était la plus marquée. L'endroit était un ancien entrepôt datant d'avant la grande rotation, qu'on avait reconverti. Un cylindre aplati où un revêtement avait été posé sur le sol et environ le premier tiers des murs. Des présentoirs et des râteliers contenant des bâtons de tailles diverses, des épées en bambou et des couteaux d'entraînement en plastique mat pendaient du plafond voûté. Les dalles polies renvoyaient l'écho des hommes grognant sur une rangée de machines d'endurance et celui, plus sourd, des coups par lesquels une femme punissait un gros sac de frappe au fond de la salle. Trois élèves se tenaient sur le tapis central, où ils conversaient à voix basse.

Des portraits occupaient le mur, de chaque côté de la porte d'entrée. Des soldats en uniforme. Des agents de la sécurité appartenant à une demi-douzaine de sociétés ceinturiennes. Peu de représentants des planètes intérieures, mais quelques-uns quand même. Des plaques commémorant les titres remportés en compétition. Une page en petits caractères résumant l'histoire de l'école.

Un des élèves poussa un cri et se laissa aller au sol en entraînant un autre élève dans sa chute. Celui toujours debout applaudit et les aida à se relever. Miller chercha dans le mur d'images le portrait de Julie.

— Je peux vous aider ?

L'homme était plus petit que lui d'une demi-tête, et deux fois plus large. Cette corpulence aurait dû le faire ressembler à un Terrien, mais tout le reste de sa personne indiquait le Ceinturien. Il portait un survêtement clair qui accentuait son teint sombre. Son sourire était empreint de curiosité et aussi serein que celui d'un prédateur bien nourri.

— Inspecteur Miller. Je travaille à la sécurité de la station. J'aurais aimé avoir quelques renseignements concernant une de vos élèves.

— C'est une enquête officielle ? demanda l'homme.

— Ouais, j'en ai bien peur.

— Alors vous avez un mandat.

Miller sourit. L'autre lui répondit de même.

— Nous ne vous donnerons aucun renseignement sur nos élèves sans un mandat. C'est la politique du centre.

— Je respecte ça, dit Miller. Non, vraiment. C'est juste que… certains aspects de cette enquête particulière sont peut-être un peu plus officiels que d'autres. La fille a des ennuis. Elle n'a rien fait de répréhensible. Sa famille sur Luna voudrait retrouver sa trace.

— Une histoire d'enlèvement, dit l'homme.

Il croisa les bras. Le visage serein était devenu froid, sans aucune modification apparente.

— Seulement pour ce qui est de la partie officielle, dit Miller. Je peux obtenir un mandat, et nous pouvons tout faire en suivant les canaux habituels. Mais en ce cas je devrai en parler à ma supérieure. Et plus elle en saura, moins j'aurai les coudées franches.

L'homme ne réagit pas. Son impavidité était exaspérante. Miller se retint de montrer le moindre signe d'énervement. Au fond de la salle, la femme travaillant au sac décocha une série rapide de coups, en criant à chacun.

— Qui ? dit l'homme.

— Julie Mao.

S'il avait dit qu'il s'agissait de la mère de Bouddha, il n'aurait pas eu plus de réaction.

— Je pense qu'elle a des ennuis.

— Admettons. En quoi cela vous concerne-t-il ?

— Je n'ai pas de réponse à cette question. Il se trouve que ça me concerne, voilà tout. Si vous ne voulez pas m'aider, eh bien, c'est que vous ne vous sentez pas concerné.

— Et vous allez chercher votre mandat. Et faire ça en suivant les canaux habituels.

Miller ôta son feutre, passa une main longue et fine sur son crâne, puis remit son couvre-chef.

— Probable que non, lâcha-t-il.

— Montrez-moi votre accréditation.

L'inspecteur sortit son terminal et laissa l'homme avoir confirmation de son identité. L'autre lui rendit l'appareil et désigna une petite porte derrière les sacs de frappe. Miller suivit docilement.

La pièce était de dimensions restreintes, et encombrée. Un petit bureau recouvert de stratifié avec derrière lui une sphère molle en guise de siège. Deux tabourets qui semblaient provenir d'un bar. Un classeur surmonté d'une machine sentant l'ozone et l'huile qui devait servir à fabriquer les plaques et les certificats.

— Pourquoi ses parents veulent-ils la retrouver ? demanda l'homme en s'asseyant sur le gros ballon.

Celui-ci remplissait le rôle d'un siège, mais il fallait constamment rectifier son équilibre. Un dispositif pour se détendre sans pour autant se détendre.

— Ils pensent qu'elle court des risques. Du moins, c'est ce qu'ils disent, et pour l'instant je n'ai aucune raison de ne pas les croire.

— Quel genre de risques ?

— Je l'ignore, avoua Miller. Je sais qu'elle était sur la station. Je sais qu'elle a embarqué pour Tycho. Ensuite, je n'ai plus rien.

— Ils veulent qu'elle revienne sur leur station ?

L'homme savait qui était la famille de Julie Mao. Miller donna l'information sans hésiter :

— Je ne le pense pas. Le dernier message qu'elle a reçu d'eux a été expédié de Luna.

— Le fond du trou.

À la manière dont il dit cela, on aurait pu croire qu'il parlait d'une maladie.

— Je recherche toute personne qui sait avec qui elle a embarqué. Si elle est en fuite, où elle comptait aller et quand elle avait prévu d'arriver à destination. Si elle est à portée d'un faisceau de ciblage comm.

— Je ne sais rien de tout ça, dit l'autre.

— Vous connaissez quelqu'un à qui je pourrais le demander ?

Il y eut un silence, puis :

— Peut-être. Je vais voir ce que je peux apprendre.

— Autre chose que vous pourriez me dire sur son compte ?

— Elle a commencé au centre il y a cinq ans. Elle était… en colère quand elle est arrivée. Indisciplinée.

— Et elle s'est améliorée, dit Miller. Ceinture marron, c'est ça ?

Le visage de l'autre trahit son étonnement.

— Je suis flic, fit l'inspecteur. C'est mon boulot de découvrir des choses.

— Elle s'est améliorée, oui. Elle avait été agressée. Juste après son arrivée dans la Ceinture. Elle voulait faire en sorte que ça ne se reproduise plus.

— Agressée, répéta Miller en analysant le ton employé par le professeur. Un viol?

— Je n'ai pas posé la question. Elle s'entraînait dur, même quand elle était hors de la station. Quand les gens se laissent aller, ça se voit. Ils reviennent affaiblis. Elle, jamais.

— Une fille qui ne manque pas de ressources, dit Miller. Bonne chose pour elle. Et elle avait sympathisé avec des gens, ici? Ses partenaires d'entraînement?

— Quelques-uns. Mais pas d'histoire d'amour à ma connaissance, pour répondre à la question suivante.

— C'est curieux. Une fille comme elle…

— Comme quoi, inspecteur?

— Une fille séduisante. Compétente. Intelligente. Déterminée. Qui ne serait pas attiré par quelqu'un comme elle?

— Peut-être qu'elle n'a pas rencontré la personne qu'il lui fallait.

La façon dont il avait prononcé cette phrase laissait transparaître une sorte d'amusement. Miller haussa les épaules, un peu mal à l'aise.

— Dans quel secteur d'activité était-elle?

— Les cargos légers. Je ne sais pas quelles marchandises. J'ai eu l'impression qu'elle allait partout où on avait besoin d'elle.

— Pas de destination régulière, donc?

— C'est ce qu'il m'a semblé.

— Sur quels vaisseaux travaillait-elle? Un transport en particulier, ou ce qui lui tombait entre les mains? Une compagnie en particulier?

— Je trouverai ce que je peux pour vous, dit l'homme.

— Elle travaillait pour l'APE?

— Je trouverai ce que je peux.

Les nouvelles marquantes de cet après-midi-là concernaient Phœbé. La station scientifique, celle où les Ceinturiens n'étaient même pas autorisés à accoster, avait été frappée. Le rapport officiel affirmait que la moitié des habitants de la base avait péri, et que l'autre était portée disparue. Personne n'avait revendiqué cette attaque, mais de l'avis général un groupe de Ceinturiens – peut-être l'APE, peut-être une autre organisation – avait finalement réussi à perpétrer un acte de "vandalisme" entraînant des pertes en vies humaines. Assis dans son appartement, Miller visionna les infos en buvant.

Tout allait de mal en pis. Les émissions pirates de l'APE appelant à la guerre. Les actes de guérilla en constante augmentation. Tout. L'heure approchait où Mars ne pourrait plus ignorer la situation. Et quand Mars entrerait en action, peu importerait si la Terre en faisait autant. Ce serait la première véritable guerre dans la Ceinture. La catastrophe était imminente, et aucun des deux camps ne paraissait comprendre à quel point il était vulnérable. Et l'inspecteur Miller n'avait pas les moyens, pas le moindre moyen d'empêcher ça. Il ne pouvait même pas ralentir le cours des événements.

Julie Mao lui souriait sur la photo, sa chaloupe de course derrière elle. *Agressée*, avait dit l'homme. Nulle part il n'en était fait mention dans son dossier. Peut-être une agression simple. Ou quelque chose de plus grave. Miller avait connu un grand nombre de victimes, et il les rangeait en trois catégories. Dans la première, les gens qui prétendaient que rien ne s'était produit, et que ce qui était arrivé n'avait pas réellement d'importance pour eux. Ils constituaient une grosse moitié de ceux à qui il avait parlé. Dans la deuxième, les professionnels, des individus qui voyaient dans leur statut de victime un blanc-seing pour réagir de la manière qui leur semblait appropriée. Ils représentaient presque tout le reste.

Cinq pour cent tout au plus, et moins sans doute, appartenaient à la troisième catégorie. Ils absorbaient le choc, apprenaient la leçon, et poursuivaient leur chemin. Les Julies. Les bons.

On sonna à sa porte trois heures après la fin de son service officiel. Il se leva et se trouva moins stable sur ses pieds qu'il ne l'aurait pensé. Sur la table, les bouteilles étaient nombreuses. Plus qu'il ne l'aurait cru. Il hésita un moment, partagé entre le réflexe de répondre à son visiteur et la pulsion de jeter les canettes dans le recycleur. La sonnette tinta encore. Il alla ouvrir. Si c'était un collègue du poste, il s'attendrait à le trouver ivre, de toute façon. Aucune raison de le décevoir.

Le visage ne lui était pas inconnu. Les joues marquées par l'acné, l'expression contrôlée. Le type de l'APE rencontré au bar. Celui qui avait fait tuer Mateo Judd.

Le flic.

— 'soir, grommela Miller.

— Inspecteur Miller, salua l'autre. Je pense que nous sommes partis sur de mauvaises bases. Je me suis dit que nous pourrions faire une nouvelle tentative.

— D'accord.

— Je peux entrer ?

— Je m'efforce de ne pas inviter les inconnus chez moi, répondit Miller. Je ne connais même pas votre nom.

— Anderson Dawes. Je suis l'officier de liaison de l'APE sur Cérès. Je pense que nous pouvons nous être mutuellement d'une certaine utilité. Puis-je entrer ?

Miller s'effaça, et l'homme au visage vérolé – Dawes – pénétra dans l'appartement. Il le survola du regard le temps de deux respirations lentes, puis s'assit, comme si les bouteilles et l'odeur de bière éventée ne méritaient pas de commentaire. Se maudissant en pensée et souhaitant une sobriété qu'il ne ressentait pas, Miller s'attabla face à lui.

— J'ai besoin d'un service, dit Dawes. Je suis prêt à payer en retour. Pas avec de l'argent, bien entendu. Avec des informations.

— Que voulez-vous ?

— Que vous cessiez de rechercher Juliette Mao.

— Mauvaise pioche.

— Je m'efforce de préserver la paix, inspecteur. Vous devriez écouter ce que j'ai à vous dire.

Miller se pencha en avant et posa les coudes sur la table. M. l'Instructeur-Serein de jiu jitsu travaillait-il pour l'APE ? Le moment choisi par Dawes pour venir lui rendre visite semblait l'indiquer. Il rangea cette possibilité dans un coin de son esprit, mais se garda d'aborder le sujet.

— Mao travaillait pour nous, déclara Dawes. Mais vous l'aviez déjà deviné.

— Plus ou moins. Vous savez où elle se trouve ?

— Non. Nous la recherchons. Et il faut que nous soyons ceux qui la retrouveront. Pas vous.

Miller fit la moue. Il y avait une réponse, la bonne chose à dire. Elle s'agitait au fond de son esprit, et s'il n'avait pas eu les idées aussi confuses…

— Vous êtes un des leurs, inspecteur. Il se peut que vous ayez passé toute votre vie ici, mais votre salaire est versé par une société d'une planète intérieure. Non, attendez. Je ne vous accuse de rien. Je comprends très bien votre situation. Ils vous ont engagé, et vous aviez besoin de ce travail. Mais… nous marchons sur le fil du rasoir, en ce moment même. Le *Canterbury*. Les éléments limites de la Ceinture qui appellent à la guerre.

— La station Phœbé.

— Oui, ils nous accuseront de ça aussi. Ajoutez la fille prodigue d'une société de Luna…

— Vous pensez qu'il lui est arrivé quelque chose.

— Elle était à bord du *Scopuli*, dit Dawes, et devant le manque de réaction de l'inspecteur, il ajouta : Le cargo qui a servi d'appât à Mars quand ils ont détruit le *Canterbury*.

Miller réfléchit un long moment, puis laissa échapper un sifflement flûté.

— Nous ignorons ce qui s'est passé, reprit Dawes. Jusqu'à ce que nous le découvrions, je ne peux pas vous laisser remuer la vase. Il y a déjà beaucoup trop de vase.

— Et quelles informations avez-vous à me proposer ? demanda Miller. C'est le marché, n'est-ce pas ?

— Je vous dirai ce que nous avons découvert. Quand nous aurons retrouvé Mao, déclara Dawes, et Miller eut un rictus ironique. C'est une offre généreuse, dans votre situation. Employé de la Terre. Avec un Terrien pour équipier. Certaines personnes jugeraient que c'est suffisant pour faire de vous un ennemi.

— Mais pas vous.

— Je pense qu'à la base nous avons les mêmes buts, vous et moi. La stabilité. La sécurité. Les temps étranges voient se former des alliances étranges.

— Deux questions.

Dawes écarta les mains, pour montrer qu'il était prêt.

— Qui a pris l'équipement antiémeute ?

— L'équipement antiémeute ?

— Avant la destruction du *Canterbury*, quelqu'un a volé notre équipement antiémeute au poste. Peut-être voulait-on armer des soldats pour contrôler les foules. Peut-être qu'on ne voulait pas que nos foules puissent être contrôlées. Qui l'a pris ? Et pourquoi ?

— Ce n'était pas nous, affirma Dawes.

— Ce n'est pas une réponse. Essayons autre chose : Qu'est-il arrivé à la société du Rameau d'or ?

Dawes avait l'air déconcerté.

— La Loca Greiga ? insista Miller. Sohiro ?

Son visiteur ouvrit la bouche, la referma. Miller jeta sa bouteille de bière dans le recycleur.

— Ne le prenez pas personnellement, mon vieux, dit-il, mais vos techniques d'investigation sont loin de m'impressionner. Qu'est-ce qui vous donne à penser que vous serez capable de la retrouver ?

— Ce n'est pas un test très juste, répondit Dawes. Accordez-moi quelques jours, et j'aurai des réponses pour vous.

— Recontactez-moi à ce moment-là. Dans l'intervalle, je ferai de mon mieux pour ne pas déclencher une guerre générale, mais il est hors de question que je lâche Julie. Vous pouvez partir, maintenant.

Dawes se leva. Il était visiblement mécontent.

— Vous commettez une erreur, dit-il.

— Ce ne sera pas la première.

Quand son visiteur fut reparti, Miller resta assis à la table. Il avait fait preuve de stupidité. Pire, il s'était laissé aller. Il avait bu jusqu'à s'abrutir au lieu de travailler. Au lieu de retrouver Julie. Mais il en savait un peu plus, à présent. Le *Scopuli*. Le *Canterbury*. Quelques lignes de plus reliaient les points.

Il se débarrassa des bouteilles vides, prit une douche puis chercha sur son terminal ce qu'il y avait concernant le vaisseau de Julie. Après une heure, une pensée inédite lui vint, une petite crainte qui se mit à croître à mesure qu'il la considérait. Vers minuit, il appela Havelock chez lui.

Son équipier prit deux minutes pour répondre, et quand il le fit son image était celle d'un homme aux cheveux en bataille et au regard vague.

— Miller ?

— Tu as des congés à prendre ?

— Un peu.

— Un congé maladie ?

— Bien sûr, répondit le Terrien.

— Prends-le, alors. Maintenant. Quitte le poste. Trouve-toi un endroit sûr, si possible. Quelque part où ils ne vont pas se mettre à tuer les Terriens sous n'importe quel prétexte et se marrer si tout part en eau de boudin.

— Je ne comprends rien à ce que tu racontes. De quoi tu parles ?

— J'ai eu la visite d'un agent de l'APE, ce soir. Il a essayé de me convaincre de laisser tomber cette histoire d'enlèvement. Je pense… Je pense qu'il est nerveux. Je pense qu'il a peur.

Havelock resta silencieux quelques secondes, le temps que les mots atteignent son esprit encore ensommeillé. Puis il jura.

— Qu'est-ce qui fait peur à l'APE ? grommela-t-il.

13

HOLDEN

Holden se figea et regarda le sang s'échapper du cou de Shed pour ensuite être aspiré comme de la fumée dans un ventilateur d'échappement. Les sons du combat diminuèrent à mesure que l'air s'échappait de la pièce. Ses tympans vibrèrent puis une douleur aiguë les assaillit, comme si quelqu'un les perçait avec des pics à glace. Tout en se démenant pour ouvrir son harnais de sécurité, il regarda en direction d'Alex. Le pilote criait quelque chose, mais le son ne portait pas dans l'air raréfié. Naomi et Amos avaient déjà quitté leurs sièges anti-crash, donné une poussée du pied et ils volaient à travers la pièce vers les deux trous. Amos avait un plateau-repas en plastique dans les mains, Naomi un classeur blanc grand format. Holden les regarda fixement pendant une demi-seconde avant de comprendre. Le monde autour de lui se rétrécit, sa vision périphérique s'obscurcit et se piqueta d'étoiles.

Quand enfin il se fut libéré de ses sangles, Amos et Naomi avaient déjà recouvert les trous avec leurs rustines improvisées. La pièce était emplie d'un sifflement strident tandis que l'air cherchait à sortir malgré ces bouche-trous imparfaits. La vision d'Holden revint progressivement à la normale avec l'élévation de la pression atmosphérique. Il haletait et avait du mal à retrouver son souffle. Quelqu'un remonta lentement le volume sonore environnant, et les cris de Naomi devinrent audibles :

— Jim ! Le casier d'urgence !

Elle désignait le petit panneau rouge et jaune sur la cloison près de son siège anti-crash. L'expérience acquise durant des années à bord se fraya un chemin malgré la dépressurisation et l'anoxie, et il arracha l'attache de fermeture et ouvrit le compartiment. À l'intérieur se trouvait le kit d'aide de premiers secours marqué du vieux symbole de la croix rouge, une demi-douzaine de masques à oxygène, et un sac scellé contenant des disques de plastique rigide attachés à un pistolet à colle. Il prit le tout.

— Seulement le pistolet, lui cria Naomi.

Il n'aurait pu dire si sa voix lui paraissait lointaine à cause de l'air raréfié ou à cause de ses tympans abîmés par la baisse de pression.

Il tira le pistolet du sac et le lui lança. Elle étala immédiatement un filet de colle d'obturation sur le pourtour de son classeur. Puis elle projeta le pistolet vers Amos, lequel le saisit avec aisance et appliqua le même traitement autour du plateau-repas. Le sifflement cessa, pour être remplacé par celui, plus discret, du système atmosphérique qui travaillait à rétablir la pression ambiante. Quinze secondes.

Tout le monde se tourna vers Shed. Sans l'effet induit par le vide, son sang se déversait à l'extérieur en une sphère rouge en flottaison juste au-dessus de son cou, pareille à une ébauche hideuse de bande dessinée remplaçant sa tête.

— Bordel de merde, chef, dit Amos en se détournant de l'infirmier pour fixer Naomi. Qu'est-ce que…

Il ferma les mâchoires avec un claquement sec et secoua la tête.

— Projectile magnétique, dit Alex. Ces vaisseaux ont des canons électromagnétiques.

— Des appareils de la *Ceinture* avec des canons électromagnétiques ? répliqua Amos. Ils se sont constitué une putain de flotte et personne ne m'en a rien dit ?

— Jim, la coursive à l'extérieur et la cabine de l'autre côté sont toutes les deux dans le vide, fit Naomi. L'intégrité de la navette est compromise.

Holden allait répondre quand il remarqua le dossier que Naomi avait fixé sur la brèche. La couverture blanche était frappée de la mention FRM – PROCÉDURES D'URGENCE. Il dut réprimer un rire qui aurait certainement très vite tourné à l'hystérie.

— Jim ? fit Naomi, d'un ton inquiet.

— C'est bon, Naomi, affirma-t-il, et il prit le temps d'une profonde inspiration. Combien de temps tiendront ces rustines ?

Elle eut un mouvement des mains signifiant qu'elle n'en savait trop rien, puis entreprit de ramener sa chevelure en arrière et de l'attacher avec un élastique rouge.

— Plus longtemps que nous n'aurons de l'air. Si tout ce qui est autour de nous se trouve dans le vide, ça signifie que cette cabine est alimentée uniquement par les bonbonnes d'urgence. Pas de recyclage. J'ignore quelles réserves sont allouées à ce genre d'espace, mais ça n'excédera sûrement pas deux ou trois heures.

— Ça nous ferait presque regretter de ne pas avoir enfilé ces putains de combinaisons, hein ? lâcha Amos.

— Ça n'aurait rien changé, répondit Alex. Nous serions venus ici en combinaison, ils nous les auraient retirées.

— On aurait pu essayer, argumenta Amos.

— Bah, si tu veux remonter le temps et faire différemment, ne te gêne pas.

— Eh ! dit Naomi sèchement, mais elle n'ajouta rien d'autre.

Personne ne parlait de Shed. Ils faisaient leur possible pour ne pas poser les yeux sur le corps. Holden se racla la gorge pour attirer l'attention de tous, puis il flotta jusqu'au siège de Shed, ce qui poussa les autres à regarder dans cette direction. Il s'immobilisa un instant, laissant tout le monde bien voir le cadavre décapité, puis il tira une couverture du compartiment situé sous le siège et en enveloppa le corps en le maintenant avec les sangles du harnais.

— Shed a été tué. Nous sommes en grand danger. Nous disputer ne prolongera pas d'une seule seconde notre espérance de vie, dit-il en dévisageant chacun un par un. Qu'est-ce qui pourrait améliorer nos chances ?

Personne ne répondit. Holden se tourna vers Naomi.

— Qu'est-ce que nous pouvons faire immédiatement qui augmentera nos chances de survie ? insista-t-il.

— Je vais voir si je peux atteindre la réserve d'air d'urgence. Cette pièce est conçue pour accueillir six personnes, et nous ne sommes que… que quatre. Je vais peut-être réussir à réduire le débit pour en allonger la durée.

— Bien. Merci. Alex ?

— S'il y a d'autres personnes que nous, elles vont chercher les survivants. Je vais cogner contre la cloison. Ils n'entendront rien dans le vide, mais s'il y a d'autres cabines avec de l'air, le son se propagera dans le métal.

— Bonne idée. Je refuse de croire que nous soyons les seuls survivants sur ce vaisseau, dit Holden avant de s'adresser au mécanicien : Amos ?

— Laissez-moi vérifier le panneau comm. Je pourrai peut-être contacter la passerelle, ou le centre de contrôle des avaries, ou… bordel, quelqu'un.

— Merci. J'aimerais beaucoup faire savoir à l'extérieur que nous sommes toujours là, dit Holden.

Chacun se mit au travail tandis qu'il restait à flotter auprès de Shed. Naomi entreprit d'ouvrir les panneaux d'accès dans les cloisons. Mains pressées contre un siège pour prendre appui, Alex s'étendit sur le plancher et se mit à donner des coups de pied dans la cloison. À chaque impact de ses bottes, la pièce vibrait légèrement. Amos sortit un outil multifonction de sa poche et commença à démonter le panneau comm.

Quand il fut sûr que tous étaient occupés, Holden posa une main sur l'épaule de Shed, juste sous la tache de sang de plus en plus large qui imbibait la couverture.

— Je suis désolé, murmura-t-il au cadavre.

Ses yeux le brûlaient, et il les pressa avec l'articulation de ses pouces.

L'unité comm pendait au bout de ses fils quand elle bourdonna une fois, bruyamment. Amos poussa une exclamation et donna une poussée assez forte pour l'envoyer planer à travers la pièce. Holden le stoppa et se fit mal à l'épaule en essayant d'arrêter l'élan du mécano terrien de cent vingt kilos. La comm résonna une nouvelle fois. Holden lâcha Amos et se dirigea vers le panneau. Un affichage jaune brillait à côté du bouton blanc de l'unité. Il enfonça la touche. Le système émit un crachotement et la voix du lieutenant Kelly retentit :

— Éloignez-vous du sas, nous entrons.

— Agrippez quelque chose ! cria Holden aux autres, et lui-même saisit une sangle d'un des sièges qu'il enroula autour de sa main et de son avant-bras.

Quand le sas s'ouvrit, il crut que tout l'air allait être violemment aspiré hors de la pièce. Il y eut simplement un craquement sonore, et la pression baissa un peu pendant une seconde. Dans le conduit à l'extérieur, d'épaisses feuilles de plastique avaient été appliquées contre les parois, créant un sas adapté aux circonstances. Les cloisons de la nouvelle chambre tendaient dangereusement vers l'extérieur à cause de la pression d'air, mais elles tenaient bon. Le lieutenant Kelly et trois de ses Marines en combinaison de combat pressurisée exhibaient un armement suffisant pour mater quelques conflits mineurs.

Ils se déployèrent rapidement dans la cabine, l'arme prête, et refermèrent le sas. L'un d'eux lança un sac volumineux en direction d'Holden.

— Cinq combis. Enfilez-les, ordonna Kelly.

Son regard s'attarda sur la couverture ensanglantée recouvrant Shed, puis sur les deux rustines improvisées.

— Des pertes ?

— Notre toubib, Shed Garvey, répondit Holden.

— Ouais, quelle importance, hein ! dit Amos d'une voix forte. Qui c'est, les enfoirés dehors qui canardent votre vaisseau ?

Naomi et Alex restèrent silencieux mais sortirent les combinaisons du sac et les distribuèrent.

— Je ne sais pas, répondit le lieutenant. Mais nous quittons les lieux immédiatement. J'ai reçu l'ordre de vous conduire sur un appareil de secours. Nous disposons de moins de dix minutes pour atteindre le hangar, prendre possession d'un vaisseau et nous éloigner de la zone de combat. Dépêchez-vous de vous habiller.

Holden passa sa combinaison tout en réfléchissant aux implications qu'entraînait cette évacuation d'urgence.

— Lieutenant, est-ce que le *Donnager* est en perdition ?

— Pas encore. Mais nous avons subi un abordage.

— Alors pourquoi partez-vous ?

— Nous sommes en train de perdre.

Kelly ne tapa pas du pied d'impatience pendant qu'ils vérifiaient l'hermétisme de leurs combinaisons, mais c'était seulement parce que les Marines avaient enclenché leurs semelles magnétiques, Holden l'aurait parié. Dès que tous eurent signalé être prêts, le lieutenant effectua un rapide contrôle de la liaison radio entre eux, puis il les précéda dans le conduit. Avec huit personnes à l'intérieur, dont quatre en combinaison renforcée de combat, le mini-sas était plutôt exigu. Kelly tira un poignard d'un étui de poitrine et éventra la barrière de plastique d'un coup rapide. Derrière eux l'écoutille se referma brutalement, et l'air dans le conduit s'évanouit dans un froissement muet de feuilles de plastique. Kelly fonça en avant, les autres derrière lui.

— Nous nous dirigeons le plus vite possible vers les ascenseurs, dit le lieutenant par le système radio. Ils sont bloqués à cause de l'alarme déclenchée lors de l'abordage, mais on peut forcer les portes d'un d'entre eux, et nous descendrons en flottant dans la cage pour rejoindre le hangar. Si vous apercevez des intrus, ne ralentissez pas. Nous nous en occuperons. Continuez d'avancer sans jamais vous arrêter. Compris?

— Compris, lieutenant, dit Holden. Pourquoi vous ont-ils abordés?

— Le centre de commande et d'information, expliqua Alex. C'est le Saint-Graal. Les codes, les procédures de déploiement, l'unité centrale informatique, la totale. Investir le CCI d'un navire amiral, c'est le rêve érotique de tout stratège.

— Assez de bavardage, dit Kelly.

— Ce qui signifie qu'ils vont faire sauter le centre plutôt que laisser ça arriver, non? demanda Holden sans tenir compte du lieutenant.

— Ouais, répondit Alex. Procédure standard en cas d'abordage. Les Marines tiennent la passerelle, le CCI, la salle des moteurs. Si l'un de ces trois points stratégiques passe aux mains de l'ennemi, les deux autres sont détruits. Et le vaisseau se transforme en une jolie étoile pendant quelques secondes.

— Procédure standard, gronda Kelly. Vous parlez de mes amis.

— Désolé, lieutenant, dit Alex. J'ai servi sur le *Bandon*. Ne croyez pas que je prends la situation à la légère.

Ils tournèrent à un coude de la coursive et les ascenseurs leur apparurent, au nombre de huit et tous verrouillés. Les lourdes portes pressurisées s'étaient refermées dès la première brèche dans la coque du navire.

— Gomez, la dérivation, dit Kelly. Mole, Dookie, surveillez ces coursives.

Deux des Marines se mirent en position pour couvrir

les accès. Le troisième s'approcha des portes d'un ascenseur et entreprit une opération complexe sur le panneau de contrôle. Holden fit signe à son équipage de se placer contre la cloison, à l'abri de tirs éventuels. Sous ses pieds, le pont vibrait doucement par intermittence. Les vaisseaux ennemis ne devaient plus tirer, maintenant que leurs unités d'attaque étaient à bord. Il s'agissait sans doute de tirs d'armes de petit calibre et d'explosions légères. Mais tandis qu'ils se tenaient là, immobiles dans le calme parfait du vide, tout ce qui arrivait prenait un caractère distant, irréel. Holden dut admettre que son esprit ne fonctionnait pas comme il aurait dû. Réaction au traumatisme. La destruction du *Canterbury*, la mort d'Ade et de McDowell. Et maintenant Shed. C'était trop pour lui. Il lui semblait s'éloigner de plus en plus de ce qui se passait autour de lui.

Il se tourna vers Naomi, Alex et Amos. Son équipage. Ils lui rendirent son regard. Leurs visages étaient livides et fantomatiques dans l'éclairage intérieur verdâtre derrière la visière. Gomez leva un poing en signe de victoire quand les battants extérieurs pressurisés s'ouvrirent, révélant la double porte de l'ascenseur. Kelly fit signe à ses hommes.

Celui nommé Mole fit demi-tour et il commençait à marcher vers l'ascenseur quand son visage se désintégra en un jet de morceaux de verre et de sang de la taille de petits galets. Son torse et la paroi de la coursive derrière lui s'évanouirent en une centaine de petites détonations accompagnées de bouffées de fumée. Son corps tressauta et oscilla sur place, rivé au planché par les semelles magnétiques de ses bottes.

L'impression d'irréalité qui habitait Holden fut balayée par l'adrénaline. Les tirs rapides déchiquetant la paroi et le corps du Marine provenaient de projectiles explosifs. Les cris des autres Marines et de l'équipage d'Holden saturèrent aussitôt le canal comm. Sur sa gauche, il vit Gomez qui ouvrait les portes de l'ascenseur, révélant le vide du puits au-delà.

— À l'intérieur ! beugla Kelly. Tout le monde à l'intérieur !

Holden resta en arrière et poussa Naomi puis Alex dans la cage d'ascenseur. Le dernier Marine – celui que le lieutenant avait appelé Dookie – cala son arme sur le tir automatique et arrosa une cible qu'Holden ne pouvait voir, après le coude de la coursive. Quand son arme fut vide, il mit un genou au sol et éjecta le chargeur dans le même temps. Presque trop vite pour qu'Holden suive le mouvement des yeux, il décrocha un chargeur plein de son harnais et l'enclencha. Moins de deux secondes après avoir été à court de munitions, il s'était remis à tirer.

Naomi cria à Holden de les rejoindre dans la cage d'ascenseur, et soudain une poigne de fer agrippa son épaule, l'arracha du sol malgré ses bottes magnétiques et le précipita dans le puits sombre.

— Vous vous ferez tuer quand vous aurez un autre baby-sitter que moi, aboya le lieutenant.

Ils descendirent en rebondissant contre les parois en direction de l'arrière du vaisseau. Holden ne cessait de regarder en arrière les portes ouvertes qui s'éloignaient de plus en plus.

— Dookie ne nous suit pas, remarqua-t-il.

— Il couvre nos arrières, répliqua Kelly.

— Alors autant nous magner, ajouta Gomez. Que ça veuille dire quelque chose.

En tête du groupe, le lieutenant saisit un barreau scellé dans la paroi du puits et s'arrêta brusquement. Les autres l'imitèrent.

— Notre accès est ici. Gomez, vérification. Holden, voilà le plan : nous allons prendre une des corvettes dans le hangar.

L'idée parut sensée à Holden. Un appareil de classe *corvette* était une frégate légère. Vaisseau d'escorte dans la Flotte, c'était l'unité la plus petite équipée d'un propulseur Epstein. Elle serait assez rapide pour rejoindre n'importe quel point du système solaire et distancer la plupart des menaces. Son rôle secondaire étant celui d'un torpilleur, elle aurait donc de quoi se défendre. Holden acquiesça dans son casque à l'adresse de Kelly et lui fit signe de continuer. Le lieutenant attendit que Gomez ait fini d'ouvrir les portes de l'ascenseur et qu'il soit passé dans le hangar.

— Bon, j'ai la carte et le code d'activation qui nous permettront d'entrer dans la corvette et de la mettre en marche. Je vais m'élancer droit sur elle, alors vous avez intérêt à tous me coller aux fesses. Vérifiez que vos semelles magnétiques sont désactivées. Nous allons donner une poussée sur la paroi et voler jusqu'à l'appareil. Visez juste, ou vous raterez la balade. Tout le monde est avec moi ?

Réponses affirmatives de tous.

— Remarquable. Gomez, c'est comment, dehors ?

— Mauvaise nouvelle, lieutenant : une demi-douzaine d'intrus surveillent les appareils dans le hangar. Ils sont lourdement armés, avec tout l'équipement pour manœuvrer par zéro g. Du costaud, répondit le marine à voix basse.

Les gens murmuraient toujours quand ils se cachaient. Enveloppé dans sa combinaison pressurisée et entouré par le vide, Gomez aurait pu allumer un feu d'artifice à l'intérieur de sa tenue sans que personne n'entende rien, mais il murmurait.

— Nous fonçons jusqu'à l'appareil et nous tirons pour nous ouvrir un passage, décida Kelly. Gomez, j'amène les civils dans dix secondes. Tir de couverture. Balancez les dragées en vous déplaçant. Essayez de leur faire croire que vous êtes un petit commando à vous tout seul.

— Vous m'avez appelé "petit", monsieur ? répondit le marine. J'ai déjà six futurs trous-du-cul morts dans le viseur.

Holden, Amos, Alex et Naomi suivirent Kelly hors de la cage d'ascenseur et dans le hangar. Ils firent halte derrière un tas de caisses peintes d'un vert militaire. Holden risqua un coup d'œil par-dessus et repéra instantanément les intrus. Deux groupes de trois, un grimpé sur le *Knight*, l'autre sur le pont en dessous de la navette. Ils portaient tous des tenues noir terne. Holden n'en avait encore jamais vu de semblables.

Kelly pointa un doigt sur eux et tourna la tête vers Holden. Celui-ci acquiesça. Le lieutenant désigna alors une frégate noire trapue, à environ vingt-cinq mètres, à mi-chemin entre leur groupe et le *Knight*. Il leva une main doigts ouverts, qu'il replia un à un pour le compte à rebours. À deux, la pièce fut envahie d'un déluge lumineux digne d'une discothèque : Gomez venait d'ouvrir le feu à dix mètres d'eux. Sa première salve abattit deux intrus juchés sur le sommet de la navette qui chutèrent rudement au sol. Un battement de cœur plus tard, une autre rafale était tirée à cinq mètres de l'endroit où Holden avait vu la première. Il aurait pu jurer qu'il y avait deux Marines en action.

Kelly replia le dernier doigt de sa main, planta fermement ses pieds contre le mur et donna une poussée violente orientée vers la corvette. Holden attendit qu'Alex, Amos et Naomi aient fait de même. Quand enfin il se mit en mouvement Gomez arrosait l'ennemi d'une position différente des deux premières. Au niveau du pont, un des intrus pointa vers ce tireur une arme de gros calibre. Gomez et la caisse derrière laquelle il s'abritait disparurent dans un geyser de débris et de flammes.

Ils avaient presque atteint la corvette et Holden commençait à y croire lorsqu'un trait de fumée stria le hangar pour croiser la trajectoire de Kelly. Le lieutenant fut pulvérisé dans un éclair éblouissant.

14

MILLER

Le *Xinglong* finit de manière stupide. Par la suite, tout le monde apprit qu'il faisait partie de ces milliers d'appareils de prospection passant d'un petit astéroïde à l'autre. La Ceinture ne se souciait pas trop de ce type de vaisseaux : cinq ou six familles qui s'étaient unies pour rassembler l'acompte nécessaire à un début d'exploitation. Quand cela arriva, ils avaient trois versements de retard, et leur banque – la Consolidated Holdings and Investments – avait émis un droit de rétention sur leur appareil. Ce qui, d'après le bon sens commun, expliquait pourquoi ils avaient désactivé leur transpondeur. Simplement des gens corrects qui, à bord d'une poubelle rouillée, demandaient à exercer leur droit de continuer à voler.

Si vous vouliez créer une affiche pour symboliser le rêve accolé à la Ceinture, vous auriez pu utiliser le cas du *Xinglong*.

Le *Scipio Africanus*, un destroyer en patrouille, devait rejoindre Mars après un voyage de deux années lui ayant fait parcourir toute la Ceinture. Les deux appareils se dirigeaient vers un corps céleste de type comète à quelques centaines de milliers de kilomètres de Chiron, afin de renouveler leurs réserves d'eau.

Lorsque le vaisseau de prospection arriva à portée de détection, le *Scipio* vit en lui un appareil se déplaçant à grande vitesse et fonçant dans sa direction. Les communiqués officiels de la presse martienne affirmèrent tous que le *Scipio* avait tenté de le contacter à plusieurs reprises. Les communiqués pirates de l'APE affirmèrent tous que c'était faux et qu'aucune station d'écoute de la Ceinture n'avait perçu ce genre de message. Tout le monde s'accorda en revanche sur le fait que le *Scipio* avait activé ses canons de défense rapprochée et transformé le vaisseau de prospection en un nuage de débris incandescents.

La réaction avait été aussi prévisible que les lois de la physique élémentaire sont incontournables. Les Martiens avaient dérouté deux douzaines supplémentaires d'unités pour "maintenir l'ordre". Les commentateurs les plus extrémistes de l'APE avaient appelé à la guerre ouverte, et de moins en moins de sites et émissions indépendants les avaient désapprouvés. Les aiguilles de la grande horloge de la guerre avançaient inexorablement vers l'heure du conflit.

Et sur Cérès quelqu'un avait soumis un citoyen né sur Mars nommé Enrique Dos Santos à huit ou neuf heures de torture, avant de clouer sa dépouille ou ce qu'il en restait à un mur près de l'usine de recyclage d'eau, dans le secteur 11. On avait identifié le malheureux grâce au terminal laissé à ses pieds avec son alliance et un portefeuille en faux cuir contenant sa carte de crédit et trente mille nouveaux yens en édition européenne. Le supplicié avait été fixé au mur à l'aide d'un gros clou à charge unique de prospecteur. Cinq heures plus tard, les recycleurs d'air ne parvenaient toujours pas à chasser l'odeur acide. Les médecins légistes avaient effectué leurs prélèvements. Ils étaient presque prêts à décrocher la pauvre victime.

Miller s'étonnait toujours de l'expression paisible qu'arboraient les morts. Aussi horribles que soient les circonstances, le calme ramolli qui prévalait en fin de compte sur leurs traits ressemblait à celui du sommeil. Il en venait à se demander s'il afficherait une telle sérénité quand son tour viendrait.

— Les caméras de surveillance ? dit-il.

— Hors service depuis trois jours, répondit sa nouvelle équipière. Des gamins les ont bousillées.

Octavia Muss travaillait à l'origine dans le service des crimes contre les personnes, à l'époque où Hélice-Étoile n'avait pas encore réparti les actes de violence en catégories plus réduites. Elle était ensuite passée à la brigade des viols. Puis à celle des crimes contre les enfants, pendant quelques mois. Si cette femme avait encore une âme, celle-ci avait été tellement martelée qu'on devait voir à travers. Son regard n'exprimait jamais plus qu'une légère surprise.

— Nous savons qui sont ces gosses ?

— Des punks venus de plus haut, répondit-elle. Ils ont été inculpés, on leur a collé une amende, et on les a relâchés.

— Il faudrait les retrouver, dit Miller. J'aimerais bien savoir si quelqu'un les a payés pour détruire ces caméras en particulier.

— Je parierais le contraire.

— Alors le tortionnaire devait savoir que ces caméras étaient hors service.

— Quelqu'un du service de maintenance ?

— Ou un flic.

Muss fit la moue. Elle descendait de trois générations ayant vécu dans la Ceinture. Des membres de sa famille trimaient sur des vaisseaux comme celui détruit par le *Scipio*. L'assemblage de peau, d'os et de tendons suspendu devant eux ne constituait pas une surprise pour elle. Vous laissiez tomber un marteau pendant la poussée des réacteurs, il tombait sur le pont. Votre gouvernement massacrait six familles de prospecteurs d'origine chinoise, quelqu'un vous accrochait sur le caillou vivant qu'était Cérès avec un clou en titane de trois pieds de long. C'était toujours la même chose.

— Il y aura des conséquences, dit Miller, pour signifier : *Ce n'est pas un cadavre, c'est un panneau d'affichage. Un appel à la guerre.*

— Il n'y en aura pas, fit Muss.

*Avec ou sans panneau d'affichage, la guerre est déjà
là, de toute façon.*

— Ouais, grogna-t-il. Vous avez raison. Il n'y en
aura pas.

— Vous voulez prévenir les proches ? Je vais aller jeter
un œil à la vidéo. Ils ne lui ont pas brûlé les doigts ici,
dans le couloir, ils ont donc dû l'amener de quelque part.

— D'accord. J'ai un modèle de lettre de condoléances
que je peux envoyer. Il était marié ?

— Je ne sais pas. Je ne me suis pas renseignée.

De retour au poste, Miller s'assit à son bureau. Muss
avait déjà le sien, à deux box de là, qu'elle avait person-
nalisé à sa convenance. Celui d'Havelock était vide et
impeccablement briqué, comme si les services d'entretien avaient voulu éradiquer de leur confortable siège
ceinturien l'odeur de la Terre. Miller ouvrit le dossier
du mort. Il n'y avait qu'une personne proche, Jun-Yee
Dos Santos, qui travaillait sur Ganymède. Ils avaient été
mariés pendant six ans. Pas d'enfant. Un point positif,
au moins. Quitte à mourir, autant ne pas laisser de trace.

Il retrouva le modèle de lettre sur son ordinateur, y ins-
crivit le nom de la nouvelle veuve et son adresse. *Chère
madame Dos Santos, j'ai le regret de devoir vous informer* bla bla bla. *Votre* (Il chercha la suite dans le menu)
*mari était un membre apprécié et respecté de la com-
munauté de Cérès, et je peux vous assurer que tout sera
fait pour veiller à ce que son ou ses assassins répondent
de leurs actes. Veuillez agréer...*

C'était inhumain. Aussi impersonnel et froid que le
vide interstellaire. Le corps cloué au mur de ce couloir
avait été un homme réel, avec des passions et des craintes,
comme n'importe qui d'autre. Miller se demanda ce que
lui apprenait sur lui-même cette facilité à ignorer ce fait,
mais à la vérité il le savait déjà. Il envoya le message et
s'efforça de ne pas penser à la douleur que sa réception
allait engendrer.

Le tableau était bien rempli. Le nombre des incidents était le double de ce qu'il aurait dû être. *Voilà à quoi ça ressemble*, songea-t-il. Pas d'émeutes. Pas d'action militaire appartement par appartement, ni de Marines dans les couloirs. Seulement un tas d'homicides non résolus.

Il rectifia : *Voilà à quoi ça ressemble jusqu'à maintenant.*

Cela ne rendit pas la tâche suivante plus aisée.

Shaddid se trouvait dans son bureau.

— Que puis-je pour vous ? demanda-t-elle.

— J'ai besoin d'effectuer certaines demandes pour des transcriptions d'interrogatoire. Mais ce n'est pas très régulier. Je me suis dit que ce serait mieux si ça passait par vous.

Shaddid se renversa dans son fauteuil.

— J'étudierai la chose. Qu'est-ce que nous cherchons à obtenir ?

Miller acquiesça, comme si en mimant l'approbation il pouvait obtenir celle du capitaine.

— Jim Holden. Le Terrien du *Canterbury*. Mars doit ramasser ses proches, à l'heure qu'il est, et j'ai besoin d'une demande pour obtenir les transcriptions des comptes rendus verbaux.

— Vous travaillez sur une affaire qui a un lien avec le *Canterbury* ?

— Il semblerait, oui.

— Dites-moi laquelle. Maintenant.

— C'est la mission que vous m'avez confiée. Julie Mao. J'ai creusé un peu et...

— J'ai lu votre rapport.

— Vous savez donc qu'elle a un lien direct avec l'APE. D'après ce que j'ai découvert, il semble qu'elle se trouvait sur un cargo qui leur servait de courrier.

— Vous avez une preuve de ce que vous avancez ?

— Un type de l'APE me l'a dit.

— Enregistré ?

— Non, dit Miller. C'était un entretien informel.

— Et comment tout ça est-il lié à la destruction du *Canterbury* par la Flotte martienne?

— Elle était à bord du *Scopuli*, expliqua-t-il. Le cargo a servi d'appât pour faire stopper le *Canterbury*. Si vous étudiez les messages diffusés par Holden, il dit avoir constaté l'absence totale d'équipage et la présence d'une balise de détresse de la Flotte martienne.

— Et vous pensez qu'il y a là quelque chose qui pourrait vous être utile?

— Je ne le saurai que lorsque j'aurai en main les transcriptions. Mais si Julie ne se trouvait pas à bord de ce transport, c'est que quelqu'un l'a emmenée.

Le sourire de Shaddid n'effleura pas ses yeux.

— Et vous aimeriez demander à la Flotte martienne de gentiment vous transmettre tout ce qu'ils ont pu tirer d'Holden.

— S'il a vu quelque chose sur cet appareil, quelque chose qui nous donnerait une idée de ce qui est arrivé à Julie et aux autres…

— Vous n'êtes pas sérieux, dit Shaddid. C'est la Flotte martienne qui a détruit le *Canterbury*. Ils l'ont fait dans le but de provoquer une réaction de la Ceinture et avoir ainsi une excuse pour nous envahir. La seule raison pour laquelle ils "débriefent" les survivants, c'est que personne d'autre n'a pu les atteindre avant eux. À l'heure qu'il est, soit Holden et son équipage sont morts, soit ils se sont fait récurer le cerveau par les spécialistes martiens de l'interrogatoire.

— Nous ne pouvons pas être sûrs que…

— Et même si je réussissais à me faire transmettre l'enregistrement intégral de ce qu'ils ont dit à chaque ongle d'orteil qu'on leur arrachait, ça ne vous servirait strictement à rien, Miller. La Flotte martienne ne va pas poser une seule question concernant le *Scopuli*. Ils sont très bien placés pour savoir ce qu'il est advenu de son équipage : ce sont eux qui ont utilisé le *Scopuli* comme appât.

— C'est la position officielle d'Hélice-Étoile ? demanda-t-il.

Il avait à peine formulé la question qu'il prit conscience de son erreur. Le visage de sa supérieure se ferma aussi subitement qu'une lumière qu'on éteint. La menace dans ses dernières paroles était évidente.

— Je ne fais que souligner le problème de la fiabilité de la source, dit-elle. On ne va pas demander au suspect où il pense que nous devrions chercher ensuite. Et récupérer Julie Mao n'est pas notre priorité.

— Ce n'est pas le sens de mes propos, répondit Miller, un peu sur la défensive et aussitôt chagriné de l'être.

— Nous avons un tableau dans la salle qui se remplit de plus en plus. Notre priorité, c'est d'assurer la sécurité et la continuité des services. Si ce que vous faites n'a pas un rapport direct avec ces objectifs, vous avez mieux à faire.

— Cette guerre…

— Ne nous concerne pas, coupa Shaddid. Ce qui nous concerne, c'est Cérès. Rédigez-moi un rapport définitif sur Juliette Mao. Je le ferai parvenir à qui de droit. Nous avons fait ce que nous pouvions.

— Je ne pense pas…

— Moi, je le pense. Nous avons fait ce que nous pouvions. Et maintenant cessez de vous comporter comme une lavette, virez votre cul de ce bureau et allez cravater les méchants. Inspecteur.

— Oui, capitaine, dit Miller.

Muss était assise à sa place quand il revint à son poste. Elle avait à la main un gobelet, de thé fort ou de café trop clair. Elle lui désigna son écran. Sur celui-ci, trois Ceinturiens – deux hommes et une femme – sortaient par la porte d'un entrepôt en transportant un conteneur d'expédition en plastique orange. Miller eut une mimique interrogative.

— Employé par une société indépendante d'acheminement de gaz. Azote, oxygène. Composants atmosphériques de base. Rien d'exotique. On dirait qu'ils ont détenu ce pauvre gars dans un des entrepôts de la société. J'ai envoyé la scientifique là-bas pour voir s'ils peuvent trouver des éclaboussures de sang, pour confirmation.

— Bon boulot, fit Miller.

Muss haussa les épaules. *Le boulot requis*, semblait-elle dire.

— Où sont passés ces trois-là? demanda-t-il.

— Ils ont pris le large hier. Le plan de vol déposé indique Io comme destination.

— Io?

— Le centre de la coalition Terre-Mars. Est-ce qu'ils s'y rendront? Vous voulez parier?

— Bien sûr. Cinquante billets qu'on ne les verra jamais là-bas.

Muss éclata de rire.

— Je les ai entrés dans le système de recherche, dit-elle. Où qu'ils se posent, les gens du coin auront leur bobine et un numéro de dossier les rattachant à l'affaire Dos Santos.

— Donc le dossier est clos.

— Encore un bâtonnet blanc tracé à la craie sur le tableau pour les gentils, approuva Muss.

Le reste de la journée ne fut pas de tout repos. Trois agressions, deux ouvertement politiques et une domestique. Muss et Miller les effacèrent du tableau avant la fin de leur service. Il y en aurait d'autres dès le lendemain.

Après avoir pointé, Miller fit halte à la carriole d'un vendeur ambulant près d'une des stations de métro et prit un bol de riz et d'une substance protéinée ressemblant vaguement à du poulet teriyaki. Tout autour de lui dans le métro les citoyens ordinaires de Cérès lisaient les infos et écoutaient de la musique. À un demi-wagon de lui, un jeune couple se serrait en murmurant et en riant sous cape. Ils avaient peut-être seize ans. Dix-sept. Il vit la main du garçon s'aventurer sous la chemise de la fille. Elle ne protesta pas. Juste en face de Miller, une femme d'âge mûr dormait, et sa tête dodelinait contre la paroi de la voiture. Ses ronflements étaient presque délicats.

Tous ces gens étaient au centre de la question, se dit-il. Des êtres normaux menant une vie banale sur un caillou sous bulle entouré par le vide. S'ils laissaient la station se transformer en zone d'émeutes, s'ils laissaient l'ordre vaciller, toutes ces vies seraient broyées comme un chaton qu'on passe à la déchiqueteuse. Il incombait à des individus comme lui, Muss et même Shaddid de veiller à ce que cela n'arrive jamais.

Alors, railla une petite voix au fond de son crâne, *pourquoi ne t'incombe-t-il pas d'empêcher Mars de balancer une charge nucléaire et de faire exploser Cérès comme un œuf ? Quelle est la plus grande menace pour ce type planté là : quelques prostituées sans permis ou la Ceinture en guerre contre Mars ?*

Quel mal pouvait découler du fait qu'il apprenne ce qui était arrivé au *Scopuli* ?

Mais, bien sûr, il connaissait la réponse à cette question. Il ne pouvait juger de la dangerosité de la vérité tant qu'il ne l'aurait pas découverte. Ce qui était en soit une excellente raison pour continuer à fouiner.

Assis sur une chaise pliante en toile devant l'appartement de Miller, Anderson Dawes, l'homme de l'APE, lisait un livre aux pages en papier pelure et à la reliure peut-être en cuir véritable. Miller en avait déjà vu des images : il trouvait décadente l'idée d'un tel poids pour un seul mégabyte de données.

— Inspecteur.

— Monsieur Dawes.

— J'espérais avoir une petite conversation avec vous.

Quand ils entrèrent, Miller se félicita d'avoir rangé un peu. Toutes les bouteilles de bière avaient fini dans le recycleur. Il avait essuyé la table et les meubles de rangement. Les coussins des sièges avaient tous été recousus ou changés. Alors que Dawes s'asseyait, Miller se rendit compte qu'il avait fait tous ces travaux ménagers dans la perspective de cet entretien. Il n'y avait pas pensé jusqu'alors.

Son visiteur posa le livre devant lui, plongea la main dans une poche de sa veste et fit glisser un mince lecteur de film noir sur la table dans sa direction.

— Qu'est-ce que je vais découvrir là-dessus? demanda l'inspecteur.

— Rien que vous ne puissiez confirmer avec vos archives.

— Rien de contrefait?

— Si, répondit Dawes avec un sourire qui n'améliorait en rien son apparence. Mais pas par nous. Vous m'avez questionné sur le matériel antiémeute de la police. Un sergent, une certaine Pauline Trikoloski, a signé l'ordre de transfert pour l'unité 23 des services spéciaux.

— L'unité 23 des services spéciaux?

— Oui. Elle n'existe pas. Pas plus que Trikoloski. L'équipement a été emballé, chaque bordereau dûment signé, et le tout a été livré à un quai. Le transport occupant ce poste d'amarrage à ce moment-là était enregistré comme appartenant à la Corporaçaõ do Gato Preto.

— Le Chat Noir?

— Vous les connaissez?

— Import-export, comme tous les autres, soupira Miller. Nous avons enquêté sur eux parce que nous pensions que cette société pouvait servir de couverture à la Loca Greiga. Mais nous n'avons jamais rien trouvé qui le prouve.

— Vous aviez raison.

— Vous pouvez le prouver?

— Ce n'est pas mon boulot, répondit Dawes. Mais il y a quelque chose qui pourrait vous intéresser. Les relevés d'accostage automatisés pour le vaisseau quand il est parti et quand il est arrivé sur Ganymède. L'appareil était plus léger de trois tonnes, sans compter la consommation de carburant. Et le temps du voyage est plus long que les projections mécaniques.

— Il a rencontré un autre vaisseau, sur lequel ils ont transbordé tout le matériel.

— Vous avez votre réponse, fit Dawes. Aux deux questions. L'équipement antiémeute a été volé dans votre poste par une organisation criminelle locale. Il n'y a aucun enregistrement pour corroborer l'hypothèse, mais on peut imaginer sans grand risque de se tromper qu'ils ont également embarqué le personnel pour utiliser ce matériel.

— Quelle destination ?

Dawes leva les mains. Miller hocha la tête. Ils avaient quitté la station. Dossier clos. Encore un bon point pour les gentils.

Bon sang.

— J'ai respecté ma partie du marché, déclara l'homme de l'APE. Vous avez demandé des renseignements, je vous les ai fournis. Et maintenant, vous allez respecter votre part du marché ?

— Laisser tomber l'enquête sur Mao.

Ce n'était pas une question, et Dawes ne réagit pas comme si c'en était une. Miller se redressa.

Juliette Andromeda Mao. Héritière du système des planètes intérieures devenue messager pour le compte de l'APE. Pilote de course en chaloupe. Ceinture marron, visant la noire.

— Bien sûr, où est le problème ? Ce n'est pas comme si je l'avais ramenée chez elle, en admettant que je l'aie retrouvée.

— Ah non ?

Miller eut un geste des mains qui signifiait : *Bien sûr que non.*

— C'est une fille bien, dit-il. Comment vous sentiriez-vous si vous aviez atteint l'âge adulte et que maman détenait toujours le pouvoir de vous faire revenir à la maison en vous tirant par l'oreille ? Dès le début, c'était un boulot de merde.

Dawes sourit de nouveau. Cette fois, il paraissait un peu moins laid.

— Je suis heureux de vous l'entendre dire, inspecteur. Et je n'oublie pas le reste de notre accord. Quand nous l'aurons retrouvée, je vous le ferai savoir. Vous avez ma parole.

— J'apprécie.

Suivit un moment de silence. Miller n'aurait pu dire s'il était agréable ou désagréable. Peut-être un peu des deux. Dawes se leva, lui tendit la main. Il la serra. L'autre sortit. Deux flics travaillant pour des comptes différents. Peut-être avaient-ils quelque chose en commun.

Ce qui ne voulait pas dire que Miller se sentait mal à l'aise d'avoir menti à cet homme.

Il ouvrit le programme d'encryptage de son terminal, le fit basculer sur le système comm de l'appartement et se mit à parler face à la caméra.

— Nous ne nous sommes pas rencontrés, monsieur, mais j'espère que vous trouverez quelques minutes pour m'aider. Je suis l'inspecteur Miller, des services de sécurité Hélice-Étoile. Je suis sous contrat avec la sécurité de Cérès, et on m'a confié la tâche de retrouver votre fille. J'aurais quelques questions à vous poser.

15

HOLDEN

Holden tendit les mains vers Naomi. Il lutta pour s'orienter alors que tous deux tournoyaient sans rien pour prendre appui ou stopper leur vol. Ils étaient en plein milieu de la pièce, sans aucun recoin pour s'abriter.

L'explosion avait propulsé Kelly à cinq mètres, et il avait heurté une caisse d'emballage. Il flottait maintenant là-bas, une de ses bottes magnétiques collée au flanc du conteneur, l'autre s'agitant pour toucher le pont. Amos avait été plaqué au sol et y demeurait immobile. Une de ses jambes était pliée selon un angle impossible. Alex s'était accroupi à côté de lui.

Holden tourna la tête en direction des assaillants. Celui armé du lance-grenades qui avait touché Kelly braquait son arme sur eux pour le coup de grâce. *Nous sommes morts*, se dit-il. Naomi adressa un geste obscène au tireur.

La silhouette de celui-ci parut frissonner avant de disparaître dans un geyser de sang accompagné de petites détonations.

— À la corvette ! cria Gomez dans la radio.

Sa voix était discordante, trop aiguë, autant à cause de la douleur que de l'extase du combat.

Holden tira sur le filin de raccordement dont l'extrémité saillait de la combinaison de Naomi.

— Qu'est-ce que vous…, commença-t-elle.

— Faites-moi confiance.

Calant les pieds contre l'estomac de la jeune femme, il donna une poussée énergique. Il heurta le pont tandis qu'elle s'élevait en tournant sur elle-même vers le plafond. Il enclencha ses semelles magnétiques et pesa sur le filin pour la faire redescendre vers lui.

Les tirs continus d'armes automatiques emplissaient le hangar d'éclairs.

— Restez courbée, dit-il, puis il courut vers Alex et Amos aussi vite que ses semelles magnétiques le lui permettaient.

Le mécanicien remuait faiblement les membres, il était donc toujours vivant. Holden se rendit compte qu'il tenait toujours le filin de Naomi. Il l'accrocha à une boucle de sa combinaison. Plus question d'être séparés.

Il souleva Amos du pont. Le mécano grogna et bredouilla une obscénité quelconque. Holden relia également le filin d'Amos à sa combinaison. Il porterait tout l'équipage s'il le fallait. Sans un mot, Alex accrocha son filin à Holden et lui fit signe qu'il allait bien.

— C'était… Je veux dire, quelle merde…

— Ouais, fit Holden.

— Jim, dit Naomi. Regardez !

Il tourna la tête dans la direction qu'elle indiquait. Kelly s'avançait vers eux en vacillant. Sa combinaison renforcée était visiblement enfoncée sur le côté gauche du torse, et du fluide hydraulique s'en écoulait dans une succession de gouttelettes qui flottaient derrière lui, mais il se déplaçait. En direction de la frégate.

— Bon, on y va, dit Holden.

Tous les cinq se dirigèrent en un groupe compact vers le vaisseau, tandis qu'autour d'eux flottaient des débris de caisses d'emballage pulvérisées par la fusillade toujours aussi intense. Une guêpe piqua Holden au bras, et l'affichage de visière de son casque l'informa que le système automatique de sa combinaison avait refermé une brèche mineure. Il sentit quelque chose de chaud couler le long de son biceps.

Gomez hurla comme un dément dans la radio quand il fit irruption dans le hangar en tirant derrière lui. La riposte de l'ennemi ne faiblit pas. Holden vit le Marine touché encore et encore, et les petites explosions et les nuages jaillissant de sa combinaison faisaient douter qu'elle contienne encore quelqu'un de vivant. Mais Gomez concentrait l'attention de l'ennemi, et tous les autres purent se hisser jusqu'au sas de la corvette.

Kelly sortit une petite carte métallique d'une de ses poches. Elle ouvrit l'écoutille extérieure, et Holden poussa le corps en suspension d'Amos à l'intérieur. Naomi, Alex et le marine blessé suivirent, en échangeant des regards incrédules et choqués pendant que le sas entamait son cycle et que l'écoutille intérieure se déverrouillait.

— Je n'arrive pas à croire que nous…, dit Alex, mais il laissa sa phrase en suspens.

— On en parlera plus tard ! aboya Kelly. Alex Kamal, vous avez servi sur des unités de la Flotte de la République martienne. Vous pourrez piloter cet engin ?

— Bien sûr, répondit Alex, qui se reprit manifestement. Pourquoi moi ?

— Notre autre pilote est dehors, en train de se faire tuer, répliqua le lieutenant en lui tendant la carte métallique. Prenez ça. Les autres, sanglez-vous. Nous avons déjà perdu trop de temps.

Vus de près, les dégâts subis par la combinaison renforcée de Kelly étaient encore plus apparents. Il devait souffrir de plusieurs blessures graves au torse. Et tout le liquide qui s'écoulait de sa tenue n'était pas du fluide hydraulique. Il s'y mêlait du sang, c'était indéniable.

— Laissez-moi vous aider, proposa Holden en esquissant un geste vers lui.

— Ne me touchez pas, répliqua Kelly, avec une colère surprenante. Vous vous sanglez à votre place, et vous la fermez. Exécution.

Holden ne chercha pas à discuter. Il décrocha les filins de raccordement de sa combinaison et aida Naomi à placer Amos dans un siège anti-crash et à l'y harnacher. Kelly resta sur le pont supérieur, mais sa voix leur parvint par le système comm du vaisseau.

— Monsieur Kamal, prêts à décoller ?

— Affirmatif, lieutenant. Le réacteur était déjà chaud quand nous sommes arrivés.

— Le *Tachi* était le vaisseau d'urgence. C'est pourquoi nous le prenons. Allons-y. Dès que nous aurons quitté le hangar, poussée maximale.

— Compris, dit le pilote.

La pesanteur revint par petites touches et selon des directions aléatoires quand Alex fit décoller le vaisseau du pont et l'orienta vers la sortie du hangar. Holden termina de boucler son harnais et vérifia que Naomi et Amos étaient bien attachés. Le mécano geignait et crispait les mains sur les accoudoirs de son siège avec l'énergie du désespoir.

— Toujours avec nous, Amos ?

— Bordel, c'est le pied, chef.

— Oh, merde, j'aperçois Gomez, s'exclama Alex dans le système comm. Il est au sol. Ah, espèces d'enfoirés ! Ils lui tirent dessus alors qu'il est à terre ! Les fils de pute !

La corvette s'immobilisa, et Alex dit d'une voix calme :

— Mangez-moi ça, fumiers.

Toute la structure du vaisseau vibra pendant une demi-seconde, puis il repartit en direction de la sortie.

— Canons de défense rapprochée ? demanda Holden.

— Justice sommaire au débotté, répondit le pilote dans un grognement.

Holden en était encore à imaginer ce que plusieurs centaines de projectiles au tungstène avec enveloppe de Teflon pouvaient occasionner comme dommages à des corps humains lorsque Alex mit les gaz et qu'un troupeau d'éléphants effectua un saut de l'ange pour atterrir sur sa poitrine.

✦

Il reprit connaissance à 0 g. L'arrière de ses globes oculaires et ses testicules étaient douloureux, ce qui signifiait qu'ils avaient volé sous haute poussée pendant un certain temps. Le terminal sur la cloison voisine lui apprit que presque une demi-heure s'était écoulée. Naomi remuait dans son siège, mais Amos était inconscient et du sang s'écoulait selon un débit inquiétant d'un trou dans sa combinaison.

— Naomi, occupez-vous d'Amos, dit Holden dans une sorte de croassement qui enflamma sa gorge. Alex, au rapport.

— Le *Donnie* a explosé derrière nous, chef. Je crois bien que les Marines n'ont pas tenu le coup. Le vaisseau a disparu, fit Alex à mi-voix.

— Et les six appareils qui attaquaient ?

— Aucun signe d'eux depuis l'explosion. À mon avis, ils ont grillé.

Justice sommaire au débotté, en effet. Tenter l'abordage d'un vaisseau était une des manœuvres les plus risquées. À la base, c'était une course de vitesse entre les assaillants pour atteindre la salle des machines et la volonté collective de ceux qui avaient le doigt sur le bouton d'autodestruction. Après un seul regard au commandant Yao, Holden aurait pu dire aux intrus qu'ils avaient perdu d'avance.

Il n'en restait pas moins que quelqu'un avait estimé que cette opération valait qu'on prenne de tels risques.

Holden détacha ses sangles et flotta jusqu'à Amos. Naomi avait ouvert un kit médical d'urgence et découpait la combinaison du mécanicien à l'aide d'une grosse paire de ciseaux. La déchirure avait été créée par une extrémité du tibia brisé d'Amos quand la combinaison avait été plaquée contre lui à douze g.

Quand elle eut fini de dégager la plaie, Naomi blêmit devant la masse de sang et de chairs qu'était devenu le bas de la jambe.

— Qu'est-ce que nous faisons ? s'enquit Holden.

Elle le regarda fixement une seconde, et éclata d'un rire aigre.

— Je n'en ai aucune idée, répondit-elle.

— Mais vous…

— S'il était fait de métal, je martèlerais les pièces défectueuses pour leur redonner leur forme d'origine et je souderai le tout pour que ça tienne.

— Je…

— Mais il n'est pas fait avec des composants de ce vaisseau, continua-t-elle d'une voix qui grimpait dans les aigus, alors pourquoi *me* demander ce qu'il faut faire ?

Holden leva les deux mains en un geste d'apaisement.

— Ça va, j'ai compris. Pour l'instant, essayons simplement de stopper le saignement, d'accord ?

— Et si Alex se fait tuer, c'est aussi à moi que vous allez demander de piloter cet appareil ?

Il faillit répondre, se reprit à temps. Elle avait raison. Chaque fois qu'il ne savait pas comment faire, il lui confiait le problème à résoudre. Il agissait ainsi depuis des années. Elle était intelligente, compétente, et en règle générale imperturbable. Elle était devenue une béquille, alors qu'elle avait encaissé les mêmes traumatismes que lui. S'il ne se maîtrisait pas, il finirait par la briser, et il n'avait vraiment pas besoin de ça.

— Vous avez raison, dit-il. Je vais prendre soin d'Amos. Montez et allez voir comment va Kelly. Je vous rejoins dans quelques minutes.

Elle ne le quitta pas des yeux jusqu'à ce qu'elle ait retrouvé une respiration normale, puis elle acquiesça et se dirigea vers l'échelle.

Il aspergea la jambe d'Amos avec un coagulant et l'enveloppa dans de la gaze prise dans le kit de premiers secours. Ensuite il brancha le terminal mural sur la base de données du vaisseau et effectua une recherche concernant les fractures multiples. Il lisait ces informations avec un sentiment de désarroi croissant quand Naomi l'appela.

— Kelly est mort, annonça-t-elle d'un ton morne.

Le ventre d'Holden se noua, et il s'accorda le temps de trois respirations pour refouler de sa voix tout accent de panique.

— Compris. J'aurai besoin de votre aide pour replacer correctement cet os. Revenez en bas. Alex? Donnez-nous une poussée d'un demi-g pendant que nous travaillons sur Amos.

— Une direction en particulier, chef?

— Peu importe. Donnez-nous une poussée d'un demi-g et ne touchez pas à la radio tant que je ne vous dis pas de le faire.

Naomi redescendit par le puits de l'échelle tandis que la gravité commençait à revenir.

— Il semble que toutes les côtes du côté gauche ont été brisées chez Kelly, dit-elle. Avec la poussée, elles ont probablement perforé tous ses organes.

— Il devait savoir que ça allait se produire, remarqua Holden.

— Sûrement, oui.

Il était facile de se moquer des Marines quand ils n'étaient pas là pour entendre. À l'époque où Holden servait dans la Flotte, railler les crânes rasés était aussi naturel que jurer. Mais quatre Marines étaient morts pour qu'ils puissent quitter le *Donnager*, et trois d'entre eux avaient pris cette décision en toute conscience. Il se fit la promesse de ne plus jamais plaisanter à leur propos.

— Il faut que nous remettions l'os bien droit avant de le fixer. Tenez-le, qu'il ne bouge pas, et je vais tirer sur son pied. Dites-moi quand l'autre se sera rétracté et que les deux morceaux seront de nouveau alignés.

Naomi voulut protester.

— Je sais que vous n'êtes pas toubib, l'interrompit-il. Mais on n'a pas mieux.

Ce fut un des moments les plus horribles qu'il ait connus. Amos reprit conscience et hurla pendant l'opération. Holden dut tirer sur la jambe à deux reprises, parce que la première fois les deux parties de l'os ne s'alignèrent pas, et quand il lâcha prise l'extrémité déchiquetée du tibia jaillit hors de la plaie dans un flot de sang. Par chance le mécano s'évanouit aussitôt après et ils purent faire leur deuxième tentative sans devoir l'entendre crier. Ils eurent plus de succès. Holden arrosa la blessure d'antiseptiques et de coagulants. Il referma la plaie avec des agrafes, l'entoura d'un bandage imbibé de stimulants pour la repousse des tissus, et paracheva le tout avec un plâtre aéré à prise rapide et un patch antibiotique sur la cuisse du mécanicien.

Ensuite il s'effondra sur le pont et se laissa aller aux tremblements qu'il avait contenus jusque-là. Naomi se réfugia dans son siège anti-crash pour sangloter. C'était la première fois qu'il la voyait pleurer.

Holden, Alex et Naomi flottaient en formant un triangle approximatif autour du siège où reposait le corps du lieutenant Kelly. En bas, Amos était plongé dans le sommeil de plomb que lui assuraient les sédatifs. Le *Tachi* dérivait dans l'espace sans aucune destination particulière. Pour la première fois depuis bien longtemps, personne ne les suivait.

Holden savait que les deux autres attendaient d'apprendre comment il comptait les sauver tous. Ils le couvaient de regards impatients. Il s'efforçait de paraître calme et en pleine réflexion. Intérieurement, il paniquait. Il n'avait pas la plus petite idée de la destination à prendre, ni de ce qu'il convenait de faire. Depuis qu'ils avaient découvert le *Scopuli*, tous les endroits où ils auraient dû se trouver en sécurité s'étaient révélés des pièges mortels. Le *Canterbury*. Le *Donnager*. Holden était terrifié à la seule idée d'aller quelque part, par peur que ce quelque part soit anéanti très peu de temps après leur arrivée.

Faites quelque chose, avait dit un formateur à ses jeunes officiers une dizaine d'années plus tôt. *Il n'y a pas besoin que ce soit la bonne chose, il suffit que ce soit quelque chose.*

— Ils vont enquêter sur ce qui est arrivé au *Donnager*, dit-il. Des unités martiennes ont mis le cap sur ce coin alors même que nous parlons. Ils doivent déjà savoir que le *Tachi* s'en est sorti, puisque notre transpondeur annonce notre survie à tout le système solaire.

— Sûrement pas, dit Alex.

— Vous pouvez m'expliquer pourquoi, monsieur Kamal ?

— Nous sommes à bord d'une corvette qui est aussi un torpilleur. Vous croyez que son équipage veut un gentil signal de transpondeur qui permettrait de les localiser alors qu'ils s'apprêtent à attaquer l'ennemi ? Non, Il y a une chouette touche dans le cockpit marquée "transpondeur éteint". Je l'ai enfoncée juste avant que nous partions. Nous ne sommes plus qu'un corps indéfini en mouvement, comme un million d'autres.

Holden resta silencieux une poignée de secondes.

— Alex, il se pourrait que ce soit la plus grande chose qu'un être humain ait faite dans l'histoire de l'univers.

— Mais nous ne pouvons nous arrêter nulle part, Jim, dit Naomi. Un, aucun spatioport ne laissera approcher un vaisseau dont le transpondeur n'émet pas. Et deux, dès qu'ils nous auront en visuel il nous sera difficile de dissimuler que nous sommes à bord d'un appareil de guerre martien.

— Mouais, ça c'est le mauvais côté des choses, approuva Alex.

— Fred Johnson nous a communiqué les coordonnées du réseau pour entrer en contact avec lui, dit Holden. Je pense que l'APE pourrait être le seul groupe à nous permettre de poser quelque part notre vaisseau martien volé.

— Il n'est pas volé, rétorqua Alex. C'est désormais une récupération légitime.

— Ouais, sortez donc cet argument à la Flotte de la République martienne s'ils nous capturent, mais faisons quand même tout notre possible pour que ça ne se produise pas.

— Alors nous attendons simplement ici que le colonel Johnson reprenne contact avec nous ? interrogea Alex.

— Non, moi j'attends. Vous deux, vous préparez les funérailles du lieutenant Kelly. Alex, vous avez servi dans la Flotte martienne, vous connaissez ses traditions. Faites-le avec tous les honneurs dus, et inscrivez la cérémonie dans le journal de bord. Il est mort pour nous permettre de sauver notre peau, et nous allons lui accorder tout le respect auquel il a droit. Dès que nous nous serons posés, nous transmettrons tout le dossier au commandement de la Flotte martienne pour qu'ils puissent officialiser son décès.

— Nous allons faire les choses comme il faut, monsieur, affirma Alex.

Fred Johnson répondit à son message si rapidement qu'Holden se demanda s'il n'était pas assis devant son terminal, à le guetter. Le message se limitait à des coordonnées et à l'expression *faisceau de ciblage*. Holden braqua donc le système laser sur l'endroit désigné – le même depuis lequel le colonel avait envoyé son premier message –, puis il alluma son micro et dit :

— Fred ?

Les coordonnées étaient distantes de plus de onze minutes-lumière. Holden s'attendit donc à patienter vingt-deux minutes. Pour s'occuper, il transmit la localisation au cockpit et demanda à Alex de mettre le cap dans cette direction à un g dès qu'ils en auraient fini avec le lieutenant Kelly.

Vingt minutes plus tard, la poussée débuta et Naomi gravit l'échelle. Elle avait ôté sa combinaison pressurisée et portait une tenue de vol martienne rouge qui était trop courte pour elle de vingt bons centimètres et trois fois trop large à la taille. Elle semblait s'être lavé les cheveux et le visage.

— Il y a une douche à la proue de ce vaisseau, fit-elle. Nous pouvons le garder ?

— Comment ça s'est passé ?

— Nous avons pris soin de lui. Il y a une cale de bonnes dimensions située sous la chambre des machines. Nous l'avons placé là en attendant de pouvoir le renvoyer aux siens. J'ai coupé les paramètres environnementaux là-bas, donc sa dépouille sera bien conservée.

Elle tendit la main et laissa tomber un petit cube noir sur les cuisses d'Holden.

— C'était dans une de ses poches, sous sa combinaison renforcée.

Il prit l'objet. Cela ressemblait à une sorte d'unité de stockage de données.

— Vous pouvez trouver ce qu'il contient ? demanda-t-il.

— Bien sûr. Laissez-moi juste un peu de temps.

— Et Amos ?

— Tension artérielle stable, dit-elle. C'est certainement bon signe.

La console comm laissa échapper un bip, et Holden enclencha l'enregistrement.

— Jim, les nouvelles concernant le *Donnager* viennent d'atteindre le réseau. Je dois admettre que je suis extrêmement surpris d'avoir de vos nouvelles, dit la voix de Fred. Que puis-je faire pour vous ?

Holden mit un temps pour préparer sa réponse. La suspicion de Fred était manifeste, mais il avait envoyé à Holden un mot de passe pour cette raison précise.

— Fred. Tandis que nos ennemis sont devenus *omniprésents*, la liste de nos amis s'est écourtée. En fait, nous sommes à peu près seuls. Je suis dans un vaisseau volé…

Alex se racla bruyamment la gorge.

— Dans une canonnière de la Flotte martienne que nous avons *récupérée*, corrigea Holden. J'ai besoin d'un moyen pour cacher ce fait, et d'une destination où ils ne m'abattront pas dès que je montrerai le bout de mon nez. Aidez-moi à trouver cet endroit.

Une demi-heure s'écoula avant la réponse :

— Je vous joins un fichier sur un sous-canal. Il contient le code de votre nouveau transpondeur et les indications pour l'installer. Le code s'adaptera dans tous les registres. Il est parfaitement valide. Le fichier contient également les coordonnées qui vous mèneront dans un endroit sûr. Je vous y rencontrerai. Nous avons beaucoup à nous dire.

— Le code d'un nouveau transpondeur ? dit Naomi. Comment l'APE se procure-t-elle les codes de nouveaux transpondeurs ?

— Ils craquent les protocoles de sécurité de la coalition Terre-Mars, ou bien ils ont une taupe au service des enregistrements, supposa Holden. Quoi qu'il en soit, je crois que nous jouons dans la cour des grands, désormais.

16

MILLER

Miller regardait l'émission venue de Mars avec tout le reste du poste. L'estrade était drapée de noir, ce qui était mauvais signe. L'unique étoile et les trente bandes de la République martienne pendaient en arrière-plan non pas une fois, mais huit. Ce qui était encore plus mauvais signe.

— Cela n'a pas pu se produire sans que la chose ait été soigneusement planifiée, disait le président martien. Les informations qu'ils cherchaient à voler auraient compromis la sécurité de la Flotte martienne de façon très grave. La manœuvre a échoué, mais au prix de quatre-vingt-six vies martiennes. Cette agression a été préparée par la Ceinture depuis des années, au moins.

La Ceinture, releva Miller. Pas l'APE : la Ceinture.

— Durant la semaine qui a suivi les premières annonces de cette attaque, nous avons dénombré trente incursions dans le périmètre de sécurité de nos vaisseaux ou de nos bases, dont la station Pallas. Si ces affineries venaient à être perdues, l'économie de Mars subirait des dommages irréversibles. Confrontés à une force de guérilla armée et organisée, nous n'avons d'autre choix que d'imposer un cordon militaire aux stations, bases et vaisseaux de la Ceinture. Le Congrès a distribué de nouveaux ordres à toutes les unités de la Flotte qui ne sont pas actuellement engagées dans une collaboration active dans la Coalition, et nous espérons que nos frères et sœurs de la Terre approuveront des manœuvres conjointes de la Coalition dans les plus brefs délais.

"Le nouveau mandat de la Flotte martienne consiste à assurer la sécurité de tous les honnêtes citoyens, à démanteler les infrastructures malfaisantes qui se cachent actuellement dans la Ceinture et à mener devant la justice les responsables de ces attaques. Je suis heureux d'annoncer que nos premières actions ont eu pour résultat la destruction de dix-huit vaisseaux de guerre illégaux et…

Miller coupa la retransmission. On y était, donc. La guerre secrète sortait de sa cachette. Papa Mao avait eu raison de vouloir rapatrier sa fille, mais il était trop tard. Sa fille chérie allait devoir se débrouiller seule, comme n'importe qui d'autre.

Au minimum, cela allait signifier un couvre-feu et des traques ciblées dans tout Cérès. Officiellement, la station était neutre. L'APE ne la possédait pas, ni rien d'autre. Et Hélice-Étoile était une entreprise terrienne, sans aucune obligation contractuelle avec Mars. Au mieux, Mars et l'APE épargneraient la station lors de leurs affrontements. Au pire, il y aurait d'autres émeutes sur Cérès. D'autres morts.

Non, ce n'était pas vrai. Au pire, Mars ou l'APE répliqueraient en lançant un caillou ou des charges nucléaires sur la station. Ou en faisant exploser le propulseur d'un vaisseau à quai. Si la situation s'emballait, ce serait six ou sept millions de morts, et la fin de tout ce que Miller avait connu.

Curieusement, cette perspective tenait presque du soulagement.

Depuis des semaines, il savait. Tout le monde savait. Mais rien ne s'était produit, et chaque conversation, chaque plaisanterie, chaque interaction inopinée, chaque approbation semi-anonyme et chaque moment à plaisanter aimablement dans le métro avait eu des airs d'évasion. Il ne pouvait pas éliminer le cancer de la guerre, il était même incapable d'enrayer son expansion, mais il pouvait au moins admettre que la chose arrivait. Il s'étira, avala ce qui restait de grumeaux aux champignons, vida les dernières gouttes d'un liquide qui n'était pas entièrement différent du café, et sortit pour assurer la paix en temps de guerre.

Muss l'accueillit d'un petit signe de tête quand il entra dans le poste. Le tableau débordait d'affaires – des crimes sur lesquels enquêter, qui devraient être élucidés, puis mis de côté. Deux fois plus nombreux que la veille.

— Mauvaise nuit, dit-il.

— Elle aurait pu être pire, répondit Muss.

— Ah ouais ?

— Hélice-Étoile pourrait être une entreprise martienne. Tant que la Terre reste neutre, nous n'avons pas à jouer à la Gestapo.

— Et ça durera encore combien de temps, d'après toi ?

— Quelle heure est-il ? ironisa-t-elle. Non, je vais te dire : quand ça arrivera, il faudra que je fasse un petit détour par le centre de la station. Il y avait ce type, quand je bossais à la brigade des viols, qu'on n'a jamais réussi à épingler.

— Pourquoi attendre ? demanda Miller. Nous pouvons y aller, lui loger une balle dans le buffet et être de retour pour le déjeuner.

— Ouais, mais tu sais comment c'est. Il faut s'efforcer de rester professionnels. Et puis, si nous faisions ça, il faudrait bâtir une enquête autour, et il n'y a pas la place sur le tableau.

Il s'assit à son bureau. Ils parlaient simplement boutique. Le genre d'humour exagéré et froid qui vous venait quand la journée était truffée d'histoires de prostituées mineures et de drogues coupées. Et pourtant il régnait une tension palpable au poste. On la sentait à la façon dont les gens riaient, à leur maintien. On voyait plus les holsters qu'à l'accoutumée, comme si l'exhibition de leurs armes les rassurait.

— Tu crois que c'est l'APE ? demanda Muss en baissant la voix.

— Qui a détruit le *Donnager*, tu veux dire ? Qui d'autre aurait pu le faire ? Et en plus, ils s'en vantent.

— Certains d'entre eux, pas tous. D'après ce qu'on raconte, il n'y a plus une APE unique, à présent. Ceux de la vieille école ne savent rien du tout de cette histoire. Ils font dans leur froc et s'échinent à retrouver les auteurs présumés.

— Et qu'est-ce qu'ils peuvent faire ? rétorqua Miller. Tu peux bien fermer le clapet à toutes les grandes gueules de la Ceinture, ça ne changera rien.

— S'il y a une scission à l'intérieur de l'APE, pourtant…

Muss considéra le tableau.

Si une scission s'opérait au sein de l'APE, le tableau tel qu'ils pouvaient le voir maintenant ne signifiait plus rien. Miller avait connu deux guerres des gangs majeures. La première quand la Loca Greiga avait chassé et détruit les Aryan Flyers, et ensuite lorsqu'une scission avait touché le Rameau d'or. L'APE était plus grande, plus dangereuse et plus professionnelle que toutes ces organisations criminelles. Ce serait la guerre civile dans toute la Ceinture.

— Ça peut aussi ne pas se produire, dit Miller.

Shaddid sortit de son bureau et survola du regard la salle principale du poste. Le niveau sonore des conversations baissa d'un cran. Le capitaine accrocha l'attention de Miller et lui adressa un signe bref. *Dans mon bureau.*

— Coincé, commenta Muss.

Dans le bureau, un Anderson Dawes très à l'aise occupait un des sièges. Miller sentit une petite contraction intérieure quand cette information se cala avec le reste. Mars et la Ceinture en conflit armé ouvert. Le représentant de l'APE sur Cérès assis face à la responsable d'une force de sécurité.

Alors c'est comme ça qu'on la joue, se dit-il.

— Vous travaillez sur le cas Mao, dit Shaddid en se rasseyant.

Comme elle n'avait pas proposé à l'inspecteur d'en faire autant, il resta debout et mit les mains dans son dos.

— C'est vous qui m'avez confié l'affaire.

— Et je vous ai précisé que ce n'était pas une priorité.

— Je vous ai fait part de mon désaccord, répondit-il.

Dawes sourit. C'était une expression étonnamment chaleureuse, surtout comparée à celle du capitaine.

— Inspecteur Miller, dit l'homme de l'APE, vous ne comprenez pas ce qui est en train de se passer ici. Nous sommes assis sur un vaisseau pressurisé, et vous vous obstinez à le frapper avec une pioche. Il faut que vous arrêtiez.

— Vous n'êtes plus sur l'affaire Mao, déclara Shaddid. Vous comprenez bien ? Je vous retire officiellement ce dossier dès la minute présente. Pour toute éventuelle poursuite de cette enquête de votre part, je vous ferai sanctionner pour travail en dehors de vos attributions et détournement des ressources d'Hélice-Étoile. Vous allez me confier tous les documents et autres afférents à cette affaire. Par ailleurs vous effacerez toutes les données que vous avez enregistrées sur votre terminal personnel. Et je veux que ce soit effectif avant la fin de votre service.

L'esprit de Miller était pris d'un tournis soudain, mais il conservait une impassibilité de façade. Elle lui enlevait Julie. Il n'allait pas la laisser faire. C'était une certitude. Ce n'était pas le sujet primordial, cependant.

— J'ai certaines recherches en cours…, commença-t-il.

— Plus maintenant, répondit Shaddid. Votre petite lettre aux parents constituait une infraction au règlement. Tout contact avec les actionnaires aurait dû transiter par moi.

— Vous êtes en train de me dire que cette lettre n'a pas été expédiée, fit Miller, songeant : *Vous m'avez espionné.*

— C'est exact, répondit le capitaine.

Oui, je vous ai espionné. Et qu'est-ce que vous pouvez faire par rapport à ça ?

Il ne pouvait rien faire.

— Et les transcriptions de l'interrogatoire de James Holden ? dit-il. Est-ce qu'elles sont sorties avant…

Avant la destruction du *Donnager*, emportant avec elle les seuls témoins vivants du *Scopuli* et plongeant tout le système dans la guerre ? Miller savait que sa question ressemblait à une plainte. La mâchoire de Shaddid se crispa. Il n'aurait pas été autrement étonné s'il avait entendu ses dents crisser. Ce fut Dawes qui rompit le silence :

— Je pense que nous pouvons rendre tout ça un peu plus facile. Inspecteur, si je vous comprends bien, vous pensez que nous enterrons cette affaire. Pas du tout. Mais il n'est dans l'intérêt de personne qu'Hélice-Étoile soit l'entreprise de sécurité qui découvrira les réponses que vous cherchez. Réfléchissez. Vous êtes certes un Ceinturien, mais vous travaillez pour une firme terrienne. Pour le moment, la Terre est la seule puissance majeure à ne pas être impliquée. La seule qui ait la possibilité de négocier avec toutes les parties en présence.

— Et alors, pourquoi ne voudraient-ils pas connaître la vérité ? dit Miller.

— Là n'est pas le problème, répondit Dawes. Le problème est que Hélice-Étoile et la Terre ne peuvent pas paraître impliquées, de quelque façon que ce soit. Elles doivent garder les mains propres. Et cette affaire déborde le cadre de votre contrat. Juliette Mao ne se trouve pas sur Cérès, et il se peut qu'à un certain moment il vous aurait été loisible de sauter dans un appareil et d'aller procéder n'importe où à son enlèvement. Son extraction. Son extradition. Quel que soit le terme que vous voulez employer. Mais ce moment appartient à un passé révolu. Hélice-Étoile est présente sur Cérès, une partie de Ganymède et quelques dizaines d'entrepôts sur des astéroïdes. En dehors de ces limites, vous vous aventurez en territoire ennemi.

— Mais pas l'APE, glissa Miller.

— Nous disposons des ressources nécessaires pour régler cette affaire, dit Dawes. Mao est une des nôtres. Le *Scopuli* était un des nôtres.

— Et le *Scopuli* était l'appât qui a entraîné la destruction du *Canterbury*, répliqua l'inspecteur. Tout comme le *Canterbury* a été l'appât qui a entraîné la destruction du *Donnager*. Alors dites-moi exactement pourquoi quelqu'un préférerait que vous soyez les seuls à vous mêler de quelque chose dont vous êtes peut-être les instigateurs ?

— Vous pensez que nous avons détruit le *Canterbury*, fit Dawes. L'APE, avec ses vaisseaux de guerre martiens dernier cri ?

— Le *Donnager* a été attiré là où il pouvait être attaqué. Tant qu'il restait avec la Flotte, impossible qu'il subisse un abordage.

Dawes ne parut pas apprécier la remarque.

— Délires conspirationnistes, monsieur Miller, dit-il. Si nous possédions des vaisseaux de guerre martiens, nous ne perdrions pas.

— Vous aviez de quoi détruire le *Donnager* avec seulement six appareils.

— Non, c'est faux. Notre version pour détruire le *Donnager* serait de lancer sur lui une armada de vaisseaux de prospection bourrés de charges nucléaires, dans une mission suicide. Nous ne manquons pas de ressources, mais ce qui est arrivé au *Donnager* n'entre pas dans nos possibilités d'action.

Le silence qui suivit ne fut meublé que par le bourdonnement bas du recycleur d'air. Miller croisa les bras.

— Mais… Je ne comprends pas. Si l'APE n'est pas à l'origine de tout ça, qui… ?

— C'est ce que Juliette Mao et l'équipage du *Scopuli* peuvent nous révéler, intervint Shaddid. Tels sont les enjeux, Miller. Qui et pourquoi et, de grâce : quel est le moyen de mettre un terme à l'ensemble.

— Et vous ne voulez pas les retrouver ? fit Miller.

— Je ne veux pas que *vous* les retrouviez, rectifia Dawes. Pas quand quelqu'un d'autre a plus d'atouts pour y parvenir.

Miller secoua la tête. Cette histoire allait trop loin, et il le savait. D'un autre côté, c'était parfois en allant trop loin qu'on apprenait quelques petites choses intéressantes.

— Je ne suis pas convaincu, lâcha-t-il.

— Vous n'avez pas à être convaincu, rétorqua Shaddid. Nous ne sommes pas en train de négocier. Nous ne vous avons pas fait venir pour solliciter de vous un service. Je suis votre supérieure. Je vous dis les choses telles qu'elles sont. Vous comprenez ? Les choses telles qu'elles sont. C'est ce que je vous dis. À vous.

— Nous avons Holden, fit Dawes.

— Quoi ? s'exclama Miller en même temps que Shaddid lançait :

— Vous n'êtes pas censé en parler.

L'homme de l'APE leva un bras en direction du capitaine dans ce langage gestuel propre aux Ceinturiens, pour lui réclamer un peu plus de retenue. À la grande surprise de Miller, Shaddid obéit.

— Nous avons Holden. Lui et son équipage n'ont pas péri, et ils sont déjà ou seront bientôt sous la garde de l'APE. Vous comprenez ce que je vous dis là, inspecteur ? Vous saisissez ma position ? Je peux enquêter parce que je dispose des ressources pour le faire. Vous, vous ne pouvez même pas découvrir ce qui est arrivé à votre propre équipement antiémeute.

C'était une vraie gifle. Miller regarda la pointe de ses chaussures. Il avait enfreint la parole donnée à Dawes quand il s'était engagé à abandonner l'enquête, mais jusqu'alors l'homme n'y avait pas fait allusion.

L'inspecteur devait lui reconnaître ça. Par ailleurs, si l'homme de l'APE avait bien James Holden en son pouvoir, Miller n'avait plus aucune chance d'accéder à l'interrogatoire.

Quand Shaddid prit la parole, ce fut d'un ton à la douceur étonnante :

— Trois meurtres ont été commis hier. On est entré par effraction dans huit entrepôts. Probablement les mêmes coupables. Nous avons six personnes hospitalisées aux quatre coins de la station pour troubles nerveux graves dus à un mauvais lot de fausse héroïne. Tout Cérès est sur les nerfs. Vous pouvez faire beaucoup de bien pour la station, Miller. Allez donc cravater quelques-uns des méchants.

— Bien sûr, capitaine, répondit-il. Pas de problème.

Quand il revint dans la salle principale, Muss l'attendait, appuyée contre son bureau. Les bras croisés, elle le regarda approcher avec ce même air d'ennui qu'elle avait eu en contemplant le cadavre de Dos Santos cloué au mur du couloir.

— Un savon ?

— Ouais.

— Ça va se tasser. Sois patient. Je nous ai eu un des meurtres. Un petit comptable de chez Naobi-Shears qui s'est fait exploser la tête à la sortie d'un bar. Ça avait l'air sympa.

Miller sortit son terminal de poche et consulta les données de base de l'affaire. Mais le cœur n'y était pas.

— Eh, Muss, dit-il, j'ai une question.

— Balance.

— Tu as une affaire que tu ne souhaites pas voir résolue. Tu fais quoi ?

La jeune femme fronça les sourcils et inclina la tête de côté.

— Eh bien… Je la refile à une brêle. Il y avait ce collègue, à la brigade des crimes sur mineurs. Si nous savions que le coupable était un de nos informateurs, nous lui repassions toujours le dossier. Aucun de nos bavards n'a jamais été inquiété.

— Ouais, soupira Miller.

— À ce sujet, si j'ai besoin que quelqu'un bosse en tandem avec un équipier de merde, je procède de la même manière, poursuivit Muss. Tu vois le topo. Quelqu'un avec qui personne ne veut bosser parce qu'il pue de la gueule où qu'il est invivable, ou n'importe mais qui a quand même besoin d'un équipier ? Alors je choisis le type qui était peut-être bien avant, mais ça, c'était *avant* son divorce. *Avant* qu'il se mette à picoler. Le type se prend toujours pour une pointure. Il se comporte en pointure. Sauf que son rendement n'est pas meilleur que celui des autres. Je lui refile les affaires de merde. Le partenaire de merde.

Miller ferma les yeux. Un nœud commençait à se former au creux de son estomac.

— Qu'est-ce que tu as fait ? demanda-t-il.

— Pour qu'on me colle avec toi ? Un de mes supérieurs m'a fait des avances, et je l'ai envoyé paître.

— Du coup, tu t'es retrouvée coincée.

— Absolument. Allez, Miller, tu n'es pas idiot. Tu devais t'en douter.

Il aurait surtout dû se douter qu'il était le sujet de plaisanterie de tout le poste. Le type qui avait été un tout bon, autrefois. Celui qui avait dégringolé.

Non, en réalité il ne s'était douté de rien. Il rouvrit les yeux. Muss ne semblait pas plus réjouie qu'attristée, satisfaite de sa peine ou particulièrement désemparée de le voir dans cet état. Pour elle, il s'agissait seulement du boulot : les morts, les blessés, les estropiés, du pareil au même. Et c'était en ne s'en souciant pas qu'elle supportait chaque journée.

— Peut-être que tu n'aurais pas dû le repousser, dit-il.

— Ah, tu n'es pas si mauvais, finalement, répondit-elle. Mais il avait le dos poilu. Je déteste les dos poilus.

— Heureux de l'apprendre, fit Miller. Allons donc imposer la justice.

✦

— Tu es bourré, dit l'emmerdeur.

— Suis un flic, grogna Miller en fendant l'air de son index. Me fais pas chier.

— Je le sais bien, que tu es flic. Tu viens dans mon bar depuis trois ans. C'est moi. Hasini. Et tu es bourré, mon pote. Gravement, dangereusement bourré.

Miller regarda autour de lui. C'était vrai, il était à *La Grenouille Bleue*. Il ne se souvenait pas y être venu, et pourtant il se trouvait bien là. Et l'emmerdeur n'était qu'Hasini, finalement.

— Je…

Mais ce qu'il voulait dire lui avait déjà échappé.

Hasini passa un bras autour de ses épaules.

— Allez, viens. Ce n'est pas très loin. Je te raccompagne chez toi.

— Il est quelle heure ? demanda Miller.

— Tard.

Le mot ne manquait pas de profondeur. *Tard*. Il était tard. Il avait réussi à rater toutes ses chances d'arranger les choses. Le système solaire était en guerre, et personne ne savait avec certitude pourquoi. Lui-même allait avoir cinquante ans en juin prochain. Il était tard. Tard pour redémarrer. Tard pour se rendre compte depuis combien d'années il dévalait le mauvais chemin. Hasini le dirigea vers un chariot électrique que le bar utilisait pour ce genre de circonstances. L'odeur de graisse chaude émanait de la cuisine.

— Attends, fit Miller.

— Tu vas gerber ?

L'inspecteur réfléchit à la question un moment. Non, il était trop tard pour vomir. Il tituba en avant. Hasini l'installa dans le chariot, alluma les moteurs et dans un bruit strident ils sortirent dans le tunnel. Loin au-dessus d'eux, l'éclairage était tamisé. Le véhicule vibrait chaque fois qu'ils franchissaient une intersection. Ou peut-être que non. Peut-être que c'était seulement une réaction de son corps.

— Je croyais être bon, dit-il. Tu sais, tout ce temps, j'ai cru que j'étais bon, au moins.

— Tu bosses bien, affirma Hasini. C'est juste que tu as un boulot de merde.

— J'étais bon dans ce boulot de merde…

— Tu bosses bien, répéta le barman, comme si le fait de le dire le rendait vrai.

Miller était allongé au fond du chariot, et l'arche en plastique profilé de la roue s'enfonçait dans son flanc. C'était douloureux, mais tout mouvement aurait représenté un effort trop grand. Penser était un effort trop grand. Il avait terminé la journée, épaulé par Muss. Il avait rendu les données et les documents concernant Julie. Dans son appartement, il n'y avait rien qui vaille son retour, et nulle part ailleurs où aller.

Les lumières défilaient dans son champ de vision. Il se demanda si on avait la même sensation quand on contemplait les étoiles. Il n'avait jamais vu un ciel. Cette idée lui inspirait une sorte de vertige, un sentiment de terreur devant l'infini qui était presque agréable.

— Il y a quelqu'un qui peut s'occuper de toi ? demanda Hasini quand ils eurent atteint l'appartement de l'inspecteur.

— Ça va aller. J'ai eu… une mauvaise journée, c'est tout.

— Julie, approuva le barman.

— D'où tu connais Julie, toi ? demanda Miller.

— Tu as parlé d'elle toute la soirée. Tu as le béguin pour elle, hein ?

Sourcils froncés, Miller prit appui d'une main sur le chariot. Julie. Il avait parlé de Julie. Tout était là. Ce n'était pas son boulot, le problème. Ni sa réputation. Ils avaient emmené Julie. L'affaire spéciale. Celle qui importait.

— Tu es amoureux d'elle, glissa le barman.

— Ouais, quelque chose comme ça, dit Miller, et une ébauche de révélation se fraya un chemin jusqu'à son cerveau, à travers les vapeurs d'alcool. Je crois que oui.

— Dommage pour toi, conclut Hasini.

17

HOLDEN

La coquerie du *Tachi* était équipée d'une vraie cuisine et d'une table pouvant accueillir douze convives. Il y avait aussi une cafetière grand format capable de fournir quarante tasses en moins de cinq minutes, que le vaisseau évolue à 0 ou à 5 g. Holden adressa une prière muette de remerciements pour les budgets confortables des militaires et pressa le bouton commandant la mise en marche. Il dut se retenir pour ne pas caresser le couvercle en acier brossé pendant que la machine commençait à gargouiller en sourdine.

L'arôme du café envahit bientôt l'air et entra en compétition avec l'odeur de pain en train de cuire que dégageait l'aliment quelconque mis dans le four par Alex. Amos faisait le tour de la table en claudiquant dans son plâtre neuf et y disposait les assiettes et de vrais couverts en métal. Dans un bol Naomi mixait quelque chose qui dégageait le parfum d'ail d'un houmous alléchant. Devant le spectacle de son équipage s'affairant à ces tâches domestiques, Holden éprouva une sensation de paix et de sécurité qui lui fit presque tourner la tête.

Des semaines entières qu'ils étaient en fuite, poursuivis tout ce temps par un vaisseau non identifié ou un autre. Pour la première fois depuis la destruction du *Canterbury*, personne ne savait où ils se trouvaient. Personne n'exigeait rien d'eux. En ce qui concernait le système solaire, ils n'étaient que quelques victimes parmi les milliers du *Donnager*. Une brève vision de la tête de Shed disparaissant comme dans un tour de magie macabre lui rappela qu'au moins un membre de son équipage comptait parmi les pertes humaines. Et pourtant c'était si bon de se sentir de nouveau maître de son propre destin que même le regret ne pouvait entièrement lui voler ce plaisir.

Un minuteur sonna, et Alex sortit du four une plaque couverte d'un pain mince et plat. Il le coupa en tranches que Naomi tartina d'une pâte qui ressemblait à du houmous, en effet. Amos répartit les morceaux sur les assiettes autour de la table. Holden versa le café frais dans des chopes marquées du nom du vaisseau, et les distribua à la ronde. Il y eut un moment étrange pendant lequel tous contemplèrent fixement la table dressée, sans faire un geste, comme par crainte de détruire la perfection de cette scène.

Amos trouva la parade à leur trouble :

— J'ai une faim d'ours, dit-il en se laissant tomber lourdement sur une chaise. Quelqu'un veut bien me passer le poivre ?

Pendant plusieurs minutes, personne ne parla. Ils se contentèrent de manger. Holden prit un petit morceau du pain plat couvert de houmous, et les parfums puissants des deux l'étourdirent après toutes ces semaines à ingurgiter des barres protéinées sans saveur. L'instant suivant il emplissait sa bouche si vite que ses glandes salivaires furent incendiées par une agonie délicieuse. Embarrassé, il regarda le reste de la tablée, mais tous les autres montraient la même voracité, et il renonça aux convenances pour se concentrer sur son assiette. Quand celle-ci ne contint plus la moindre parcelle de nourriture, il se laissa aller en arrière avec un soupir, en espérant faire durer aussi longtemps que possible ce contentement. Les yeux clos, Alex buvait son café à petites gorgées. Amos raclait le bol avec sa cuiller pour y prélever les dernières traces de houmous. Naomi lança un regard à Holden sous ses paupières à demi closes qui soudain lui donnèrent un air terriblement sexy. Il chassa cette pensée en hâte et leva sa chope.

— Aux Marines de Kelly. Héros jusqu'au dernier, qu'ils reposent en paix.

— Aux Marines, répondirent en chœur les autres.

Ils trinquèrent et burent leur café.

À son tour, Alex brandit sa chope :

— À Shed.

— Ouais, à Shed, et que les enfoirés qui l'ont tué rôtissent en enfer, dit Amos avec calme. Juste à côté du fumier qui a détruit le *Cant*.

Autour de la table, l'humeur s'assombrit. Holden sentit le moment de paix et de détente s'évanouir aussi subrepticement qu'il s'était imposé.

— Bon, fit-il. Alex, parlez-moi un peu de notre nouvel appareil.

— Cette corvette est un vrai bijou, chef. Je l'ai poussée à douze g durant plus d'une demi-heure quand nous avons quitté le *Donnie*, et elle a ronronné comme un chaton tout ce temps. Et le siège pilote est très confortable.

Holden le remercia d'un hochement de tête.

— Amos ? Déjà eu l'occasion de jeter un œil au moteur ?

— Ouaip. Propre comme un sou neuf, répondit le mécanicien. Un singe amateur de graisse comme moi va avoir le temps de s'ennuyer.

— S'ennuyer serait une bonne chose, fit Holden. Naomi ? Votre avis ?

Elle sourit.

— J'adore. Cet appareil a la plus agréable des douches que j'aie vues dans des vaisseaux de cette catégorie. En plus il y a une infirmerie vraiment étonnante, avec un système d'expertise informatisé qui sait comment soigner les Marines blessés. Dommage que nous ne l'ayons pas trouvé avant de soigner nous-mêmes Amos.

Le mécano tapota son plâtre de ses doigts repliés.

— Vous avez fait du bon boulot, patronne.

Holden considéra un moment son équipage enfin propre, et passa la main dans ses cheveux. Pour la première fois depuis des semaines, elle n'était pas poisseuse quand il la retira.

— Oui, une douche et ne pas avoir à soigner les jambes cassées, c'est plutôt bien. Autre chose ?

Naomi renversa la tête en arrière et ses yeux remuèrent comme si elle passait en revue une liste mentale.

— Le réservoir d'eau est plein, les injecteurs ont assez de granules de combustible pour activer le réacteur pendant une trentaine d'années, et la réserve de la coquerie est pleine à craquer. Il faudra que vous me ligotiez si vous avez l'intention de rendre cette merveille à la Flotte. Elle me plaît beaucoup.

— C'est une petite unité qui ne manque pas d'atouts, reconnut Holden avec un sourire. Vous avez pu examiner l'armement ?

— Deux lanceurs et vingt torpilles à longue portée équipées d'ogive plasma à rendement élevé, dit Naomi. Du moins, c'est ce que le manifeste dit. Elles sont chargées par l'extérieur, de sorte que je ne peux pas vérifier sans sortir sur la coque.

— Le panneau de contrôle d'armement dit la même chose, chef, fit Alex. Et les canons de défense rapprochée sont pleins. Mis à part, vous savez...

Mis à part la volée que vous avez lâchée sur les meurtriers de Gomez.

— Oh, et quand nous avons placé Kelly dans la cale, j'ai trouvé une grosse caisse frappée des lettres EAM sur le côté. D'après le manifeste, c'est l'abréviation de "Équipement pour assaut mobile". Apparemment, la formule de la Flotte désignant une collection d'armes.

— Oui, c'est l'équipement complet pour huit Marines, précisa Alex.

— Bien, dit Holden. Donc, avec le propulseur Epstein standard pour la Flotte, nous avons de la puissance. Et si vous avez raison pour l'armement embarqué, nous avons aussi de quoi mordre. La question suivante est : qu'allons nous en faire ? Je serais assez enclin à accepter la proposition faite par le colonel Johnson de nous offrir un refuge. Votre opinion ?

— Je suis complètement pour, chef, dit Amos. J'ai toujours pensé que ça tombait trop souvent sur les Ceinturiens. Je me sens bien d'être un révolutionnaire pendant quelque temps.

— Le fardeau du Terrien, Amos ? demanda Naomi avec une grimace.

— Qu'est-ce que ça veut dire, bordel ?

— Rien, je blaguais. Je sais que tu aimes notre camp parce que tu veux nous voler nos femmes.

Le mécano grimaça lui aussi en saisissant la plaisanterie.

— Bah, faut dire que vous, mesdames, vous avez des jambes vraiment interminables.

— Bon, ça suffit, fit Holden. Deux voix pour Fred, donc. Quelqu'un d'autre ?

Naomi leva la main.

— Je vote pour Fred aussi.

— Alex ? Vous en pensez quoi ? demanda Holden.

Le pilote martien se laissa aller au fond de sa chaise et se gratta le crâne.

— Je n'ai aucun endroit en particulier où aller, alors je vais rester avec vous, je suppose. Mais j'espère qu'on ne va pas recommencer à nous dire ce que nous devons faire.

— Ça ne se reproduira pas, affirma Holden. J'ai une corvette armée de canons, à présent, et la prochaine fois que quelqu'un m'ordonne de faire quelque chose, je les utilise.

Après dîner, Holden s'offrit une longue et lente visite de son nouveau vaisseau. Il ouvrit chaque écoutille, regarda dans chaque recoin, chaque réduit, alluma chaque panneau de contrôle, lut tout ce qui y était affiché. Dans la salle des machines, près du réacteur, il ferma les yeux et s'habitua à la vibration presque imperceptible qui émanait de l'engin. Si celui-ci venait à mal fonctionner, il voulait le sentir dans chacun de ses os avant même qu'un dispositif d'alarme se déclenche. Il fit halte dans le magasin de bord et toucha tous les outils, puis il grimpa sur le pont du personnel et regarda dans les cabines de l'équipage jusqu'à ce qu'il en trouve une à sa convenance. À l'intérieur, il défit le lit pour signaler qu'elle était réservée. Il trouva plusieurs combinaisons qui lui semblèrent à sa taille et les rangea dans le placard encastré de son nouveau quartier. Puis il alla prendre une seconde douche et laissa l'eau chaude masser ses muscles dorsaux noués depuis trois semaines. En revenant à sa cabine, il fit glisser ses doigts sur la paroi de la coursive pour sentir l'élasticité infime de la mousse ignifuge et du filet de protection qui nappaient l'acier renforcé de la coque. Quand il arriva à sa cabine, Alex et Amos étaient en train de s'installer dans la leur.

— Laquelle a prise Naomi ? voulut-il savoir.

— Elle est toujours aux ops à traficoter je ne sais quoi, répondit le mécanicien.

Il décida de remettre le repos à plus tard et prit l'ascenseur ouvert – *nous avons un ascenseur !* – jusqu'aux ops. Naomi était assise sur le plancher devant un panneau ouvert et ce qui ressemblait à une centaine de petits éléments et de fils disposés tout autour d'elle selon un agencement précis. Elle examinait quelque chose au fond du compartiment.

— Eh, Naomi, vous devriez vraiment prendre un peu de repos. Sur quoi travaillez-vous ?

Elle désigna l'ensemble d'un geste vague.

— Le transpondeur.

Il s'approcha et s'assit à côté d'elle.

— Dites-moi ce que je peux faire pour vous aider.

Elle lui tendit son terminal de poche. Son petit écran affichait les instructions de Fred pour modifier le signal du transpondeur.

— Tout est prêt. J'ai relié la console au port de données, comme il l'a dit. Le programme de l'ordinateur est modifié pour lancer la neutralisation qu'il a décrite. Il ne reste plus qu'à entrer le nouveau code et les données d'enregistrement du vaisseau. J'ai déjà tapé le nouveau nom. C'est Fred qui l'a choisi ?

— Non, c'est moi.

— Oh. Bon, très bien. Mais…

Elle ne termina pas sa phrase et lui montra une fois encore le compartiment béant devant eux.

— Quel est le problème ? demanda-t-il.

— Jim, ils conçoivent ces systèmes spécialement pour qu'on ne puisse pas les trafiquer. La version civile de celui-ci fond et se transforme en un bloc solide de silicone si elle détecte une tentative de falsification. Qui sait ce que prévoit le dispositif de sécurité de la version militaire ? Est-ce que le réacteur ne va pas nous métamorphoser en supernova ?

Elle se tourna vers lui.

— J'ai opéré les modifications indiquées, et tout est prêt, mais je pense que nous ne devrions pas le faire, dit-elle. Nous ignorons quelles seraient les conséquences d'un échec.

Holden se leva et alla jusqu'à la console de l'ordinateur. Un programme que Naomi avait baptisé Trans01 attendait d'être lancé. Il hésita une seconde, puis appuya sur la touche d'exécution. Le vaisseau ne se vaporisa pas dans l'espace.

— J'en déduis que Fred préfère que nous restions vivants, fit-il.

Naomi se voûta sur elle-même avec un soupir bruyant.

— Voilà, c'est pour ça que jamais je ne pourrai assumer un commandement, dit-elle.

— Vous n'aimez pas prendre une décision difficile quand les infos manquent ?

— C'est plutôt que je ne suis pas une irresponsable suicidaire, répliqua-t-elle en commençant à réassembler les pièces du boîtier du transpondeur.

Holden appuya sur la touche murale du système comm.

— Eh bien, à tout l'équipage : bienvenue à bord du transport gazier *Rossinante*.

— Est-ce que ce nom veut seulement dire quelque chose ? demanda Naomi quand il eut relâché le bouton.

— Il veut dire qu'il va nous falloir trouver quelques moulins à vent, répondit Holden par-dessus son épaule tout en se dirigeant vers l'ascenseur.

Les Industries Tycho étaient une des premières grosses compagnies à s'être installées dans la Ceinture. Dans les premiers temps de son expansion, ses ingénieurs et une flotte de vaisseaux avaient capturé une petite comète et l'avaient parquée en orbite stable pour servir de point de ravitaillement en eau, des dizaines d'années avant que des cargos tels que le *Canterbury* commencent à rapporter de la glace des champs presque illimités situés dans les anneaux de Saturne. L'opération avait constitué une des prouesses techniques les plus ardues et complexes que l'humanité ait jamais accomplies à une telle échelle, du moins jusqu'à l'étape suivante.

Non content d'avoir réussi cet exploit, Tycho avait construit les énormes propulseurs nucléaires dans la roche de Cérès et d'Éros, et avait consacré plus d'une décennie à apprendre à ces astéroïdes à tourner sur eux-mêmes. Ils avaient été recouverts d'un revêtement afin de créer un réseau de cités flottantes au-dessus de Vénus, avant que les droits de développement ne tombent dans un labyrinthe de procès qui atteignait maintenant sa quatre-vingtième année d'existence. On avait parlé un temps d'ascenseurs spatiaux pour Mars et la Terre, mais rien de concret n'avait encore vu le jour. Si vous aviez un projet technique impossible à réaliser dans la Ceinture, et que vous ne pouviez vous offrir les services de cette entreprise, vous engagiez Tycho.

La station Tycho, quartier général de la firme pour la Ceinture, était une immense station en anneau construite autour d'une sphère d'un demi-kilomètre de diamètre, avec une capacité intérieure de stockage et de production dépassant les soixante-cinq millions de mètres cubes. Les deux anneaux habitables en rotation inversée entourant la sphère offraient assez d'espace pour quinze mille travailleurs et leurs familles. Le sommet de la sphère de production était festonné d'une demi-douzaine d'énormes bras articulés de construction qui semblaient capables d'éventrer un cargo lourd. Le bas de la sphère se terminait par une protubérance bulbeuse de cinquante mètres de diamètre abritant un réacteur nucléaire digne d'un vaisseau amiral et un système de propulsion, ce qui faisait de la station la plus grande plate-forme mobile de tout le système solaire. Chaque compartiment composant l'intérieur des anneaux gigantesques était muni d'un dispositif rotatif qui permettait la réorientation afin d'assurer la gravité lorsque les anneaux s'immobilisaient et que la station se dirigeait vers un nouveau lieu de travail.

Bien qu'ayant connaissance de tous ces détails, Holden avait toujours le souffle coupé quand il posait les yeux sur la station. Ce n'était pas tellement la taille de l'ensemble, mais plutôt l'idée que sur quatre générations les gens les plus ingénieux avaient vécu et travaillé ici, aidant l'humanité à atteindre les planètes extérieures presque par la seule force de leur volonté.

— On dirait un gros insecte, dit Amos.

Holden faillit protester, mais la station ressemblait en effet à une sorte d'araignée géante, avec un corps épais et toutes les pattes qui auraient jailli du sommet de sa tête.

— Oubliez la station, et regardez plutôt *ce* monstre, là.

Le vaisseau qu'elle construisait écrasait la station de sa masse. Les retours ladar dévoilèrent à Holden qu'il dépassait les deux kilomètres de long pour cinq cents mètres de large. Rond et épais, il évoquait un mégot de cigarette géant en acier. Les poutrelles de la structure exposaient les compartiments internes et la machinerie à divers stades de finition, mais les moteurs paraissaient terminés, et la coque avait été assemblée sur la partie avant. Le nom *Nauvoo* y était inscrit en lettres monstrueuses.

— Alors les Mormons vont voyager dans ce machin jusqu'à Tau Céti, hein? demanda Amos, qui ponctua sa question d'un long sifflement. Ces salopards sont culottés. Un trajet de quarante ans, et aucune garantie qu'il y ait seulement une planète qui vaille le déplacement.

— Ils semblent très sûrs de leur fait, répondit Holden. Et on n'amasse pas assez d'argent pour construire ce genre de vaisseau en se montrant stupide. Pour ma part, je leur souhaite bonne chance.

— Ils vont atteindre les étoiles, fit Naomi. Comment ne pas leur envier ça?

— Leurs arrière-petits-enfants atteindront peut-être une étoile s'ils ne meurent pas tous de faim à tourner en orbite autour d'un caillou dont ils ne pourront rien tirer, dit Amos. Je ne vois rien de grandiose dans tout ça, moi.

Il désigna le dispositif comm d'une taille impressionnante qui saillait d'un flanc du *Nauvoo*.

— Vous pariez que c'est ce qui nous a envoyé le message par faisceau?

Alex acquiesça.

— Si vous voulez envoyer des messages privés chez vous depuis une distance de deux ou trois années-lumière, mieux vaut avoir un faisceau d'une sacrée cohérence. Ils ont probablement baissé l'intensité de la transmission pour éviter de découper un trou dans notre coque.

Holden quitta le siège anti-crash du copilote et passa devant Amos.

— Alex, voyez s'ils nous autorisent à nous poser.

Leur arrivée se déroula avec une simplicité étonnante. La tour de contrôle de la station les dirigea vers un quai d'accostage situé sur le côté de la sphère et resta en contact permanent pour les guider jusqu'à ce qu'Alex ait scellé le conduit d'amarrage à l'écoutille extérieure de leur sas. Jamais la tour de contrôle ne fit remarquer qu'ils possédaient un armement exagéré pour un transport, et aucun réservoir pour le gaz. On les aida à se poser, et on leur souhaita une bonne journée.

Holden enfila sa combinaison et se rendit rapidement dans la cale, puis il retrouva les autres devant l'écoutille intérieure du sas du *Rossinante*. Il apportait un gros sac marin.

— Mettez vos combinaisons, ce sera dès à présent la procédure standard pour cet équipage chaque fois que nous irons dans un endroit nouveau. Et prenez chacun un de ces trucs, ajouta-t-il en sortant du sac des armes de poing et des chargeurs. Dissimulez-la dans une poche ou dans votre sac si vous préférez, mais quant à moi je le porterai de façon visible.

Naomi fit la moue.

— Ça semble un peu… pousser à la confrontation, non?

— J'en ai marre qu'on me botte le train partout, répondit-il. Le *Rossi* représente un bon début vers l'indépendance, et j'en emporte une petite partie avec moi. Disons que c'est pour me porter chance.

— Bien vu, approuva Amos, qui sangla l'étui de son arme sur sa cuisse.

Alex fourra la sienne dans la poche de sa combinaison de vol. Naomi fronça le nez et refusa d'un geste le dernier pistolet. Holden le remit dans son sac, précéda l'équipage dans le sas et actionna le cycle. De l'autre côté, un homme d'âge mûr au corps massif et à la peau sombre les attendait. Quand ils apparurent, il leur sourit.

— Bienvenue sur la station Tycho, dit le Boucher de la station Anderson. Appelez-moi Fred.

18

MILLER

La destruction du *Donnager* frappa Cérès avec la puissance d'une masse percutant un gong. Les reportages s'engorgèrent de visions télescopiques de la bataille dont la plupart sinon toutes étaient des faux. D'un bout à l'autre de la Ceinture, on spécula sur la possibilité d'une flotte secrète de l'APE. Les six appareils qui avaient eu raison du navire amiral martien furent salués en héros ou en martyrs. Des slogans tels que *Nous l'avons fait une fois, nous pouvons le refaire* et *Abandonnez quelques cailloux* fusaient même dans des situations apparemment anodines.

Le *Canterbury* avait écorché l'autosatisfaction de la Ceinture, mais le *Donnager* avait fait quelque chose de pire. Il avait balayé toute peur. Les Ceinturiens avaient remporté une victoire soudaine, décisive, et inattendue. Tout semblait désormais possible, et cet espoir les séduisait.

Les craintes de Miller en auraient été accrues s'il était resté sobre.

Son alarme s'était déclenchée depuis dix minutes. La sonnerie irritante passait des sous-toniques aux harmoniques quand il l'écoutait assez longtemps. Un son qui allait enflant, avec en arrière-plan le martèlement de percussions irrégulières, et même une mélodie douce presque masquée par le tintamarre. Illusions. Hallucinations auditives. La voix de la tornade.

La bouteille de faux bourbon fongique de la nuit dernière remplaçait l'habituelle carafe d'eau sur la table de chevet. Il restait encore deux doigts d'alcool au fond. Il étudia la teinte ambrée du liquide, pensa au goût qu'il aurait sur sa langue.

Ce qu'il y avait de bien lorsque vous perdiez vos illusions, se dit-il, c'était que vous deviez arrêter de jouer un personnage. Toutes ces années pendant lesquelles il s'était répété qu'il était respecté, doué pour son job, qu'il avait consenti tous ces sacrifices pour une bonne raison s'étaient effacées, le laissant maintenant avec la conscience claire et nette d'être un alcoolique qui avait débarrassé sa vie de tous ses aspects positifs pour faire de la place à l'anesthésique. Shaddid ne le prenait pas au sérieux. Muss voyait en lui le prix à payer pour ne pas avoir couché avec un homme qui ne l'attirait pas. Le seul qui avait peut-être eu du respect pour lui était Havelock, un Terrien. C'était apaisant, d'une certaine façon. Il pouvait cesser de faire des efforts pour sauver les apparences. S'il restait au lit à écouter le bourdonnement de l'alarme, il se montrait à la hauteur des attentes. Aucune honte à ça.

Mais il y avait toujours le boulot. Il tendit la main et coupa la sonnerie. Juste avant qu'elle s'éteigne, il perçut dans ses dernières notes une voix, douce mais insistante. Une voix de femme. Il ne savait pas ce qu'elle lui avait dit. Mais puisqu'elle n'existait que dans sa tête, elle aurait tout loisir de retenter sa chance plus tard.

Il réussit à s'extraire du lit, avala quelques calmants et de la gelée réhydratante, alla d'un pas lourd s'enfermer dans la douche et dépensa une journée et demie de ration d'eau chaude à rester là et à regarder ses jambes virer au rose. Puis il enfila sa dernière tenue propre. Le petit-déjeuner se résuma à une barre de levure compressée avec un édulcorant aromatisé au raisin. Il prit la bouteille de bourbon et sans la finir la fit disparaître dans le recycleur, juste pour se prouver qu'il en était encore capable.

Muss l'attendait à son bureau. Elle leva les yeux vers lui quand il s'assit.

— On devrait recevoir bientôt les résultats du labo pour le viol au niveau 18, fit-elle. Ils les ont promis pour le déjeuner.

— Nous verrons bien.

— J'ai un témoin éventuel. Une fille qui se trouvait avec la victime plus tôt dans la soirée. D'après sa déposition, elle l'a quittée avant qu'il arrive quoi que ce soit, mais les enregistrements des caméras de sécurité ne corroborent pas sa version.

— Un coup de main pour son interrogatoire ? proposa-t-il.

— Pas maintenant. Mais si j'ai besoin d'un peu de mise en scène, je te ferai participer.

— Ça me va.

Il ne la regarda pas s'éloigner. Après être resté un long moment à contempler le vide, il releva son écran encastré, passa en revue les tâches à accomplir, et entreprit de nettoyer son bureau.

Pendant que ses mains s'affairaient, son esprit repassait pour la millionième fois le film de son entrevue humiliante avec Shaddid et Dawes. *Nous avons Holden,* disait l'homme de l'APE. *Vous, vous ne pouvez même pas découvrir ce qui est arrivé à votre propre équipement antiémeute.* Miller s'acharnait sur ces mots comme une langue sonde l'espace laissé par une dent manquante. Et les mots sonnaient juste. Une fois encore.

Pourtant il pouvait aussi s'agir de pures foutaises, d'une histoire concoctée dans le seul but de le rabaisser. Après tout, il n'existait aucune preuve de la survie d'Holden et de son équipage. Quelles preuves aurait-il pu y avoir, d'ailleurs ? Le *Donnager* était détruit et tous ses documents avec lui. Il aurait fallu qu'un vaisseau vienne les récupérer. Soit une unité de secours, soit un des escorteurs martiens. En aucun cas un appareil n'aurait pu s'en sortir et ne pas être devenu le chouchou de toutes les infos diffusées depuis. Impossible de passer sous silence ce genre de chose.

Ou possible, bien sûr. Simplement, ce n'aurait pas été facile. Il plissa les yeux en regardant fixement un point vide du poste. *Voyons, comment t'y prendrais-tu pour couvrir l'existence d'un vaisseau ayant survécu ?*

Il afficha un traceur de navigation bon marché qu'il avait acheté cinq ans plus tôt, pour une histoire de contrebande où les temps de trajet étaient cruciaux, et entra la date et la position qui correspondaient à la disparition du *Donnager*. Tout appareil n'étant pas sous propulsion Epstein se serait encore trouvé dans cette zone, et depuis, les vaisseaux de guerre martiens l'auraient arraisonné ou détruit. Donc, si Dawes ne lui racontait pas des craques, cela impliquait un propulseur Epstein. Il effectua quelques rapides calculs. Avec une propulsion correcte, quelqu'un aurait pu rallier Cérès en moins d'un mois. Disons trois semaines.

Il considéra les données pendant près de dix minutes, mais l'étape suivante ne lui venait pas. Il décida de se donner un peu de champ, alla chercher un café, revint et se repassa l'entrevue que Muss et lui avaient eue avec un troufion ceinturien de l'infanterie. Le visage au teint cadavérique de l'homme était long et empreint d'une cruauté subtile. L'enregistrement n'était pas très net et l'image sautait sans arrêt. Muss lui demanda ce qu'il avait vu, et Miller se pencha en avant pour lire la transcription des réponses et dépister les mots mal compris. Trente secondes plus tard, le soldat dit *pute en boîte* et la transcription afficha *de but en blanc.* Miller effectua la correction, mais son esprit continuait de mouliner.

Peut-être huit ou neuf cents vaisseaux arrivaient sur Cérès chaque jour. Disons mille pour avoir de la marge.

Si l'on prenait deux jours avant et deux jours après la date correspondant à un trajet de trois semaines, on obtenait un total d'environ quatre mille entrées. Boulot laborieux, mais pas impossible à abattre. Ganymède était l'autre possibilité la moins attrayante. Avec son agriculture, des centaines de transports devaient y passer quotidiennement. Néanmoins ça ne doublerait pas la quantité de travail. Éros. Tycho. Pallas. Combien de vaisseaux se rendaient sur Pallas chaque jour ?

Il avait raté presque deux minutes de l'enregistrement. Il revint en arrière et s'obligea à se concentrer. Une demi-heure plus tard, il abandonnait.

Avec une amplitude de deux jours sur la date estimée de l'arrivée d'un vaisseau à propulsion Epstein parti de la zone où le *Donnager* se trouvait au moment de sa disparition, les dix spatioports les plus fréquentés totalisaient plus ou moins vingt-huit mille formulaires d'accostage. Mais il pouvait réduire ce nombre à dix-sept mille s'il excluait les stations et les spatioports connus pour être dirigés par les forces militaires martiennes, ainsi que les stations de recherche comptant une très grande majorité d'habitants natifs des planètes intérieures. Combien de temps lui faudrait-il pour vérifier toutes ces entrées manuellement, en admettant une seconde qu'il soit assez stupide pour le faire ? À peu près cent dix-huit jours – sans manger ni dormir. En consacrant entièrement dix heures par jour à cette tâche, il pouvait espérer arriver au bout de l'épreuve en moins d'un an. Mais pas beaucoup moins.

Mais il y avait encore des moyens de réduire les recherches. Il n'était intéressé que par des appareils à propulsion Epstein, or la majeure partie de la circulation entre spatioports était locale et concernait les vaisseaux à propulsion classique des prospecteurs et des courriers courte distance. Les paramètres économiques du vol spatial pointaient vers des appareils plus imposants et

moins nombreux, ceux qui effectuaient des trajets consé-
quents. On pouvait donc éliminer trois quarts des candidats restants, ce qui réduisait les possibilités à un nombre
avoisinant les quatre mille. Cela représentait encore des
centaines d'heures de contrôle, mais s'il trouvait un
autre filtre pour l'orienter vers les suspects les plus plau-
sibles… Par exemple, si l'appareil n'avait pu remplir un
plan de vol avant la destruction du *Donnager*.

L'interface pour demander les registres des spatioports
était vieillotte, peu pratique et requérait quelques amé-
nagements selon qu'il s'agissait d'Éros, de Ganymède,
de Pallas ou des autres lieux concernés. Miller attacha sa
demande à sept affaires différentes dont une remontant à
un mois, dans laquelle il n'avait eu qu'un rôle de consultant. Mais les registres des spatioports étaient publics,
de sorte qu'il n'avait pas particulièrement besoin d'arguer de son statut d'inspecteur pour dissimuler ses objectifs. Avec un peu de chance la surveillance de Shaddid
ne balayerait pas un niveau aussi bas de recherche. Et
même si c'était le cas, il recevrait peut-être les réponses
espérées avant qu'elle réagisse.

On ne sait jamais si on a encore des chances de réussir tant qu'on n'a pas tenté le coup. Et puis, il n'avait pas
grand-chose à perdre.

Quand la connexion avec le labo s'ouvrit sur son terminal, il sursauta presque. La technicienne était une
femme aux cheveux gris et au visage juvénile, par contraste.

— Miller ? Muss est avec vous ?

— Non, elle conduit un interrogatoire.

Il était à peu près sûr que c'était ce que sa coéquipière
lui avait dit. La technicienne haussa les épaules.

— Son système ne répond pas, fit-elle. Je voulais vous
annoncer que nous avons un résultat pour l'affaire de viol
que vous nous avez envoyée. Ce n'est pas le petit ami
de la victime. C'est son patron.

— Vous avez fait une demande de mandat ? dit Miller.

— Oui. Il est déjà dans le dossier.

Miller l'afficha : AU NOM DE LA STATION CÉRÈS, HÉLICE-ÉTOILE AUTORISE LA MISE EN DÉTENTION D'IMMANUEL CORVUS DOWD EN ATTENDANT SON JUGEMENT POUR L'INFRACTION À LA SÉCURITÉ CCS-4949231. La signature digitale du juge figurait en vert sur le document. Il sentit un lent sourire s'épanouir sur son visage.

— Merci, dit-il.

Alors qu'il sortait du poste, un membre de la brigade des mœurs lui demanda où il allait. Déjeuner, répondit-il.

Les bureaux du cabinet d'expertise comptable Arranha se trouvaient dans une partie agréable du quartier gouvernemental, secteur 7. Ce n'était pas le terrain de chasse habituel de Miller, mais le mandat était valable dans toute la station. Il marcha droit sur le secrétaire au bureau d'accueil, un Ceinturien à fière allure avec un motif d'étoile explosant brodé sur sa veste, et expliqua qu'il avait besoin de s'entretenir avec Immanuel Corvus Dowd. La peau d'un brun sombre du réceptionniste prit une nuance cendreuse. Miller recula, sans bloquer la sortie, mais en restant près d'elle.

Vingt minutes plus tard, un homme d'un certain âge dans un costume de prix franchit la porte d'entrée, fit halte devant lui et le détailla du regard, des pieds à la tête.

— Inspecteur Miller ? dit l'homme.

— Vous devez être l'avocat de Dowd, fit-il d'un ton enjoué.

— C'est exact, et j'aimerais que…

— Allons, autant ne pas perdre de temps.

Le bureau était propre et austère, avec des murs bleu clair à éclairage intérieur. Dowd était assis derrière une table. Il était assez jeune pour jouer l'arrogance, mais assez vieux pour être effrayé. Miller le salua d'un petit signe de tête.

— Vous êtes bien Immanuel Corvus Dowd ?

— Avant d'aller plus loin, inspecteur, dit l'avocat, mon client est partie prenante dans des négociations de très haut niveau. Sa clientèle compte quelques-unes des personnes les plus importantes dans l'effort de guerre. Avant de proférer la moindre accusation, sachez que je peux décortiquer tous vos propos, ce que je ne manquerai pas de faire, et que si vous commettez une seule erreur, vous en serez tenu responsable.

— Monsieur Dowd, dit Miller, ce que je vais faire est littéralement le seul bon moment de ma journée. Si vous aviez la possibilité de résister à cette arrestation, j'apprécierais vraiment.

— Harry ? fit Dowd d'un ton incertain en regardant son avocat.

L'autre secoua la tête.

De retour dans le véhicule de la police, Miller prit tout son temps. Dowd était menotté à l'arrière, où tout passant pouvait le voir, et il restait silencieux. L'inspecteur sortit son terminal de poche, nota l'heure de l'arrestation, les objections de l'avocat et quelques autres commentaires mineurs. Une jeune femme en tailleur de lin crème marqua un temps d'hésitation avant de pousser la porte du cabinet d'expertise comptable. Miller ne l'identifia pas. Elle n'était pas impliquée dans l'affaire de viol, ou du moins pas l'affaire sur laquelle il travaillait. Ses traits avaient le calme sans expression d'un combattant. Il tourna la tête pour regarder Dowd qui avait baissé la sienne sous l'humiliation. La femme reporta son attention sur Miller. Elle hocha la tête une fois. *Merci.*

Il répondit de la même manière. *Je ne fais que mon boulot.*

Elle franchit la porte.

Deux heures plus tard, il termina la paperasserie et envoya Dowd en cellule.

Trois heures et demie plus tard, la première réponse à ses demandes d'infos sur les arrivées dans les spatioports lui parvint.

Cinq heures plus tard, le gouvernement de Cérès s'effondrait.

✦

Malgré la foule de gens qui s'y trouvait, le poste était silencieux. Inspecteurs chevronnés et jeunes enquêteurs, agents de terrain et gratte-papier, gradés et débutants, tous s'étaient rassemblés devant Shaddid. Les cheveux sévèrement tirés en arrière, elle se tenait derrière son pupitre, sur l'estrade. Elle portait son uniforme d'Hélice-Étoile, mais l'insigne en avait été ôté. Sa voix était mal assurée :

— Vous êtes déjà tous au courant, mais à partir de cet instant c'est officiel. En réponse aux requêtes formulées par Mars, les Nations unies suspendent leur supervision et leur… protection sur la station Cérès. C'est une transition en temps de paix. Il ne s'agit pas d'un coup d'État. Je le répète : ce n'est pas un coup d'État. La Terre se retire d'ici, nous ne l'y poussons pas.

— Conneries, madame, cria une voix.

Shaddid leva une main.

— On entend tout et n'importe quoi, reprit-elle. Et je ne veux pas que ça vienne d'un seul d'entre vous. Le gouverneur fera une annonce officielle vers le début de la prochaine rotation, et nous aurons plus de détails alors. À moins que nous apprenions qu'il en est autrement, le contrat d'Hélice-Étoile est toujours valide. Un gouvernement provisoire est en formation, dont les membres seront issus des milieux d'affaires locaux et des syndicats. Nous continuons de représenter la loi sur Cérès, et j'entends que vous vous comportiez conformément à cette mission. Vous serez tous présents pour prendre votre service. Vous arriverez tous à l'heure. Vous agirez avec professionnalisme et dans le cadre de vos attributions habituelles.

Miller coula un regard en biais à Muss. Les cheveux de la jeune femme étaient encore ébouriffés par leur lutte avec l'oreiller. Pour eux deux, il était presque minuit.

— Des questions ? demanda Shaddid sur un ton qui suggérait le contraire.

Qui va payer Hélice-Étoile ? pensa Miller. *Quelles lois allons-nous appliquer ? Que sait la Terre qui lui laisse à penser que se retirer du spatioport le plus important de la Ceinture est une décision intelligente ? Qui va négocier notre traité de paix, à présent ?*

En voyant son expression, Muss sourit.

— Je crois que nous nous sommes fait entuber, murmura-t-il.

— C'était couru d'avance. Il faut que j'y aille. J'ai un truc à faire.

— Dans le centre ?

Elle ne répondit pas, parce qu'elle n'avait pas à le faire. Cérès n'avait pas de lois. Elle avait une police. Miller retourna chez lui. La station bourdonnait, la pierre diffusant les vibrations d'innombrables accostages, des cœurs des réacteurs, des conduits, des recycleurs et des systèmes pneumatiques. La pierre était vivante, et il avait oublié les signes infimes qui le prouvaient. Six millions de personnes vivaient ici, qui respiraient cet air. Moins que la population d'une ville moyenne sur Terre. Il se demanda si on pouvait les sacrifier sans créer de remous.

Était-ce réellement allé si loin que les planètes intérieures étaient disposées à perdre une station de premier plan ? Il le semblait bien, puisque la Terre abandonnait Cérès. L'APE allait prendre les commandes, que cela plaise ou non. La vacance du pouvoir était trop grande. Mars accuserait l'Alliance d'avoir monté un coup d'État. Et ensuite… Ensuite, quoi ? Ils investiraient la station et instaureraient la loi martiale ? C'était la bonne réponse. Ou bien ils la réduiraient à l'état de poussière avec quelques charges nucléaires ? Il ne pouvait croire à cette éventualité. Il y avait trop d'argent en jeu. À elles seules, les taxes de transit collectées par le spatioport auraient pu alimenter une petite économie nationale. Et même s'il rechignait à l'admettre, Shaddid et Dawes étaient dans le vrai. Cérès sous contrat avec la Terre, voilà ce qui avait représenté le meilleur espoir d'une paix négociée.

Y avait-il sur Terre quelqu'un qui ne voulait pas de cette paix? Quelqu'un ou quelque chose d'assez puissant pour pousser à agir la bureaucratie congelée des Nations unies?

— Qu'est-ce que je cherche, Julie? dit-il au vide devant lui. Qu'est-ce que tu as vu là-bas qui vaut que Mars et la Ceinture s'entretuent?

La station bourdonnait pour elle-même, un son doux et constant, trop bas pour qu'il entende les voix qui l'habitaient.

Muss ne vint pas travailler le lendemain matin, mais elle lui envoya un message pour prévenir qu'elle aurait du retard. "Nettoyage" était sa seule explication.

En apparence, rien n'avait changé au poste. Les mêmes personnes venaient accomplir les mêmes tâches. Non, ce n'était pas vrai. La tension était vive. Les gens souriaient, riaient, faisaient leur numéro. On avait atteint un pic, un état de panique qui transparaissait derrière le masque trop fin de la normalité. Tout cela ne pouvait pas durer.

Ils étaient tout ce qui séparait encore Cérès de l'anarchie. Ils étaient la loi, et la différence entre la survie de six millions d'âmes et un salopard frappé de folie ouvrant tous les sas ou empoisonnant les circuits de recyclage tenait à trente mille personnes, tout au plus. Des gens comme lui. Peut-être aurait-il dû rallier le mouvement général, se montrer à la hauteur de la situation comme tous les autres. À dire vrai, cette pensée le fatiguait.

Shaddid arriva et lui tapa sur l'épaule. Avec un soupir, il se leva et la suivit. Dawes était une nouvelle fois dans le bureau du capitaine, mais aujourd'hui il semblait ébranlé et en manque de sommeil. Miller le salua de la tête. Shaddid croisa les bras. Son regard était moins dur et accusateur qu'il n'avait l'habitude de le voir.

— Tout ça va être difficile, dit-elle. Ce qui nous attend sera plus dur que tout ce que nous avons déjà connu. J'ai besoin d'une équipe sur laquelle je puisse parier ma vie. Les circonstances sont extraordinaires. Vous comprenez ça?

— Ouais, dit-il. J'ai saisi. Je vais arrêter de boire et me reprendre.

— Miller, vous n'êtes pas un mauvais type, au fond. À une époque, vous avez même été un excellent flic. Mais je ne vous fais pas confiance, et nous n'avons pas le temps de recommencer depuis le début, dit-elle d'une voix empreinte d'une gentillesse qu'il n'avait sans doute encore jamais perçue chez elle. Vous êtes viré.

19

HOLDEN

Fred était là, seul, mains tendues et un sourire chaleureux éclairant son large visage. Il n'y avait pas de gardes armés de fusils d'assaut derrière lui. Holden serra la main tendue et se mit à rire. Déconcerté, le colonel ne cessa pas pour autant de sourire. Il laissa faire et attendit qu'on lui explique ce qu'il y avait de tellement amusant.

— Excusez-moi, mais vous ne pouvez pas vous imaginer à quel point c'est agréable, dit Holden. C'est *littéralement* la première fois depuis plus d'un mois que je débarque d'un vaisseau sans que celui-ci explose dans mon dos.

Johnson rit lui aussi, d'un rire franc qui semblait provenir de quelque part dans son ventre.

Après un moment, il dit :

— Ici, vous êtes tout à fait en sécurité. Nous sommes la station la mieux protégée dans les planètes extérieures.

— Parce que vous appartenez à l'APE ? demanda Holden.

— Non. Nous contribuons aux campagnes des politiciens de la Terre et de Mars pour des montants qui feraient rougir un Hilton. Si quelqu'un nous détruit, la moitié de l'Assemblée des Nations unies et tout le Congrès martien voudront nous venger. C'est le problème, en politique. Vos ennemis sont souvent vos alliés. Et vice versa.

Fred désigna une porte derrière lui et les invita tous à le suivre. Le trajet fut bref, mais à mi-chemin la pesanteur réapparut, avec un mouvement latéral déroutant. Holden trébucha. Le colonel en parut désolé.

— Toutes mes excuses. J'aurais dû vous prévenir : la partie centrale est en gravité nulle. Les déplacements dans la gravité rotationnelle de l'anneau peuvent être assez difficiles, la première fois.

— Ça va, affirma Holden.

Il se dit qu'il avait certainement imaginé cette ombre de sourire sur le visage de Naomi.

Un moment plus tard la porte de l'ascenseur s'ouvrit sur un large couloir moquetté aux murs vert clair. Il y flottait une odeur rassurante d'air rafraîchi et de colle. Holden n'aurait pas été étonné de découvrir qu'ils diffusaient le parfum *Nouvelle Station spatiale*. Les portes à l'autre bout du couloir étaient en faux bois, discernable du vrai au seul fait que personne n'était assez riche pour s'offrir ce dernier. De tout son équipage, Holden était très certainement le seul à avoir grandi dans une maison avec des meubles en bois véritable. Amos avait passé sa jeunesse à Baltimore, une ville où l'on n'avait pas vu un arbre depuis plus d'un siècle.

Holden ôta son casque et se retourna pour dire aux autres de l'imiter, mais ils l'avaient devancé. Amos regarda le couloir dans un sens, puis dans l'autre, et poussa un petit sifflement.

— Chouette cadre, fit-il.

— Suivez-moi, je vais vous installer, dit Fred en continuant de marcher. La station Tycho a été plusieurs fois remise à neuf durant ces cent dernières années, comme vous l'imaginez, mais l'essentiel n'a pas beaucoup changé. Pour commencer, sa conception était excellente : Malthus Tycho était un ingénieur de génie. Son petit-fils, Bredon, dirige actuellement la firme. Il n'est pas présent sur la station en ce moment. Il se trouve sur Luna, pour négocier le prochain gros contrat.

— Il semble que vous ayez déjà beaucoup de pain sur la planche, avec ce monstre en construction à l'extérieur. Et, vous savez, une guerre est en cours.

Un groupe de personnes en combinaisons de couleurs diverses les croisa en parlant avec animation. Le couloir était si large que personne n'eut à céder le passage. Quand ils se furent éloignés, Fred expliqua :

— La première équipe vient de finir son service, et c'est l'heure de pointe. En fait, il est temps de rechercher un nouveau chantier. Le *Nauvoo* est presque terminé. Les colons y embarqueront dans six mois. Il nous faut toujours avoir un projet en attente. Les Industries Tycho dépensent onze millions de dollars onusiens chaque jour, qu'elles fassent des bénéfices ou non. C'est une grosse somme à couvrir. Et la guerre… eh bien, nous espérons que c'est temporaire.

— Et maintenant vous accueillez des réfugiés, remarqua Holden. Ça ne va pas aider à équilibrer vos comptes.

— Quatre personnes de plus ne nous mettront pas sur la paille avant très longtemps, répondit Fred en riant.

Holden s'arrêta, obligeant les autres à faire de même derrière lui. Johnson avança encore de plusieurs pas, puis il se retourna, l'air perplexe.

— Vous esquivez la vraie question, dit Holden. À part les quelque deux milliards de dollars que vaut une corvette martienne volée, nous n'avons rien de valeur. Tout le monde nous croit morts. Tout accès à nos comptes ruinerait cette illusion, et je ne vis pas dans un univers où les riches hommes d'affaires apparaissent subitement et arrangent tout par pure bonté. Alors soit vous nous dites pourquoi vous prenez le risque de nous héberger, soit nous retournons à notre vaisseau et nous nous essayons à la piraterie.

— "Le Fléau de la flotte marchande martienne", voilà comment ils ne tarderaient pas à nous surnommer, grogna Amos quelque part derrière lui, et il paraissait assez satisfait de la formule.

Fred leva les deux mains. Il y avait de la dureté dans son regard, mais aussi un respect amusé.

— Il n'y a rien en sous-main, vous avez ma parole. Vous êtes armés, et la sécurité de la station vous laissera porter vos armes autant qu'il vous plaira. Ce seul détail devrait vous démontrer que je ne prépare aucun coup fourré. Mais laissez-moi vous installer avant que nous discutions plus avant, d'accord?

Holden resta immobile. Un autre groupe d'ouvriers revenant du travail arriva dans le couloir, et au passage ils observèrent la scène avec curiosité. Parmi eux, quelqu'un lança :

— Tout va bien, Fred?

Celui-ci acquiesça et d'un geste impatient les invita à poursuivre leur chemin.

— Sortons au moins de ce couloir.

— Nous ne nous installons pas tant que nous n'aurons pas eu certaines réponses, répliqua Holden.

— Très bien. Nous sommes presque arrivés.

Johnson repartit d'un pas un peu plus brusque, et ils suivirent. Il s'arrêta devant un petit renfoncement dans le mur, avec deux portes. Il en ouvrit une à l'aide d'une carte magnétique et les mena dans une suite résidentielle spacieuse, avec un vaste salon meublé de sièges nombreux. Il décrivit les lieux :

— La porte au fond à gauche est celle de la salle de bains. Celle sur votre droite donne sur la chambre. Il y a également un petit espace cuisine là-bas.

Holden s'assit dans un grand fauteuil en similicuir marron et en inclina le dossier. Une télécommande était glissée dans la poche d'un des accoudoirs. Il supposa que c'était celle de l'écran géant qui occupait la majeure partie d'un des murs. Naomi et Amos prirent place sur un canapé coordonné à son fauteuil, et Alex s'allongea langoureusement sur une causeuse dont la couleur crème contrastait agréablement avec le reste.

— Les sièges sont confortables ? demanda Fred en tirant une des six chaises qui entouraient la table dans le coin repas pour l'approcher et s'asseoir en face d'Holden.

— Ça peut aller, répondit ce dernier, sur la défensive. Mon vaisseau possède une cafetière d'une qualité absolument remarquable.

— Je suppose que les pots-de-vin n'auront aucun effet. Vous êtes à votre aise, quand même ? Nous vous avons réservé deux suites qui ont cette même disposition, quoique l'autre ait deux chambres. Je n'étais pas certain de, hem, vos arrangements pour le coucher…, dit Fred, l'air un peu gêné.

— Ne vous faites pas de bile, patronne, vous pouvez partager ma paillasse, dit Amos avec un clin d'œil en direction de Naomi.

Elle se contenta d'un sourire fugace.

— Bon, Fred, nous ne sommes plus en public, dit-elle. Alors répondez aux questions du capitaine, maintenant.

Johnson acquiesça, se leva et se racla la gorge. Il donnait l'impression de mettre de l'ordre dans ses idées. Quand il prit la parole, toute légèreté avait déserté son expression :

— La guerre entre la Ceinture et Mars est un suicide. Même si tous les prospecteurs d'astéroïdes de la Ceinture étaient armés, nous ne serions pas de taille face à la Flotte martienne. Nous réussirions sans doute à détruire quelques-unes de leurs unités par la ruse et des attaques-suicides, et Mars se sentirait peut-être obligé d'anéantir une de nos stations avec des missiles nucléaires pour remettre les pendules à l'heure. Mais nous pouvons fixer des charges chimiques à quelques centaines de cailloux de la taille de lits superposés et déclencher l'Armageddon en les faisant pleuvoir sur les dômes des cités martiennes.

Il se tut un moment, comme s'il cherchait ses mots, et se rassit sur sa chaise.

246

— Tous les chantres de la guerre ne pensent pas à ça. C'est l'éléphant dans le magasin de porcelaine. Quiconque ne passe pas sa vie dans un vaisseau spatial est par définition vulnérable. Tycho, Éros, Pallas, Cérès. Les stations ne peuvent pas esquiver des missiles tirés sur elles. Et avec tous les citoyens ennemis qui vivent au fond d'énormes puits de gravité, nous n'avons pas à viser avec une grande précision. Einstein avait raison. La prochaine guerre se fera à coups de cailloux. Mais les cailloux de la Ceinture transformeront la surface de Mars en une mer en fusion.

"Jusqu'ici, tout le monde joue la modération, et on ne tire que sur des vaisseaux. C'est très bien élevé. Mais tôt ou tard un camp ou l'autre sera obligé d'en venir à des actes désespérés.

Holden se pencha en avant, et en frottant contre le faux cuir du fauteuil la surface lisse de sa tenue produisit un couinement assez inconvenant. Cela ne fit rire personne.

— Je suis d'accord avec vous sur ce point. Quel rapport avec nous ?

— Trop de sang a déjà été versé.

Holden revit la fin de Shed, et il réprima une grimace.

— Le *Canterbury*, continua Johnson. Le *Donnager*. Les gens ne vont pas oublier ce qui est arrivé à ces vaisseaux et à ces milliers de personnes innocentes.

— On dirait que vous venez de rejeter les deux seules options, chef, fit Alex. Pas de guerre, pas de paix.

— Non : il y a une troisième possibilité. Une société civilisée dispose d'une autre manière de régler ce genre de situation. Un procès pénal.

Le reniflement railleur d'Amos retentit dans la pièce. Holden lui-même dut se retenir pour ne pas sourire.

— Bordel, vous êtes sérieux, là ? dit le mécanicien. Et comment faites-vous pour intenter un procès à un putain de vaisseau furtif martien ? Vous interrogez tous les vaisseaux furtifs sur leur emploi du temps, et vous vérifiez leur alibi ?

— Attendez, dit Fred. Cessez de considérer la destruction du *Canterbury* comme un acte de guerre. C'était un crime. Actuellement, les gens réagissent de façon excessive, mais quand la situation leur apparaîtra telle qu'elle est, ils se calmeront. Dans les deux camps on voit bien où cette situation nous mène, et chacun cherche une autre porte de sortie. Il y a une solution qui consiste à ce que les éléments les plus pondérés enquêtent sur ces événements, négocient une autorité conjointe et s'accordent pour définir les responsabilités de telle ou telle partie. Un procès. C'est la seule issue qui ne débouche pas sur des millions de morts et l'effondrement de l'infrastructure humaine.

Holden haussa les épaules, un mouvement à peine perceptible sous son épaisse combinaison.

— Donc on se dirigerait vers un procès. Vous n'avez toujours pas répondu à ma question.

Fred pointa le doigt sur Holden, puis sur chacun des membres de son équipage.

— Vous êtes l'atout en réserve. Vous quatre êtes les seuls témoins oculaires de la destruction des *deux* vaisseaux. Quand le procès commencera, j'aurai besoin de vous et de vos dépositions. J'exerce déjà une certaine influence auprès de nos contacts politiques, mais vous pouvez me permettre de décrocher un siège à la table des négociations. Il en découlera toute une série inédite de traités entre la Ceinture et les planètes intérieures. Nous pouvons concrétiser en quelques mois ce que je rêve d'accomplir depuis des dizaines d'années.

— Et vous voulez vous servir de notre valeur en tant que témoins pour vous immiscer dans le processus afin que ces traités correspondent à ce que vous souhaitez qu'ils soient, dit Holden.

— Oui. Et je suis disposé à vous offrir ma protection, un refuge et le confort de cette station le temps qu'il faudra pour en arriver à ce résultat.

Holden inspira longuement, puis il se leva et commença à défaire sa combinaison.

— Ouais, d'accord. C'est juste assez intéressé pour que je le croie, déclara-t-il. Installons-nous.

Elle était en plein karaoké. Rien que l'idée donnait le tournis à Holden. Naomi. Un karaoké. Même en prenant en compte tout ce qui leur était arrivé pendant le mois écoulé, la jeune femme sur scène, un micro dans une main et une sorte de Martini fuchsia dans l'autre, beuglant un hymne punk ceinturien des Moldy Filters, constituait le spectacle le plus étrange qu'il lui ait été donné de voir. Elle termina sur de maigres applaudissements et quelques sifflets, descendit de l'estrade en vacillant et vint s'effondrer en face de lui dans le box.

Elle leva son verre dans un mouvement qui renversa la moitié du contenu sur la table, et avala le reste d'un trait.

— Alors, vous en avez pensé quoi? demanda-t-elle en faisant signe au barman pour qu'il la resserve.

— C'est génial, répondit-il.

— Non, franchement.

— C'était franchement une des pires versions d'une des plus horribles chansons que j'aie entendues.

— Pff, fit-elle, irritée, en secouant la tête.

Ses cheveux noirs retombaient devant son visage, et quand le serveur lui apporta un autre Martini de couleur vive, elle concentra tous ses efforts sur son verre. Elle releva le rideau de ses cheveux d'une main et le maintint au-dessus de sa tête tandis qu'elle buvait.

— Vous ne comprenez pas, dit-elle. C'est censé être horrible. C'est le but de la manœuvre.

— Alors c'était la meilleure version de cette chanson que j'aie entendue, admit Holden.

— Absolument, fit-elle en fouillant le bar du regard. Où sont passés Amos et Alex ?

— Amos a fait une conquête qui, j'en suis à peu près sûr, est la pute la plus chère de la station. Alex est au fond de la salle, il joue aux fléchettes. Il a clamé haut et fort qu'à ce jeu les Martiens sont imbattables. J'imagine qu'ils vont le tuer et le jeter par un sas.

Une autre chanteuse était sur scène et susurrait une sorte de ballade vietnamienne. Naomi l'observa un moment en sirotant sa boisson, puis lâcha :

— Peut-être que nous devrions aller le sauver.

— Lequel ?

— Alex. Pourquoi Amos aurait-il besoin d'être sauvé ?

— Parce qu'il a dit à cette pute de luxe que tous les frais seraient à la charge de Fred, j'en suis sûr.

— Montons une opération commando, alors : nous pouvons les sauver tous les deux, dit Naomi avant de vider son verre. Mais il me faut un peu plus de carburant de sauvetage.

Elle voulut fait signe au barman, mais Holden lui saisit le poignet et reposa sa main sur la table.

— Peut-être que nous devrions plutôt aller prendre un peu l'air.

Le rouge de la colère monta brusquement aux joues de Naomi et disparut aussi vite. Elle dégagea sa main.

— Allez prendre l'air, vous. Moi, je viens d'avoir deux vaisseaux et un tas d'amis qui ont été pulvérisés sous mes yeux, et j'ai passé trois semaines à ne rien faire pour échouer ici. Alors non. Je vais me prendre un autre verre, et ensuite je repasserai sur scène. Le public m'adore.

— Et notre mission de sauvetage ?

— C'est une cause perdue. Amos finira assassiné par les putes de l'espace, mais au moins il mourra comme il a vécu.

Elle poussa des deux mains sur la table pour se lever, alla prendre son Martini au bar et se dirigea vers la scène du karaoké. Holden la suivit du regard, puis termina le scotch qu'on lui avait servi deux heures plus tôt. Il se leva à son tour.

Pendant un moment il eut alors la vision de Naomi et lui rentrant dans la suite en titubant et s'écroulant sur le lit. Au matin, il se serait détesté d'avoir ainsi profité de la situation, mais il l'aurait quand même fait. Naomi l'observait de l'estrade, et il se rendit compte qu'il la regardait fixement. Il lui adressa un petit signe de la main et marcha vers la sortie, avec pour seule compagnie des fantômes. Ade, le commandant McDowell, Gomez, Kelly, Shed…

La suite était confortable, immense et déprimante. Cinq minutes à peine après s'être étendu sur le lit, il se releva et sortit. Il arpenta les couloirs pendant une demi-heure, emprunta les branches latérales qui menaient à d'autres parties de l'anneau. Il trouva un magasin d'électronique, une maison de thé, et ce qui à y regarder de plus près se révéla un bordel de luxe. Il déclina le menu vidéo que la réceptionniste lui proposait et reprit son vagabondage, non sans se demander si Amos ne se trouvait pas à l'intérieur de cet établissement.

Il parcourait une allée identique aux autres quand il croisa un groupe d'adolescentes. Elles ne semblaient pas avoir plus de quatorze ans, mais elles étaient déjà aussi grandes que lui. Elles se turent en arrivant à sa hauteur, mais éclatèrent de rire et pressèrent le pas dès qu'il fut passé. Tycho était une ville où soudain il se sentait étranger, sans but précis.

Il ne fut pas surpris quand il leva les yeux et découvrit qu'il était arrivé devant l'ascenseur desservant les quais d'accostage. Il entra dans la cabine, enfonça la touche correspondante et se souvint juste à temps d'activer ses semelles magnétiques pour éviter d'être arraché du sol quand la gravité changea subitement et disparut.

Même s'il ne possédait la corvette que depuis trois semaines, il eut l'impression en montant à bord du *Rossinante* qu'il rentrait chez lui. Par de petites touches sur l'échelle, il s'éleva jusqu'au cockpit. Il se glissa dans le siège du copilote, se sangla et ferma les yeux.

Le vaisseau était plongé dans le silence. Avec le réacteur éteint, et personne d'autre à bord, il n'y avait pas le moindre mouvement. Le conduit flexible reliant le *Rossi* à la station ne transmettait quasiment aucune vibration à l'appareil. Holden pouvait fermer les yeux, se laisser aller dans son harnais et se déconnecter de tout ce qui l'entourait.

Ce moment aurait été une plage paisible si, depuis un mois, chaque fois qu'il fermait les yeux, les lumières fantomatiques qui s'affaiblissaient derrière ses paupières n'avaient pas pris l'apparence d'Ade lui adressant un clin d'œil avant de disparaître comme de la poussière dans le vent. La voix au fond de sa tête était celle de McDowell qui tentait jusqu'à la dernière seconde de sauver son vaisseau. Il se demanda s'ils viendraient toujours le hanter dès qu'il aurait un moment de repos.

Il se remémorait les vétérans qu'il avait connus quand il servait dans la Flotte. Des condamnés à perpétuité endurcis, capables de dormir profondément alors qu'à deux mètres de là leurs camarades jouaient bruyamment au poker ou regardaient des vidéos avec le son réglé au maximum. À l'époque il avait cru que c'était un comportement acquis, que leur corps et leurs sens s'étaient adaptés pour profiter d'un peu de repos dans un environnement ne leur offrant aucun répit. À présent il se demandait si ces vétérans ne trouvaient pas préférable ce bruit constant. Une manière de garder à l'écart leurs camarades perdus. Une fois à la retraite, ils rentraient sans doute chez eux et ne dormaient plus jamais. Il rouvrit les yeux et regarda fixement le voyant vert de contrôle qui clignotait sur la console de pilotage.

C'était la seule source lumineuse dans l'habitacle, et elle n'éclairait rien. Mais le rythme de sa fréquence avait quelque chose de réconfortant. Comme le pouls paisible du vaisseau.

Fred avait raison, se dit-il : un procès était la solution qu'il fallait espérer. Mais il voulait mettre cet appareil furtif dans le viseur des canons d'Alex. Il voulait que cet équipage inconnu vive ce moment terrifiant, quand toutes les contre-mesures ont échoué, que les missiles ne sont plus qu'à quelques secondes de l'impact et que rien, absolument rien ne peut les arrêter.

Il voulait qu'ils poussent le même son d'effroi qu'il avait entendu d'Ade.

Pendant un temps, il fit jouer aux fantômes dans sa tête des scénarios violents de vengeance. Quand ces créations mentales cessèrent d'avoir de l'effet, il flotta jusqu'au pont du personnel, se sangla sur sa couchette et essaya de dormir. Les recycleurs d'air du *Rossinante* lui murmurèrent une berceuse, sur fond de silence.

20

MILLER

Miller était assis dans un café ouvert sur le haut tunnel devant lui. L'herbe de la pelouse commune était haute et d'un vert pâle, et la voûte du tunnel luisait d'un blanc rassemblant toutes les couleurs de l'arc-en-ciel. La station Cérès avait largué les amarres. La mécanique orbitale et l'inertie la conservaient physiquement là où elle avait toujours été, mais les histoires la concernant avaient changé. Les systèmes de défense rapprochée étaient les mêmes. La résistance à la tension des portes anti-explosion du spatioport était la même. Le bouclier éphémère de son statut politique était le seul atout qu'ils avaient perdu, et il représentait tout.

Miller se pencha sur la table et but une gorgée de café.

Des enfants jouaient sur la pelouse. Il les voyait comme des enfants, mais il se souvint qu'à leur âge il se considérait déjà comme adulte. Quinze, seize ans. Ils portaient le brassard de l'APE. Les garçons parlaient fort et avec colère de tyrannie et de liberté. Les filles les regardaient plastronner. L'ancestrale histoire animale, la même, que ce soit sur un caillou tournant sur lui-même au milieu du vide ou dans une réserve pour chimpanzés ridiculement petite sur Terre. Même dans la Ceinture, la jeunesse conférait l'invulnérabilité, l'immortalité, cette conviction inébranlable que pour vous les choses seraient différentes. Les lois de la physique vous épargneraient, les missiles ne frapperaient jamais, l'air ne s'échapperait jamais en sifflant pour ne laisser que le néant. Peut-être pour d'autres gens – les vaisseaux de combat rassemblés de l'APE, les transports d'eau, les hélicos martiens, le *Scopuli*, le *Canterbury*, le *Donnager*, les centaines d'autres appareils qui avaient disparu dans des accrochages depuis que le système solaire s'était transformé en champ de bataille –, mais pas pour vous. Et quand la jeunesse avait été assez chanceuse pour survivre à son optimisme, Miller s'était retrouvé avec seulement un peu de peur, un peu d'envies, et la sensation écrasante de la fragilité de la vie. Mais il avait l'équivalent de trois mois de salaire sur son compte, beaucoup de temps libre, et le café n'était pas mauvais.

— Vous désirez autre chose, monsieur? s'enquit le serveur.

Il ne semblait pas plus âgé que les adolescents sur la pelouse. Miller secoua la tête.

Cinq jours s'étaient écoulés depuis qu'Hélice-Étoile avait mis un terme à son contrat. Le gouverneur de Cérès était parti clandestinement à bord d'un transport avant que la nouvelle se répande. L'Alliance des Planètes extérieures avait annoncé l'inclusion de Cérès au sein des propriétés qu'elle détenait officiellement, et personne n'avait élevé d'objection. Miller avait passé son premier jour de chômage à s'enivrer, mais sa beuverie lui avait laissé une impression étrange de routine professionnelle. Il s'était immergé dans l'alcool parce que l'exercice lui était familier, et parce que c'était ce que vous faisiez lorsque vous veniez de perdre la carrière qui vous définissait.

Le deuxième jour, il avait enduré la gueule de bois. Le troisième, il avait commencé à s'ennuyer. Dans toute la station, les forces de sécurité effectuaient le genre de démonstration auquel il s'était attendu, pour assurer préventivement le maintien de la paix. Les quelques protestations et autres rassemblements politiques furent étouffés rapidement et sans douceur, et les citoyens de Cérès ne s'y intéressèrent guère. Ils avaient les yeux fixés sur leurs écrans, sur la guerre. Quelques voisins au crâne ouvert qu'on jetait en prison sans inculpation, voilà qui était négligeable. Et Miller ne fut personnellement responsable d'aucune de ces arrestations.

Au quatrième jour, il consulta son terminal et constata que quatre-vingts pour cent de ses demandes de renseignements lui étaient parvenues avant que Shaddid ne coupe son accès. Plus d'un millier d'entrées concernant les mouvements de vaisseaux, et n'importe laquelle pouvait représenter l'unique piste menant à Julie Mao. Pour l'instant, aucun missile nucléaire martien n'était en chemin pour pulvériser Cérès. La station n'avait pas reçu d'ultimatum exigeant sa reddition. Pas de débarquement de troupes. Tout pouvait changer l'instant suivant, mais en attendant Miller buvait du café et examinait les enregistrements de vaisseaux, à raison d'un tous les quarts d'heure environ. Si Holden était le dernier inscrit, il estimait le trouver dans à peu près six semaines.

L'*Adrianopole*, un prospecteur de troisième génération, s'était posé sur Pallas dans la fenêtre temporelle délimitée. Miller étudia l'enregistrement et s'irrita une fois de plus devant le peu de renseignements qu'offrait le document en comparaison des bases de données de la sécurité. Propriétaire : Strego Anthony Abramowitz. Huit signalements pour entretien inférieur aux normes, interdit d'accès sur Éros et Cérès car représentent un danger pour le spatioport. Un imbécile et un accident prévisible, mais le plan de vol paraissait valide et l'historique de l'appareil assez fourni pour ne pas sentir l'invention. Miller effaça cette entrée.

Le *Badass Motherfucker*, un transport de marchandises dont le circuit en triangle passait par Luna, Ganymède et la Ceinture. Possession de MYOFB Corporation, basée sur Luna. Un coup d'œil aux données publiques de

Ganymède révéla qu'il avait quitté le spatioport à l'heure enregistrée mais qu'il n'avait pas pris la peine de déposer un plan de vol. Miller tapota l'écran d'un ongle. Ce n'était pas exactement ainsi qu'il aurait essayé de voler sous les radars. N'importe qui détenant une parcelle d'autorité aurait alpagué cet appareil par simple plaisir. Il effaça cette entrée.

Le bip de son terminal lui annonça un message. Il bascula sur la fonction "réception". Sur la pelouse, une des filles poussa un cri aigu et les autres s'esclaffèrent. Un moineau passa, ses ailes bruissant dans la brise constante que créaient les recycleurs.

Havelock avait meilleure mine que lorsqu'il était sur Cérès. Un air plus épanoui. Les cernes noirs sous ses yeux s'étaient estompés, et les contours de son visage s'étaient subtilement adoucis, comme si la nécessité de prouver sa valeur dans la Ceinture avait modifié son ossature et qu'il revenait maintenant à son apparence normale.

— Miller! dit l'enregistrement. J'ai appris que la Terre lâchait Cérès juste avant de recevoir ton message. Pas de chance. Désolé que Shaddid t'ait sacqué. Entre nous, c'est une abrutie prétentieuse. J'ai entendu dire que la Terre faisait tout pour rester en dehors du conflit, y compris en abandonnant toute station qui risquerait de devenir l'objet d'un litige. Tu sais bien comment c'est. Quand tu as un pitbull sur ta gauche et un rottweiler sur ta droite, la première chose que tu fais, c'est laisser tomber ton steak.

Miller salua l'image d'un petit rire.

— J'ai signé avec la sécurité de Protogène. C'est un genre d'armée privée au service d'une méga-entreprise, mais le salaire mérite qu'on supporte leurs illusions de grandeur. Le contrat est censé être pour Ganymède, mais avec le bordel qui se prépare, qui sait où je vais me retrouver? Il se trouve que Protogène a un centre d'entraînement dans la Ceinture. Je n'en avais encore jamais entendu parler, mais d'après ce qu'on raconte c'est du genre gymnase. Je sais qu'ils continuent de recruter, et je serais heureux de leur glisser un mot pour toi. Tu me donnes ton feu vert et je te mettrai en contact avec le responsable du recrutement, ce qui te permettra de quitter ce caillou de malheur.

Havelock sourit.

— Prends soin de toi, partenaire, conclut le Terrien. On reste en contact.

Protogène. Pinkwater. Al Abbiq. Des sociétés proposant des forces de sécurité que les grandes entreprises transorbitales utilisaient comme autant d'armées privées ou de contingents mercenaires, et dont ils louaient les services selon leurs besoins. AnnanSec assurait la sécurité sur Pallas depuis des années, mais elle était basée sur Mars. L'APE embauchait probablement dans ce secteur, mais l'Alliance ne le prendrait certainement pas.

La dernière fois qu'il avait cherché du travail remontait à des années. Il s'était cru définitivement à l'abri de ce genre de démarche toujours ardue, s'imaginant qu'il finirait ses jours sous contrat dans les forces de sécurité de la station Cérès. Maintenant que les événements l'avaient éjecté de son poste, tout reprenait un caractère flottant étrange. Comme le temps qui sépare le coup reçu et la sensation de la douleur. Il fallait qu'il trouve un autre boulot. Il fallait qu'il fasse plus qu'envoyer quelques messages à ses anciens partenaires. Il y avait les bureaux de placement. Des bars sur Cérès où on engagerait un ex-flic comme videur. Et des secteurs d'activité nébuleux qui seraient heureux de compter dans leurs rangs quiconque pourrait leur donner un vernis de légalité.

La dernière chose à faire était de se prélasser dans un bar, à reluquer des filles dans un parc et à traquer les pistes dans une affaire qu'il n'avait jamais été supposé résoudre.

Le *Dagon* était arrivé sur Cérès un peu avant la fenêtre temporelle qu'il avait délimitée. Propriété de Glapion Collective, c'était presque à coup sûr une couverture pour l'APE, il l'aurait parié. Ce qui en faisait un candidat très valable. Sauf que le plan de vol avait été enregistré ici quelques heures seulement après la destruction du *Donnager*, et que les données de son départ de Io paraissaient conformes. Miller l'archiva dans un dossier réservé aux vaisseaux méritant un second examen.

Le *Rossinante*, qui appartenait à la holding du Courant silencieux, sur Luna, était un transport de gaz qui s'était posé sur Tycho quelques heures avant la fin de la fenêtre temporelle des arrivées. Le Courant silencieux était une entité commerciale de taille moyenne sans lien évident avec l'APE, et son plan de vol depuis Pallas était plausible. Miller posa le doigt sur la touche d'effacement, suspendit son geste et retira sa main.

Pourquoi un transport de gaz effectuait-il le trajet entre Pallas et Tycho ? Les deux stations étaient *consommatrices* de gaz. Aller d'un consommateur à un autre sans passer par un endroit où s'approvisionner constituait une excellente façon de ne même pas couvrir les frais de transit. Il entra une requête pour obtenir le plan de vol qui avait amené le *Rossinante* à Pallas depuis son point de départ, et attendit. Si l'enregistrement était archivé dans les serveurs de Cérès, sa demande devrait être satisfaite en une minute ou deux, tout au plus. L'estimation qui s'afficha était d'une heure et demie, ce qui signifiait que sa demande était reroutée vers les systèmes d'enregistrement de Pallas. L'information ne figurait pas dans les archives de Cérès. Miller se caressa le menton. Le chaume qui y avait poussé en cinq jours commençait à ressembler à une barbe. Il se sentit sourire. *Rossinante*. Le cheval de Don Quichotte.

— C'est toi, Holden ? murmura-t-il à l'écran de son terminal. Tu te bats contre des moulins à vent ?

— Monsieur? dit le serveur.

Il le congédia d'un geste.

Il restait des centaines d'entrées à examiner, et plusieurs dizaines à revoir dans le dossier où il avait rangé les cas lui laissant un doute. Il les ignora et se concentra sur l'entrée de Tycho, comme si par la seule puissance de sa volonté il allait faire apparaître des informations complémentaires sur l'écran. Puis, lentement, il bascula sur le message d'Havelock, enfonça la touche de réponse et regarda fixement la tête d'épingle noire qu'était la caméra de son terminal.

— Salut, partenaire, dit-il. Merci pour la proposition. Il se pourrait que je te prenne au mot, mais j'ai quelques petites bizarreries à éclaircir avant de sauter le pas. Tu sais comment c'est. Si tu pouvais me rendre un service, par contre… J'ai besoin de retracer le parcours d'un vaisseau, et je ne peux plus travailler que sur les bases de données publiques, sans compter que Cérès risque d'être déjà en guerre avec Mars. Qui sait, si tu vois ce que je veux dire. Bref, si tu peux mettre en priorité les recherches de ses plans de vol, passe-moi un mot au cas où ça donnerait quelque chose… Je te devrai une bière.

Il marqua une pause. Il fallait sans doute ajouter quelque chose.

— Prends soin de toi, partenaire.

Il revisionna son message. Sur l'écran, il paraissait fatigué, son sourire lui semblait un peu forcé, sa voix un peu plus haut perchée qu'elle n'avait sonné à ses oreilles. Mais il avait dit ce qu'il voulait dire. Il envoya.

C'était ce à quoi il se trouvait réduit. Plus d'accès au central de la sécurité, son arme de service confisquée – même s'il en conservait deux non déclarées chez lui –, et avec des problèmes d'argent imminents. Il fallait qu'il ruse, qu'il demande des services pour des choses qu'il obtenait sans effort auparavant, qu'il utilise au mieux les moindres avantages du système. En le transformant en ex-flic, on avait fait de lui une souris. *N'empêche,* se dit-il, *pour une souris, c'est du bon boulot.*

Une détonation claqua, puis des voix rageuses retentirent. Sur la pelouse, les adolescents cessèrent leurs jeux et se figèrent. Miller se mit debout. Il aperçut de la fumée, mais pas de flammes. La brise s'accentua quand les recycleurs d'air de la station augmentèrent leur puissance pour aspirer les particules afin que les senseurs ne détectent pas un risque d'extension d'un feu. Trois coups de feu se succédèrent rapidement, et les voix s'unirent en un chant rageur. Miller ne put comprendre les paroles, mais le rythme lui apprit tout ce qu'il voulait savoir. Il ne s'agissait pas d'un sinistre, d'un incendie ou d'un incident technique. Un début d'émeute, tout simplement.

Les ados se dirigeaient vers la source du vacarme. Miller en saisit une par le coude. Elle ne devait pas avoir plus de seize ans. Elle avait les yeux très sombres, presque noirs, et un visage en cœur.

— N'allez pas par là, dit-il. Rassemblez vos amis et partez dans la direction opposée.

Elle le toisa, regarda sa main sur son bras, puis tourna la tête vers la source du bruit.

— Vous ne pouvez rien faire pour aider, dit-il.

Elle se dégagea d'une saccade.

— Il faut bien essayer, non ? répondit-elle. *Podría intentar,* vous savez.

Vous pourriez essayer, vous aussi.

— C'est ce que je viens de faire, dit Miller.

Il rangea le terminal dans son étui et s'éloigna. Derrière lui, le grondement de l'émeute s'amplifiait. Mais il se dit que la police saurait s'en occuper.

Durant les quatorze heures suivantes, le réseau d'information signala cinq émeutes dans la station et quelques dommages structurels mineurs. Quelqu'un dont il n'avait jamais entendu parler annonça un couvre-feu en trois phases : les gens se trouvant hors de leur domicile deux heures avant ou après leurs horaires de travail courraient le risque d'être arrêtés. Ceux qui menaient la danse à présent pensaient pouvoir claquemurer six millions de personnes et imposer la stabilité et la paix. Il se demanda ce que Shaddid pensait de cette attitude.

En dehors de Cérès, la situation se dégradait. Les laboratoires d'astronomie sur Triton avaient été occupés par un groupe de prospecteurs sympathisants de l'APE. Ils avaient recalibré tout le matériel de recherche sur l'intérieur du système solaire et avaient diffusé la position de chaque vaisseau martien ainsi que des images en haute définition de la surface de Mars, jusqu'aux femmes qui bronzaient seins nus dans les parcs, sous les dômes. Une rumeur prétendait qu'une salve de missiles nucléaires avait été tirée en direction des labos et que la station entière ne serait plus qu'un nuage de poussière brillante dans moins d'une semaine. L'imitation par la Terre d'un temps de réaction digne d'un escargot connaissait une accélération progressive, et les entreprises basées sur Luna et la Terre redescendirent au fond du puits de gravité. Pas toutes, pas même la moitié, mais un assez grand nombre pour que le message soit compréhensible : *Laissez-nous à l'écart*. Mars appelait à la solidarité. La Ceinture appelait à la justice ou, plus fréquemment encore, disait au berceau de l'humanité d'aller se faire foutre.

La situation n'était pas encore hors de toute maîtrise, mais elle s'aggravait. Encore quelques incidents et la façon dont tout avait commencé n'aurait plus aucune espèce d'importance. Les enjeux ne comptaient pas. Mars savait que la Ceinture ne pouvait pas l'emporter, et la Ceinture était consciente de n'avoir rien à perdre. C'était une recette de mort à une échelle que l'humanité n'avait jamais connue.

Et, tout comme Cérès, Miller n'y pouvait pas grand-chose. Mais il pouvait trouver Holden, découvrir ce qui était arrivé au *Scopuli*, suivre les indices et remonter jusqu'à Julie Mao. Il était inspecteur. Enquêter était sa spécialité.

Pendant qu'il rangeait son appartement et se débarrassait des choses inutiles amassées pendant des dizaines d'années, il lui parla. Il essaya d'expliquer pourquoi il avait tout laissé tomber pour la retrouver. Après sa découverte du *Rossinante*, il pouvait difficilement éviter le terme *chevaleresque*.

Sa Julie imaginaire riait, ou était émue. Elle pensait qu'il était un homme triste, pathétique, puisque la traquer était tout ce qu'il avait pu dénicher qui s'approchait le plus d'un but dans sa vie. Elle s'emportait et l'accusait d'être une marionnette aux mains de ses parents. Elle sanglotait et passait les mains autour de son cou. Elle s'asseyait avec lui dans un salon d'observation fantasmatique pour contempler les étoiles.

Il fourra tout ce qu'il avait dans un sac à bandoulière. Deux jeux de vêtements de rechange, ses papiers, son terminal de poche. Une photo de Candace prise en des jours meilleurs. Toutes les sorties papier du dossier Julie qu'il avait tirées avant que Shaddid n'efface les données de son ordinateur, dont trois photos de la jeune fille. Il songea que tout ce qu'il avait vécu aurait dû laisser plus de traces, puis il se ravisa. C'était probablement aussi bien.

Sans se soucier du couvre-feu, il consacra un dernier jour à sillonner la station pour faire ses adieux aux quelques personnes qui, pensait-il, lui manqueraient, et à qui, peut-être, il manquerait. À sa grande surprise, Muss, qu'il trouva tendue et mal à l'aise dans un bar fréquenté par les policiers, versa une larme et l'étreignit si fort qu'il en eut mal aux côtes.

Il retint une place sur un transport en partance pour Tycho, ce qui lui coûta un quart de ce qui lui restait. Il se dit, et ce n'était pas la première fois, qu'il lui faudrait retrouver très vite Julie, faute de quoi il devrait prendre un emploi pour payer ses frais pendant l'enquête. Mais il n'en était pas encore là, et l'univers était devenu tellement instable que toute planification à long terme n'était qu'une amère plaisanterie.

Comme pour le prouver, son terminal bipa alors qu'il faisait la queue pour embarquer dans le transport.

— Salut, partenaire, dit Havelock. Ce service dont tu m'as parlé? J'ai une piste. Ton colis vient d'enregistrer un plan de vol pour Éros. Je t'envoie les données accessibles au public. J'aurais bien voulu t'en donner plus, mais ces types chez Protogène ne sont pas coulants. J'ai parlé de toi à la responsable du recrutement, et elle a paru intéressée. Alors tiens-moi au courant, d'accord? On se rappelle bientôt.

Éros.

Magnifique.

Miller fit un signe de tête à la femme derrière lui, quitta la file et se dirigea vers la borne interactive la plus proche. Le temps que l'écran s'ouvre, l'embarquement pour Tycho se terminait. Miller rendit son ticket, obtint un avoir et dépensa un tiers de ce qui restait sur son compte pour acheter une place sur un transport à destination d'Éros. Mais cela aurait pu être pire. À quelques minutes près, s'il n'avait pas reçu cet appel, il se serait retrouvé en route pour Tycho. Il ferait mieux de penser en termes de chance, et non de malchance.

La confirmation de sa réservation lui parvint par un tintement pareil à un triangle frappé en douceur.

— J'espère que je ne me trompe pas, dit-il à Julie. Si Holden n'est pas là-bas, je vais me sentir très bête.

Dans son esprit, elle répondit d'un sourire triste.

Vivre, c'est prendre des risques, dit-elle.

21

HOLDEN

Les vaisseaux étaient exigus, l'espace toujours précieux, et même à bord de monstres tels que le *Donnager* les coursives et les compartiments étaient minuscules et inconfortables. Sur le *Rossinante*, les seuls endroits où Holden pouvait écarter les bras sans toucher les deux cloisons étaient la coquerie et la soute. Aucune personne voyageant pour vivre ne souffrait de claustrophobie, mais le prospecteur ceinturien le plus endurci connaissait la tension croissante qui accompagnait le fait d'être coincé à bord. C'était la réaction atavique de l'animal pris au piège, l'évidence subconsciente qu'il n'y avait littéralement nulle part où aller ailleurs que dans les endroits visibles d'où vous veniéz. La descente du vaisseau en arrivant au spatioport procurait une soudaine et parfois étourdissante évacuation de cette tension.

Souvent, elle se traduisait par une beuverie.

Comme la plupart des marins professionnels, Holden avait parfois conclu de longs voyages en se saoulant jusqu'à atteindre un état d'hébétude. Plus d'une fois il s'était aventuré dans un bordel et n'en était ressorti que parce qu'on le jetait dehors avec un compte vide, l'entrejambe douloureux et une prostate aussi sèche que le désert du Sahara. Aussi, quand Amos entra en titubant dans la pièce, au bout de trois jours, Holden sut très exactement ce qu'éprouvait le mécanicien.

Alex et lui étaient affalés sur le canapé et regardaient les infos. Deux experts habitués de l'écran discutaient des actions ceinturiennes en recourant à des mots tels que *criminel*, *terroriste* et *sabotage*. C'était une chaîne d'information martienne. Avec un grognement de mépris, Amos se laissa choir à côté d'eux. Holden coupa le son.

— Alors, la virée à terre a été agréable, matelot ? dit-il avec un petit sourire.

— Je ne boirai plus jamais, maugréa le mécano.

— Naomi est allée chercher du ravitaillement à ce restau de sushis, dit Alex. Du bon poisson cru enveloppé dans de fausses algues.

Amos grogna encore.

— Ce n'est pas très sympa, Alex, remarqua Holden. Laissons le foie de cet homme mourir en paix.

La porte de la suite s'ouvrit de nouveau, et Naomi fit son apparition, les bras chargés d'une pile de boîtes blanches.

— Le repas est servi, annonça-t-elle.

Alex ouvrit toutes les boîtes et distribua de petites assiettes jetables.

— Chaque fois que c'est à votre tour de rapporter à manger, vous choisissez ces rouleaux de saumon. Ça trahit un manque cruel d'imagination, dit Holden en déposant plusieurs sushis sur son assiette.

— J'aime bien le saumon, rétorqua Naomi.

Pendant qu'ils mangeaient, le calme revint dans la pièce, troublé seulement par le cliquetis des baguettes en plastique et le son léger des mets trempés dans le wasabi et la sauce de soja. Quand toute la nourriture eut disparu, Holden frotta ses yeux devenus humides à cause de la chaleur qui agressait ses sinus, et il abaissa au maximum le dossier du fauteuil où il venait de prendre place. Amos se servit d'une baguette pour se gratter sous son plâtre.

— Vous avez bossé comme des chefs pour me poser ça, dit-il. En ce moment, c'est la partie de mon corps qui est la moins douloureuse.

Naomi prit la télécommande dans la poche de l'accoudoir du siège d'Holden, remit le volume et commença à passer d'une chaîne à l'autre. Alex ferma les yeux et s'avachit doucement sur la causeuse, mains croisées sur le ventre, avec un soupir de contentement. Holden éprouva une irritation aussi subite qu'irrationnelle en voyant son équipage aussi à l'aise.

— Personne n'en a assez de téter au sein de Fred? demanda-t-il. Moi, je sais que oui.

— Mais de quoi vous parlez, bordel? dit Amos en secouant la tête. Je commence tout juste à apprécier.

— Ce que je veux dire, c'est : combien de temps allons-nous traîner à Tycho, à nous saouler, nous taper des prostituées et nous goinfrer de sushis sur le compte de Fred?

— Aussi longtemps que je le pourrais? proposa Alex.

— Vous avez un meilleur plan, donc, dit Naomi.

— Je n'ai aucun plan, mais je veux revenir dans le jeu. Nous débordions d'une colère et de rêves de vengeance justifiés en arrivant ici, et quelques pipes et quelques cuites plus tard, c'est comme s'il ne s'était rien passé.

— Euh, la vengeance a besoin d'une cible précise pour s'exercer, chef, fit remarquer Alex. Au cas où vous ne l'auriez pas remarqué, nous avons un léger manque de ce côté-là.

— Ce vaisseau furtif est toujours là, quelque part. Ceux qui ont ordonné le tir aussi, répliqua Holden.

— Alors on repart et on décrit une spirale de plus en plus grande jusqu'à ce qu'on croise sa trajectoire? demanda Alex.

Naomi rit et lui lança un sachet de sauce de soja.

— Je ne sais pas ce que nous devrions faire, avoua Holden, mais je vais finir par devenir dingue à force de rester assis ici pendant que ceux qui ont détruit notre vaisseau poursuivent leurs activités, quelles qu'elles soient.

— Nous sommes arrivés il y a trois jours seulement, dit Naomi. Nous méritons amplement ces lits moelleux, cette nourriture correcte et une chance de décompresser un peu. N'essayez pas de nous culpabiliser parce que nous en profitons à plein.

— Et puis, Johnson a dit que nous nous ferions ces fumiers avec le procès, rappela Amos.

— S'il y a un procès, contra Holden. *Si*. Et dans ce cas il ne se tiendra pas avant des mois, peut-être des années, et Fred sera tenu par la diplomatie et les traités. Il pourrait y avoir l'amnistie des coupables dans une des négociations, vous le savez bien.

— Vous n'avez pourtant pas hésité longtemps avant d'accepter sa proposition, Jim, dit Naomi. Vous avez changé d'avis ?

— Si Fred veut nos dépositions et en échange nous laisse nous rafistoler et nous reposer, ce n'est pas cher payé. Mais ça ne veut pas dire que de mon point de vue un procès réglera tout, ni que je suis d'accord pour rester sur la touche jusqu'à son ouverture.

D'un geste ample, il engloba le canapé en faux cuir et l'écran mural géant.

— Et puis, tout ça peut se transformer en prison. Une chouette prison, mais tant que c'est Fred qui tient les cordons de la bourse, il nous contrôle. Ne vous y trompez pas.

Naomi fronça les sourcils, et son regard se fit sérieux.

— Quelle est la solution, monsieur ? Partir ?

Holden croisa les bras pendant qu'en esprit il tournait et retournait ses propres paroles comme s'il les entendait pour la première fois. Le simple fait de formuler ses pensées les rendait d'un coup beaucoup plus claires.

— Je pense que nous devrions chercher du travail, dit-il. Nous disposons d'un appareil de qualité. Plus important encore, c'est un appareil discret et rapide. Nous pouvons naviguer sans transpondeur si c'est nécessaire. Avec la guerre, beaucoup de gens vont avoir besoin de déplacer certaines choses d'un point à un autre. Ça nous fournirait une occupation en attendant le procès que Fred promet, et une façon de nous remplir les poches au lieu de rester au chômage. Et en allant d'un endroit à un autre, nous garderions les yeux et les oreilles ouverts. On ne sait jamais ce qu'on peut trouver. Et puis, sérieusement, combien de temps allez-vous tenir à jouer aux rats de station, tous les trois?

Il y eut un moment de silence.

— Je pourrais jouer le rat de station encore… une semaine? dit Amos.

— Ce n'est pas une mauvaise idée, chef, approuva Alex.

— La décision vous revient, monsieur, fit Naomi. Je vous suivrai, et j'aime bien l'idée de gagner de nouveau ma vie. Mais j'espère que vous n'êtes pas pressé. Quelques jours de repos supplémentaires me feraient vraiment du bien.

Holden frappa dans ses mains et se mit debout.

— Avoir un plan, voilà qui fait toute la différence. Je profite mieux de l'oisiveté quand je sais qu'elle ne sera pas éternelle.

Alex et Amos se levèrent et se dirigèrent vers la porte. Le pilote avait gagné quelques billets en jouant aux fléchettes, et avec son comparse ils comptaient bien faire fructifier la somme aux jeux de cartes.

— Ne veillez pas pour moi, patronne, dit Amos à Naomi. Je me sens en veine, aujourd'hui.

Ils sortirent, et Holden passa dans le petit coin cuisine pour faire du café. Naomi le suivit.

— Une dernière chose, dit-elle.

Il ouvrit le paquet scellé de café, et l'odeur puissante envahit l'air.

— Allez-y.

— Fred s'occupe de tous les détails pour la dépouille de Kelly. Elle sera maintenue en l'état ici en attendant que nous annoncions publiquement notre survie. Ensuite il la renverra sur Mars.

Holden emplit la cafetière d'eau et la mit en route. L'appareil ne tarda pas à émettre des gargouillis discrets.

— Bien. Le lieutenant Kelly mérite tout le respect et la dignité que nous pouvons lui offrir.

— Ça m'a fait repenser à ce cube de données qu'il avait. Je n'ai pas réussi à le craquer. Le tout est protégé par une sorte de super-cryptage militaire qui me donne des migraines. Alors…

— Alors?

— Alors j'envisage de le confier à Fred. Je sais que c'est un risque. Nous n'avons aucune idée de ce que ce cube contient, et malgré son côté charmant et son hospitalité, Fred appartient toujours à l'APE. Mais c'est aussi un haut gradé des Nations unies. Et il a une équipe de gens très capables à sa disposition dans cette station. Il serait certainement en mesure d'accéder à ces données.

Holden réfléchit un instant avant de hocher la tête.

— D'accord, je m'en occupe. Je veux savoir ce que Yao essayait de sortir du vaisseau, mais…

— Oui.

Ils partagèrent un moment de silence agréable pendant que le café passait. Il emplit deux chopes et en tendit une à la jeune femme.

— Chef, dit-elle, avant de rectifier : Jim. Jusqu'ici j'ai été un second insupportable. J'ai été stressée et terrorisée à peu près quatre-vingts pour cent du temps.

— Vous vous débrouillez admirablement pour le cacher, répondit-il.

Elle chassa le compliment d'une petite moue.

— Bref, je me suis montrée directive sur certains sujets, alors que j'aurais probablement dû m'abstenir.

— Ce n'est pas grave.

— Bon, laissez-moi finir, dit-elle. Je veux que vous le sachiez, je pense que vous avez fait tout ce qui convenait pour nous garder en vie. Vous nous avez poussés à nous concentrer sur les problèmes que nous pouvions résoudre au lieu de nous laisser nous apitoyer sur nous-mêmes. Vous nous gardez tous en orbite autour de vous. Tout le monde n'en serait pas capable. Je n'en serais pas capable. Et nous avons eu besoin de cette stabilité.

Holden ressentit une certaine fierté. Il ne s'était pas attendu à une telle déclaration, et d'ailleurs il n'y accordait pas un crédit total, mais c'était quand même plaisant à entendre.

— Merci, dit-il.

— Je ne peux pas parler au nom d'Amos et d'Alex, mais j'ai l'intention de l'affirmer. Vous n'êtes pas le capitaine simplement parce que McDowell est mort. En ce qui me concerne, vous êtes *notre* capitaine. Je voulais juste que vous le sachiez.

Elle baissa les yeux et rougit, comme si elle venait de confesser quelque chose. C'était peut-être le cas.

— J'essayerai de ne pas tout gâcher, dit-il.

— J'apprécierais, monsieur.

La pièce de travail de Fred Johnson était à l'image de son occupant : impressionnante, intimidante, et écrasée par les tâches qui devaient être accomplies. Elle s'étendait sur presque trois mètres carrés, soit une superficie supérieure à celle de n'importe quel compartiment individuel à bord du *Rossinante*. Son bureau en bois véritable paraissait vieux de plus d'un siècle, et il sentait l'essence de citron. Holden s'assit sur une chaise à peine plus basse que celle de Fred, et il considéra les montagnes de dossiers et de documents qui occupaient chaque surface plane.

Fred l'avait fait venir, mais il passa les dix premières minutes après son arrivée à parler au téléphone. Quel que soit le sujet abordé, il avait l'air très technique. Holden crut comprendre que c'était en rapport avec le vaisseau géant en construction. Il ne se formalisait pas d'être ainsi ignoré pendant quelques minutes, d'autant que la cloison derrière le colonel était entièrement occupée par un écran haute définition qu'on aurait pu prendre pour une fenêtre. On y avait une vue extraordinaire du *Nauvoo* passant au ralenti par l'effet de la rotation de la station. Johnson gâcha le spectacle en raccrochant.

— Désolé, dit-il. Depuis hier nous vivons un vrai cauchemar avec le système atmosphérique intégré. Quand vous embarquez pour un voyage de plus d'un siècle avec seulement l'air que vous pouvez emmener avec vous, vous êtes beaucoup plus strict sur les pertes tolérables. Il est parfois difficile de convaincre les entrepreneurs de l'importance de ces détails.

— J'ai profité de la vue, dit Holden en désignant l'écran.

— Je commence à me demander si nous l'aurons terminé à la date prévue.

— Pourquoi ?

Avec un soupir, Fred se renversa dans son fauteuil.

— C'est cette guerre entre Mars et la Ceinture…

— Difficultés d'approvisionnement en matériaux ?

— Pas seulement. Les pirates improvisés qui affirment parler au nom de l'APE aggravent les choses. Des prospecteurs de la Ceinture bricolent des lance-torpilles et prennent pour cibles des vaisseaux de guerre martiens. Ils se font anéantir en retour, mais de temps à autre un de leurs projectiles fait mouche et tue quelques Martiens.

— Ce qui signifie que les Martiens se mettent à tirer les premiers.

Fred hocha la tête, se leva et se mit à marcher de long en large.

— Et maintenant même les honnêtes citoyens ayant une activité légale commencent à craindre de sortir de chez eux. Nous avons eu plus d'une douzaine de livraisons différées, ce mois-ci, et je crains que les retards se transforment bientôt en annulations.

— Vous savez, j'ai pensé la même chose, dit Holden.

Johnson se comporta comme s'il n'avait pas entendu.

— Je me suis trouvé sur cette passerelle de commandement. Un vaisseau non identifié vient droit sur vous, et il faut prendre une décision. Personne ne veut appuyer sur le bouton. J'ai vu un appareil grossir de plus en plus dans mon viseur alors que j'avais le doigt sur la détente. Je me souviens les avoir suppliés de mettre en panne.

Holden ne dit rien. Il connaissait cette situation. Il n'y avait aucun commentaire à faire. Fred laissa le silence s'étirer dans la pièce pendant encore une poignée de secondes, puis il se redressa de toute sa taille.

— Il faut que je vous demande un service, dit-il.

— Allez-y. Vous avez assez payé pour ça.

— Je veux vous emprunter votre vaisseau.

— Le *Rossi* ? Pourquoi ?

— J'ai besoin qu'on aille chercher et qu'on ramène ici quelque chose, et il me faut un appareil capable de rester discret et de se faufiler entre les unités martiennes si c'est nécessaire.

— Le *Rossinante* conviendrait parfaitement à cette mission, c'est vrai, mais ça ne répond pas à ma question. Pourquoi ?

Fred lui tourna le dos et regarda l'écran panoramique. Le nez du *Nauvoo* venait de disparaître à la vue. Ne restait plus que l'éternelle noirceur plate saupoudrée d'étoiles.

— Il faut que j'aille chercher quelqu'un sur Éros, dit-il. Une personne importante. J'ai des gens qui pourraient le faire, mais les seuls vaisseaux dont nous disposons sont des cargos légers et une poignée de navettes. Rien qui puisse effectuer l'aller-retour assez rapidement ou qui ait une chance de s'en tirer si les choses tournaient mal.

— Et cette personne a un nom ? Je veux dire, vous n'arrêtez pas de répéter que vous ne voulez pas combattre, mais la seule autre caractéristique de mon appareil, c'est son armement. Je suis sûr que l'APE a toute une liste d'objectifs qu'elle aimerait détruire.

— Vous ne me faites pas confiance.

— Non.

Fred se retourna et agrippa le dossier de son fauteuil. Les articulations de ses doigts blanchirent. Holden se demanda s'il n'était pas allé trop loin.

— Écoutez, dit-il. Vous parlez très bien de la paix, des procès et du reste. Vous désapprouvez les actes de piraterie. Vous avez une jolie station peuplée de gens très gentils. J'ai toutes les raisons de croire que vous êtes ce que vous prétendez être. Mais nous sommes là depuis trois jours, et la première fois que vous me parlez de vos plans, vous voulez emprunter mon appareil pour une mission secrète. Désolé. Si je suis partie prenante dans l'affaire, je veux en connaître tous les rouages. Pas de secrets. Même si je savais de façon certaine, et ce n'est pas le cas, que vous n'avez que de bonnes intentions, je ne marcherais pas pour ces histoires secrètes.

Pendant quelques secondes Johnson le dévisagea, puis il contourna son fauteuil et s'y assit. Holden se rendit compte qu'il tambourinait nerveusement des doigts sur sa cuisse, et il se força à cesser. Le regard de Fred descendit vers la main, puis remonta vers les yeux de son visiteur.

Holden se racla la gorge.

— Écoutez, c'est vous le mâle alpha, ici. Même si je ne savais pas qui vous avez été, vous me foutriez une pétoche de tous les diables, alors inutile d'essayer de le prouver. Mais aussi effrayé que je sois, il n'est pas question que je cède sur ce point.

Il avait espéré un rire du militaire, il n'en eut pas. Il essaya de déglutir sans bruit.

— Je parie que tous les commandants qui vous ont eu sous leurs ordres ont jugé que vous étiez un emmerdeur, dit enfin Fred.

— Je crois que mon dossier reflète assez bien la chose, répondit Holden en dissimulant du mieux possible son soulagement.

— Il faut que je me rende sur Éros pour y trouver un certain Lionel Polanski que je veux ensuite ramener sur Tycho.

— Une semaine pour le tout, si nous ne traînons pas, dit Holden après un rapide calcul mental.

— Le fait que Lionel n'existe pas réellement complique la mission.

— Ah, d'accord. Maintenant je suis largué, reconnut Holden.

— Vous vouliez être mis dans la confidence, non ? dit Fred avec des accents féroces sous le calme apparent. Voilà qui est fait. Lionel Polanski n'existe que sur le papier, et il possède des biens que M. Tycho ne veut pas posséder. Ce qui inclut un vaisseau appelé le *Scopuli*.

Visage tendu, Holden se pencha en avant dans son siège.

— Vous avez toute mon attention.

— Le propriétaire inexistant du *Scopuli* est descendu dans un hôtel borgne situé dans un des niveaux les plus mal famés d'Éros. Nous venons tout juste de recevoir le message. Nous devons agir en partant de l'hypothèse suivante : l'individu occupant cette chambre possède une connaissance intime de nos opérations, il a besoin d'aide et ne peut pas la demander ouvertement.

— Nous pouvons partir dans l'heure, dit Holden, un peu abasourdi.

Fred leva une main dans un geste étonnamment ceinturien pour un Terrien.

— Quand a-t-il été question que *vous* partiez ? demanda-t-il.

— Je ne prêterai pas mon vaisseau, mais je suis tout à fait d'accord pour le louer. Mon équipage et moi-même parlions justement de trouver quelque chose à faire pour nous occuper. Engagez-nous. Vous déduirez du prix tous les frais que nous vous avons déjà occasionnés.

— Non. J'ai besoin de *vous*.

— Faux, dit Holden. Vous avez besoin de nos dépositions. Et nous n'allons pas rester assis ici à attendre pendant un an ou deux que le bon sens reprenne ses droits. Nous ferons tous des dépositions sur vidéo, nous signerons toutes les déclarations écrites que vous voudrez pour les authentifier, mais nous allons partir pour trouver du boulot, d'une façon ou d'une autre. Alors pourquoi vous n'en profiteriez pas ?

— Non, dit Fred. Vous avez une trop grande valeur pour qu'on mette vos vies en péril.

— Et si je mets dans la balance un certain cube de données ?

Le silence revint, mais il était d'une qualité différente, cette fois.

— Écoutez, dit Holden pour pousser son avantage, vous avez besoin d'un vaisseau comme le *Rossi*. J'en ai un. Il vous faut un équipage pour le manœuvrer. Je l'ai aussi. Et vous désirez autant que moi savoir ce que ce cube contient.

— Je n'aime pas le risque.

— L'autre solution consiste à nous jeter dans la prison du bord et à réquisitionner notre appareil. Elle ne va pas sans risques non plus.

Johnson rit, et Holden se détendit un peu.

— Vous avez toujours le même problème qui vous a amenés ici, dit Fred. Votre appareil ressemble à une corvette de combat, quoi que puisse dire le transpondeur.

Holden se leva et prit une feuille de papier vierge sur le bureau entre eux. Il se mit à dessiner avec un des stylos qu'offrait un présentoir décoratif.

— J'ai réfléchi à la question. Vous avez toutes les machines et les outils nécessaires ici. Et nous sommes censés être un transport de gaz. Donc, fit-il en esquissant grossièrement la silhouette du *Rossi*, on soude une série de citernes vides de gaz comprimé en deux rangées autour de la coque. Elles permettront de dissimuler les tubes lance-torpilles. On repeint l'ensemble. On ajoute quelques saillies pour briser les lignes de l'appareil et tromper les logiciels d'identification. L'ensemble sera très moche, une vraie injure à l'aérodynamique, mais nous n'entrerons pas dans une atmosphère avant un bout de temps, de toute façon. Le vaisseau ressemblera exactement à ce qu'il sera : un appareil qu'un groupe de Ceinturiens a assemblé à la va-vite.

Il tendit la feuille à Fred. Celui-ci céda à une hilarité qui n'avait rien de simulé, soit à cause de la laideur du croquis, soit parce qu'il pensait à l'absurdité de l'idée.

— Vous pourriez faire une grosse surprise à un pirate, dit-il. Si j'accepte, vous et votre équipage m'enregistrerez vos dépositions, et vous serez embauchés en qualité de prestataires de services indépendants pour des missions comme celle d'Éros. Et vous apparaîtrez en mon nom quand les négociations de paix débuteront.

— Oui.

— Je veux avoir le droit d'enchérir sur quiconque voudrait vous engager. Vous ne signerez aucun contrat sans que j'aie pu surenchérir.

Holden tendit la main, et le colonel la serra.

— C'est un plaisir de faire affaire avec vous, Fred.

Il avait à peine quitté le bureau que Fred était déjà en communication avec les directeurs de ses ateliers. Holden sortit son terminal de poche et appela Naomi.

— Ouais ? fit-elle.

— On remballe les jouets et on prépare les enfant. Départ pour Éros.

22

MILLER

Le transport pour Éros était petit, miteux et bondé. Les recycleurs d'air dégageaient cette odeur de plastique et de résine des modèles industriels increvables que Miller associait aux entrepôts et aux dépôts de carburant. L'éclairage en LED bon marché dispensait une lumière faussement rose supposée flatter le teint et qui donnait au visage l'aspect d'un morceau de bœuf mal cuit. Il n'y avait pas de cabines, seulement une succession de rangées de sièges en plastique moulé, et deux longues cloisons avec des couchettes superposées par cinq que les passagers pouvaient utiliser à tour de rôle. Miller n'avait encore jamais pris ce genre de transport bas de gamme, mais il savait comment ils fonctionnaient. Si une bagarre éclatait, l'équipage du vaisseau inondait le compartiment avec du gaz antiémeute, ce qui assommait tout le monde, puis il mettait les menottes à tous les participants aux troubles. C'était un système draconien, mais il avait pour effet d'inciter les gens au calme et à la politesse. Le bar était ouvert en permanence et proposait des boissons pour une somme modique. Il y avait peu, Miller aurait trouvé cela attirant.

Aujourd'hui il restait assis, avec son terminal de poche ouvert. Le dossier concernant Julie luisait sous ses yeux tel qu'il l'avait recomposé. La photo où elle souriait fièrement devant le *Razorback*, les dates et les enregistrements, son entraînement au jiu-jitsu. Tout cela faisait bien peu d'éléments s'il considérait la place que cette femme avait prise dans sa vie.

Un petit bulletin d'infos s'afficha dans le coin gauche de l'écran. La guerre entre Mars et la Ceinture s'intensifiait, incident après incident, mais la sécession de la station Cérès occupait la une. Les commentateurs prenaient la Terre à partie pour n'avoir pas réussi à maintenir l'union avec sa planète intérieure sœur, ou à tout le moins pour ne pas avoir confié le contrat de sécurité de Cérès à Mars. La Ceinture réagissait au petit bonheur et passait par toute la gamme imaginable, depuis la satisfaction de voir l'influence de la Terre retomber au fond du puits de gravité jusqu'à une nervosité proche de la panique face à la perte de neutralité de Cérès, sans oublier les théories conspirationnistes selon lesquelles la Terre fomentait cette guerre pour son propre bénéfice.

Miller préférait réserver son jugement sur le sujet.

— Ça me fait toujours penser à des bancs d'église.

Miller leva les yeux. L'homme assis à côté de lui avait à peu près son âge, une chevelure qui commençait à grisonner, un début d'embonpoint. Son sourire lui indiqua qu'il s'agissait d'un missionnaire parti dans le vide interstellaire pour sauver des âmes. Ou il le déduisit de son badge et de la bible.

— Les sièges, je veux dire, expliqua l'autre. Ils me font toujours penser à ceux d'une église, par leur disposition, rangée après rangée. Sauf qu'au lieu d'une chaire nous avons des couchettes.

— Notre-Dame des Somnolents, dit Miller, conscient qu'il se laissait happer dans la conversation mais incapable de s'en empêcher.

L'autre eut un rire bref.

— Quelque chose comme ça. Vous allez à l'église ?

— La dernière fois remonte à des années. J'étais méthodiste, si j'étais quelque chose. Et vous, votre boutique ?

Le missionnaire leva les mains en un geste d'innocence qui avait déjà cours dans les plaines africaines
du pléistocène. *Je ne suis pas armé : je ne cherche pas
l'affrontement.*

— Je reviens simplement à Éros après une conférence
sur Luna, dit-il. L'époque où je m'adonnais au prosély-
tisme est révolue depuis bien longtemps.

— Je croyais que ce genre de chose n'avait pas de
fin, fit Miller.

— Elle n'en a pas. Officiellement. Mais après quelques
dizaines d'années, vous en arrivez à comprendre qu'il n'y
a pas de réelle différence entre essayer et ne pas essayer.
Je continue de voyager. Je continue de parler aux gens.
Parfois nous parlons de Jésus-Christ. Parfois nous parlons de cuisine. Si quelqu'un est prêt à accepter le Christ,
ça ne me coûte pas beaucoup de l'aider. Si la personne
n'est pas intéressée, la harceler avec ces notions ne mène
à rien. Alors pourquoi essayer ?

— Les gens vous parlent de la guerre ? demanda Miller.

— Souvent.

— Il y en a qui y comprennent quelque chose ?

— Non. Je pense d'ailleurs qu'aucune guerre n'a de
sens. C'est une folie qui est dans notre nature. Parfois
elle ressurgit, et parfois elle se calme.

— On dirait une maladie.

— L'herpès de l'espèce humaine ? dit le missionnaire
avec un petit rire. J'imagine qu'il y a des manières pires
d'y penser. Je crains qu'elle nous accompagne tant que
nous serons humains.

Miller scruta le large visage lunaire de son voisin.

— "Tant que nous serons humains" ?

— Certains d'entre nous croient que nous finirons
tous par devenir des anges.

— Pas les méthodistes.

— Même eux finiront par y venir, dit l'homme, mais
ils ne seront probablement pas dans les premiers. Et

qu'est-ce qui vous amène à bord de Notre-Dame des Somnolents?

Deux rangées de sièges devant eux, une femme cria à deux gamins de cesser de sauter sur les sièges, sans succès. Derrière eux, un homme toussa. Miller inspira longuement et vida ses poumons au ralenti.

— J'étais flic sur Cérès.

— Ah. Un changement de contrat.

— Il y a de ça.

— Vous allez travailler sur Éros, alors?

— Je viens surtout rendre visite à un vieil ami, répondit Miller avant d'ajouter, à sa propre surprise : Je suis né sur Cérès. J'y ai passé toute ma vie. C'est la... cinquième? Ouais, la cinquième fois que je quitte la station.

— Et vous prévoyez d'y revenir?

— Non, répondit Miller, avec plus de certitude qu'il ne l'aurait soupçonné. Non, je pense que cette partie de ma vie est terminée.

— Ce doit être source de souffrance, dit le missionnaire.

Miller se laissa imprégner par ce commentaire. L'homme avait raison : cela aurait dû être une source de souffrance. Tout ce qu'il avait jamais eu était perdu. Son travail, sa communauté. Il n'était plus flic, malgré l'arme de poing enregistrée dans son bagage. Il ne mangerait plus jamais sur le pouce un plat acheté au vendeur ambulant de cuisine indienne, à la limite du secteur 9. La réceptionniste du poste ne le saluerait plus alors qu'il se dirigeait vers son bureau. Plus de soirées avec les autres flics, plus d'histoires d'un goût douteux sur des arrestations ayant mal tourné, plus de gamins faisant évoluer leurs cerfs-volants sous la voûte des tunnels. Il se tâta mentalement comme un médecin cherchant à localiser une inflammation. Était-ce douloureux ici? Ressentait-il un manque là?

Non. Il n'éprouvait qu'une sensation de soulagement si profonde qu'elle frisait la griserie.

— Excusez-moi, dit le missionnaire, déconcerté. Ai-je dit quelque chose d'amusant ?

Éros comptait un million et demi d'habitants, soit un peu plus que le nombre de visiteurs présents sur Cérès à n'importe quel moment. De la forme approximative d'une pomme de terre, il avait été beaucoup plus difficile à mettre en rotation, et sa vélocité à la surface était considérablement plus élevée que celle de Cérès, pour la même g interne. Les vieux chantiers de construction de vaisseaux saillaient de l'astéroïde, immenses toiles d'araignée d'acier et de carbone parsemées d'avertisseurs lumineux et de séries de senseurs destinés à prévenir tout appareil qui se serait trop approché. À l'intérieur d'Éros, les cavernes avaient été le berceau de la Ceinture. On y était passé de l'extraction de minerai aux hauts-fourneaux, puis à une plate-forme de trempage et ensuite aux superstructures des transports d'eau et de gaz, et des vaisseaux de prospection. Éros avait été une escale obligée pour la première génération de colons ayant connu l'expansion humaine. D'ici, le soleil lui-même n'était qu'une étoile brillante parmi des milliards d'autres.

L'économie de la Ceinture s'était développée. La station Cérès s'était mise à tourner, on y avait construit un spatioport plus moderne, les appuis industriels étaient devenus plus importants, la population plus nombreuse. La navigation commerciale s'était déplacée vers Cérès, tandis qu'Éros demeurait un centre de construction et de réparation de vaisseaux. Ce qui en avait résulté était prévisible. Sur Cérès, un temps plus long passé à quai signifiait une perte d'argent, et les taxes frappant le mouillage reflétaient cet état de fait. Sur Éros, un appareil pouvait attendre des semaines ou des mois sans gêner le flux de la circulation. Si les membres d'un équipage cherchaient un endroit où se détendre, prendre leur temps, s'éloigner les uns des autres, la station Éros constituait l'escale idéale. Et ses taxes de transit étant plus faibles, elle trouvait d'autres moyens de siphonner l'argent de ses visiteurs : casinos, bordels, salons à drogues. Le vice sous toutes ses formes commerciales avait droit de cité sur Éros, et l'économie locale s'était épanouie comme un champignon nourri par les désirs des Ceinturiens.

Par un heureux hasard dû à la mécanique orbitale, Miller arriva à destination un jour avant le *Rossinante*. Il visita les casinos au rabais, les bars à opiacés et les sex-clubs, les arènes où des hommes et des femmes faisaient mine de s'affronter jusqu'à s'assommer pour le plaisir du public. Il s'imagina que Julia l'accompagnait, son sourire espiègle au diapason du sien tandis qu'il lisait les grandes affiches animées. RANDOLPH MAK, DÉTENTEUR DU TITRE DE CHAMPION DE FREEFIGHT DEPUIS SIX ANS, CONTRE LE MARTIEN KIVRIN CARMICHAEL DANS UN COMBAT À MORT !

Ce n'est sûrement pas arrangé, dit Julia dans son esprit, d'un ton pince-sans-rire.

Je me demande lequel va l'emporter, pensa-t-il, et il l'imagina qui riait.

Il s'était arrêté à la carriole d'un vendeur ambulant de nouilles et venait d'acheter pour deux nouveaux yens un cornet fumant de nouilles aux œufs dans une sauce noire quand une main se referma sur son épaule.

— Inspecteur Miller, dit une voix qui ne lui était pas inconnue. Je crois que tu es en dehors de ta juridiction.

— Tiens, l'inspecteur Sematimba, répondit-il. Avec ces manières, tu ferais presque peur à une gamine.

Sematimba rit de bon cœur. Il était grand, même pour un Ceinturien, avec la peau la plus sombre que Miller ait vue. Des années auparavant, ils avaient travaillé en coordination sur une affaire particulièrement laide. Un contrebandier avec un chargement de drogues euphorisantes de synthèse avait rompu avec son fournisseur.

Sur Cérès, trois personnes avaient été entre deux feux, et le contrebandier avait mis les voiles pour Éros. La rivalité et l'esprit borné traditionnels des forces de sécurité des différentes stations avaient presque permis au coupable de filer. Seuls Miller et Sematimba avaient accepté de collaborer en dehors des circuits de leurs firmes respectives.

Sematimba s'appuya contre une mince rambarde d'acier et désigna le tunnel.

— Qu'est-ce qui t'amène au cœur de la Ceinture, dans ce lieu de gloire et de pouvoir qu'est Éros ?

— Je suis une piste.

— Il n'y a rien de bon ici. Depuis que Protogène s'est retiré, les choses sont allées de mal en pis.

Miller aspira une nouille.

— Qui est le nouveau contractant ?

— CPM.

— Jamais entendu parler.

— *Carne Por la Machina*, précisa Sematimba.

Il fit une grimace en simulant une agressivité masculine exagérée, se frappa la poitrine avec le pouce raidi et gronda, puis il cessa son numéro d'explication et secoua la tête.

— Une nouvelle entreprise venue de Luna. En majorité des Ceinturiens, sur le terrain. Ils jouent aux durs, mais la plupart ne sont que des amateurs. De la frime, et rien derrière la façade. Protogène venait des planètes intérieures, et c'était un problème, mais tous ses gars étaient des clients sérieux. Ils brisaient quelques crânes, mais ils assuraient la paix. Ces nouveaux trous-du-cul ? Le ramassis de salopards les plus corrompus pour qui j'aie bossé. Je ne crois pas que le conseil des gouverneurs renouvelle leur contrat. Je ne t'ai jamais dit ça, bien sûr, mais c'est vrai.

— J'ai un ancien équipier qui a signé chez Protogène, dit Miller.

— Ils ne sont pas mauvais, fit Sematimba. Tu vois, je regrette presque de ne pas être allé chez eux quand tout ça a commencé.

— Pourquoi ne pas l'avoir fait ?

— Tu sais comment c'est. Je suis d'ici.

— Ouais, évidemment…

— Bon, tu ne savais pas qui mène la barque, tu ne viens donc pas chercher du boulot.

— Non, répondit Miller. Je suis en congé sabbatique. Je voyage un peu pour mon propre compte, ces temps-ci.

— Tu as les fonds pour ça ?

— Pas vraiment. Mais ça ne me dérange pas de faire avec peu. Pour un temps, tu me comprends. Tu as entendu parler d'une certaine Juliette Mao ? Julie pour les intimes ?

Sematimba eut une moue négative.

— Les Entreprises Mao-Kwikowski, précisa Miller. Ils sont montés du puits et se sont fondus dans le paysage. L'APE. Il s'agissait d'un cas d'enlèvement.

— "Il s'agissait" ?

Miller imagina Julie qui le regardait d'un air étonné.

— Ça a changé un peu depuis qu'on m'a mis sur l'affaire. Il se pourrait que ce soit en rapport avec autre chose. Un gros morceau, peut-être.

— Gros comment ? demanda Sematimba.

Toute trace de jovialité avait disparu de son expression. Il était redevenu flic à cent pour cent. À part Miller, n'importe qui aurait trouvé intimidant le visage fermé, presque rageur de cet homme.

— La guerre, lâcha Miller.

Sematimba croisa les bras.

— Mauvaise blague.

— Je ne blague pas.

— Je considère que nous sommes amis, mon vieux. Mais je ne veux pas de problème dans le coin. La situation est déjà assez instable comme ça.

— J'essayerai de la jouer profil bas.

Sematimba acquiesça. Quelque part dans le tunnel, une alarme se déclencha. Seulement de sécurité, pas la deux tons stridente d'une alerte environnementale. Sematimba regarda dans cette direction comme si le fait de plisser les paupières lui permettrait de voir à travers la marée de gens, de bicyclettes et de carrioles de restaurateurs ambulants.

— Je ferais mieux d'aller jeter un coup d'œil, dit-il d'un ton résigné. C'est sans doute un de mes camarades officiers de la paix qui brise quelques fenêtres par amusement.

— Super de faire partie d'une telle équipe, dit Miller.

— Comment le sais-tu ? répondit Sematimba avec un sourire. Si tu as besoin de quelque chose…

— De même, fit Miller.

Il regarda le policier se frayer un chemin dans cette mer de chaos et d'humanité. C'était un homme imposant, mais quelque chose dans la surdité générale de la foule pour l'alarme semblait le rapetisser. *Un rocher dans l'océan*, disait la formule. Une étoile parmi des millions d'autres.

Miller vérifia l'heure, puis afficha sur son terminal les enregistrements publics des arrivées au spatioport. Il n'était pas prévu de retard pour celle du *Rossinante*. Le numéro de son point d'accostage était indiqué. Miller avala le reste de ses nouilles, balança le cornet en mousse à l'intérieur nappé d'une fine couche de sauce noire dans un recycleur public, trouva les toilettes les plus proches, et une fois soulagé partit au trot vers le niveau des casinos.

L'architecture d'Éros avait changé depuis sa naissance. Là où elle avait été semblable à Cérès autrefois, avec un réseau de tunnels qui multipliait les accès dans toutes les directions, Éros avait appris de l'afflux d'argent : tous les chemins menaient au niveau des casinos. Que vous vouliez aller n'importe où, vous passiez obligatoirement par l'immense ventre de baleine et sa profusion de lumières et d'affichages. Poker, black jack, roulette, ces grands aquariums où pullulaient les truites qui attendaient d'être pêchées et vidées, machines à sous mécaniques, électroniques, courses de cricket, jeux de dés, jeux d'adresse truqués. Lumières clignotantes, clowns en néons dansants et publicités sur écrans vous fusillaient la vue. Des rires artificiels tonitruants, des sifflets joyeux et le carillonnement de clochettes vous assuraient que vous viviez les meilleurs moments de votre vie. Et dans le même temps l'odeur de milliers de personnes serrées dans un espace trop confiné le disputait aux senteurs lourdement épicées de la viande grandie en cuve et vendue à la criée par les marchands ambulants qui poussaient leurs carrioles dans les allées. L'avidité et la conception même du casino avaient transformé Éros en un enclos à bestiaux architectural.

Ce qui était exactement ce dont Miller avait besoin.

La station du métro venant du spatioport possédait six larges portes qui déversaient les arrivants à l'étage des casinos. Miller accepta la boisson que lui proposait une femme à l'air las en string et seins nus, et il trouva un endroit d'où il avait une vue dégagée sur les six issues. L'équipage du *Rossinante* n'aurait d'autre choix que de passer par l'une d'elles. Il consulta son terminal. D'après le registre, le vaisseau était arrivé dix minutes plus tôt. Miller fit mine de savourer sa boisson et attendit.

23

HOLDEN

Le niveau des casinos d'Éros était un assaut généralisé contre tous les sens. Holden détesta aussitôt l'endroit.

— J'adore cet endroit, décréta Amos, tout sourire.

En jouant des coudes, ils traversèrent un groupe compact de joueurs d'une cinquantaine d'années qui riaient et s'exclamaient, et atteignirent une petite zone inoccupée devant une rangée de terminaux muraux à paiement par minute.

— Amos, dit-il, nous allons nous rendre à un étage moins touristique, alors surveillez nos arrières. L'hôtel borgne que nous recherchons est situé dans un coin malfamé.

— Compris, chef.

Pendant que Naomi, Alex et Amos le dissimulaient à la vue de quiconque, il passa une main dans son dos pour mieux placer le pistolet qui tendait désagréablement sa ceinture. Sur Éros, la police n'aimait pas du tout les gens qui se promenaient avec une arme sur eux, mais il était hors de question qu'il aille sans ce genre de répondant à la rencontre de "Lionel Polanski". Amos et Alex étaient armés, eux aussi, et le mécanicien gardait son pistolet dans la poche droite de son blouson, poche que sa main ne quittait jamais. Seule Naomi avait sèchement refusé cette assurance.

Holden guida le groupe vers les ascenseurs les plus proches. Amos fermait la marche et jetait de temps à autre un coup d'œil en arrière. Les casinos d'Éros s'étendaient apparemment sans fin, et ils eurent beau aller aussi vite que possible, il leur fallut une demi-heure pour s'éloigner du brouhaha et de la foule. L'étage supérieur était résidentiel, il y régnait un calme et une impression d'ordre déconcertants après le chaos et le vacarme du casino. Holden s'assit sur le bord d'un bac à fleurs occupé par une belle collection de fougères et reprit son souffle.

— Je suis comme vous, chef, dit Naomi en l'imitant. Cinq minutes dans cet enfer me donnent la migraine.

— Vous êtes sérieux, là ? lança Amos. Je regrette que nous n'ayons pas plus de temps. Alex et moi, on a presque plumé de mille billets ces pigeons, aux tables de cartes, sur Tycho. Nous ressortirions sûrement millionnaires d'ici.

— Ça ne fait aucun doute, approuva Alex, qui décocha un petit coup de poing à l'épaule du mécanicien.

— Eh bien, si la piste Polanski ne mène à rien, vous aurez ma permission de nous gagner un million de dollars aux cartes, dit Holden. Je vous attendrai sur le vaisseau.

Le réseau du métro s'arrêtait au niveau des casinos et ne reprenait qu'à l'étage où ils se trouvaient maintenant. Vous pouviez décider de ne pas dépenser votre argent aux tables, mais tout avait été fait pour que votre pingrerie soit aussitôt sanctionnée. Quand l'équipage monta dans une rame pour aller à l'hôtel de Lionel, Amos s'assit à côté d'Holden.

— Nous sommes suivis, chef, dit-il sur le ton de la conversation. Je n'en ai eu confirmation que lorsqu'il est monté deux voitures derrière nous. Il nous file le train depuis les casinos.

Holden soupira et se prit la tête entre les mains.

— Bon, et à quoi il ressemble ?

— Un Ceinturien. La cinquantaine, peut-être moins, mais alors il a bien roulé sa bosse. Chemise blanche et pantalon noir. Un chapeau ridicule.

— Un flic ?

— Oh, ça, oui. Mais je n'ai pas aperçu de holster, dit Amos.

— Très bien. Gardez-le à l'œil, et inutile de s'inquiéter. Nous ne faisons rien d'illégal ici.

— Vous voulez dire, à part d'être arrivés ici dans un vaisseau de guerre martien volé, monsieur ? demanda Naomi.

— Vous faites allusion à notre transport de gaz *parfaitement légal* qui d'après toute la paperasse et les données enregistrées est *parfaitement légal* ? répondit Holden avec un mince sourire. S'ils avaient décelé la supercherie, ils nous auraient arrêtés au moment où nous avons débarqué, ils ne s'amuseraient pas à nous suivre.

Sur la cloison du compartiment, un écran publicitaire montrait une vue époustouflante de nuages multicolores traversés par des éclairs et encourageait le spectateur à s'offrir un séjour dans les incroyables complexes hôteliers sous dôme de Titan. Il n'était jamais allé sur Titan. Subitement il avait très envie de s'y rendre. Quelques semaines à faire la grasse matinée, à manger dans des restaurants raffinés et à se balancer dans un hamac en contemplant les tempêtes atmosphériques multicolores au-dessus de lui, voilà qui avait tout d'un programme idyllique. Et puisqu'il en était à fantasmer, il ajouta au tableau Naomi approchant de son hamac, des cocktails aux fruits dans les mains.

Elle gâcha tout en parlant :

— C'est notre arrêt.

— Amos, surveillez notre petit copain, voyez s'il descend en même temps que nous, dit Holden en se levant et en se dirigeant vers l'issue.

Ils avaient quitté la rame et marché une douzaine de pas dans le couloir quand le mécanicien murmura "Ouais" dans son dos. *Et merde.* Ils étaient donc l'objet d'une filature, aucun doute. Mais il n'y avait aucune raison qu'ils renoncent à aller voir Lionel. Fred Johnson ne leur avait pas demandé de faire quoi que ce soit *avec* la personne qui prétendait être propriétaire du *Scopuli*. On pouvait difficilement les arrêter pour avoir frappé à une porte. Holden se mit à siffloter un air enjoué, pour faire savoir à son équipage et à leur suiveur qu'il n'éprouvait aucune crainte.

Il cessa quand il découvrit l'hôtel.

Il était sombre et miteux, exactement le genre d'endroit où les gens se faisaient dépouiller, agresser, ou pire. Les lumières cassées créaient des zones de ténèbres, et il n'y avait pas un seul touriste en vue. Holden se retourna pour adresser à Alex et Amos un regard explicite. La main du mécanicien remua dans la poche de son blouson. Alex passa la sienne sous le pan de son manteau.

Le hall était presque vide, avec seulement deux canapés dans un coin, près d'une table couverte de revues. Une femme d'un certain âge à l'air endormi en lisait une. Les ascenseurs étaient situés en retrait dans le mur du fond, près d'une porte marquée ESCALIER. Au centre de l'espace trônait le comptoir de la réception, mais au lieu d'un être humain un terminal à écran tactile laissait les clients payer pour leur chambre.

Holden s'arrêta devant le comptoir et tourna la tête en direction de la femme sur le canapé. Des cheveux tirant sur le gris, mais un visage énergique et une silhouette athlétique. Dans un hôtel borgne tel que celui-ci, ces détails signalaient sans doute la prostituée en fin de carrière. Elle prit grand soin d'ignorer son regard.

— Notre petit curieux est toujours avec nous ? murmura-t-il.

— Il a fait halte quelque part dehors, répondit Amos. Il doit surveiller la porte, maintenant.

Holden acquiesça et appuya sur la touche de demande sur l'écran. Un menu simple lui permettait d'envoyer un message à la chambre de Lionel Polanski, mais il quitta le système. Ils savaient que Lionel était toujours inscrit ici, et Fred leur avait donné le numéro de sa chambre. Si c'était quelqu'un qui aimait faire marcher les gens, il n'y avait aucune raison de le prévenir avant de frapper à sa porte.

— Il loge toujours ici, donc nous allons…

Holden s'interrompit en voyant que la femme sur le canapé se tenait maintenant debout juste derrière Alex, qui ne l'avait pas sentie approcher.

— Vous allez venir avec moi, dit-elle d'un ton dur. Allez vers l'escalier lentement, et restez au moins trois mètres devant moi tout le temps. Maintenant.

— Vous êtes flic ? demanda Holden sans bouger d'un pouce.

— Je suis la personne qui a le flingue, répondit-elle, et dans sa main droite apparut comme par magie une petite arme qu'elle pointa aussitôt sur la tête d'Alex. Alors faites ce que je dis.

Son arme était petite, en plastique, avec une sorte de batterie externe. Amos sortit de sa poche son pistolet et le braqua sur le visage de la femme.

— Le mien est plus gros, fit-il.

— Amos, non… fut tout ce que Naomi eut le temps de dire.

La porte de l'escalier s'ouvrit à la volée et une demi-douzaine d'hommes et de femmes munis d'armes automatiques compactes surgirent dans le hall en leur criant de lâcher leurs armes.

Holden commençait à lever les mains quand l'un d'eux ouvrit le feu. Sa cadence de tir fut si rapide qu'on aurait dit que quelqu'un déchirait du papier épais : il était impossible de percevoir individuellement les détonations. Amos se jeta au sol. Une ligne de pointillés sinistres parut en travers de la poitrine de la femme au Taser, et elle bascula à la renverse avec un ultime soupir.

Holden saisit Naomi par une main et la tira derrière le comptoir d'enregistrement. Dans l'autre groupe, quelqu'un criait : "Cessez le feu ! Cessez le feu !", mais Amos ripostait déjà depuis sa position. Une exclamation de douleur et un juron apprirent à Holden que le mécano avait sans doute fait mouche. Amos roula sur le côté jusqu'au comptoir et atteignit son abri juste à temps pour éviter une grêle de tirs qui labourèrent le sol, le mur et firent trembler le comptoir.

Holden voulut sortir son arme, mais le guidon de visée se coinça dans sa ceinture. Il tira violemment pour le dégager, déchirant au passage son tee-shirt, et alla à quatre pattes à l'autre bout du comptoir pour risquer un coup d'œil. Alex était étendu à plat ventre sur le sol, derrière un des canapés, pistolet braqué et visage livide. Sous les yeux d'Holden, une rafale toucha le canapé, envoyant des touffes de rembourrage dans l'air et dessinant une ligne de trous dans le dossier du meuble moins de vingt centimètres au-dessus de la tête du pilote. Celui-ci fit dépasser son arme du bord du canapé et tira à l'aveugle une douzaine de fois, en hurlant sans discontinuer.

— Enfoirés de merde ! rugit Amos.

Il roula à découvert, pressa deux fois la détente et se remit à l'abri avant que les autres aient riposté.

— Où sont-ils ? lui cria Holden.

— Deux à terre, les autres dans la cage d'escalier !

De nulle part une succession de tirs vint ricocher sur le sol devant les genoux d'Holden.

— Merde, quelqu'un nous prend par le flanc ! lança Amos, qui recula un peu plus loin derrière le comptoir.

Holden rampa vers l'autre côté et jeta un coup d'œil. Une silhouette courbée se déplaçait rapidement vers l'entrée de l'hôtel. Holden se pencha hors de la protection du comptoir et tira deux fois sur le nouveau venu, mais de l'escalier trois armes l'obligèrent à se remettre à couvert.

— Alex, il y a quelqu'un à l'entrée ! cria-t-il à pleins poumons.

Il espérait que le pilote réussirait un coup au but avant qu'ils se fassent tailler en pièces par le feu croisé de l'ennemi.

Un pistolet aboya à trois reprises, du côté de la porte d'entrée. Holden regarda dans cette direction. Leur suiveur au chapeau ridicule était accroupi sur le seuil de l'hôtel, une arme au poing, le type à la mitraillette qui avait essayé de les prendre par le flanc gisant inerte à ses pieds. Au lieu de les regarder, il visait l'escalier.

— Personne ne tire sur le type au chapeau ! cria Holden avant de revenir au bord du comptoir.

Amos s'adossa au meuble et ôta le chargeur de son arme.

— C'est sûrement un flic, dit-il tout en cherchant un autre chargeur dans sa poche.

— Alors il ne faut surtout pas prendre un flic pour cible, dit Holden.

Il tira vers l'escalier.

Naomi, qui dès le début de la fusillade était restée étendue au sol, bras sur la tête, fit remarquer :

— Peut-être qu'ils sont tous flics.

— Non, les flics ne se trimballent pas avec des armes discrètes qu'on peut cacher facilement, et ils ne tendent pas des embuscades aux gens à partir d'un escalier. Ces méthodes sont plutôt celles des escadrons de la mort.

La majeure partie de ses dires fut noyée par le concert des détonations. Puis vinrent quelques secondes de silence.

Holden se pencha à temps pour voir se refermer la porte donnant sur l'escalier.

— Je crois qu'ils foutent le camp, dit-il en gardant quand même son arme pointée dans cette direction. Il doit y avoir une autre issue quelque part. Amos, surveillez cette porte. Si elle s'ouvre, tirez.

Il tapota l'épaule de Naomi.

— Restez au sol.

Il se redressa derrière le comptoir à moitié détruit. Le faux bois de son revêtement de façade était déchiqueté et laissait apparaître la pierre en dessous. Holden tint son arme avec le canon relevé, les deux mains ouvertes. L'homme au chapeau se remit debout, contempla le cadavre à ses pieds, puis regarda Holden qui s'avançait vers lui.

— Merci. Je m'appelle Jim Holden. Vous êtes ?

Pendant une seconde, l'autre ne répondit pas. Quand il le fit, sa voix était calme. Presque lasse.

— Les flics vont rappliquer d'ici peu. Il faut que je contacte quelqu'un, sinon nous irons tous en taule.

— Vous n'êtes pas flic ?

L'homme eut un rire bref, aigre derrière lequel on sentait néanmoins un réel sens de l'humour. Apparemment Holden avait dit quelque chose de drôle.

— Non. Moi, c'est Miller.

24

MILLER

Miller baissa les yeux sur l'homme qu'il venait de tuer et essaya d'éprouver quelque chose. Il y avait les restes de l'afflux d'adrénaline qui augmentaient encore son rythme cardiaque. Il y avait ce sentiment de surprise pour être tombé en plein dans une fusillade inattendue. Mais en dehors de cela, son esprit modelé par une vieille habitude était déjà revenu à l'analyse. Une seule complice dans le hall, afin qu'Holden et son équipage ne détectent rien de trop menaçant. Une poignée de lourdauds à la gâchette facile dans la cage d'escalier pour l'épauler. *Cette partie* du piège avait bien fonctionné.

Mais l'ensemble sentait l'improvisation. Ceux qui avaient tendu l'embuscade ne savaient pas y faire, ou bien ils n'avaient pas disposé du temps et des ressources nécessaires pour agir dans les règles de l'art. Si le tout n'avait pas été improvisé, Holden et les trois autres auraient été capturés, ou tués. Et lui avec eux.

Les survivants du *Canterbury* se tenaient au milieu des destructions qu'avait laissées la fusillade comme des bleus lors de leur première arrestation. Miller sentit son esprit revenir en arrière tandis qu'il observait tout sans rien regarder en particulier. Holden était moins grand qu'il l'avait pensé d'après les vidéos. Le décalage n'aurait pas dû l'étonner : c'était un Terrien. Le visage de l'homme était de ceux qui ont du mal à dissimuler leurs émotions.

— Merci. Je m'appelle Jim Holden. Vous êtes ?

Miller envisagea six réponses différentes et les écarta toutes. Un des autres – un grand gaillard solide, au crâne rasé – arpentait le hall comme pour le mesurer. Il avait le regard aussi flou qu'Holden. Des quatre, c'était le seul qui avait déjà connu des accrochages sérieux avec des armes à feu.

— Les flics vont rappliquer d'ici peu. Il faut que je contacte quelqu'un, sinon nous irons tous en taule.

Le dernier homme était plus mince, plus grand aussi. Originaire des Indes orientales d'après son apparence. Il s'était abrité derrière un des canapés. À présent il se tenait accroupi, les yeux écarquillés par le choc. Holden avait un peu la même expression, mais il se contrôlait mieux. Le fardeau du chef.

— Vous n'êtes pas flic ?

Miller rit.

— Non. Moi, c'est Miller.

— Ces gens-là viennent de tenter de nous tuer, dit la femme. Pourquoi ont-ils fait ça ?

Holden fit un demi-pas en direction de la voix avant même de se tourner vers elle. Elle avait le visage empourpré, et ses lèvres naturellement pleines étaient maintenant pincées et pâles. Ses traits montraient un mélange racial étendu qui était peu commun, même dans le melting-pot ceinturien. Ses mains ne tremblaient pas. Le grand type chauve était le plus expérimenté, mais Miller estima que la femme possédait l'instinct le plus sûr.

— Ouais, fit-il. J'ai remarqué.

Il sortit son terminal de poche et ouvrit un lien avec Sematimba. Le flic l'accepta après quelques secondes.

— Semi, je suis vraiment désolé, mais tu te souviens de ce que je t'ai dit, à propos de jouer profil bas ?

— Oui ? dit le policier en étirant le mot comme s'il comportait trois syllabes.

— Ça n'a pas marché. J'allais rencontrer un ami…

— Une rencontre avec un ami, répéta Sematimba.

Miller l'imagina bras croisés, alors même qu'il ne le voyait pas sur l'écran.

— Et je suis tombé sur un groupe de touristes qui se trouvaient au mauvais endroit au mauvais moment. Les choses ont un peu dégénéré.

— Où es-tu?

Miller lui donna le niveau de la station et l'adresse. Il y eut un long silence pendant que Sematimba consultait un quelconque programme de communication interne similaire à ceux dont il avait disposé autrefois. Le soupir que poussa son ex-collègue fut percutant.

— Je ne vois rien. Des coups de feu ont été tirés?

Miller regarda le chaos autour d'eux. Un petit millier d'alarmes auraient dû se déclencher dès la première détonation. Les forces de sécurité auraient déjà dû grouiller.

— Quelques-uns, répondit-il.

— Bizarre, fit Sematimba. Ne bouge pas. J'arrive.

— Compris, dit Miller avant de couper.

— Bon, dit Holden, c'était qui?

— Les vrais flics. Ils seront bientôt là. Tout se passera bien.

Enfin, je pense que tout se passera bien. Il lui vint à l'esprit qu'il traitait la situation comme s'il faisait toujours partie des forces de l'ordre, qu'il appartenait toujours à la grande machine. Ce n'était plus vrai, et prétendre le contraire risquait d'avoir des conséquences.

— Il nous a suivis, dit la femme à Holden, avant de se tourner vers Miller. Vous nous avez suivis.

— Exact.

Il ne pensait pas donner l'impression de le regretter, mais le grand type secoua la tête.

— C'est le chapeau, dit-il. Pas commun.

Miller ôta son feutre et l'examina. Bien sûr, le chauve avait été celui qui l'avait repéré. Les trois autres étaient des amateurs compétents, et Miller savait qu'Holden avait servi un temps dans la Flotte des Nations unies. Mais il aurait parié que le passé du chauve était plus intéressant.

— Pourquoi nous avez-vous suivis ? demanda Holden. Je veux dire, j'apprécie que vous ayez tiré sur les gens qui nous prenaient pour cible, mais j'aimerais quand même avoir une réponse à la question.

— Je voulais vous parler, dit Miller. Je recherche quelqu'un.

Il y eut un moment de silence. Holden sourit.

— Quelqu'un en particulier ?

— Un membre d'équipage du *Scopuli*, répondit Miller.

— Le *Scopuli* ?

Le regard d'Holden glissa vers la femme, mais il se reprit. C'était un signe. Le *Scopuli* avait pour lui une signification différente de ce que Miller avait appris aux infos.

— Il n'y avait personne à bord quand nous y sommes montés, dit la femme.

— Bordel de merde, fit l'homme apeuré derrière le canapé.

C'étaient les premiers mots qu'il prononçait depuis la fin de la fusillade, et il les répéta cinq ou six fois, très vite.

— Et vous ? dit Miller. Le *Donnager* vous a propulsés jusqu'à Tycho, et maintenant ici. Que se passe-t-il ?

— Comment êtes-vous au courant ? demanda Holden.

— Ça fait partie de mon boulot. Enfin, ça en faisait partie.

La réponse ne parut pas satisfaire le Terrien. Le grand type était venu se placer derrière lui, et son expression transmettait un message amical : pas de problème avec lui, à moins que quelqu'un en crée, et alors le problème risquait d'être de taille. Miller accusa réception d'un petit signe de tête, à moitié pour le grand type, à moitié pour lui-même.

— Un contact au sein de l'APE m'a dit que vous n'aviez pas péri à bord du *Donnager*, expliqua-t-il.

— On vous a simplement *dit* ça ? intervint la femme, qui contenait mal son indignation.

— C'était juste une remarque de sa part. Quoi qu'il en soit, c'est de là que je suis parti. Et d'ici dix minutes, je vais faire en sorte que les forces de sécurité d'Éros ne vous jettent pas tous au trou, et moi avec vous. Alors s'il y a quelque chose que vous voulez me dire, par exemple ce que vous fabriquez ici, c'est le moment.

Le silence n'était troublé que par le son des recycleurs d'air qui peinaient à évacuer la fumée et la poussière. Le gars secoué se mit debout. Il y avait dans son maintien quelque chose de l'ancien militaire. Mais pas un ex-rampant. La Flotte, peut-être. Martienne, pourquoi pas ? Il avait le phrasé que certains affectaient.

— Ah, et puis merde, chef, dit le costaud. Il a descendu le salopard qui essayait de nous prendre à revers. C'est peut-être un trou-du-cul, mais pour moi il est correct.

— Merci, Amos, répondit Holden.

Miller enregistra l'information : le grand type s'appelait Amos. Holden passa les mains dans son dos et coinça son arme sous la ceinture, au creux de ses reins.

— Nous sommes ici parce que nous cherchons quelqu'un, nous aussi, dit-il. Sans doute quelqu'un du *Scopuli*. Nous étions en train de vérifier le numéro de la chambre quand tout le monde a décidé de nous tirer dessus.

Quelque chose comme une émotion envahit les veines de Miller. Pas l'espoir, mais la crainte.

— Ici ? dit-il. Quelqu'un qui était à bord du *Scopuli* se trouve dans ce trou en ce moment même ?

— C'est ce que nous pensons, répondit Holden.

Miller se retourna vers la double porte d'entrée de l'hôtel. Une petite foule de curieux se massait déjà dans le tunnel. Des bras croisés, des regards nerveux. Il savait ce qu'ils ressentaient. Sematimba et sa police étaient en chemin. Les assaillants d'Holden et de son équipage ne préparaient pas une autre attaque, mais rien ne prouvait qu'ils étaient partis. Il risquait d'y avoir une deuxième manche. Ils avaient très bien pu se replier sur une position plus solide pour guetter la venue d'Holden.

Et si Julie se trouvait dans l'hôtel en ce moment ? Comment pouvait-il être arrivé aussi loin et s'arrêter dans le hall ? Il nota avec étonnement qu'il avait toujours son arme à la main. Ce n'était pas professionnel. Il aurait dû la rengainer. Le seul autre dans la même situation était le Martien. Miller fit la grimace. Il devenait négligent. Il fallait que cela cesse.

Mais il lui restait un demi-chargeur.

— Quelle chambre ? demanda-t-il.

Les couloirs de l'hôtel étaient étroits. Les murs avaient le luisant des peintures imperméabilisantes utilisées dans les entrepôts, et la moquette en silice et carbone tressés s'userait plus lentement que la pierre nue. Miller et Holden passèrent en premier, suivis de la femme et du Martien – Naomi et Alex, tels étaient leurs noms – et enfin d'Amos, qui fermait la marche et surveillait fréquemment leurs arrières. Miller se demanda si les autres étaient conscients qu'avec cette disposition Amos et lui assuraient leur sécurité. Holden semblait le sentir et s'en irriter. Il essayait continuellement de le dépasser.

Les portes des chambres étaient toutes d'un modèle identique, en feuilles superposées de fibre de verre assez fines pour être produites très vite en milliers d'exemplaires. Miller en avait enfoncé quelques centaines au cours de sa carrière. Ici et là, certaines étaient personnalisées par des résidents de longue date – une peinture représentant des fleurs rouges improbables, un tableau avec une ficelle auquel un crayon avait naguère été attaché, une mauvaise reproduction d'un dessin animé obscène et mal éclairé qui répétait en boucle la même chute.

Sur un plan tactique, c'était un cauchemar. Si des forces en embuscade jaillissaient des chambres situées devant et derrière eux, ils seraient massacrés tous les cinq en quelques secondes. Mais aucune balle ne siffla dans l'air, et la seule porte qui s'ouvrit régurgita un homme émacié à la longue barbe, aux yeux atteints de strabisme et aux lèvres molles. Miller le salua d'un mouvement de tête quand il le dépassa, et l'autre répondit de même, certainement plus étonné par le fait que quelqu'un entérine sa présence que par les pistolets braqués. Holden fit halte.

— C'est là, chuchota-t-il. Cette chambre.

Miller acquiesça. Les autres se regroupèrent. Amos resta un peu en arrière, les yeux fixés sur le couloir derrière eux. La porte serait facile à enfoncer. Un bon coup de pied juste au-dessus de la serrure. Ensuite il pourrait entrer en se baissant et aller à droite, tandis qu'Amos prendrait sur la gauche en position haute. Il aurait aimé avoir Havelock avec lui. Ce genre de tactique était plus simple à effectuer avec des gens entraînés ensemble. Il fit signe au grand chauve d'approcher.

Holden frappa à la porte.

— Qu'est-ce que…, murmura Miller entre ses dents, mais l'autre l'ignora et lança :

— Eh, il y a quelqu'un ?

Miller se tendit. Rien ne se produisit. Pas de voix, pas de détonation. Rien. Holden semblait parfaitement à son aise, malgré le risque insensé qu'il venait de prendre. À l'expression de Naomi, Miller comprit que ce n'était pas la première fois qu'il agissait de la sorte.

— Vous voulez que je l'ouvre ? dit Amos.

— Ce serait bien, oui, fit Miller.

— Ouais, défoncez-la, dit Holden en même temps.

Le regard d'Amos passa de l'un à l'autre, et il ne bougea que lorsqu'Holden l'y autorisa d'un signe. Alors il se glissa devant eux, ouvrit la porte d'un coup de pied et recula en vacillant et en jurant.

— Ça va ? demanda Miller.

Le gaillard grimaça.

— Ouais. Je me suis pété la jambe il n'y a pas très longtemps. On vient tout juste de me retirer le plâtre. J'oublie tout le temps.

Miller se retourna vers la chambre. Elle était plongée dans une obscurité complète. Aucune lumière, pas même la faible lueur de moniteurs ou de systèmes à senseurs. Le pistolet braqué, il entra. Holden venait juste derrière lui. Sous leurs pieds, le sol émit un son de gravier qu'on foule, et ils décelèrent une curieuse odeur astringente que l'ex-inspecteur associa à des écrans brisés. Elle couvrait une autre senteur, beaucoup moins plaisante, celle-là. Il préféra ne pas réfléchir à son origine.

— Eh ! Il y a quelqu'un ? dit-il.

— Allumez, conseilla Naomi derrière eux.

Il entendit Holden tapoter le panneau de commande mural, mais aucun éclairage ne s'activa.

— Hors service, fit Holden.

La faible clarté venue du couloir ne révélait presque rien. Miller gardait son arme pointée, prêt à la vider sur les éclairs jaillis d'un canon si quelqu'un ouvrait le feu depuis les ténèbres devant eux. De sa main libre, il sortit son terminal, enclencha le rétroéclairage et ouvrit une page blanche. La pièce fut aussitôt baignée d'une lueur grisâtre. À côté de lui, Holden fit la même chose.

Un lit étroit contre un mur, un plateau à côté. Les draps étaient en désordre comme après une nuit agitée. Une penderie ouverte, vide. La forme boursouflée d'une combinaison pressurisée gisait sur le sol tel un mannequin à la tête mal placée. Une vieille console de jeu était accrochée au mur face au lit, son écran fendillé par les étoiles d'une demi-douzaine d'impacts. Le mur était piqueté de trous là où les coups destinés à briser les appliques avaient raté leur cible. Un autre terminal de poche ajouta son éclairage, puis un autre. Les couleurs commencèrent à apparaître dans la pièce : la peinture dorée des murs, le vert des couvertures et des draps. Sous le lit, quelque chose renvoya un éclat de lumière. Un terminal, d'un modèle déjà ancien. Miller s'accroupit alors que les autres s'approchaient.

— Merde, souffla Amos.

— Bon, personne ne touche à rien, ordonna Holden. À rien. Point.

C'était la chose la plus sensée que Miller l'ait entendu dire.

— Quelqu'un a livré un putain de combat ici, marmonna Amos.

— Non, fit Miller.

Il s'agissait peut-être de vandalisme, mais il n'y avait pas eu de lutte. Il sortit de sa poche un sac en plastique très fin pour les mises sous scellés et le retourna sur sa main pour en faire un gant de fortune, puis il ramassa le terminal, retroussa le sac dessus et le ferma.

— C'est… du sang ? demanda Naomi en pointant le doigt sur le matelas en mousse de mauvaise qualité. Des traînées humides s'étiraient sur le drap et l'oreiller. Leur largeur n'excédait pas celle d'un doigt, mais elles étaient sombres. Trop sombres même pour du sang.

— Non, dit encore Miller, qui empocha le terminal.

Le fluide traçait un mince chemin vers la salle de bains. Miller leva la main pour tenir les autres à l'écart pendant qu'il s'avançait sans bruit vers la porte entrouverte. L'odeur désagréable était de plus en plus forte. Quelque chose d'organique, d'intime, qui évoquait tout à la fois du fumier dans une serre, les senteurs qui suivent les ébats amoureux, et un abattoir. Les toilettes étaient en acier brossé, du même modèle que celui réglementaire en prison. Le lavabo était coordonné. L'éclairage aux LED au-dessus et le plafonnier avaient été détruits. Révélées par la seule lumière de son terminal pareille à la lueur d'une chandelle, des vrilles noires sortaient de la cabine de douche et s'étendaient vers les appareils d'éclairage, en se courbant et se ramifiant comme des branches squelettiques.

Dans la douche, Juliette Andromeda Mao gisait, morte.

Ses yeux étaient clos, et c'était mieux ainsi. Elle s'était coupé les cheveux différemment depuis les photos que Miller avait vues, et cela modifiait la forme de son visage, mais il était impossible de ne pas la reconnaître. Elle était nue, et à peine humaine. Des boucles d'une excroissance complexe se déversaient de sa bouche, de ses yeux et de son sexe. Ses côtes et sa colonne vertébrale avaient développé des excroissances pareilles à des couteaux qui tendaient sa peau pâle, prêts à la fendre pour se libérer. Des tubes s'étiraient depuis son dos et sa gorge pour aller ramper sur les murs derrière elle. Une substance poisseuse d'un brun sombre s'était écoulée de son corps et emplissait le bassin de la douche sur presque trois centimètres d'épaisseur. Miller s'accroupit en silence. Il souhaitait de toutes ses forces que ce qu'il avait devant lui ne soit pas la réalité, et en même temps il se faisait violence pour affronter la situation.

Qu'est-ce qu'on t'a fait ? songea-t-il. *Oh, petite, qu'est-ce qu'on t'a fait ?*

— Oh, mon Dieu, souffla Naomi derrière lui.

— Ne touchez à rien, fit-il. Sortez de la chambre. Dans le couloir. Tout de suite.

La lumière déserta la pièce quand les terminaux s'éloignèrent, et les ombres dansantes parèrent momentanément le cadavre d'une illusion de mouvement. Miller attendit, mais aucune respiration ne souleva la cage thoracique déformée. Aucun tressaillement ne toucha les paupières. Il n'y avait rien. Il se releva, en prenant soin de ne pas souiller ses chaussures et ses poignets, et sortit dans le couloir.

Ils l'avaient tous vue. Il le sut à leur expression, ils avaient tous vu. Et pas plus que lui ils ne pouvaient dire ce que c'était. Il referma doucement le panneau fendu de la porte et attendit Sematimba. Ce ne fut pas long.

Cinq hommes en tenue antiémeute et armés de fusils à pompe apparurent dans le couloir. Il alla à leur rencontre, et sa façon de marcher valait mieux qu'un badge. Il les vit se détendre. Sematimba arriva dans leur sillage.

— Miller? dit-il. Qu'est-ce que c'est que ce bordel? Tu n'avais pas dit que tu ne bougeais pas?

— Je ne suis pas parti. Les gens derrière moi sont des civils. Les types morts en bas leur sont tombés dessus dans le hall.

— Pour quelle raison? demanda Sematimba.

— Va savoir. Pour les dépouiller de leur argent, peut-être. Mais là n'est pas le problème.

Sematimba ne cacha pas son étonnement.

— J'ai quatre corps au rez-de-chaussée, et ce n'est pas un problème?

D'un mouvement de tête, Miller désigna le couloir derrière lui.

— Le cinquième cadavre est là-bas. C'est celui de la fille que je recherchais.

L'expression de Sematimba s'adoucit.

— Je suis désolé, dit-il.

— Non.

Miller ne pouvait pas accepter de marque de sympathie. Il ne pouvait pas accepter de réconfort. Toute gentillesse risquait de le briser, et c'est pourquoi il restait fermé.

— Mais pour celle-là, tu vas vouloir faire venir le médecin légiste.

— C'est moche à ce point?

— Tu n'as pas idée. Écoute, Semi. Tout ça me dépasse. Sérieusement. Ces types, en bas, avec les flingues? S'ils n'étaient pas en cheville avec vos forces de sécurité, les alarmes se seraient déclenchées dès le premier coup de feu. Tu sais bien que c'était un coup monté. Ils attendaient la venue de ces quatre-là. Et tu sais quoi ? Le type trapu aux cheveux bruns. C'est James Holden. Il n'est même pas supposé être encore en vie.

— Le Holden par qui la guerre est arrivée ?

— En personne. Toute cette affaire plonge profond. Très profond. Au point qu'on ne sait pas si on pourra remonter à la surface.

Sematimba scruta le couloir.

— Laisse-moi t'aider, dit-il.

Miller secoua la tête.

— Non, je suis déjà allé trop loin. Oublie-moi. Voilà ce qui s'est passé : tu as reçu un appel, tu as trouvé cet endroit. Tu ne me connais pas, tu ne les connais pas, tu n'as aucune idée de ce qui a bien pu se passer ici. Ou bien tu viens avec moi, et tu plonges aussi. Au risque de te noyer. À toi de voir.

— Tu ne quittes pas la station sans me prévenir, d'accord ?

— D'accord.

— Alors je pourrai vivre avec ça, déclara Sematimba avant d'ajouter, un moment plus tard : C'est vraiment Holden ?

— Appelle le médecin légiste, dit Miller. Fais-moi confiance.

25

HOLDEN

Miller lui fit signe avant de se diriger vers l'ascenseur sans attendre de voir s'il suivait. L'attitude irrita Holden, mais il suivit quand même.

— Alors, dit-il à l'homme au feutre, il y a quelques minutes nous étions en plein dans une fusillade où nous avons tué au moins trois personnes, et maintenant nous quittons les lieux, tout simplement? Sans être interrogés, sans devoir faire une déposition? Comment est-ce possible, vous pouvez me le dire?

— Courtoisie professionnelle, répliqua l'ex-inspecteur, et Holden n'aurait pu dire s'il plaisantait.

La porte de l'ascenseur s'ouvrit avec un tintement assourdi, et Holden et les autres suivirent Miller à l'intérieur. Naomi étant la plus proche du panneau de contrôle, elle voulut presser le bouton pour le rez-de-chaussée, mais sa main tremblait si fortement qu'elle dut suspendre son geste et serrer le poing pour se calmer. Après une profonde inspiration, elle tendit un index rigide et pressa le bouton.

— Tout ça, c'est des conneries. Le fait d'être un ex-flic ne vous donne pas un permis pour intervenir dans les fusillades, dit Holden à Miller qui lui tournait à demi le dos.

L'intéressé ne changea pas de position, mais il parut se tasser un peu sur lui-même. Le soupir qu'il poussa était lourd et naturel. Son teint paraissait plus gris qu'auparavant.

— Sematimba connaît la musique. La moitié de ce boulot consiste à savoir quand regarder ailleurs. Et puis, je lui ai promis que nous ne quitterions pas la station sans le prévenir.

— Conneries, grogna Amos. Vous n'avez pas à promettre pour nous, mon vieux.

L'ascenseur s'immobilisa et la porte s'ouvrit sur la scène sanglante de la fusillade. Une douzaine de policiers avait envahi le hall. Miller les salua d'un signe de tête auquel ils répondirent de la même façon. Il mena son petit groupe hors du hall et dans le couloir, puis se retourna vers eux.

— Nous pourrons démêler tout ça plus tard. Pour l'instant, trouvons un endroit où discuter un peu.

— D'accord, dit Holden. Mais c'est vous qui régalez.

Miller repartit en direction de la station de métro.

Tout en le suivant, Naomi posa une main sur le bras d'Holden pour le forcer à ralentir un peu, de sorte que l'ex-policier prenne de l'avance. Quand elle jugea qu'il était assez loin d'eux, elle parla à mi-voix :

— Il la connaissait.

— Qui connaissait qui ?

— Lui, dit-elle avec un mouvement de menton vers Miller, avant de regarder en arrière, vers la scène de crime. Il la connaissait, elle.

— Comment le savez-vous ? demanda Holden.

— Il ne s'attendait pas à la trouver là, mais il savait qui elle était. Et quand il l'a vue dans cet état, il a eu un choc.

— Hem, ce n'est pas l'impression que j'ai eue. Il m'a paru aussi réactif qu'un glaçon, du début à la fin.

— Non, ils étaient amis, ou quelque chose d'approchant. Il a du mal à accepter la situation, alors peut-être qu'il vaut mieux ne pas le pousser trop loin. Nous pourrions avoir besoin de lui.

La chambre d'hôtel de Miller était à peine moins minable que celle où ils avaient découvert le corps. Alex se rendit immédiatement dans la salle de bains et s'y enferma. Le bruit de l'eau coulant dans le lavabo ne fut pas assez fort pour couvrir celui de ses haut-le-cœur.

Holden se laissa tomber sur la couette d'une propreté douteuse étalée sur le lit individuel, obligeant Miller à prendre l'unique chaise, qui semblait tout sauf confortable. Naomi vint s'asseoir à côté d'Holden, mais Amos resta debout et se mit à tourner dans la pièce comme un animal nerveux.

— Allez-y, parlez, dit Holden à Miller.

— Attendons que le reste du gang ait terminé, répondit Miller en tournant la tête vers la porte de la salle de bains.

Alex réapparut quelques instants plus tard. Son visage était toujours pâle, mais rafraîchi.

— Ça va aller ? lui demanda Naomi d'une voix douce.

— Impec.

Il s'assit sur le sol et se prit la tête entre les mains.

Holden fixait Miller du regard sans rien dire. L'autre joua avec son chapeau un long moment, puis il le lança sur la tablette rabattable accrochée au mur qui servait de bureau.

— Vous saviez que Julie occupait cette chambre, dit-il. Comment ?

— Nous ignorions son prénom, répondit Holden. Nous savions seulement que c'était quelqu'un du *Scopuli*.

— Vous devriez m'expliquer comment vous avez appris ce détail, lâcha Miller, et son regard prit une intensité effrayante.

L'ex-policier avait abattu quelqu'un qui voulait les tuer, et c'était certainement un élément qui faisait de lui un allié, mais Holden n'était pas prêt à parler de Fred et de son groupe aussi aisément. Il hésita, puis opta pour une demi-vérité :

— Le propriétaire fictif du *Scopuli* s'était enregistré dans cet hôtel, dit-il. Il était logique d'en déduire que c'était un membre de l'équipage qui se signalait.

— Admettons. Qui vous en a parlé ?

— Ça me mettrait mal à l'aise de vous le dire. Nous avons estimé que l'information était crédible. Le *Scopuli* était l'appât utilisé pour détruire le *Canterbury*. Nous avons pensé que quelqu'un du *Scopuli* saurait peut-être pourquoi tout le monde cherche à nous supprimer.

— Merde, grommela Miller en se renversant sur sa chaise et en fixant du regard le plafond.

— Vous recherchiez Julie. Vous avez espéré que nous la recherchions, nous aussi. Que nous savions quelque chose, dit Naomi, sans que ce soit une question.

— Ouais, fit Miller.

Ce fut au tour d'Holden de demander pourquoi.

— Ses parents ont passé un contrat avec ma société de sécurité sur Cérès pour qu'on la retrouve et qu'on la ramène chez eux. L'affaire m'a été confiée.

— Donc vous travaillez pour les forces de sécurité de Cérès ?

— Plus maintenant.

— Alors qu'est-ce que vous faites ici ? voulut savoir Holden.

— Sa famille a un lien avec quelque chose d'important, répondit Miller. Par nature, je déteste les mystères.

— Et comment avez-vous su que c'était plus gros qu'une simple histoire de fille portée disparue ?

Parler à Miller était un peu comme creuser dans du granit avec un ciseau en caoutchouc. L'ex-policier eut un sourire dénué d'humour.

— Ils m'ont viré parce que mes investigations allaient trop loin à leur goût.

Holden décida de ne pas s'irriter de la façon dont sa question était éludée.

— Alors parlons un peu de cet escadron de la mort, à l'hôtel.

— Ouais, franchement, c'était quoi, ce bordel ? lança Amos qui cessa enfin de faire les cent pas.

Alex releva la tête et regarda les autres avec intérêt pour la première fois. Même Naomi se fit plus attentive.

— Aucune idée, dit Miller. Mais quelqu'un savait que vous alliez venir là.

— Ouais, merci pour cette démonstration éclatante du travail policier, railla Amos. On ne l'aurait pas deviné seuls.

Holden l'ignora.

— Mais ils ne connaissaient pas la raison précise de notre venue, sinon ils seraient allés directement dans la chambre de Julie, et ils auraient eu ce qu'ils voulaient.

— Est-ce que ça veut dire que Fred est compromis ? demanda Naomi.

— Fred ? dit aussitôt Miller.

— Ou alors quelqu'un d'autre a deviné ce qui se cachait derrière Polanski, mais sans avoir le numéro de la chambre, proposa Holden.

— Mais pourquoi se mettre à tirer dans tous les coins ? fit Amos. Ça n'a aucun sens de nous descendre.

— C'est là qu'ils ont commis une erreur, dit Miller. J'ai vu comment ça s'est passé. Amos ici présent a sorti son arme. Quelqu'un s'est affolé. Ils ont crié de cesser le feu au moment même où vous commenciez à riposter.

Holden se mit à compter sur ses doigts les points qu'il énumérait :

— Donc l'autre camp découvre que nous nous rendons sur Éros, et que ça a un rapport avec le *Scopuli*. Ils connaissent même l'hôtel, mais pas le numéro de la chambre.

— Ils ne savent pas non plus que c'est Lionel Polanski que nous venons voir, ajouta Naomi. Pourtant ils auraient pu se renseigner au comptoir d'enregistrement, comme nous l'avons fait.

— Ils attendent notre arrivée avec un groupe de types armés, pour nous neutraliser. Mais tout va de travers et il y a cette fusillade dans le hall. Ils ne vous ont absolument pas vu venir, inspecteur, ce qui prouve qu'ils ne sont pas omniscients.

— Exact, dit Miller. Toute cette histoire pue à plein nez l'improvisation de dernière minute. Ils veulent s'emparer de vous pour découvrir ce que vous cherchez. S'ils avaient eu plus de temps devant eux, ils auraient pu fouiller l'hôtel. L'opération leur aurait peut-être pris deux ou trois jours, mais c'était réalisable. Ils ne l'ont pas fait, ce qui signifie qu'il leur a semblé plus facile de vous capturer.

— Oui, approuva Holden. Mais ça signifie aussi qu'ils avaient déjà des équipes ici. Ces types ne m'ont pas donné l'impression d'être du coin.

La mine pensive, Miller mit un temps avant de réagir :

— Maintenant que vous le dites, à moi non plus.

— Bref. Quels qu'ils soient, ils avaient déjà des équipes sur Éros, et ils peuvent les redéployer quand ils veulent pour venir nous capturer, dit Holden.

— Et ils ont assez d'influence sur la sécurité locale pour déclencher une fusillade sans qu'un seul flic pointe le bout de son nez, remarqua Miller. La police ignorait tout de ce qui se passait jusqu'à ce que je la prévienne.

— Merde, il faut vraiment que nous nous tirions d'ici, dit Holden.

Alex intervint subitement :

— Eh, attendez une minute ! Juste une minute. Comment se fait-il que personne ne parle de cette horreur mutante qu'il y avait dans la chambre ? Je suis le seul à l'avoir vue ?

— C'est vrai, ça, fit Amos avec calme. C'était quoi, bordel ?

Miller plongea la main dans sa poche et en ressortit la pochette contenant le terminal de Julie.

— Il y a un technicien parmi vous ? Nous pourrions peut-être en apprendre plus.

— Je pourrais certainement le craquer, répondit Naomi. Mais il n'est pas question que j'y touche tant que nous ne saurons pas ce qui lui a fait ça, et si ce n'est pas contagieux. Je ne prendrai pas le risque de tripoter quelque chose qu'elle a touché.

— Pas besoin de toucher ce terminal. Vous pouvez laisser la pochette fermée, et vous en servir à travers le film plastique. L'écran tactile devait toujours fonctionner.

Elle réfléchit une seconde, puis tendit la main et prit le petit sac transparent.

— D'accord, donnez-moi une minute, dit-elle, et elle se mit immédiatement au travail.

Miller se laissa aller contre le dossier de sa chaise une nouvelle fois et poussa un autre soupir.

— Vous connaissiez Julie avant tout ça ? lui demanda Holden. D'après Naomi, ça vous a fichu un coup quand vous l'avez découverte morte et dans cet état.

L'ex-policier secoua la tête au ralenti.

— Quand on bosse sur ce genre d'affaire, on creuse pour en savoir plus sur le sujet concerné. Vous savez, tout ce qui la concerne. Vous lisez ses e-mails, vous parlez aux gens qu'elle a connus. Pour vous faire votre propre tableau de la personne.

Il se tut et se frotta les yeux avec ses pouces. Holden se garda de le presser.

— Julie était une fille bien, dit-il comme s'il confessait quelque chose. Elle pilotait un appareil de course. Je voulais... je voulais seulement la ramener vivante.

— Il y a un mot de passe, annonça Naomi en brandissant le terminal. Je pourrais pirater le matériel, mais pour ça il faudrait que j'ouvre la coque.

Miller tendit la main.

— Laissez-moi essayer.

Elle lui donna le terminal. Il le lui rendit après avoir tapé quelques lettres sur l'écran.

— *Razorback*, lut Naomi. Qu'est-ce que c'est ?

— Le nom d'une chaloupe de course.

— Est-ce qu'il s'adresse à nous ? demanda Amos. Parce qu'il n'y a personne d'autre ici, mais je vous jure que la moitié du temps je ne sais même pas de quoi il parle.

— Désolé, dit Miller. J'ai travaillé plus ou moins en solo. Ça peut créer de mauvaises habitudes.

Naomi haussa les épaules et se remit au travail, avec les deux hommes qui l'observaient par-dessus ses épaules.

— Elle a un tas de données là-dedans, dit-elle. Par où commencer ?

Du doigt, Miller indiqua un fichier texte sobrement intitulé NOTES sur le bureau du terminal.

— Par ça. Elle classait systématiquement tout dans les dossiers appropriés. Si elle a laissé ça sur le bureau, c'est qu'elle ne savait pas trop où le mettre.

Naomi tapota sur le document pour l'ouvrir. Il se déplia en une série de textes qui avaient tout l'air d'un journal personnel.

Avant tout, reprends-toi. Si tu paniques, ça n'aide pas. Ça n'aide jamais. Respirations profondes, essaie de comprendre la situation, et prends les bonnes initiatives. La peur tue l'esprit. Ha ! Ha ! Barjo, va.

Navette/points + :
Pas de réacteur, seulement des accus – d'où : radiation basses
Provisions pour huit
Beaucoup de réaction de masse

Navette/points – :
Pas d'Epstein, pas de prop classique
Système comm pas seulement débranché, mais physiquement retiré (un peu de parano sur les fuites, les gars ?)

Station de transit la plus proche : Éros. Est-ce notre destination ? Ou peut-être un autre endroit ? Juste sur la poussée, on ne va pas aller vite. Une autre station de transit ajouterait sept semaines de plus. Éros, donc.

J'ai le virus de Phœbé, aucun doute. Comment je l'ai attrapé, je n'en suis pas sûre, mais cette saloperie brune était partout. C'est un anaérobie, j'ai dû en toucher. Peu importe comment, il faut que je résolve le problème.

Je viens de dormir TROIS SEMAINES. *Je ne me suis même pas réveillée pour faire pipi. Qu'est-ce qui me fait ça?*

Je suis complètement crevée.

Choses dont tu dois te rappeler :
* BA834024112
* Les radiations tuent. Pas de réacteur dans cette navette, mais laisse les lumières éteintes. Garde la combinaison sur toi. Le sac à merde de la vidéo a dit que ce truc se nourrit des radiations. Ne lui donne pas à manger.
* Envoie un signal. Dégotte de l'aide. Tu travailles pour les gens les plus malins du système. Ils trouveront une solution.
* Reste à l'écart des gens. Ne diffuse pas la maladie. Je ne crache pas encore cette matière poisseuse brune. Aucune idée de quand ça va commencer.
* Reste loin des méchants – comme si tu savais qui ils sont. Parfait. Alors reste loin de tout le monde. Incognito est mon nom ; Hmm. Polanski ?

Merde. Je le sens. J'ai chaud tout le temps, et je meurs de faim. Ne mange pas. Ne la nourris pas. Nourrir un rhume, affamer une grippe ? Une autre solution ? Éros n'est plus qu'à un jour, et ensuite l'aide viendra. Continue de lutter.

En sécurité sur Éros. J'ai envoyé le signal. J'espère que le siège de la compagnie veille. Mal de tête. Il arrive quelque chose à mon dos. Une grosseur au niveau de mes reins. Darren s'est transformé en cette substance poisseuse. Est-ce que je vais devenir une combinaison pleine de gelée ?

Malade, maintenant. Des choses sortent de mon dos et cette matière brune suinte de partout. Il faut que j'ôte la combinaison. Si vous lisez ça, ne laissez personne toucher la matière brune. Brûlez-moi. Je brûle de l'intérieur.

Naomi reposa le terminal. Pendant un long moment, personne ne parla.

— Le virus de Phœbé, dit enfin Holden. Quelqu'un a une idée de ce que c'est ?

— Il y avait une station scientifique sur Phœbé, répondit Miller. Un endroit réservé aux planètes intérieures, pas un seul Ceinturien autorisé à y entrer. Elle a été frappée. Il y a eu beaucoup de morts, mais…

— Elle semble dire qu'elle se trouvait sur une navette, remarqua Naomi. Le *Scopuli* n'avait pas de navette.

— Il y a forcément eu un autre vaisseau, conclut Alex. Peut-être qu'elle a pris sa navette.

— D'accord, dit Holden. Ils ont embarqué sur un autre vaisseau, ils ont été infectés par ce virus de Phœbé, et le reste de l'équipage… Je ne sais pas. A péri ?

— Elle quitte le *Scopuli* sans se rendre compte qu'elle est infectée, jusqu'à ce qu'elle soit à bord de la navette, continua Naomi. Elle arrive ici, alerte Fred, et elle meurt de l'infection dans cette chambre d'hôtel.

— En tout cas, elle ne s'est pas transformée en une substance poisseuse, souligna Holden. Elle a juste été horriblement… je ne sais pas. Ces sortes de tubes, et ces excroissances osseuses en forme de pointe… Quel genre de maladie a ces effets ?

Amos poussa un grognement mécontent.

— Il y a quelques trous dans tout ça, chef, dit-il. Par exemple, quel rapport ça a avec le fait de détruire le *Cant* et le *Donnager* ?

Holden regarda Naomi au fond des yeux.

— Nous avons un endroit où chercher, maintenant, n'est-ce pas ?

— En effet, répondit-elle. BA834024112. C'est la désignation d'un astéroïde.

— Qu'est-ce que vous pensez qu'il y a là-bas ? demanda Alex.

— Si j'étais du genre à parier, je dirais que c'est le vaisseau auquel elle a volé la navette, fit Holden.

Naomi acquiesça.

— Ce serait assez logique. Chaque caillou de la Ceinture est répertorié. Vous avez quelque chose à planquer, il suffit de le mettre en orbite stable près de l'un d'eux, et vous pourrez toujours le récupérer plus tard.

Miller tourna vers Holden un visage aux traits de plus en plus tirés.

— Si vous allez là-bas, je veux en être.

— Pourquoi ? Sans vouloir vous offenser, vous avez retrouvé la fille, donc votre boulot est terminé, non ?

Miller le dévisagea. Ses lèvres ne dessinaient plus qu'une ligne mince.

— L'affaire a changé de nature, dit-il. À présent, l'objectif est de découvrir qui l'a tuée.

26

MILLER

— Votre ami de la police a consigné mon vaisseau, déclara Holden.

Il semblait ulcéré.

Autour d'eux, l'animation battait son plein dans l'hôtel-restaurant. Les prostituées ayant fini leur journée se mêlaient aux touristes et aux hommes d'affaires massés devant le buffet chichement éclairé par une lumière rose. Le pilote et le grand costaud – Alex et Amos – se disputaient le dernier petit pain. Naomi était assise à côté d'Holden, les bras croisés, avec devant elle une tasse de mauvais café qui refroidissait.

— Nous avons quand même tué quelques personnes, dit Miller d'un ton nonchalant.

— Je croyais que vous nous aviez tirés de ce pétrin avec cette poignée de main secrète connue seulement des policiers, fit Holden. Alors pourquoi mon vaisseau est-il consigné ?

— Vous vous souvenez, quand Sematimba a dit que nous ne devions pas quitter la station sans le prévenir ? demanda Miller.

— Je me souviens que vous avez passé tous les deux un genre d'accord, rétorqua Holden. Et je ne me souviens pas de l'avoir approuvé.

— Écoutez, il va nous garder ici jusqu'à ce qu'il soit certain de ne pas se faire virer pour nous avoir laissés partir. Une fois qu'il saura ses arrières assurés, l'ordre de consigne sera annulé. Alors parlons plutôt des modalités pour que je loue une place sur votre vaisseau.

Jim Holden et son second échangèrent un regard, une de ces communications humaines instantanées qui en disaient plus que bien des mots. Miller ne les connaissait pas assez bien pour décoder l'intégralité du message, mais il devina que tous deux étaient sceptiques.

Ils avaient de bonnes raisons pour cela. L'ex-inspecteur avait vérifié l'état de ses finances. Il lui restait assez pour une nuit d'hôtel ou un bon dîner, mais pas les deux. Et il consacrait cette somme à offrir à Holden et son équipage un petit-déjeuner un peu minable qu'ils n'appréciaient probablement pas, dans le seul but de gagner leur bienveillance.

— J'ai besoin d'être absolument sûr que je comprends bien ce que vous me dites, déclara Holden alors que le grand chauve – Amos – revenait s'asseoir avec le dernier petit pain. Est-ce que vous voulez dire que votre ami va nous bloquer ici tant que je ne vous aurai pas accepté à bord de mon vaisseau ? Parce que là, ce serait du chantage.

— De l'extorsion, dit Amos.

— Pardon ? fit Holden.

— Ce n'est pas du chantage, expliqua Naomi. Ça le serait s'il menaçait de révéler des informations que nous ne voulions pas voir ébruitées. Si ça se cantonne à une menace, c'est de l'extorsion.

— Et ce n'est pas ce dont je parle, répliqua Miller. La liberté de quitter la station pendant que l'enquête se poursuit ? Pas de problème. Quitter cette juridiction, c'est une autre paire de manches. Je ne peux pas vous retenir ici, pas plus que je ne peux vous perdre de vue. Je cherche seulement une place à bord quand vous partirez.

— Pourquoi ? demanda Holden.

— Parce que vous allez vous rendre sur l'astéroïde de Julie.

— Je suis prêt à parier qu'il n'a pas de spatioport, ironisa Holden. Vous aviez l'intention d'aller dans un endroit précis, après ça ?

— Je suis un peu à court de projets solides. Je n'en ai pas encore eu un qui se soit réalisé.

— Je comprends ça, dit Amos. Nous n'arrêtons pas de nous faire baiser depuis le début de cette histoire.

Holden posa les deux mains à plat sur la table, l'une sur l'autre, et d'un doigt tapota la surface imitant le bois selon un rythme complexe. Ce n'était pas bon signe.

— Vous ressemblez à un… eh bien, un vieil homme aigri et en colère, en fait. Mais je bosse depuis cinq ans sur des transports de glace. Ce qui veut dire que vous iriez très bien dans le décor.

— *Mais*, martela Miller, sans rien ajouter.

— Mais on m'a beaucoup tiré dessus, récemment, et les armes automatiques d'hier étaient les menaces les moins mortelles que j'ai eues à affronter. Je ne laisserai monter à bord de mon vaisseau personne en qui je n'ai pas entièrement confiance. Et à la vérité, je ne vous connais pas.

— Je peux avoir l'argent, dit Miller qui sentait sa gorge se serrer. Si c'est une question d'argent, je peux arranger ça.

— Il ne s'agit pas de négocier un prix, répondit Holden.

— *Avoir l'argent* ? fit Naomi, les yeux plissés par le soupçon. *Avoir l'argent*, comme si vous ne l'aviez pas maintenant ?

— Je suis un peu juste, avoua l'ex-policier. Temporairement.

— Vous avez une source de revenus ? demanda-t-elle.

— Plutôt une stratégie pour m'en procurer. Il y a quelques escroqueries indépendantes dans le quartier du spatioport. Il y en a toujours autour des spatioports. Des jeux d'argent. Des combats. Ce genre de choses.

Pour la plupart, ils sont truqués. Tout tient à la façon dont les organisateurs arrosent les flics sans avoir l'air de les arroser.

— C'est votre plan ? dit Holden, incrédule. Aller ramasser les pots-de-vin destinés à la police ?

À l'autre bout du restaurant, une prostituée en négligé rouge poussa un bâillement prodigieux. Le micheton assis en face d'elle fronça les sourcils.

— Non, dit Miller à contrecœur. Je vise les paris parallèles. Un flic entre, je parie qu'il va gagner. Je connais à peu près tous les flics. Les patrons de ces bouges les connaissent aussi, parce qu'ils les arrosent. Les paris parallèles, c'est fait pour les gogos qui recherchent le frisson en jouant clandestinement.

Alors même qu'il donnait cette explication, Miller savait qu'elle était bien faible. Alex, le pilote, vint s'asseoir à côté de lui. Le parfum de son café était frais, acide.

— C'est quoi, le marché ? demanda-t-il.

— Il n'y en a pas, dit Holden. Il n'y en avait pas avant, et il n'y en a toujours pas.

— Ça marche beaucoup mieux que vous pourriez le penser, insista Miller.

Quatre terminaux sonnèrent en même temps. Holden et Naomi échangèrent un autre regard moins complice que le premier et sortirent leur appareil de leur poche. Amos et Alex avaient déjà le leur en main. Miller aperçut l'encadrement rouge et vert qui indiquait un message prioritaire ou une carte de vœux de Noël très prématurée. Il y eut un moment de silence pendant que chacun lisait, puis Amos laissa échapper un sifflement bas.

— La phase 3 ? fit Naomi.

— La tonalité générale de ce truc ne me plaît pas trop, dit Alex.

— Je peux savoir de quoi il retourne ? demanda Miller.

Holden fit glisser son terminal sur la table dans sa direction. Le message était écrit et codé. Il provenait de Tycho.

ARRÊTÉ TAUPE À LA STATION COMM DE TYCHO.
VOTRE PRÉSENCE ET VOTRE DESTINATION ONT FUITÉ VERS
DES PERSONNES INCONNUES SUR ÉROS. SOYEZ PRUDENTS.

— Un peu tard pour ça, commenta Miller.
— Continuez de lire, conseilla Holden.

LE CODE D'ENCRYPTAGE DE LA TAUPE A PERMIS D'INTER-
CEPTER UNE DIFFUSION DEPUIS ÉROS IL Y A CINQ HEURES.
MESSAGE INTERCEPTÉ :
HOLDEN EN A RÉCHAPPÉ MAIS L'ÉCHANTILLON DU CHAR-
GEMENT A ÉTÉ RÉCUPÉRÉ. JE RÉPÈTE : ÉCHANTILLON
RÉCUPÉRÉ.
PASSONS À LA PHASE 3.

— Une idée de ce que ça veut dire ? demanda Holden.
— Aucune, répondit Miller en repoussant le terminal
vers son propriétaire. Sauf… si l'échantillon du chargement est le corps de Julie.
— Ce qui semble plausible.
Miller pianota sur la table avec ses doigts, imitant sans
s'en rendre compte le rythme d'Holden, pendant qu'il
réfléchissait au problème.
— Cette chose, dit-il. L'arme biologique, ou quoi que
ce soit. Ils l'expédiaient ici. Et elle y est arrivée. D'accord. Il n'y a aucune raison de détruire Éros. La station
ne présente pas d'importance particulière pour la guerre
quand vous la limitez à Cérès ou Ganymède ou les chantiers de construction de vaisseaux de Callisto. Et si vous
vouliez la détruire, il y a des méthodes plus simples. Il
suffit de balancer une grosse bombe thermonucléaire à
sa surface et elle éclatera comme un œuf.
— Ce n'est pas une base militaire, mais c'est un centre
d'expédition et de transit commercial, dit Naomi. Et, à
la différence de Cérès, Éros n'est pas sous le contrôle
de l'APE.

— Alors ils veulent l'expédier ailleurs, fit Holden. Ils vont envoyer leur échantillon infecter leur cible d'origine, et une fois que l'échantillon aura quitté la station, il n'y aura plus moyen de l'arrêter.

Miller se renfrogna. Quelque part, le raisonnement lui paraissait bancal. Il ratait quelque chose. Sa Julie imaginaire apparut de l'autre côté de la pièce, mais elle avait le regard sombre et des filaments noirs coulaient sur ses joues comme des larmes.

Qu'est-ce que j'ai devant moi, Julie ? pensa-t-il. *Je vois qu'il y a quelque chose, là, mais je ne sais pas ce que c'est.*

La vibration fut très légère, moins forte que le toussotement des freins d'une rame de métro. Quelques assiettes tremblèrent. Dans sa tasse, la surface du café de Naomi se couvrit de cercles concentriques. Tous les gens présents dans la salle firent silence, saisis de peur en même temps que des milliers d'autres personnes par la conscience de leur fragilité.

— D'ac-cord, lâcha Amos. Et c'était quoi, ce bordel ?

Les sirènes d'alarme se mirent à ululer.

— À moins que la phase 3 soit tout autre chose, dit Miller dans le vacarme.

Le système de sonorisation était par nature indistinct. La même voix jaillissait des consoles et des haut-parleurs qui pouvaient être distants d'un mètre à peine ou aussi éloignés que la portée de l'ouïe humaine. Il en résultait un phénomène de réverbération, un écho artificiel qui affectait chaque mot prononcé. C'est pourquoi la voix récitant le message d'urgence détachait chaque syllabe avec soin :

— Votre attention, s'il vous plaît. La station Éros est placée en situation de confinement d'urgence. Dirigez-vous immédiatement au niveau des casinos pour un confinement de sécurité radiologique. Coopérez avec tous les membres du personnel d'urgence. Votre attention, s'il vous plaît. La station Éros est placée en situation de confinement d'urgence…

Et le message allait continuer à être répété en boucle si personne n'entrait le code pour le désactiver, jusqu'à ce que tous les hommes, femmes, enfants, animaux et insectes présents dans la station ne soient plus que poussière et humidité. C'était le scénario du cauchemar, et Miller fit ce qu'une vie entière passée sur des cailloux pressurisés l'avait entraîné à faire. Il se leva, fonça dans le couloir et se dirigea vers les artères plus larges où les gens se pressaient déjà en foule. Holden et son équipage le suivaient de près.

— C'était une explosion, dit Alex. Le propulseur d'un vaisseau, au moins. Peut-être une charge nucléaire.

— Ils vont détruire la station, fit Holden d'un ton presque intimidé. Je n'ai jamais pensé rater le moment où ils feraient exploser les vaisseaux sur lesquels je servais. Mais maintenant ils s'attaquent aux stations.

— Ils n'ont pas créé de brèche, affirma Miller.

— Vous en êtes sûr ? demanda Naomi.

— J'entends ce que vous dites. Ça prouve qu'il y a toujours de l'air.

— Il y a les sas, contra Holden. Si la station a subi une brèche et que tous les sas se sont verrouillés…

Une femme bouscula rudement Miller à l'épaule pour passer devant lui. S'ils ne faisaient pas attention il risquait d'y avoir des gens piétinés. La peur était trop grande, l'espace trop restreint. Ce n'était pas encore arrivé, mais le mouvement impatient de la foule, qui vibrait comme les molécules de l'eau sur le point de bouillir, mettait l'ex-inspecteur très mal à l'aise.

— Ce n'est pas un vaisseau, rappela-t-il. C'est une station. Nous sommes sur un astéroïde. Toute charge assez puissante pour atteindre les parties de la station ayant une atmosphère la ferait éclater comme un œuf. Un œuf géant pressurisé.

Les gens s'étaient arrêtés, car le tunnel était comble. Le contrôle de la foule allait devenir indispensable, et dans un délai très court. Pour la première fois depuis son départ de Cérès, Miller regretta de ne pas avoir de badge. Quelqu'un percuta le flanc d'Amos et battit en retraite dans la masse grouillante des corps quand le gaillard chauve poussa un grognement de mise en garde.

— Par ailleurs il s'agit d'une alerte aux radiation, dit-il. Pas besoin de fuite d'air pour tuer tout le monde dans la station. Il suffit de brûler quelques milliers de billions de neutrons à travers la station, et il n'y aura aucun problème avec l'approvisionnement en oxygène.

— Les joyeux enfoirés, dit Amos.

— Ils construisent les stations à l'intérieur des astéroïdes pour une bonne raison, fit Naomi. Pas facile de faire traverser autant de mètres de roche à des radiations.

— J'ai passé un mois dans un abri antiradiations, une fois, dit Alex alors qu'ils se démenaient pour avancer dans la foule de plus en plus dense. Le système de confinement magnétique du vaisseau sur lequel j'étais avait subi une avarie. Les mécanismes d'arrêt automatique ont eu une défaillance, et le réacteur a continué de fonctionner pendant presque une seconde. Ça a tout fait fondre dans la salle des machines. Cinq membres d'équipage qui se trouvaient sur le pont supérieur sont morts avant de comprendre qu'on avait un problème, et en vue des funérailles décentes il a fallu trois jours pour désincarcérer les corps du plancher métallique. Nous étions dix-huit survivants, et nous avons tous attendu trente-six jours dans un abri qu'un remorqueur arrive.

— Ça fait envie, dit Holden.

— Conclusion de l'histoire : six se sont mariés, et les autres ne se sont jamais parlé.

Devant eux, quelqu'un cria. Ce n'était pas l'expression de l'inquiétude ou de la colère, plutôt de la frustration. De la peur. Exactement ce que Miller ne souhaitait pas entendre.

— Ce n'est peut-être pas notre plus gros problème…, dit-il.

Mais avant qu'il puisse s'expliquer une autre voix s'éleva, qui couvrit le message d'urgence diffusé en boucle :

— C'est bon, tout le monde. Nous sommes les forces de sécurité d'Éros, *que no* ? Nous avons une situation d'urgence, donc vous allez faire ce qu'on vous dit et personne ne sera blessé.

Il était temps, pensa-t-il.

— Voilà la règle, poursuivit la nouvelle voix. Le prochain abruti qui pousse quelqu'un, je le descends. Avancez en ordre. Première priorité : en ordre. Seconde priorité : *avancez* ! Allez, allez, *allez* !

Tout d'abord, rien ne se produisit. Le nœud des corps humains était trop serré pour que même le contrôle de foule le plus sévère puis le défaire rapidement, mais une minute plus tard Miller vit que certaines têtes loin devant eux dans le tunnel commençaient à se mouvoir et à s'éloigner. L'air s'épaississait et l'odeur de plastique chaud des recycleurs surmenés l'atteignit au moment où le bouchon se désagrégeait. Bientôt il put respirer un peu mieux.

— Est-ce qu'ils ont des abris en dur ? demanda une femme à son compagnon derrière eux, avant d'être emportée par une poussée.

Naomi saisit la manche de Miller.

— Ils en ont ?

— Ils devraient, oui, répondit-il. Assez pour un quart de million de personnes, peut-être, et en toute logique c'est le personnel indispensable et les équipes médicales qui y ont accès en premier.

— Et pour les autres gens ? dit Amos.

— S'ils survivent à l'événement, le personnel de la station en sauvera autant qu'il sera possible.

— Ah, fit le mécanicien. Ouais, ben nous, on s'en fout. On va au *Rossi*, non ?

— Oh oui, répondit Holden.

Devant eux, le flot humain qui s'écoulait dans leur tunnel se mêlait à une autre foule venue d'un niveau inférieur. Cinq hommes en tenue antiémeute faisaient signe à tous d'avancer. Deux d'entre eux pointaient leur arme sur la multitude. Miller eut soudain très envie d'aller gifler ces petits imbéciles. Menacer les gens ainsi n'était pas la meilleure façon d'éviter la panique. Un des membres de la sécurité était beaucoup trop corpulent pour son équipement, et les bandes Velcro sur son ventre se tendaient l'une vers l'autre comme des amants au moment de la séparation.

L'ex-inspecteur baissa les yeux vers le sol et ralentit son allure sous le coup d'une réflexion aussi intense que subite. Un des policiers agita son arme au-dessus de la foule. Un autre – celui trop gros – rit et lança quelque chose en coréen.

Qu'avait dit Sematimba concernant les nouvelles forces de sécurité ? Rien que de la frime, aucun sérieux. Une nouvelle entreprise venue de Luna. Des Ceinturiens, en réalité. Corrompus.

Le nom. Ils avaient un nom. CPM. *Carne Por la Machina*. De la viande pour la machine. Un des flics abaissa son arme, ôta son casque et se gratta énergiquement derrière une oreille. Il avait les cheveux noirs et longs, un tatouage sur le cou et une cicatrice qui courait d'une paupière au bas de sa joue.

Miller le connaissait. Un an et demi plus tôt, il l'avait arrêté pour agression et racket. Et son équipement – les gilets renforcés, les matraques et les fusils à pompe – lui semblait aussi étrangement familier. Dawes s'était trompé. L'ex-policier avait réussi à retrouver le matériel disparu, en fin de compte.

Quelle que soit la nature exacte de la situation, elle existait bien avant que le *Canterbury* intercepte le message de détresse émis par le *Scopuli*. Bien avant la disparition de Julie. Et la mise en place d'une bande de malfrats de la station Cérès pour contrôler la foule avec les tenues d'intervention volées avait fait partie du plan. C'était la phase 3.

Tout ça sent très mauvais, se dit-il.

Se glissant sur le côté, il laissa les gens combler l'espace qui le séparait des hommes en armes déguisés en agents de sécurité.

— Descendez au niveau des casinos, cria un de ceux-ci. Nous allons vous mener aux abris antiradiations à partir de là, mais d'abord vous devez tous vous rendre au niveau des casinos !

Holden et son équipage n'avaient rien remarqué d'anormal. Ils parlaient entre eux, de la meilleure stratégie pour rejoindre leur vaisseau et de ce qu'ils feraient ensuite, ou de l'agresseur de la station et du lieu où le corps infecté de Julie Mao avait pu être emporté. Miller réprima l'envie de les interrompre. Il devait rester calme, et réfléchir posément. Il ne fallait surtout pas qu'ils attirent l'attention. Il fallait attendre le bon moment.

Le tunnel bifurquait et ensuite s'élargissait. La pression de la cohue s'allégea un peu. Miller guetta un angle que le contrôle de la foule ne surveillait pas, un espace où aucun des faux policiers ne pouvait les voir. Il saisit Holden par le coude.

— N'y allez pas, dit-il.

27

HOLDEN

— Comment ça, il ne faut pas y aller ? demanda Holden, qui d'une saccade dégagea son coude de la main de Miller. Quelqu'un vient de balancer une charge nucléaire sur la station. La situation s'est aggravée au-delà de nos capacités à y réagir. Si nous n'atteignons pas le *Rossi*, nous ferons ce qu'ils nous ordonneront jusqu'à ce que nous puissions regagner notre vaisseau.

Miller recula d'un pas et leva les mains. Manifestement, il faisait de son mieux pour ne pas apparaître menaçant, ce qui irrita encore plus Holden. Dans son dos, les policiers antiémeute dirigeaient vers les casinos les gens massés dans les couloirs et les tunnels. L'air charriait les échos des voix électroniquement amplifiées des forces de l'ordre qui contrôlaient les citoyens anxieux. Et en fond sonore le système de sonorisation recommandait à tous de rester calmes et de coopérer avec les personnels chargés de la sécurité.

— Vous voyez ce malabar là-bas, en tenue d'intervention ? dit Miller. Il s'appelle Gabby Smalls. Il a supervisé une partie du racket mis en place par le Rameau d'or sur Cérès. Il a aussi traficoté un peu avec la poudre d'ange, pour son argent de poche, et je le soupçonne d'avoir fait passer plus d'une victime par un sas.

Holden regarda l'individu. Des épaules larges, un torse de lutteur. Maintenant que l'ex-policier l'avait fait remarquer, il y avait en effet chez lui quelque chose qui contredisait l'image suggérée par sa tenue.

— Je ne comprends pas.

— Il y a environ deux mois, quand vous avez déclenché une série d'émeutes en déclarant que Mars avait détruit votre transport de glace, nous avons découvert…

— Je n'ai jamais dit que…

— … *découvert* que presque tout l'équipement antiémeute de Cérès avait disparu. Quelques mois plus tôt, un certain nombre d'hommes de main de la pègre avaient disparu. Je viens de trouver où les deux sont passés.

Miller désigna Gabby Smalls dans son déguisement.

— Je n'ai pas envie d'aller où ces types me disent d'aller, ajouta-t-il. Pas *du tout* envie.

Une file de gens les dépassa en piétinant.

— Alors où ? demanda Naomi.

— Ouais, c'est vrai, ça, intervint Alex en approuvant Naomi d'un geste un peu exagéré, s'il faut choisir entre les radiations et les gangsters, je préfère les gangsters.

Miller sortit son terminal et leur montra l'écran.

— Je n'ai aucune alerte aux radiations. Ce qui s'est passé à l'extérieur ne représente pas un danger à ce niveau. Pas pour l'instant. Alors gardons notre calme et prenons la meilleure décision.

Holden lui tourna le dos et fit signe à Naomi. Il l'attira à l'écart et lui parla à voix basse :

— Je suis toujours d'avis que nous devrions retourner au vaisseau et décamper. Et courir le risque de franchir le barrage que forment ces types.

— S'il n'y a aucun danger de radioactivité, je suis d'accord, dit-elle.

— Je désapprouve, intervint Miller sans même prétendre qu'il n'avait pas cherché à entendre leur échange. Pour faire ce que vous dites, nous devrons traverser tous les casinos où ces types armés doivent pulluler. Ils vont nous dire de rester dans un de ces établissements, pour notre sécurité. Quand ils verront que nous n'obéissons pas, ils vont nous passer à tabac et nous obliger à ne pas bouger. "Pour notre propre sécurité".

Une autre vague humaine se déversa d'un tunnel latéral et prit la direction de la présence rassurante des policiers et des lumières du premier casino. Holden eut du mal à ne pas être emporté par la foule. Un homme avec deux énormes valises bouscula Naomi et faillit la faire tomber. Holden la retint en lui saisissant la main.

— Quelle autre solution? demanda-t-il à Miller.

L'ex-flic regarda d'un côté et de l'autre du tunnel et parut prendre la mesure de la foule. Il désigna une écoutille peinte de bandes jaunes et noires un peu plus loin, dans un couloir de maintenance.

— Par là, fit-il. Avec ce panneau HAUTE TENSION, les types qui rechercheront les traînards et les égarés n'iront pas regarder là. Ce n'est pas le genre d'endroits où les bons citoyens se réfugient.

— Vous pouvez ouvrir cette porte rapidement? demanda Holden à Amos.

— Je peux la fracturer?

— Si c'est nécessaire.

— Alors oui, bien sûr, dit le mécanicien.

Il fendit la foule en direction de l'écoutille de maintenance. Arrivé devant elle, il sortit son outil multi-usages et fit sauter le cache en plastique du lecteur de cartes magnétiques. Après qu'il eut raccordé deux fils, le panneau coulissa dans un chuintement hydraulique.

— Et voilà le travail! Le lecteur est hors d'usage, donc n'importe qui peut entrer, maintenant.

— Nous nous inquiéterons de ce détail si la situation se produit, répliqua Miller, qui prit la tête et les mena dans le passage mal éclairé au-delà de l'écoutille.

Le couloir de service était tapissé de câbles électriques maintenus ensemble par des liens en plastique. Il s'étirait dans un faible éclairage rougeâtre avant de se noyer dans la pénombre. Ensuite la lumière encore plus chiche provenait des LED montés sur les collerettes métalliques fichées dans le mur tous les mètres pour supporter les faisceaux de câbles. Naomi dut se courber pour entrer, car elle était de quelques centimètres trop grande pour la hauteur du boyau. Elle se colla dos au mur et s'accroupit.

— Ils auraient pu concevoir des passages de maintenance assez hauts pour que les Ceinturiens puissent y travailler, pesta-t-elle.

Holden toucha le mur dans un geste presque révérencieux, et d'un doigt suivit le numéro d'identification gravé dans la pierre.

— Ceux qui ont construit cet endroit n'étaient pas grands. Il y a là quelques-unes des principales lignes à haute tension. Ce tunnel date de la première colonie de la Ceinture. Les gens qui l'ont creusé ont ensuite vu leur taille s'accroître, à cause de la gravité.

Miller, qui avait lui aussi courbé la tête, s'assit sur le sol avec un grognement et un craquement de genoux.

— Plus tard, les leçons d'histoire. Réfléchissons plutôt à un moyen de quitter ce caillou.

Amos examinait les paquets de câbles avec la plus grande attention. Il parla sans même se retourner vers les autres :

— Si vous voyez un gainage abîmé, ne le touchez pas. Ce gros enfoiré, là, trimballe dans les deux millions de volts. Il vous ferait fondre comme un rien.

Alex s'assit à côté de Naomi. Il grimaça quand son postérieur heurta la pierre froide du sol.

— Vous savez, dit-il, s'ils décident de sceller la station, ils risquent de pomper tout l'air qu'il y a dans ces couloirs de maintenance.

— Ça va, j'ai compris, lança Holden d'une voix forte. C'est une cachette merdique et inconfortable. Maintenant vous avez ma permission de la fermer sur ce sujet.

Il s'accroupit face à Miller, de l'autre côté du passage.

— D'accord, inspecteur. Et maintenant ?

— Maintenant, nous attendons que la foule soit passée, nous la suivons et nous essayons d'atteindre les aires d'embarquement. Les gens dans les abris sont faciles à éviter. Le plus dur sera de traverser les casinos.

— Nous ne pouvons pas emprunter le réseau de la maintenance pour nous déplacer ? demanda Alex.

— Pas sans carte, impossible, répondit Amos. Si on se perd ici, on est très mal.

— Donc, reprit Holden sans les écouter, nous attendons que tout le monde soit aux abris et nous levons le camp.

Miller acquiesça, et les deux hommes se regardèrent pendant quelques secondes. Entre eux l'atmosphère parut s'épaissir, et le silence prit un sens particulier. Miller eut un mouvement d'épaule, comme si sa veste lui créait des démangeaisons.

— Pourquoi pensez-vous qu'une bande de salopards venus de Cérès pousse tout le monde vers les abris anti-radiations alors qu'il n'y a aucun danger réel de radioactivité ? demanda enfin Holden. Et pourquoi les policiers d'Éros les laissent-ils faire ?

— Bonnes questions.

— S'ils se servent de ces brutes, ça aide à expliquer pourquoi leur tentative d'enlèvement a échoué de façon aussi lamentable à l'hôtel. Ils n'ont pas l'air très pros.

— Non, en effet, dit Miller. Ce n'est pas leur secteur d'activité habituel.

— Vous ne voudriez pas rester un peu tranquilles, vous deux ? grommela Naomi.

Ils lui obéirent pendant presque une minute. Puis Holden ne put s'empêcher de demander :

— Ce serait vraiment stupide d'aller jeter un œil à ce qui se passe, n'est-ce pas ?

— Évident. Quoi qu'il se passe dans ces abris, c'est là que seront les gardes et les patrouilles.

— Oui, bien sûr…

— Chef, dit Naomi sur le ton de l'avertissement.

— Mais quand même, reprit Holden en s'adressant à l'ex-inspecteur, vous n'aimez pas le mystère.

— Non, c'est vrai, répondit Miller avec un léger sourire. Et vous, mon ami, vous êtes un satané fouineur.

— Oh, bordel, murmura Naomi.

— Qu'y a-t-il, patronne ? lui demanda Amos.

— Il y a que ces deux-là viennent de foutre par terre notre plan d'évasion, répondit-elle avant de se tourner vers Holden. L'un comme l'autre, vous n'allez pas du tout vous rendre service, et par voie de conséquence vous n'allez pas *nous* rendre service.

— Non, dit Holden. Vous ne nous accompagnez pas. Vous restez ici avec Amos et Alex. Laissez-nous… – Il consulta son terminal – trois heures, le temps d'aller jeter un œil là-bas et de revenir. Si nous ne sommes pas là…

— Nous vous laissons aux mains de ces faux policiers et nous nous trouvons tous les trois un boulot sur Tycho, où nous vivrons heureux jusqu'à la fin de nos jours, conclut-elle.

Holden grimaça un sourire.

— C'est ça. Ne jouez pas aux héros.

— L'idée ne nous avait même pas effleurés, monsieur.

Accroupi dans l'ombre à l'extérieur de l'écoutille du réseau de maintenance, Holden épiait les gangsters de Cérès déguisés en policiers antiémeute qui emmenaient par petits groupes les citoyens d'Éros. Le système de sonorisation continuait de parler d'un éventuel danger de radioactivité et exhortait tout le monde à coopérer sans réserve avec le personnel affecté aux situations d'urgence. Holden avait déjà choisi le groupe à suivre, et il était prêt à faire mouvement quand Miller posa la main sur son épaule.

— Attendez. Il faut que j'appelle quelqu'un.

Il composa rapidement un numéro sur son terminal, et après quelques secondes le message *Réseau non disponible* apparut en lettres grises sur l'écran.

— Pas de contact possible? demanda Holden.

— C'est la première chose que je ferais, moi aussi.

— Je vois, dit Holden, même si en réalité il ne voyait rien.

— Bon, eh bien, c'est juste vous et moi, maintenant.

L'ex-policier éjecta le chargeur de son arme et entreprit de le garnir de balles qu'il pêcha dans une poche.

Bien qu'il ait eu son compte de fusillades pour le restant de sa vie, Holden sortit lui aussi son pistolet et le vérifia. Après l'échange de tirs à l'hôtel, il avait remplacé le chargeur, et celui-ci était plein. Il replaça l'arme au creux de ses reins, sous sa ceinture. Il remarqua que Miller gardait le sien à la main, plaqué contre sa cuisse, là où son manteau le dissimulait en partie.

Quand le groupe qu'ils suivaient fit enfin halte devant une grande porte de métal marquée de l'ancien symbole de la radioactivité, Holden et Miller se glissèrent sur le côté et se cachèrent derrière un gros bac à fleurs où poussaient des fougères et deux arbrisseaux rabougris. Holden observa les faux policiers antiémeute qui poussaient tout le monde à l'intérieur de l'abri puis verrouillaient la porte sur eux à l'aide d'une carte magnétique. Ensuite les gangsters s'éclipsèrent, à l'exception d'un seul qui resta pour monter la garde.

— Demandons-lui de nous laisser entrer, chuchota Miller.

— Suivez-moi, répondit Holden.

Il se leva et marcha vers le garde.

— Eh, enfoiré, tu es supposé être dans un abri ou au niveau des casinos, alors barre-toi et va rejoindre ton putain de groupe, gronda le faux policier en posant la main sur la crosse du pistolet passé à sa ceinture.

Holden leva les mains dans un geste d'apaisement, sourit et continua d'avancer.

— Ben, c'est que j'ai perdu mon groupe. J'ai été séparé d'eux, à un moment. Je ne suis pas d'ici, vous comprenez.

Avec son bâton paralysant qu'il tenait dans la main gauche, l'autre désigna le couloir.

— Va par là jusqu'à ce que tu trouves les rampes qui descendent.

Miller sembla surgir de nulle part dans l'éclairage défaillant, l'arme déjà braquée sur la tête du garde. Il ôta le cran de sûreté dans un clic sonore.

— Et si nous, nous allions simplement rejoindre le groupe qui est déjà à l'intérieur ? proposa-t-il. Ouvre.

Le faux policier le regarda du coin de l'œil sans tourner la tête. Il leva les mains et laissa tomber son bâton.

— Tu ne veux pas faire ça, mec, dit-il.

— Moi, je pense que si, fit Holden. Vous devriez lui obéir. Ce n'est pas quelqu'un de très commode.

Miller colla le canon de son pistolet contre la tempe de l'autre.

— Tu sais ce que nous avions l'habitude d'appeler un "écervelé", au poste ? Un connard à qui un tir en pleine tête a expulsé toute la cervelle du crâne. En règle générale, ça arrive quand une arme est placée à bout touchant contre la tête de la victime, à cet endroit précis, juste là. Le jet de gaz qui accompagne le projectile n'a nulle part où aller. Alors il suit la balle et arrache toute la cervelle du connard, et il la balance par la plaie de sortie.

— Ils ont dit de ne pas ouvrir ces abris une fois qu'ils étaient verrouillés, mec, dit le garde sur un débit tellement précipité que tous les mots semblaient n'en former qu'un. Ils étaient très sérieux sur ce point.

— C'est la dernière fois que je demande, grinça Miller. Étape suivante : j'utilise la carte que j'aurai prise sur ton cadavre.

Holden fit pivoter le garde pour qu'il soit face au panneau métallique, et le délesta de l'arme qu'il avait à la ceinture. Il espérait sincèrement que les menaces de Miller n'étaient que des menaces. Mais il craignait qu'elles ne soient pas que du bluff.

— Ouvrez la porte, et nous vous laisserons partir, je vous le promets, dit-il.

L'autre accepta d'un signe de tête et s'approcha de la porte. Il introduisit sa carte magnétique dans le lecteur et composa un code sur le clavier numérique. Le lourd panneau anti-souffle s'ouvrit. Au-delà, la pièce était encore plus sombre que le couloir où ils se trouvaient. L'éclairage insuffisant de quelques LED dispensait une triste lumière rouge. Holden discerna des dizaines… des *centaines* de corps qui gisaient sur le sol, inertes.

— Ils sont morts ? fit-il.

— Je ne sais rien de ce…, commença le garde, mais Miller l'interrompit :

— Tu entres le premier.

Et il poussa en avant le faux policier.

— Attendez, dit Holden. Je ne pense pas que ce soit une bonne chose de foncer tête baissée.

Trois choses se produisirent alors simultanément. Le garde fit quatre pas et s'écroula. Miller éternua une fois, très bruyamment, et se mit à vaciller comme un ivrogne. Et les terminaux d'Holden et de l'ex-policier émirent un bourdonnement électrique agressif.

Miller recula en titubant.

— La porte…

Holden appuya sur le bouton et le panneau métallique se referma.

— Du gaz, dit Miller avant d'être secoué par une quinte de toux. Il y a du gaz là-dedans.

Pendant qu'il s'adossait contre le mur du couloir et toussait longuement, Holden sortit son terminal de sa poche et coupa le bourdonnement. Mais l'alarme qui clignotait sur l'écran signalait une contamination de l'air. C'était le cercle avec les trois vénérables triangles dont les pointes se rejoignaient au centre. Radioactivité. Sous ses yeux, le symbole qui aurait dû être blanc vira à l'orange vif, puis au rouge sombre.

Miller contemplait lui aussi l'écran de son terminal. Son visage était un masque indéchiffrable.

— Nous avons été contaminés, déclara Holden.

— Je n'avais encore jamais vu le détecteur s'activer, remarqua l'ex-policier d'une voix rauque et affaiblie par la violence de sa quinte de toux. Quand c'est rouge, ça signifie quoi ?

— Que nous saignerons par le rectum dans environ six heures. Il faut que nous rejoignions le vaisseau. À bord, il y aura les médicaments dont nous avons besoin.

— Qu'est-ce qui se passe, bordel ?

Holden le prit par le bras et l'entraîna dans le couloir en direction des rampes. Sa peau lui semblait brûlante et était envahie de démangeaisons. Il ne savait pas si le phénomène était dû aux radiations ou à une réaction psychosomatique. Avec le taux de contamination qu'il venait d'encaisser, il se félicitait d'avoir mis des échantillons de son sperme en sûreté, dans le Montana et sur Europe.

Cette pensée propagea le phénomène à ses testicules.

— Ils ont contaminé la station, dit-il. Ou alors ils ont simplement prétendu l'avoir contaminée. Et ensuite ils ont traîné tout le monde ici, et ils ont enfermé ces pauvres gens dans des abris qui sont les seuls endroits réellement radioactifs. Et ils les ont gazés pour qu'ils se tiennent tranquilles.

— Il y a des façons plus simples de tuer, dit Miller qui ahanait tandis qu'ils couraient dans le couloir.

— Alors il y a autre chose… Le virus ! Celui qui a tué cette fille. Il… Il se nourrissait de radiations.

— Des incubateurs, approuva Miller.

Ils arrivèrent au sommet d'une des rampes menant aux niveaux inférieurs, mais un groupe de citoyens mené par deux faux policiers la gravissaient. Holden agrippa Miller et le tira sur le côté, là où ils pouvaient se cacher à l'ombre d'un restaurant de nouilles fermé.

— Donc ils les ont infectés, c'est bien ça? murmura Holden en attendant que le groupe soit passé. Peut-être avec de faux cachets antiradioactivité contenant le virus. Peut-être que cette substance marron s'est simplement propagée sur le sol. Ensuite ce qu'il y avait dans la fille, Julie…

Il se tut lorsque Miller s'éloigna de lui et alla à la rencontre du groupe qui venait d'arriver en haut de la rampe.

— Officier, dit l'ex-flic à l'un des faux agents de sécurité.

Les deux s'arrêtèrent face à face.

— Vous êtes supposé vous trouver…

Miller lui tira dans la gorge, juste sous la visière de son casque. Puis il pivota vivement et logea une balle dans la partie intérieure de la cuisse de l'autre garde, juste sous l'entrejambe. Quand l'homme bascula en arrière avec un hurlement de douleur, Miller s'avança de trois pas et tira encore, cette fois à la gorge.

Deux ou trois citoyens se mirent à crier. Miller pointa son arme sur eux, et ils firent silence.

— Descendez d'un niveau ou deux, et trouvez un endroit où vous cacher, ordonna-t-il. Ne coopérez pas avec ces hommes, même s'ils sont habillés comme des policiers. Ils n'ont pas vos intérêts à cœur, vous pouvez me croire. Allez.

Les autres hésitèrent, puis ils rebroussèrent chemin au pas de course. Miller prit quelques balles dans sa poche et entreprit de remplacer les trois qu'il avait utilisées. Holden voulut parler, mais il le devança :

— Visez à la gorge, si c'est possible. En général, il reste un espace nu entre le bas de la visière du casque et le haut du gilet pare-balles. S'il n'est pas suffisant ou absent, tirez dans la face interne de la cuisse. La tenue antiémeute est nettement moins renforcée à cet endroit. Question de mobilité. On peut abattre la plupart des enfoirés avec une seule balle.

Holden acquiesça, comme si ces explications avaient un sens pour lui.

— Dites, et si on retournait au vaisseau avant de saigner à mort, hein ? Et on ne descend plus personne si on peut l'éviter.

Sa voix lui parut plus calme qu'il ne l'était.

Miller enclencha le chargeur dans la crosse de son arme et engagea une balle dans la chambre.

— M'étonnerait pas qu'il y ait encore un paquet de connards à descendre avant que tout ça soit terminé, dit-il. Mais oui, bien sûr : faisons les choses dans l'ordre.

28

MILLER

La première fois que Miller avait tué quelqu'un, c'était durant sa troisième année à la sécurité. Il avait alors vingt-deux ans, venait de se marier et parlait d'avoir des enfants. En tant que dernier arrivé dans l'équipe, il avait droit aux missions les plus merdiques : patrouiller à des niveaux si élevés que la force de Coriolis lui donnait le mal de mer, aller régler les conflits domestiques et les problèmes de voisinage dans des appartements pas plus grands que des bennes à ordures, monter la garde devant la cellule de dégrisement pour éviter que des prédateurs sexuels abusent d'ivrognes comateux. Le bizutage classique. Il s'y était attendu. Il avait pensé qu'il tiendrait le coup.

L'appel provenait d'un restaurant illégal situé presque au centre de la masse. À moins d'un dixième de g, la gravité était à peine plus qu'une suggestion, et son oreille interne avait été complètement chamboulée et irritée par ce changement dans la rotation. Quand il y repensait, il se souvenait encore du son des voix en colère, trop rapides et trop empâtées pour articuler correctement les mots. L'odeur du fromage de fabrication clandestine. Le brouillard diaphane montant des plaques électriques bon marché.

Tout s'était passé très vite. Le suspect était sorti de l'appartement avec un pistolet à la main, en traînant de l'autre une femme par les cheveux. L'équipier de Miller, un vétéran ayant dix ans d'expérience appelé Carson, avait

342

lancé une mise en garde. L'homme s'était retourné, son arme à bout de bras, comme un cascadeur dans une vidéo.

Pendant toute la durée de la formation, les instructeurs vous répétaient que vous ne pouviez pas savoir ce que vous feriez avant que le moment se présente. Tuer un autre être humain n'était pas un acte anodin. Certaines personnes en étaient incapables. Le suspect avait braqué son arme, puis il avait lâché la femme en poussant un cri. Pour Miller au moins, le passage à l'acte ne s'était pas avéré si difficile.

Par la suite, il avait suivi les séances obligatoires d'aide psychologique. Il avait pleuré, souffert de cauchemars, de crises de tremblements et de tous ces symptômes que les flics endurent discrètement, sans en parler. Mais même alors, il lui avait semblé que les choses se produisaient à distance, comme s'il s'était enivré et qu'il se regardait vomir. C'était seulement une réaction physique. Elle allait passer.

Le plus important était qu'il avait désormais la réponse à la question : Oui, s'il le fallait, il était capable de prendre une vie.

Et c'était seulement maintenant, alors qu'il parcourait les couloirs d'Éros, qu'il y prenait plaisir. Même quand il avait abattu ce pauvre imbécile, la toute première fois, il avait eu la sensation que c'était là une des tristes nécessités de son travail. Le plaisir de tuer n'était venu qu'après Julie, et c'était en fait moins un plaisir qu'une brève interruption de la souffrance.

Il tenait son arme baissée. Holden se mit à descendre la rampe, et il le suivit, en laissant le Terrien aller le premier. Holden marchait plus vite que lui, du pas athlétique de qui a vécu dans une grande variété de gravités. L'ex-policier avait l'impression qu'il l'avait rendu nerveux, et il le regrettait un peu. Cela n'avait pas été intentionnel, et il avait vraiment besoin d'embarquer sur le vaisseau d'Holden s'il voulait découvrir les secrets de Julie.

Et aussi pour ne pas mourir empoisonné par les radiations dans les quelques heures à venir. Un argument apparemment plus décisif qu'il ne l'était sans doute.

Holden avait atteint le bas de la rampe.

— Il nous faut redescendre, et il y a un tas de gardes entre nous et Naomi qui vont être vraiment étonnés de voir deux types marcher dans la mauvaise direction.

— C'est un problème, approuva Miller.

— Une idée ?

Il fronça les sourcils et considéra le revêtement de sol. Ceux d'Éros étaient différents de ceux de Cérès. En stratifié moucheté de taches dorées.

— Le métro ne sera probablement pas en service, dit-il. Et les rares rames qui circuleront peut-être seront en mode verrouillé et ne s'arrêteront qu'à la station enclose desservant les casinos. Donc ce n'est pas une solution.

— Le réseau des couloirs de la maintenance, encore une fois ?

— Si nous pouvons trouver le chemin entre les différents niveaux. Ça risque d'être un peu délicat, mais ce serait toujours mieux que de se frayer un chemin au milieu de deux douzaines d'abrutis en tenue renforcée. Combien de temps avant que notre amie décolle ?

Holden consulta son terminal. L'alerte à la radioactivité était toujours dans le rouge sombre. Miller se demanda quand le système se réinitialiserait.

— Dans un peu plus de deux heures. Ça ne devrait pas être un problème.

— Voyons ce que nous pouvons trouver, décida l'ex-policier.

Les couloirs proches des abris antiradiations – ces pièges mortels, les incubateurs – avaient été vidés. Ces larges passages destinés à la circulation des anciens matériels de construction qui avaient creusé Éros pour transformer l'astéroïde en habitation humaine baignaient dans une atmosphère irréelle, avec pour seul fond sonore l'écho des pas des deux hommes et le bourdonnement des recycleurs d'air. Miller n'avait pas remarqué à quel moment avait cessé la diffusion des messages d'urgence, mais leur absence ressemblait maintenant à un sinistre présage.

Sur Cérès il aurait su où aller, où menait chaque galerie, comment passer sans anicroche d'un niveau à un autre. Sur Éros, il ne pouvait se fier qu'à des suppositions à peine étayées. Mais c'était déjà ça.

Mais il se rendait compte que leur progression prenait trop longtemps, et pire encore – ils ne l'évoquaient pas, ni l'un ni l'autre ne parlait –, ils progressaient plus lentement que la normale. Ce n'était pas une constatation consciente, mais Miller sentait que leurs corps commençaient à subir les ravages des radiations. Et les choses n'iraient pas en s'améliorant.

— Quelque part dans les parages, il doit y avoir un puits de maintenance, annonça Holden.

— Nous pourrions aussi essayer la station du métro, répondit-il. Les rames se déplacent dans le vide, mais il y a peut-être des galeries de service qui courent parallèlement au tracé de la ligne.

— Vous ne pensez pas qu'ils les auraient condamnées pour faciliter leur grande rafle ?

— Mouais, probable…

— Hé ! Vous deux ! Qu'est-ce que vous foutez ici ?

Miller regarda par-dessus son épaule. Là-bas, deux hommes en tenue antiémeute leur faisaient des signes menaçants. Holden dit quelque chose de peu amène dans un murmure. L'ex-policier plissa les yeux.

Ces types étaient des amateurs, et l'esquisse d'une idée prit forme dans son esprit alors qu'il les regardait approcher. Il aurait été vain de les tuer et de prendre leur équipement. Rien de tel que des traces de brûlure et de sang pour révéler que quelque chose d'anormal était arrivé. Mais…

— Miller… souffla Holden, de l'inquiétude dans la voix.

— Ouais. Je sais.

— J'ai dit : Qu'est-ce que vous foutez ici ? répéta un des deux hommes de la sécurité. La station est bouclée. Tout le monde doit descendre au niveau des casinos ou se réfugier dans les abris antiradiations.

Holden sourit et prit un air inoffensif.

— Nous cherchions seulement un chemin pour… descendre au niveau des casinos. Nous ne sommes pas du coin, et…

Avec la crosse de son fusil, le plus proche des deux gardes lui assena un coup sec dans la cuisse. Le Terrien chancela, et Miller logea une balle dans le cou du garde, juste sous le bas de sa visière, pour aussitôt se retourner vers l'autre qui restait interdit, bouche ouverte.

— Tu es Mikey Ko, pas vrai ?

Le visage de l'homme devint livide, mais il hocha la tête. Avec un grognement, Holden retrouva son équilibre.

— Inspecteur Miller, dit l'ex-policier. Je t'ai serré sur Cérès il y a quatre ans à peu près. Tu t'étais laissé aller dans un bar. *Chez Tappan*, si je ne me trompe ? Tu avais frappé une fille avec une queue de billard, non ?

— Oh, euh, salut, fit l'homme avec un sourire crispé. Ouais, je me souviens de vous. Comment va, depuis ?

— Il y a eu des hauts et des bas. Tu sais comment c'est. Donne ton flingue au Terrien.

Le regard de Ko alla de Miller à Holden, revint au premier, et l'homme passa une langue rapide sur ses lèvres pendant qu'il évaluait ses chances. L'ex-policier eut un signe négatif de la tête.

— Sois sérieux. Donne-lui ton arme.

— Ouais, bien sûr. Aucun problème.

C'était le genre d'individu qui aurait pu tuer Julie, se dit Miller. Stupide. Sans aucune perspicacité. Né avec un instinct brut pour l'opportunisme, à la place d'une âme.

La Julie imaginaire eut une moue de dégoût et de tristesse, et l'ex-flic se demanda si c'était pour le gangster qui tendait maintenant son fusil à Holden ou pour lui. Les deux, peut-être.

— C'est quoi, l'affaire, ici, Mikey? dit-il.

— Comment ça?

Le garde jouait la carte de l'incompréhension, comme s'ils se trouvaient en salle d'interrogatoire. Il gagnait du temps. Il reproduisait le scénario éculé du criminel et du flic, comme si tout cela avait encore un sens. Comme si tout n'avait pas changé. Miller fut surpris de sentir sa gorge se serrer. Il ne comprenait pas la signification de cette réaction.

— Le boulot, fit-il. Quel est le boulot?

— Je ne sais pas…

— Eh, dit-il avec douceur. Je viens juste de buter ton pote.

— Et c'est la troisième fois aujourd'hui, ajouta Holden. Je l'ai vu faire.

Miller le lut dans les prunelles de l'homme : la ruse, le glissement d'une stratégie à une autre. C'était familier, vieux comme le monde, aussi prévisible que l'écoulement de l'eau sur un plan incliné.

— Écoutez, dit Ko, c'est juste un boulot. Il y a un an, en gros, ils nous ont dit que nous allions faire un truc grandiose, vous comprenez? Mais personne ne sait quoi. Et il y a quelques mois, ils se mettent à faire venir des types. Ils nous entraînent comme si nous étions flics, vous voyez le genre?

— Qui vous a entraînés? demanda Miller.

— Les derniers arrivés. Ceux qui avaient le contrat avant nous.

— Protogène?

— Un nom comme ça, ouais. Ensuite ils sont partis, et on a pris la suite. Il suffit d'y aller en force, vous voyez. On a fait un peu de contrebande, aussi.

— De la contrebande de quoi?

— Tout un tas de merdes, dit Ko qui commençait à moins craindre pour sa vie, ce qui se percevait à sa façon de parler et de se tenir. Du matériel de surveillance, des systèmes de communication, des serveurs super pointus. Des équipements scientifiques, aussi. Des trucs pour vérifier l'état de l'eau, et de l'air, toutes ces conneries. Et ces vieux robots télécommandés qu'on utilise pour les forages dans le vide. Tous ces machins.

— Et où allait tout ça? dit Holden.

— Ici, répondit Ko avec un geste large qui englobait l'air, la pierre, la station. Tout est ici. Ils ont mis des semaines à tout installer. Et puis, pendant des semaines, rien.

— Qu'est-ce que ça veut dire, "rien"?

— Rien de rien. Tous ces préparatifs, et après on est restés plantés là, à se les tourner.

Quelque chose ne s'était pas déroulé comme prévu. Le virus de Phœbé n'avait pas été au rendez-vous, songea Miller, mais ensuite Julie était arrivée et la partie avait pu reprendre. Il la revit telle qu'elle était dans la chambre d'hôtel. Les longues vrilles envahissantes de cette chose cauchemardesque, les pointes osseuses qui tendaient sa peau, le flot de filaments noirs qui se déversait de ses yeux.

— Mais on était bien payés, dit Ko avec philosophie. Et c'était plutôt agréable d'avoir un peu de temps de repos.

Miller approuva de la tête, se pencha, glissa le canon de son arme sous le bas du gilet pare-balles et tira une balle dans le ventre de Ko.

— Bordel, qu'est-ce que vous faites? s'exclama Holden.

L'ex-policier rangea son pistolet dans la poche de sa veste et s'accroupit devant le blessé qui venait de s'effondrer au sol.

— Vous pensiez qu'il allait se passer quoi ? Il n'allait pas nous laisser partir comme ça.

— Ouais, d'accord, mais...

— Aidez-moi à le relever, dit l'ex-policier en passant le bras sous l'aisselle de Ko, qui hurla.

— Quoi ?

— Faites comme moi de l'autre côté. Ce type a besoin de soins médicaux, pas vrai ?

— Euh... Oui.

— Alors soutenez-le de votre côté.

Le trajet pour rejoindre les abris ne fut pas aussi long que Miller l'avait espéré, ce qui avait ses avantages et ses inconvénients : Ko était toujours vivant, et il geignait, ce qui était un point plutôt positif ; il risquait d'être encore un peu trop lucide, et cela n'allait pas dans le bon sens pour ce que l'ex-policier avait en tête. Mais quand ils arrivèrent en vue du premier groupe de gardes, les bredouillis du blessé étaient déjà assez décousus pour que le stratagème fonctionne.

— Eh ! cria Miller. Quelqu'un pour nous donner un coup de main !

Au bout de la rampe, quatre des gardes se consultèrent du regard avant de s'avancer vers eux, la curiosité prenant le dessus sur les procédures de base. Holden avait le souffle court, de même que Miller. Ko n'était pourtant pas si lourd. C'était mauvais signe.

— Qu'est-ce qui se passe ? dit l'un des hommes.

— Il y a pas mal de gens retranchés plus loin, là-bas, répondit Miller. La résistance. Je croyais que vous aviez nettoyé ce niveau.

— Ce n'était pas notre boulot, se défendit l'autre. Nous nous assurons seulement que les groupes venus des casinos gagnent bien tous les abris.

— Eh bien, quelqu'un a merdé, fit Miller d'un ton sec. Vous avez un moyen de transport ?

De nouveau, les gardes s'interrogèrent du regard.

— On peut en faire venir un, dit l'un d'eux.

— Laissez tomber. Allez plutôt débusquer ceux qui nous ont canardés.

— Attendez une minute, dit le premier garde à avoir parlé. Vous êtes qui, au juste ?

— Les installateurs de Protogène, affirma Holden. Nous remplaçons les senseurs défectueux. Ce gars était censé nous aider.

— Je n'ai jamais entendu parler d'un truc pareil, dit le chef du quatuor.

Miller glissa un doigt sous le gilet pare-balles de Ko et l'enfonça dans le ventre du blessé. Celui-ci poussa un cri et se tortilla pour échapper à la douleur.

— Parlez-en à votre chef quand vous aurez le temps. Allez. Il faut amener cet abruti à un médecin.

— Une minute ! ordonna le premier garde, et Miller réprima un soupir.

Ils étaient quatre. S'il lâchait Ko et se mettait à l'abri… mais il n'y avait pas vraiment d'endroit proche pour cela. Et qui pouvait dire ce qu'Holden ferait ?

— Où sont les tireurs ? demanda le garde.

L'ex-policier se retint de sourire.

— Il y a un trou à environ deux cent cinquante mètres dans le sens inverse de la rotation, expliqua Miller. Le corps de son équipier est toujours là. Vous ne pouvez pas le rater.

Il se tourna vers la rampe. Derrière lui, les gardes discutaient entre eux pour décider de ce qu'ils allaient faire, qui ils allaient envoyer en reconnaissance.

— Vous êtes complètement dingue, murmura Holden entre deux sanglots d'un Ko à demi inconscient.

Il avait peut-être raison..

Quand cesse-t-on d'être humain ? se demandait Miller.

Il devait y avoir un moment, une décision quelconque que vous preniez, avant laquelle vous étiez une certaine personne, et après, quelqu'un d'autre. Tout en descendant les niveaux d'Éros, le corps amolli et ensanglanté de Ko entre Holden et lui, il réfléchissait à cette question. Il était probablement en train de mourir à cause des radiations reçues. Il avait réussi à franchir le barrage d'une demi-douzaine d'hommes qui ne l'avaient laissé passer que parce qu'ils étaient habitués aux gens effrayés par eux, alors qu'il ne l'était pas. Il avait tué trois personnes au cours des deux dernières heures. Quatre s'il comptait Ko par anticipation. Et il était probablement plus juste de dire quatre.

La partie analytique de son esprit, cette petite entité intime toute de froideur qu'il avait cultivée au fil des ans, le regardait agir et passait au crible chacune des décisions qu'il avait prises. Sur le moment, tout ce qu'il avait fait était parfaitement légitimé. Tirer sur Ko. Abattre les trois autres. Quitter la sécurité de la cachette où se trouvait l'équipage pour se renseigner sur l'évacuation. Émotionnellement, tous ces actes avaient paru évidents. C'est seulement quand il les considérait avec du recul que la dangerosité de l'ensemble lui apparaissait. S'il avait vu quelqu'un d'autre se comporter de la sorte – Muss, Havelock, Sematimba –, il ne lui aurait pas fallu plus d'une minute pour comprendre que cette personne avait perdu la tête. Parce qu'il s'agissait de lui-même, il avait mis plus longtemps à le remarquer. Mais Holden avait raison. À un moment ou un autre, il s'était perdu.

Il voulait croire que l'élément déclencheur était sa recherche de Julie, la découverte de ce qui lui était arrivé, la constatation qu'il avait été incapable de la sauver, mais c'était uniquement parce que tout cela ressemblait à un élan presque sentimental de sa part. La vérité, c'était que, parmi ses décisions précédant cet épisode – son départ de Cérès pour retrouver Julie, le basculement dans la boisson qui lui avait coûté sa carrière, le simple fait d'être resté flic ne serait-ce qu'un jour de plus après avoir tué une première fois, toutes ces années auparavant –, aucune ne semblait avoir de sens, si on regardait les choses avec objectivité. Il avait torpillé un mariage avec la femme qu'autrefois il aimait. Il avait vécu enfoncé jusqu'à la taille dans la fange constituant le pire de ce que l'humanité pouvait offrir. Il avait appris d'expérience qu'il était capable de tuer un de ses semblables. Et il ne pouvait dire qu'avant tel moment donné il avait été un homme sain d'esprit, entier, et qu'ensuite il n'était plus le même.

Peut-être que c'était un processus d'accumulation, comme le tabagisme. Une cigarette n'était pas très dangereuse. Cinq à peine plus. Chaque émotion qu'il avait éteinte, chaque contact humain dédaigné, chaque preuve d'amour, d'amitié, chaque moment de compassion dont il s'était détourné, l'avait éloigné un peu plus de lui-même. Jusqu'à maintenant, il avait pu tuer en toute impunité. Il avait su faire face à sa mort imminente en la niant, ce qui lui permettait de voir plus loin et d'agir.

Dans son esprit, Julie Mao inclina la tête de côté pour mieux écouter ses pensées. Elle l'étreignit, son corps se collant contre le sien dans un mouvement qui tenait plus du réconfort que de l'érotisme. Pour le consoler. Lui pardonner.

C'était la raison pour laquelle il s'était lancé à sa recherche. Julie était devenue la part de lui-même capable de sentiments humains. Le symbole de ce qu'il aurait pu être s'il n'était pas devenu ce qu'il était maintenant. Rien ne prouvait que sa Julie imaginaire avait quoi que ce soit en commun avec la femme réelle. Leur rencontre se serait soldée par une déception mutuelle.

Mais il devait le croire, de la même manière qu'il devait croire à tout ce qui l'avait isolé de l'amour auparavant.

Holden fit halte, et le corps – le cadavre, à présent – de Ko retint Miller en arrière.

— Quoi? fit-il.

Le Terrien lui montra le panneau d'accès devant eux, et il mit un temps avant de reconnaître l'endroit. Ils avaient réussi. Ils étaient revenus à la cachette.

— Ça va? demanda Holden.

— Ouais. Je rêvassais, c'est tout. Désolé.

Il lâcha Ko, et le gangster glissa sur le sol avec un bruit sourd. Le bras de Miller était engourdi. Il le secoua, sans parvenir à dissiper le fourmillement. Une vague de vertige et de nausée le saisit. Les symptômes, se dit-il.

— Nous en sommes où, pour les délais?

— Un peu en retard. Cinq minutes. Ça ira.

Holden fit coulisser la porte.

L'espace au-delà, où Naomi, Alex et Amos avaient trouvé refuge, était désert.

— Merde alors, souffla Holden.

29

HOLDEN

— Merde alors, murmura Holden dans un souffle, puis : Ils nous ont laissés tomber.

Non. *Elle* l'avait laissé tomber, *lui*. Naomi avait dit qu'elle le ferait, mais confronté à la réalité il se rendait compte qu'il n'avait pas cru qu'elle parlait sérieusement. Mais la preuve était là, devant ses yeux : l'espace vide où le trio s'était trouvé. Son cœur se mit à cogner dans sa poitrine et une boule se forma dans sa gorge. Il haletait. Cette sensation de malaise venait-elle de son désespoir ou de son côlon qui commençait à se liquéfier ? Il allait mourir à l'extérieur d'un hôtel minable d'Éros parce que Naomi avait fait exactement ce qu'elle avait promis. Ce que lui-même lui avait ordonné de faire. Son ressentiment refusait d'entendre la voix de la raison.

— Nous sommes morts, lâcha-t-il, et il s'assit sur le rebord d'un gros bac à plantes où poussaient des fougères.

Miller surveillait les extrémités du couloir en tripotant son arme.

— Combien de temps nous reste-t-il ?

— Aucune idée, répondit Holden, qui désigna le symbole rouge sur l'écran de son terminal. Des heures avant que nous commencions à vraiment sentir les premiers signes, je pense, mais je ne sais pas au juste. Seigneur, j'aimerais tant que Shed soit avec nous.

— Shed ?

— Un ami à moi, répondit Holden, peu désireux d'en dire plus. Un bon infirmier.

— Appelez-le.

Holden contempla son terminal et tapota à plusieurs reprises l'écran.

— Le réseau est toujours en panne.

— Alors rejoignons votre vaisseau. Voyons s'il est toujours là.

— Ils seront partis. Naomi s'est donné pour mission de garder l'équipage en vie. Elle m'avait prévenu, mais j'ai…

— Allons-y quand même.

L'ex-policier se balançait d'un pied sur l'autre et ne cessait de scruter le couloir tout en parlant.

— Miller…

Holden n'alla pas plus loin. Son compagnon était visiblement à cran, et il venait de tuer quatre personnes. Le Terrien était de plus en plus effrayé par lui. Comme s'il avait lu dans ses pensées, Miller s'approcha, et ses deux mètres dominèrent Holden, toujours assis. Il lui sourit tristement, et son regard était d'une douceur déconcertante. Holden aurait presque préféré qu'il soit menaçant.

— Comme je vois les choses, il y a trois solutions à partir de maintenant, dit l'ex-policier. Un, nous trouvons votre vaisseau qui nous attend toujours sagement, nous prenons les médicaments dont nous avons besoin, et peut-être que nous nous en tirons. Deux, nous essayons d'atteindre le vaisseau, et sur le chemin nous nous heurtons à une bande de gangsters de la mafia. Nous mourons glorieusement sous un déluge de balles. Trois, nous restons assis ici, et nous nous vidons par les yeux et le rectum.

Holden ne dit rien. La mine renfrognée, il se contenta de le dévisager.

— Je préfère les deux premiers scénarios au dernier, ajouta Miller sur ce qui ressemblait presque à un ton d'excuse. Et vous, vous voyez les choses comment ?

Holden céda à l'hilarité avant de pouvoir se contenir, mais Miller ne parut pas s'en offenser.

— Bien sûr, dit le Terrien. J'avais juste besoin de m'apitoyer une minute sur mon sort. Allons donc nous faire descendre par la mafia.

Il avait parlé sur un mode bravache qui n'était nullement le reflet de ce qu'il ressentait. La vérité, c'est qu'il ne voulait pas mourir. Même pendant qu'il servait dans la Flotte, l'idée de mourir en faisant son devoir lui avait toujours semblé irréelle, nébuleuse. *Son* vaisseau ne serait jamais détruit, et même dans le cas contraire il réussirait à monter dans la navette de secours et à en réchapper.

Sans lui, l'univers n'avait plus aucun sens. Il avait pris des risques, il avait vu d'autres personnes mourir, y compris certaines qu'il aimait. Aujourd'hui, pour la première fois, sa propre mort s'inscrivait dans la réalité de la situation.

Il leva les yeux vers l'ex-flic. Il connaissait cet homme depuis moins d'un jour, il ne lui faisait pas confiance et n'était pas certain de beaucoup l'apprécier. Et c'était avec lui qu'il allait finir. Il frissonna, se mit debout et sortit le pistolet coincé sous sa ceinture, au creux des reins. Sous la panique et la peur, il y avait un sentiment profond de calme. Pourvu qu'il perdure.

— Après vous, dit-il. Si nous nous en sortons, faites-moi penser à appeler mes mères.

Les casinos étaient une poudrière qui n'attendait plus qu'on craque une allumette. Si l'opération d'évacuation avait été un succès même modéré, il devait y avoir au moins un million de personnes entassées là. Des hommes au visage sévère, en tenue d'intervention, se déplaçaient dans la foule et répétaient à la cantonade les consignes : rester tranquille en attendant d'être emmené aux abris antiradiations, ce qui avait pour effet d'entretenir la peur chez les gens. De temps à autre, un petit groupe de citoyens partait sous escorte. Holden savait où ils étaient emmenés, et ce spectacle le rendait malade. Il avait envie de crier que ces flics étaient des imposteurs, qu'ils tuaient les gens. Mais une émeute avec une telle foule dans un espace aussi confiné tournerait à la boucherie. Si c'était inévitable, il ne serait pas celui qui la déclencherait.

Quelqu'un d'autre s'en chargea.

Il entendit des voix qui haussaient le ton, le grondement irrité qui montait de la masse humaine, suivi par la voix électroniquement amplifiée d'un individu coiffé d'un casque antiémeute qui ordonnait aux gens de reculer. Il y eut une détonation, un court instant durant lequel tout se figea, puis une fusillade. Des cris. La foule autour d'Holden et Miller se précipita dans deux directions opposées, certaines personnes se ruant vers la source de l'affrontement, mais la grande majorité cherchant à s'en éloigner au plus vite. Holden fut ballotté dans le torrent de corps. Miller tendit la main et agrippa sa chemise en lui hurlant de rester auprès de lui.

Une quinzaine de mètres plus loin, dans la salle extérieure d'un café-restaurant délimitée par une grille en fer noire arrivant à la taille, un des gangsters avait été séparé de son escouade par une poignée de citoyens. L'arme prête, il reculait en leur criant de dégager le passage. Mais ils continuaient d'avancer sur lui, et leurs visages affichaient la frénésie sauvage qui préside à la violence en groupe.

L'homme tira une fois, et une petite silhouette se détacha des premiers rangs en deux pas vacillants, avant de s'effondrer aux pieds de son meurtrier. Holden n'aurait pu dire si c'était un garçon ou une fille, mais la victime ne devait pas avoir plus de treize ou quatorze ans. Le gangster regarda le corps étendu devant lui, puis menaça de nouveau le reste de la foule avec son arme.

C'en était trop.

Il se retrouva à dévaler le couloir en direction du tueur, son arme au poing et hurlant aux gens de s'écarter. Quand il ne fut plus qu'à environ sept mètres, la foule se fendit en deux, suffisamment pour qu'il puisse commencer à tirer. La moitié de ses balles s'égarèrent et finirent dans le comptoir du café-restaurant et dans les murs. L'une d'elles fit sauter une pile d'assiettes en céramique. Mais plusieurs atteignirent leur cible, et sous les impacts l'homme recula en titubant.

Holden sauta par-dessus la séparation métallique et stoppa dans une glissade à quelque trois mètres du faux policier et de sa victime. Son arme aboya une dernière fois, puis la glissière se bloqua en position ouverte pour l'avertir que le pistolet était déchargé.

L'homme ne s'écroula pas. Il se redressa de toute sa taille, baissa le regard sur sa poitrine, puis le braqua ainsi que son arme sur le visage d'Holden. Celui-ci eut le temps de dénombrer trois impacts sur le gilet de l'autre. *Mourons glorieusement sous un déluge de balles*, pensa-t-il.

— Espèce d'enfoir… commença le gangster.

Sa tête fut rejetée en arrière dans un jet de sang.

Il s'effondra comme une masse.

— L'espace sous le bas de la visière, vous vous souvenez? dit la voix de Miller derrière lui. Le gilet pare-balles est trop épais pour les projectiles d'un pistolet.

Pris d'un vertige soudain, Holden se cassa en deux et chercha désespérément à emplir ses poumons d'air. Il décela un goût acide dans son arrière-gorge et déglutit par deux fois pour refouler la nausée qui montait. Il redoutait que ses vomissures soient pleines de sang et de morceaux de la paroi interne de son estomac. Il n'avait pas besoin de voir cela. Il tourna la tête vers l'ex-policier.

— Merci, fit-il dans un demi-hoquet.

Miller accepta d'un simple signe de tête et marcha jusqu'au garde qu'il poussa de la pointe du pied. Holden se redressa, balaya le couloir du regard, à la recherche de l'inévitable assaut vengeur des autres types de la mafia. Il ne vit rien de tel. Miller et lui se trouvaient dans un îlot de calme au milieu de l'Armageddon. Tout autour d'eux, la violence déployait ses ramifications. Les gens couraient dans toutes les directions, les pseudos-agents hurlaient de leurs voix amplifiées et ponctuaient leurs menaces de tirs sporadiques. Ils étaient des centaines, mais les civils paniqués et furieux se comptaient par milliers. Miller désigna le chaos ambiant.

— Voilà ce qui se passe quand on donne à une horde de tarés ce genre de matos et qu'ils croient savoir ce qu'ils font.

Holden s'accroupit auprès de l'enfant au sol. C'était un garçon de peut-être treize ans, aux traits asiatiques et aux cheveux noirs. Une plaie béante s'ouvrait dans sa poitrine, d'où le sang coulait doucement au lieu de jaillir en bouillonnant. Le Terrien ne put trouver son pouls. Il le prit quand même dans ses bras et se releva. Du regard, il chercha un endroit où l'emporter.

— Il est mort, dit Miller, qui remplaçait la cartouche tirée.

—Allez au diable. Nous n'en savons rien. Si nous réussissons à l'amener au vaisseau, peut-être que…

L'ex-policier fit "non" de la tête. Une expression à la fois attristée et distante marquant ses traits, il contempla un instant l'enfant dans les bras d'Holden.

— Il s'est pris une balle de gros calibre en pleine poitrine, dit-il. Il est mort.

— Merde alors, balbutia Holden.
— Vous n'arrêtez pas de le répéter.

Une enseigne au néon clignotait dans la partie supérieure du couloir menant au niveau des casinos et aux rampes desservant les quais du spatioport : MERCI DE VOTRE PARTICIPATION. SUR ÉROS, VOUS ÊTES TOUJOURS GAGNANTS. En dessous, deux rangées d'hommes en tenue de combat renforcée bloquaient le passage. Ils avaient peut-être renoncé à contrôler la foule dans les casinos, mais ils ne voulaient laisser partir personne.

À une centaine de mètres de là, Holden et Miller étaient accroupis derrière la carriole renversée d'un vendeur de café ambulant. Sous leurs yeux, une dizaine de personnes s'élancèrent vers les gardes et furent sommairement fauchées par les rafales d'armes automatiques. Elles s'effondrèrent à côté des cadavres de ceux qui avaient déjà tenté la même manœuvre.

— J'en compte trente-quatre, dit Miller. Vous pouvez vous charger de combien d'entre eux ?

De surprise, Holden tourna vivement la tête vers lui, mais l'expression de l'ancien policier lui indiqua instantanément qu'il plaisantait.

— Blague à part, comment allons-nous passer ? demanda le Terrien.

— Une trentaine de types avec des armes automatiques et une vue dégagée sur leurs cibles. Rien pour se mettre à couvert sur les vingt derniers mètres... Nous ne passerons pas.

30

MILLER

Ils étaient assis sur le sol, dos appuyé contre une rangée de machines à sous auxquelles personne ne jouait, et ils observaient le flux et le reflux de la violence autour d'eux comme s'ils assistaient à un match de football. Miller avait posé son feutre sur son genou relevé. Il sentait la vibration dans la caisse de la machine derrière lui quand celle-ci lançait sa démonstration pour appâter le client. Les lumières clignotaient et brillaient. À côté de lui, Holden avait autant de mal à respirer que s'il venait de terminer une course de fond. Au-delà, telle une scène imaginée par un Jérôme Bosch actuel, les casinos d'Éros se préparaient à la mort.

L'émeute s'était essoufflée, au moins pour un temps, et hommes et femmes se rassemblaient par petits groupes. Des gardes passaient ici et là, pour menacer et disperser tout attroupement qui leur paraissait trop important ou turbulent. Quelque chose se consumait trop vite pour que les recycleurs d'air puissent chasser l'odeur de plastique fondu. La musique bhangra diffusée en fond sonore se mêlait aux sanglots, aux gémissements et aux cris de désespoir. Un inconscient apostrophait l'un des prétendus policiers. L'homme se disait avocat, il prenait tout ce qui se passait sur vidéo, et promettait de gros ennuis au responsable de cette pagaille généralisée. Miller vit les gens s'attrouper peu à peu autour de l'incident. L'agent en tenue antiémeute écouta patiemment la diatribe de l'autre, acquiesça à sa conclusion et lui logea une balle dans le genou. La foule se dispersa à l'exception d'une femme, l'épouse ou la petite amie du blessé, qui se pencha sur lui en hurlant. Dans l'intimité du crâne de Miller, tout se désagrégeait lentement.

Il prenait conscience qu'il possédait deux esprits différents. L'un était le Miller auquel il était habitué. Celui qui réfléchissait à ce qui allait se passer quand il se découvrirait, quelle étape suivante aiderait à relier les points entre la station Phœbé, Cérès, Éros, et Juliette Mao, et comment faire progresser cette affaire. Cette version de lui-même scrutait la foule de la même manière que s'il avait observé une scène de crime, en attendant qu'un détail, un changement attire son attention. Que cela l'envoie dans la bonne direction et lui permette de résoudre le mystère. C'était la partie un peu sommaire, qui raisonnait à court terme et qui ne pouvait envisager sa propre fin, pensant que sûrement, sûrement il y aurait un après.

L'autre Miller était plus calme. Triste, mais en paix. Des années plus tôt, il avait lu un poème intitulé *Le Mort en moi*, et il n'avait pas compris l'expression avant cet instant. Un nœud au centre de sa psyché se défaisait. Toute l'énergie qu'il avait consacrée à maintenir l'unité – de Cérès, son mariage, sa carrière, lui-même – se libérait. Il avait tué par balles plus de personnes ce dernier jour que durant toute sa carrière de flic. Il commençait – et commençait seulement – à se rendre compte qu'il était en fait tombé amoureux du sujet de ses recherches après avoir eu la certitude qu'il l'avait perdu à jamais. Il voyait clairement que le chaos qu'il s'était efforcé de repousser toute sa vie était plus puissant et plus diversifié que lui-même le serait jamais. Aucun des compromis auxquels il pouvait consentir ne serait suffisant. Le mort-en-lui l'envahissait, et cet épanouissement ténébreux ne réclamait aucun effort de sa part. C'était un soulagement, un relâchement, une longue et lente libération après des décennies de retenue.

Il était en ruine, mais c'était sans importance, puisqu'il agonisait.

— Eh, fit Holden.

Sa voix était plus forte que Miller ne s'y serait attendu.

— Ouais?

— Vous avez déjà regardé *Misko et Marisko* quand vous étiez gamin?

Miller fronça les sourcils.

— L'émission pour enfants?

— Celle avec les cinq dinosaures et le type méchant coiffé d'un gros chapeau rose, répondit le Terrien.

Il se mit à fredonner un air enlevé. Miller ferma les yeux et se joignit à lui. Il y avait eu des paroles sur cette musique, dans le temps, mais à présent ce n'était plus qu'une série de notes montantes et descendantes, une roulade sur une gamme majeure avec chaque dissonance résolue dans la note suivante.

— J'ai dû la voir, oui, dit-il quand ils furent arrivés au terme de leur duo.

— J'adorais cette émission. J'avais huit ou neuf ans la dernière fois que je l'ai regardée. Curieux comme ce genre de choses vous reste en mémoire.

— Ouais, approuva Miller.

Il toussa, tourna la tête et cracha quelque chose de rouge.

— Comment vous vous en sortez? demanda-t-il.

— Je crois que ça va à peu près, répondit le Terrien, qui ajouta, après un instant de réflexion : Tant que je ne me mets pas debout.

— Nauséeux?

— Ouais, un peu.

— Moi aussi.

— Qu'est-ce que c'est? dit Holden. Je veux dire : pourquoi font-ils tout ça?

C'était une bonne question. La dévastation d'Éros, ou d'une autre station dans la Ceinture d'ailleurs, était une tâche très facile à effectuer. N'importe qui ayant suivi une première année d'études sur la mécanique orbitale pouvait trouver un moyen de projeter un astéroïde assez gros et à une vitesse suffisante pour éventrer la station. Avec les moyens que Protogène avait engagés, ils auraient pu couper l'alimentation en air, l'empoisonner ou en faire ce qu'ils voulaient. Ce n'était pas un meurtre. Ce n'était même pas un génocide.

Et il y avait tout ce matériel d'observation. Des caméras, des systèmes de communication, des senseurs pour l'air et pour l'eau. Il n'existait que deux raisons d'accumuler ce genre d'équipement. Soit les salopards de Protogène étaient dingues, et ils prenaient leur pied à regarder les gens mourir, soit…

— Ils ne savent pas, dit Miller.

— Quoi ?

Il se tourna vers Holden. Le premier Miller, l'inspecteur, l'optimiste, celui qui avait besoin de savoir, était maintenant aux commandes. Son mort-en-lui ne luttait pas, parce que ce n'était pas quelque chose qu'il faisait, bien sûr. Il ne luttait contre rien. Il leva la main, comme s'il s'apprêtait à faire la leçon à un bleu.

— Ils ne savent pas à quoi rime tout ça, ou… voyez-vous, au minimum ils ne savent pas ce qui va se passer. Tout ça n'est pas agencé comme une chambre de torture. Tout est observé, d'accord ? Ces senseurs pour l'air et l'eau. C'est une boîte de Petri. Ils ignorent ce que fait cette saloperie qui a été Julie, et c'est la façon qu'ils ont trouvée de le découvrir.

Holden se renfrogna.

— Ils n'ont donc pas de laboratoires ? Des endroits où ils pourraient refiler cette vacherie à des animaux, par exemple ? Parce que comparé aux méthodes d'expérimentation traditionnelles, tout ça a l'air un peu confus.

— Peut-être qu'ils ont besoin d'une expérimentation à grande échelle. Ou alors ça ne concerne pas les gens, mais ce qui arrive à la station.

— Voilà une pensée réjouissante, grommela le Terrien.

Dans l'esprit de Miller, Julie Mao chassa une mèche de cheveux de devant ses yeux. Elle semblait pensive, intéressée, soucieuse aussi. Tout cela devait avoir un sens. C'était comme un de ces problèmes de base sur la mécanique orbitale dans lequel chaque nœud et chaque changement de direction semblait aléatoire jusqu'à ce que toutes les variables trouvent leur place. Ce qui avait été inexplicable devenait alors inévitable. Julie lui sourit. Julie telle qu'elle avait été. Telle qu'il imaginait qu'elle avait été. Le Miller qui ne s'était pas résigné à la mort lui sourit en retour. Et quand elle fut partie, son esprit revint au bruit des machines à sous et au gémissement bas et démoniaque de la foule.

Un autre groupe, fort d'une vingtaine d'hommes penchés en avant comme des joueurs de football américain avant le mouvement, se précipita vers les mercenaires qui gardaient l'entrée du spatioport. Tous furent fauchés dans les secondes suivantes.

— Si nous avions assez de gens, dit Holden quand la fusillade cessa, nous pourrions y arriver. Ils ne pourraient pas nous tuer tous.

— C'est pour ça que les faux policiers patrouillent, répliqua Miller. Pour s'assurer que personne n'organise un rassemblement trop important. Ils n'arrêtent pas de remuer la soupe pour éviter les grumeaux.

— Mais s'il y avait une révolte contre eux, je veux dire une vraie révolte d'ampleur…

— Peut-être, admit l'ex-policier.

Quelque chose dans sa poitrine produisait un bruit sec qui n'existait pas une minute auparavant. Il prit une inspiration lente et profonde, et le bruit se fit entendre de nouveau. Il le sentait qui claquait au fond de son poumon gauche.

— Au moins Naomi s'est sauvée, dit Holden.

— Une bonne chose.

— Elle est étonnante. Elle ne mettra jamais Amos et Alex en danger si elle peut l'éviter. Je veux dire : elle est sérieuse. Professionnelle. Forte, vous comprenez ? Enfin, elle est vraiment, vraiment…

— Jolie, aussi, proposa Miller. De beaux cheveux. J'aime bien ses yeux.

— Non, ce n'est pas ce que je voulais dire…

— Vous ne la trouvez pas séduisante ?

— C'est mon officier en second. Elle est… Vous me comprenez…

— Hors catégorie.

Holden soupira.

— Elle s'en est tirée, vous croyez ? demanda-t-il.

— C'est presque certain.

Ils firent silence. Un des blessés du dernier assaut toussa, se releva et se traîna en boitant jusqu'au casino le plus proche. La blessure dans son flanc laissa derrière lui une traînée de sang. Le bhangra fut remplacé par un medley afro pop, avec une voix basse et sensuelle qui chantait dans une langue inconnue de Miller.

— Elle nous aura attendus, dit Holden. Vous ne pensez pas qu'elle nous aura attendus ?

— C'est presque certain, répondit le Miller mort-en-lui-même, sans particulièrement se soucier que ce soit là un mensonge.

Il y réfléchit pourtant un long moment, et se tourna pour regarder le Terrien dans les yeux.

— Eh, juste pour que vous sachiez : je ne suis pas au top de ma forme, en ce moment.

— Compris.

— Bon.

Les lumières orange indiquant la fermeture de la station de métro située à l'autre bout du niveau passèrent au vert. Intéressé, Miller se redressa un peu. Son dos était collant, mais c'était probablement seulement dû à la sueur. D'autres personnes avaient remarqué le changement. Comme un courant dans un réservoir d'eau, l'attention de la foule alentour délaissa les gardes bloquant l'accès au spatioport et se porta sur les portes en acier brossé de la station de métro.

Les panneaux métalliques s'ouvrirent, et les premiers zombies apparurent. Des hommes et des femmes aux yeux vitreux et à la musculature amollie franchirent le seuil en trébuchant. Pendant sa période de formation sur Cérès, Miller avait vu un documentaire consacré aux fièvres hémorragiques. Les mouvements de ces gens correspondaient aux symptômes décrits : apathiques, contraints, manquant de coordination. Comme des chiens atteints de la rage dont le cerveau avait déjà rendu les armes devant la maladie.

Il posa sa main sur l'épaule d'Holden.

— Eh, ça commence.

Un homme d'âge mûr portant la combinaison des services d'urgence alla à la rencontre des nouveaux venus. Il tendait les mains écartées devant lui, comme s'il pouvait les arrêter tous par ce seul geste. Le premier zombie de la meute posa sur lui un regard vide et vomit un jet d'une substance brune poisseuse très familière.

— Regardez, dit Holden.

— J'ai vu.

— Non, *regardez !*

Partout au niveau des casinos, les témoins lumineux du métro passaient du rouge au vert. Les portes s'ouvraient. Les gens se dirigeaient vers les rames ouvertes, mus par l'espoir insensé d'une fuite possible, et aussi pour s'éloigner des morts et des mortes qui continuaient d'avancer.

— Des zombies qui vomissent, dit Miller.

— Venus des abris antiradiations, ajouta Holden. Cette chose, cet organisme. Il se développe plus vite avec les radiations, n'est-ce pas ? C'est pourquoi cette fille – son nom m'échappe –, cette fille s'est comportée de façon aussi bizarre avec l'éclairage et la combinaison pressurisée.

— Elle s'appelle Julie. Et ouais, ces incubateurs étaient destinés à ça, fit Miller dans un soupir, avant d'envisager de se lever. Eh bien, nous ne mourrons peut-être pas empoisonnés par les radiations, finalement.

— Pourquoi ne pas simplement diffuser cette merde dans l'air?

— L'anaérobie, vous vous souvenez? Trop d'oxygène les tue.

L'homme des services d'urgence éclaboussé de vomissures essayait toujours de traiter les zombies vacillants comme si c'étaient des patients ordinaires. La substance brune maculait les vêtements des gens, les murs. Les portes de la rame de métro s'ouvrirent, et Miller vit une demi-douzaine de personnes s'engouffrer dans une voiture repeinte en brun. La foule était devenue indécise, son esprit collectif ayant dépassé le point de rupture devant ce spectacle.

Un policier antiémeute s'avança et se mit à arroser les zombies avec des rafales de son arme. Des plaies entrantes et sortantes que créaient les projectiles jaillirent des filaments noirs, et les morts-vivants s'écroulèrent. Miller ricana avant même de comprendre ce qu'il trouvait comique. Holden le regarda.

— Ils ne savaient pas, dit l'ex-flic. Les mercenaires en tenue d'intervention. Ils vont être retirés de la circulation. De la viande pour la machine, exactement comme nous tous.

Le Terrien laissa échapper un murmure d'approbation. Miller acquiesça, mais quelque chose de vague l'intriguait. Les gangsters venus de Cérès dans leur équipement volé étaient sacrifiés. Cela ne signifiait pas que tout le monde le serait. Il se pencha en avant.

L'arcade donnant sur le spatioport était toujours défendue par des mercenaires en position, l'arme prête.

Ils semblaient même plus disciplinés maintenant qu'ils l'étaient auparavant. Miller observa le plus galonné, qui à l'arrière aboyait des ordres dans un micro.

Miller avait cru tout espoir illusoire. Il avait pensé avoir épuisé toutes ses chances, et subitement, elles ressurgissaient.

— Levez-vous, dit-il.

— Hein?

— Levez-vous. Ils vont se replier.

— Qui?

Miller désigna les mercenaires.

— Ils savaient. Regardez-les. Ils ne paniquent pas. Ils ne sont pas troublés. Ils attendaient que ça arrive.

— Et vous pensez qu'ils vont se replier?

— Ils ne vont certainement pas traîner. Levez-vous.

Presque comme s'il s'était donné l'ordre à lui-même, Miller se mit debout en grognant sous l'effort. Ses genoux et sa colonne vertébrale lui faisaient un mal de chien. Le bruit dans son poumon empirait. Son ventre émit un gargouillement doux et complexe qui aurait été inquiétant en d'autres circonstances. Dès qu'il bougea il put prendre la mesure de l'étendue des dégâts corporels. Sa peau n'était pas encore douloureuse mais cela n'allait pas tarder, il le sentait, comme dans l'intervalle entre une brûlure grave et l'apparition des cloques qui en résultent. S'il survivait, il allait souffrir.

S'il survivait, *tout* allait le faire souffrir.

Son mort-en-lui-même cherchait à se manifester. La sensation de délivrance, de soulagement, de *paix* ressemblait à quelque chose de précieux qu'il avait perdu. Alors même que son esprit pareil à une machine s'affairant et jacassant continuait de tourner et de tourner encore pour avancer, le centre fragile et meurtri de son âme l'incitait à faire une pause, à se rasseoir, à laisser les problèmes s'éloigner.

— Qu'est-ce que nous cherchons? demanda Holden.

Il s'était mis debout. Un vaisseau sanguin dans son œil gauche avait éclaté, et le blanc de la cornée était aussi rouge que de la viande crue.

Qu'est-ce que nous cherchons? dit le mort-en-lui-même de Miller dans une sorte d'écho intérieur.

— Ils vont se replier, affirma-t-il pour répondre à la première question. Nous les suivons. En restant juste hors de portée pour que le dernier à partir ne se sente pas obligé de nous abattre.

— Et tout le monde ne va pas faire la même chose? Enfin, quoi, une fois que les mercenaires seront partis, vous ne pensez pas que tous les gens présents ici ne vont pas se diriger vers le spatioport?

— Si. C'est ce que je pense, dit Miller. Alors essayons de devancer la ruée générale. Regardez. Là.

Ce n'était pas grand-chose. Une légère modification dans l'attitude des mercenaires, un glissement infime dans leur centre de gravité collectif. Miller toussa. C'était plus douloureux que ça aurait dû l'être.

Qu'est-ce que nous cherchons? répéta le mort-en-lui-même. *Une réponse? La justice? Une autre occasion pour l'univers de nous donner un coup de latte dans les couilles? Qu'y a-t-il de l'autre côté de cette arcade qui puisse être une version plus rapide, plus propre, moins douloureuse que celle qui attend dans le canon de nos armes?*

Le chef des mercenaires recula tranquillement d'un pas avant de parcourir rapidement le couloir extérieur et de disparaître à la vue. Là où il s'était tenu un moment plus tôt, Julie était assise, et elle le regarda partir. Puis elle se tourna vers Miller. Qui fit un signe de la main.

— Pas encore, dit-il.

— Quand? demanda Holden, et sa voix surprit l'ancien flic.

Dans la tête de Miller l'image de Julie se brouilla, s'évanouit, et il fut de retour dans le monde réel.

— Ça vient, dit-il.

Il se devait de prévenir ce type. Il le lui devait. Vous entriez dans une mauvaise phase, vous deviez au moins à votre équipier la courtoisie de l'en avertir. Il se racla la gorge. C'était douloureux, ça aussi.

Il est possible que je me mette à halluciner, ou que j'aie des pulsions suicidaires. Il se pourrait que vous deviez m'abattre.

Holden lui jeta un coup d'œil. Les machines à sous les éclairaient en bleu et en vert, et cliquetaient d'un ravissement artificiel.

— Quoi ? dit Holden.

— Rien. J'assure mon équilibre.

Dans leur dos, une femme cria. Miller regarda en arrière et la vit qui repoussait un zombie, mais un jet de substance brune l'avait déjà touchée. Derrière l'arcade, les mercenaires reculaient en ordre dans le couloir.

— Allons-y, dit-il.

Holden et lui marchèrent vers l'arcade, et il remit son feutre en place. Des voix fortes, des cris, le son bas et informe de gens pris de nausées violentes. Les recycleurs d'air ne suffisaient plus à la tâche, et une odeur forte et âcre se répandait, qui évoquait le bouillon de bœuf mêlé à des substances acides. Miller avait l'impression d'avoir un caillou dans sa chaussure, mais il était presque certain que s'il vérifiait il y aurait seulement une rougeur là où la peau de sa voûte plantaire commençait à se fendiller.

Personne ne les prit pour cible. Personne ne leur ordonna de s'arrêter.

Quand ils arrivèrent à l'arcade, il mena Holden contre le mur, puis il risqua un coup d'œil au-delà du coin. Il lui suffit d'un quart de seconde pour constater que le couloir était désert sur toute sa longueur. Les mercenaires en avaient fini ici, et ils abandonnaient Éros à son destin. La fenêtre était ouverte. La voie était libre.

Dernière chance, se dit-il, autant pour vivre que pour mourir.

— Miller?
— Ouais. Ça a l'air bon. Allons-y. Avant que tout le monde ait la même idée.

31

HOLDEN

Quelque chose remuait dans le ventre d'Holden. Il ignora la sensation et garda les yeux rivés sur le dos de Miller. L'inspecteur efflanqué fonçait dans le couloir en direction du spatioport, avec des haltes occasionnelles aux intersections pour s'assurer d'un œil prudent que les galeries transversales ne recelaient pas d'ennuis potentiels. C'était devenu une machine. Tout ce que le Terrien pouvait faire, c'était essayer de ne pas se laisser distancer.

Les mercenaires qui avaient gardé la sortie du casino étaient toujours à la même distance devant eux. Dès qu'ils faisaient mouvement, Miller les imitait. S'ils ralentissaient, il ralentissait. Ils dégageaient la voie jusqu'au spatioport, et s'ils estimaient que des citoyens se rapprochaient trop ils n'hésiteraient sans doute pas à ouvrir le feu. Ils avaient déjà abattu deux personnes qui s'étaient précipitées vers eux. Toutes deux vomissaient de la boue brune. *D'où ces zombies vomisseurs sont-ils arrivés aussi vite*?

— D'où ces zombies vomisseurs sont-ils arrivés aussi vite? dit-il à la nuque de Miller.

L'inspecteur eut un geste de la main gauche. La droite tenait toujours son pistolet.

— Je ne pense pas qu'assez de cette saloperie soit sortie de Julie pour infecter toute la station, répondit-il sans ralentir. À mon avis, c'est le premier lot. Ceux qu'ils ont fait incuber afin de disposer d'assez de cette matière brune pour infecter les abris.

L'explication présentait une certaine logique. Et quand la partie contrôlée de l'expérience arrivait au stade voulu, vous lâchiez simplement vos cobayes sur la populace. Le temps que les gens comprennent ce qui se passait, la moitié d'entre eux étaient déjà touchés. Ensuite, ce n'était plus qu'une question de temps.

Ils s'arrêtèrent brièvement à l'intersection de deux galeries, et observèrent le chef du groupe de mercenaires qui avait fait halte avec ses hommes à une centaine de mètres devant eux pour parler dans sa radio pendant une minute. Holden haletait et s'efforçait encore de reprendre son souffle quand les autres repartirent et que Miller se remit lui aussi en mouvement. Le Terrien saisit la ceinture de l'inspecteur et se laissa entraîner. Où cet homme trop maigre puisait-il toute cette énergie ?

Miller s'arrêta. Son expression était indéchiffrable.

— Ils se disputent, dit-il.

— Hein ?

— Le chef du groupe et certains de ses hommes. Ils se disputent à propos de quelque chose.

— Et alors ? demanda Holden.

Il fut pris d'un subit accès de toux et cracha quelque chose d'humide dans sa main. Il essuya sa paume sur la jambe de son pantalon sans vouloir regarder si c'était du sang. *Pourvu que ce ne soit pas du sang...*

Miller eut le même geste de la main.

— Je ne pense pas qu'ils appartiennent tous à la même équipe.

Le groupe de mercenaires s'engagea dans un autre couloir, et Miller les suivit en entraînant Holden derrière lui. Ils arrivaient aux niveaux extérieurs où l'on trouvait les entrepôts, les ateliers de réparation pour les vaisseaux et les dépôts de réapprovisionnement. Au plus fort de l'activité, il y avait peu de mouvement dans cette partie de la station. À présent leurs pas résonnaient dans la galerie comme dans un mausolée. Loin devant, le groupe de mercenaires bifurqua une fois encore, et avant que Miller et Holden atteignent l'intersection, une silhouette solitaire apparut.

L'individu ne paraissant pas armé, Miller s'avança vers lui avec prudence, après avoir passé une main impatiente dans son dos pour faire lâcher sa ceinture à celle d'Holden. Une fois libre, l'ex-inspecteur leva sa main gauche dans un geste typique des policiers.

— C'est un endroit dangereux où traîner, monsieur, déclara-t-il.

L'autre n'était plus qu'à une quinzaine de mètres d'eux, et il se rapprochait d'une démarche chancelante. Il était habillé pour une soirée, d'un smoking bon marché sur une chemise à jabot décorée, avec un nœud papillon d'un rouge scintillant. Il n'avait plus qu'une seule chaussure noire vernie, et une chaussette rouge à son autre pied. Des vomissures brunâtres coulaient des coins de sa bouche et avaient souillé sa chemise blanche.

— Merde, grogna Miller en pointant son arme.

Holden lui agrippa le bras et l'abaissa de force. La vue de l'homme infecté lui brûlait les yeux.

— Il n'y est pour rien, dit-il. Il est innocent.

— Il se rapproche toujours.

— Alors marchons plus vite. Et si vous abattez encore quelqu'un sans que je vous en aie donné la permission, vous ne monterez pas à bord de mon appareil. C'est clair ?

— Croyez-moi, mourir est la meilleure chose qui peut arriver à ce type aujourd'hui, dit Miller. Vous ne lui rendez pas service.

— Ce n'est pas à vous de décider, rétorqua Holden d'une voix que la colère rendait tranchante.

Miller voulut répondre, mais le Terrien le prit de vitesse :

— Vous voulez embarquer sur le *Rossi* ? C'est moi le maître à bord. Alors plus de questions, plus de conneries.

Le rictus de Miller se transforma en sourire.

— Oui, chef. Au fait, nos mercenaires sont en train de prendre le large.

Il repartit de son pas mécanique. Holden ne regarda pas en arrière, mais il entendit longtemps crier l'homme que l'ex-policier avait failli abattre. Pour couvrir ce son, qui d'ailleurs n'existait probablement que dans son esprit, il se remit à fredonner le thème de *Misko et Marisko* dès qu'ils eurent tourné dans un autre couloir.

Mère Élise, qui était celle qui restait avec lui à la maison quand il était très jeune, lui apportait toujours quelque chose à grignoter pendant qu'il regardait cette émission, puis elle s'asseyait avec lui et jouait avec ses cheveux. Elle riait encore plus fort que lui des pitreries du dinosaure. Une fois, pour Halloween, elle lui avait confectionné un énorme chapeau rose pour qu'il puisse jouer à être le méchant comte Mungo. Pourquoi celui-ci cherchait-il tout le temps à capturer les dinosaures, d'ailleurs ? Ses raisons n'avaient jamais été très claires. Peut-être qu'il aimait les dinosaures, tout bêtement. Une fois il s'était servi d'un rayon rapetisseur et…

Il percuta le dos de Miller. L'inspecteur s'était arrêté d'un coup, et maintenant il se plaçait rapidement sur un bord de la galerie et s'accroupissait pour se dissimuler dans l'ombre. Holden fit comme lui. Une trentaine de mètres devant eux, le groupe de mercenaires, qui s'était beaucoup étoffé, venait de se scinder en deux factions.

— Ouais, murmura Miller, il y a un tas de gens qui ne sont pas à la fête, aujourd'hui…

Holden acquiesça et du dos de la main essuya quelque chose qui coulait sur son visage. Du sang. Il ne pensait pas avoir heurté le dos de Miller assez violemment pour saigner du nez, et il eut l'intuition que le phénomène n'allait pas s'arrêter de lui-même. Les muqueuses devenant trop fragiles… N'était-ce pas une des conséquences des brûlures par radiations ? Il déchira sa chemise en bandelettes et en fourra deux dans ses narines sans quitter des yeux la scène qui se déroulait au bout du couloir.

Il y avait maintenant deux groupes nettement différenciés, et ils paraissaient engagés dans une conversation pour le moins animée. En temps normal, cela n'aurait pas posé de problème au Terrien. Il ne s'intéressait pas du tout aux rapports sociaux entre mercenaires. Mais ceux-là étaient maintenant près d'une centaine, avec un armement conséquent, et ils bloquaient le passage pour atteindre son vaisseau. Leur dispute méritait donc d'être observée.

— Tous les gars de Protogène ne sont pas partis, je crois, dit Miller à mi-voix. Ces types sur la droite ne ressemblent pas aux faux flics du coin.

Holden étudia le groupe indiqué et ne put qu'acquiescer. Ses membres étaient manifestement plus professionnels que les autres. Ils avaient l'attitude de soldats, et leur tenue était parfaitement ajustée. L'autre faction, composée surtout de "policiers" antiémeute, ne comptait que quelques individus portant une tenue de combat renforcée.

— Vous devinez sur quoi porte leur désaccord? demanda Miller.

— *"Eh, on peut venir aussi?"* parodia Holden en prenant l'accent de Cérès. *"Euh, non, nous avons besoin que vous restiez ici, les gars, pour, euh, garder un œil sur la situation, mais nous vous promettons qu'il n'y a aucun risque et que vous ne risquez absolument pas de vous transformer en zombies gerbeurs."*

Il réussit à arracher un petit rire à Miller, et soudain le couloir explosa dans une fusillade nourrie. Dans les deux camps on tirait à l'arme automatique sur les autres, presque à bout portant. Le vacarme était assourdissant. Des hommes hurlaient et s'enfuyaient, aspergeant le couloir et les autres combattants de sang et de morceaux de chair. Holden se plaqua au sol mais continua d'épier le carnage en cours.

Après le premier échange, les survivants de chaque côté se replièrent dans des directions opposées sans pour autant cesser de tirer. Le sol au carrefour des deux galeries était jonché de corps. Le Terrien estima que la première seconde de l'affrontement avait fait au moins vingt victimes. Les échos de la fusillade s'atténuèrent à mesure que les deux factions s'éloignaient l'une de l'autre.

Parmi les cadavres, une forme bougea et une tête se redressa. Avant même que l'homme blessé puisse se remettre sur ses pieds, l'impact d'une balle marqua le centre de sa visière et il retomba au sol dans un mouvement d'une mollesse définitive.

— Où est votre vaisseau ? demanda Miller.

— Il faut prendre l'ascenseur qui se trouve au bout de ce couloir, répondit Holden.

L'ex-inspecteur cracha sur le sol ce qui ressemblait à une glaire veinée de sang.

— Et la galerie qui le croise est maintenant une zone de combat, avec des adversaires armés qui se prennent pour cible de chaque côté, dit-il. Peut-être que nous pouvons tenter de passer en coup de vent.

— Il n'y a pas d'autre solution ?

Miller consulta son terminal.

— Nous avons dépassé de cinquante-trois minutes l'heure limite fixée par Naomi. Vous voulez perdre encore combien de temps ?

— Écoutez, je n'ai jamais été très doué en calcul. Mais je dirais qu'il y a au moins une quarantaine de types de chaque côté de ce couloir perpendiculaire au nôtre. Et ce couloir doit bien faire trois mètres cinquante de large. Ce qui signifie que nous allons donner à quatre-vingts types trois mètres pour nous canarder. Même avec de la chance, nous serons touchés à plusieurs reprises, et nous mourrons. Alors essayons plutôt de trouver un plan B.

Comme pour souligner cet argument, une nouvelle fusillade retentit dans l'autre galerie, qui arracha des morceaux du revêtement isolant couvrant les murs et ravagea un peu plus les cadavres.

— Ils continuent de se replier, remarqua Miller. Ces tirs étaient plus lointains que les précédents. Nous devrions attendre qu'ils soient hors de portée. Mais est-ce que nous avons le temps pour ça?

Les morceaux de tissu qu'Holden avait fourrés dans ses narines n'avaient pas arrêté mais seulement contenu le saignement. Il sentait un filet régulier s'écouler dans sa gorge, et son estomac se souleva. Miller avait raison. Ils ne pouvaient pas faire attendre les autres plus longtemps.

— Merde, je voudrais pouvoir appeler pour savoir si Naomi est encore là, dit-il en regardant l'écran de son terminal qui s'entêtait à afficher la mention clignotante *Réseau indisponible*.

— Chut, murmura l'ex-policier en se barrant les lèvres de l'index dressé.

Il désigna le couloir derrière eux, et Holden perçut un bruit de pas qui se rapprochaient.

— Les derniers invités à la fête, fit Miller.

Ils se retournèrent tous deux, pointèrent leurs armes et attendirent.

Un groupe de quatre hommes en tenue antiémeute apparut au coin. Ils n'avaient pas dégainé leurs pistolets, et deux d'entre eux avaient ôté leur casque. Apparemment ils n'étaient pas au courant des nouvelles hostilités. Holden pensait que Miller allait faire feu, mais rien ne se passa. Il se tourna vers lui. L'ex-flic le regarda dans les yeux.

— Je ne me suis pas habillé très chaudement, dit-il en s'excusant presque.

Holden mit une seconde à comprendre, mais il lui donna son accord en tirant le premier. Il visa à la tête un des hommes de la mafia sans casque puis continua de presser la détente jusqu'à ce que son arme soit vide. Miller fit feu juste après lui et continua lui aussi tant qu'il lui restait des balles. Quand tout fut fini, les quatre gangsters gisaient au sol, face contre terre. Holden laissa échapper un long souffle qui se termina en soupir et se rassit.

Miller remplaça son chargeur et alla examiner leurs victimes. Il les toucha de la pointe de son pied. Holden ne prit pas la peine de recharger. Il en avait assez des fusillades. Il glissa le pistolet vide dans sa poche et se leva pour rejoindre l'ex-flic. Il se baissa et entreprit de déboucler les attaches du gilet pare-balles le moins endommagé. L'air perplexe, Miller le regarda faire sans l'aider.

— Nous allons tenter notre chance à la course, dit le Terrien. Si nous portons ça, nous réussirons peut-être.

Il ravala le goût de vomi et de sang qui montait dans sa gorge.

— Peut-être, oui, dit Miller.

À son tour il mit un genou au sol et ôta son gilet à un autre cadavre.

Holden passa celui qu'il venait de s'approprier, et tout ce temps il s'efforça de croire que la traînée rose dans la partie dorsale n'était absolument pas une partie de la cervelle de l'homme. Ses doigts étaient gourds, et il eut les plus grandes difficultés à défaire les attaches. Il envisagea de prendre aussi les jambières, mais il y renonça très vite. Il courrait plus vite sans elles. Miller avait fini d'ajuster son gilet pare-balles, et il ramassa un des casques intacts. Holden en trouva un avec une simple trace de balle et le coiffa. L'intérieur était légèrement graisseux, et il fut heureux d'avoir perdu tout odorat. Son propriétaire précédent ne devait pas prendre de bain très souvent.

Miller tripota le côté de son casque un moment et finit par établir la liaison radio. Sa voix résonna en écho dans les haut-parleurs intégrés du casque un quart de seconde après qu'il eut dit :

— Eh, nous arrivons dans le couloir ! Ne tirez pas ! Nous venons vous rejoindre !

Il étouffa le micro avec le pouce et ajouta, à l'attention d'Holden uniquement :

— Bon, peut-être qu'au moins un des deux camps ne nous arrosera pas.

Ils repartirent vers l'intersection et s'arrêtèrent à dix mètres d'elle. Holden compta "trois, deux, un" et s'élança de toute la vitesse dont il était capable. Mais sa course était d'une lenteur décourageante, et il avait l'impression que ses jambes étaient gainées de plomb. Comme s'il courait dans l'eau. Comme s'il était dans un cauchemar. Il entendait Miller juste derrière lui, ses chaussures qui claquaient sur le béton et son souffle court.

Puis il n'y eut plus que le tonnerre de la fusillade. Il était incapable de dire si le subterfuge de Miller avait fonctionné, ni d'où venaient les tirs, mais ceux-ci étaient constants et assourdissants, et ils avaient commencé dès son apparition dans l'intersection. À trois mètres de l'autre côté, il baissa la tête et bondit en avant. Dans la gravité moindre d'Éros, il parut voler, et il était presque à couvert quand une rafale le cueillit en plein gilet, à hauteur des côtes, et le rejeta contre le mur du couloir avec une violence qui aurait pu lui briser la colonne vertébrale. Il se traîna à l'abri sur le reste de la distance tandis que les balles continuaient de ricocher autour de ses jambes. L'une d'elles lui transperça la partie charnue du mollet.

Miller trébucha sur lui, roula au sol hors de l'intersection et s'immobilisa. Holden rampa jusqu'à lui.

— Toujours en vie ?

— Ouais, fit l'ex-inspecteur hors d'haleine. J'ai pris une balle. Mon bras est cassé. On bouge.

Le Terrien se remit debout, et sa jambe gauche lui donna l'impression d'être la proie des flammes quand le muscle de son mollet se contracta autour de la blessure béante. Il aida Miller à se relever et s'appuya sur lui tandis qu'ils se traînaient tant bien que mal en direction de l'ascenseur. Le bras gauche de son compagnon pendait mollement à son côté, et du sang coulait sur sa main et gouttait sur le sol.

Il enfonça la touche d'appel, et ils se soutinrent mutuellement en attendant la cabine. Il commença à chantonner le thème de *Misko et Marisko*, et après quelques secondes Miller l'imita.

Une fois dans la cabine, le Terrien choisit le bouton correspondant au point d'accostage du *Rossinante*, puis il guetta le moment où l'ascenseur s'ouvrirait sur le panneau nu et gris d'un sas sans vaisseau derrière. Alors il aurait enfin le droit de s'allonger sur le sol et de mourir. Il était impatient qu'arrive cet instant, quand son épuisement prendrait fin dans un soulagement qui l'aurait étonné s'il avait encore été capable d'étonnement. Miller le lâcha, colla son dos contre la paroi de la cabine et glissa au sol, en laissant sur le métal luisant une traînée de sang. Il s'avachit sur le plancher et ferma les yeux. On aurait presque pu croire qu'il dormait. Holden vit sa poitrine se soulever et s'abaisser au rythme d'une respiration heurtée qui peu à peu s'apaisa et se fit plus légère.

Le Terrien l'enviait, mais il devait contempler le panneau fermé de ce sas avant de pouvoir s'étendre sur le sol à son tour. Il commençait à éprouver un ressentiment diffus envers l'ascenseur qui prenait si longtemps pour arriver à destination.

La cabine s'immobilisa et ses portes coulissèrent, accompagnées d'un tintement joyeux.

Amos se tenait dans le sas, face à lui, un fusil d'assaut dans chaque main et deux cartouchières à chargeurs passées sur les épaules. Du regard il détailla Holden de haut en bas, n'accorda qu'une seconde à Miller et reporta son attention sur le Terrien.

— Bordel, chef, vous avez une vraie tronche de cadavre.

32

MILLER

Miller retrouva ses esprits peu à peu, et non sans plusieurs ratés. Dans ses rêves, il assemblait un puzzle dont les pièces changeaient constamment de forme, et chaque fois qu'il était sur le point de le terminer le rêve recommençait. La première chose à s'imposer à lui avec certitude fut la douleur au creux de ses reins, la lourdeur de ses bras et de ses jambes, puis la nausée. Plus il se rapprochait de la conscience, plus il essayait de différer son réveil. Des doigts imaginaires s'efforçaient de compléter le puzzle, et avant qu'il ait placé toutes les pièces ses yeux s'ouvrirent.

Il était incapable de bouger la tête. Quelque chose était enfoncé dans son cou : un épais faisceau de tubes noirs qui sortaient de lui et dépassaient les limites de son champ de vision. Il tenta de lever les bras, de repousser cette chose envahissante, vampirique, mais il était impuissant.

Il m'a eu, songea-t-il avec un frisson d'effroi. *Je suis infecté.*

La femme apparut sur sa gauche. Il fut surpris de constater que ce n'était pas Julie. Le teint était très mat, les yeux sombres et marqués d'un soupçon d'origine asiatique. Elle lui sourit. Sa chevelure noire drapait le côté de son visage.

Il sentit la gravité. Ils étaient soumis à une poussée. Ce détail lui sembla revêtir une grande importance, il ne savait pourquoi.

— Salut, inspecteur, dit Naomi. Bon retour parmi nous.

Où suis-je ? voulut-il demander. Sa gorge paraissait être d'un seul bloc. Encombrée comme une station de métro envahie par une foule de gens.

— N'essayez pas de vous lever, de parler ou de faire quoi que ce soit, dit-elle. Vous êtes resté sous anesthésie pendant environ trente-six heures. La bonne nouvelle, c'est que nous avons une infirmerie avec un système d'expertise de classe militaire et assez de médicaments pour quinze Marines martiens. Je crois que nous en avons utilisé la moitié sur vous et sur le capitaine.

Le capitaine. Holden. C'était ça. Ils s'étaient retrouvés pris dans les combats. Il y avait eu un couloir, et des gens qui tiraient. Et quelqu'un avait été malade. Il se remémorait une femme couverte de vomissures brunes, le regard vide, mais il n'aurait pu dire si cette vision faisait ou non partie d'un cauchemar.

Naomi continuait de parler. Quelque chose concernant un nettoyage complet du plasma et des cellules endommagées. Il voulut lever une main, la tendre vers elle, mais une sangle empêcha le mouvement. La douleur à son dos se concentrait dans ses reins, et il se demanda ce qu'on filtrait de son sang. Il ferma les yeux et s'endormit avant même de décider s'il désirait se reposer.

Cette fois, aucun rêve ne vint troubler son sommeil. Il s'éveilla à nouveau lorsqu'une chose au fond de sa gorge remua, tira sur son larynx et se retira. Sans ouvrir les yeux, il roula sur le flanc, toussa, vomit et rebascula de l'autre côté.

Quand il se réveilla la fois suivante, il respirait par lui-même. Sa gorge à vif lui semblait avoir été maltraitée, mais ses mains n'étaient plus attachées. Des drains sortaient de son ventre et de son flanc, et une sonde creuse de la taille d'un crayon de son pénis. Il ne ressentait aucune douleur particulière, et il en déduisit qu'on l'avait bourré d'à peu près tous les anesthésiques existants. Ses vêtements avaient disparu, et seule une blouse en papier fin protégeait sa pudeur, tandis qu'un plâtre aussi dur que la pierre immobilisait son bras gauche. Quelqu'un avait déposé son feutre sur le lit voisin du sien.

Maintenant qu'il était capable de l'étudier, il découvrit que l'infirmerie du bord ressemblait à un service médical dans une grosse production cinématographique. Pas avec les dimensions en vigueur dans un hôpital, mais par l'image noir mat et argenté qu'on se faisait d'une salle d'hôpital. Les moniteurs suspendus en hauteur à des armatures complexes surveillaient sa tension artérielle, les concentrations d'acides nucléiques, son oxygénation, l'équilibre de ses fluides corporels. Deux écrans affichaient des comptes à rebours distincts, l'un pour la prochaine série d'autophagies, l'autre pour le traitement de la douleur. Et de l'autre côté de l'allée centrale, les données concernant Holden paraissaient plus ou moins similaires.

Le Terrien avait tout d'un spectre. Sa peau était livide, et ses cornées étaient injectées de sang par une centaine d'hémorragies microscopiques. Son visage s'était boursouflé sous l'effet des stéroïdes.

— Salut, fit Miller.

Holden leva une main, l'agita doucement, sans répondre.

— On a réussi, dit-il encore.

Il avait l'impression que sa voix était un être qu'on avait traîné par les chevilles dans une ruelle.

— Ouais, marmonna enfin Holden.

— C'était moche.

— Ouais.

Miller acquiesça, et ce seul mouvement épuisa toute son énergie. Il se laissa aller et sombra sinon dans le sommeil, du moins dans une forme d'inconscience. Juste avant que son esprit ne cède à l'étourdissement, il sourit.

Il avait réussi. Il se trouvait à bord du vaisseau du Terrien. Et ils allaient trouver ce que Julie avait laissé pour eux derrière elle.

Des voix le réveillèrent.

— Peut-être que vous ne devriez pas, alors.

C'était la femme. Naomi. Une partie de Miller la maudit de venir ainsi le déranger, mais une émotion transparaissait dans sa voix – pas exactement la peur ou la colère, mais quelque chose d'assez proche pour éveiller son intérêt. Il ne bougea pas, ne chercha même pas à remonter le courant jusqu'à la pleine conscience. Mais il écouta.

— J'ai besoin de le faire, disait Holden sur un ton enroué, comme celui de quelqu'un qui devrait tousser pour se dégager la gorge. Ce qui est arrivé sur Éros… tout ça a mis un tas de choses en perspective. J'ai gardé trop longtemps quelque chose pour moi.

— Capitaine…

— Non, écoutez-moi. Quand j'étais là-bas, et que je pensais n'avoir plus qu'une demi-heure à subir le boucan des machines à sous avant de mourir… Quand c'est arrivé, j'ai compris ce que je regrettais le plus. Vous comprenez ? Ces choses que j'aurais voulu faire et que je n'avais jamais eu le courage de faire. Maintenant que je les connais, je ne peux plus les ignorer. Je ne peux pas prétendre qu'elles n'existent pas.

— Capitaine, répéta Naomi, et l'émotion était encore plus perceptible dans ce seul mot.

Ne le dis pas, pauvre imbécile, pensa Miller.

— Je suis amoureux de vous, Naomi, dit Holden.

Le silence ne dura que le temps d'un battement de cœur.

— Non, monsieur. Vous n'êtes pas amoureux.

— Si. Oh, je sais ce que vous pensez. Je suis passé par une expérience très traumatisante, et j'en suis au stade où je veux absolument affirmer mon attachement à la vie, tisser des liens, et peut-être qu'une partie de ce que je ressens vient de là. Mais croyez-moi, je sais ce que j'éprouve pour vous. Et quand j'étais là-bas, je me suis rendu compte que ce qui me tenait le plus à cœur, c'était de revenir auprès de vous.

— Capitaine. Depuis combien de temps travaillons-nous ensemble ?

— Quoi ? Je ne sais pas exactement…

— En gros.

— Huit missions et demie, ce qui doit faire près de cinq ans, balbutia le Terrien, et Miller sentit sa perplexité dans la réponse.

— C'est ça. Et durant tout ce temps, avec combien de femmes appartenant aux équipages successifs avez-vous couché ?

— C'est important ?

— Juste un peu.

— Quelques-unes.

— Plus d'une douzaine ?

— Non, fit-il, mais il n'avait pas l'air très sûr.

— Disons dix.

— D'accord. Mais là, c'est différent. Je ne parle pas d'une petite aventure à bord pour faire passer le temps plus vite. Depuis que…

Miller imagina la femme levant une main pour interrompre le Terrien, ou prenant celle d'Holden, ou encore le fixant simplement d'un regard intense. Quelque chose pour endiguer ce flot de paroles.

— Et vous savez quand je suis tombée amoureuse de vous, monsieur ?

La tristesse. C'était la nature de l'émotion dans sa voix. La tristesse. La déception. Le regret.

— Quand… Quand vous…

— Je peux même vous dire quel jour c'est arrivé, affirma Naomi. Vous deviez être dans votre septième semaine de cette première mission. Je n'avais toujours pas digéré qu'un Terrien soit venu d'en dehors de l'écliptique pour me prendre le poste de second. Au début, je ne vous appréciais pas beaucoup. Vous étiez trop charmeur, trop séduisant, et beaucoup trop à l'aise dans mon fauteuil. Mais il y a eu cette partie de poker, dans la salle des machines. Vous et moi, ces deux gars de Luna venus de l'ingénierie, et Kamala Trask. Vous vous souvenez de Trask?

— C'était la technicienne en communications. Celle qui était…

— Bâtie comme un frigo? Avec un visage de bulldog en bas âge?

— Je me souviens d'elle.

— Elle était dingue de vous. Elle a pleuré toutes les nuits pendant cette mission. Elle n'a pas joué parce qu'elle aimait le poker. Elle voulait seulement respirer un peu le même air que vous, et tout le monde le savait. Même vous. Et toute cette nuit-là, je vous ai observés, tous les deux, et pas une fois vous ne l'avez encouragée. Vous ne lui avez donné aucune raison de penser qu'elle avait la moindre chance avec vous. Et vous l'avez quand même traitée avec respect. Et pour la première fois, je me suis prise à penser que vous étiez peut-être quelqu'un de bien, et pour la première fois j'ai eu envie d'être celle qui partagerait votre couchette à la fin du quart.

— À cause de Trask?

— À cause de ça, et parce que vous avez un cul superbe, monsieur. Le fait est que nous avons travaillé côte à côte pendant plus de quatre années. Et je serais allée vers vous n'importe quand, si vous me l'aviez proposé.

— Je ne savais pas, fit-il d'une voix rauque.

— Vous n'avez pas posé la question. Vous aviez toujours des vues sur quelqu'un d'autre. Et, pour être franche, je pense que les Ceinturiennes vous dégoûtaient, tout simplement. Jusqu'au *Cant*… Jusqu'à ce qu'il n'y ait plus que nous cinq. Là, j'ai remarqué que vous me regardiez. Je sais très précisément ce que ce genre de regards veut dire, parce que je l'ai pratiqué pendant quatre ans sans succès. Mais je n'ai attiré votre attention que lorsque je me suis trouvée être la seule femme à bord. Et ce n'est pas suffisant pour moi.

— Je ne sais pas…

— Non, monsieur, vous ne savez pas. C'est exactement ce que je vous explique. Je vous ai vu séduire quantité de femmes, et je connais votre technique. Vous faites une fixation sur une femme, elle commence à vous exciter. Alors vous vous persuadez qu'il existe une sorte de lien spécial entre vous deux, et quand vous en arrivez à le croire, en général elle pense aussi que c'est vrai. Ensuite vous couchez ensemble pendant quelque temps, et le lien s'effiloche peu à peu. L'un de vous commence à parler de *professionnalisme*, de *limites à ne pas dépasser*, et se met à s'inquiéter de ce que le reste de l'équipage va penser, et l'affaire se termine comme ça, sans esclandre. Une fois que c'est fini, la femme vous apprécie toujours. Elles ont toutes réagi de cette manière. Vous vous débrouillez tellement bien qu'elles n'ont même pas envie de vous détester pour ce que vous leur avez fait.

— Ce n'est pas vrai.

— C'est vrai. Et jusqu'à ce que vous compreniez que vous n'êtes pas obligé de tomber amoureux de toutes les femmes que vous voulez culbuter, je ne veux pas savoir si vous êtes amoureux de moi ou si vous voulez juste me sauter. Et je ne coucherai pas avec vous tant que vous n'aurez pas trouvé laquelle de ces deux réponses est la bonne. Et les probabilités ne penchent pas en faveur de l'amour.

— Je voulais juste…

Elle l'interrompit aussitôt :

— Si vous voulez coucher avec moi, soyez honnête. Prouvez-moi que vous me respectez assez pour l'être. D'accord ?

Miller toussa. Ce n'était pas intentionnel, il n'avait même pas été conscient que cela allait se produire. Son ventre se contracta, sa gorge se serra et il fut pris d'une toux grasse. Dès qu'elle eut commencé il ne put l'arrêter. Il se redressa un peu dans son lit, les yeux larmoyant sous l'effort. Holden était étendu sur le sien, et Naomi était assise sur le suivant, souriante, comme s'il n'y avait rien eu à entendre. Les moniteurs d'Holden montraient un rythme cardiaque et une pression artérielle en élévation. Miller espérait seulement que ce pauvre imbécile n'avait pas eu une érection alors que la sonde était toujours dans son pénis.

— Salut, inspecteur, dit Naomi. Comment vous sentez-vous ?

— Salut. J'ai connu pire, affirma-t-il avant d'ajouter, un moment plus tard : Non. Je n'ai pas connu pire. Mais ça va. C'était vraiment grave ?

— Vous étiez morts, tous les deux, répondit-elle. Sérieusement, nous avons dû annuler vos filtres de triage plus d'une fois. Le système d'expertise ne cessait de vous déclarer en phase terminale et de vous bourrer de morphine.

Elle avait parlé d'un ton léger, mais il la croyait. Il essaya de se mettre en position assise. Son corps lui paraissait toujours terriblement pesant, mais il ne savait pas si c'était à cause de sa faiblesse ou de la poussée du vaisseau. Mâchoires crispées, Holden se tenait tranquille. Miller feignit de ne rien remarquer.

— Estimations à long terme ?

— Vous devrez tous les deux subir des examens de dépistage du cancer chaque mois jusqu'à la fin de votre vie. Le capitaine a un implant là où sa thyroïde se trouvait, puisque sa glande était quasiment cuite. Nous avons dû vous ôter près de quarante centimètres d'intestins qui n'arrêtaient pas de saigner. Vous allez avoir des contusions pour le moindre choc, et si vous désirez des enfants j'espère que vous avez mis un peu de sperme en sûreté dans une banque quelque part, parce que tous vos petits soldats ont deux têtes, désormais.

Miller rit, et ses moniteurs clignotèrent en mode d'alerte avant de revenir à la normale.

— À vous entendre, on croirait que vous avez suivi une formation d'infirmière, dit-il.

— Non. Je suis ingénieur. Mais j'ai lu les tirages papier chaque jour, donc j'ai assimilé une partie du jargon. J'aimerais tant que Shed soit encore là…, dit-elle, et la tristesse revint dans sa voix.

C'était la deuxième fois que quelqu'un mentionnait Shed. Il y avait quelque chose là, mais Miller laissa tomber le sujet.

— Je vais perdre mes cheveux ? demanda-t-il.

— Peut-être. Le système vous a injecté un tas de drogues censées éviter ce désagrément, mais si les follicules meurent, les cheveux meurent.

— Une chance que j'aie toujours mon chapeau. Et pour Éros ?

Le ton faussement enjoué de la jeune femme lui fit défaut, et ce fut Holden qui répondit, en se tournant sur son lit pour regarder Miller :

— La station est morte. Je pense que nous avons été le dernier vaisseau à la quitter. Personne ne répond aux appels, et tous les systèmes automatiques se sont mis en blocage de quarantaine.

— Une opération de secours ? demanda Miller.

Il se remit à tousser. Sa gorge était toujours douloureuse.

— Ça n'arrivera pas, dit Naomi. Il y avait un million et demi de personnes sur Éros. Personne ne possède les ressources suffisantes pour mettre sur pied une opération d'une telle ampleur.

— Après tout, il y a une guerre en train, fit Holden.

Le système du vaisseau baissait l'éclairage pour la nuit. Miller était étendu sur son lit. Le système d'expertise avait fait passer son traitement dans une nouvelle phase, et depuis trois heures l'ancien inspecteur oscillait entre des poussées de fièvre intenses et des frissons qui le faisaient claquer des dents. Il avait mal aux ongles des doigts et des orteils, ainsi qu'aux dents. Le sommeil n'était pas envisageable, aussi gisait-il dans la pénombre, en essayant de se ressaisir.

Il se demandait ce que ses anciens équipiers auraient pensé de son comportement sur Éros. Havelock. Muss. Il s'efforça de les imaginer à sa place. Il avait tué des gens, et sans sourciller. La station s'était transformée en champ de mort, et quand les personnes dépositaires de l'autorité voulaient vous voir mort, la loi ne s'appliquait plus. Et certains des imbéciles ayant péri là-bas étaient ceux qui avaient tué Julie.

Il avait donc tué par vengeance. Était-il arrivé aussi bas? Cette pensée l'attristait. Il essaya d'imaginer Julie assise auprès de lui comme Naomi l'avait été à côté d'Holden. Ce fut comme si elle guettait son invitation. Julie Mao, qu'il n'avait jamais réellement connue. Elle leva une main en guise de salut.

— Eh, fit Holden, et Julie disparut. Vous êtes réveillé?

— Ouais. Je n'arrive pas à dormir.

— Moi non plus.

Ils restèrent silencieux un moment. Le système d'expertise bourdonnait. Le bras gauche de Miller le démangeait sous le plâtre, tandis que les tissus subissaient une nouvelle phase de repousse forcée.

— Vous allez bien? demanda-t-il.

— Pourquoi je n'irais pas bien? rétorqua sèchement le Terrien.

— Vous avez tué ce type. À la station. Vous l'avez abattu. Je sais bien que vous aviez déjà tiré sur des gens avant ça. À l'hôtel. Mais là, vous lui avez tiré en plein visage.

— Ouais. Je l'ai fait.

— Vous supportez ?

— Bien sûr, répondit Holden, un peu trop vite.

Les recycleurs d'air émettaient un bruit de fond continu, et le bracelet de la tension artérielle serrait le bras valide de Miller comme une main. Holden ne parlait pas, et quand il plissa les yeux l'ex-inspecteur vit une élévation de sa tension artérielle et de son activité cérébrale.

— Ils nous faisaient toujours prendre un congé, dit-il.

— Quoi ?

— Quand nous avions descendu quelqu'un. Que la personne y soit passée ou pas, ils nous forçaient toujours à prendre un congé. On devait rendre son arme. Aller parler au psy de service.

— Bureaucrates, lâcha Holden.

— Ils avaient des arguments solides, dit Miller. Tirer sur quelqu'un, ce n'est pas anodin. Tuer quelqu'un... c'est encore pire. Peu importe que la personne l'ait cherché ou que vous n'ayez pas eu d'autre choix. Bon, si, ça fait peut-être une petite différence. Mais ça ne résout pas le problème.

— On dirait pourtant que vous vous en êtes remis, vous. Non ?

— Peut-être. Écoutez, tout ce que je vous ai dit sur la manière de tuer quelqu'un, vous vous souvenez ? Sur le fait que les laisser survivre n'était pas leur rendre service ? Je suis désolé de ce qui est arrivé.

— Vous pensez que vous vous êtes trompé ?

— Non. Mais je suis quand même désolé de ce qui est arrivé.

— Ah, d'accord.

— Bordel. Écoutez, c'est une bonne chose que ça vous turlupine, voilà ce que je veux vous faire comprendre. C'est une bonne chose que vous n'arrêtiez pas de revoir ou d'entendre ce qui s'est passé. Cette part de vous-même qui est hantée par ça ? C'est comme ça que ça doit être.

Holden ne dit mot pendant un long moment, et quand il prit la parole, ce fut d'une voix aussi terne que la pierre :

— J'avais tué des gens avant, vous savez. Mais c'étaient des points lumineux sur un écran radar. Je…

— Ce n'est pas la même chose, hein ?

— Non, ce n'est pas la même chose. Est-ce que ça finit par s'effacer ?

Parfois, songea Miller.

— Non, répondit-il. Pas si vous avez encore une âme.

— Bon. Merci.

— Autre chose…

— Ouais ?

— Je sais que ça ne me regarde pas, mais je n'aimerais vraiment pas qu'elle vous repousse. Bon, vous ne comprenez rien au sexe, à l'amour et aux femmes. Ce qui veut juste dire que vous êtes né avec une queue entre les jambes. Et cette fille ? Naomi ? Elle donne l'impression de mériter qu'on s'accroche un peu, vous ne croyez pas ?

— Ouais, fit Holden. Est-ce que nous pourrions ne plus jamais aborder ce sujet ?

— Bien sûr.

Le vaisseau craquait et la gravité se déplaça d'un degré sur la droite de Miller. Correction de trajectoire. Rien d'intéressant. Il ferma les yeux et tenta de faire venir le sommeil. Son esprit était plein de morts, de Julie, d'amour et de sexe. Holden avait dit quelque chose d'important concernant la guerre, mais il ne parvenait pas à assembler les différentes pièces. Elles ne cessaient de changer. Avec un soupir, il modifia sa position. Il écrasait maintenant un des tubes de drainage, et il dut se replacer comme il était auparavant pour éviter le déclenchement d'une alarme.

Quand le bracelet mesurant la pression artérielle se rappela à son bon souvenir, ce fut parce que Julie le tenait dans ses bras, si proche qu'elle lui effleurait l'oreille de ses lèvres. Il ouvrit les yeux, et son esprit vit en même temps la fille imaginaire et les moniteurs qu'elle aurait dû masquer si elle avait été réelle.

Je t'aime aussi, disait-elle, *et je vais prendre soin de toi.*

Il sourit en voyant les chiffres augmenter comme son cœur s'emballait.

33

HOLDEN

Pendant les cinq jours suivants, ils restèrent alités à l'infirmerie pendant que le système solaire s'enflammait autour d'eux. Les explications sur la fin d'Éros allaient d'un effondrement écologique massif provoqué par un manque d'approvisionnement dû à la guerre, à une attaque masquée des Martiens ou bien à un accident survenu dans un laboratoire de la Ceinture concevant des armes biologiques secrètes. D'après les analyses menées par les planètes intérieures, l'APE et les terroristes de leur acabit avaient fini par montrer le danger qu'ils constituaient pour les populations civiles innocentes. La Ceinture accusait Mars, ou les équipes de maintenance d'Éros, voire l'APE, de ne rien avoir fait pour empêcher la catastrophe.

Et puis une escadre de frégates martiennes imposa un blocus à Pallas, une révolte sur Ganymède se solda par seize morts, et le nouveau gouvernement de Cérès annonça que tous les vaisseaux sous pavillon martien présents sur la station étaient réquisitionnés. Menaces et accusations se multiplièrent, toutes réglées sur le rythme des tambours de guerre humains qui battaient en fond sonore. Éros avait été une tragédie, un crime, mais c'était terminé, et de nouveaux dangers apparaissaient dans tous les recoins de l'espace humain.

Holden alluma les infos, gigota dans son lit et tenta de réveiller Miller rien qu'en le regardant fixement, ce qui ne marcha pas. L'exposition massive aux radiations ne lui avait pas conféré de superpouvoirs. Son voisin se mit à ronfler.

Il s'assit et testa la gravité. Moins d'un quart de g. Alex n'était pas pressé, donc. Naomi leur laissait le temps de se remettre avant leur arrivée sur le mystérieux astéroïde magique de Julie.

Merde.

Naomi.

Ses derniers passages à l'infirmerie avaient été étranges. Elle n'abordait jamais le sujet de son geste romantique raté, mais il sentait maintenant une barrière dressée entre eux, et cela l'emplissait de regrets. Et chaque fois qu'elle quittait la pièce, Miller détournait le regard de lui et soupirait, ce qui ne faisait rien pour arranger les choses.

Mais il ne pouvait pas éviter éternellement la jeune femme, aussi idiot qu'il se sente. Il balança ses pieds par-dessus le bord du lit et les pressa sur le sol. Ses jambes étaient affaiblies, mais pas en coton. La plante de ses pieds était douloureuse, nettement moins cependant qu'à peu près tout le reste de son corps. Il se leva, en s'appuyant d'une main sur le lit, et mit à l'épreuve son sens de l'équilibre. Il vacilla mais resta debout. Deux pas lui prouvèrent qu'il était possible de marcher dans cette pesanteur réduite. La perfusion tirait sur son bras. Il n'avait plus qu'une poche d'un liquide bleu clair quelconque. Il aurait été bien incapable de dire de quoi il s'agissait, mais Naomi ayant affirmé qu'il avait frôlé la mort, il pensa que ce traitement devait être important. Il ôta la poche du crochet mural et la tint dans sa main gauche. La pièce sentait l'antiseptique et la diarrhée. Il n'était pas mécontent d'en sortir.

— Où allez-vous ? demanda Miller d'une voix faible.

— Dehors, dit-il, avec le souvenir soudain et viscéral de ce qu'il éprouvait à quinze ans.

— Ah, d'accord, grogna l'ex-policier, qui roula sur le côté.

L'écoutille de l'infirmerie se trouvait à quatre mètres de l'échelle centrale. Holden couvrit cette distance par une lente succession de pas glissants, et les chaussons en papier produisirent un son de frottement sur le sol métallique recouvert de tissu. L'échelle eut raison de ses efforts. Même si les ops étaient au niveau directement supérieur, l'ascension de trois mètres aurait aussi bien pu en compter mille. Il enfonça le bouton d'appel de l'ascenseur, et quelques secondes plus tard le panneau au sol coulissa et la cabine ouverte en monta dans un geignement électrique. Holden voulut sauter dedans, mais il ne réussit à effectuer qu'une sorte de chute au ralenti qui se termina quand il agrippa l'échelle et s'agenouilla sur la plate-forme de l'ascenseur. Il arrêta le tout, se redressa et remit en marche pour s'élever au niveau supérieur et y apparaître dans ce qu'il espérait être une attitude moins avachie et plus digne de son rang de capitaine.

— Bordel, vous avez toujours une tronche de cadavre, dit Amos quand l'ascenseur s'immobilisa.

Le mécanicien était allongé en travers de deux sièges au poste des senseurs et mâchouillait ce qui ressemblait à une bande de cuir.

— Vous n'arrêtez pas de dire ça.

— Parce que ça n'arrête pas d'être vrai.

— Amos, vous n'avez rien à faire ? demanda Naomi.

Elle était assise devant un des ordinateurs et observait quelque chose qui clignotait sur l'écran. Elle ne tourna pas la tête quand Holden arriva sur le pont. C'était mauvais signe.

— Non, répondit Amos. C'est le vaisseau le plus ennuyeux sur lequel j'aie jamais embarqué, patronne. Pas de panne, pas de fuite, même pas un cliquetis à faire taire en resserrant l'attache d'une pièce.

Il avala le reste de sa friandise et eut un claquement de lèvres approbateur.

— Vous pouvez toujours passer la serpillière, dit Naomi, qui tapa quelque chose sur l'écran devant elle.

Le regard d'Amos alla de la jeune femme à Holden, puis revint sur elle.

— Oh, ça me rappelle… Il faut que je descende dans la salle des machines pour examiner ce… ce truc que je voulais examiner, dit-il en se levant brusquement. 'scusez, chef.

Il contourna le Terrien, sauta sur la plate-forme de l'ascenseur et le mit en marche. Le panneau se referma sur lui.

— Salut, dit Holden à Naomi une fois que le mécanicien eut disparu.

— Salut, répondit-elle sans le regarder.

Ce n'était toujours pas bon signe. Quand elle avait incité Amos à s'éclipser, il avait espéré qu'elle souhaitait discuter. Mais cela ne semblait pas d'actualité. Il soupira et d'un pas traînant rejoignit le siège libre à côté d'elle. Lorsqu'il s'y affala, un fourmillement avait envahi ses jambes comme s'il venait de courir sur un kilomètre et non parcourir vingt pas tout au plus. Naomi avait les cheveux défaits, et ils masquaient son visage à Holden. Il eut envie de les repousser en arrière, mais il eut peur qu'elle lui casse le coude en recourant au kung-fu ceinturien s'il essayait.

— Écoutez…, commença-t-il.

Elle l'ignora et enfonça une touche sur le panneau de contrôle. Il se tut quand le visage de Fred s'afficha sur l'écran devant elle.

— C'est Fred? demanda-t-il, incapable de trouver autre chose à dire.

— Il faut que vous voyiez ça. Je l'ai reçu de Tycho il y a deux heures, par le faisceau de ciblage, après leur avoir envoyé une mise à jour de notre situation.

Elle appuya sur le bouton de lecture et le visage de Johnson s'anima.

— Naomi, il semble que vous ayez connu des moments difficiles. On parle partout de la fermeture de la station, et d'une supposée explosion nucléaire. Personne ne sait trop quoi penser de ces bruits qui courent. Gardez-nous informés. En attendant, nous avons réussi à ouvrir ce cube de données que vous nous avez laissé. Hélas, je ne pense pas que son contenu nous sera d'une grande aide. On dirait un tas de données relatives aux senseurs du *Donnager*, surtout des données EM. Les spécialistes ici ont recherché des messages cachés, mais ils n'ont rien trouvé. Je vous transmets ces données. Si vous trouvez quelque chose, faites-le moi savoir. Ici Tycho, terminé.

L'écran redevint vide.

— À quoi ressemblent ces données ? demanda Holden.

— À exactement ce qu'il vient de dire, fit Naomi. Des données des senseurs EM du *Donnager* pendant la poursuite par les six appareils inconnus, et pendant la bataille proprement dite. J'ai fouillé dans les données brutes à la recherche d'un message caché, mais je n'ai rien trouvé. J'ai même mis le système du *Rossi* à mouliner depuis deux heures, pour définir un éventuel schéma récurrent, une configuration régulière. Cet appareil est très bien équipé pour ce genre de tâche, mais pour l'instant il n'a rien déniché.

Elle tapota l'écran à nouveau et les données brutes défilèrent, plus vite qu'Holden ne pouvait les lire. Dans une petite fenêtre sur un côté, le programme de reconnaissance du *Rossinante* travaillait pour débusquer ce qu'il y avait à débusquer. Holden l'observa une minute, mais très vite son regard devint flou.

— Le lieutenant Kelly est mort pour ces données, dit-il. Il a quitté le vaisseau alors que ses camarades combattaient toujours. Les Marines n'agissent de la sorte que s'ils ont une très bonne raison de le faire.

Naomi haussa les épaules et désigna l'écran d'un geste qui sentait la résignation.

— C'est ce qu'il y avait sur ce cube. Peut-être qu'il y a quelque chose de stéganographique, mais je n'ai pas un autre ensemble de données auquel comparer celui-ci.

De la main, Holden se mit à tapoter sa cuisse. La douleur et ses échecs romantiques étaient momentanément oubliés.

— Admettons que ces données sont tout ce que contient le cube. Qu'il n'y a rien de caché. Pourquoi ces informations intéresseraient-elles la Flotte martienne ?

Naomi se laissa aller au fond de son siège et ferma les yeux pour mieux réfléchir, tout en enroulant et déroulant une boucle de cheveux autour de son index.

— C'est principalement des données EM, donc ce qui concerne la signature des moteurs. Les radiations émises par un propulseur constituent la meilleure façon de repérer d'autres vaisseaux. Donc ces données vous indiquent la position des vaisseaux pendant le combat. Des données tactiques ?

— Peut-être, fit Holden. Est-ce que ce serait assez important pour qu'on confie ça à Kelly ?

Naomi inspira profondément, puis souffla lentement.

— Je ne le pense pas, dit-elle.

— Moi non plus.

Quelque chose se manifestait à la lisière de sa conscience et demandait à y entrer.

— Qu'est-ce que c'était, ce truc avec Amos ? demanda-t-il.

— Amos ?

— Il s'est pointé au sas avec deux armes quand nous sommes arrivés.

— Il y a eu quelques petits problèmes pendant notre voyage de retour au vaisseau.

— Des problèmes pour qui ? voulut-il savoir, ce qui la fit sourire.

— Des méchants qui ne voulaient pas que nous pirations le verrouillage du *Rossi*. Amos en a "discuté" avec eux. Vous ne pensiez quand même pas que c'était parce que nous vous *attendions*, monsieur ?

Y avait-il un sourire dans sa voix ? Un soupçon de timidité feinte ? De badinage ? Il se retint pour ne pas sourire à son tour.

— Qu'a dit le *Rossi* des données quand vous les lui avez données à mouliner ? demanda-t-il.

— Voilà le résultat.

Elle toucha quelque chose sur le panneau de contrôle, et l'écran afficha de longues listes de données en texte.

— Beaucoup de choses en rapport avec le spectre lumineux et EM. Une fuite provenant d'un…

Holden laissa échapper une exclamation, et elle le regarda enfin.

— Quel imbécile je fais, grommela-t-il.

— D'accord avec vous. Vous pouvez développer un peu ?

Il toucha l'écran et fit défiler les données dans un sens, puis dans l'autre. Il s'arrêta sur une longue liste de chiffres et de lettres, et se redressa en arborant un petit sourire satisfait.

— Là, c'est bien ça…

— C'est bien quoi ?

— La structure de la coque n'est pas l'unique paramètre d'identification. C'est le plus précis, mais c'est aussi celui qui n'est valable qu'à courte distance, et il est très facile à maquiller. – D'un geste ample il désigna le *Rossinante* autour d'eux. – La meilleure méthode d'identification est celle basée sur la signature de la propulsion. Vous ne pouvez pas masquer le schéma des radiations et de la chaleur que vous dégagez. Et elles sont faciles à repérer, même à très grande distance.

Holden alluma l'écran devant lui et afficha le programme répertoriant les vaisseaux amis et ennemis, puis il le relia aux données sur l'écran de Naomi.

— C'est le sens de ce message, dit-il. Il indique à Mars qui a détruit le *Donnager* en révélant la signature de la propulsion de l'agresseur.

— Alors pourquoi ne pas dire simplement "Untel et Untel nous ont attaqués" dans un texte non crypté ? demanda Naomi sans chercher à dissimuler son scepticisme.

— Je l'ignore.

Une écoutille s'ouvrit avec un gémissement hydraulique. Naomi regarda l'échelle derrière Holden et annonça :

— Miller monte.

Le Terrien tourna la tête au moment où l'inspecteur terminait sa lente ascension depuis l'infirmerie. Il ressemblait à un poulet plumé, avec sa peau d'un gris rosâtre rendue granuleuse par la chair de poule. Sa blouse en papier s'accordait assez mal avec son chapeau.

— Euh… Il y a un ascenseur, lui fit remarquer Holden.

En ahanant, Miller se hissa laborieusement sur le pont des ops.

— Dommage que je ne l'aie pas su plus tôt. Nous en sommes où ?

— Nous essayons de percer un mystère, répondit le Terrien.

— Je déteste les mystères.

Il se dirigea vers un siège.

— Alors résolvez celui-là pour nous, dit Holden. Vous découvrez l'identité d'un meurtrier. Vous ne pouvez pas l'arrêter vous-même, donc vous transmettez l'information à votre équipier. Mais au lieu de lui envoyer seulement le nom du coupable, vous lui communiquez tous les éléments de votre enquête. Pourquoi ?

Miller toussa et se gratta le menton. Ses yeux étaient fixes, comme s'il lisait un écran invisible aux autres.

— Parce que je ne me fais pas confiance. Je veux que mon équipier arrive à la même conclusion que moi, sans que je l'influence. Je lui donne donc tous les points, pour voir comment il les relie entre eux.

— En particulier si une mauvaise interprétation peut avoir des conséquences graves, fit Naomi.

— On ne veut jamais foirer une inculpation pour meurtre, approuva Miller. Il n'y a rien de moins professionnel.

Le panneau de contrôle devant Holden émit un bip.

— Merde, je sais pourquoi ils se sont montrés aussi prudents, dit-il après avoir parcouru les données affichées. Pour le *Rossi*, il s'agit des moteurs standards qui équipent les croiseurs légers. Fabriqués par les Chantiers Bush.

— C'étaient des vaisseaux terriens ? dit Naomi. Mais ils ne portaient pas leurs couleurs, et... Les fils de pute !

C'était la première fois qu'Holden l'entendait jurer, et il comprenait pourquoi. Si les vaisseaux exécutant les missions secrètes pour le compte de la Flotte des Nations unies avaient détruit le *Donnager*, cela signifiait que la Terre était derrière toute cette affaire. Peut-être même responsable de la destruction du *Canterbury*, pour commencer. En conséquence, les vaisseaux de guerre martiens tuaient des Ceinturiens sans raison. Des Ceinturiens comme Naomi.

Holden se pencha en avant et afficha le réseau comm, puis il rédigea un communiqué à diffusion générale. Miller retint son souffle.

— Ce bouton que vous venez de presser, il ne déclenche pas ce que je pense qu'il déclenche, hein ? fit-il.

— Je viens de terminer la mission de Kelly pour lui, répondit Holden.

— Je n'ai aucune idée de qui est ce Kelly, grogna Miller, mais de grâce dites-moi que sa mission ne consistait pas à diffuser ces données dans tout le système solaire.

— Les gens doivent savoir ce qui se passe.

— Oui, bien sûr, mais peut-être que nous devrions savoir ce qui se passe avant de le leur dire, répliqua l'inspecteur, toute lassitude envolée de sa voix. Jusqu'à quel point êtes-vous naïf ?

— Eh ! s'exclama le Terrien.

Mais Miller poursuivit d'une voix plus forte encore :

— Vous avez trouvé une batterie martienne, nous sommes d'accord ? Du coup, vous en avez parlé à tout le monde dans le système solaire, et vous avez déclenché la guerre la plus étendue de toute l'histoire de l'humanité. Problème, il se trouve que ce ne sont peut-être pas les Martiens qui ont laissé là cette batterie. Ensuite un groupe d'appareils mystérieux détruit le *Donnager*, et Mars accuse la Ceinture d'avoir fait le coup, mais la Ceinture ne se savait même pas capable de détruire un croiseur martien.

Holden ouvrit la bouche, mais Miller fut plus rapide :

— Laissez-moi finir ! Et maintenant vous découvrez des données qui impliquent la Terre. La première chose que vous faites, c'est de vendre la mèche à l'univers entier, pour que Mars *et* la Ceinture attirent la Terre dans cette affaire, ce qui étend encore la guerre la plus globale de tous les temps. Vous voyez un motif là-dedans ?

— Oui, dit Naomi.

— Alors, que pensez-vous qui va se passer ? fit Miller. C'est comme ça que ces gens-là procèdent ! Ils ont tout fait pour qu'on croie le *Canterbury* pulvérisé par Mars. C'était faux. Ils ont tout fait pour qu'on croie le *Donnager* détruit par la Ceinture. C'était faux. Et maintenant il semble que la Terre soit à l'origine de tout ça ? Suivez la façon de procéder. Ce n'est probablement pas la Terre ! Vous ne formulez jamais ce genre d'accusation tant que vous ne savez pas avec certitude à quoi vous en tenir. Vous observez. Vous écoutez. Vous restez calme, bordel de merde, et quand vous savez enfin, là vous pouvez l'ouvrir.

Il se rassit, manifestement épuisé. Il transpirait. Le silence régna sur le pont pendant quelques secondes.

— Vous avez terminé ? demanda enfin Holden.

— Ouais, fit Miller qui essayait de reprendre son souffle. Je crois que j'ai peut-être un peu forcé.

— Je n'ai accusé personne d'avoir fait quoi que ce soit, se défendit le Terrien. Je ne suis pas en train de monter un dossier à charge. J'ai simplement diffusé ces données. Maintenant, ce n'est plus un secret. Ils font quelque chose sur Éros. Ils ne veulent pas être interrompus. Avec l'affrontement entre Mars et la Ceinture, tous ceux qui auraient les moyens d'aider sont occupés ailleurs.

— Et vous venez d'impliquer la Terre dans ce merdier, dit Miller.

— Possible. Mais les tueurs se sont bien servis de vaisseaux qui ont été construits au moins en partie dans les chantiers orbitaux de la Terre. Peut-être que quelqu'un va enquêter dans cette direction. Et c'est le but recherché. Si tout le monde sait tout, plus rien ne reste secret.

— Ouais, tu parles...

Holden fit mine de ne pas avoir entendu et continua :

— Quelqu'un finira bien par avoir une vue d'ensemble de la situation. Ce genre de choses requiert le secret pour fonctionner, et en fin de compte c'est la révélation de tous les secrets qui peut faire capoter le tout. C'est la seule manière de mettre un terme définitif à tout ça.

Miller soupira, ôta son chapeau et se gratta le crâne.

— Moi, je voulais juste balancer les coupables par un sas, dit-il.

BA834024112 était un astéroïde plutôt insignifiant. D'à peine trente mètres à son plus large, il avait été expertisé depuis bien longtemps et déclaré totalement exempt de tout minerai de valeur ou simplement utilisable. Il n'était enregistré que pour éviter aux vaisseaux de le percuter. Julie l'avait laissé attaché à une richesse mesurée en milliards quand elle avait dirigé sa petite navette vers Éros.

De près, le vaisseau qui avait détruit le *Scopuli* et enlevé son équipage ressemblait à un requin. Il était long, élancé et d'un noir total qui à l'œil nu était presque impossible à distinguer sur l'arrière-fond de l'espace. Ses courbes qui défléchissaient les ondes radar lui conféraient un aérodynamisme presque toujours absent des vaisseaux spatiaux. Holden en avait la chair de poule, mais l'appareil était magnifique.

— Quelle saloperie, souffla Amos tandis que l'équipage se massait dans le cockpit du *Rossinante* pour l'observer.

— Le *Rossi* ne le détecte même pas, chef, annonça Alex. Je braque le ladar droit sur lui, et il décèle juste une tache un peu plus chaude sur l'astéroïde.

— Comme Becca juste avant la fin du *Cant*, dit Naomi.

— Sa navette a été lancée, donc j'imagine que c'est le bon vaisseau furtif que quelqu'un a laissé attaché à ce caillou, ajouta Alex. Au cas où il y en aurait plus qu'un seul.

Holden pianota des doigts sur le dossier du siège d'Alex pendant un moment, tout en flottant au-dessus de la tête du pilote.

— Il est probablement plein de zombies vomisseurs, dit-il enfin.

— Vous voulez qu'on aille vérifier ? proposa Miller.

— Oh oui, répondit le Terrien.

34

MILLER

La combinaison pressurisée était bien meilleure que ce à quoi Miller était habitué. Durant toutes les années passées sur Cérès, il ne s'était aventuré à l'extérieur que deux ou trois fois, et l'équipement d'Hélice-Étoile était ancien même pour l'époque : des articulations épaisses en accordéon, une réserve d'air amovible, des gants qui laissaient ses mains plus froides de dix degrés que le reste du corps. La combinaison du *Rossinante* était récente, de type militaire, à peine plus encombrante qu'une tenue antiémeute standard, avec une assistance respiratoire intégrée qui gardait sans doute les doigts à la même température que le reste du corps après qu'une main avait été arrachée. Miller flottait dans le sas en se retenant d'une main à une sangle, et contemplait avec intérêt le dessin en peau de serpent des jointures de ses doigts qu'il pliait et dépliait.

— C'est bon, Alex, dit Holden. Nous sommes en place. Le *Rossi* peut frapper à la porte pour nous.

Une vibration basse les secoua. Naomi plaqua une main contre la cloison courbe du sas pour se stabiliser. Amos s'avança pour viser avec son fusil automatique sans recul. Quand il courba le cou, Miller entendit par la radio le craquement de ses vertèbres. C'était la seule façon dont il pouvait percevoir ce bruit, puisqu'ils étaient déjà dans le vide.

— C'est bon, chef, annonça Alex. J'ai un accès. Le

neutralisateur de sécurité standard ne marche pas, alors laissez-moi une seconde… pour…

— Un problème ? dit Holden.

— Ça y est, je l'ai, répondit le pilote. Nous avons une connexion… Ah. Apparemment il n'y a pas de quoi respirer là-dedans.

— Quelque chose ? demanda le Terrien.

— Non. Le vide. Les deux écoutilles de son sas sont ouvertes.

— D'accord. Alors tout le monde surveille son alimentation en air. Allons-y.

Miller prit une profonde inspiration. Les voyants de l'écoutille extérieure passèrent du rouge tendre au vert tendre. Holden l'ouvrit, et Amos se propulsa en avant, le capitaine juste derrière lui. Miller adressa un signe de tête à Naomi. *Les dames d'abord.*

Le portique de connexion était renforcé, prêt à dévier les lasers ennemis ou à ralentir les projectiles. Amos se reçut sur l'autre vaisseau alors que l'écoutille du *Rossinante* se refermait derrière eux. Miller fut saisi d'un vertige momentané, et l'appareil face à eux lui parut basculer et passer de *devant* à *en bas* dans ses perceptions, comme s'ils tombaient.

— Tout va bien ? s'enquit Naomi.

Il acquiesça et Amos franchit l'écoutille extérieure de l'autre vaisseau. Un à un, ils le suivirent.

L'appareil était éteint. Les lumières provenant de leurs combinaisons jouaient sur les courbes douces, presque épurées des cloisons, les murs capitonnés, les compartiments gris à combinaisons. L'un d'eux était tordu, comme si quelqu'un ou quelque chose l'avait forcé pour en sortir. Amos avançait en douceur. Dans des circonstances normales, le vide ambiant leur aurait garanti que rien ne pouvait bondir sur eux. Pour l'instant, Miller n'aurait pas pris de pari dans un sens ou l'autre.

— Tout est éteint ici, dit Holden.

— Il y a peut-être un système de secours dans la salle des machines, fit Amos.

— Donc à l'arrière du vaisseau, à partir d'ici, dit Holden.

— Très certainement, oui.

— Restons prudents, rappela le Terrien.

— Je vais jeter un œil aux ops, déclara Naomi. S'il y a un système dont la batterie est déchargée, je pourrai…

— Non, vous n'y allez pas, l'interrompit Holden. Nous ne nous séparons pas tant que nous ne savons pas ce que nous avons face à nous. Restons groupés.

Amos s'éloigna et disparut dans les ténèbres. Holden donna une poussée pour le suivre. Miller l'imita. Il n'aurait pu dire d'après son langage corporel si Naomi était irritée ou soulagée.

La coquerie était vide, mais des traces de lutte étaient visibles ici et là. Une chaise avec un pied tordu. Une longue griffure en zigzag sur la cloison, là où quelque chose de pointu avait arraché la peinture. Deux impacts de balle situés en hauteur. Miller tendit la main, saisit le bord d'une table et pivota lentement.

— Vous venez ? fit Holden.

— Regardez ça.

Le liquide sombre était de la couleur de l'ambre, écailleux et luisant comme du verre dans le faisceau de sa lampe. Holden s'en approcha en planant.

— Des vomissures de zombie ?

— On dirait.

— Alors j'en déduis que nous sommes à bord du bon vaisseau. Pour ce que vaut le qualificatif "bon", dans la situation présente.

Les quartiers de l'équipage étaient vides et silencieux. Ils traversèrent chacun d'eux, mais ne virent aucun élément personnel distinctif, pas de terminaux, de photos, aucun indice sur l'identité des hommes et des femmes qui avaient vécu, respiré et vraisemblablement péri à bord. Même la cabine du capitaine n'était reconnaissable que par une couchette un peu plus large et la façade d'un coffre-fort encastré.

Il y avait un compartiment central aussi haut et large que la coque du *Rossinante*, et ses ténèbres étaient dominées par douze énormes cylindres couverts de passerelles étroites et d'échafaudages. Miller vit l'expression de Naomi se durcir.

— Qu'est-ce que c'est? dit-il.

— Des tubes lance-torpilles.

— Des tubes lance-torpilles? Bon Dieu, combien y en a-t-il? Un million?

— Douze, dit-elle. Seulement douze.

— De quoi bousiller des vaisseaux amiraux, commenta Amos. Conçu pour détruire la cible, quelle qu'elle soit, au premier tir.

— Une cible comme le *Donnager*? demanda Miller.

Holden se retourna vers lui, et l'éclairage de l'affichage intérieur de son casque révéla ses traits.

— Ou le *Canterbury*, lâcha-t-il.

Tous quatre passèrent en silence entre les grands tubes noirs.

Dans les compartiments de la machinerie et de la fabrication, les signes de violence étaient plus évidents. Il y avait du sang sur les cloisons et le sol, ainsi que de larges bandes de cette résine vitreuse et dorée qui avait été des vomissures. Un uniforme était roulé en boule. Le vêtement avait été imbibé de quelque chose avant que le froid de l'espace le congèle. Les habitudes acquises au long des années passées sur des scènes de crime permirent à Miller d'ordonner une dizaine de détails dans un schéma cohérent : le dessin des éraflures sur le sol et les portes de l'ascenseur, les projections de sang et de vomissures, les traces de pas. L'ensemble lui racontait une histoire.

— Ils sont dans la salle des machines, déclara-t-il.

— Qui? fit Holden.

— Les membres d'équipage. Ceux qui se trouvaient à bord. Tous, sauf une…

Il désigna une demi-empreinte de pas se dirigeant vers l'ascenseur.

— Vous voyez comment ses traces sont sur toutes les autres ? Et là, quand elle a marché dans cette tache de sang, c'était déjà sec. Elle s'est écaillée au lieu de s'étaler.

— Comment savez-vous que c'est une femme ? s'étonna le Terrien.

— Parce que c'était Julie.

— Je ne connais pas l'identité de ceux qui étaient ici, mais ils sucent du vide depuis un bail, dit Amos. Vous voulez aller voir ?

Personne ne répondit par l'affirmative, mais tous se dirigèrent dans la direction qu'indiquait le mécanicien. L'écoutille était ouverte. Si l'obscurité au-delà paraissait plus dense, plus menaçante, plus *personnelle* que dans le reste du vaisseau, c'était seulement dû à l'imagination de Miller qui lui jouait des tours. Il hésita, tenta d'invoquer l'image de Julie, mais elle refusa de se manifester.

Flotter dans la salle des machines était un peu comme nager dans une grotte sous-marine. Miller vit les faisceaux lumineux des autres danser sur les murs et les panneaux à la recherche de commandes encore actives, ou qui pouvaient être activées. Il orienta sa lampe au centre de la pièce, et l'obscurité l'avala.

— Nous avons des batteries, là, chef, dit Amos. Et… On dirait que le réacteur a été éteint. Intentionnellement.

— Vous pensez pouvoir le remettre en service ?

— Il faudrait que je fasse quelques diagnostics, répondit le mécanicien. Il pourrait exister une bonne raison pour l'avoir éteint, et je n'aimerais pas la découvrir sans maîtriser le processus.

— Bien vu.

— Mais je peux au moins nous avoir… un peu de… Allez, salopard…

Tout autour du pont, des lumières d'un blanc bleuté revinrent à la vie. La clarté soudaine éblouit Miller pendant une demi-seconde. Sa vision revint à la normale, accompagnée d'une perplexité croissante. Naomi eut un hoquet de surprise, et Holden étouffa mal une exclamation. Quelque chose au fond de l'esprit de Miller voulut crier, et il dut se forcer au silence. C'était seulement une scène de crime. Avec de simples cadavres.

Sauf que ce n'était pas du tout ça.

Le réacteur dressait sa masse devant eux, au repos, inerte. Tout autour, une couche de chair humaine. Il distinguait des bras, des mains aux doigts tellement écartés que leur simple vue était douloureuse. Le serpent d'une colonne vertébrale ondulait, les côtes se déployant en éventail comme les pattes de quelque insecte pervers. Il s'efforça de donner un sens à ce qu'il avait sous les yeux. Il avait déjà examiné des hommes éviscérés. Il savait que la longue spirale visqueuse sur la gauche était les intestins. Il apercevait même l'endroit où il s'évasait pour devenir le côlon. La forme familière d'un crâne était tournée vers lui, comme pour le regarder.

Mais au sein de cette anatomie familière de la mort et du démembrement, il y avait d'autres choses : des spirales de nautile, de larges bandes de filament noir à l'aspect soyeux, une étendue pâle de ce qui aurait pu être de la peau striée par une douzaine d'ouvertures rappelant des ouïes, un membre à moitié formé qui aurait pu appartenir aussi bien à un insecte qu'à un fœtus, sans être à aucun des deux.

Ces chairs mortes et figées entouraient le réacteur comme la peau d'une orange. L'équipage du vaisseau furtif. Avec peut-être celui du *Scopuli*.

Tous, à l'exception de Julie.

— Ça risque de me prendre un peu plus de temps que ce que je pensais, chef, prévint Amos.

— C'est bon, répondit Holden, et sa voix à la radio lui parut mal assurée. Vous n'êtes pas obligé de le faire.

— Pas de problème. Tant qu'aucune parcelle de cette saloperie n'a pénétré le confinement, le réacteur devrait redémarrer au poil.

— Ça ne vous dérange pas d'être près de… ça ? dit Holden.

— Franchement, chef, je n'y pense pas. Laissez-moi vingt minutes, et je vous dirai si nous avons du jus ou s'il faut tirer un câble depuis le *Rossi*.

— D'accord, dit le capitaine et, une fois encore, d'un ton plus ferme : D'accord. Mais ne touchez à aucune de ces… choses.

— Ce n'était pas mon intention, affirma Amos.

Ils franchirent l'écoutille en flottant, dans le sens inverse : Holden, Naomi et enfin Miller.

— Est-ce que c'est…, commença la jeune femme avant de s'interrompre pour tousser, et reprendre ensuite : Est-ce que c'est ce qui se passe sur Éros ?

— Probable, fit Miller.

— Amos, dit Holden, est-ce que vous avez assez de puissance dans les batteries pour allumer les ordinateurs ?

Il y eut un court silence. Miller inspira à fond, et l'odeur de plastique et d'ozone du système d'alimentation en air de sa combinaison emplit ses narines.

— Je pense que oui, dit enfin le mécanicien sur un ton peu enthousiaste, mais si nous parvenons à redémarrer le réacteur d'abord…

— Les ordinateurs…

— C'est vous le chef, chef. Vous aurez ça dans cinq minutes.

Sans échanger un mot de plus ils remontèrent en flottant vers le sas, le franchirent et arrivèrent sur le pont des ops. Miller resta en retrait et observa comment la trajectoire d'Holden le collait à celle de Naomi, puis l'en éloignait.

Protecteur et rétif à la fois, jugea-t-il. Mauvaise combinaison.

414

Julie attendait dans le sas. Pas au début, bien sûr. Miller revint dans cet espace pendant qu'il réfléchissait à tout ce qu'il venait de découvrir, comme s'il était sur une enquête. Une enquête normale. Son regard glissa vers le compartiment éventré. Il ne contenait pas de combinaison. Pendant un moment il fut de retour sur Éros, dans l'appartement où Julie était morte. Il y avait eu une combinaison pressurisée là-bas. Et soudain Julie fut là, auprès de lui, qui se frayait un chemin hors du compartiment.

Que faisais-tu là? pensa-t-il.

— Pas de prison à bord, dit-il.

— Quoi? fit Holden.

— Je viens de le remarquer. Ce vaisseau n'a pas de cellules. Il n'est pas conçu pour transporter des prisonniers.

Le Terrien poussa un grognement bas d'approbation.

— On en vient à se demander ce qu'ils comptaient faire de l'équipage du *Scopuli*, remarqua Naomi, et au ton qu'elle employa il était évident qu'elle ne se posait pas la question.

— Je ne pense pas qu'ils aient prévu ça, dit Miller lentement. Tout ça... Ils ont improvisé.

— Improvisé? dit Naomi.

— Le vaisseau transportait quelque chose d'infectieux sans avoir des mesures de confinement suffisantes. Il a pris des prisonniers sans avoir de cellules où les enfermer. Ils ont réagi au fur et à mesure.

— Ou bien ils étaient pressés par le temps, proposa Holden. Quelque chose s'est passé qui les a poussés à faire vite. Pourtant, ce qu'ils ont fait sur Éros a dû demander des mois de préparation. Des années, peut-être. Se pourrait-il que quelque chose d'imprévu se soit produit à la dernière minute?

— Il serait intéressant de savoir quoi, fit Miller.

Comparées au reste du vaisseau, les ops paraissaient paisibles. Normales. Les ordinateurs avaient terminé leurs diagnostics, et les écrans luisaient d'un éclat placide. Naomi alla vers l'un d'eux et d'une main se tint au dossier du siège afin que le contact léger de ses doigts sur l'écran ne la repousse pas en arrière.

— Je vais faire ce que je peux, dit-elle. Vous pouvez vérifier la passerelle.

Le silence qui suivit était éloquent.

— Tout ira bien, ajouta-t-elle.

— D'accord. Je sais que vous… je… Allons-y, Miller.

L'ex-policier laissa le capitaine le précéder jusqu'à la passerelle. Les écrans y déroulaient des diagnostics tellement communs que Miller lui-même put les identifier. L'endroit était plus spacieux qu'il ne l'aurait cru, avec cinq postes équipés de sièges anti-crash conçus sur mesure pour le corps d'autres personnes. Il s'attacha dans l'un d'eux, tandis que Miller effectuait au ralenti un tour des lieux. Rien ne semblait dérangé ici. Il n'y avait pas trace de sang, pas de sièges brisés ni de rembourrage déchiqueté. Quand il s'était produit, l'affrontement s'était déroulé près du réacteur. Miller n'était pas encore certain de ce qu'il convenait d'en déduire. Il s'installa à ce qui paraissait être le poste de sécurité, et il ouvrit un canal comm restreint avec Holden.

— Vous cherchez quelque chose en particulier ?

— Des instructions. Une vue d'ensemble, répondit le Terrien d'un ton bref. N'importe quoi d'utile. Et vous ?

— Je vais voir si je peux m'introduire dans les moniteurs reliés au système interne.

— Dans l'espoir de trouver quoi ?

— Ce que Julie a trouvé.

Pour la sécurité du système, toute personne assise devant la console avait accès aux données générales. Il lui fallut quand même une demi-heure pour analyser la structure de commande et interroger l'interface. Mais une fois ce stade atteint, tout fut plus facile. La date figurant sur le compte rendu faisait remonter la dernière opération au jour où le *Scopuli* avait été porté disparu. La caméra de sécurité du sas avait enregistré l'équipage – des Ceinturiens pour la plupart – qu'on escortait à l'intérieur. Leurs ravisseurs étaient en tenue de combat, avec la visière du casque abaissée. Miller se demanda si c'était pour assurer le secret de leur identité. Ce détail aurait suggéré qu'ils avaient l'intention de garder l'équipage en vie. À moins qu'ils ne se soient méfiés d'une résistance de dernière minute. Les membres d'équipage du *Scopuli* ne portaient ni combinaison ni tenue de combat. Deux d'entre eux n'étaient même pas en uniforme.

Mais Julie l'était.

C'était étrange de la voir se déplacer. Troublé, il se rendit compte qu'il ne l'avait encore jamais vue en mouvement. Toutes les images d'elle qu'il avait dans son dossier sur Cérès avaient été des photos figées. Et maintenant elle était là, qui flottait en compagnie de ses camarades, ses cheveux loin de ses yeux, les mâchoires crispées. Elle paraissait très menue, avec tout l'équipage et les hommes en tenue renforcée qui l'entouraient. La petite fille riche qui avait tourné le dos à l'opulence et au prestige pour vivre avec les Ceinturiens opprimés. La fille qui avait dit à sa mère de vendre le *Razorback* – cet appareil qu'elle adorait – plutôt que de céder à un chantage affectif. En mouvement, elle était un peu différente de la version imaginaire qu'il s'était faite d'elle – dans la façon dont elle rejetait les épaules en arrière, cette habitude de tendre les orteils vers le sol même en gravité nulle – mais le tableau d'ensemble restait le même. Il avait le sentiment de remplir les blancs avec des détails inédits plutôt que de découvrir totalement cette femme.

Les gardes dirent quelque chose et l'équipage du *Scopuli* eut l'air atterré de ce qu'il entendait. Puis, avec des gestes hésitants, le capitaine commença à ôter son uniforme. Ils déshabillaient les prisonniers. Miller grimaça.

— Mauvais plan.

— Quoi? fit Holden.

— Rien. Désolé.

Julie restait immobile. Un des gardes se dirigea vers elle en prenant appui contre la cloison avec ses jambes. Julie, qui avait survécu à un viol, peut-être, ou quelque chose d'aussi terrible. Qui avait ensuite appris le jiu-jitsu, pour se sentir en sécurité. Peut-être qu'ils la croyaient simplement pudique. Peut-être craignaient-ils qu'elle cache une arme sous ses vêtements. Quelle qu'en soit la raison, ils voulurent l'obliger à obéir. Un des gardes la bouscula, et elle s'accrocha à son bras comme si sa vie en dépendait. Miller grimaça quand il vit le coude de l'homme se tordre à l'envers, puis il sourit.

C'est bien, ma Julie, songea-t-il. *Fais-leur voir…*

Et c'est ce qu'elle fit. Pendant près de quarante secondes, le sas se transforma en champ de bataille. Même certains des membres de l'équipage du *Scopuli* essayèrent de lui prêter main-forte. Mais finalement la jeune femme ne remarqua pas l'homme aux épaules épaisses qui s'était glissé derrière elle. Miller eut l'impression de ressentir la force du coup quand de son poing ganté l'autre frappa Julie à la tempe. Le coup ne l'assomma pas, mais la laissa groggy. Les hommes armés la déshabillèrent avec une froide efficacité, et quand ils purent constater qu'elle ne dissimulait sur elle aucune arme, aucun appareil de communication, ils lui tendirent une combinaison et la poussèrent dans un compartiment. Ils menèrent les autres dans les entrailles du vaisseau. Miller établit la correspondance temporelle des enregistrements et passa sur les autres.

Les prisonniers furent emmenés dans la coquerie et attachés aux tables. Un des gardes passa environ une minute à leur parler, mais à cause de sa visière baissée Miller n'eut pour seuls indices concernant ses propos que les réactions de l'équipage – les yeux écarquillés sous le coup de l'incrédulité, la perplexité, l'indignation, et la peur. Le garde aurait pu leur dire n'importe quoi.

Miller fit défiler les enregistrements. De quelques heures, et de quelques heures de plus. Le vaisseau était en mouvement, et grâce aux effets de la poussée les prisonniers étaient assis aux tables, au lieu de flotter auprès d'elles. Il passa à d'autres parties du vaisseau. Le compartiment où se trouvait Julie était toujours fermé. S'il n'avait pas été au courant, il aurait pu la croire morte.

Il fit encore jouer l'avance rapide.

Cent trente-deux heures plus tard, l'équipage du *Scopuli* reprit du poil de la bête. Miller détecta le changement dans leur attitude avant même que la violence se déchaîne. Il avait déjà vu des prisonniers se révolter, et ils avaient ce même air à la fois maussade et excité. L'enregistrement montrait le pan de cloison où il avait remarqué les impacts de balle. Ils n'étaient pas encore présents. Ils ne tarderaient pas. Un homme apparut à l'image. Il apportait un plateau chargé de rations.

Nous y voilà, pensa Miller.

L'affrontement fut bref, et brutal. Les prisonniers n'avaient pas la moindre chance. Sous le regard attentif de Miller, l'un d'eux, un homme aux cheveux blonds, fut traîné jusqu'au sas et expédié dans le vide interstellaire. Les autres se retrouvèrent prestement maîtrisés et ligotés. Certains sanglotèrent. D'autres crièrent. Miller fit avancer l'enregistrement.

Ce devait être là, quelque part. Le moment où la chose – quelle que soit sa nature – s'était répandue. Mais soit cela s'était produit dans un quartier non équipé de caméras, soit c'était là depuis le début. Presque exactement cent soixante heures après que Julie eut été enfermée dans son compartiment, un homme en pull blanc, les yeux vitreux et le pas hésitant, sortit en titubant des postes d'équipage et vomit sur un des gardes.

— Bordel ! s'écria Amos.

Miller avait bondi hors de son siège avant même de savoir ce qui arrivait. Holden se leva lui aussi.

— Amos ? dit le Terrien. Parlez-moi.

— Attendez, fit le mécanicien plus calmement. Ouais, c'est bon, capitaine. C'est juste que ces enfoirés ont retiré une partie de l'étui de protection du réacteur. Il est en état, mais je me suis pris quelques rads de plus que ce que j'aurais dû.

— Retournez sur le *Rossi*, lui ordonna Holden.

Miller prit appui contre une cloison et donna une petite poussée pour redescendre vers les postes de contrôle.

— Il n'y a pas de mal, monsieur. Ce n'est pas comme si j'allais me mettre à pisser le sang ou un autre truc aussi marrant, dit Amos. J'ai été surpris plus qu'autre chose. Si je commence à avoir des démangeaisons, je rentre, mais je peux nous créer un peu d'atmosphère en bossant encore un peu dans la salle des machines. Accordez-moi juste quelques minutes.

Miller observa le visage d'Holden, qui hésitait. Il pouvait donner un ordre, ou laisser faire.

— D'accord, Amos. Mais si vous commencez à vous sentir étourdi, ou tout autre symptôme – n'importe quoi, je suis bien clair ? –, vous filez immédiatement à l'infirmerie.

— Compris, dit le mécanicien.

— Alex, gardez un œil sur les données bio-méd d'Amos qui sont transmises. Faites un signalement si vous repérez un problème, ajouta Holden sur le canal général.

— Compris, dit Alex de sa voix traînante.

— Vous avez trouvé quelque chose ? demanda le Terrien à Miller sur leur circuit restreint.

— Rien d'inattendu. Et vous ?

— Justement, oui. Regardez ça.

Miller se propulsa vers l'écran sur lequel Holden travaillait. Le capitaine se rencogna dans son siège et se mit à faire défiler les données.

— Je me suis dit que quelqu'un devait bien être parti en dernier, expliqua-t-il. Je veux dire : il devait bien y en avoir un qui a été moins malade que les autres quand tout s'est déclenché. Alors j'ai passé au crible le répertoire pour savoir quelle activité était en train avant que le système tombe en rideau.

— Et?

— Il y a pas mal d'activité survenue deux jours avant l'arrêt du système, et puis plus rien pendant deux jours entiers. Et ensuite un regain modéré. Beaucoup d'accès à des dossiers et des diagnostics système. Ensuite quelqu'un a piraté les codes de neutralisation pour supprimer l'atmosphère.

— C'était Julie, alors.

— C'est ce que j'ai pensé, mais un des enregistrements qu'elle a consultés était... Merde, où il est passé? Il était juste... Ah, le voilà. Regardez donc ça.

L'écran clignota, les réglages passèrent en mode automatique et un emblème vert et or en haute résolution apparut. Le logo de Protogène, avec le slogan *Le premier, le plus rapide, le plus avancé.*

— Quelle est la notation temporelle figurant sur le dossier? demanda Miller.

— L'original a été créé il y a deux ans à peu près, répondit Holden. Cette copie a été gravée il y a huit mois.

L'emblème s'effaça progressivement, et un homme au visage affable assis derrière un bureau le remplaça. Il avait les cheveux noirs avec une touche de gris aux tempes, et des lèvres qui semblaient habituées à sourire. Il salua la caméra d'un petit mouvement de tête, mais son sourire n'atteignit pas ses yeux, qui restèrent aussi froids que ceux d'un squale.

Sociopathe, pensa Miller.

Les lèvres de l'inconnu remuèrent sans produire le moindre son. Avec un juron, Holden enfonça une touche pour transmettre la piste audio au système comm de leurs combinaisons. Il remit la vidéo au départ et la fit redémarrer.

— Monsieur Dresden, disait l'homme, j'aimerais vous remercier, vous et les membres du conseil, de prendre le temps d'examiner cette information. Votre soutien, autant financier que dans d'autres domaines, s'est révélé absolument essentiel aux découvertes incroyables que nous avons connues avec ce projet. Si mon équipe a été en pointe, pour ainsi dire, c'est l'engagement sans faille de Protogène pour l'avancement de la science qui a rendu possible ce travail.

"Messieurs, je serai direct. Les résultats obtenus avec la protomolécule de Phœbé ont dépassé toutes nos espérances. Je pense que cela représente une percée technologique qui va véritablement changer les règles du jeu. Je sais que ce genre d'exercice de présentation devant une société est propice aux hyperboles. Je vous prie de comprendre que j'ai réfléchi à ce sujet avec beaucoup de soin, et que mon propos est parfaitement calculé : Protogène peut devenir l'entité la plus importante et la plus puissante dans l'histoire de la race humaine. Mais pour cela il faudra de l'initiative, de l'ambition et des actes audacieux.

— Il parle de tuer des gens, dit Miller.

— Vous avez déjà visionné cet enregistrement ?

L'ex-policier secoua la tête négativement. L'image changea. L'homme disparut, et une animation le remplaça. Une représentation graphique du système solaire. Les orbites figurées par de larges taches colorées montraient le plan de l'écliptique. La caméra virtuelle s'éloigna en décrivant une courbe des planètes intérieures, là où M. Dresden et les membres du conseil se trouvaient très certainement, et se braqua sur les géantes gazeuses.

— Pour les membres du conseil qui ne seraient pas familiarisés avec le projet, il y a huit ans, le premier débarquement humain s'est effectué sur Phœbé, dit le sociopathe.

L'animation zooma sur Saturne, les anneaux et la planète se précipitant vers l'écran dans le triomphe du graphisme sur l'exactitude scientifique.

— Petite lune glacée, Phœbé était l'objet d'un projet d'exploitation de ses richesses en eau, à l'instar des anneaux. Le gouvernement martien a commandé une étude scientifique plus pour parachever une démarche purement bureaucratique que dans l'espoir de gains économiques. Des échantillons du cœur de l'astéroïde ont été prélevés, et lorsque sont apparues des anomalies affectant les silicates, Protogène a été approché pour co-sponsoriser un centre de recherches à long terme.

La lune elle-même – Phœbé – emplit l'écran en tournant lentement sur elle-même pour montrer tous ses charmes, comme une prostituée dans un bordel de bas étage. C'était un bloc rocheux constellé de cratères, impossible à distinguer d'un millier d'autres astéroïdes que Miller avait pu voir.

— Étant donné l'orbite extra-écliptique de Phœbé, continua le sociopathe, une des théories à son endroit est qu'il s'agirait d'un corps originaire de la ceinture de Kuiper qui aurait été happé par Saturne en traversant le système solaire. L'existence de structures complexes en silicium à l'intérieur de la glace, ainsi que des indices suggérant des structures résistantes à l'impact au sein de l'architecture du corps lui-même nous ont amenés à réévaluer cette théorie.

"À l'aide d'analyses spécifiques à Protogène et qui ne sont pas encore disponibles pour les équipes martiennes, nous avons déterminé sans doute aucun que ce que nous voyons maintenant n'est pas un planétésimal de formation naturelle, mais une arme. Et plus précisément une arme conçue pour transporter sa charge à travers les profondeurs de l'espace interplanétaire afin de la délivrer en toute sécurité sur Terre, il y a de cela quelque deux milliards et trois cents millions d'années, lorsque la vie elle-même en était encore à ses premiers balbutiements. Et cette charge, messieurs, la voici.

L'écran afficha un graphique que Miller ne put analyser. Cela ressemblait à la représentation médicale d'un virus, mais avec d'amples structures en boucle à la fois belles et invraisemblables.

— La protomolécule a d'abord attiré notre intérêt pour son aptitude à maintenir l'intégrité de sa structure primaire dans une grande variété de conditions, à travers des modifications secondaires et tertiaires. Elle a aussi démontré une affinité avec le carbone et les structures en silicium. Son activité suggère qu'elle n'était pas en elle-même un organisme vivant, mais un ensemble d'instructions non figées conçues pour s'adapter et guider d'autres systèmes de reproduction. Les expérimentations animales nous ont donné à penser que ses effets ne se limitent pas aux simples reproducteurs mais sont, en réalité, modulables.

— Des tests sur des animaux, marmonna Miller. Quoi, ils ont injecté ça à un chat ?

— L'implication initiale de cela, poursuivit le sociopathe, est l'existence d'une biosphère plus étendue, dont notre système solaire n'est qu'une partie, et le fait que la protomolécule est une fabrication de cet environnement. Je pense que vous serez d'accord : ce simple point a de quoi révolutionner la compréhension humaine de l'univers. Eh bien, je puis vous l'assurer, ce n'est encore rien. Si des accidents dans la mécanique orbitale n'avaient pas contribué à capturer Phœbé, la vie telle que nous la connaissons n'existerait pas actuellement. Mais autre chose la remplacerait. La vie cellulaire primitive sur terre aurait été piratée. Reprogrammée selon les paramètres contenus à l'intérieur de la structure de la protomolécule.

Le sociopathe réapparut. Pour la première fois, les ridules du sourire vinrent marquer le coin de ses yeux, comme dans une parodie d'elles-mêmes. Miller sentait grandir en lui une détestation viscérale, et il se connaissait suffisamment bien pour lui donner son véritable nom. La peur.

— Protogène est en position de prendre la possession exclusive non seulement de la première technologie d'origine authentiquement extraterrestre, mais également d'un mécanisme préfabriqué pour la manipulation des systèmes vivants et les premiers indices quant à la nature d'une biosphère plus étendue, que je qualifierai de *galactique*. Dirigées par des mains humaines, les applications envisageables sont sans limites. Je pense que l'opportunité qui s'offre non seulement à nous mais aussi à la vie elle-même est aussi profonde et porteuse de transformations radicales que tout ce qui s'est déjà produit. De plus, la maîtrise de cette technologie représentera désormais le fondement de tout pouvoir économique et politique.

"Je ne saurais trop vous conseiller de vous pencher sur les détails techniques que j'ai soulignés dans le document en annexe. Des décisions rapides permettant de comprendre la programmation, la mécanique interne et la finalité de la protomolécule, ainsi que ses applications directes sur les êtres humains, feront toute la différence entre un avenir débroussaillé par Protogène et le fait d'être laissés en arrière. Je vous exhorte donc à prendre des décisions fortes et rapides pour vous assurer le contrôle exclusif de la protomolécule et lancer des tests à grande échelle.

"Merci pour votre temps et votre attention.

Le sociopathe sourit de nouveau, et le logo de la firme réapparut. Le cœur de Miller battait la chamade.

— Bon, d'accord, dit-il, puis : Merde alors…

— Protogène, protomolécule, fit Holden. Ils n'ont aucune idée des effets, mais ils ont collé leur marque dessus comme s'ils l'avaient créée. Ils dénichent une arme extraterrestre, et tout ce qu'ils trouvent à faire c'est de lui mettre leur étiquette pour l'exploiter.

— Il y a toutes les raisons de penser que ces gars-là sont très imbus d'eux-mêmes, en effet.

— Je ne suis pas un scientifique, mais il me semble que balancer un *supervirus extraterrestre* dans une station spatiale n'est pas une bonne idée.

— Tout ça remonte à deux ans, dit Miller. Ils ont effectué des tests. Ils ont… Bordel, je n'imagine même pas quelles saloperies ils ont pu faire. Mais ils ont fini par jeter leur dévolu sur Éros. Et tout le monde sait ce qui est arrivé à Éros. C'est l'autre camp, le responsable. Pas de vaisseaux de recherche et de secours, parce qu'ils se combattent tous ou défendent quelque chose. La guerre ? Une diversion.

— Et Protogène… Ils font quoi ?

— À mon avis, ils observent les effets de leur jouet quand ils le sortent pour lui faire faire un tour.

Ils restèrent silencieux un long moment. Ce fut Holden qui reprit la parole :

— Donc vous prenez une société qui semble totalement dépourvue de conscience institutionnelle, qui a assez de contrats de recherche avec le gouvernement pour être presque elle-même une branche de l'industrie militaire dirigée en privé. Jusqu'où iront-ils pour atteindre le Saint-Graal ?

— *Le premier, le plus rapide, le plus avancé*, rappela Miller.

— Ouais.

— Les gars, dit Naomi, vous devriez descendre. Je crois que j'ai quelque chose.

35

HOLDEN

— J'ai trouvé les fichiers comm, annonça Naomi quand Holden et Miller entrèrent dans la pièce en dérivant derrière elle.

Le Terrien posa une main sur l'épaule de la jeune femme, l'ôta et s'en voulut aussitôt de ce mouvement de retrait. Une semaine plus tôt, elle n'aurait nullement pris ombrage d'un geste d'affection aussi anodin, et il n'aurait pas craint sa réaction. Il regrettait la distance nouvelle entre eux à peine moins qu'il aurait regretté de ne rien dire. Il voulait le lui expliquer. Au lieu de quoi il demanda :

— Vous avez trouvé quelque chose d'intéressant ?

Elle tapota l'écran et y fit apparaître un fichier.

— Ils étaient très sévères quant à la discipline concernant les communications, dit-elle en désignant une longue liste de dates et d'heures. Rien n'était jamais émis par la radio, tout passait par le faisceau de ciblage laser. Et tout était formulé en termes ambigus, avec beaucoup d'expressions codées, manifestement.

Sous son casque, les lèvres de Miller remuèrent. Holden lui tapota la visière d'un doigt. L'ex-policier leva les yeux au ciel et du menton activa le lien comm avec le canal général.

— Désolé. Je ne passe pas beaucoup de temps dans ces combinaisons, dit-il. Qu'est-ce que nous avons d'intéressant, donc ?

— Pas grand-chose. Mais la dernière communication n'était pas codée, dit-elle, et elle afficha le dernier message de la liste.

STATION THOTH

ÉQUIPAGE EN PLEINE DÉGÉNÉRESCENCE. ESTIMATION DU NOMBRE DE VICTIMES : 100 %. MATÉRIEL SÉCURISÉ. TRAJECTOIRE ET VITESSE STABILISÉES. DONNÉES DU VECTEUR SUIVENT. RISQUES EXTRÊMES DE CONTAMINATION POUR LES ÉQUIPES ENTRANTES.

CPT. HIGGINS

Holden relut ces quelques lignes à plusieurs reprises, et il imagina le capitaine Higgins observant, désemparé, l'infection qui se propageait au sein de ses hommes. Ses amis qui vomissaient partout dans une boîte de métal scellée dans le vide, avec une seule molécule de cette substance touchant votre peau qui signait votre arrêt de mort. Les vrilles recouvertes de filaments jaillissant des yeux et des bouches. Et ensuite cette… soupe qui recouvrait le réacteur. Il s'autorisa un frisson et fut heureux que Miller ne puisse le détecter sous la combinaison.

— Donc ce Higgins se rend compte que les membres de son équipage se transforment en zombies vomisseurs, et il envoie un ultime message à ses patrons, c'est bien ça ? fit Miller, mettant un terme à la rêverie lugubre du Terrien. Et cette allusion aux données du vecteur, ça correspond à quoi ?

— Il savait qu'ils allaient tous mourir, alors il a transmis les indications pour que le vaisseau puisse être récupéré, répondit Holden.

— Mais ils ne l'ont pas fait, puisque le vaisseau est ici, que c'est Julie qui en a pris le contrôle et l'a emmené ailleurs, dit Miller. Ce qui signifie qu'ils le cherchent toujours. Je me trompe ?

Holden ignora la question et reposa la main sur l'épaule de Naomi, dans un geste qu'il espérait naturellement amical.

— Nous avons des messages transmis par faisceau de ciblage et les infos sur le vecteur, dit-il. Est-ce qu'ils sont adressés au même endroit ?

— Plus ou moins, répondit-elle. La destination n'est pas la même, mais toutes les communications visent des points dans la Ceinture. D'après les changements de direction et le moment où les communications ont été diffusées, elles s'adressent à un point mouvant dans la Ceinture, et un point qui n'est pas non plus en orbite stable.

— Un vaisseau, alors ?

— C'est probable, admit-elle. J'ai un peu étudié les différentes positions, et je ne trouve rien dans le registre qui soit plausible. Aucune station, aucun astéroïde habité. Un vaisseau constituerait une bonne explication. Mais…

Holden attendit qu'elle termine, mais Miller ne put contenir son impatience et se pencha en avant.

— Mais quoi ? fit-il.

— Comment savaient-ils où il se trouverait ? Je n'ai aucune réception de message dans le fichier. Si un appareil se déplaçait au hasard à l'intérieur de la Ceinture, comment savaient-ils où envoyer ces messages ?

Holden crispa un peu les doigts sur l'épaule de la jeune femme, si légèrement qu'elle ne sentit probablement rien à travers l'épaisse combinaison pressurisée, puis il s'écarta d'elle et se laissa planer vers le plafond.

— Donc ce n'est pas dû au hasard, dit-il. Ils disposaient d'une sorte de carte leur indiquant où cette chose se trouverait au moment où ils envoyaient leur message par faisceau de ciblage. Il pourrait s'agir d'un de leurs vaisseaux furtifs.

Naomi fit pivoter son siège et leva les yeux vers lui.

— Il pourrait s'agir d'une station, dit-elle.

— C'est le labo, intervint Miller. Ils mènent une expérimentation sur Éros, ils ont besoin des scientifiques à proximité.

— Naomi, dit Holden, "Matériel sécurisé". Il y a un coffre toujours verrouillé dans la cabine du capitaine. Vous pensez pouvoir l'ouvrir ?

Elle eut une petite moue.

— Je n'en sais rien, avoua-t-elle. Peut-être. Amos pourrait certainement l'éventrer avec un peu des explosifs que nous avons trouvés dans ce grand coffre rempli d'armes.

Holden éclata d'un rire bref.

— Comme ce coffre est sans doute rempli de petites fioles contenant de méchants virus extraterrestres, je crois que je vais m'opposer à l'option de la charge explosive.

Naomi ferma le fichier comm et afficha le menu général des systèmes du vaisseau.

— Je peux fouiller un peu et voir si l'ordinateur central a accès au coffre-fort. Essayer de l'ouvrir par ce biais. Mais ça risque de demander un certain temps.

— Faites au mieux, déclara Holden. Nous allons vous laisser tranquille.

D'une poussée, il se détacha du plafond et se dirigea vers l'écoutille du compartiment des ops, la franchit et continua dans la coursive au-delà. Quelques instants plus tard, Miller le suivit. L'ex-inspecteur planta ses pieds sur le pont grâce à ses semelles magnétiques et se tourna vers le Terrien, dans l'expectative.

— Qu'en pensez-vous ? demanda celui-ci. Protogène serait au cœur de toute cette histoire ? Ou il s'agit de quelqu'un d'autre quand on croit que c'est eux ?

Miller ne répondit pas immédiatement. Il prit le temps de deux longues respirations.

— Là, ça m'a l'air d'être bon, dit-il presque à contre-cœur.

Amos remonta le long de l'échelle d'équipage depuis le niveau inférieur, en tirant derrière lui une grosse boîte métallique.

— Eh, chef, dans la réserve j'ai trouvé une pleine caisse de boulettes de carburant pour le réacteur. Nous pourrions en avoir besoin…

— Bon boulot, le complimenta Holden, et il leva une main pour indiquer à Miller d'attendre. Passez devant et mettez ça à bord. Et j'ai besoin que vous nous concoctiez un plan pour saborder ce vaisseau.

— Attendez, là. Qu'est-ce que vous dites? s'exclama Amos. Cet appareil vaut au bas mot un zilliard de billets, chef. Un vaisseau furtif armé de lance-missiles? Les types de l'APE vendraient leurs grands-mères pour ce bijou. Et six de ces tubes sont encore chargés. De quoi dézinguer autant de vaisseau de gros tonnage. Avec l'ensemble, vous pourriez ravager une petite lune. Non, oubliez les mamies: les types de l'APE mettraient leurs filles sur le trottoir pour obtenir cet équipement. Pourquoi irions-nous le faire sauter, bordel?

Holden posa sur lui un regard incrédule.

— Vous avez oublié ce qu'il y a dans la salle des machines?

— Mais cette merde est complètement inerte, chef! Deux petites heures avec un chalumeau et je peux tout découper et le balancer par le sas. Et bye-bye.

L'image mentale d'Amos découpant au chalumeau à plasma les corps fondus des anciens membres d'équipage du vaisseau avant de les expédier joyeusement en morceaux dans le vide intersidéral mena Holden au bord de la nausée. L'aptitude du mécanicien à ignorer tout ce qu'il ne voulait pas voir était certainement très pratique quand il rampait dans les compartiments moteur exigus et graisseux. Mais son aptitude à considérer sans aucun émoi la mutilation systématique de plusieurs dizaines de cadavres menaçait de transformer le dégoût du Terrien en colère.

— Si l'on oublie cette horreur et la possibilité très réelle d'infection par ce qui a *créé* cette horreur, dit-il, il y a aussi le fait que quelqu'un recherche désespérément cet appareil très coûteux et très furtif, et jusqu'à maintenant *Alex n'a pas réussi à localiser son vaisseau.*

Il se tut et laissa Amos réfléchir. Il vit le large visage du mécano se contracter pendant qu'il considérait les différents paramètres de l'équation. *On a trouvé un vaisseau furtif. D'autres personnes recherchent un vaisseau furtif. On ne peut pas localiser les personnes qui le recherchent.*

Merde.

Amos pâlit d'un coup.

— D'accord, dit-il. Je vais remettre le réacteur en état pour tout envoyer en l'air.

Il consulta l'affichage de l'heure sur l'avant-bras de sa combinaison.

— Merde, nous sommes là depuis déjà trop longtemps. Je ferais bien de me magner.

— Ce serait bien, oui, approuva Miller.

Naomi était douée. Très douée. Holden l'avait découvert quand il avait été embauché à bord du *Canterbury*, et au fil des années il avait ajouté cette évidence à d'autres telles que *l'espace est froid* ou *la pesanteur entraîne vers le bas*. Quand quelque chose tombait en panne sur le transport de glace, il demandait à la jeune femme de le réparer, et il n'y repensait plus. Parfois elle prétendait ne pas être capable d'effectuer le travail souhaité, mais c'était toujours une tactique de négociation. Une brève conversation menait à une requête pour des pièces de rechange ou l'embauche d'un homme d'équipage supplémentaire au prochain spatioport, et ça s'arrêtait là. Il n'existait pas de problème concernant l'électronique ou les composants d'un vaisseau spatial qu'elle ne soit pas en mesure de solutionner.

— Je ne peux pas l'ouvrir, déclara-t-elle.

Elle flottait près du coffre en question, dans la cabine du capitaine, un pied posé sur la couchette pour se stabiliser. Holden était debout sur le sol après avoir activé ses semelles magnétiques. Miller restait immobile à l'entrée de la coursive.

— Que vous faudrait-il ? demanda le Terrien.

— Si je ne peux pas utiliser une charge explosive ou découper le panneau, je ne peux pas l'ouvrir.

Holden fit non de la tête, mais elle ne le vit pas, ou elle fit mine de ne pas le voir.

— Ce coffre-fort est conçu pour s'ouvrir quand une succession très spécifique de champs magnétiques touche la plaque métallique de sa façade, dit-elle. Quelqu'un détient la clef qui permet de faire ça, mais cette clef ne se trouve pas à bord.

— Elle est à cette station, dit Miller.

Holden considéra un moment le coffre encastré, et ses doigts pianotèrent sur la cloison juste à côté.

— Quels risques y a-t-il de déclencher un piège si nous le découpons ? demanda-t-il.

— Un max, chef, dit Amos.

Il écoutait depuis le local aux torpilles où il craquait la sécurité du petit réacteur nucléaire propulsant un des six engins de mort restants. Il aurait été trop dangereux de travailler sur le réacteur principal du vaisseau, avec son bouclier en partie ôté.

— Naomi, il me faut vraiment accéder à ce coffre-fort, avec les notes et les échantillons qu'il contient, insista Holden.

— Vous ne savez même pas ce qu'il y a à l'intérieur, fit remarquer Miller avant de rire. Non, évidemment c'est bien ce qu'il y a là. Mais ça ne nous aidera pas si nous nous faisons exploser ou, pire encore, si des éclats souillés de cette boue transpercent nos jolies combinaisons.

— Alors on l'emporte, décida Holden.

Il sortit un morceau de craie d'une poche et traça une ligne sur la cloison autour du coffre-fort.

— Naomi, faites un simple trou dans la cloison et voyez s'il y a quoi que ce soit qui pourrait nous empêcher de desceller le coffre pour le prendre avec nous.

— Il va falloir découper la moitié de la cloison.

— D'accord.

Elle se renfrogna un instant, haussa les épaules et finit par sourire.

— Très bien, fit-elle. Vous pensez l'apporter aux amis de Fred ?

Miller rit de nouveau, et c'était un son rauque et sec, sans humour, qui mit Holden mal à l'aise. L'inspecteur avait visionné la vidéo du combat entre Julie Mao et ses ravisseurs encore et encore, pendant qu'ils attendaient que Naomi et Amos aient terminé leur travail. Le Terrien avait la désagréable impression que Miller enregistrait la scène comme si c'était un carburant pour alimenter une action future.

— Mars vous rendrait la vie très belle en échange de ça, dit l'ex-policier. Et j'ai entendu dire que Mars est un endroit très sympa si vous êtes riches.

— Foutrement riches, grogna Amos sans cesser de s'affairer en bas. Ils nous érigeraient des statues, ouais.

— Nous sommes convenus avec Fred de le laisser enchérir sur tout autre contrat que nous pourrions prendre, dit Holden. Bien sûr, ce n'est pas réellement un contrat en soi…

Naomi sourit et lui adressa un clin d'œil.

— Alors c'est quoi, monsieur ? dit-elle avec une pointe de moquerie dans la voix. Devenir des héros de l'APE ? Des milliardaires martiens ? Démarrer votre propre entreprise biotechnique ? Qu'est-ce que nous faisons ici ?

Holden donna une poussée pour s'éloigner du coffre-fort et se dirigea vers le sas et le chalumeau qui attendait là avec leurs autres outils.

— Je ne le sais pas encore, répondit-il. Mais c'est bien agréable d'avoir à nouveau le choix.

Amos appuya une fois encore sur le bouton. Aucune étincelle ne fusa dans l'obscurité. Les détecteurs de radiations et d'infrarouges restèrent inertes.

— Il devrait y avoir une explosion, non ? dit Holden.

— Bordel, oui, répondit le mécanicien qui enfonça pour la troisième fois le bouton sur le boîtier de commande qu'il tenait à la main. Ce n'est pas une science exacte ni rien de ce genre. Ces propulseurs de missiles sont d'une grande simplicité. Un simple réacteur avec une cloison manquante. On ne peut pas prédire avec exactitude…

— Ce n'est pas la science des fusées, dit Holden en riant.

— Quoi ? répliqua Amos, prêt à s'irriter si on se moquait de lui.

— Vous savez, "ce n'est pas la science des fusées". Comme : "ce n'est pas difficile". Vous êtes un scientifique des fusées, Amos. Vraiment. Vous travaillez sur les réacteurs nucléaires et les propulseurs de vaisseaux spatiaux pour gagner votre vie. Il y a deux cents ans peut-être, les gens auraient fait la queue pour vous confier leurs enfants, à cause de ce que vous savez.

— Qu'est-ce que c'est que ce bor… commença Amos.

Il s'interrompit quand un nouveau soleil passa en trombe devant la baie panoramique du cockpit, pour disparaître aussitôt.

— Vous avez vu ? Je vous avais bien dit que ça marcherait, bordel !

— Je n'en ai jamais douté, répondit Holden.

Il gratifia le mécanicien d'une claque amicale sur l'épaule et se dirigea vers l'arrière et l'échelle de l'équipage.

— Qu'est-ce que c'était que tout ça, bordel ? maugréa Amos sans s'adresser à personne en particulier pendant que le Terrien s'éloignait.

Holden traversa le pont des ops. Le siège de Naomi était vide. Il lui avait ordonné d'aller prendre un peu de repos. Le coffre-fort du vaisseau furtif était harnaché à des anneaux sertis dans le plancher. Découpé et ôté de la cloison, il semblait plus imposant. Noir et massif. Le genre de conteneur fait pour mettre en sûreté la fin du système solaire.

Holden flotta à sa verticale et dit doucement :

— Sésame, ouvre-toi…

Le coffre-fort refusa d'obéir, mais l'écoutille du pont bascula et Miller se hissa dans le compartiment. Il avait échangé sa combinaison pressurisée contre une combinaison bleue sentant le moisi et son incontournable chapeau. Quelque chose dans son expression mit Holden mal à l'aise. Encore plus qu'à l'accoutumée.

— Salut, fit le Terrien.

Il répondit d'un signe de tête et se dirigea vers un des postes de travail. Il se sangla dans un des sièges.

— Nous avons déjà décidé d'une destination ? dit-il.

— Non. J'ai demandé à Alex de calculer quelques possibilités, mais je n'ai pas encore arrêté de décision.

— Vous avez regardé les infos ?

— Non.

Holden alla jusqu'à un siège situé à l'opposé de celui choisi par l'ex-inspecteur. Quelque chose dans l'attitude de celui-ci glaçait le sang.

— Que s'est-il passé ? dit-il.

— Vous êtes sans détour, Holden. C'est quelque chose que j'admire chez vous, je crois.

— Alors ? Dites-moi.

— Non, je suis sérieux. Beaucoup de gens affirment croire en certaines choses. "La famille est ce qu'il y a de plus important", mais ils sautent une pute à cinquante billets le jour de la paie. "Le pays avant tout", et ils trichent sur leurs impôts. Mais pas vous. Vous, vous dites que tout le monde devrait être au courant de tout, et bon Dieu, on peut dire que vous joignez le geste à la parole.

Miller attendit une réponse, mais Holden ne savait pas quoi dire. Ce petit discours sentait la tirade préparée de longue date. Autant laisser son auteur aller jusqu'au bout du texte.

— Donc Mars découvre que la Terre a peut-être construit des vaisseaux discrètement, des vaisseaux sans identité assumée. Certains d'entre eux ont peut-être détruit un bâtiment amiral martien. Je parie que Mars appelle pour vérifier. Je veux dire, il s'agit de la Flotte de la coalition Terre-Mars, qui représente une hégémonie tranquille. Ils ont fait régner l'ordre dans le système solaire depuis presque un siècle. Les officiers supérieurs couchent pratiquement ensemble. Alors il doit s'agir d'une erreur, pas vrai ?

— Admettons, dit Holden, dans l'expectative.

— Donc Mars appelle, continua Miller. Je ne suis sûr de rien évidemment, mais je parierais que c'est comme ça que tout commence. Un appel d'un grand ponte de Mars à un grand ponte de la Terre.

— Ça paraît assez sensé, admit Holden.

— Et qu'est-ce que vous croyez que la Terre répond ?

— Je n'en sais rien.

Miller se pencha en avant et pianota sur un écran, y fit apparaître un fichier portant son nom et le moment de création remontant à moins d'une heure. L'enregistrement d'une vidéo venue d'une source d'infos martiennes montrait le ciel nocturne à travers un dôme martien. Des traînées de feu striaient le ciel. Le texte qui défilait en bas de l'image expliquait que des vaisseaux terriens en orbite autour de Mars avaient subitement et sans préavis tiré sur leurs homologues martiens. Les lignes lumineuses dans le ciel étaient des missiles. Les éclairs, des appareils qui explosaient.

Puis une illumination violente transforma la nuit martienne en jour pendant quelques secondes, et le commentaire dit que la station radar de Deimos venait d'être anéantie.

Holden se redressa sur son siège et observa la vidéo qui dévoilait la fin du système solaire dans une profusion de couleurs vives accompagnées d'un commentaire d'expert. Il s'attendait à ce que les traînées de lumière commencent à descendre vers la planète elle-même, à ce que les dômes éclatent sous le feu nucléaire, mais il semblait que quelqu'un avait voulu limiter les destructions, et la bataille resta cantonnée au ciel.

Il ne pourrait en être ainsi éternellement.

— Vous êtes en train de me dire que je suis responsable de tout ça, fit Holden. Que si je n'avais pas diffusé ces données, ces vaisseaux seraient toujours intacts, et tous ces gens vivants…

— Ça, oui. Et aussi que si les méchants voulaient éviter que les gens tournent leur attention vers Éros, ça a très bien marché.

36

MILLER

Les reportages concernant la guerre inondèrent les réseaux de communication. Miller en regardait cinq à la fois, les fenêtres se chevauchant sur tout l'écran de son terminal. Mars était sous le choc, abasourdi, sonné. Soudain la confrontation entre Mars et la Ceinture, le conflit le plus énorme et le plus dangereux de toute l'histoire de l'humanité, n'était plus qu'un événement mineur. Les réactions des experts des forces de sécurité de la Terre passaient par toute la gamme des réactions, de la discussion calme et rationnelle sur la défense préventive à la dénonciation, bave aux lèvres, des Martiens, décrits comme une meute d'animaux violeurs de nourrissons. L'attaque sur Deimos avait transformé la lune en un anneau en expansion lente de débris sur l'ancienne orbite du satellite, une tache dans le ciel martien, et cela avait tout changé.

Pendant dix heures Miller regarda l'affrontement se transformer en blocus. Les vaisseaux de la Flotte martienne déployés dans tout le système solaire convergeaient à vitesse maximale vers leur planète mère. Les communiqués de l'APE parlaient d'une victoire, et certains croyaient peut-être à la véracité de telles affirmations. Les images étaient relayées par les appareils et par les systèmes de senseurs. Des vaisseaux à la dérive, leurs flancs déchiquetés par des explosions puissantes, tournoyaient sur le tombeau de leur orbite irrégulière. Des infirmeries comme celle du *Rossi* étaient envahies par des hommes et des femmes de l'âge de Miller couverts de sang, gravement brûlés, agonisants. Chaque nouvelle émission ajoutait son lot de récents détails sur les pertes et le carnage. Et chaque fois qu'un reportage inédit était diffusé, il plaquait une main sur sa bouche et guettait l'annonce. L'événement qui signalerait la fin de tout.

Mais il ne s'était pas encore produit, et chaque heure passée qui ne le voyait pas arriver était un autre mince espoir que peut-être, *peut-être* cela n'allait pas arriver.

— Salut, dit Amos. Vous avez dormi un peu, au moins ?

Miller leva les yeux. Il avait la nuque raide. Les traces laissées par les plis de son oreiller marquant encore sa joue et une partie de son front, le mécanicien s'était arrêté sur le seuil de la cabine.

— Quoi ? fit Miller, puis : Euh, non. J'ai… regardé.

— Quelqu'un a balancé un caillou ?

— Pas encore. Jusqu'ici, tout se passe en orbite, ou plus loin.

— Quel genre d'apocalypse de merde est-ce qu'ils sont en train de répéter ? demanda Amos.

— Ne dites pas n'importe quoi. C'est leur première.

Le mécanicien secoua sa lourde tête, mais Miller décela du soulagement derrière le dégoût feint. Tant que les dômes demeuraient intacts sur Mars, tant que la biosphère critique de la Terre n'était pas directement menacée, l'humanité n'en était pas à son stade final. Miller ne pouvait que s'interroger sur les espoirs qu'entretenaient les Ceinturiens, s'ils réussissaient à croire que les poches écologiques primaires des astéroïdes assureraient indéfiniment leur survie.

— Vous voulez une bière ? proposa Amos.

— Vous buvez de la bière au petit-déjeuner ?

— J'imagine que pour vous, c'est plutôt l'heure du dîner.

Il n'avait pas tort. Miller avait besoin de dormir. Il n'avait pas pu se reposer plus que le temps d'une courte sieste depuis qu'ils avaient sabordé le vaisseau furtif, et ce bref interlude avait été peuplé de rêves étranges. Il bâilla à la pensée d'un vrai somme, mais la tension en lui révélait qu'il passerait certainement la journée à regarder les infos, au lieu de se reposer.

— C'est probablement l'heure du petit-déjeuner, maintenant, dit-il.

— Vous voulez une bière pour votre petit-déj'?

— Bien sûr.

Se déplacer dans le *Rossinante* avait quelque chose d'irréel. Le bourdonnement bas des recycleurs d'air, la douceur de l'atmosphère intérieure. Le voyage depuis le vaisseau de Julie était un brouillard créé par les antidouleurs et la nausée, le temps passé sur Éros avant cet épisode, un cauchemar qui jamais ne s'effacerait. Parcourir les coursives fonctionnelles et intactes, avec la pesanteur induite par la poussée qui le maintenait au sol en douceur, sans risque que quelqu'un tente de le tuer, tout cela lui semblait suspect. Quand il imaginait Julie allant à son côté, il se sentait un peu mieux.

Alors qu'il mangeait, son terminal tinta, rappel automatique d'une transfusion de plus. Il se leva, ajusta son chapeau sur son crâne et sortit pour aller se livrer à la torture des aiguilles et des injecteurs à pression. Quand il arriva, le capitaine était déjà là, harnaché à un des postes médicaux.

Holden lui donna l'impression d'avoir dormi, mais mal. S'il n'avait pas les cernes aussi marqués que lui, la tension crispait ses épaules et son visage était fermé. Miller se demanda s'il n'avait pas été trop dur avec lui. *Je vous l'avais bien dit* pouvait certes constituer un message important, mais le fardeau que créaient la mort d'innocents et le chaos d'une civilisation en échec pouvait aussi être trop lourd à porter pour un seul homme.

Ou bien il soupirait toujours après Naomi.

Holden leva la main qui n'était pas immobilisée dans l'équipement médical.

— 'jour, fit Miller.

— Salut.

— Alors, vous avez décidé de notre destination ?

— Pas encore.

— Ça va être de plus en plus difficile d'atteindre Mars, dit Miller en se glissant dans l'étreinte familière d'un des postes médicaux. Si c'est le but que vous visez, vous auriez intérêt à mettre le cap dessus au plus vite.

— Pendant que Mars existe toujours, vous voulez dire ?

— Par exemple.

Les aiguilles saillirent au bout des armatures articulées. Miller fixa le plafond du regard et fit de son mieux pour ne pas se crisper quand les pointes s'introduisirent dans ses veines. Il y eut un picotement bref, puis une douleur diffuse, et enfin l'engourdissement. Au-dessus de lui, l'écran annonçait l'état de son corps à des médecins qui regardaient des soldats mourir à des kilomètres au-dessus du mont Olympe.

— Vous pensez qu'ils vont arrêter ? demanda Holden. Après tout, la Terre agit sûrement ainsi parce que Protogène a acheté quelques généraux et sénateurs, ce genre de choses, non ? Tout ça parce qu'ils veulent être les seuls à posséder cette chose. Si Mars la possède également, Protogène n'a aucune raison de se battre.

Miller n'en croyait pas ses oreilles. Avant qu'il ait pu décider de sa réponse – *En ce cas ils essayeraient d'annihiler Mars totalement*, ou *C'est allé trop loin pour ça*, ou encore *Vous êtes donc naïf à ce point, capitaine ?* –, le Terrien reprit la parole :

— Et puis merde. Nous avons les fichiers. Je vais les diffuser.

La réponse de Miller eut l'aisance naturelle du réflexe :

— Non, vous n'en ferez rien.

Holden se redressa sur un coude, et son expression s'assombrit.

— J'apprécie que vous puissiez avoir une différence d'opinion raisonnable avec moi, dit-il. Mais c'est encore *mon* vaisseau. Et vous n'êtes qu'un passager.

— Exact. Mais vous avez des difficultés à abattre les gens, et vous allez devoir m'abattre avant de pouvoir diffuser ces fichiers.

— Je vais devoir *quoi*?

Le sang neuf envahit le système de Miller comme le picotement d'une eau glacée coulant vers son cœur. Les écrans de contrôle médicaux affichèrent un nouveau diagramme qui décomptait les cellules atteintes d'anomalie à mesure que celles-ci passaient par les filtres.

— Vous allez devoir me descendre, expliqua-t-il, plus lentement cette fois. En deux occasions déjà vous avez eu le choix de bousiller ou pas le système solaire, et les deux fois vous avez merdé. Je ne veux pas vous voir recommencer.

— Je crains que vous vous fassiez une idée quelque peu exagérée de l'influence que peut avoir le second d'un transport de glace au long cours. Oui, il y a une guerre. Et oui, j'étais là quand elle a commencé. Mais la Ceinture déteste les planètes intérieures depuis bien avant l'attaque du *Cant*.

— Mais les planètes intérieures sont divisées, elles aussi, remarqua Miller.

Holden inclina la tête de côté.

— La Terre a toujours détesté Mars, dit-il sur le même ton que s'il rappelait l'humidité de l'eau. Quand je servais dans la Flotte, nous établissions des prévisions pour une situation comparable. Des plans de bataille au cas où la Terre et Mars s'y trouveraient un jour. La Terre perd. À moins de frapper la première, et de frapper fort, sans répit, la Terre est la grande vaincue.

Peut-être à cause de la distance, peut-être par manque d'imagination, Miller ne s'était jamais aperçu que les planètes intérieures étaient aussi divisées.

— Sérieux? fit-il.

— Mars est la colonie, mais elle dispose des jouets les plus perfectionnés, et tout le monde le sait, répondit Holden. Tout ce qui se passe en ce moment est en gestation depuis une centaine d'années. Si la situation n'avait pas été celle qu'elle est, rien de tout ça ne serait arrivé.

— C'est votre ligne de défense : "Ce n'est pas mon baril de poudre; j'ai seulement apporté l'allumette"?

— Je ne cherche pas de ligne de défense, affirma Holden, dont la tension artérielle et le rythme cardiaque montaient en flèche.

— Nous avons déjà parlé de tout ça, dit Miller. J'ai juste une question à vous poser : Pourquoi pensez-vous que ce sera différent, cette fois?

Les aiguilles enfoncées dans son bras lui parurent chauffer presque jusqu'au point d'être douloureuses à supporter. Il se demanda si c'était normal, si à chaque transfusion il allait éprouver les mêmes sensations.

— Cette fois, c'est vraiment différent, dit Holden. Tout le merdier qui se déroule là-bas, c'est ce qui se passe quand vous disposez de renseignements incomplets. Martiens et Ceinturiens ne s'en seraient pas pris les uns aux autres s'ils avaient su ce que nous savons maintenant. La Terre et Mars ne se tireraient pas dessus si tout le monde savait que cet affrontement est le fruit d'une manipulation. Le problème, ce n'est pas que les gens en savent trop, c'est qu'ils n'en savent pas assez.

Il y eut une sorte de sifflement et Miller sentit une vague de détente due aux produits chimiques se propager en lui. Il n'appréciait pas du tout le phénomène, mais il n'y avait pas moyen d'inverser les effets des drogues.

— On ne peut pas balancer les infos aux gens comme ça, dit-il. Il faut d'abord savoir ce qu'elles signifient. Quel impact elles vont avoir. Il y a eu une affaire dans ce style, sur Cérès. Une gamine s'est fait tuer. Pendant les dix-huit premières heures, nous avons été convaincus que c'était papa, le coupable. C'était un criminel. Un alcoolo. Et c'était le dernier à l'avoir vue en vie. Tous les indices classiques. Et puis, à la dix-neuvième heure, un tuyau nous arrive. Il se trouve que papa doit un gros paquet à un des syndicats du coin. Et d'un coup, la situation apparaît beaucoup plus compliquée. Nous avons d'autres suspects. Vous croyez que si j'avais diffusé tout ce que je savais, papa aurait encore été vivant quand le tuyau nous est arrivé ? Ou est-ce que quelqu'un en aurait tiré certaines conclusions et aurait commis l'irréparable ?

Le poste médical de Miller tinta. Un autre nouveau cancer. Il ne s'en soucia pas. Le cycle d'Holden arrivait à sa conclusion, et la roseur à ses joues indiquait autant le sang frais et sain qui courait dans ses veines que son état émotionnel.

— Ils ont la même philosophie, dit Holden.

— Qui donc ?

— Protogène. Vous pouvez bien être dans des camps différents, mais vous jouez la même partie. Si chacun avait dit ce qu'il sait, rien de tout ça ne se serait produit. Si le premier technicien du labo sur Phœbé qui a constaté que quelque chose d'anormal lui arrivait avait dit : "Hé, tout le monde ! Regardez, c'est bizarre", rien de tout le reste ne se serait produit.

— Ah ouais ? fit l'ex-inspecteur, goguenard. Parce que dire à tout le monde qu'il existe un virus extraterrestre qui veut tous les tuer est une très bonne façon de maintenir le calme et l'ordre, sans doute.

— Je ne veux pas vous faire paniquer, mais il y a effectivement un virus extraterrestre. Et effectivement, il veut tuer tout le monde.

Miller secoua la tête et sourit, comme si le Terrien venait de lancer une bonne blague.

— Bon, écoutez, peut-être que je ne peux pas pointer un flingue sur vous et vous obliger à faire ce qu'il faut. Mais laissez-moi vous poser une question. D'accord ?

— D'accord, dit Holden.

Miller se laissa aller au fond de son siège. Les drogues rendaient ses paupières lourdes.

— Que se passe-t-il?

Un long silence suivit. L'appareillage médical émit un autre tintement. Une autre vague de froid se rua dans les veines violentées de Miller.

— Que se passe-t-il? répéta Holden.

Miller se rendit compte qu'il aurait pu se montrer un peu plus précis. Il se força à rouvrir les yeux.

— Vous diffusez tout ce que nous savons. Que se passe-t-il?

— La guerre s'arrête. Les gens se retournent contre Protogène.

— Il y a quelques trous dans votre théorie, mais admettons. Que se passe-t-il *ensuite*?

Holden ne répondit pas pendant le temps de quelques battements de cœur.

— Les gens commencent à traquer le virus de Phœbé, dit-il enfin.

— Ils commencent à expérimenter. Ils commencent à se battre pour le virus. Si cette petite saloperie a autant de valeur que Protogène le pense, vous ne pourrez pas arrêter la guerre. Vous ne ferez qu'en changer les paramètres.

Le capitaine se rembrunit, et des lignes dures marquèrent les coins de ses lèvres et de ses yeux. Miller vit mourir une petite partie de l'idéalisme de cet homme, et il fut désolé d'en éprouver de la joie. Il n'en poursuivit pas moins sa démonstration, à mi-voix:

— Alors, que se passe-t-il si nous arrivons sur Mars? Nous échangeons la protomolécule contre plus d'argent qu'aucun de nous n'en a jamais vu. Ou alors ils vous butent, tout simplement. Mars gagne la guerre contre la Terre. Et la Ceinture. Ou bien vous ralliez l'APE, qui est la meilleure chance d'indépendance qu'ait la Ceinture, même si c'est une bande de barjots fanatiques dont la moitié pense qu'ils peuvent vraiment survivre sur leurs cailloux sans l'aide de la Terre. Et faites-moi confiance, il est tout aussi probable qu'ils vous butent. Ou bien vous balancez tout à tout le monde et vous vous répétez que quoi qu'il arrive ensuite vous avez gardé les mains propres.

— Il faut faire ce qui est juste, dit Holden.

— Vous n'avez pas de solution juste, mon pote, soupira Miller. Seulement un éventail de solutions qui au mieux sont un peu moins injustes.

La transfusion d'Holden était achevée. Il ôta les aiguilles de son bras et laissa les fins tentacules métalliques se rétracter. Alors qu'il redescendait sa manche, son expression s'adoucit.

— Les gens ont le droit de savoir ce qui se passe, dit-il. Votre argumentaire se réduit à estimer que les gens ne sont pas assez intelligents pour trouver un moyen d'utiliser la vérité.

— Est-ce que quelqu'un s'est servi de quelque chose que vous avez diffusé autrement que comme excuse pour abattre quelqu'un qu'il n'aimait pas avant ? Si vous leur donnez une raison supplémentaire de le faire, ça ne les empêchera pas de s'entretuer, dit Miller. C'est vous qui avez déclenché ces guerres, capitaine, mais ça ne signifie pas que vous êtes en mesure de les stopper. N'empêche, il faut que vous tentiez le coup.

— Et comment suis-je censé faire ? répliqua Holden.

Le désarroi qui perçait dans sa voix était peut-être plus proche de la colère. Ou de l'imploration.

Quelque chose remua dans le ventre de Miller, un quelconque organe enflammé qui se calmait assez pour reprendre sa place. Il ne s'était pas rendu compte qu'il se sentait mal avant de se sentir bien de nouveau, et d'un seul coup.

— Demandez-vous *ce qui se passe*, dit-il. Demandez-vous ce que Naomi ferait.

Holden céda à un rire bref et sonore comme un aboiement.

— C'est comme ça que vous prenez vos décisions, vous?

Miller ferma les yeux. Juliette Mao était là, assise sur son lit, dans son ancien appartement de Cérès. Elle combattait l'équipage du vaisseau furtif pour l'arrêter. Le virus extraterrestre faisait éclater son corps sur le sol de sa douche.

— Quelque chose d'approchant, oui, dit Miller.

Le rapport venu de Cérès, en rupture avec la compétition habituelle des communiqués, arriva cette nuit-là. Le conseil gouvernemental de l'APE annonça qu'un cercle d'espions martiens avait été éradiqué. La vidéo montrait les cadavres flottant au-dehors d'un sas industriel, dans ce qui semblait être les anciens quais du secteur 6. Vues d'une certaine distance, les victimes paraissaient presque en paix. L'enregistrement passa à la direction de la sécurité. Le capitaine Shaddid semblait avoir vieilli. S'être endurcie.

— Nous regrettons d'avoir dû agir ainsi, dit-elle à tout le monde, partout. Mais pour défendre la cause de la liberté, aucun compromis n'est possible.

Voilà où on en arrive, songea Miller en se caressant le menton d'une main. *Ça sent le pogrom. Coupons seulement cent têtes, seulement mille têtes, seulement dix mille têtes de plus, et nous serons libres.*

Une alarme sonna discrètement, et un moment plus tard la gravité changea de quelques degrés sur la gauche de Miller. Leur trajectoire s'était infléchie. Holden avait pris une décision.

Il trouva le capitaine assis seul devant un moniteur, aux ops. L'écran éclairait son visage par en dessous et jetait des ombres sur ses yeux. Il semblait vieilli, lui aussi.

— Vous allez lancer la diffusion ? demanda Miller.

— Non. Nous ne sommes qu'un simple vaisseau. Si nous disons à tout le monde ce qu'est cette chose, que nous en détenons un échantillon, nous serons morts avant Protogène.

Avec un grognement, Miller s'installa au poste voisin. Le siège à cardan s'ajusta sans bruit.

— Ce qui est probablement vrai, dit-il. Nous allons quelque part ?

— Je ne leur fais pas confiance, déclara Holden. Je ne fais confiance à personne en ce qui concerne ce coffre-fort.

— Ce qui est probablement très sensé.

— J'ai mis le cap sur la station Tycho. Il y a là-bas quelqu'un… quelqu'un en qui j'ai confiance.

— Confiance ?

— Envers qui je n'ai pas une méfiance affirmée.

— Naomi estime que c'est la chose à faire ?

— Je ne sais pas. Je ne lui ai pas posé la question. Mais je pense que oui.

— Ce n'est pas loin, commenta Miller.

Pour la première fois, Holden quitta l'écran des yeux.

— Vous savez ce qu'est la chose à faire, vous ?

— Ouais.

— Et c'est quoi ?

— Expédiez ce coffre-fort sur une trajectoire de collision avec le soleil, et assurez-vous que personne ne puisse plus jamais remettre le pied sur Éros ou Phœbé. Et ensuite, prétendez que rien de tout ça n'est jamais arrivé.

— Alors pourquoi ce n'est pas ce que nous faisons ?

Miller hocha lentement la tête.

— Comment faites-vous pour vous débarrasser du Saint-Graal ?

37

HOLDEN

Alex fit évoluer le *Rossinante* à trois quarts de g deux heures durant, pendant que l'équipage préparait le repas et dînait. Il reviendrait à trois g quand la pause serait terminée, mais dans l'intervalle Holden appréciait de se tenir sur ses deux jambes dans des conditions proches de celles qu'on connaissait sur Terre. C'était un peu plus pesant pour Naomi et Miller, mais aucun des deux ne s'en plaignit. Ils comprenaient la nécessité d'aller vite.

Une fois la gravité redescendue après l'écrasement de l'accélération brutale, tout l'équipage se réunit tranquillement dans la coquerie et commença à préparer le dîner. Naomi mélangea de faux œufs et du faux fromage. Amos cuisina du concentré de tomate et ce qui restait de leurs champignons frais pour concocter une sauce rouge qui dégageait un parfum comparable à celui des vrais aliments. Alex, qui était de surveillance, avait transféré les ops du vaisseau sur un panneau de contrôle dans la coquerie et était assis à côté de lui. Il étalait le faux fromage et la sauce rouge sur des pâtes plates dans l'espoir que le résultat offrirait une ressemblance approximative avec des lasagnes. Holden s'occupait du four, et il s'était joint aux préparatifs culinaires en faisant cuire des lingots de pâte gelée pour les transformer en petits pains. L'odeur qui flottait dans la pièce n'était pas totalement différente de celle de la vraie nourriture.

Miller avait suivi l'équipage dans la coquerie, mais il semblait ne pas savoir demander comment se rendre utile. Il dressa la table puis s'y assit et observa ce qui se passait autour de lui. Il n'évitait pas réellement de croiser le regard d'Holden, mais ne cherchait certainement pas à attirer son attention. D'un accord tacite, personne n'avait allumé de canal d'information. Le capitaine n'en doutait pas, chacun se précipiterait pour avoir les dernières nouvelles de la guerre dès que le repas serait terminé, mais pour le moment ils s'affairaient tous dans un silence agréable.

Quand la préparation fut finie, Holden sortit les pains du four et les y remplaça par le plat de lasagnes. Naomi s'assit à côté d'Alex et entama avec lui une conversation paisible en relation avec quelque chose qu'elle avait remarqué sur l'écran-relais des ops. Holden partagea son temps entre elle et la surveillance des lasagnes. La jeune femme rit d'une réflexion d'Alex et dans un geste inconscient entortilla ses cheveux autour de son index. Le Terrien sentit un nœud se former au creux de son ventre.

Du coin de l'œil, il crut voir Miller qui l'épiait. Quand il se tourna vers lui, l'ex-inspecteur regardait ailleurs, et l'esquisse d'un sourire étirait ses lèvres. Naomi rit une fois de plus. Elle avait posé une main sur le bras du pilote, lequel rougissait et parlait aussi vite que l'y autorisait son ridicule accent traînant de Martien. Tous deux semblaient très complices. Cette constatation réjouit Holden tout en l'emplissant de jalousie. Il se demanda si Naomi pourrait redevenir son amie un jour.

Elle remarqua qu'il l'observait et lui lança un clin d'œil de connivence qui aurait probablement pris tout son sens s'il avait pu entendre ce qu'Alex disait. Il sourit et lui répondit sur le même mode, heureux d'être inclus pour un moment. Un grésillement provenant du four attira son attention. Les lasagnes commençaient à se couvrir de petites bulles et à déborder des plats.

Il enfila les gants isolants et ouvrit la porte de l'appareil.

— La soupe est prête, annonça-t-il, et il sortit le premier plat qu'il déposa sur la table.

— C'est une soupe qui a l'air foutrement laide, dit Amos.

— Euh, ouais, fit Holden. C'était une expression que mère Tamara utilisait quand elle avait fini de cuisiner. Je ne sais pas trop d'où ça vient.

— Une de vos trois mères faisait la cuisine? C'est très traditionnel, dit Naomi avec un petit sourire forcé.

— Eh bien, elle partageait cette tâche très équitablement avec Caesar, un de mes pères.

Elle lui sourit encore, plus naturellement cette fois.

— À vous entendre, c'était vraiment bien, dit-elle. Une grande famille comme ça.

— Ça l'était, oui, répondit-il.

Une image lui vint, celle du feu nucléaire dévorant la ferme du Montana dans laquelle il avait grandi, et sa famille instantanément réduite en cendres. Si cela arrivait, il était certain que Miller serait là pour lui faire savoir que c'était sa faute. Il n'était pas sûr d'avoir encore quelque chose à lui répondre.

Pendant qu'ils mangeaient, il sentit que la tension baissait peu à peu dans la pièce. Amos rota très bruyamment, et répondit au chœur des protestations par un second rot encore plus sonore. Alex raconta de nouveau la plaisanterie qui avait fait rire Naomi. Miller lui-même se prit au jeu et narra une histoire interminable et de plus en plus improbable concernant le démantèlement d'une opération de vente de fromage au marché noir qui se serait terminée par une fusillade, avec neuf Australiens nus dans un bordel illégal. À la fin de sa narration, Naomi riait si fort qu'elle en avait bavé sur sa chemise, et Amos répétait "Pas possible, bordel!" comme un mantra.

Le récit était assez divertissant, et sa relation distanciée convenait à merveille, mais Holden ne l'écouta pas vraiment. Il observait son équipage, voyait la tension déserter les visages et les épaules. Lui et Amos étaient originaires de la Terre quoique, s'il devait deviner, il aurait dit que le mécanicien avait tout oublié de son monde de naissance dès la première fois où il avait embarqué sur un vaisseau. Alex était de Mars et aimait manifestement sa planète. Une erreur malheureuse d'un camp ou de l'autre et les deux planètes pouvaient n'être plus que des tas de décombres radioactifs avant la fin de ce repas. Mais pour l'instant ils étaient simplement des amis qui dînaient ensemble. C'était bien la chose à faire. Ce pour quoi Holden devait continuer de se battre.

— Je me souviens de cette pénurie de fromage, dit Naomi quand Miller se tut. Elle a frappé toute la Ceinture. C'était donc votre faute ?

— Eh bien, s'ils s'étaient limités à introduire du fromage en contrebande, nous n'aurions pas eu de problème, répondit l'ex-policier. Mais ils avaient pris cette sale habitude d'abattre les autres trafiquants de fromage. Forcément, les flics ont remarqué la chose. Mauvaise façon de mener les affaires.

— Tout ça pour du putain de fromage ? s'exclama Amos en laissant tomber sa fourchette dans son assiette avec un claquement sec. Vous êtes sérieux, là ? Je veux dire : pour la drogue, les paris, ce genre de trucs, je peux comprendre. Mais pour du fromage ?

— Les paris sont légaux dans la plupart des lieux, dit Miller. Et un cancre en études de chimie peut fabriquer autant de drogue qu'il veut dans sa salle de bains. Impossible de contrôler l'approvisionnement.

— Le vrai fromage vient de la Terre, ou de Mars, ajouta Naomi. Et après l'augmentation des frais d'expédition, et avec les cinquante pour cent de taxes imposés par la Coalition, le fromage coûte plus cher que le carburant en boulettes.

— Nous nous sommes retrouvés avec cent trente kilos de cheddar du Vermont dans l'armoire à scellés, dit Miller. Au prix de revente dans la rue, le lot aurait sans doute permis d'acheter un vaisseau individuel. À la fin de la journée, tout avait disparu. Nous l'avons inscrit comme détruit pour cause de détérioration. Personne n'a rien dit, puisque chacun est rentré à la maison avec un bon morceau.

L'air rêveur, il se renversa contre le dossier de son siège.

— Bon Dieu, c'était vraiment du bon fromage, dit-il avec un sourire.

— Ouais, en tout cas ce faux frometon a un goût de merde, dit Amos, qui s'empressa d'ajouter : Sans vouloir vous vexer, chef, vu que vous l'avez très bien préparé. Mais pour moi c'est toujours incompréhensible, se battre pour du fromage…

— C'est pourquoi ils ont détruit Éros, dit Naomi.

Miller acquiesça mais ne desserra pas les lèvres.

— Comment vous en arrivez à cette conclusion ? demanda Amos.

— Ça fait longtemps que vous volez ? dit Naomi.

— Je ne sais pas, fit le mécanicien en se pinçant les lèvres et en calculant. Vingt-cinq ans, par là.

— Vous avez fait équipe avec beaucoup de Ceinturiens, n'est-ce pas ?

— Ouais. Il n'y a pas meilleurs équipiers qu'eux. À part moi, évidemment.

— Vous volez avec nous depuis vingt-cinq ans, vous nous appréciez, vous avez appris notre argot. Je parie que vous pouvez commander une bière et négocier avec une prostituée sur n'importe quelle station de la Ceinture. Si vous étiez un peu plus grand et plus maigre, vous pourriez même passer pour l'un de nous.

Prenant la réflexion pour un compliment, Amos sourit.

— Mais vous ne nous comprenez toujours pas, enchaîna Naomi. Pas réellement. Aucune personne ayant grandi à l'air libre ne nous comprendra jamais. Et c'est pourquoi ils peuvent tuer un million et demi d'entre nous pour arriver à comprendre ce que leur virus fait vraiment comme effet.

— Eh, minute ! intervint Alex. Vous êtes sérieuse, là ? Vous pensez que ceux des Extérieures et ceux des Intérieures se voient aussi différents que ça de ceux d'en face ?

— Bien sûr, c'est ce qu'ils pensent, dit Miller. Pour eux, nous sommes trop grands, trop maigres, notre tête est trop grosse et nos articulations sont trop noueuses.

Holden remarqua que de l'autre côté de la table Naomi le regardait avec l'air d'attendre quelque chose. *J'aime bien votre tête, moi,* lui affirma-t-il en pensée, mais les radiations ne lui ayant conféré aucun don télépathique l'expression de la jeune femme ne changea en rien.

— Nous avons pratiquement notre propre langue, à présent, dit Miller. Déjà vu un Terrien demander son chemin au fin fond de la Ceinture ?

— "Tu vas spin, pow, Schlauch tu way acima et ido", déclama Naomi avec un épais accent ceinturien.

— "Va dans le sens de la rotation jusqu'à la station de métro, qui te ramènera aux quais", traduisit Amos. Qu'est-ce qu'il y a de difficile à comprendre, bordel ?

— J'ai eu un équipier qui ne savait pas décrypter ça, même après avoir passé deux ans sur Cérès, dit Miller. Et pourtant Havelock n'avait rien d'un imbécile. Simplement il n'était pas… de *là-bas*.

Holden les écoutait parler en faisant voyager un morceau de pâte froide tout autour de son assiette avec un peu de pain.

— Ça va, on a compris, dit-il après un moment. Vous êtes bizarres. Mais de là à massacrer un million et demi de gens parce qu'ils présentent des différences dans leur squelette et dans leur langue…

— Des gens ont été conduits aux fours crématoires pour moins que ça, depuis que les fours ont été inventés, dit Miller. Si ça peut vous soulager, la plupart d'entre nous trouvent que vous êtes massifs et microcéphales.

— Pff, fit Alex. Pour moi, tout ça n'a aucun sens de libérer ce virus, même si vous détestiez personnellement chaque humain présent sur Éros. Qui peut dire quels ravages cette chose va provoquer ?

Naomi alla jusqu'à l'évier et se lava les mains. L'eau courante attira l'attention de tous les autres.

— J'y ai réfléchi, dit-elle avant de se retourner en s'essuyant les mains avec une serviette en papier. À quoi tout ça peut bien rimer, je veux dire.

Miller voulut parler, mais Holden l'en dissuada d'un geste autoritaire de la main et attendit que la jeune femme continue.

— Donc, dit-elle, j'ai vu la chose sous l'angle de la logique. Et si ce virus, cette nanomachine, cette protomolécule ou quel que soit son nom, avait été conçu dans un but bien défini –vous me suivez ?

— Absolument, affirma Holden.

— Il semble que cette chose essaie de faire quelque chose, et quelque chose de complexe. Ça n'aurait aucun sens de prendre toute cette peine uniquement pour tuer des gens. Pour moi, les modifications qu'elle opère semblent intentionnelles, mais pas totalement… abouties.

— Je vois ce que vous entendez par là, dit Holden.

Alex et Amos acquiescèrent, mais sans faire de commentaire.

— Donc, l'explication tient peut-être au fait que la protomolécule n'est pas encore assez bien développée. Vous pouvez compresser une grande quantité de données dans un espace très restreint, mais à moins qu'il s'agisse d'un ordinateur quantique, le traitement exige de la place. Le plus simple pour obtenir cet espace dans des machines très petites, c'est par la distribution. Peut-être que la protomolécule n'achève pas sa tâche parce qu'elle n'est pas assez intelligente pour y arriver. Pour l'instant.

— Parce qu'il n'y en a pas assez, dit Alex.

— C'est ça, fit Naomi en laissant tomber la serviette en papier dans une poubelle sous l'évier. Donc vous lui donnez une biomasse importante pour agir, et vous pouvez enfin voir quel rôle elle est destinée à remplir.

— Selon ce type sur la vidéo, les protomolécules ont été conçues pour s'emparer de toute vie sur Terre et nous éradiquer, dit Miller.

— Et c'est pourquoi Éros est parfait. L'astéroïde correspond à une grande quantité de biomasse dans une éprouvette rendue hermétique par le vide spatial autour de lui. Et si l'expérience échappe à tout contrôle, il y a déjà une guerre en train. Beaucoup de vaisseaux et de missiles peuvent être utilisés pour vitrifier Éros si la menace semble réelle. Pour nous faire oublier nos différences, rien de tel qu'un nouveau joueur qui vient s'immiscer dans la partie.

— La vache, c'est vraiment, vraiment tordu, souffla Amos.

— D'accord, dit Holden. Mais même si c'est probablement ce qui s'est passé, je ne peux toujours pas croire qu'il y ait suffisamment de gens aussi pervers rassemblés dans un seul endroit pour faire une chose pareille. Parce que cette opération n'est pas l'œuvre d'une personne unique. C'est celle de dizaines, peut-être de centaines d'individus très intelligents. Est-ce que Protogène recrute tous les Staline et les Jack l'Éventreur potentiels qu'elle peut dénicher?

— Je ne manquerai pas de poser la question à M. Dresden, dit Miller, l'air indéchiffrable. Quand nous nous rencontrerons.

Les anneaux habités de Tycho tournaient sereinement autour de l'usine sphérique sous zéro g en leur centre.

Les énormes bras articulés saillant à son sommet manœuvraient une section de coque pour la positionner sur le flanc du *Nauvoo*. En contemplant la station sur les écrans des ops pendant qu'Alex achevait la procédure d'accostage, Holden éprouva quelque chose qui ressemblait assez à du soulagement. Jusqu'ici, Tycho était le seul endroit où personne n'avait tenté de les abattre, de les faire sauter ou de les couvrir de vomissures, ce qui en faisait pratiquement un refuge.

Il posa les yeux sur le coffre-fort solidement attaché au pont, et il espéra ne pas avoir signé l'arrêt de mort de tout le monde sur la station en l'apportant là.

Juste à cet instant, Miller se glissa par l'écoutille s'ouvrant dans le plancher et se laissa dériver jusqu'au coffre-fort. Il lança un regard éloquent au Terrien.

— Ne le dites pas, fit Holden. Je le pense déjà.

L'ex-inspecteur haussa les épaules et prit la direction du poste des ops.

— Un sacré morceau, dit-il en désignant le *Nauvoo* sur l'écran.

— Le vaisseau de toute une génération. Ce genre d'appareil nous offrira les étoiles.

— Ou une mort en solitaire au bout d'un long voyage vers nulle part.

— Vous savez, la version qu'ont "certaines espèces" de la grande aventure galactique consiste à tirer des projectiles emplis de virus sur leurs voisins. En comparaison, je trouve que la nôtre ne manque vraiment pas de noblesse.

Miller parut réfléchir à cette vision des choses, acquiesça et regarda la station Tycho grossir sur l'écran de contrôle à mesure qu'Alex les en rapprochait. Il avait posé une main sur la console, ce qui lui permettait d'effectuer les ajustements minimes pour rester immobile alors même que les manœuvres du pilote créaient des poussées de gravité dans tous les sens. Holden était sanglé dans son siège. Même en se concentrant, il était incapable de maîtriser aussi bien zéro g et des poussées aussi anarchiques. Son cerveau ne pouvait tout simplement pas se débarrasser des automatismes que lui avaient inculqués vingt années passées en pesanteur constante.

Naomi avait raison. Il était si facile de considérer les Ceinturiens comme des étrangers. Bon sang, si vous leur accordiez le temps de développer un système individuel implantable de stockage et de recyclage de l'oxygène, et que vous continuiez de limiter les combinaisons pressurisées au minimum nécessaire pour assurer la chaleur corporelle, vous finiriez peut-être par avoir des Ceinturiens qui passeraient plus de temps à l'extérieur de leurs vaisseaux et de leurs stations qu'à l'intérieur.

C'était peut-être la raison pour laquelle ils étaient imposés au point d'avoir tout juste de quoi vivre. L'oiseau était hors de la cage, mais on ne voulait pas le laisser déployer ses ailes trop largement, de crainte qu'il oublie qui était son maître.

— Vous faites confiance à ce Fred ? demanda Miller.

— Plus ou moins. Il nous a bien traités la dernière fois, alors que tout le monde voulait notre mort ou notre emprisonnement.

Miller grogna, comme si cela ne prouvait rien à ses yeux.

— Il est de l'APE, non ?

— En effet, répondit le Terrien. Mais je pense qu'il appartient à la vraie APE. Pas à celle de ces cow-boys qui veulent s'expliquer à coups de fusil avec les planètes intérieures. Ni ces abrutis qui diffusent par la radio des appels à la guerre. Fred est un politique.

— Et ceux qui veulent contrôler Cérès ?

— Je ne sais pas, dit Holden. Je ne les connais pas. Mais Fred représente notre meilleure chance. La moins mauvaise.

— Très bien. Nous ne trouverons pas de solution politique avec Protogène, vous le savez.

— Oui, répondit Holden, qui commença à déboucler son harnais alors que le *Rossi* accostait dans une série de chocs métalliques. Mais Fred n'est pas *seulement* un politique.

Assis derrière son grand bureau en bois, Fred lisait les notes d'Holden sur Éros, la recherche de Julie, et la découverte du vaisseau furtif. Miller était assis face à lui et l'observait avec l'attention qu'un entomologiste montre pour une nouvelle espèce d'insectes dont il ne sait si elle pique. Holden se tenait un peu retrait, sur la droite de Fred, et il s'efforçait de ne pas consulter tout le temps l'heure sur son terminal. Sur le grand écran mural derrière le bureau, le *Nauvoo* glissa tel le squelette métallique de quelque léviathan en décomposition. Holden apercevait les minuscules taches d'un bleu brillant, là où les ouvriers maniaient les chalumeaux sur la coque et la superstructure. Pour s'occuper, il se mit à les dénombrer.

Il en était à quarante-trois quand une petite navette apparut dans son champ de vision, un chargement de poutrelles en acier serré dans une paire de puissants bras de manipulation et fila en direction du vaisseau en construction. L'appareil se réduisit bientôt à un point à peine plus gros que l'extrémité d'un stylo avant de s'arrêter. Dans l'esprit d'Holden, le *Nauvoo* passa subitement du statut de gros vaisseau relativement proche à celui d'appareil gigantesque bien plus éloigné. Il en eut brièvement le vertige.

Son terminal bipa presque au même moment que celui de Miller. Il ne le regarda même pas, et en toucha la surface pour le mettre en veille. Il s'était habitué, maintenant. Il sortit de sa poche un petit flacon, fit tomber deux pilules dans le creux de sa main et les avala sans rien d'autre. Il entendit Miller qui faisait comme lui. Le système d'expertise médicale du vaisseau les leur fournissait chaque semaine avec l'avertissement qu'oublier de les prendre aux heures dites entraînerait la mort dans d'atroces souffrances. Alors il les prenait, et il les prendrait jusqu'à la fin de ses jours. S'il ratait quelques prises, il n'en aurait plus pour très longtemps.

Fred termina sa lecture, posa son propre terminal devant lui et se frotta les yeux avec l'intérieur de ses poignets pendant plusieurs secondes. Pour Holden, il semblait plus vieux que lors de leur dernière rencontre.

— Il faut que je vous fasse un aveu, Jim : je ne sais pas quoi penser de ça, dit-il enfin.

Miller regarda Holden et articula silencieusement *Jim*, avant une mimique interrogative. Le Terrien ne réagit pas.

— Vous avez lu ce que Naomi a ajouté à la fin ? demanda-t-il.

— La mention concernant les nanovirus en réseau pour une puissance de traitement accrue ?

— Oui, ce passage-là. Ce n'est pas bête du tout, Fred.

Celui-ci eut un rire dénué de joie avant de pointer un doigt sur son terminal.

— Ça, dit-il, ça n'a de sens que pour un psychopathe. Aucune personne saine d'esprit ne pourrait commettre une chose pareille. Quoi qu'on ait pensé en tirer.

Miller se racla la gorge.

— Vous avez quelque chose à ajouter, monsieur Muller ? demanda Fred.

— Miller, corrigea l'ex-inspecteur. Oui. Tout d'abord, et sans vouloir vous manquer de respect, ne vous faites pas d'illusion. Le génocide est passé de mode. Ensuite, les faits ne sont pas en question. Protogène a infecté la station Éros avec une pandémie extraterrestre, et ils enregistrent les résultats. Le pourquoi de la chose n'a pas d'importance. Nous devons les stopper.

— Et nous pensons être en mesure de remonter jusqu'à leur station d'observation, ajouta Holden.

Fred se laissa aller dans son fauteuil, et le faux cuir et le cadre en métal craquèrent sous son poids, même à un tiers de g.

— Les stopper comment ? dit-il.

Il savait. Il voulait juste les entendre l'exposer à haute voix. Miller joua le jeu.

— Je propose que nous nous rendions sur leur station et que nous les abattions.

— Qui, "nous" ? demanda Fred.

— Il y a beaucoup d'excités de l'APE qui sont impatients d'en découdre avec la Terre et Mars, répondit Holden. Nous allons leur donner de vrais méchants à massacrer, à la place.

Fred hocha la tête d'une façon qui ne signifiait nullement qu'il était d'accord.

— Et votre échantillon ? Le coffre-fort du capitaine ?

— Il m'appartient, dit Holden. Ce point n'est pas négociable.

Fred rit de nouveau, mais cette fois il y avait un peu de légèreté dans cet éclat. Miller réprima sa surprise, puis un début de sourire.

— Pourquoi accepterais-je ? demanda Fred.

Holden releva le menton et lui sourit.

— Et si je vous disais que j'ai caché le coffre-fort sur un planétésimal piégé avec assez de plutonium pour transformer quiconque y toucherait en un nuage d'atomes, en supposant que quelqu'un parvienne à le retrouver ?

Fred le dévisagea durant quelques secondes, puis il lâcha :

— Mais vous ne l'avez pas fait.

— Eh bien, non, dit Holden. Mais je pourrais vous affirmer le contraire.

— Vous êtes trop honnête, remarqua Fred.

— Et vous ne pouvez pas faire confiance à quelqu'un qui détient quelque chose d'une telle importance. Vous savez déjà ce que je vais en faire. C'est pourquoi, jusqu'à ce que nous nous mettions d'accord sur une solution meilleure, vous allez me le laisser.

Fred acquiesça.

— Oui, dit-il, j'imagine que c'est ce que je vais faire.

38

MILLER

Le pont d'observation dominait le *Nauvoo* qui s'assemblait lentement. Assis sur le bord d'un canapé moelleux, les doigts entrelacés de ses mains recouvrant un genou, Miller contemplait le panorama immense qu'offrait le chantier de construction. Après le temps passé sur le vaisseau d'Holden et, avant cela, sur Éros, avec son architecture fermée selon l'ancien style, une vision aussi étendue paraissait artificielle. Le pont lui-même était plus vaste que le *Rossinante* et décoré de fougères souples et de lierre à l'aspect sculpté. Les recycleurs d'air étaient étrangement silencieux, et, bien que la gravité de rotation fût sensiblement la même que celle de Cérès, de façon subtile la force de Coriolis paraissait fausse.

Il avait vécu dans la Ceinture toute sa vie, et jamais il n'avait visité un endroit conçu avec un tel soin et un tel goût, dans le but d'étaler la richesse et le pouvoir. L'ensemble était agréable tant qu'il n'y réfléchissait pas trop.

Il n'était pas le seul à se trouver attiré par les espaces ouverts de Tycho. Quelques dizaines d'employés de la station étaient assis en groupes ou déambulaient ensemble. Une heure auparavant, Amos et Alex étaient passés devant lui, absorbés dans leur conversation, et il ne fut pas tellement surpris quand, se levant et reprenant le chemin des quais, il aperçut Naomi assise, avec pour seule compagnie un bol de nourriture qui refroidissait sur un plateau à côté d'elle. Toute son attention était concentrée sur son terminal.

— Salut, dit-il.

Elle leva les yeux, le reconnut et lui adressa un sourire distrait.

— Salut, fit-elle.

Il désigna le terminal d'un regard expressif qui en revenant sur elle se transforma en question muette.

— Données comm en provenance de ce vaisseau, expliqua-t-elle.

C'était toujours *ce vaisseau*, songea-t-il. De la même façon, les gens appelaient la scène d'un crime particulièrement atroce *cet endroit*.

— Tout est transmis par faisceau de ciblage, je me suis donc dit que ce ne serait pas trop difficile à trianguler. Mais…

— Ce n'est pas si facile ?

Elle fit la moue et soupira.

— J'ai établi le tracé des orbites, mais rien ne colle. Il pourrait y avoir des drones de relais, bien sûr. Des cibles mouvantes sur lesquelles le système du vaisseau était calibré et qui renverraient le message à la station. Ou un autre drone, et ensuite la station, ou un autre agencement, qui sait ?

— Des données en provenance d'Éros ?

— Je suppose que oui, répondit-elle, mais je ne crois pas qu'il serait plus facile de les interpréter que celles-là.

— Vos amis de l'APE ne peuvent rien faire ? Ils disposent d'une puissance de traitement plus grande que celle d'un simple appareil individuel. Et ils ont probablement une meilleure carte de l'activité dans la Ceinture.

— Probablement.

Il n'aurait pu dire si elle ne faisait pas confiance à ce Fred Johnson auquel Holden les avait confiés, ou si elle avait juste besoin de penser que l'enquête lui appartenait toujours. Il envisagea de lui conseiller de se mettre en retrait pendant un temps, de laisser les autres prendre la relève, mais il n'était pas certain d'avoir sur elle l'autorité morale nécessaire pour s'assurer sa coopération.

— Quoi ? dit-elle, et un sourire hésitant planait sur ses lèvres.

Il s'arracha à ses pensées.

— Vous étiez en train de rire tout bas, expliqua-t-elle. Je crois bien que je ne vous avais encore jamais vu rire. Enfin, quand il y avait quelque chose de drôle.

— Je pensais à un conseil qu'un de mes collègues m'avait donné concernant les affaires qu'il vaut mieux laisser tomber quand on vous les retire.

— Qu'est-ce qu'il disait exactement ?

— Que ça revenait à ne s'en prendre qu'à moitié plein la gueule.

— Un vrai poète, celui-là.

— Pour un Terrien, il est plutôt bien, dit Miller, et soudain il y eut comme un déclic au fond de son esprit. Ah, bon sang, j'ai peut-être quelque chose…

Il retrouva Havelock sur un site crypté faisant partie d'un groupe de serveurs émettant depuis Ganymède. Le temps d'attente dû à l'acheminement des messages les empêchait d'avoir une conversation en temps réel. L'exercice ressemblait plutôt à un échange de billets, mais il remplit son rôle. L'attente rendait Miller anxieux. Il restait assis devant son terminal réglé pour s'actualiser toutes les trois secondes.

— Désirez-vous autre chose ? demanda la femme. Un autre bourbon ?

— Avec plaisir, répondit-il en reportant aussitôt son attention sur l'écran, pour voir si Havelock avait répondu.

Pas encore.

Comme le pont d'observation, la devanture de ce bar donnait sur le *Nauvoo*, mais selon un angle quelque peu différent. L'immense vaisseau paraissait réduit à cause de la perspective, et des arcs d'énergie l'illuminaient là où une couche de céramique était recuite. Un groupe de fanatiques religieux s'apprêtait à embarquer dans l'appareil géant, ce petit monde qui serait capable de les faire vivre en autarcie tout en les propulsant dans les ténèbres entre les étoiles. Des générations vivraient et mourraient dans ses entrailles, et si au terme de leur voyage ils avaient la chance hallucinante de trouver une planète où s'installer, les individus qui fouleraient son sol n'auraient jamais connu personnellement la Terre, Mars ou la Ceinture. Ils seraient déjà des étrangers. Et si ce qu'avait créé la protomolécule était là pour les accueillir, que se passerait-il?

Mourraient-ils tous, comme Julie était morte?

Il y avait de la vie dans cette immensité, là, au-dehors. Ils en avaient la preuve, désormais. Et la preuve leur avait été fournie sous la forme d'une arme. Qu'est-ce que cela lui indiquait? À part peut-être que les Mormons méritaient une petite mise en garde quant à ce à quoi ils allaient confronter leurs arrière-petits-enfants en montant à bord du *Nauvoo*.

Intérieurement il rit en se rendant compte que c'était exactement ce qu'Holden aurait dit.

On lui apporta le bourbon au moment où son terminal sonnait. Le codage du dossier vidéo lui prit presque une minute, ce qui en soi était bon signe.

Le fichier s'ouvrit, et sur l'écran Havelock lui sourit. Il avait meilleure mine que lorsqu'il était sur Cérès, et cela se voyait à la ligne plus nette de sa mâchoire. Sa peau avait bruni, mais Miller ignorait si c'était purement cosmétique ou si son ancien équipier avait pris des bains de faux soleil par simple plaisir. Peu importait. Mais cela donnait au Terrien l'air en forme.

— Salut, mon vieux, dit Havelock. Ça fait plaisir d'avoir de tes nouvelles. Après ce qui s'est passé avec Shaddid et l'APE, j'ai craint que nous nous retrouvions dans des camps opposés. Je suis heureux de voir que tu t'es tiré avant que ça devienne le merdier absolu.

"Ouais, je suis toujours avec Protogène, et il faut que je te le dise : ces types sont flippants. Bon, j'ai déjà accompli des contrats de sécurité, et je sais voir quand quelqu'un est un dur. Ces types ne sont pas des flics. Ce sont des soldats, des commandos. Tu vois ce que je veux dire ?

"Officiellement, je sais que dalle sur une station de la Ceinture, mais tu sais comment c'est. Je viens de la Terre. Il y a un tas de ces types qui m'ont emmerdé au sujet de Cérès. Parce que je bossais avec des têtes pleines de vide. Ce genre de trucs. Mais vu comme sont les choses ici, il vaut mieux être bien avec ces connards. C'est ce genre de boulot, quoi.

Il y avait une excuse muette dans son expression. Miller comprenait très bien. Le travail dans certaines entreprises ressemblait à un passage par la case prison. Vous adoptiez le point de vue des gens qui vous entouraient. Un Ceinturien pouvait être embauché, mais jamais il ne serait complètement accepté. Comme sur Cérès, parfois il valait mieux regarder ailleurs. Si Havelock avait fait ami-ami avec une flopée de mercenaires venus des planètes intérieures qui occupaient leurs fins de soirées à tabasser les Ceinturiens à la sortie des bars, c'était parce qu'il lui avait fallu agir ainsi.

Mais faire ami-ami avec eux n'impliquait pas qu'il devienne un des leurs.

— Bon, c'est officieux, hein, mais il y a une station pour les opérations secrètes dans la Ceinture. Je n'ai pas entendu qu'elle s'appelait Thoth, mais ce serait très possible. Il y a là-bas une sorte de labo spécialisé dans la recherche et le développement de projets vraiment flippants. Une grosse brochette de scientifiques y bosse, mais ce n'est pas un complexe très important. Je pense que *discret* est le mot qui convient le mieux. Des défenses automatisées en pagaille, mais pas beaucoup de gardes sur le terrain.

"Pas besoin de te préciser que la divulgation des coordonnées de ce labo reviendrait à me condamner à mort ici. Alors efface ce fichier dès que tu l'auras visionné, et ne nous parlons plus pendant très, très longtemps.

Le fichier était assez réduit. Trois lignes de notations orbitales en texte normal. Miller le transféra dans son terminal et l'effaça du serveur sur Ganymède. Il avait toujours son verre en main, et il le vida d'un trait. La chaleur qui envahit sa poitrine pouvait être due au bourbon aussi bien qu'au sentiment de victoire qu'il éprouvait.

Il alluma la caméra du terminal.

— Merci. Je te suis redevable. Voilà une partie de mon paiement. Ce qui s'est passé sur Éros ? Protogène y était partie prenante, et c'est une très grosse affaire. Si tu as l'occasion de résilier ton contrat avec eux, fais-le. Et s'ils te proposent de te déplacer sur cette station réservée aux opérations secrètes, n'y va pas.

Son expression se figea. Havelock était sans aucun doute le dernier vrai partenaire qu'il ait eu et, aussi triste qu'il soit, ce constat était vrai. Le seul à l'avoir considéré comme un égal. Comme le genre d'inspecteur que Miller s'était imaginé être.

— Fais gaffe à toi, partenaire, dit-il avant de clore le fichier, de le crypter et de l'envoyer.

Au plus profond de son être, il avait la quasi-certitude qu'il ne reparlerait plus jamais à Havelock.

Il transmit une demande de connexion à Holden. Le visage ouvert, charmant et vaguement naïf du capitaine emplit le petit écran du terminal.

— Miller. Tout va bien ?

— Ouais. Super. Mais il faut que je parle à votre copain Fred. Vous pouvez arranger ça ?

Le Terrien fronça les sourcils et acquiesça en même temps.

— Bien sûr. Que se passe-t-il?

— Je sais où se trouve la station Thoth.

— Vous savez *quoi*?

— Eh oui…

— Où diable avez-vous obtenu cette info?

Miller sourit.

— Si je vous le disais et que ça fuitait, un type bien se ferait descendre. Vous saisissez mieux comment ça fonctionne?

Alors qu'en compagnie d'Holden et de Naomi il attendait la venue de Fred, Miller fut frappé par le nombre impressionnant de gens originaires des planètes intérieures qui luttaient contre les planètes intérieures. Ou à tout le moins qui ne combattaient pas pour elles. Fred, supposé être un membre de haut rang de l'APE. Havelock. Les trois quarts de l'équipage du *Rossinante*. Juliette Mao.

C'était une surprise pour lui, mais aussi, peut-être, une vue réduite de la situation, qu'il appréhendait de la même façon que Shaddid et Protogène. Si deux camps s'affrontaient, et ce fait était indiscutable, il ne s'agissait pas des planètes intérieures contre les Ceinturiens, mais de gens convaincus que c'était une bonne chose de tuer ceux à l'apparence ou aux conceptions différentes des leurs.

Et peut-être que cette analyse ne valait rien non plus. Parce que, si on lui donnait l'occasion de balancer par un sas le scientifique de Protogène, le conseil de direction et ce Dresden, Miller savait qu'il s'en voudrait pendant peut-être une demi-seconde après les avoir tous expédiés dans le vide spatial. Ce qui ne le mettait pas du côté des anges.

— Monsieur Miller. Que puis-je pour vous?

Fred. Le Terrien de l'APE. Il portait une chemise bleue à col boutonné et un pantalon élégant. Il aurait pu être architecte, ou administrateur de niveau intermédiaire dans n'importe quelle entreprise parfaitement respectable. Miller essaya de l'imaginer en train de coordonner une bataille.

— Si vous parvenez à me convaincre que vous possédez vraiment ce qu'il faut pour neutraliser la station de Protogène, alors je vous révélerai où elle se trouve.

Les sourcils de Fred grimpèrent d'un millimètre sur son front.

— Venez dans mon bureau, dit-il.

Miller le suivit, Holden et Naomi sur ses talons. Quand les portes se furent refermées derrière eux, Fred fut le premier à parler :

— Je ne sais pas avec précision ce que vous voulez de moi. Je n'ai pas pour habitude de rendre publics mes plans de bataille.

— Nous parlons de prendre d'assaut une station entière, répondit Miller. Une installation avec des putains de bonnes défenses et peut-être d'autres vaisseaux comme celui qui a détruit le *Canterbury*. Sans vouloir vous manquer de respect, c'est une opération un peu trop comac pour une bande d'amateurs comme ceux de l'APE.

— Euh, Miller ? glissa Holden.

L'ex-inspecteur leva une main pour l'interrompre.

— Je peux vous donner les coordonnées de la station Thoth, poursuivit-il. Mais si je le fais et que vous n'avez pas la puissance nécessaire pour mener à bien cette opération, un tas de gens mourront et rien ne sera résolu. Je ne suis pas partant pour cette version.

Fred inclina la tête de côté, comme un chien qui vient de percevoir un son inhabituel. Naomi et Holden échangèrent un regard que Miller ne put interpréter.

— Il s'agit d'une guerre, dit ce dernier. J'ai déjà travaillé avec l'APE, par le passé, et franchement vos gars sont bien meilleurs pour toutes ces petites attaques merdiques de guérilla que pour coordonner un assaut d'envergure. La moitié de ceux qui prétendent parler en votre nom sont des tordus qui sont passés par hasard à côté d'un micro. Je vois que vous avez beaucoup d'argent. Je vois que vous avez un très joli bureau. Ce que je ne vois pas, et ce que j'ai justement besoin de voir, c'est que vous avez ce qu'il faut pour faire mordre la poussière à ces enfoirés. Investir une station entière n'est pas une partie de plaisir, ni un jeu. Je me contrefous du nombre de simulations que vous avez pu effectuer. Là, c'est la réalité. Si je vous apporte mon soutien, je veux savoir que vous êtes capable de maîtriser votre sujet.

Il y eut un long silence.

— Miller ? dit Naomi. Vous savez qui est Fred, n'est-ce pas ?

— Le porte-parole de l'APE sur Tycho. Ce qui ne m'impressionne pas outre mesure.

— C'est Fred *Johnson*, dit Holden.

Les sourcils de Fred s'élevèrent d'un millimètre de plus. Miller fronça les siens et croisa les bras.

— Le colonel Frederick Lucius Johnson, précisa Naomi.

D'incrédulité, Miller cligna plusieurs fois des yeux.

— Le Boucher de la station Anderson ? souffla-t-il.

— Lui-même, dit Fred. J'ai parlé avec le conseil central de l'APE. J'ai un cargo en approche, avec à son bord assez de troupes pour sécuriser la station. Le soutien aérien sera assuré par un corvette/torpilleur dernier cri.

— Le *Rossi* ? risqua Miller.

— Le *Rossinante*, confirma Fred. Et bien que vous soyez en droit de ne pas le croire, il se trouve que je sais très bien ce que je fais.

Miller regarda la pointe de ses chaussures, puis se tourna vers Holden.

— Ce Fred Johnson-là ? dit-il.

— Je pensais que vous étiez au courant, répondit le Terrien.

— Eh bien, maintenant j'ai l'impression d'être l'abruti de service.

— Ça vous passera, affirma le colonel. D'autres exigences ?

— Non, dit Miller, puis : Si. Je veux participer à l'assaut au sol. Quand nous prendrons la station, je veux en être.

— Vous en êtes bien certain ? "Investir une station entière n'est pas une partie de plaisir, ni un jeu". Qu'est-ce qui vous fait penser que vous avez ce qu'il faut pour participer à ce genre d'opération ?

Miller haussa les épaules.

— Ce qu'il faut, c'est avoir les coordonnées de l'objectif. Et je les ai.

Fred éclata de rire.

— Monsieur Miller, si vous souhaitez attaquer cette station et risquer de vous faire tuer avec nous par ce qui nous attend à l'intérieur, je ne vous en empêcherai pas.

— Merci.

Il sortit son terminal et transmit les coordonnées décryptées à Fred.

— Voilà. Ma source est sûre, mais il n'a pas les infos de première main. Une confirmation est donc impérative avant de passer à l'action.

— Je ne suis pas un amateur, lâcha le colonel Johnson en lisant le fichier.

Miller salua, réajusta son feutre et sortit de la pièce. Naomi et Holden l'imitèrent. Quand ils furent dans la grande allée publique, Miller accrocha le regard du Terrien.

— Je croyais vraiment que vous saviez, dit Holden.

Huit jours plus tard, le message leur parvint. Le cargo *Guy Molinari* était arrivé, bondé de soldats de l'APE. Les coordonnées transmises par Havelock avaient été vérifiées. Il y avait bien une installation là-bas, et elle collectait le flux de données envoyé par faisceau de ciblage depuis Éros. Si Miller voulait faire partie de l'aventure, il était temps pour lui de bouger.

Il était assis dans sa cabine à bord du *Rossinante*, pour ce qui était certainement la dernière fois. Il se rendit compte avec un peu de tristesse et d'étonnement mêlés que cet endroit allait lui manquer. Malgré tous ses défauts et tout ce qu'il était en droit de lui reprocher, Holden était un type bien. Dépassé par la situation et seulement à moitié conscient de cet état de fait, mais Miller aurait pu citer bon nombre de personnes dans le même cas de figure. Il allait aussi regretter l'étrange accent traînant d'Alex, et la grossièreté tranquille d'Amos. Et il allait se demander si et comment Naomi clarifierait ses rapports avec son capitaine.

Ce départ lui rappelait certaines choses qu'il savait déjà : il ignorait ce que le futur proche lui réservait, il n'avait pas beaucoup d'argent, et même s'il était certain de revenir de la station Thoth, où il irait ensuite et par quel moyen relèverait de l'improvisation. Peut-être trouverait-il à se faire embaucher sur un autre vaisseau. Peut-être devrait-il signer un contrat et économiser pour couvrir ses nouvelles dépenses de santé.

Il vérifia le chargeur de son arme. Fourra ses maigres effets dans le petit sac à dos usé qu'il avait pris sur le transport venu de Cérès. Tout ce qu'il possédait y entrait sans problème.

Il éteignit les lumières et parcourut la petite coursive menant à l'échelle-ascenseur. En passant devant l'entrée de la coquerie, il vit à l'intérieur un Holden manifestement très nerveux. L'angoisse que générait l'idée des combats à venir se lisait déjà au coin de ses yeux.

— Eh bien, dit Miller, c'est parti, hein ?
— Ouais, fit le Terrien.

— Ça a été un sacré voyage. Je n'irai pas jusqu'à dire qu'il a toujours été agréable, mais…

— Ouais.

— Saluez les autres de ma part, vous voulez bien ?

— Je n'y manquerai pas, dit Holden.

Alors que Miller allait repartir vers l'ascenseur, il ajouta :

— En supposant que nous en réchappions tous, où nous retrouverons-nous ?

Miller se figea.

— Je ne comprends pas, avoua-t-il.

— Ouais, je sais. Écoutez, j'ai confiance en Fred, sinon je ne serais pas venu ici. Je pense que c'est un homme d'honneur, et qu'il fera ce qui convient. Mais ça ne veut pas dire que j'ai confiance dans tout l'APE. Après cette opération, je veux que tout l'équipage se regroupe. Juste au cas où il nous faudrait filer en vitesse.

Quelque chose de douloureux se produisit sous le sternum de Miller. Pas une simple douleur, mais une souffrance soudaine. Il avait l'impression que sa gorge s'était épaissie. Il toussota pour la dégager.

— Dès que nous aurons sécurisé l'objectif, je vous contacterai, promit-il.

— D'accord, mais ne tardez pas trop. Si la station Thoth comporte encore un bordel en état après sa prise, j'aurai besoin d'aide pour en extraire Amos.

Miller ouvrit la bouche, la referma, fit une nouvelle tentative.

— Bien reçu, capitaine, dit-il en se forçant à adopter un ton léger.

— Soyez prudent.

Il débarqua, et marqua une pause dans le passage entre le vaisseau et la station, jusqu'à ce qu'il soit sûr qu'il avait cessé de pleurer. Puis il se dirigea vers le cargo, et l'assaut qui l'attendait.

39

HOLDEN

Le *Rossinante* fonçait dans l'espace comme un objet sans vie, en tournant sur ses trois axes. Avec son réacteur éteint et tout l'air expulsé de l'intérieur, il ne dégageait ni chaleur ni bruit électromagnétique. Hormis la vitesse à laquelle il se ruait vers la station Thoth et qui était bien supérieure à celle d'une balle de fusil, le vaisseau était impossible à distinguer des rochers dans la Ceinture. Environ un quart de million de kilomètres derrière lui, le *Guy Molinari* hurlait l'innocence du *Rossi* à qui voulait bien l'entendre, et il réglait ses moteurs pour entamer une longue et lente décélération.

La radio étant éteinte, Holden ne pouvait percevoir ce qu'ils disaient, mais il avait contribué à la rédaction du message, et le texte résonnait dans son esprit. *Attention ! Une explosion accidentelle à bord du cargo* Guy Molinari *a détaché un conteneur de grande taille. Avertissement à tous les vaisseaux sur sa trajectoire : ce conteneur se déplace à grande vitesse et sans aucun contrôle indépendant. Attention !*

Ils avaient discuté de l'opportunité de diffuser ce message. Thoth était une station secrète, elle n'utiliserait donc que des senseurs passifs. Et le scanning radar et ladar omnidirectionnel les illuminerait comme un sapin de Noël. Avec son réacteur éteint, le *Rossinante* atteindrait peut-être la station sans être repéré. Mais s'ils étaient repérés pour une raison ou une autre, Fred avait estimé que leur présence semblerait probablement assez suspecte pour déclencher une contre-attaque immédiate. Aussi, plutôt que d'opter pour une approche en catimini, ils avaient décidé de faire du bruit et de compter sur la confusion engendrée pour les aider.

Avec un peu de chance, les systèmes de sécurité de la station Thoth les scanneraient, verraient qu'ils étaient en fait un gros morceau de métal apparemment inerte qui suivait un vecteur unique, et ils les ignoreraient assez longtemps pour les laisser s'approcher. À grande distance, les systèmes de défense de la station risquaient d'être trop puissants pour le *Rossi*. Mais à courte distance la manœuvrabilité de la corvette devrait lui permettre de louvoyer tout autour de la station et de la tailler en pièces. L'histoire du conteneur à l'abandon qui leur servait de couverture avait pour seul but de leur faire gagner du temps, pendant que les équipes de sécurité de la station essayaient de comprendre ce qui se passait.

Fred et par extension tous les participants à l'assaut pariaient sur le fait que la station n'ouvrirait pas le feu avant d'avoir la certitude absolue qu'elle était attaquée. Protogène s'était donné beaucoup de mal pour cacher son labo de recherches dans la Ceinture. Dès qu'ils auraient lancé leur premier missile, leur anonymat serait perdu à jamais. Avec la guerre en cours, les moniteurs relèveraient la trace des moteurs et on se demanderait ce qui se passait. Tirer avec une arme serait le dernier recours de la station Thoth.

En théorie.

Dans la solitude de la bulle d'air contenue dans son casque, Holden savait que, s'ils se trompaient, il n'aurait jamais le temps de s'en rendre compte. Le *Rossi* volait en aveugle. Tout contact radio était coupé. Alex avait une montre mécanique à affichage fluorescent, et un programme mémorisé à la seconde près. Puisqu'ils ne pouvaient surclasser Thoth avec leur haute technologie, ils s'en approchaient en utilisant la technologie la plus rudimentaire dont ils disposaient. S'ils avaient mal évalué la situation et que la station ouvrait le feu sur eux, le *Rossi* serait pulvérisé sans aucun avertissement. Autrefois, Holden était sorti avec une bouddhiste qui lui avait expliqué que la mort était simplement un état différent, et que les gens avaient peur uniquement de l'inconnu qui s'étendait au-delà de cette transition. La mort sans prévenir était préférable, car elle évitait toute peur.

Il lui semblait avoir maintenant trouvé l'argument contraire.

Pour s'occuper l'esprit, il réétudia le plan. Quand ils seraient presque assez près de la station Thoth pour cracher dessus, Alex activerait le réacteur et effectuerait une manœuvre de freinage à près de dix g. Le *Guy Molinari* se mettrait à diffuser des parasites radio et un brouillage laser en direction de la station afin de dérégler ses systèmes de visée pendant les quelques instants nécessaires au *Rossi* pour se caler sur un vecteur d'attaque. La corvette prendrait alors pour cible les défenses de la station et mettrait hors d'état tout ce qui risquait de constituer une menace pour le *Molinari*, pendant que le cargo se plaçait de façon à pénétrer l'enveloppe de la station et à larguer ses troupes d'assaut.

Ce plan était truffé de défaillances.

Si la station décidait de tirer trop tôt, par simple mesure de sécurité, le *Rossi* risquait l'anéantissement avant même le début des combats. Que le système de visée de la station parvienne à percer le brouillage et le voile de parasites émis par le *Molinari*, et l'ennemi risquait d'ouvrir le feu avant que le *Rossi* soit en position. Et même si cette première phase se déroulait sans aucune anicroche, restait le problème inhérent au fait que les troupes d'assaut devraient s'ouvrir un chemin à l'intérieur de la station en investissant couloir par couloir jusqu'au centre névralgique de l'installation, afin d'en prendre le contrôle. Les meilleurs Marines des planètes intérieures eux-mêmes étaient terrifiés à la perspective de devoir ouvrir une brèche dans ces conditions, et pour d'excellentes raisons. Une progression dans des couloirs métalliques inconnus, sans possibilité de se mettre à couvert, alors que l'ennemi pouvait être en embuscade à chaque intersection, était la tactique la plus sûre pour essuyer des pertes sévères. Dans les simulations que la Flotte terrestre multipliait à l'entraînement, Holden n'avait jamais vu les commandos s'en sortir avec moins de soixante pour cent de pertes. Et l'on parlait là de Marines des planètes intérieures qui bénéficiaient d'années de formation et d'un équipement de pointe, pas des cow-boys de l'APE munis de ce qu'ils avaient pu trouver au dernier moment.

Mais ce n'était même pas cela qui inquiétait le plus Holden.

Ce qui l'angoissait surtout, c'était la vaste zone légèrement moins froide que l'espace située à quelques dizaines de mètres seulement à la verticale de la station Thoth. Le *Molinari* l'avait repérée et les avait informés de cette découverte juste avant de les laisser aller. Ayant déjà vu des vaisseaux furtifs, personne à bord du *Rossi* ne doutait que c'en était un autre.

L'affrontement serait difficile, même à une distance assez courte pour que l'ennemi perde la plupart de ses avantages. Mais Holden n'était pas impatient de devoir esquiver simultanément les torpilles tirées par une frégate. Alex lui avait affirmé qu'en s'approchant suffisamment de la station ils dissuaderaient la frégate de les prendre pour cible, de crainte pour elle d'endommager Thoth, et que la manœuvrabilité supérieure de la corvette compenserait plus que largement les atouts d'un vaisseau plus lourd et mieux armé. Les frégates furtives étaient une arme stratégique, pas tactique, avait dit le pilote. Holden s'était abstenu de demander : *Alors pourquoi en ont-ils une ici ?*

Holden voulut consulter les données affichées à son poignet, et il poussa un grognement de frustration dans l'obscurité profonde où baignait le pont des ops. Tous les systèmes de sa combinaison étaient coupés, chronomètres comme éclairage. Le seul toujours actif était celui assurant la circulation interne de l'air, parce qu'il était entièrement mécanique. Si quelque chose le mettait en panne, aucun témoin d'alerte ne s'allumerait, il étoufferait et mourrait.

Il balaya du regard la pièce enténébrée et maugréa :

— Allez, combien de temps encore ?

Comme en réponse, les lumières se mirent à clignoter un peu partout. Il y eut une explosion de parasites dans son casque, puis la voix traînante d'Alex annonça :

— Réseau interne de comm réactivé.

— Réacteur ? fit-il.

— Deux minutes, répondit Amos depuis la salle des machines.

— Ordinateur principal ?

— Encore trente secondes pour conclure la phase de réinitialisation, dit Naomi.

Elle lui adressa un signe de l'autre côté du pont des ops. L'éclairage était déjà suffisant pour qu'ils s'aperçoivent.

— Armement ?

Alex rit dans le système comm avec ce qui semblait être une allégresse sincère.

— Les armes se réalignent, répondit-il. Dès que Naomi m'aura rebranché le programme de visée, nous serons frais, prêts et précis.

Le timbre de chacun après leur longue approche dans le silence et l'obscurité le rasséréna un peu. Et le fait de voir Naomi s'affairer à l'autre bout de la pièce dissipa une crainte qui l'avait saisi sans même qu'il s'en rende compte.

— Le système de visée devrait être opérationnel, maintenant, transmit la jeune femme.

— Bien reçu, répondit Alex. Télescopes : activés. Radar : activé. Ladar : activé… Merde ! Naomi, vous voyez ça ?

— Je le vois, dit-elle. Capitaine, nous recevons les signatures du moteur d'un vaisseau furtif. En phase préparatoire, lui aussi.

— Nous nous y attendions. Tout le monde reste concentré.

— Une minute, dit Amos.

Sur sa console, Holden fit sortir l'affichage tactique. La station Thoth tournait en un cercle paresseux pendant qu'une tache révélatrice de chaleur au-dessus d'elle s'accentuait jusqu'à dessiner grossièrement la silhouette d'une coque.

— Alex, ça ne ressemble pas à la dernière frégate, dit Holden. Est-ce que le *Rossi* l'a identifié ?

— Pas encore, chef, mais il y travaille.

— Trente secondes, lâcha Amos.

— Nous percevons une recherche ladar venue de Thoth, intervint Naomi. Des discussions diffusées.

Holden scrutait l'écran tandis que Naomi s'efforçait de s'accorder à la longueur d'onde utilisée par la station pour la cibler. Elle commença à l'arroser avec leur propre système laser pour brouiller les retours.

— Quinze secondes, dit Amos.

— D'accord, attachez vos ceintures, les enfants, fit Alex. Le jus arrive.

Avant même que le pilote ait fini sa phrase, Holden sentit une douzaine de piqûres quand son siège le bourra de drogues pour le garder en vie pendant l'accélération à venir. Sa peau lui parut se tendre et devenir brûlante, et ses testicules cherchèrent à remonter dans son ventre. Alex lui sembla parler au ralenti.

— Cinq… quatre… trois… deux…

Il n'entendit jamais *un*. Un millier de kilos se posa sur sa poitrine et gronda comme un géant hilare quand le *Rossi* freina à dix g. Il se dit qu'il sentait ses poumons

481

gratter sa cage thoracique pendant que sa poitrine faisait de son mieux pour s'effondrer sur elle-même. Mais le siège le tenait dans une étreinte adoucie par le gel, et les drogues maintenaient son rythme cardiaque et son activité cérébrale. Il ne perdit pas connaissance. Si la manœuvre devait le tuer, il serait parfaitement éveillé et lucide pour assister à sa fin.

Son casque s'emplit d'un gargouillis et du bruit d'une respiration heurtée, et une partie seulement de ce tout provenait de lui. Amos réussit en partie à jurer avant que ses mâchoires se soudent. Holden ne put entendre le *Rossi* qui frémissait à cause de son changement de trajectoire, mais il le sentit à travers son siège. L'appareil était solide. Plus solide que n'importe lequel d'entre eux. Ils seraient morts depuis longtemps avant que le vaisseau atteigne assez de g pour s'endommager lui-même.

Quand le soulagement vint, ce fut dans un déferlement tellement inattendu qu'Holden faillit vomir. Les drogues dans son système le lui évitèrent. Il inspira à fond et le cartilage de son sternum se remit en place avec un petit claquement douloureux.

— Vérification, marmonna-t-il.

Sa mâchoire inférieure était douloureuse.

— Système comm en acquisition, répondit aussitôt Alex.

Le système de visée et de communication de la station Thoth arrivait en tête de leur liste de priorités.

— Tout est au vert, dit Amos depuis le pont inférieur.

— Monsieur, fit Naomi sur le ton de l'avertissement.

— Merde, je le vois, maugréa Alex.

Holden ordonna à sa console de se caler sur celle de Naomi afin de voir ce qu'elle regardait. Sur l'écran de la jeune femme, le *Rossi* avait compris pourquoi il était dans l'incapacité d'identifier le vaisseau furtif.

Il y avait deux appareils, pas une seule grosse frégate disgracieuse autour de laquelle ils auraient pu virevolter à courte distance tout en la mettant en pièces. Non, ç'aurait été trop facile. C'était deux unités beaucoup plus petites qui conservaient une formation serrée pour tromper les senseurs ennemis. Et à présent elles activaient leurs moteurs et se séparaient.

D'accord, se dit Holden. *Nouveau plan.*

— Alex, attirez leur attention, ordonna-t-il. On ne peut pas les laisser se mettre en chasse du *Molinari.*

— Bien reçu, répondit le pilote.

Le Terrien sentit le *Rossi* frémir quand Alex tira une torpille sur un des deux vaisseaux. Ceux-ci, plus petits, modifiaient rapidement leur vitesse et leur course, et la torpille avait été tirée en hâte et selon un angle difficile. Elle n'atteindrait pas son but, mais le *Rossi* serait considéré par tous comme une menace, maintenant. C'était donc un coup réussi.

Les deux appareils ennemis s'éloignèrent dans des directions opposées et à pleine puissance, en semant des leurres antiradars et des brouillages laser derrière eux. La torpille partit en zigzag avant de suivre une trajectoire molle dans une direction aléatoire.

— Naomi, Alex, une idée de ce que nous affrontons ? demanda Holden.

— Le *Rossi* ne les a toujours pas identifiés, monsieur, répondit Naomi.

— Leur coque est d'un dessin inédit, ajouta Alex. Mais ils se déplacent comme des intercepteurs rapides. Pour l'armement, je dirais deux torpilles ventrales et un canon monté sur la quille de fuselage.

Plus rapides et plus manœuvrables que le *Rossi*, donc, mais ils ne pourraient tirer que dans une seule direction.

— Alex, virez pour…

L'ordre d'Holden fut interrompu quand le *Rossinante* trembla de toute son infrastructure et effectua un bond latéral, ce qui repoussa le capitaine sur le côté. Les sangles de son harnais s'enfoncèrent douloureusement dans ses côtes.

— Nous sommes touchés ! s'exclamèrent en même temps Amos et Alex.

— La station nous a pris pour cible avec une sorte de canon lourd, rapporta Naomi.

— Dommages ? fit Holden.

— Il nous a traversés sans bavure, capitaine, dit Amos. La coquerie et l'atelier de la salle des machines. On a quelques voyants orange allumés, mais rien qui nous tuera.

Rien qui nous tuera était une formule agréable à entendre, mais Holden éprouva du regret pour sa cafetière.

— Alex, dit-il, oubliez les appareils et dégommez-moi cet appareillage comm.

— Compris, répondit le pilote.

Le *Rossi* fit une embardée quand il modifia sa trajectoire et chercha à acquérir sa cible.

— Naomi, dès que le premier de ces chasseurs arrive pour attaquer, balancez-lui le faisceau laser comm en pleine face, puissance maxi, et commencez à disséminer les leurres antiradars.

— Bien, monsieur.

Le laser suffirait peut-être à dérégler son système de visée pendant quelques secondes.

— La station ouvre le bal avec ses CDR, dit Alex. On risque d'être un peu secoués.

Holden délaissa l'écran de Naomi pour se caler sur celui du pilote. Sa console fourmillait de milliers de points lumineux se déplaçant rapidement, avec en arrière-plan la station Thoth qui tournait sur elle-même. Le détecteur de menaces soulignait le point d'impact des salves des canons de défense rapprochée par une lumière intense sur l'affichage tête haute d'Alex. Le tout allait incroyablement vite, mais au moins avec le système qui illuminait chaque projectile le pilote voyait précisément la provenance et la trajectoire des tirs. Il réagit avec un savoir-faire consommé, en s'écartant avec des déplacements vifs qui forçaient le ciblage automatisé des canons de défense rapprochée à des réajustements constants.

Pour Holden, tout cela avait des allures de jeu. Des taches de lumière incroyablement rapides fusaient de la station spatiale en longues théories pareilles à des colliers de perles étirés. Le vaisseau ne cessait de changer de cap pour trouver les failles entre les tirs, et modifiait immédiatement sa course avant que les chapelets de projectiles reviennent sur lui. Mais Holden savait que chaque tache lumineuse représentait un morceau de tungstène à enveloppe en Teflon et cœur d'uranium appauvri filant à plusieurs milliers de mètres par seconde. Si Alex perdait cette partie, ils le sauraient quand le *Rossinante* serait déchiqueté.

Holden sursauta violemment quand Amos prit la parole :

— Merde, chef, on a une fuite quelque part. Trois propulseurs de manœuvre bâbord sont en perte de pression d'eau. Il faut que je les répare.

— Compris, Amos. Faites vite.

— Et vous restez en bas, Amos, dit Naomi.

Le mécanicien répondit d'un simple grognement.

Sur sa console, Holden voyait grossir la station Thoth. Quelque part derrière eux, les deux chasseurs devaient les prendre à revers. Cette pensée électrisa la nuque du capitaine, mais il fit de son mieux pour rester concentré. Le *Rossi* n'avait pas assez de torpilles pour qu'Alex les tire d'aussi loin et puisse espérer qu'une d'entre elles passe le barrage de tirs des canons de défense rapprochée. Le pilote devait les amener si près que les CDR ne pourraient pas abattre les torpilles.

Une lumière bleue apparut sur l'affichage tête haute entourant une portion du noyau de la station. Elle s'élargit pour former un petit sous-écran. Holden distingua les antennes et les paraboles qui constituaient les systèmes comm et de visée.

— Torpille, annonça Alex, et le *Rossi* vibra au moment du deuxième tir.

Un tremblement brutal saisit Holden dans son harnais avant de le plaquer au fond de son siège quand le pilote lança la corvette dans un enchaînement de manœuvres subites avant de réduire d'un coup la poussée pour esquiver les derniers tirs des CDR. Holden consulta son écran. Le point rouge de leur missile fila vers la station et frappa son système comm. Un éclair noya son écran pendant une seconde, puis se dissipa. Presque immédiatement les CDR cessèrent leurs tirs.

— Joli t… s'exclama Holden, coupé par le cri de Naomi :

— Coup au but ! Ennemi 1 a tiré ! Deux pruneaux en approche rapide !

Holden se recala sur l'écran de la jeune femme et vit que le système d'alerte suivait la trace des deux chasseurs et de deux objets plus petits et beaucoup plus rapides se dirigeant vers le *Rossi* sur une trajectoire d'interception.

— Alex ! s'écria-t-il.

— J'ai vu, chef. On passe en défensif.

Holden fut de nouveau rejeté au fond de son siège. Le pilote venait d'accélérer. Le grondement régulier du moteur parut bégayer, et le Terrien comprit qu'il sentait le tir continu de leurs propres CDR tentant de détruire les missiles à leurs trousses.

— Putain de bordel de merde, lâcha Amos, presque sur le ton de la conversation.

— Vous en êtes où ? demanda Holden.

Il passa sur la caméra incorporée à la combinaison du mécanicien. Celui-ci s'était glissé dans un espace confiné et mal éclairé, envahi par les conduits et les canalisations. Ce qui signifiait qu'il se trouvait entre la coque externe et la coque interne. Devant lui, une section de tubulures endommagées dont l'aspect évoquait des os brisés. Un chalumeau flottait tout près. Le vaisseau fit une violente embardée qui envoya le mécanicien se cogner ici et là dans l'espace exigu. Alex poussa un cri de joie dans le système comm.

— Les missiles ont raté leur cible ! lança-t-il.

— Dites à Alex d'arrêter les cabrioles, grommela Amos. J'ai du mal à manier mes outils.

— Amos, retournez à votre siège anti-crash ! ordonna Naomi.

— Désolé, patronne, répondit le mécanicien tout en arrachant un bout d'un tuyau sectionné. Si je ne répare pas ça et que nous perdons de la pression, Alex ne pourra plus virer à tribord. Et on sera bien dans la merde, je vous le dis.

— Continuez, Amos, décida Holden malgré les protestations de Naomi. Mais accrochez-vous. Ça va devenir pire.

— Bien reçu.

Le capitaine revint à l'affichage tête haute d'Alex.

— Holden, dit Naomi, et il sentit la peur dans sa voix. Amos va se faire…

— Il fait son boulot. Faites le vôtre. Alex, il faut nous débarrasser de ces deux-là avant l'arrivée du *Molinari*. Effectuez une interception sur un des deux et bottez-lui le cul.

— Compris, chef, répondit le pilote. Je m'occupe d'Ennemi 2. Un peu d'aide avec Ennemi 1 serait bienvenue.

— Ennemi 1 est la priorité de Naomi, dit Holden. Essayez de ne pas l'avoir dans votre sillage pendant que nous nous chargeons de son ami.

— Bien reçu, dit Naomi d'une voix tendue.

Holden repassa sur la caméra d'Amos, mais celui-ci semblait bien se débrouiller. Il découpait le conduit endommagé avec son chalumeau, et une longueur de tubulure de remplacement flottait à côté de lui.

— Attachez ce morceau de tuyauterie, Amos, dit le Terrien.

— Avec tout mon respect, capitaine, répondit le

mécanicien, les standards de sécurité peuvent aller se faire foutre. Je finis ici au plus vite et je me barre.

Holden hésita. Si Alex opérait un changement brusque de trajectoire, la section de tuyau en suspension risquait de se transformer en un projectile assez massif pour tuer Amos ou causer une brèche dans le *Rossi*. *C'est Amos,* se dit-il. *Il sait ce qu'il fait.*

Il consulta brièvement l'écran de Naomi alors qu'elle accablait le petit intercepteur avec tout ce que le système comm pouvait déverser, dans le but de l'aveugler avec un déferlement de parasites radio et lumineux. Puis il revint à son propre affichage tactique. Le *Rossi* et Ennemi 2 se ruaient l'un vers l'autre à une vitesse suicidaire. Dès qu'ils dépassèrent le point où un tir de torpille devenait impossible à éviter, Ennemi 2 lâcha ses deux missiles. Alex les sélectionna pour les CDR sans modifier leur trajectoire ni lancer de torpilles.

— Alex, pourquoi est-ce que nous ne tirons pas ? voulut savoir Holden.

— On va neutraliser ses missiles, se rapprocher et laisser les CDR le réduire en bouillie.

— Pourquoi ?

— Nous avons un nombre limité de torpilles. Inutile de les gaspiller sur ces nabots.

Les missiles en approche décrivaient un arc de cercle sur l'affichage d'Holden, et il sentit les vibrations des tirs de CDR qui tentaient de les intercepter.

— Alex, dit-il, nous n'avons pas payé pour avoir ce vaisseau. Utilisez-le comme vous voulez. Si je dois être tué pour que vous puissiez économiser les munitions, j'inscrirai un blâme dans votre dossier.

— Ah, si vous présentez les choses sous cet angle…, dit le pilote, puis : Torpille larguée.

Le point rouge de leur tir s'étira en direction d'Ennemi 2. Les missiles de celui-ci se rapprochaient de plus en plus, et soudain l'un des deux disparut de l'écran.

— Et merde…, souffla Alex.

Le *Rossinante* fit un écart de côté si brutal qu'Holden se cassa le nez contre l'intérieur de son casque. Les voyants orange d'alerte se mirent à tournoyer sur toutes les cloisons, mais comme le vaisseau ne contenait pas d'air Holden eut la chance de ne pas entendre hurler les alarmes. Son affichage tactique vacilla, s'éteignit et se ralluma une seconde plus tard. Quand il revint, le missile et la torpille, ainsi qu'Ennemi 2, avaient disparu. Ennemi 1 continuait de foncer sur eux par l'arrière.

— Dommages ? cria-t-il en espérant que le système comm fonctionnait toujours.

— Dommages graves à la coque externe, répondit Naomi. Quatre propulseurs de manœuvre hors service. Un CDR ne répond plus. Nous avons aussi perdu la réserve d'O$_2$, et le sas équipage a l'air d'une plaque de scories volcaniques.

— Pourquoi sommes-nous encore vivants, alors ? demanda Holden tout en parcourant le rapport des dommages avant de basculer sur la caméra d'Amos.

— Le missile ne nous a pas touchés, expliqua Alex. Les CDR l'ont eu, mais il était très près. L'ogive a explosé et nous a salement arrosés.

Le mécanicien ne semblait pas bouger.

— Amos ! s'écria Holden. Au rapport !

— Ouais, ouais, je suis toujours là, chef. Je continue de m'accrocher, juste au cas où nous serions encore brinquebalés comme ça vient d'arriver. Je crois m'être pété une côte contre un des étais de la coque, mais je suis attaché. C'est une putain de bonne chose que je me sois magné avec ce bout de tuyau, quand même.

Holden ne prit pas le temps de répondre. Il revint à son affichage tactique et observa Ennemi 1 qui se rapprochait rapidement. Il avait déjà utilisé ses missiles, mais à courte distance il risquait de les hacher menu avec son canon.

— Alex, vous pouvez nous faire virer et trouver une solution de tir sur ce chasseur ?

— J'y travaille. On n'a plus beaucoup de manœuvrabilité, répondit le pilote.

Le *Rossi* se mit à tourner dans une série d'embardées.

Holden se cala sur un des télescopes et zooma sur le chasseur. De près, le bout du canon semblait aussi grand qu'un couloir de Cérès, et braqué directement sur lui.

— Alex…

— Je suis dessus, chef, mais le *Rossi* a souffert.

Le canon d'Ennemi 1 se préparait à tirer.

— Alex, bousillez-le. *Bousillez-le !*

— Torpille larguée, lâcha le pilote.

La corvette tressaillit.

La console d'Holden passa automatiquement de la vue générale à la vue tactique. La torpille du *Rossi* atteignit le chasseur presque au moment où il ouvrait le feu. L'affichage montra les projectiles sous la forme de petits points rouges se déplaçant trop vite pour être suivis par l'œil humain.

— Tir enne… cria-t-il.

Le *Rossinante* se disloqua autour de lui.

Holden reprit connaissance.

L'intérieur du vaisseau était empli de débris en suspension et de copeaux de métal surchauffés dont l'ensemble ressemblait à un déluge d'étincelles vu au ralenti. En l'absence d'air, ils ricochaient contre les cloisons et dérivaient en se refroidissant peu à peu, telles des lucioles paresseuses. Il avait le vague souvenir d'un coin de moniteur mural se détachant et allant rebondir contre trois cloisons dans le coup de billard le plus élaboré du monde, avant de venir le frapper juste sous le sternum. Il baissa les yeux et vit que le petit morceau d'écran flottait à quelques centimètres devant lui, mais il n'y avait pas d'entaille dans sa combinaison. Il ressentait une douleur au point d'impact.

Le siège face à la console des ops, à côté de celui de Naomi, était percé d'un trou, et du gel vert s'en échappait lentement en petites billes qui s'éloignaient dans l'apesanteur ambiante. Holden examina l'orifice dans le siège, puis celui qui lui correspondait, dans la cloison de l'autre côté de la pièce, et il se rendit compte que le projectile était passé à quelques centimètres de la jambe de Naomi. Un frisson le parcourut, le laissant nauséeux.

— Qu'est-ce que c'était, bordel ? demanda Amos avec calme. Et si on évitait de recommencer ce genre de truc ?

— Alex ? dit Holden.

— Toujours là, chef, répondit le pilote, d'une voix étonnamment posée.

— Mon panneau de contrôle est mort, l'informa le Terrien. Est-ce que nous avons abattu ce fils de pute ?

— Ouais, chef, on l'a eu. Une demi-douzaine de ses tirs ont touché le *Rossi* en plein. Apparemment ils nous ont transpercés de l'avant à l'arrière. Le maillage anti-éclats qui enveloppe les cloisons a bien rempli son rôle et empêché la diffusion d'éclats de projectiles, pas vrai ?

Sa voix commençait à trembloter. Il avait voulu dire : *Nous devrions tous être morts.*

— Ouvrez un canal avec Fred, Naomi, ordonna Holden.

Elle ne bougea pas.

— Naomi ?

— D'accord. Fred, dit-elle en pianotant sur son écran.

Le casque d'Holden s'emplit de parasites pendant une seconde, puis il entendit la voix de Johnson :

— Ici le *Guy Molinari*. Heureux que vous soyez toujours en vie, les gars.

— Bien reçu. À vous de jouer. Prévenez-nous quand nous pourrons nous traîner jusqu'à un des quais de la station.

— Compris, répondit le colonel. Nous allons vous trouver un joli coin où vous poser. Fred, terminé.

Holden déboucla le harnais de son siège et se laissa monter en flottant mollement vers le plafond.

Allez, Miller. À votre tour.

40

MILLER

— *Oï*, Pampaw, dit l'enfant dans le siège anti-crash à droite de Miller. Joint pété, et toi *bang*, hein ?

La tenue de combat renforcée qu'il portait était gris-vert, avec des jointures articulées à pression aux articulations et des bandes en travers des plaques frontales, là où un couteau ou une salve de fléchettes avait entamé la finition. Derrière la visière, le gamin avait peut-être quinze ans. Ses gestes trahissaient une jeunesse passée dans des combinaisons pressurisées, et son discours était du pur créole de la Ceinture.

— Ouais, dit Miller en levant son bras. Je viens de passer par une période assez remuante. Mais ça va bien.

— Bien, c'est aussi bien que mieux, dit le garçon. Mais tu t'en tiens au *foca*, et *neto* tu peux passer l'air ailleurs, hein ?

Personne sur Mars ou sur Terre n'aurait la moindre idée de ce que tu racontes, pensa Miller. *Merde, la moitié des gens sur Cérès seraient gênés par un accent aussi prononcé. Pas étonnant que ça ne les gêne pas de vous tuer.*

— Ça me va, dit-il. Tu passes en premier, et j'essayerai d'empêcher qu'on te tire dans le dos.

Le gamin lui sourit. Miller en avait vu des milliers comme lui. Des garçons qui se débattaient dans les affres de l'adolescence, assumant la pulsion normale à cet âge de prendre des risques et d'impressionner les filles, mais

493

dans le même temps ils vivaient dans la Ceinture, là où une mauvaise décision pouvait signifier la mort. Il en avait vu des milliers. Il en avait arrêté des centaines. Il en avait vu quelques-uns finir dans des sacs antiradiations.

Il se pencha en avant pour regarder les longues rangées de sièges anti-crash qui couraient dans les entrailles du *Guy Molinari*. Il estimait leur nombre entre quatre-vingt-dix et cent. D'ici à l'heure du dîner, il y avait donc des chances pour qu'il en voie mourir deux douzaines de plus.

— Comment tu t'appelles, gamin ?

— Diogo.

— Miller, dit-il en tendant la main.

La tenue de combat martienne de qualité supérieure qu'il avait prise à bord du *Rossinante* permit à ses doigts de jouer beaucoup mieux que ceux du garçon.

En vérité, il n'était pas en état de participer à cet assaut. En plus de ces accès nauséeux inexplicables auxquels il était toujours sujet, son bras le faisait souffrir dès que le taux de médication dans son organisme commençait à s'amenuiser. Mais il savait se servir d'une arme, et il en savait certainement plus sur les combats couloir après couloir que les neuf dixièmes des arpenteurs d'astéroïdes et traqueurs de minerais comme Diogo qui allaient débarquer. Il faudrait faire avec.

Le système d'annonces du vaisseau s'alluma :

— Ici Fred. Le soutien aérien vient de nous contacter, et nous bénéficierons d'une brèche dans dix minutes. Les dernières vérifications commencent maintenant, vous tous.

Miller se laissa aller dans son siège. Les clics et les bruissements d'une centaine de tenues de combat renforcées, de cent armes de poing, cent fusils d'assaut emplirent l'air. Il avait vécu de tels instants assez souvent pour ne pas céder une fois encore à ce rituel.

Dans quelques minutes, le jus ferait son effet. Le cocktail de drogues pour supporter les effets de plusieurs g n'avait pas encore été injecté, car ils allaient passer directement de leurs sièges à la fusillade. Inutile d'avoir vos troupes d'assaut plus droguées que nécessaire.

Julie était assise sur le mur à côté de lui, et ses cheveux ondulaient autour d'elle comme si elle était sous l'eau. Il imagina que les taches lumineuses de l'éclairage passaient sur son visage. Portrait d'une jeune pilote de chaloupe de course en sirène. L'idée la fit sourire, et il sourit en retour. Elle aurait été présente, il le savait. Avec Diogo, Fred et tous les autres miliciens de l'APE, ces patriotes du vide interstellaire. Elle aurait occupé un de ces sièges anti-crash, vêtue d'une tenue renforcée d'emprunt, prête à se ruer vers la station et à se faire tuer pour faire progresser la cause de tous. Miller savait que lui-même n'y aurait jamais participé. Pas avant elle. Donc, d'une certaine façon, il avait pris la place de Julie. Il était devenu elle.

Ils ont réussi, dit Julie, ou peut-être ne fit-elle que le penser. Si l'attaque au sol se préparait, cela impliquait que le *Rossinante* ait survécu – au moins assez longtemps pour abattre les défenses ennemies. Miller lui adressa un signe de tête pour la saluer et savoura un moment de satisfaction à cette idée. Puis la poussée le plaqua au fond de son siège avec une telle violence qu'il faillit perdre conscience, et pendant un moment la soute autour de lui s'assombrit. Il sentit quand le jus engendré par le freinage arriva, et tous les sièges pivotèrent pour faire face à ce qui était maintenant au-dessus d'eux. Les aiguilles s'enfoncèrent dans ses chairs. Il se produisit un choc profond et bruyant, et le *Guy Molinari* résonna comme une cloche géante. L'annonce de la charge pour ouvrir une brèche dans les lignes ennemies. L'univers exerça une traction violente sur eux tous, en direction de leur gauche, et les sièges pivotèrent une dernière fois tandis que le vaisseau se mettait en accord avec la rotation de la station.

Quelqu'un lui cria : "Allez-allez-allez !" Il leva son fusil d'assaut, donna une tape sur l'arme de poing rangée dans son étui sur sa cuisse et se joignit à la cohue qui se pressait vers l'issue. Son chapeau lui manquait.

Le couloir de service qui avait été éventré était étroit et sombre. Les schémas dressés par les ingénieurs de Tycho suggéraient qu'ils ne rencontreraient pas de résistance sérieuse avant d'arriver dans les parties de la station occupées en permanence. Mauvais calcul. Miller fit son entrée dans la bousculade générale à temps pour voir le premier rang des soldats de l'APE fauché par un laser de défense automatique.

— Groupe 3 ! Gazez-moi ça ! cria la voix de Fred à leurs oreilles.

Une demi-douzaine de panaches de fumée anti-laser s'élevèrent aussitôt dans l'espace confiné. Quand un autre laser entra en action, un moment plus tard, les murs luisirent d'une irisation soudaine, et la fumée s'échappant du plastique brûlé empuantit l'air, mais personne ne mourut. Miller se rua en avant, gravit une rampe d'accès métallique peinte en rouge. Une charge explosive détona, et une porte de service s'ouvrit subitement.

Les couloirs de la station Thoth étaient spacieux, décorés de longues bandes verticales de lierre aux spirales soigneusement entretenues, séparées à intervalles réguliers par des niches contenant des bonsaïs mis en valeur par un éclairage judicieux. La lumière douce rappelant celle du soleil donnait au lieu de faux airs de station thermale ou de résidence privée d'un homme fortuné. Le sol était moquetté.

L'affichage tête haute de son casque vacilla et indiqua le chemin que les troupes d'assaut devaient emprunter. Son cœur battait à un rythme soutenu, mais son esprit lui parut ralentir jusqu'à se figer. À la première intersection, un barrage antiémeute était tenu par une douzaine d'hommes portant l'uniforme des forces de sécurité de

Protogène. Les assaillants refluèrent et s'abritèrent derrière le coin du mur. Quelques tirs de dissuasion ennemis fusèrent à hauteur de genou.

Les grenades étaient parfaitement sphériques, sans même un trou là où la goupille avait été retirée. Elles ne roulèrent pas aussi bien sur la moquette industrielle trop molle qu'elles l'auraient fait sur un dallage ou un carrelage, si bien qu'une des trois explosa avant d'avoir atteint le barrage. La déflagration fit le même effet que si l'on vous avait frappé les tympans avec un marteau. Les couloirs étroits canalisèrent le souffle vers eux presque autant que vers l'ennemi. Mais le barrage fut fracassé, les hommes de la sécurité de Protogène culbutés en arrière.

Alors qu'ils se lançaient à l'attaque, Miller entendit ses nouveaux compatriotes temporaires pousser des cris de triomphe devant ce premier aperçu de la victoire. Ses écouteurs n'avaient peut-être pas étouffé le bruit autant qu'ils l'auraient dû. Effectuer le reste de l'assaut avec des tympans endommagés ne serait pas facile.

Mais la voix de Fred résonna de nouveau, et elle lui parvint avec clarté :

— N'avancez pas ! Reculez !

L'avertissement fut presque suffisant. Les forces au sol de l'APE hésitèrent, les ordres de Johnson brisant leur élan comme une laisse qu'on tire en arrière. Ce n'étaient pas des soldats. Ce n'étaient même pas des policiers. C'étaient des miliciens irréguliers de la Ceinture, et chez eux la discipline et le respect de l'autorité n'étaient pas naturels. Ils ralentirent. Se montrèrent plus circonspects. Grâce à cela, ils ne tombèrent pas tête baissée dans le piège quand ils tournèrent le coin du couloir.

Celui dans lequel ils s'engagèrent, long et rectiligne, menait d'après ce que suggérait l'affichage tête haute à une rampe de service donnant accès au centre de contrôle. Celui-ci paraissait désert, mais à un tiers de la distance les séparant de l'horizon courbe la moquette se mit à jaillir dans l'air par touffes. Un des garçons près de Miller poussa un grognement et s'effondra.

— Ils utilisent des balles à shrapnels déflagrants, expliqua aussitôt Johnson à leurs oreilles. Ils les font ricocher contre le mur courbe. Restez baissés et faites exactement ce que je vais vous dire.

Le calme dans la voix du colonel eut plus d'effet que ses cris précédents. Miller pensa l'avoir imaginé, mais il lui sembla aussi que son timbre avait gagné en profondeur. Le poids de la certitude. Le Boucher de la station Anderson pratiquant ce qu'il réussissait le mieux : guider ses troupes contre les tactiques et les stratégies qu'il avait aidé à créer quand il était dans le camp adverse.

Les troupes de l'APE progressèrent lentement, d'un niveau, puis elles atteignirent le suivant, et celui d'après. Les galeries donnaient sur de grandes places aussi claires et spacieuses que des cours de prison, tandis que les hommes de Protogène occupaient les miradors. Les couloirs transversaux étaient verrouillés : la sécurité des lieux cherchait à les diriger vers une situation où ils seraient pris sous des tirs croisés.

Ce stratagème échoua. Les forces de l'APE enfoncèrent les portes, se mirent à couvert dans des pièces où s'étalait la richesse, entre des salles de cours et des ateliers de fabrication. Par deux fois, des civils sans tenue renforcée, toujours à leur poste de travail malgré l'assaut en cours, les attaquèrent dès leur entrée. Les hommes de l'APE les abattirent. Une partie du cerveau de Miller – celle qui appartenait toujours à un policier, et non à un soldat – l'accepta mal. C'étaient des civils. Pour lui, leur exécution était une réaction totalement disproportionnée. Mais Julie lui murmura alors en esprit : *Personne n'est innocent, ici*, et il ne put qu'être d'accord avec elle.

Le centre des opérations était situé en haut du premier tiers du puits de gravité de la station, et il se révéla mieux défendu que tout ce qu'ils avaient déjà vu. Dirigés par la

voix omnisciente de Johnson, Miller et cinq autres s'abritèrent dans l'entrée d'un étroit couloir de service. Là, ils
assurèrent un tir de neutralisation qui balaya la galerie
principale menant au centre, dans le but de riposter à toute
contre-attaque éventuelle. Miller vérifia son fusil d'assaut
et fut étonné du nombre de munitions qui lui restaient.

— *Oï*, Pampaw, dit le garçon à côté de lui, et Miller sourit en reconnaissant la voix de Diogo derrière la
visière. Quelle journée, passa?

— J'ai connu pire, dit Miller.

Il voulut gratter son coude blessé, mais les plaques
renforçant sa tenue l'empêchèrent de satisfaire pleinement ce désir.

— *Beccas tu*? demanda Diogo.

— Non, ça va. C'est juste... cet endroit. Je ne pige
pas. On dirait une station thermale, et le tout est construit
comme une prison.

Les mains du garçon s'agitèrent pour poser une question muette, et il secoua le poing en réponse, tout en
ordonnant ses pensées avant de parler.

— Il n'y a que de longues galeries dégagées et des
couloirs verrouillés sur les côtés. Si je voulais construire
une installation comme celle-ci, je préférerais...

L'air chanta, et Diogo s'écroula, sa tête rebondissant
violemment en arrière quand elle heurta le sol. Avec un
cri de surprise, Miller se retourna. Derrière eux, dans
le couloir, deux silhouettes en uniforme de Protogène
s'abaissèrent. Quelque chose siffla à son oreille gauche.
Quelque chose d'autre ricocha sur la plaque pectorale
de sa tenue renforcée martienne, avec la puissance d'un
coup de massue. Il ne pensa même pas à braquer son fusil
d'assaut : l'arme crachait déjà en direction des assaillants,
comme si elle était une extension de sa volonté. Les trois
autres soldats de l'APE pivotèrent pour se joindre à lui.

— Reculez! aboya-t-il. Continuez de surveillez cette
putain de galerie principale! Je m'occupe de ça.

Stupide, se dit-il. *C'est stupide de se faire prendre ainsi à revers. Stupide de s'arrêter et de bavarder en plein milieu d'une fusillade.* Il aurait dû s'en douter, et maintenant, parce qu'il s'était laissé distraire, le garçon était…

En train de rire ?

Diogo se rassit, pointa son propre fusil d'assaut et arrosa le couloir. Il se remit debout en chancelant un peu, puis poussa un cri de joie digne d'un gamin qui vient de terminer un tour de manège très excitant. Une large traînée d'une sorte de pâte blanche sirupeuse s'étirait de sa clavicule à la partie droite de sa visière. Derrière celle-ci, il souriait. Miller grimaça.

— Pourquoi utilisent-ils des projectiles de neutralisation pour la foule ? dit-il, autant pour lui-même que pour le garçon. Ils pensent que c'est une émeute ?

— Équipes avancées, lui dit Johnson au creux de l'oreille, préparez-vous. Nous faisons mouvement à cinq. Quatre. Trois. Deux. Un. Allez !

Nous ne savons pas vers quoi nous nous précipitons, songea-t-il en se joignant à la ruée vers l'autre extrémité de la galerie et leur cible finale. Une large rampe s'élevait jusqu'à des portes anti-souffle recouvertes d'un placage imitant le grain du bois. Il y eut une explosion dans leur dos, mais il garda la tête baissée et ne regarda pas en arrière. La pression des corps dans leurs tenues renforcées qui se bousculaient devint plus forte, et il trébucha sur quelque chose de mou. Un cadavre vêtu de l'uniforme de Protogène.

— Faites-nous un peu de place ! cria une femme à l'avant.

Il se dirigea vers elle en jouant du coude et de l'épaule pour fendre la foule de soldats. La voix de la femme retentit une seconde fois.

— Quel est le problème ? lui lança-t-il.

— Je ne peux pas découper cette saloperie avec tous ces abrutis qui me poussent, dit-elle en brandissant un chalumeau à l'embout qui blanchissait déjà.

Il saisit aussitôt la situation. Il passa son arme à la bretelle, agrippa les deux hommes les plus proches, les secoua jusqu'à ce qu'ils lui prêtent attention, et colla ses épaules aux leurs.

— Il faut donner un peu d'air aux techniciens, dit-il.

Ensemble ils marchèrent sur leurs propres camarades pour les forcer à reculer. *Combien de batailles, dans toute l'histoire, ont été perdues dans des moments comme celui-ci?* se demanda-t-il. *La victoire à portée de main, et puis les troupes alliées se marchent dessus.* Derrière lui le chalumeau siffla, et la chaleur exerça une pression sur son dos aussi réelle que celle d'une main, malgré sa tenue renforcée.

Au bord de la foule, les armes automatiques claquèrent et grincèrent.

— Comment ça se passe? cria Miller sans se retourner.

La femme ne répondit pas. Il parut s'écouler des heures, même si l'attente ne dura guère plus de cinq minutes. La brume dégagée par le métal surchauffé et le plastique vaporisé emplit l'air.

Le chalumeau s'éteignit avec un bruit sec. Par-dessus son épaule, Miller vit la cloison s'affaisser et bouger. La technicienne inséra un vérin fin comme une carte de crédit dans l'interstice entre deux plaques, l'activa et recula. Autour d'eux toute la station grogna quand un nouvel ensemble de pressions et de tensions remodela le métal. La cloison céda et s'ouvrit.

— Allons-y! s'écria Miller.

Il rentra la tête dans les épaules et s'élança dans le passage, gravit au pas de course une rampe moquettée et surgit dans le centre des opérations. Devant leurs ordinateurs, à leurs postes de travail, une douzaine d'hommes et de femmes levèrent sur lui des yeux agrandis par la peur.

— Vous êtes en état d'arrestation! tonna Miller tandis que les soldats de l'APE se déployaient autour de lui. Enfin, vous ne l'êtes pas, mais... Oh, et puis merde : Mains sur la tête et éloignez-vous de vos postes!

L'un d'eux soupira. Il était aussi grand qu'un Ceinturien mais avec la corpulence plus dense d'un homme
ayant grandi dans la pesanteur. Il portait un costume bien
coupé, lin et soie écrue, sans les plis et les marques que
laissent les heures passées devant un écran.

— Faites ce qu'ils disent, ordonna-t-il aux autres.

Il avait l'air irrité, mais en aucun cas effrayé.

Les yeux de Miller s'étrécirent.

— Monsieur Dresden ?

L'homme en costume haussa un sourcil au dessin travaillé, hésita une seconde, puis acquiesça.

— Nous vous cherchions, dit Miller.

Johnson entra dans le centre des opérations du même
pas que si l'endroit lui avait appartenu. Avec un port
d'épaules plus martial et une certaine raideur dans le
tronc, l'ingénieur en chef de la station Tycho avait été
remplacé par le colonel. Il survola la salle du regard,
puis décocha un regard interrogateur à un des techniciens chevronnés de l'APE.

— Tout est verrouillé, monsieur, répondit l'autre. La
station est à vous.

Miller n'avait presque jamais été présent pour assister
au moment où un homme connaissait l'absolution. C'était
une situation si totalement intime qu'elle approchait le spi-
rituel. Des dizaines d'années plus tôt, cet homme – alors
plus jeune, plus vigoureux, sans trace de gris dans les
cheveux – avait enlevé une station spatiale en pataugeant
jusqu'aux genoux dans le sang et les tripes des Ceinturiens, et Miller nota la décrispation presque imperceptible
de sa mâchoire, l'expansion de la poitrine qui démontrait
que son fardeau s'était allégé. Il n'avait peut-être pas disparu, mais c'était presque cela. Et c'était plus que ce que
bien des gens accomplissaient en toute une existence.

Il se demanda ce qu'il ressentirait, s'il avait un jour l'occasion de faire la même expérience.

— Miller ? dit Fred. J'ai cru comprendre que vous aviez quelqu'un à qui nous aimerions parler.

Dresden déplia son grand corps de son siège et se leva, sans prêter attention aux armes de poing et aux fusils d'assaut alentour, comme si ces choses ne le concernaient pas.

— Colonel Johnson, j'aurais dû m'attendre à ce que quelqu'un de votre calibre soit derrière cette opération. Je m'appelle Dresden.

Il tendit à Fred une carte de visite d'un noir mat. Johnson la prit comme par réflexe, mais n'y jeta pas même un coup d'œil.

— C'est vous le responsable de tout ça ?

Dresden eut un sourire glacial et regarda autour de lui avant de répondre.

— Je dirais que vous êtes responsable d'au moins une partie de tout ça. Vous venez de tuer un certain nombre de personnes qui ne faisaient que leur travail. Mais peut-être que nous pourrions nous dispenser de ces accusations morales pour nous intéresser à ce qui compte réellement ?

Le sourire de Fred atteignit ses yeux.

— Et qu'est-ce qui compte réellement ?

— Les termes de la négociation. Vous êtes un homme d'expérience. Vous comprenez que votre victoire ici vous place dans une position intenable. Protogène est l'une des entreprises les plus puissantes de la Terre. L'APE l'a attaquée, et plus longtemps vous voudrez garder cet endroit sous votre contrôle, plus les représailles seront sévères.

— Ah, c'est comme ça ?

— Bien sûr, dit Dresden en réfutant le ton cassant de Johnson d'un geste nonchalant de la main.

Miller réprima une grimace. Cet homme ne comprenait manifestement pas ce qui se passait.

— Vous avez vos otages. Nous sommes là. Nous pouvons attendre que la Terre envoie quelques dizaines de vaisseaux de guerre et négocie pendant que vous regarderez leurs canons, ou nous pouvons mettre un terme à cette situation maintenant.

— Vous me demandez… combien d'argent je veux pour me replier avec mes hommes et vider les lieux, dit Johnson.

— Si c'est l'argent qui vous intéresse, approuva Dresden avec une moue d'ennui. Ou des armes. L'adoption de certains engagements légaux. Des médicaments. Quoi que ce soit dont vous avez besoin pour poursuivre votre petite guerre et régler rapidement la situation actuelle.

— Je sais ce que vous avez fait sur Éros, déclara le colonel avec calme.

Dresden ricana. Miller en eut la chair de poule.

— Monsieur Johnson, dit-il, *personne* ne sait ce que nous avons fait sur Éros. Et chaque minute passée à jouer à votre petit jeu est une minute que je pourrais consacrer de façon plus profitable ailleurs. Je peux vous affirmer qu'en ce moment vous êtes dans la meilleure position que vous connaîtrez pour négocier. Vous n'auriez aucun intérêt à faire traîner les choses.

— Et vous proposez ?

Dresden écarta les mains.

— Tout ce que vous voudrez, avec l'amnistie en prime. Tant que ça vous fera sortir d'ici et nous permettra de nous remettre au travail. Nous sommes gagnants tous les deux.

Fred rit. D'un rire forcé.

— Soyons clairs, dit-il. Vous me donnerez tous les royaumes de la Terre si je m'incline et que j'accomplis un acte de dévotion envers vous ?

Dresden parut interloqué.

— Je ne connais pas ce à quoi vous faites référence.

41

HOLDEN

Le *Rossinante* se posa sur la station Thoth dans les derniers soubresauts de ses propulseurs de manœuvre. Holden sentit les pinces d'arrimage qui saisissaient la coque avec un bruit sourd, et la gravité revint à un tiers de g à peine. La détonation proche d'une ogive à plasma avait arraché la porte extérieure de l'écoutille pour l'équipage et submergé le compartiment de gaz surchauffé, ce qui l'avait clos hermétiquement de façon très efficace. Cela signifiait qu'ils devraient passer par le sas de la soute situé à l'arrière du vaisseau, et rejoindre la station en marchant dans le vide spatial.

Ce n'était pas un problème : ils portaient toujours leurs combinaisons pressurisées. Le *Rossi* était maintenant percé de tant de trous que le système de recyclage de l'air ne pouvait pas compenser. Par ailleurs leur réserve embarquée d'O_2 avait été projetée dans l'espace par la même explosion qui avait mis le sas hors service.

Alex descendit du cockpit, le visage dissimulé par son casque, mais son ventre reconnaissable entre tous même dans sa combinaison. Naomi termina le verrouillage de son poste et mit hors tension le vaisseau avant de rejoindre le pilote, et tous trois descendirent par l'échelle d'équipage à l'arrière du vaisseau. C'était là qu'Amos les attendait, occupé à fixer un kit de propulsion sur sa combinaison et à le charger d'azote comprimé qu'il transvasait d'un réservoir. Il affirma à Holden que la puissance du petit propulseur suffirait à contrer la rotation de la station et leur permettrait d'atteindre un sas d'accès.

Personne ne fit de commentaire. Holden s'était attendu à des plaisanteries. Mais le piteux état du *Rossi* semblait inciter les autres au silence. Peut-être à une forme de respect.

Holden prit appui contre la paroi de la soute et ferma les yeux. Les seuls sons qu'il pouvait percevoir étaient le sifflement régulier de son alimentation en air et les parasites discrets du système comm. Il ne sentait plus rien à travers son nez cassé et presque bouché par le sang coagulé, et sa bouche était emplie d'un goût métallique. Mais même ainsi il ne put réfréner le sourire qui lui venait aux lèvres.

Ils avaient gagné. Ils avaient foncé droit sur Protogène, ils avaient encaissé tout ce que ces salopards malfaisants pouvaient leur balancer, et ils *les* avaient fait saigner du nez. À cet instant même les soldats de l'APE déferlaient dans la station et abattaient les gens qui avaient contribué à la mort d'Éros.

Holden décida qu'il supportait très bien son absence de regret pour ces victimes. La complexité morale de la situation avait largement dépassé sa capacité d'analyse, et il préférait se détendre dans le halo tiède de la victoire.

La comm cliqueta et Amos déclara :

— Paré à faire mouvement.

Holden hocha la tête, se rappela qu'il était toujours dans sa combinaison pressurisée, et répondit :

— D'accord. On s'attache, tout le monde.

Lui, Alex et Naomi tirèrent les filins de raccordement de leurs combinaisons et les accrochèrent autour de la taille d'Amos, lequel déverrouilla le sas de la soute et ouvrit les portes dans des bouffées de gaz. Ils furent immédiatement arrachés au vaisseau par la rotation de la station, mais le mécanicien reprit très vite le contrôle grâce au propulseur, et se dirigea vers le sas de secours de Thoth.

Tandis qu'ils laissaient le *Rossi* derrière eux, Holden étudia l'extérieur du vaisseau et essaya de recenser les réparations à effectuer. Il y avait une douzaine d'impacts à la proue et à la poupe, qui correspondaient au nombre total de ceux constatés à l'intérieur. Les projectiles magnétiques tirés par l'intercepteur n'avaient sans doute pas perdu beaucoup de vélocité en transperçant la corvette. Ils avaient simplement de la chance qu'aucun de ces tirs n'ait atteint et perforé le réacteur.

Il y avait également une grosse bosse dans la fausse superstructure qui faisait ressembler la corvette à un transport de gaz comprimé. Holden savait que c'était le décalque inversé d'un creux tout aussi laid dans la coque blindée externe. Les dommages ne s'étaient pas étendus à la coque interne, et c'était heureux car le vaisseau se serait alors brisé en deux.

Avec les dégâts subis par le sas, la perte intégrale de leurs réservoirs d'oxygène et de leurs systèmes de recyclage, il faudrait débourser des millions et laisser le vaisseau en cale sèche pendant des mois, en admettant qu'ils puissent arriver quelque part où il y avait des cales sèches.

Le *Molinari* accepterait peut-être de les remorquer.

Amos alluma brièvement et à trois reprises les lumières orange d'alerte du propulseur, et le panneau du sas d'urgence de la station s'ouvrit. Ils le franchirent en flottant. À l'intérieur, quatre Ceinturiens en tenue de combat les attendaient.

Dès que le cycle du sas prit fin, Holden ôta son casque et tâta son nez. Il semblait avoir doublé de volume, et il le faisait souffrir à chaque battement de cœur.

Naomi tendit les mains et lui immobilisa la tête. Elle posa ses pouces sur les ailes de son nez, dans un geste d'une douceur surprenante, lui fit pivoter la tête dans un sens, puis dans l'autre, et le relâcha.

— Sans un peu de chirurgie esthétique, il sera de travers, dit-elle. Mais vous étiez trop mignon avant, de toute façon. Ça donnera du caractère à votre visage.

Il sentit un sourire naître lentement sur ses lèvres, mais avant qu'il ait le temps de répondre, un des soldats de l'APE se mit à parler :

— On a vu le combat, *hermano*. Vous leur avez vraiment bien botté le cul.

— Merci, dit Alex. Comment ça se passe, ici ?

— On a rencontré moins de résistance que prévu, dit le soldat ayant le plus d'étoiles sur son insigne de l'APE, mais les forces de sécurité de Protogène se sont battues pied à pied pour chaque mètre carré. Et même certains des crânes d'œuf nous ont attaqués. Il a fallu en abattre quelques-uns.

Il désigna la porte intérieure du sas.

— Fred se rend aux ops. Il veut que vous le retrouviez là-bas, *pronto*.

— Nous vous suivons, dit Holden, et à cause de son nez ces paroles sonnèrent à ses oreilles comme s'il avait dit *ouvouhuivons*.

— Comment va cette jambe, chef ? demanda Amos alors qu'ils marchaient dans un couloir de la station.

Holden se rendit compte qu'il avait oublié sa démarche claudicante due à sa blessure par balle au mollet.

— Ce n'est pas douloureux, mais le muscle ne fonctionne plus aussi bien. Et la vôtre ?

Amos sourit et baissa les yeux sur sa jambe qu'il traînait toujours un peu après la fracture subie à bord du *Donnager*.

— Pas de problème. Celles qui ne vous tuent pas ne comptent pas.

Holden allait répondre mais ils firent halte après un tournant qui les laissa devant un abattoir, et il resta sans voix. Ils empruntaient le chemin dégagé par les troupes d'assaut, c'était évident d'après les cadavres gisant sur le sol et les impacts de balles dans les murs. Le Terrien fut soulagé de constater qu'il y avait beaucoup plus de victimes portant l'uniforme de Protogène que la tenue de combat de l'APE. Mais il y avait assez de Ceinturiens parmi les morts pour qu'il en ait l'estomac serré. Quand il enjamba un corps vêtu d'une blouse de laborantin, il dut se retenir pour ne pas cracher sur le sol. Les types de la sécurité avaient peut-être fait le mauvais choix en acceptant de travailler pour le mauvais camp, mais les scientifiques présents dans cette station avaient massacré un million et demi de personnes uniquement pour voir ce qui allait se passer. Pour Holden, ils ne pouvaient pas être assez morts.

Il vit quelque chose qui l'intrigua, et fit halte. Sur le sol près d'un scientifique mort se trouvait ce qui ressemblait beaucoup à un couteau de cuisine.

— Euh… Il ne vous a quand même pas attaqués avec ça ?

— Ouais, c'est dingue, hein ? fit un des membres de leur escorte. J'avais entendu parler de types qui auraient sorti une lame face à un flingue, mais…

— Les ops sont juste devant, dit le soldat le plus gradé. Le colonel vous attend.

Holden entra dans le centre des opérations de la station et vit Fred, Miller, un groupe de soldats de l'APE et un inconnu vêtu avec élégance. Les poignets entravés, des techniciens et d'autres membres du personnel s'éloignaient à la queue leu leu sous la surveillance de leurs gardes. Du sol au plafond, la salle n'était qu'écrans et moniteurs, dont la majorité faisait défiler des données trop rapidement pour qu'on puisse les lire.

— Soyons clairs, disait Johnson. Vous me donnerez tous les royaumes de la Terre si je m'incline et que j'accomplis un acte de dévotion envers vous ?

— Je ne connais pas ce à quoi vous faites référence.

Ils interrompirent cet échange lorsque Miller remarqua leur arrivée et tapota l'épaule de Johnson. Holden aurait pu jurer que l'ex-inspecteur lui adressait un sourire chaleureux, même si sur un visage aussi renfrogné c'était difficile à définir.

Fred leur fit signe d'approcher. Il examinait une carte de visite d'un noir mat.

— Jim, dit-il, je vous présente Antony Dresden, vice-président du département des recherches biologiques chez Protogène, et principal artisan du projet Éros.

Le salopard bien mis tendit la main, comme s'il s'attendait vraiment à ce qu'Holden la lui serre. Le Terrien resta de marbre.

— Fred, dit-il, des pertes?

— Scandaleusement limitées.

— La moitié de leurs forces de sécurité était équipée d'armes non létales, expliqua Miller. L'équipement pour contrôler les émeutes. Des balles collantes, ce genre de trucs.

Holden fronça les sourcils.

— J'ai vu beaucoup de cadavres portant l'uniforme de Protogène dans le couloir. Pourquoi avoir autant d'hommes et ne pas leur donner des armes capables de repousser des assaillants?

— Bonne question, approuva Miller.

Dresden laissa échapper un petit rire bas.

— C'est très exactement ce que je voulais dire, Monsieur Johnson, déclara-t-il avant de se tourner vers Holden. Jim, c'est bien ça? Eh bien, Jim, le simple fait que vous ne compreniez pas les besoins en sécurité de la station me prouve que vous n'avez aucune idée de ce dans quoi vous vous retrouvez impliqué. Et je pense que vous en êtes aussi conscient que moi. Comme je le disais à Fred ici prés...

— Antony, vous avez intérêt à la boucler, lâcha Holden.

Il fut surpris lui-même de cet éclat soudain. Dresden parut déçu.

Ce salopard n'avait aucun droit d'être à l'aise. Condescendant. Holden voulait qu'il soit terrifié, qu'il implore pour qu'on l'épargne, et non qu'il laisse transparaître cette moquerie derrière son discours étudié.

— Amos, s'il m'adresse encore la parole sans qu'on l'ait autorisé à le faire, brisez-lui la mâchoire.

— Avec plaisir, chef, dit le mécanicien qui s'avança d'un pas.

Dresden sourit d'un air suffisant devant la menace de ce poing énorme crispé, mais s'abstint de tout commentaire.

— Que savons-nous ? dit Holden à l'attention de Johnson.

— Nous savons que les données récoltées sur Éros sont transmises ici, et nous savons que cet enfoiré dirige les opérations. Nous en apprendrons plus dès que nous aurons démonté pièce par pièce tout ce complexe.

Holden se tourna de nouveau vers Dresden. Il considéra l'Européen au port aristocratique, avec son physique sculpté par les exercices physiques, sa coupe de cheveux sans doute onéreuse. Même à présent, entouré d'hommes en armes, il arrivait à donner l'impression d'être aux commandes. Holden l'imaginait très bien jetant un coup d'œil négligent à sa montre et se demandant combien de son précieux temps cette intrusion allait encore lui faire perdre.

— J'ai une question à lui poser, dit Holden.

— Allez-y, répondit Johnson. Vous avez bien gagné ce droit.

— Pourquoi ? demanda le capitaine. Je veux savoir pourquoi.

Le sourire de Dresden prit une nuance presque compatissante, et il enfouit les mains dans ses poches avec autant de décontraction qu'un homme parlant de sport dans un bar sur les quais.

— "Pourquoi", voilà une grande question, dit-il. Parce que Dieu voulait qu'il en soit ainsi ? Ou peut-être que vous voudrez bien être un peu plus précis ?

— Pourquoi Éros ?

— Eh bien, Jim…

— Vous pouvez m'appeler capitaine Holden. Je suis le type qui a trouvé votre vaisseau perdu, et j'ai vu la vidéo de Phœbé. Je sais ce qu'est la protomolécule.

— Vraiment ! dit Dresden dont le sourire devint un tout petit peu moins artificiel. Je vous dois des remerciements pour nous avoir apporté l'agent viral sur Éros. La perte de l'*Anubis* allait retarder notre agenda de plusieurs mois. La découverte du corps infecté déjà présent dans la station a été un cadeau du ciel.

Je le savais, songea Holden. *Je le savais*. À voix haute, il répéta :

— Pourquoi ?

— Vous connaissez la nature de l'agent, dit Dresden, déstabilisé pour la première fois depuis l'arrivée d'Holden. Je ne vois pas trop ce que je peux vous dire de plus. C'est la chose la plus importante qui soit jamais arrivée à la race humaine. C'est en même temps la preuve que nous ne sommes pas seuls dans l'univers, et notre passeport pour nous affranchir des limitations qui nous enchaînent à nos petites bulles de roche et d'air.

— Vous ne me répondez pas, insista Holden en détestant la façon dont son nez cassé donnait des accents quelque peu comiques à sa voix alors qu'il aurait voulu paraître menaçant. Je veux savoir pourquoi vous avez tué un million et demi de personnes.

Fred s'éclaircit la voix, mais il se garda d'intervenir autrement. Le regard de Dresden glissa vers le colonel, puis revint se fixer sur Holden.

— Je vous réponds, capitaine. Un million et demi de personnes, ça ne représente pas grand-chose. Ce avec quoi nous travaillons ici est bien plus grand que ça.

Il alla s'asseoir sur une chaise, en prenant soin de remonter légèrement les jambes de son pantalon en croisant les genoux, afin de ne pas déformer le tissu.

— Vous connaissez bien l'histoire de Gengis Khan ? dit-il.

— Quoi ? firent Holden et Fred presque à l'unisson.

Les traits rigides, Miller se contenta de dévisager Dresden tout en tapotant sa cuisse avec le canon de son arme.

— Gengis Khan. Selon certains historiens, il aurait tué ou déplacé un quart de la population humaine totale pendant sa conquête, déclara Dresden. Il l'a fait pour créer un empire qui s'est désagrégé peu de temps après sa mort. À l'échelle actuelle, ça équivaudrait à tuer près de dix milliards de personnes pour affecter une génération, une génération et demie. Éros n'est même pas une erreur d'arrondi, en comparaison.

— Vous ne vous en souciez vraiment pas, dit Johnson d'un ton posé.

— Et contrairement à Khan, nous n'agissons pas ainsi pour construire un empire éphémère. Je sais ce que vous pensez. Que nous tentons de grossir notre rôle. De nous emparer du pouvoir.

— Et ce n'est pas ce que vous voulez ? demanda Holden.

— Bien sûr que si, répliqua sèchement Dresden. Mais vous voyez trop petit. Construire le plus grand empire que l'humanité ait jamais connu, c'est comme bâtir la plus grande fourmilière du monde. C'est insignifiant. Quelque part dans cet univers, il y a une civilisation qui a conçu la protomolécule et l'a lancée vers nous il y a plus de deux milliards d'années. Quand ils l'ont fait, ces êtres étaient *déjà* des dieux. Que sont-ils devenus, depuis ? Avec une avance supplémentaire sur nous de deux milliards d'années ?

Holden l'écoutait avec un sentiment croissant d'effroi. Ce discours lui avait l'air déjà prononcé. Peut-être même à maintes reprises. Et il avait fonctionné. Il avait convaincu des gens puissants. C'était pour cette raison que Protogène disposait de vaisseaux furtifs construits dans les chantiers terriens, et d'un soutien apparemment illimité en coulisse.

— Nous avons énormément de retard à rattraper, messieurs, poursuivit Dresden. Mais par chance nous disposons de l'outil de notre ennemi pour y parvenir.

— Rattraper ? dit un soldat sur la gauche d'Holden.

Dresden regarda l'homme et sourit.

— La protomolécule peut altérer l'organisme hôte au niveau moléculaire. Elle peut créer à toute vitesse des changements génétiques. Pas seulement l'adn, mais aussi tout reproducteur stable, par mitose. Mais ce n'est qu'une machine. Elle ne pense pas. Elle suit des instructions. Si nous découvrons comment modifier cette programmation, alors nous pourrons devenir les artisans de ce changement.

— Si c'était censé balayer toute vie de la surface de la Terre et la remplacer par ce que souhaitent les concepteurs de la protomolécule, pourquoi l'avoir lâchée ?

— Excellente question, dit Dresden, et il leva l'index comme un professeur d'université s'apprêtant à faire un cours magistral. La protomolécule ne se présente pas avec un manuel d'utilisation. En fait, jamais encore nous n'avions été en situation de l'observer pendant qu'elle accomplit son programme. Elle a besoin d'une biomasse significative avant de développer une puissance de traitement qui lui permette d'accomplir ses instructions. Quelles qu'elles soient.

Il désigna les écrans envahis par les données autour d'eux.

— Nous allons étudier son mode de fonctionnement. Pour voir ce qu'elle a l'intention de faire. Et, nous l'espérons, apprendre comment modifier ce programme en cours de route.

— Vous pourriez faire ça avec une cuve de bactéries, fit remarquer Holden.

— Je ne suis pas intéressé par la modification des bactéries, répondit Dresden.

— Bordel, vous êtes complètement siphonné, grommela Amos en faisant un autre pas vers Dresden.

Holden posa la main sur l'épaule massive du mécanicien.

— Donc vous découvrez comment le virus fonctionne, dit-il. Et ensuite ?

— Ensuite, *tout*. Des Ceinturiens qui peuvent travailler à l'extérieur d'un vaisseau sans porter de combinaison. Des humains capables de dormir des centaines d'années en continu pendant que leurs vaisseaux colonisateurs atteignent les étoiles. Fini les liens avec les millions d'années d'évolution à l'intérieur d'une atmosphère et une pesanteur de un g, en étant esclaves de l'oxygène et de l'eau. Nous décidons de ce que nous voulons être, et nous nous reprogrammons pour le devenir. C'est ce que la protomolécule nous offre.

Dresden s'était levé en parlant, et l'ardeur du prophète illuminait ses traits.

— Ce que nous faisons représente le meilleur et l'unique espoir de survie pour l'humanité. Lorsque nous nous élancerons dans l'univers, nous ferons face aux *dieux*.

— Et si nous ne nous élançons pas dans l'univers ? demanda Johnson, l'air pensif.

— Ils ont déjà tiré sur nous avec une arme d'apocalypse, répondit Dresden.

Pendant quelques instants, le silence régna dans la pièce. Holden sentait vaciller ses certitudes. Il détestait chaque étape du raisonnement de Dresden, mais il ne voyait pas comment la démonter. Au plus profond de son être, il savait qu'il y avait là une erreur fatidique, mais il ne trouvait pas les mots pour l'exprimer.

La voix de Naomi le fit tressaillir :

— Est-ce que ça les a convaincus ?

— Je vous demande pardon ? dit Dresden.

— Les scientifiques. Les techniciens. Tous ceux dont vous avez eu besoin pour que la chose se produise. Ce sont eux qui devaient le faire. Eux qui devaient concevoir ces chambres radioactives pour tuer en masse. Donc, et à moins que vous ayez rassemblé tous les tueurs en série du système solaire et que vous leur ayez fait suivre un programme d'études de troisième cycle, comment vous y êtes-vous pris ?

— Nous avons modifié notre équipe scientifique pour l'expurger de toute entrave éthique.

D'un coup, une demi-douzaine de pièces du puzzle se mirent en place dans l'esprit d'Holden.

— Des sociopathes, dit-il. Vous en avez fait des sociopathes.

— Des sociopathes hautement fonctionnels, approuva Dresden, l'air heureux d'expliquer ce point. Et dotés d'une très grande curiosité. Aussi longtemps que nous leur avons fourni des problèmes intéressants à résoudre, ils se sont montrés très satisfaits de leur sort.

— Avec une grosse équipe de sécurité armée de fusils tirant des cartouches antiémeute au cas où ils se montreraient un peu moins satisfaits, dit Johnson.

— Oui, ce genre de choses arrive, admit Dresden en regardant autour de lui, front plissé. Je sais. Vous pensez que c'est monstrueux, mais je suis en train de sauver la *race* humaine. J'offre les *étoiles* à l'humanité. Vous désapprouvez ? Très bien. Laissez-moi vous poser une question : Pouvez-vous sauver Éros ? Maintenant.

— Non, répondit Johnson. Mais nous pouvons…

— Perdre toutes les données, l'interrompit Dresden. Vous pouvez vous assurer que chaque homme, chaque femme, chaque enfant mort sur Éros soit mort pour rien.

Le silence s'abattit sur la pièce. Sourcils froncés, Fred restait bras croisés. Holden comprenait le combat intérieur qu'il vivait. Tout ce qu'avait dit Dresden était répugnant, irréel, et avait pourtant beaucoup trop les accents de la vérité.

— Ou bien nous pouvons négocier un prix, reprit Dresden. Vous pouvez suivre votre chemin, et quant à moi je peux…

— Bon, ça suffit, dit Miller.

C'était la première fois qu'il parlait depuis que Dresden avait entamé son discours. Holden se tourna vers lui et vit que son visage s'était figé sur une expression glaciale. Il ne tapotait plus sa cuisse avec le canon de son arme.

Oh, merde.

42

MILLER

Dresden ne vit rien venir. Alors même que Miller levait son pistolet, le vice-président de Protogène n'enregistra aucune menace. Tout ce qu'il vit était l'ex-inspecteur tenant dans la main un objet qui se trouvait être une arme. Un chien aurait eu assez d'instinct pour s'en effrayer, mais pas Dresden.

— Miller! s'écria Holden de très loin. Non!

Presser la détente était simple. Un déclic doux, le recul du métal dans sa main gantée, puis deux fois de plus. La tête de Dresden fut rejetée en arrière, dans un nuage de sang. Un grand écran en fut éclaboussé au point que le défilement des données en fut occulté. Miller s'approcha, tira deux autres balles dans la poitrine de sa victime, parut réfléchir un instant et rengaina son arme.

Un silence stupéfait régnait dans la pièce. Les soldats de l'APE s'entre regardaient ou dévisageaient Miller. Déroutés par cette violence soudaine, même après la ruée de l'assaut. Naomi et Amos s'étaient tournés vers Holden, et celui-ci considérait le cadavre. Le visage blessé d'Holden n'était plus qu'un masque de fureur, d'indignation, peut-être même de désespoir. Miller pouvait le comprendre. Le Terrien ne s'était toujours pas accoutumé à l'idée de faire ce qui était pourtant évident. À une époque, Miller avait éprouvé certaines difficultés pour franchir le pas, lui aussi.

Seul Fred ne semblait pas nerveux, ni ébranlé. Il ne souriait pas, ne s'était pas crispé non plus, et il ne détournait pas le regard.

— Qu'est-ce que c'est que ces conneries ? s'exclama enfin Holden à travers son nez bouché par le sang. Vous l'avez abattu de sang-froid !

— Ouais.

Le capitaine secoua la tête d'un air abasourdi.

— Et un procès ? Et la justice ? Vous décidez, et c'est comme ça ?

— Je suis flic, dit Miller, surpris du ton d'excuse qui perçait dans sa voix.

— Est-ce que vous êtes encore humain, seulement ?

— Très bien, messieurs, trancha sèchement Johnson. Le spectacle est terminé. Remettons-nous au travail. Je veux l'équipe de décryptage ici au plus tôt. Nous avons des prisonniers à évacuer et une station entière à démonter.

Le regard d'Holden passa du colonel à Miller, puis à Dresden. La fureur tétanisait presque sa mâchoire.

— Eh, Miller, réussit-il à dire.

— Ouais ? répondit l'ex-policier à mi-voix, se doutant de ce qui allait suivre.

— Trouvez-vous un autre taxi pour rentrer à la maison, lâcha le capitaine du *Rossinante*.

Il tourna les talons et sortit à grands pas de la pièce, suivi de son équipage. Miller les regarda s'éloigner. Le regret lui serra un peu le cœur, mais il n'y avait rien qu'il puisse faire pour changer les choses. Le trou dans la cloison parut les avaler. Il se tourna vers Fred.

— Vous prenez en stop ?

— Vous portez nos couleurs, répondit le colonel. Nous pouvons vous amener jusqu'à Tycho.

— J'apprécie le geste, dit Miller, qui ajouta, après deux secondes de silence : Vous saviez qu'il fallait le faire.

Johnson ne répondit pas. Il n'y avait rien à dire.

La station Thoth était blessée, mais pas morte. Pas encore. La nouvelle d'une équipe de sociopathes se répandit rapidement, et les forces de l'APE prirent l'avertissement au sérieux. La phase d'occupation et de contrôle dura quarante heures au lieu des vingt qu'elle aurait demandées avec des prisonniers ordinaires. Avec des humains. Miller participa comme il le put.

Les garçons de l'APE étaient pleins de bonnes intentions, mais dans leur grande majorité ils n'avaient encore jamais eu à gérer des populations captives. Ils ne savaient pas comment menotter quelqu'un à un poignet et un coude de façon que cette personne ne puisse pas tenter de les étrangler. Ils ignoraient comment neutraliser quelqu'un avec une longueur de corde passée autour de son cou afin que le prisonnier ne puisse pas s'étouffer jusqu'à en mourir, par accident ou intentionnellement. La moitié d'entre eux ne savaient même pas comment fouiller un suspect. Miller connaissait toutes ces techniques comme si c'était un jeu auquel il se serait adonné depuis l'enfance. En cinq heures il découvrit vingt couteaux dissimulés sur les membres de l'équipe scientifique. Il agissait sans presque réfléchir.

Une seconde vague de vaisseaux arriva, des transporteurs qui semblaient prêts à déverser leur air dans le vide si vous leur crachiez dessus, des spécialistes de la récupération qui entreprirent sans tarder le démantèlement du bouclier et de la superstructure de la station, tandis que d'autres rangeaient dans des caisses le précieux équipement et razziaient les pharmacies et les dépôts alimentaires. Quand la nouvelle de l'assaut atteindrait la Terre, son complexe secret serait réduit à l'état de squelette, et ses occupants cachés dans des prisons non répertoriées disséminées partout dans la Ceinture.

Protogène serait mis au courant plus vite, bien sûr. Ils possédaient des avant-postes beaucoup plus proches que ceux des planètes intérieures. Il existait un calcul pour définir le temps de réaction et le gain possible. Les mathématiques de la piraterie et de la guerre. Miller les connaissait, mais il ne s'en souciait pas outre mesure. Ces décisions revenaient à Fred Johnson et ses lieutenants. De son côté, il estimait avoir pris plus que sa part d'initiatives pour la journée.

Posthumain.

Ce mot apparaissait dans les médias tous les cinq ou six ans, et chaque fois il revêtait une signification différente. Une hormone permettant la repousse neurale ? Posthumaine. Des robots sexuels avec intelligence factice incorporée ? Posthumains. Du routage en réseau auto-optimisé ? Posthumain. C'était un mot issu du vocabulaire de la publicité, frappant et vide de sens, et il avait toujours pensé que les gens qui l'utilisaient étaient assez limités quand il s'agissait d'imaginer ce dont les humains étaient capables.

À présent, alors qu'il escortait une douzaine de prisonniers en uniforme de Protogène vers un transport prêt à les emmener vers une destination inconnue, le mot prenait une nouvelle signification.

Es-tu encore humain ?

Tout ce que *posthumain* désignait, littéralement, était votre état quand vous n'étiez plus humain. Protomolécule mise à part, Protogène mis à part, Dresden mis à part, avec ses rêves délirants de Gengis Khan mâtiné de Mengele, Miller se disait qu'il avait peut-être eu un coup d'avance dans le jeu tout du long. Peut-être qu'il était devenu posthumain des années plus tôt.

Le point d'équilibre entre minimum et maximum se produisit quarante heures plus tard. L'APE avait complètement dépouillé la station, et il était temps de s'éclipser avant que quelqu'un arrive avec des idées de vengeance. Miller s'installa dans un siège anti-crash. Son sang dansait à cause des amphétamines brûlées, et son esprit passait par des phases de psychose nées de la fatigue. La gravité due à la poussée fut comme un oreiller qu'on aurait appliqué sur son visage. Il se rendit vaguement compte de ses larmes. Ce qui ne signifiait rien du tout.

Dans la brume où il flottait, Dresden parlait de nouveau, déversant promesses et mensonges, demi-vérités et visions. Miller voyait les mots eux-mêmes sous la forme d'une fumée sombre s'agglomérant dans le filament noir qui s'écoulait de la protomolécule. Ses extensions se dirigeaient vers Holden, Amos, Naomi. Il essaya de trouver son arme, pour l'arrêter, pour faire ce qu'il était évident de faire. Son cri désespéré le réveilla, et il se souvint qu'il avait déjà gagné.

Julie était assise à côté de lui, et elle avait posé sur son front une main fraîche. Son sourire était doux, compréhensif. Clément.

Dors, dit-elle, et il sentit son esprit chuter dans des ténèbres profondes.

— *Oï*, Pampaw, dit Diogo. *Acima et out, sabez ?*

C'était le dixième matin de Miller sur Tycho, et la septième fois qu'il dormait dans l'appartement grand comme un placard de l'adolescent. À la manière de parler qu'avait adoptée le garçon, il sut que ce serait la dernière fois qu'il était hébergé ici. Le poisson et le compagnonnage forcé commençaient à sentir mauvais, après trois jours. Il roula hors de l'étroite couchette, se passa la main dans les cheveux et hocha la tête. Diogo se déshabilla et se glissa dans le lit sans ajouter un mot. Il empestait l'alcool et la marijuana de synthèse bon marché.

Son terminal l'informa que la deuxième équipe avait terminé son service deux heures plus tôt, et que la troisième en était à la moitié de sa matinée. Il rassembla ses affaires, les fourra dans son sac, éteignit l'éclairage sur un Diogo qui ronflait déjà, et se rendit sans se presser aux douches publiques où il consacra quelques-uns de ses derniers billets à essayer de moins ressembler à un sans-abri.

La surprise agréable lors de son retour sur la station Tycho avait été l'augmentation d'argent sur son compte. L'APE, en la personne de Fred Johnson, l'avait rétribué pour le temps passé sur Thoth. Il n'avait rien demandé, et il envisagea même de rendre l'argent. S'il avait eu le choix, il l'aurait fait. Ne l'ayant pas, il s'était évertué à faire durer ces fonds aussi longtemps que possible, non sans savourer l'ironie de la situation. Finalement, lui et le capitaine Shaddid figuraient sur le même livre de comptes.

Pendant les premiers jours après son retour sur Tycho, il s'était attendu à voir l'attaque sur Thoth faire la une des infos. UNE FIRME TERRIENNE PERD UNE STATION DE RECHERCHES, RAZZIÉE PAR DES CEINTURIENS PRIS DE FOLIE, ou quelque chose d'approchant. Il aurait dû se dénicher un emploi ou un endroit pour dormir qui ne devait rien à la charité. Il en avait eu l'intention. Mais les heures paraissaient se dissoudre d'elles-mêmes tandis qu'il hantait les bars, à regarder les écrans pendant juste quelques minutes de plus.

La Flotte martienne avait été harcelée par une série d'attaques de la part des Ceinturiens. Une demi-tonne de roche en accélération supérieure avait obligé deux de leurs vaisseaux de guerre à se dérouter. Une baisse dans l'approvisionnement en eau venu des anneaux de Saturne était soit une opération illégale d'obstruction du travail, et en conséquence une trahison, soit l'effet naturel engendré par les besoins accrus en matière de sécurité. Deux sites miniers propriétés de la Terre avaient été attaqués, sans qu'on sache si c'était là l'œuvre de Mars ou celle de l'APE. Le bilan se chiffrait à quatre cents morts. Le blocus de Mars imposé par la Terre entrait dans son troisième mois. Une coalition de scientifiques et de spécialistes du terraformage clamaient que le processus en cascade était en danger, et que, même si le conflit se terminait dans un an ou deux, la perte dans les approvisionnements se traduirait par un retour en arrière de plusieurs générations en ce qui concernait le terraformage. Tout le monde accusait tout le monde pour ce qui s'était passé sur Éros. La station Thoth n'avait aucune existence.

Elle finirait par en avoir une, néanmoins.

Avec le gros de la Flotte martienne toujours stationné sur les planètes extérieures, le siège de la Terre était une opération fragile. Le temps commençait à faire défaut. Les Martiens avaient le choix entre un retour chez eux pour tenter d'affronter les vaisseaux de la Terre, qui étaient plus anciens, plus lents mais aussi plus nombreux que les leurs, et une attaque directe sur la planète adverse. La Terre demeurait la source d'un millier de choses qui ne pouvaient pousser nulle part ailleurs, mais si quelqu'un devenait un peu trop enthousiaste, sûr de lui ou désespéré, il n'en faudrait pas beaucoup pour que les rochers se mettent à pleuvoir dans les puits de gravité.

Tout cela n'était qu'une diversion.

Il y avait cette vieille blague, Miller ne se souvenait plus où il l'avait entendue. Une fille se trouve aux funérailles de son père, et elle y rencontre ce garçon réellement séduisant. Ils parlent, font leur petite affaire, mais il se carapate avant qu'elle ait pu lui soutirer ses coordonnées. La fille ne sait pas comment faire pour retrouver la trace du garçon.

Alors, une semaine plus tard, elle assassine sa mère.

Très amusant.

C'était la logique de Protogène, de Dresden, de Thoth. *Voilà quel est le problème,* se disaient-ils*, et voilà quelle est la solution.* Que cette dernière baigne dans le sang d'innocents était un détail aussi insignifiant que la police de caractères dans laquelle les rapports étaient rédigés. Ces gens s'étaient déconnectés de l'humanité. Éteints, les amas de cellules cérébrales qui rendaient sacrée la vie, en dehors de la leur. Ou lui donnaient de la valeur. Ou la rendaient digne d'être sauvée. Tout ce que cela leur avait coûté, c'était tout lien humain.

Curieux comme la chose lui paraissait familière.

Le type qui entra dans le bar et le salua d'un signe de tête était un des amis de Diogo. Une vingtaine d'années, peut-être un peu moins. Un vétéran de la station Thoth, tout comme Miller qui ne se souvenait plus de son nom mais se rappelait l'avoir vu assez souvent dans les parages pour savoir que son comportement était différent de celui qu'il avait d'habitude. Tendu. Miller appuya sur la touche "silence" de son terminal et s'approcha de lui.

— Salut, fit-il.

Le garçon releva vivement la tête. Son visage était crispé, mais il s'efforçait de le cacher derrière le masque de la décontraction. Ce n'était que le grand-père dont Diogo lui avait parlé. Celui qui avait tué le plus grand connard de tout l'univers, tous les combattants présents sur Thoth le savaient. Miller en tirait un certain prestige, et le garçon sourit et lui désigna le tabouret voisin du sien.

— On est bien lessivé, hein ? dit l'ex-inspecteur.

— Vous ne croyez pas si bien dire.

Le garçon avait un accent saccadé. C'était un Ceinturien, d'après sa taille, mais avec une certaine instruction. Un technicien, probablement. Il commanda une boisson, et se vit servir un verre empli d'un liquide clair d'une telle volatilité que Miller pouvait le voir s'évaporer. Le garçon le but d'un trait.

— Ça ne marche pas, dit Miller.

L'autre le regarda.

— On raconte que la boisson aide, mais c'est faux, expliqua-t-il.

— Non ?

— Non. Le sexe, parfois, si tu connais une fille avec qui tu pourras parler ensuite. Ou le tir sur cible. L'exercice physique, parfois. Mais l'alcool ne te fait pas te sentir mieux. Il t'aide seulement à ne pas trop t'en faire de ne pas te sentir bien.

L'autre rit et secoua la tête. Il était sur le point de se livrer, aussi Miller s'assit et laissa le calme ambiant faire le travail à sa place. Il supposait que le garçon avait tué quelqu'un, sans doute sur Thoth, et que ce souvenir le rongeait. Mais au lieu de lui raconter son histoire, le jeune homme lui prit son terminal, tapa quelques codes locaux et le lui rendit. Un menu impressionnant apparut sur l'écran : vidéo, audio, pression de l'air et contenu, radiologie. Il fallut à Miller une seconde pour comprendre ce qu'il voyait. Ils avaient réussi à craquer le cryptage des infos venues d'Éros.

Il contemplait la protomolécule en action. Il voyait le cadavre de Juliette Andromeda Mao en gros plan. Pendant un instant, l'image de la Julie de son imagination vacilla à côté de lui.

— Si vous vous demandez si vous avez fait ce qu'il fallait quand vous avez descendu ce type, regardez ça, dit le garçon.

Miller ouvrit une vidéo. Un long couloir, assez large pour que vingt personnes l'empruntent ensemble de front. Le revêtement de sol était humide et ondulait comme la surface d'un canal. Quelque chose de petite taille passa en roulant curieusement à travers cette bouillie. Quand Miller zooma dessus, il découvrit que c'était un torse humain – cage thoracique, colonne vertébrale, et à la traîne une longueur de ce qui avait été les intestins et qui était maintenant les longs filaments noirs de la protomolécule – le tout progressant sur le moignon d'un bras. Il n'y avait pas de tête. L'écran montrait que la vidéo était sonorisée, et Miller remit le son. Le babil suraigu et insensé qu'il entendit lui rappela celui d'enfants malades mentaux chantonnant pour eux-mêmes.

— Tout est comme ça, dit le garçon. Toute la station grouille de… de ces saloperies.

— Qu'est-ce qu'elles font?

Le garçon frissonna.

— Elles construisent quelque chose. J'ai pensé que vous deviez voir ça.

— Ah ouais? dit Miller sans pouvoir détacher les yeux de l'écran. Qu'est-ce que je t'ai fait pour mériter ça?

L'autre éclata de rire.

— Tout le monde pense que vous êtes un héros, depuis que vous avez buté ce type, dit-il. Et tout le monde pense que nous devrions balancer tous les prisonniers faits sur cette station par un sas.

C'est certainement ce que nous devrions faire, oui, songea Miller, *si nous ne réussissons pas à les faire redevenir humains*. Il passa à une autre vidéo. Le niveau des casinos où lui et Holden s'étaient trouvés, ou bien une section très semblable. Un réseau en toile d'araignée composé de ce qui rappelait des os reliait le sol au plafond. Des choses noires évoquant des limaces d'un mètre de long se mouvaient en glissant dans la structure. Elles produisaient un son étouffé, comme ces enregistrements qu'il avait entendus du ressac sur une plage. Il changea encore de vidéo. Le spatioport, avec des coques de vaisseaux hermétiquement closes et incrustées d'énormes spirales de nautile qui lui semblèrent remuer quand il les regarda.

— Tout le monde pense que vous êtes un putain de héros, dit encore le jeune homme.

Cette fois, c'était un peu agaçant.

— Non, dit Miller. Juste un gars qui a été flic.

Pourquoi la participation à une fusillade, à un assaut dans une station ennemie regorgeant de gardes et de systèmes automatiques conçus pour vous tuer, paraissait moins aberrante que de parler aux gens qui partageaient votre quotidien pendant des semaines ?

Et pourtant…

C'était le troisième changement d'équipe, et le bar de la plate-forme d'observation était réglé pour imiter la nuit. L'air charriait une odeur de fumée qui n'était pas de la fumée réelle. Un piano et une basse se battaient paresseusement en duel pendant qu'une voix masculine se lamentait en arabe. L'éclairage tamisé au ras des tables parait d'ombres douces les visages et les corps, soulignait les jambes, les ventres et les poitrines des consommateurs. Les chantiers de l'autre côté des baies vitrées étaient le théâtre d'une activité jamais démentie. S'il se rapprochait, il pouvait distinguer le *Rossinante* qui se remettait toujours de ses blessures. La corvette n'avait pas péri, et elle s'en sortirait plus forte encore.

Amos et Naomi étaient attablés dans un coin. Pas trace d'Alex. Pas trace d'Holden. Cela rendait les choses plus faciles. Pas complètement faciles, mais plus accessibles. Il se dirigea vers eux. Naomi fut la première à le voir, et il lut la gêne sur son visage, expression dissimulée aussi vite qu'elle était apparue. Amos tourna la tête pour savoir ce qui avait provoqué cette réaction, et les coins de sa bouche et de ses yeux ne s'incurvèrent pas plus dans un sourire que dans une moue désapprobatrice. Miller se gratta le bras, alors même qu'il n'éprouvait aucune démangeaison.

— Salut, dit-il. Je vous offre une tournée ?

Le silence s'étira une seconde de trop, puis la jeune femme réussit à sourire.

— Bien sûr. Juste une. Nous avons… ce truc. Pour le capitaine.

— Ah, ouais, dit Amos à son tour. Ce truc-là. C'est important.

Il mentait de façon encore plus malhabile que Naomi, ce qui faisait de sa conscience de la chose une partie du message qu'il envoyait.

Miller s'assit, leva la main pour appeler le serveur et, quand celui-ci lui répondit d'un signe de tête, se pencha en avant en posant ses coudes sur la table. C'était la version assise de celle, ramassée, du lutteur incliné vers l'adversaire, avec les bras protégeant les zones vulnérables qu'étaient le cou et le ventre. Une attitude qu'un homme adoptait quand il s'attendait à prendre des coups.

Le serveur vint prendre la commande, bière pour tout le monde. Miller les paya avec l'argent de l'APE et but une gorgée à son verre avant d'engager la conversation :

— Vous en êtes où, avec le vaisseau ? demanda-t-il.

— Les réparations se poursuivent, répondit Naomi. Ils l'ont vraiment amoché.

— Mais il revolera, affirma Amos. C'est un coriace.

— C'est bien. Et quand…, commença Miller avant de devoir se reprendre : Quand est-ce que vous repartez ?

— Quand le capitaine donnera le signal, dit le mécanicien. Le *Rossinante* est de nouveau étanche, donc ça pourrait être demain, s'il a un endroit où il veut aller.

— Et si Fred nous laisse partir, ajouta Naomi.

Elle ponctua sa remarque d'une grimace fugitive, comme si elle regrettait de ne pas avoir gardé le silence.

— C'est un problème ? demanda Miller. L'APE fait pression sur Holden ?

— C'est juste quelque chose qui m'est passé par la tête, dit Naomi. Ce n'est rien. Écoutez, Miller, merci pour le verre, mais je pense vraiment qu'il faut qu'on y aille…

Il prit une longue inspiration et se vida lentement les poumons.

— Ouais, fit-il. D'accord.

— Pars devant, dit Amos à Naomi. Je te rejoins.

Elle lui lança un regard troublé, mais le mécanicien ne lui répondit que d'un léger sourire qui pouvait avoir n'importe quelle signification.

— Entendu, dit-elle. Mais ne traîne pas trop, hein? Le truc, souviens-toi.

— Pour le capitaine, oui. Ne t'inquiète pas.

Elle se leva et s'en alla. L'effort qu'elle fournit pour ne pas regarder par-dessus son épaule était manifeste. Miller reporta son attention sur Amos. L'éclairage donnait au mécanicien une apparence vaguement démoniaque.

— Naomi est quelqu'un de bien, dit-il. Je l'aime bien, vous savez? Elle est comme ma petite sœur, mais plus maligne, et je la sauterais bien si elle acceptait. Vous me comprenez?

— Ouais. Je l'aime bien, moi aussi.

— Elle n'est pas comme nous, lâcha Amos, et toute trace d'humour ou de chaleur avait disparu de sa voix.

— C'est pour ça que je l'aime bien, dit Miller.

C'était la chose à dire. Amos acquiesça.

— Donc, voilà le topo. Pour le capitaine, vous êtes un salopard, maintenant.

Le fragile canevas de bulles là où la bière touchait le verre luisait d'un éclat blanc dans l'éclairage diffus. Miller fit pivoter son verre d'un quart de tour et observa le phénomène.

— Parce que j'ai tué quelqu'un qui devait l'être? demanda-t-il.

L'amertume dans sa voix n'avait rien de surprenant, mais elle était plus marquée qu'il ne l'aurait souhaité. Amos ne la détecta pas, ou il n'y accorda aucune importance.

— Parce que vous avez l'habitude de faire ça. Le capitaine n'est pas comme ça. Tuer les gens sans en parler avant le rend nerveux. Vous l'avez beaucoup fait sur Éros, mais… enfin, vous savez.

— Ouais.

— La station Thoth, ce n'était pas Éros. Le prochain endroit où nous irons ne sera pas non plus Éros. Holden ne veut plus de vous avec nous.

— Et vous autres ?

— Nous ne voulons pas de vous non plus, dit Amos.

Il avait parlé sans méchanceté, ni gentillesse. Il avait parlé comme s'il discutait de la fiabilité d'une jauge quelconque. Il aurait pu parler de n'importe quoi d'autre. Ses paroles frappèrent Miller en plein ventre, exactement comme il l'avait prévu. Il n'avait pas pu bloquer le coup.

— Voilà le truc, dit encore Amos. Vous et moi, nous nous ressemblons beaucoup. Nous avons roulé notre bosse. Je sais ce que je suis, et pour ce qui est de ma boussole morale, je vais vous dire, elle est déréglée. Certaines choses étaient différentes quand j'étais plus jeune. J'aurais pu finir comme un de ces connards, sur Thoth. Je le sais. C'est un truc qui n'aurait jamais pu arriver au capitaine. Il n'a pas ça en lui. C'est le type le plus droit qu'on puisse trouver dans le coin. Et quand il dit que vous êtes hors jeu, c'est comme ça parce que, comme je vois les choses, il a probablement raison. En tout cas, il a plus de chances que moi d'avoir raison.

— Compris, dit Miller.

— Bon.

Amos finit son verre. Puis celui de Naomi. Et ensuite il partit, laissant Miller seul avec son sentiment de vide intérieur. Au-dehors, le *Nauvoo* étalait un éventail brillant de senseurs pour effectuer un test, ou juste pour se faire beau.

À côté de lui, Julie Mao se pencha sur la table, exactement là où Amos s'était trouvé.

Eh bien, murmura-t-elle, *il semble que c'est juste toi et moi, maintenant.*

— Il semble, oui, répondit-il.

43

HOLDEN

Une ouvrière de Tycho en bleu de travail, le visage protégé par un masque de soudeur, scellait le trou dans une des cloisons de la coquerie. Une main protégeant ses yeux de l'éclat violent du chalumeau, Holden la regardait faire. Quand la plaque d'acier fut solidement fixée, la soudeuse releva son masque pour vérifier son œuvre. Elle avait les yeux bleus et une petite bouche en cœur qui lui donnait des allures de lutin sous une chevelure rousse ramassée en chignon. Elle s'appelait Sam, et elle dirigeait l'équipe chargée des travaux de remise en état du *Rossinante*. Amos lui faisait la cour depuis déjà deux semaines, sans succès. Le capitaine était satisfait, car le lutin s'était révélé l'un des meilleurs mécaniciens qu'il ait rencontrés, et il aurait détesté qu'elle se consacre à autre chose que son vaisseau.

— C'est parfait, lui dit-il alors qu'elle passait une main gantée sur le métal en train de refroidir.

— Ce n'est pas trop mal, rectifia-t-elle d'un ton détaché. Nous polirons la surface jusqu'à ce qu'elle soit bien lisse, et avec une couche de peinture pour faire comme il faut, on ne saura jamais que votre vaisseau a eu un bobo.

Elle avait une voix étonnamment grave qui contrastait avec son apparence et son habitude d'employer par moquerie des expressions enfantines. Holden devinait que son physique combiné à la profession qu'elle avait choisie avait mené bien des gens à la sous-estimer par le passé. Il ne voulait surtout pas commettre la même erreur.

— Vous avez fait un boulot extraordinaire, Sam, déclara-t-il en se demandant une fois de plus quel prénom se cachait derrière ce diminutif, question qu'il n'avait jamais osé lui poser. Je n'arrête pas de dire à Fred à quel point nous sommes heureux de vous avoir pour ce job.

— Peut-être que j'aurai un 20 dans mon prochain bulletin de notes, plaisanta-t-elle tout en écartant son chalumeau avant de se remettre debout.

Holden chercha une repartie aimable à cette remarque, mais n'en trouva pas.

— Désolée, dit-elle en se tournant vers lui. J'apprécie que vous ayez vanté mon travail auprès du chef. Et pour être franche, ça a été un plaisir de travailler sur votre vaisseau. C'est une vraie beauté. Les dégâts qu'il a subis auraient transformé en épave irrécupérable tous les appareils dont nous disposons.

— Il s'en est fallu de peu, même pour nous, répondit-il.

— Je m'en doute.

Elle commença à ranger ses outils. Pendant qu'elle s'affairait, Naomi descendit par l'échelle d'équipage depuis les ponts supérieurs. Sa tenue de travail était alourdie par son matériel d'électricienne.

— Comment ça se passe, là-haut ? s'enquit Holden.

— On en est à quatre-vingt-dix pour cent, plus ou moins.

Elle traversa la coquerie, ouvrit le réfrigérateur et prit une bouteille de jus de fruits pour elle, et une autre qu'elle lança à Sam. Celle-ci attrapa le cadeau au vol, d'une seule main, et le brandit en une imitation de toast.

— Naomi, dit-elle avant d'avaler la moitié de sa boisson.

— Sammy, répondit Naomi en souriant.

Toutes deux s'étaient bien entendues dès le premier instant, et à présent Naomi passait beaucoup de temps avec Sam et ses collègues de Tycho. Holden rechignait à le reconnaître, mais il regrettait de ne plus être l'unique lien social de la jeune femme. Quand il devait bien l'admettre, comme maintenant, il se faisait l'impression d'être un sale type.

— *Golgo comp in rec*, ce soir? dit Sam après avoir vidé sa bouteille.

— Tu penses que ces lourdauds du C7 n'en ont pas assez de se faire ramasser? répondit Naomi.

Pour Holden, elles parlaient selon un code incompréhensible.

— On peut rater le premier coup, proposa Sam. Les harponner comme il faut avant d'y aller à la masse et de leur flanquer une déculottée.

— Ça me va, dit Naomi. On se retrouve à huit heures, donc.

Elle fit tomber sa bouteille vide dans le recycleur et se mit à gravir l'échelle. Avant de disparaître, elle adressa un signe de la main à Holden.

— À plus, chef.

— Combien de temps encore? demanda le Terrien à Sam.

Elle avait fini de ranger ses outils.

— Bah, deux ou trois jours, pour fignoler. Votre vaisseau pourrait très certainement voler dès maintenant, si vous ne vous souciez pas de l'esthétique et de ce qui n'est pas essentiel.

— Merci encore, dit-il.

Il lui tendit la main et elle la serra en pivotant. Elle avait la poigne ferme, et la paume calleuse.

— Et j'espère que vous ferez des serpillières de ces lourdauds du C7.

Elle eut un sourire carnassier.

— Ça ne fait aucun doute.

Par l'intermédiaire de Fred Johnson, l'APE avait fourni des appartements à l'équipage pendant le temps de la rénovation du *Rossi*, et depuis quelques semaines celui d'Holden était presque devenu un foyer pour lui. Tycho ne manquait pas d'argent, et les autorités semblaient en dépenser beaucoup pour ses employés. Holden avait trois pièces pour lui seul, avec une baignoire et un coin cuisine personnel. Sur la plupart des autres stations, il aurait fallu être gouverneur pour profiter d'un tel luxe. Ici, il avait l'impression que c'était la norme pour les cadres dirigeants.

Il mit sa combinaison crasseuse dans le panier à linge sale et prépara du café frais avant de passer sous la douche. Une douche chaque soir, après le travail : un autre luxe presque impensable. Il aurait été facile de se laisser distraire, de commencer à considérer cette période de réparation du vaisseau et cet appartement confortable comme étant la normalité, et non un interlude. Il ne pouvait pas se laisser aller à ce genre d'idée.

L'assaut de la Terre sur Mars occupait une grande place aux infos. Si les dômes martiens étaient encore intacts, deux averses de météores avaient constellé de cratères les flancs du mont Olympe. La Terre affirmait qu'il s'agissait de débris de Deimos, Mars, que c'était une menace et une provocation intentionnelles. Les vaisseaux martiens revenant des géantes gazeuses fonçaient à vitesse maximale vers les planètes intérieures. Chaque jour, chaque heure rapprochait l'humanité du moment où la Terre devrait chercher l'anéantissement de Mars, ou replier ses forces. Selon la rhétorique de l'APE, quel que soit le vainqueur il se retournerait ensuite contre elle. Holden avait simplement aidé Fred Johnson à commettre ce qui serait vu comme étant le plus grand acte de piraterie dans toute l'histoire de la Ceinture.

Et dans le même temps un million et demi de personnes mouraient sur Éros. Il repensa aux vidéos montrant ce qui arrivait aux occupants de la station, et il frissonna malgré la tiédeur de la douche.

Oh, et les extraterrestres. Des aliens qui avaient tenté de s'emparer de la Terre, deux milliards d'années plus tôt, et avaient échoué parce que Saturne s'était interposé. *Il ne faut pas oublier les extraterrestres.* Son cerveau se refusait toujours à accepter cette réalité, et continuait de prétendre qu'ils n'existaient pas.

Il prit une serviette et alluma l'écran mural dans le salon pendant qu'il se séchait. L'air charriait les odeurs concurrentes du café, de l'humidité venue de la douche et de ce parfum discret d'herbe et de fleur que Tycho diffusait dans toutes les résidences. Il mit les infos, mais on n'y faisait que spéculer sur la guerre sans offrir aucune révélation inédite. Il passa sur un jeu de compétition aux règles incompréhensibles qui mettait en scène des participants au comportement à la limite du psychotique. Il sauta à quelques émissions qui devaient être des comédies, car les acteurs s'interrompaient fréquemment en attendant des rires.

Quand sa mâchoire commença à devenir douloureuse, il se rendit compte qu'il grinçait des dents depuis déjà longtemps. Il éteignit l'écran et lança la télécommande sur le lit, dans la chambre adjacente. Il se ceignit de la serviette et s'écroula sur le canapé au moment précis où le carillon de l'entrée faisait entendre son tintement.

— Quoi? hurla-t-il à pleins poumons.

Pas de réponse. L'insonorisation était excellente, sur Tycho. Il alla jusqu'à la porte, arrangeant la serviette en chemin pour préserver au mieux sa pudeur, et ouvrit d'un geste sec.

C'était Miller. Il portait un costume gris fripé sans doute rapporté de Cérès, et tournait entre ses mains ce feutre ridicule.

— Holden, salut, je…, commença-t-il, mais le Terrien l'interrompit :

— Qu'est-ce que vous voulez? Et vous êtes *vraiment* planté là, devant ma porte, avec votre chapeau dans les mains?

L'inspecteur sourit, puis remit son couvre-chef sur son crâne.

— Voyez-vous, je me suis toujours demandé ce que ça signifiait.

— Maintenant, vous savez, répliqua Holden.

— Vous auriez une minute ?

Holden se figea un instant, toisa son visiteur efflanqué. Mais il ne tarda pas à renoncer. Il pesait certainement vingt kilos de plus que Miller, mais il était impossible d'intimider en le regardant de haut quelqu'un qui vous dépassait d'une bonne tête.

— Ça va, entrez, dit-il en tournant les talons et en se dirigeant vers sa chambre. Laissez-moi le temps de m'habiller. Il y a du café frais.

Il n'attendit pas de réponse. Il referma la porte derrière lui et s'assit sur le lit. Depuis leur retour sur Tycho, Miller et lui n'avaient pas échangé plus d'une douzaine de mots. Il savait très bien qu'ils ne pouvaient pas en rester là, quand bien même il l'aurait préféré. Il devait au moins à cet homme la conversation durant laquelle il lui dirait d'aller au diable.

Il passa un pantalon en coton épais et un pull-over, coiffa ses cheveux humides d'une main pressée, et retourna dans le salon. Une chope fumante à la main, Miller était assis sur son canapé.

— Le café est bon, commenta-t-il.

— Allez, je vous écoute, répliqua Holden en prenant place dans le fauteuil face à son visiteur.

Miller but une gorgée avant de dire :

— Eh bien…

— Vous allez m'expliquer que vous avez très bien fait de loger une balle en plein visage d'un homme désarmé, et que je suis trop naïf pour le comprendre, c'est bien ça ?

— De fait…

— Je vous l'ai déjà dit, coupa Holden, surpris de sentir une chaleur soudaine monter à ses joues. Je ne veux plus de ces conneries de juge, jury et bourreau, vous l'avez déjà fait, de toute façon.

— Oui.

Cette simple réponse affirmative prit le capitaine au dépourvu.

— Mais pourquoi?

Miller but encore un peu de café avant de poser sa chope. Il porta une main à son chapeau, l'ôta et le jeta à côté de lui. Enfin il se laissa aller en arrière, contre le dossier du canapé.

— Il allait s'en tirer.

— Pardon? Vous avez raté l'épisode où il a tout avoué?

— Ce n'étaient pas des aveux. Il se vantait de ces horreurs. Il était intouchable, et il le savait. Trop d'argent en jeu. Trop de pouvoir.

— Conneries. Personne ne fait tuer un million et demi de personnes sans payer.

— Des gens s'en tirent sans payer tout le temps. Ils sont coupables à cent pour cent, mais quelque chose se met en travers de leur juste condamnation. Une preuve. La politique. Pendant un temps, j'ai eu une équipière du nom de Muss. Quand la Terre s'est retirée de Cérès…

— Stop, dit Holden. Ça ne m'intéresse pas. Je ne veux pas vous entendre raconter une fois de plus comment le fait d'être flic vous a rendu plus sage et plus profond et plus capable d'affronter la réalité en ce qui concerne l'humanité. De ce que je vois, ça vous a surtout brisé. D'accord?

— Ouais, d'accord.

— Dresden et ses copains chez Protogène pensaient qu'ils avaient le droit de choisir qui vit et qui meurt. Ça ne vous rappelle rien? Et ne me dites pas que cette fois c'est différent, parce c'est ce qu'on dit tout le temps dans ces situations. Et c'est faux.

— Ce n'était pas une question de vengeance, dit Miller avec un peu trop de conviction.

— Oh, vraiment ? Ce n'était pas en rapport avec cette fille de l'hôtel ? Julie Mao ?

— L'arrestation de Dresden, oui. Son exécution…

Miller soupira, se leva et alla jusqu'à la porte qu'il ouvrit. Il se retourna. Une expression de souffrance crue imprégnait ses traits.

— Il allait nous convaincre, dit-il. Tout ce laïus sur les étoiles devenant à notre portée, et la nécessité de nous protéger de ce qui a envoyé cette chose vers la Terre. J'ai commencé à penser qu'il risquait de s'en sortir. Peut-être qu'il y avait trop en jeu pour les simples notions de bien et de mal. Je ne dis pas qu'il m'a convaincu. Mais il m'a fait penser que, peut-être… Vous saisissez ? Peut-être…

— Et c'est pour cette raison que vous l'avez abattu.

— Ouais.

Holden soupira, croisa les bras et s'adossa contre le mur près de la porte.

— Amos dit de vous que vous êtes droit, déclara Miller. Vous savez ça ?

— Il se prend pour le mauvais garçon de l'histoire parce qu'il a fait quelques trucs dont il a honte, il y a longtemps, expliqua le Terrien. Il n'a pas toujours confiance en lui-même, mais le fait qu'il s'interroge me prouve que ce n'est pas un mauvais type.

— Ouais, commença Miller, mais Holden ne le laissa pas poursuivre :

— Il examine son âme, il voit les taches qui la souillent, et il veut les nettoyer. Mais vous ? Vous, vous dites "c'est comme ça", et vous passez à autre chose.

— Dresden était…

— Il ne s'agit pas de Dresden. Il s'agit de vous. Je ne peux pas vous faire assez confiance pour vous laisser en compagnie des gens qui m'importent.

Holden regarda fixement Miller, guettant une réponse, mais l'ex-policier hocha simplement la tête. Il remit son chapeau et s'éloigna dans le couloir en courbe légère. Il ne se retourna pas.

Holden referma la porte de l'appartement. Il essaya de se détendre, mais il se sentait irrité, avec les nerfs à fleur de peau. Sans l'aide de Miller, jamais il n'aurait réussi à quitter Éros. Le constat était évident : lui faire la leçon n'était pas la solution. Cela lui semblait insuffisant.

La vérité, c'était que cet homme lui donnait la chair de poule chaque fois qu'ils se retrouvaient dans la même pièce. L'ex-flic était pareil à un chien imprévisible qui pouvait vous lécher la main ou vous mordre le mollet.

Il envisagea d'appeler Fred Johnson pour le mettre en garde. Ce fut Naomi qu'il contacta.

— Salut, répondit-elle à la deuxième sonnerie, et en fond sonore il perçut le brouhaha joyeux et alimenté par l'alcool d'un bar.

— Naomi, dit-il avant de faire silence et de chercher une excuse pour cet appel, excuse qu'il ne trouva pas. Miller était ici, il y a un instant, fit-il platement.

— Ouais, il nous a coincés tout à l'heure, Amos et moi. Qu'est-ce qu'il voulait ?

— Je ne sais pas, avoua-t-il, soudain las. Faire ses adieux, peut-être.

— Vous faites quoi, là ? demanda-t-elle. Vous voulez qu'on se voie ?

— Oui. Oui, je veux qu'on se voie.

Dans un premier temps, Holden ne reconnut pas l'établissement, mais après avoir commandé un scotch à un serveur faisant preuve d'une amabilité toute professionnelle, il se rendit compte que c'était là qu'il avait regardé Naomi chanter en karaoké une chanson punk ceinturienne, ce qui lui parut remonter à des siècles plus tôt. Elle arriva et se laissa tomber sur la banquette face à lui dans le box, juste au moment où on lui apportait sa consommation. Le serveur l'interrogea du regard.

— Euh, non, dit-elle en agitant les mains dans sa direction. J'ai déjà eu ma dose, ce soir. Juste un peu d'eau, merci.

Tandis que le serveur s'éclipsait, Holden dit :

— Comment s'est passé votre, euh… Qu'est-ce que le Golgo, exactement, au fait ? Et comment ça s'est passé ?

— Un jeu à la mode ici, dit Naomi qui prit le verre d'eau que le serveur réapparu lui présentait et en but la moitié d'un coup. Un genre de mélange entre les fléchettes et le football. Je n'avais encore jamais vu ça, mais il semblerait que je sois plutôt douée. Nous avons gagné.

— Bravo. Merci d'être venue. Je sais qu'il est tard, mais cette histoire avec Miller m'a mis les nerfs en pelote.

— Il voudrait que vous lui accordiez l'absolution, je crois.

— Parce que je suis "droit", dit-il avec un petit rire sarcastique.

— C'est ce que vous êtes, répondit-elle sans aucune ironie. Je veux dire : le terme est un peu fort, mais vous êtes la personne que je connais à qui il s'applique le mieux.

— J'ai tout foiré, lâcha-t-il avant de pouvoir se reprendre. Tous ceux qui ont essayé de nous aider, ou que nous avons essayé d'aider, tous sont morts de façon horrible. Toute cette saloperie de guerre. Et le commandant McDowell, et Becca, et Ade. Et Shed…

Il dut faire silence et déglutir pour ravaler la boule dans sa gorge.

Elle eut un simple mouvement de tête pour montrer sa compréhension, puis elle tendit la main sur la table et saisit la sienne. Il se lança :

— J'ai besoin de réussir quelque chose, Naomi. J'ai besoin d'accomplir quelque chose qui fera la différence.

Le destin, le karma, Dieu ou ce qu'on veut m'a balancé au milieu de tout ça, et j'ai besoin de savoir que je peux faire la différence.

Elle lui sourit et serra sa main entre ses doigts.

— Vous êtes craquant quand vous vous montrez aussi noble, dit-elle. Mais vous avez besoin de voir plus loin.

— Vous vous moquez de moi.

— Oui, c'est vrai. Vous voulez venir chez moi ?

— Je…

Il la dévisagea, chercha l'indice qui lui prouverait qu'elle plaisantait. Elle lui souriait toujours, et il n'y avait rien d'autre dans ses prunelles que de la chaleur humaine et une touche de malice. Sous les yeux du capitaine, une mèche bouclée retomba devant l'œil de la jeune femme, et elle la repoussa sans cesser de l'observer.

— Attendez, dit-il. Je croyais que vous…

— J'ai dit qu'il ne fallait pas me raconter que vous m'aimiez juste pour coucher avec moi, mais j'ai dit aussi que je serais venue vous retrouver dans votre cabine n'importe quel soir, durant ces quatre années, si vous me l'aviez proposé. Sur le moment, j'ai pensé que je ne faisais pas preuve d'une très grande subtilité, maintenant je commence à être lasse d'attendre.

Holden essaya de se rappeler qu'il devait continuer de respirer. Le sourire de la jeune femme était à présent ouvertement malicieux, et un de ses sourcils s'était arqué.

— Alors, matelot, on embarque ? demanda-t-elle.

— Je pensais que vous m'évitiez, dit-il quand il eut recouvré l'usage de la parole. Est-ce que c'est votre façon à vous de me faire réussir quelque chose ?

— Ne soyez pas insultant, répliqua-t-elle, mais il n'y avait aucune trace de colère dans sa voix. J'attends depuis des semaines que vous preniez votre courage à deux mains, et les réparations sur le vaisseau sont presque terminées. Ce qui signifie que vous allez sans doute nous porter volontaires pour une mission réellement stupide, et cette fois nous n'aurons plus de réserve de chance.

— Eh bien…

— Si ça devait arriver sans que nous nous soyons accordé au moins un essai, j'en serais très mécontente.

— Naomi, je…

— C'est simple, Jim, dit-elle en le saisissant par la main et en l'attirant vers elle, tandis qu'elle se penchait sur la table jusqu'à ce que leurs visages se touchent presque. C'est la question à laquelle on répond uniquement par "oui" ou "non".

— *Oui.*

44

MILLER

Assis seul dans un coin, Miller regardait par la grande baie d'observation sans rien voir du panorama. Le whiskey de champignons posé sur la table basse auprès de lui n'avait pas baissé de niveau depuis qu'il l'avait commandé. Ce n'était pas vraiment une boisson. Plutôt une autorisation de s'asseoir là. Il y avait toujours une poignée de gens sans but, même sur Cérès. Des hommes et des femmes qui avaient épuisé leur capital chance. Nulle part où aller, personne à qui demander un service. Plus aucun lien avec l'immense réseau de l'humanité. Il avait toujours éprouvé une sorte de sympathie pour ces paumés, ses âmes sœurs.

Et à présent il faisait complètement partie de cette tribu des déconnectés.

Quelque chose de brillant apparut sur la peau du grand vaisseau – un système de soudures coordonnées se mettant en action selon un réseau complexe de relais, peut-être. Au-delà du *Nauvoo*, niché dans l'activité digne d'une ruche qui était une constante dans la station Tycho, il apercevait un morceau de courbe du *Rossinante*, comme un foyer qu'il avait habité autrefois. Il connaissait l'histoire de Moïse voyant une terre promise dont il ne foulerait jamais le sol. Il se demanda ce qu'aurait ressenti le vieux prophète si on l'avait amené là-bas pour un moment – un jour, une semaine, une année – avant de l'abandonner de nouveau dans le désert. Il était moins douloureux de ne jamais quitter le désert.

À son côté, Juliette Mao l'observait depuis le coin de son esprit qu'il avait aménagé pour elle.

J'étais supposé te sauver, pensa-t-il. *J'étais supposé te trouver. Trouver la vérité.*

— *Et ce n'est pas ce que tu as fait ?*

Il lui sourit, et elle fit de même, quand bien même il était las du monde et physiquement harassé. Parce que oui, bien sûr, c'était ce qu'il avait fait. Il l'avait trouvée, il avait trouvé celui qui l'avait tuée, et Holden avait raison, il avait eu sa vengeance. Tout ce qu'il s'était promis de faire, il l'avait fait. Seul problème, cela ne l'avait pas sauvé.

— Je peux vous apporter quelque chose ?

Pendant une fraction de seconde, il crut que c'était Julie qui venait de parler. La serveuse avait ouvert la bouche pour reposer la question avant qu'il secoue la tête. Elle ne pouvait pas faire cela. Et même si elle en avait été capable, il ne pouvait pas se le permettre.

Tu savais que ça ne pourrait pas durer, dit Julie. *Holden. Son équipage. Tu savais que ta place n'était pas réellement avec eux. Ta place est avec moi.*

Il se demanda combien de gens connus de lui avaient pris ce chemin. Il y avait chez les flics une tradition solidement ancrée consistant à manger le canon de son flingue. Elle remontait à une époque lointaine, bien avant que l'humanité se hisse hors des puits de gravité. Et il était là, sans domicile, sans ami, avec plus de sang sur les mains en un mois que durant toute la carrière qui avait précédé cette période. Le psy du service, sur Cérès, appelait cela "idéation suicidaire" quand il effectuait son speech de présentation annuelle aux équipes de la sécurité. Quelque chose qu'il fallait surveiller et détecter au plus vite, comme les morpions ou un taux de cholestérol trop élevé. Mais rien d'insurmontable, pour peu que vous vous montriez un peu prudent.

Il allait donc jouer la prudence. Pour un temps. Il verrait bien où cela le menait.

Il se leva, hésita le temps de trois battements de cœur, puis il prit son verre et le vida. Le courage liquide, disaient certains, et la recette semblait fonctionner. Il sortit son terminal, composa une demande de connexion et fit de son mieux pour paraître calme. Il n'y était pas encore. Et s'il voulait vivre, il avait besoin d'un boulot.

— *Sabez nichts*, Pampaw, dit Diogo.

Il était vêtu d'une chemise à mailles larges et d'un pantalon à la coupe aussi enfantine que laide, et dans sa vie précédente Miller l'aurait sans doute rangé dans la catégorie des individus trop jeunes pour savoir quoi que ce soit d'utile. À présent, il attendait. Si quelque chose pouvait arracher un conseil à Diogo, c'était la promesse que cet adulte se trouve un trou à lui. Le silence s'étira. Par crainte de sembler mendier, Miller se força au silence.

— Eh bien…, fit Diogo d'un ton circonspect, eh bien… Il y a un *hombre* qui pourrait peut-être. Faut juste du muscle et un bon coup d'œil.

— Un emploi de garde de sécurité m'irait au poil, fit Miller. Tout ce qui peut payer les factures.

— *Il conversa á do*. Je verrai ce qu'il dit.

— J'apprécie tout ce que tu peux faire, répondit-il avant de désigner le lit. Ça ne te dérange pas si je…

— *Mi cama es su cama*, répondit l'adolescent.

Il s'étendit sur la couchette.

Diogo passa dans la petite cabine de douche, et le son de l'eau sur son corps effaça celui du recycleur d'air. Même à bord d'un vaisseau, Miller n'avait pas vécu dans des conditions physiques aussi intimes avec quelqu'un depuis son mariage. Pour autant, il ne serait pas allé jusqu'à qualifier le garçon d'ami.

Les occasions étaient plus rares sur Tycho qu'il ne l'avait espéré, et il n'avait pas beaucoup de références.

Les quelques personnes qui le connaissaient étaient peu susceptibles de parler en sa faveur. Mais il finirait bien par dénicher quelque chose, sûrement. Tout ce dont il avait besoin, c'était d'une chance de se refaire, de recommencer à zéro et de devenir quelqu'un de différent de la personne qu'il avait été.

En admettant, bien sûr, que la Terre ou Mars – selon la planète qui sortirait vainqueur de la guerre – ne décide pas d'effacer de l'univers l'APE et toutes les stations qui lui étaient restées loyales. Et aussi que la protomolécule ne s'échappe pas d'Éros pour aller massacrer une planète. Ou une station. Ou lui. Un instant il éprouva un frisson glacé à l'idée qu'il y avait toujours un échantillon de la chose à bord du *Rossinante*. Si quelque chose arrivait à cette saloperie, Holden et Naomi, Alex et Amos risquaient fort de rejoindre Julie bien avant que ce soit son tour, à lui.

Il essaya de se convaincre que ce n'était plus son problème. Ce qui ne l'empêcha pas d'espérer que tout irait bien pour eux. Il souhaitait qu'ils s'en sortent, même si ce ne devait pas être le cas pour lui.

— *Oï*, Pampaw, dit Diogo quand la porte donnant sur le couloir s'ouvrit. Tu as entendu, Éros s'est mis à parler ?

Il se redressa sur un coude.

— *Sí*, continua le garçon, cette merde, je ne sais pas ce que c'est, mais elle s'est mise à émettre. Il y a même des mots, et toute cette merde. J'ai un enregistrement. Tu veux l'écouter ?

Non, se dit-il. *Non, j'ai vu ces couloirs. Ce qui est arrivé à ces gens a bien failli m'arriver. Je ne veux plus avoir rien à faire avec cette abomination.*

— Bien sûr, répondit-il.

Diogo prit son propre terminal et le régla. Celui de Miller tinta pour l'avertir qu'il avait reçu le document.

— *Chicá perdidá* aux ops a mélangé une partie de ça avec de la bhangra, dit l'adolescent en esquissant un mouvement de danse avec ses hanches. C'est hard, hein ?

Lui et les autres irréguliers de l'APE s'étaient introduits dans une station de recherche de grande valeur, ils avaient affronté une des firmes les plus puissantes et les plus malfaisantes dans l'histoire du pouvoir et de la malfaisance. Et à présent ils composaient de la musique à partir des cris des mourants. Des morts. Ils dansaient sur elle dans les clubs bas de gamme. *À quoi ça ressemble quand on est jeune et insensible, aujourd'hui ?* se demanda Miller.

Mais non. Ce n'était pas juste. Diogo était un bon garçon. Naïf, tout simplement. L'univers pouvait changer cela pour lui, avec le temps.

— Hard, oui, dit Miller.

Et il sourit.

L'enregistrement était prêt. Il éteignit les lumières et laissa le lit étroit le soutenir dans la pression qu'engendrait la rotation. Il ne voulait pas écouter. Il ne voulait pas savoir. Mais il le fallait.

Tout d'abord, il n'y eut presque rien, des couinements électriques et un déluge sauvage de parasites. Et puis, quelque part à l'arrière-plan, de la musique. Des altos qui ressassaient en chœur un crescendo long et distant. Enfin, aussi claire que si quelqu'un parlait à un micro, une voix.

— Des lapins et des hamsters. Déstabilisant écologiquement, et ronds et bleus comme des rayons de lune. Août.

Ce n'était pas une personne réelle, la chose était quasiment certaine. Les systèmes informatiques sur Éros étaient capables de générer à la perfection n'importe quel dialecte et n'importe quel timbre de voix. Celles d'hommes, de femmes, d'enfants. Et combien de millions d'heures de données contenaient les ordinateurs et les centres de stockage à travers toute la station ?

Une autre pulsation électronique irrégulière, comme des pinsons enregistrés en boucle. Une autre voix – féminine et douce, cette fois – avec un vrombissement en fond sonore.

— Le patient se plaint d'accélérations cardiaques et de sueurs nocturnes abondantes. Début des symptômes signalé trois mois plus tôt, mais avec des antécédents de…

La voix décrut, se dilua dans le vrombissement qui augmentait en puissance. Comme un vieil homme avec des trous de gruyère dans le cerveau, le système complexe qu'avait été Éros se mourait, changeait, perdait l'esprit. Et parce que Protogène avait tout branché sur la sonorisation, Miller pouvait écouter la station qui agonisait.

— Je ne lui ai pas dit, je ne lui ai pas dit, je ne lui ai pas dit. Le lever du soleil. Je n'ai jamais vu le soleil se lever.

Miller ferma les yeux et se laissa glisser dans le sommeil, accompagné par la sérénade d'Éros. Et alors que sa conscience faiblissait, il imagina un corps étendu dans le lit à côté de lui, un corps tiède et bien vivant, animé d'une respiration lente qui suivait les ondulations des parasites.

Le directeur était un homme mince, pour ne pas dire malingre, avec les cheveux relevés haut sur le front, comme une vague qui ne retomberait jamais. Le bureau resserrait ses murs autour d'eux, bourdonnant aux moments les plus inattendus quand l'infrastructure – pour la distribution de l'eau, l'air, l'énergie – de Tycho affectait l'endroit. Une entreprise coincée entre les conduites et les tuyaux, dans l'improvisation née du manque d'argent. Le fond du fond.

— Je suis désolé, dit le patron.

Miller sentit sa gorge se serrer. De toutes les humiliations que l'univers tenait en réserve pour lui, il n'avait pas imaginé celle-ci. Il en conçut de la colère.

— Vous pensez que je ne ferai pas l'affaire ? demanda-t-il en prenant soin de conserver un ton mesuré.

— Ce n'est pas ça, affirma le gringalet. C'est… Écoutez, entre nous soit dit, ce que nous recherchons, c'est un type pas spécialement futé, vous me comprenez? Le fils demeuré du frère de quelqu'un pourrait surveiller cet entrepôt. Et vous, vous avez toute cette expérience. À quoi ça nous servirait, quelqu'un qui connaît les protocoles de contrôle en cas d'émeute? Ou les procédures d'enquête? Enfin, vous comprenez, quoi. Pour ce boulot, on ne vous fournit même pas d'arme.

— Ça ne me dérange pas, répondit Miller. J'ai besoin d'un travail.

Gringalet réprima un soupir et eut ce haussement d'épaules caractéristique des Ceinturiens.

— Vous avez besoin d'autre chose que ça, dit-il.

Miller fit de son mieux pour ne pas céder à l'hilarité, de crainte qu'elle ressemble à l'expression du désespoir. Il regarda fixement le revêtement en plastique sur le mur derrière le patron jusqu'à ce que celui-ci commence à se sentir mal à l'aise. C'était un piège. Il avait trop d'expérience pour recommencer à zéro. Il en savait trop, et en conséquence il lui impossible de revenir en arrière et de prendre un nouveau départ.

— Très bien, dit-il enfin.

De l'autre côté du bureau, Gringalet souffla et eut la politesse de paraître embarrassé par la situation.

— Je peux vous poser une question? dit-il. Pourquoi avez-vous quitté votre ancien boulot?

— Cérès a changé de mains, répondit Miller qui remit son chapeau sur sa tête. Je n'ai pas fait partie de la nouvelle équipe. C'est tout.

— Cérès?

Gringalet semblait perplexe, ce qui par ricochet éveilla la perplexité de Miller. Il baissa les yeux sur son terminal. L'écran affichait son historique professionnel exactement tel qu'il l'avait présenté. L'autre ne pouvait pas ne pas avoir vu.

— C'est là que j'étais en poste.

— Pour votre travail avec la police. Mais je parlais

de votre dernier boulot. Enfin, j'ai vu pas mal de choses, je comprends que vous ne mentionniez pas votre travail pour l'APE, mais vous devez bien vous le dire, tout le monde sait que vous avez fait partie de cette histoire… vous savez, avec la station. Et tout le reste.

— Vous pensez que j'ai travaillé pour le compte de l'APE, dit Miller.

Interloqué, Gringalet cligna plusieurs fois des paupières.

— Vous l'avez fait, dit-il.

Ce qui, après tout, était vrai.

Rien n'avait changé dans le bureau de Fred Johnson, et tout avait changé. Le mobilier, l'odeur planant dans l'air, l'impression d'un endroit entre une salle de conférence et un centre de commande et de contrôle. Le vaisseau géant de l'autre côté de la baie vitrée était sans doute plus proche de son achèvement d'un demi pour cent, mais ce n'était pas cela. Les enjeux de la partie avaient changé, et ce qui avait été une guerre était devenu tout autre chose. Quelque chose de plus important. Quelque chose qui brillait dans les yeux de Fred et qui crispait ses épaules.

— Les talents d'un homme tel que vous nous seraient utiles, approuva Fred. C'est toujours sur les détails qu'on bute. Comment fouiller correctement un suspect, ce genre de choses. Les gars de la sécurité de Tycho se débrouillent bien, mais une fois que nous sommes hors de la station et que nous introduisons dans un autre domaine, ils ne sont plus aussi efficaces.

— C'est quelque chose que vous avez l'intention de faire plus souvent? dit Miller, en s'efforçant de faire sonner l'interrogation comme une plaisanterie nonchalante.

Johnson ne répondit pas. Un instant, Julie se tint à côté du colonel. Miller vit leur reflet dans les écrans l'homme pensif, le fantôme amusé. Peut-être avait-il mal compris dès le départ, et peut-être que la ligne de partage entre la Ceinture et les planètes intérieures ne dépendait pas uniquement de la politique et de la gestion des ressources. Il le savait aussi bien que n'importe qui, la Ceinture offrait une vie plus rude, plus dangereuse que celle proposée par Mars ou la Terre. Et pourtant elle incitait tous ces gens – parmi les meilleurs – à quitter les puits de gravité de l'humanité pour se projeter dans les ténèbres.

L'envie d'explorer, d'étendre ses connaissances, de quitter son foyer. D'aller aussi loin qu'il était possible dans l'univers. Et maintenant Protogène et Éros offraient l'occasion de devenir des dieux, de remodeler les humains pour en faire des êtres capables de dépasser les espoirs et les rêves simplement humains. Miller comprenait qu'il soit aussi difficile pour des individus de la trempe de Fred de renoncer à cette tentation.

— Vous avez tué Dresden, dit Johnson. C'est un problème.

— Il fallait que ça arrive.

— Je n'en suis pas si sûr.

Mais il avait parlé d'un ton prudent. Pour le tester. Miller eut un sourire un peu triste.

— C'est pourquoi il fallait que ça arrive.

Le petit rire toussotant du colonel indiqua à Miller que Johnson le comprenait. Quand il se retourna pour lui faire face de nouveau, Fred posa sur lui un regard calme.

— Quand on sera à la table des négociations, quelqu'un devra répondre de cet acte. Vous avez tué un homme sans défense.

— C'est exact, reconnut Miller.

— Le moment venu, je vous livrerai aux loups pour montrer ma bonne volonté. Je ne vous protégerai pas.

— Je ne vous aurais pas demandé de me protéger.

— Même si ça signifie être un ex-flic de la Ceinture enfermé dans une prison de la Terre ?

La sanction évoquée était un euphémisme, et ils le savaient tous deux. *Ta place est auprès de moi*, avait dit Julie. Et donc quelle importance avait vraiment la façon dont il la rejoindrait?

— Je n'ai aucun regret, dit-il, et une demi-respiration plus tard il eut le choc de découvrir que c'était presque vrai. S'il y a un juge qui veut me poser des questions, j'y répondrai. Ici, je cherche un boulot, pas une protection.

Au fond de son fauteuil, Johnson avait les yeux plissés par la réflexion. Miller se pencha en avant.

— Vous me mettez dans une position difficile, déclara le colonel. Tout ce que vous dites est juste. Mais j'ai du mal à croire que vous iriez jusqu'au bout de votre raisonnement. Si je vous gardais parmi nos effectifs, ce serait risqué. Ça pourrait saper ma position lors des négociations de paix.

— C'est un risque, convint Miller. Mais j'ai été sur Éros, et sur la station Thoth. J'ai volé à bord du *Rossinante* en compagnie d'Holden et de son équipage. Quand on en vient à l'analyse de la protomolécule et à la façon dont nous nous sommes retrouvés embringués dans ce bordel, il n'y a personne en meilleure position pour vous donner des informations. Vous pouvez arguer que j'en savais trop. Que j'avais trop de valeur pour que vous me laissiez partir.

— Ou que vous étiez trop dangereux.

— Bien sûr. Ou que j'étais trop dangereux.

Ils restèrent silencieux un moment. Sur le *Nauvoo*, un alignement de lumières brilla dans les tons verts et dorés, sans doute pour un test, puis s'éteignit.

— Consultant à la sécurité, lâcha Fred. Indépendant. Je ne vous donnerai aucun grade.

Je suis trop mouillé pour eux, songea Miller avec une pointe d'amusement.

— Si ça va de pair avec une couchette à moi, j'accepte.

C'était uniquement en attendant la fin de la guerre. Ensuite, il ne serait plus que de la viande bonne à broyer pour la machine. Mais cela lui convenait. Fred se renversa dans son fauteuil. Le siège émit un sifflement discret quand le dossier s'inclina un peu en arrière.

— D'accord, dit-il. Voici votre premier boulot. Donnez-moi votre analyse de la situation : quel est mon plus gros problème ?

— Le confinement des informations.

— Vous pensez que je ne peux pas empêcher qu'on sache, pour la station Thoth et la protomolécule ?

— Bien sûr que vous ne pouvez pas l'empêcher. En premier lieu, trop de gens sont déjà au courant. Et puis, l'une de ces personnes s'appelle Holden, et s'il n'a pas déjà diffusé la nouvelle sur toutes les fréquences disponibles, il le fera bientôt. Par ailleurs, vous ne pouvez pas conclure un traité de paix sans expliquer ce qui se passe. Tôt ou tard, il faudra que ça sorte.

— Et quel conseil donneriez-vous ?

Pendant une poignée de secondes Miller replongea dans l'obscurité, quand il écoutait les propos sans suite émanant de la station à l'agonie. Les voix des mourants qui l'apostrophaient par-delà le vide.

— Défendez Éros, dit-il. Tous les partis en présence vont vouloir des échantillons de la protomolécule. La seule manière de vous préserver un siège à la table des négociations, c'est d'interdire tout accès à la station.

Fred sourit.

— L'idée est bonne, admit-il. Mais comment proposez-vous d'interdire l'accès à une structure aussi vaste que la station Éros si la Terre et Mars font venir leurs flottes ?

Il n'avait pas tort. Miller eut un pincement au cœur. Même si Julie Mao – sa Julie – était morte, il eut l'impression de la trahir quand il répondit :

— Alors il faut vous en débarrasser.

— Et comment m'y prendrais-je ? rétorqua Johnson. Même si nous truffions le tout de charges nucléaires, comment avoir l'assurance absolue qu'aucune parcelle de cette chose ne pourrait atteindre une colonie ou un puits de gravité ? Faire exploser la station serait comme éparpiller le duvet d'un pissenlit dans le vent.

Miller n'avait jamais vu de pissenlit, mais il comprenait le problème. La plus infime portion de cette substance qui avait envahi Éros suffirait à réitérer le phénomène. Et cette substance s'épanouissait avec la radioactivité. Griller la station avec des charges nucléaires risquait fort de précipiter le développement de cette horreur au lieu de l'anéantir. Pour avoir la certitude que la protomolécule présente sur Éros ne se propage pas ailleurs, il fallait qu'ils réduisent à l'état d'atomes dissociés tout ce qui constituait la station…

— Oh, fit Miller.

— Oh ?

— Ouais. Ça ne va pas vous plaire.

— Allez-y.

— D'accord. C'est vous qui êtes demandeur. Il faut précipiter Éros dans le soleil.

— Dans le soleil…, répéta Fred. Avez-vous la moindre idée de la masse dont nous parlons ?

D'un mouvement de tête, Miller désigna la grande surface de la baie, le chantier de construction au-delà, et le *Nauvoo*.

— Ce géant possède des moteurs énormes, dit-il. Envoyez quelques appareils rapides jusqu'à la station, pour vous assurer que personne ne puisse y aborder. Ensuite précipitez le *Nauvoo* contre Éros, et propulsez l'astéroïde en direction du soleil.

Les yeux de Johnson se voilèrent pendant qu'il envisageait cette solution, calculait et soupesait.

— Il faut s'assurer que personne n'atteigne la station avant qu'elle heurte la couronne solaire. Ce sera difficile, mais Mars et la Terre sont l'un comme l'autre plus soucieux d'empêcher le camp adverse d'accéder à Éros que d'y accéder eux-mêmes.

Je suis désolé de ne pas pouvoir faire mieux, Julie, pensa-t-il. *Mais ce seront des funérailles grandioses.*

La respiration de Johnson se fit plus lente et plus profonde, et son regard s'égara comme s'il lisait dans l'air quelque chose que lui seul pouvait voir. Miller patienta, malgré le silence qui devenait pesant. Il s'écoula presque une minute avant que le colonel souffle bruyamment.

— Les Mormons vont très mal le prendre, lâcha-t-il.

45

HOLDEN

Naomi parlait pendant son sommeil. C'était une des dizaines de particularités qu'Holden ignorait sur elle avant cette nuit. Même s'ils avaient souvent dormi dans des sièges anti-crash séparés de seulement quelques dizaines de centimètres, il ne l'avait jamais remarqué. À présent, avec la tête de la jeune femme posée sur sa poitrine nue, il sentait les mouvements de ses lèvres et le souffle doux et modulé qui accompagnait ses paroles. En revanche, il n'arrivait pas à saisir ce qu'elle disait.

Elle avait également une cicatrice dans le dos, juste au-dessus de la fesse gauche. Longue de sept centimètres environ, elle avait les bords dentelés d'une déchirure plutôt que d'une coupure. Elle n'était pas adepte des bagarres de bar, ce devait donc être un souvenir de travail. Peut-être avait-elle voulu se glisser dans un espace trop étroit de la salle des machines, alors que le vaisseau se lançait dans une manœuvre inattendue. Un chirurgien esthétique compétent aurait pu faire disparaître cette marque disgracieuse en une seule séance. Qu'elle n'ait pas pris cette peine et que visiblement cela ne la préoccupe pas constituait un autre aspect de sa personnalité qu'il avait découvert cette nuit.

Elle cessa de murmurer et se passa la langue sur les lèvres à plusieurs reprises, avant de dire :

— Soif.

Holden glissa précautionneusement pour s'écarter d'elle et se dirigea vers la cuisine, conscient qu'il cédait à l'obséquiosité accompagnant toujours les premiers émois avec un nouvel amour. Pendant les deux semaines à venir, il serait incapable de ne pas complaire au moindre désir que Naomi exprimerait. Chez certains hommes, c'était un comportement presque génétique, comme si leur ADN les poussait à s'assurer que cette première fois n'était pas un pur concours de circonstances.

La disposition de sa chambre était différente de la sienne, ce qui le rendit maladroit dans l'obscurité. Il tâtonna un bon moment dans le coin cuisine avant de trouver un verre. Quand il l'eut rempli et fut revenu auprès d'elle, la jeune femme était assise dans le lit, le drap ramassé sur ses jambes. À sa vue, à demi nue dans la pénombre de la pièce, il eut une érection aussi subite qu'embarrassante.

Le regard de Naomi détailla son corps, s'attarda au niveau de sa taille, puis sur le verre d'eau.

— C'est pour moi ? dit-elle.

Ne sachant pas avec certitude de quoi elle parlait, il répondit simplement par l'affirmative.

— Tu dors ?

Naomi avait la joue posée sur le ventre d'Holden, et sa respiration était lente et profonde, mais à la grande surprise du Terrien elle répondit aussitôt :

— Non.

— On pourrait parler ?

Elle roula sur elle-même et se redressa jusqu'à ce que son visage soit près du sien sur l'oreiller. Ses cheveux retombaient sur ses yeux, et de la main il les repoussa, dans un mouvement si intime et possessif qu'il dut déglutir pour chasser le nœud se formant dans sa gorge.

— Est-ce que tu envisagerais les choses sérieusement avec moi? demanda-t-elle, les yeux mi-clos.

— Oui, dit-il, et il déposa un baiser sur son front.

— Mon dernier amant, c'était il y a plus d'un an. Je suis une serial monogame, donc, en ce qui me concerne, c'est un contrat d'exclusivité jusqu'à que l'un de nous deux décide que ça ne l'est plus. Pour peu que tu préviennes un peu à l'avance de ta décision de mettre fin au contrat, je ne t'en voudrai pas. Je suis ouverte à l'idée que notre relation dépasse l'aspect sexuel, mais d'après mon expérience ça viendra tout seul, si ça doit venir. J'ai des ovules stockés sur Europe et Luna, au cas où tu voudrais savoir.

Elle se dressa sur un coude, et son visage domina celui d'Holden.

— Est-ce que j'ai fait le tour du sujet?

— Non, répondit-il. Mais je suis d'accord avec les conditions.

Elle se laissa retomber sur le dos et poussa un long soupir de satisfaction.

— Bien.

Il aurait aimé la serrer dans ses bras, mais comme il était brûlant et en sueur il se contenta de lui prendre la main. Il voulait lui dire que pour lui c'était réellement important, que c'était déjà plus qu'une relation sexuelle, mais toutes les phrases qui se bousculaient dans sa tête lui semblaient immédiatement sonner faux, ou être trop larmoyantes.

— Merci, dit-il simplement.

Mais déjà elle ronflait paisiblement.

Le matin venu, ils refirent l'amour. Après une longue nuit sans avoir dormi assez, leurs ébats tournèrent plus à l'effort qu'à la détente pour Holden, mais il y trouva aussi du plaisir, comme si un rapport moins torride signifiait quelque chose de différent, de plus amusant et doux que ce qu'ils avaient déjà connu ensemble. Ensuite il alla dans la cuisine, fit du café et le rapporta dans la chambre sur un plateau. Ils burent sans parler, et une partie de la timidité qu'ils avaient évitée la nuit précédente s'imposa alors dans l'éclairage artificiel qui baignait la pièce.

Naomi reposa sa tasse vide et effleura d'un doigt la bosse pas encore résorbée sur le nez cassé du Terrien.

— C'est très moche ? demanda-t-il.

— Non, tu étais trop parfait, avant. Ça te rend plus réel.

Il rit.

— On dirait un mot que tu emploierais pour décrire un gros homme ou un professeur d'histoire.

Elle sourit et de la pointe des doigts toucha légèrement sa poitrine. Le geste n'était pas une tentative pour l'exciter, juste l'exploration qui venait quand la satiété avait gommé le sexe de l'équation. Holden essaya de se rappeler la dernière fois que la réalité de la situation après un rapport sexuel avait été aussi agréable, mais peut-être qu'il n'avait jamais connu une telle sensation. Il pensait sérieusement à passer le restant de la journée au lit avec elle, et établissait une liste mentale des restaurants de la station livrant à domicile quand son terminal se mit à tinter sur la table de chevet.

— Ah, merde, grogna-t-il.

— Tu n'es pas obligé de répondre, fit Naomi qui dirigeait maintenant son exploration tactile vers le ventre du Terrien.

— Tu as remarqué ce qui se passait ces derniers mois, pas vrai ? répondit-il. À moins que ce soit une erreur, c'est sûrement l'annonce d'un truc du genre fin du système solaire, et nous allons avoir cinq minutes pour évacuer la station.

Elle fit courir ses lèvres sur son flanc, ce qui le cha-touilla et le poussa à mettre en doute ses certitudes quant à sa satisfaction sexuelle.

— Ce n'est pas amusant, dit-elle.

Il soupira et prit le terminal. Le nom de Johnson s'affi-chait sur l'écran. La sonnerie se fit entendre de nouveau.

— C'est Fred, annonça-t-il.

Elle cessa ses baisers et se remit en position assise.

— Alors c'est probablement une mauvaise nouvelle.

Il toucha l'écran pour accepter l'appel.

— Fred ?

— Jim. Venez me voir dès que vous le pourrez. C'est important.

— Entendu. Je serai là dans une demi-heure.

Il coupa la communication et lança son terminal à tra-vers la pièce. L'appareil atterrit sur le tas de vêtements qu'il avait laissé au pied du lit.

— Je prends une douche et je vais voir ce qu'il me veut, dit-il en repoussant les draps pour se lever.

— Je devrais venir, moi aussi ? demanda Naomi.

— Tu plaisantes ? Il n'est plus question que tu sois hors de ma vue.

— N'essaie pas de me donner la chair de poule, répli-qua-t-elle, mais en souriant.

À leur arrivée, la première surprise déplaisante fut de voir Miller assis dans le bureau de Johnson. Holden le salua d'un signe à peine ébauché et s'adressa aussitôt à Fred :

— Nous voilà. Que se passe-t-il ?

D'un geste, le colonel les invita à s'asseoir, ce qu'ils firent.

— Nous avons discuté de ce qu'il convenait de faire, pour Éros, dit-il.

— Bon, et alors ? fit Holden.

— Miller pense que quelqu'un va tenter de se poser là-bas et de récupérer des échantillons de la protomolécule.

— J'imagine sans difficulté que certaines personnes soient assez stupides pour le faire, approuva le Terrien.

Johnson se leva de son fauteuil et appuya sur une touche de son bureau. Les écrans qui en temps normal relayaient une vue de la construction du *Nauvoo* à l'extérieur affichèrent une carte en deux dimensions du système solaire. Des points lumineux minuscules de différentes couleurs marquaient la position des unités des diverses flottes. Une nuée verte entourait Mars. Holden en déduisit que les points de cette couleur représentaient les vaisseaux terriens. Les rouges et les jaunes étaient présents en grand nombre dans la Ceinture et près des planètes extérieures. Les rouges étaient très certainement les Martiens, donc.

— Jolie carte, dit-il. Elle est exacte ?

— Raisonnablement.

Il pianota sur son bureau et l'écran zooma sur une portion de la Ceinture. Un astéroïde en forme de pomme de terre et avec la mention ÉROS occupait le centre. Deux petits points verts distants de plusieurs mètres sur la représentation se dirigeaient vers lui.

— C'est le vaisseau scientifique terrien *Charles Lyell* qui fait route vers Éros à vitesse maximale. Il est accompagné de ce que nous pensons être une unité d'escorte de classe *Fantôme*.

— Le cousin du *Rossi* dans la Flotte terrienne, dit Holden.

— En fait les unités de classe *Fantôme* sont plus anciennes, et généralement reléguées à des missions d'échelon inférieur, mais elles demeurent des adversaires redoutables pour n'importe quel appareil que l'APE pourrait envoyer sur zone, corrigea Johnson.

— Mais c'est exactement le genre de vaisseau qui escorte les expéditions scientifiques, remarqua Holden.

Comment ont-ils fait pour arriver là aussi vite ? Et pourquoi ne sont-ils que deux ?

Fred rebascula la carte sur une vue globale du système solaire.

— Un coup de chance pour eux. Le *Lyell* revenait sur Terre après avoir cartographié un astéroïde n'appartenant pas à la Ceinture quand il a infléchi sa course en direction d'Éros. Il en était plus proche que n'importe quelle autre unité. La Terre a dû y voir une occasion en or de s'approprier des échantillons pendant que tout le monde en est encore à se demander quoi faire.

Holden regarda Naomi, mais elle demeurait impassible. Miller le dévisageait comme un entomologiste qui cherche à déterminer avec précision où l'épingle a été plantée.

— Donc ils sont au courant ? dit le Terrien. Pour Protogène et Éros ?

— C'est ce que nous pensons, répondit Johnson.

— Vous voulez que nous les chassions ? À mon avis, c'est faisable, mais ça ne marchera que le temps nécessaire à la Terre pour dérouter quelques vaisseaux de plus et les envoyer en soutien au *Lyell*. Nous ne pourrons pas gagner beaucoup de temps.

Fred sourit.

— Nous n'avons pas besoin de beaucoup de temps, dit-il. Nous avons un plan.

Holden attendait d'en savoir plus, mais le colonel et se cala au fond de son siège sans rien ajouter. Miller se leva et changea la vue de l'écran pour un plan rapproché de la surface d'Éros.

Et maintenant nous allons savoir pourquoi Fred garde ce chacal auprès de lui, pensa le Terrien.

L'ex-inspecteur pointa le doigt sur la station.

— Éros est une installation qui date. Avec beaucoup de systèmes redondants, et de trous dans sa peau, surtout de petits sas de maintenance, expliqua-t-il. Les quais principaux sont regroupés en cinq endroits autour de la structure. Nous envisageons d'envoyer cinq transports de ravitaillement sur Éros, avec le *Rossinante*. Le *Rossi* empêchera le vaisseau scientifique de se poser, et les transports s'arrimeront à la station, chacun à un complexe d'accostage.

— Vous voulez envoyer des gens à l'intérieur ? dit Holden.

— Pas à l'intérieur, uniquement en surface. Bref. Le sixième transport évacue les équipages des cinq autres une fois ceux-ci en position. Chaque vaisseau abandonné sera équipé de deux douzaines d'ogives nucléaires à rendement élevé reliées aux détecteurs de proximité de chaque transport. Toute tentative de débarquement entraînera une explosion nucléaire de quelques centaines de mégatonnes. Ça devrait suffire à détruire un vaisseau en approche, et même si ce n'est pas le cas les installations seront trop endommagées pour qu'on puisse y débarquer.

Naomi se racla la gorge.

— Euh… Les Nations unies et Mars ont des équipes de déminage. Elles trouveront un moyen de désamorcer vos pièges.

— Oui, si elles ont assez de temps pour ça, approuva Johnson.

Miller continua sa démonstration comme s'il n'avait pas été interrompu :

— Les bombes ne sont que la seconde ligne de dissuasion. D'abord le *Rossinante*, ensuite les ogives. Nous faisons en sorte de donner aux hommes de Fred le temps nécessaire pour préparer le *Nauvoo*.

— Le *Nauvoo* ? répéta Holden.

Une seconde plus tard, Naomi laissa échapper un sifflement bas. Miller la regarda et hocha la tête presque comme s'il acceptait des applaudissements.

— Le lancement du *Nauvoo* sur une longue course parabolique pendant laquelle il prendra de la vitesse.

Il percutera Éros selon une vélocité et un angle calculés pour propulser l'astéroïde vers le soleil. L'impact déclenchera également la mise à feu des ogives. Entre l'énergie de l'impact et celle développée par les charges nucléaires, nous pensons que la surface d'Éros deviendra assez brûlante et radioactive pour griller tout ce qui tenterait de s'y poser, jusqu'à ce que ce soit trop tard.

Miller se rassit et guetta la réaction des autres.

— C'était votre idée ? lui demanda Holden.

— La partie concernant le *Nauvoo*. Mais nous n'étions pas au courant pour le *Lyell* quand nous avons commencé à en parler. L'idée de piéger les points d'accès est plus improvisée. Mais je pense que ça marchera. Ça nous permettra de gagner assez de temps.

— Je suis d'accord, dit Holden. Il faut que nous fassions tout pour qu'Éros reste hors de portée de tout le monde, et je ne vois pas de meilleure solution pour s'en assurer. Nous sommes de la partie. Nous chasserons le vaisseau scientifique pendant que vous accomplirez votre part du plan.

Son fauteuil émit un petit craquement quand Fred se pencha en avant et dit :

— Je savais que vous en seriez. Miller était plus sceptique.

— Envoyer un million de personnes dans le soleil m'a semblé être le genre d'initiative qui risquait de vous faire renâcler, expliqua l'ex-inspecteur avec une grimace dénuée de tout humour.

— Il n'y a déjà plus rien d'humain sur cette station. Et vous, vous ferez quoi, dans tout ça ? Vous jouerez au stratège du fond de votre fauteuil ?

La remarque était plus agressive qu'il ne l'aurait voulu, mais Miller ne parut pas s'en offenser.

— Je vais coordonner les forces de sécurité.

— La sécurité ? Pourquoi auront-ils besoin de la sécurité ?

Miller sourit, comme il aurait souri en entendant une bonne blague lors de funérailles.

— Au cas où quelque chose se glisserait hors d'un sas, et voudrait jouer au passager clandestin.

Holden grimaça.

— Je n'aime pas l'idée que ces choses puissent se déplacer dans le vide. Non, je n'aime pas du tout cette idée.

— Une fois que nous aurons amené la température de surface d'Éros à un gentil dix mille degrés, je pense que ça n'aura pas trop d'importance, répliqua Miller. Mais jusque-là, autant prendre toutes les précautions possibles.

Le capitaine aurait souhaité partager son assurance.

— Quelles sont les probabilités que l'impact et les explosions aient pour résultat de pulvériser Éros en un millions de morceaux qui se disperseraient dans tout le système solaire ? demanda Naomi.

— Fred a chargé ses meilleurs experts de tout calculer jusqu'à la dernière décimale pour être certain que ça n'arrivera pas, répondit Miller. Tycho a aidé à construire la station. Ils ont tous les plans.

— Et maintenant, voyons le dernier point, dit Johnson.

Holden attendit la suite.

— Vous détenez toujours la protomolécule, n'est-ce pas ? dit Fred.

Holden hocha la tête.

— Et alors ?

— Alors, la dernière fois que nous vous avons envoyé en mission, votre vaisseau était presque une épave. Quand Éros aura reçu son traitement atomique, ce sera le seul échantillon confirmé, en dehors de ce qui se trouve peut-être toujours sur Phœbé. Je ne vois aucune raison de vous laisser le conserver. Je veux qu'il reste ici, sur Tycho, quand vous partirez.

Holden se leva.

— Non, Fred. Je vous aime bien, mais il n'est pas question que je confie cette saloperie à quelqu'un qui pourrait la voir comme un objet de marchandage.

— Je ne pense pas que vous ayez beaucoup de..., commença Johnson.

Holden leva une main pour l'interrompre, et pendant que l'autre le dévisageait avec surprise, il saisit son terminal et le régla sur le canal de l'équipage.

— Alex, Amos, un de vous est à bord?

— Moi, répondit la voix du mécanicien une seconde plus tard. Je termine quelques...

— Verrouillez le vaisseau, lui ordonna Holden. Immédiatement. Verrouillez-le hermétiquement. Si je ne vous recontacte pas d'ici une heure, ou si quelqu'un d'autre que moi tente d'embarquer, filez de Tycho à puissance maximale. Je vous laisse le choix de votre destination. Utilisez l'armement pour passer s'il le faut. C'est bien compris?

— Cinq sur cinq, chef, dit Amos.

Il aurait répondu sur le même ton si le capitaine lui avait demandé de lui apporter une tasse de café.

Johnson le regardait toujours avec incrédulité.

— N'insistez pas, Fred, lui dit Holden.

— Si vous pensez être en position de me menacer, vous faites erreur, déclara le colonel d'une voix désincarnée parfaitement effrayante.

Miller éclata de rire.

— Quelque chose de drôle? siffla Johnson.

— Ce n'était pas une menace.

— Ah non? Et comment définiriez-vous ce qui vient d'être dit?

— J'appellerais ça un rapport très précis de l'état du monde, dit Miller qui s'étira paresseusement. Si c'était Alex qui se trouvait à bord, il pourrait penser que le capitaine essaie d'intimider quelqu'un, et qu'il changera peut-être d'avis à la dernière minute. Mais Amos? Amos n'hésitera pas à se frayer un passage à coups de torpilles, même s'il risque sa peau et le vaisseau.

Fred eut un rictus mauvais, et Miller secoua la tête :

— Non, ce n'est pas du bluff. Ne tentez pas le diable.

Les yeux du colonel s'étrécirent, et Holden se demanda s'il n'avait pas fini par aller trop loin avec cet homme. Il ne serait certainement pas la première personne dont Fred Johnson aurait ordonné l'exécution par balle. Et il avait Miller planté juste à côté. Ce déséquilibré d'ex-flic le descendrait sûrement si quelqu'un laissait entendre que c'était une bonne idée. La seule présence de Miller ébranla la confiance qu'Holden avait placée en Johnson.

Ce qui ne fit qu'accroître sa surprise quand Miller lui sauva la mise :

— Écoutez, le fait est qu'Holden est la personne la plus capable pour trimballer cette saloperie jusqu'à ce que vous ayez décidé quoi en faire.

— Soyez plus convaincant, dit Johnson d'une voix enrouée par la colère.

— Quand Éros se sera volatilisé, lui et le *Rossi* vont avoir chaud aux miches. Quelqu'un pourrait lui en vouloir assez pour lui balancer un missile nucléaire, juste par principe.

— Et en quoi cette éventualité fait que l'échantillon est plus en sécurité avec lui ? contra Johnson, mais Holden avait compris la position de Miller.

— Les gens intéressés seront peut-être moins enclins à m'atomiser si je leur fais savoir que je détiens l'échantillon et toutes les notes de Protogène, dit-il.

— Ce n'est pas pour autant que l'échantillon sera plus en sécurité, enchaîna Miller, mais ça accroît les chances de réussite de la mission. Et c'est ça qui importe, non ? Et puis, ce type est un idéaliste. Offrez-lui son poids en or et il se vexera parce que vous aurez essayé de l'acheter.

Naomi ne put retenir un rire. Miller lui glissa un regard rapide, un petit sourire au coin des lèvres, puis il se tourna de nouveau vers Fred.

— Vous êtes en train de m'expliquer qu'on peut lui faire confiance, et pas à moi ? dit le colonel.

— Je pensais plutôt à l'équipage, éluda Miller. Celui d'Holden est réduit, et ils lui obéissent au doigt et à l'œil. Ils pensent qu'il est droit, alors ils se mettent au diapason.

— Mes hommes me suivent, dit Johnson.

Le sourire de Miller était aussi las qu'inébranlable.

— Il y a beaucoup de gens dans l'APE…

— Les enjeux sont trop énormes, dit Fred.

— Votre position sociale n'est pas idéale pour jouer au coffre-fort, répliqua Miller. Je ne prétends pas que c'est un plan génial. Seulement que vous n'en trouverez pas de meilleur.

Les yeux du colonel n'étaient plus que deux fentes où brillaient à parts égales l'éclat de la rage et celui de la frustration. Sa mâchoire remua un moment avant qu'il parle.

— Capitaine ? Je suis très déçu de votre manque de confiance envers moi, après tout ce que j'ai fait pour vous et les vôtres.

— Si l'espèce humaine existe encore dans un mois, je vous présenterai mes excuses, promit le Terrien.

— Partez d'Éros avec votre équipage, avant que je change d'avis.

Holden se leva, inclina la tête à l'attention du militaire, et sortit avec Naomi.

— La vache, on n'est pas passés loin, lui dit-elle dans un souffle.

Il attendit qu'ils aient quitté la pièce pour répondre :

— Je pense que Fred était à deux doigts de me faire descendre par Miller.

— Miller est de notre côté. Tu ne l'as pas encore compris ?

46

MILLER

Quand il avait pris le parti d'Holden contre son nouveau patron, Miller avait su qu'il y aurait des conséquences. Au départ, sa position face à Johnson et l'APE était déjà fragile, et souligner que le Terrien et son équipage étaient non seulement plus dévoués mais aussi plus fiables que les hommes du colonel n'était pas le genre de chose à faire lorsqu'on venait de prêter allégeance. Que ce soit la vérité avait pour seul effet d'aggraver la situation.

Il s'était préparé à une forme de vengeance. Il aurait été naïf de ne pas l'anticiper.

Levez-vous, ô hommes de Dieu, en une seule foule unie, chantaient les résistants. *Faites qu'advienne le jour de la fra-ter-ni-té, et que se dissipent les ténèbres de l'erreur...*

Miller ôta son feutre et passa la main dans ses cheveux de plus en plus rares. Ce ne serait pas une bonne journée.

L'intérieur du *Nauvoo* montrait un état de finition plus modulé et en évolution que le suggérait sa coque extérieure. Avec ses deux kilomètres de long, ses concepteurs avaient voulu en faire plus qu'un vaisseau, aussi gigantesque soit-il. Les grands niveaux s'empilaient les uns sur les autres. Les poutres en alliage se mêlaient de façon organique à ce qui aurait été des prairies pastorales. La structure faisait écho aux cathédrales majestueuses de la Terre et de Mars et s'élevait dans les airs pour affirmer à la fois la gloire de Dieu et la stabilité de la poussée gravitationnelle. Ce n'étaient encore qu'un squelette de métal et un substrat agricole en cours d'élaboration, mais Miller voyait très bien le but visé.

Un vaisseau générationnel représentait l'affirmation d'une ambition et d'une foi intenses. Les Mormons en avaient été conscients. Ils avaient soutenu de tout cœur ce projet. Ils avaient construit un navire qui était autant une prière qu'une preuve de piété et une célébration. Le *Nauvoo* serait le plus grand temple que le genre humain ait jamais érigé. Il conduirait son équipage à travers les gouffres infranchissables de l'espace interstellaire et constituerait pour l'humanité le meilleur espoir d'accéder aux étoiles.

Du moins il en aurait été ainsi, sans lui.

— Tu veux qu'on les asperge de lacrymo, Pampaw? demanda Diogo.

Miller observait les contestataires. À vue de nez, ils étaient deux cents à former une longue chaîne humaine qui bloquait les voies d'accès et les canaux techniques. Monte-charges et grues étaient immobilisés, leurs panneaux de contrôle éteints, leurs batteries court-circuitées.

— Ouais, on devrait sûrement faire ça, soupira Miller.

L'équipe de la sécurité – son équipe – comptait moins de trois douzaines d'éléments. Des hommes et des femmes plus unis par le brassard que l'APE leur avait distribué que par leur entraînement, leur expérience, leur loyauté ou leurs opinions politiques. Si les Mormons avaient choisi la violence, cette affaire aurait tourné au bain de sang. S'ils avaient revêtu des combinaisons pressurisées, l'affrontement aurait pu durer des heures, voire des jours. Mais Diogo donna le signal, et trois minutes plus tard quatre petites comètes décrivirent un arc de cercle dans l'espace à gravité nulle, en laissant derrière elles un sillage de NNLP-alpha et de tétrahydrocannabinol.

C'était la méthode de contrôle d'une émeute la plus douce et la plus gentille de leur arsenal. Les protestataires aux poumons fragiles pouvaient certes avoir quelques problèmes, mais dans la demi-heure suivante tous seraient libérés dans un état proche de la stupeur, et planant aussi haut qu'un cerf-volant. Le NNLPa et le THC formaient une combinaison que Miller n'avait jamais utilisée sur Cérès. S'ils avaient voulu en constituer une réserve, nul doute qu'elle aurait été pillée pour servir lors des petites fêtes qu'organisait le poste. Il chercha un peu de réconfort dans cette pensée. Comme si cela pouvait compenser des vies entières de rêves et d'efforts qu'il balayait ainsi.

À côté de lui, Diogo rit.

Il leur fallut trois heures pour effectuer l'évacuation principale, et cinq de plus pour débusquer les contestataires qui s'étaient cachés dans les conduites et les locaux sécurisés dans l'espoir de se manifester au dernier moment pour saboter la mission. Pendant que ces derniers en pleurs étaient débarqués du vaisseau, Miller se demanda s'il leur avait simplement sauvé la vie. Si tout ce qu'il avait fait dans sa vie se résumait à empêcher Fred Johnson de décider de laisser ou non une poignée d'innocents périr avec le *Nauvoo*, ou de risquer de conserver Éros à portée des planètes intérieures, ce n'était déjà pas si mal.

Dès qu'il en donna l'ordre, les équipes techniques de l'APE entrèrent en action. Elles remirent en état les moyens de transport et les engins, désamorcèrent la centaine de petits actes de sabotage qui aurait interdit la mise en route des moteurs du *Nauvoo*, et rangèrent les équipements qu'ils voulaient conserver. Miller regarda les monte-charges industriels aussi massifs qu'une maison pouvant accueillir une famille de cinq personnes débarquer caisse après caisse et des éléments qui venaient tout juste d'être acheminés à bord. On s'affairait sur les quais comme sur ceux de Cérès au plus fort de la journée. Miller s'attendait presque à voir ses anciens détachements errer parmi les dockers et les monte-charges pour maintenir ce qui passait pour la paix.

Dans les moments de calme, il connectait son terminal sur les données émises par Éros. Quand il n'était encore qu'un gamin, il y avait eu une artiste spécialisée dans les performances qui faisait des tournées – Jila Sorormaya, c'était son nom. Dans son souvenir, elle avait intentionnellement altéré des programmes pour les systèmes de stockage de données, puis elle avait dévié le flux de données pour l'incorporer à son appareillage musical. Les ennuis avaient commencé pour elle lorsqu'une partie du code déposé d'un de ces programmes était apparu dans sa musique. À l'époque, Miller n'était pas quelqu'un de très raffiné. Il s'était dit qu'une autre artiste déjantée avait besoin de trouver un vrai travail, et que l'univers s'en trouvait être un endroit meilleur.

En écoutant l'émission d'Éros – qu'il surnommait "Radio Libre Éros" –, il songea qu'il avait peut-être été un peu dur dans son jugement sur cette bonne vieille Jila. Les couinements et les bavardages croisés, le flot de sons dénués de sens ponctué par les voix, tout cela était effrayant et envoûtant à la fois. Exactement comme le flux de données piraté, c'était la musique de la corruption.

... asciugare il pus e che possano sentirsi meglio...

... ja minä nousivat kuolleista ja halventaa kohtalo pakottaa minut ja siskoni...

... faites ce que vous vous avez à faire...

Il avait écouté cette émission des heures durant, remarqué des voix. Une fois, l'ensemble avait pris un rythme irrégulier, s'interrompant et reprenant comme un élément d'équipement sur le point de céder. C'est seulement quand le débit habituel était réapparu que Miller s'était demandé si ces silences bégayants n'étaient pas un message en morse. Il prit appui contre la cloison proche, et la masse du *Nauvoo* l'écrasa de tout son gigantisme. Le vaisseau à moitié né et déjà promis au sacrifice. Assise à côté de lui, Julie regardait en l'air. Ses cheveux flottaient autour d'elle, et ses yeux ne cessaient de sourire. Quel que soit le stratagème de son imagination qui avait empêché sa propre Juliette Andromeda Mao intime de lui revenir sous la forme d'un cadavre, il lui en était reconnaissant.

Ç'aurait été quelque chose, non ? dit-elle. *Voler dans le vide sans combinaison. Dormir une centaine d'années et s'éveiller à la lumière d'un soleil différent.*

— Je n'ai pas descendu ce fumier assez vite, dit-il à voix haute.

Il aurait pu nous offrir les étoiles.

Une autre voix interrompit sa rêverie. Une voix humaine qui tremblait de rage :

— Antéchrist !

Ramené brutalement à la réalité, Miller coupa l'émission d'Éros. Un transport chargé de prisonniers avançait sans hâte sur le quai. Une douzaines de techniciens mormons étaient menottés à ses barres de retenue. L'un d'eux était un jeune homme au visage vérolé et au regard haineux. Il regardait fixement Miller.

— Tu es l'Antéchrist, une vile caricature d'être humain ! Dieu sait qui tu es ! Il se *souviendra* de toi !

Miller porta un doigt à son chapeau pour saluer au passage des prisonniers.

— Les étoiles se porteront mieux sans nous, dit-il, mais si bas que seule Julie put l'entendre.

Une douzaine de remorqueurs précédaient le *Nauvoo*, et le réseau de leurs filins en nanotubulure était invisible à cette distance. Le grand monstre, autant composant de la station Tycho que ses structures et l'air, qui remuait dans son silllage, s'ébrouait, et commençait à bouger. Le brasier des moteurs des remorqueurs illuminait l'espace intérieur de la station dans un éclairage de Noël qui vacillait selon leur chorégraphie parfaitement orchestrée, et un frisson presque subliminal parcourut l'acier de l'ossature inerte de Tycho. Dans huit heures, le *Nauvoo* se serait suffisamment éloigné pour qu'on mette en marche ses moteurs titanesques sans que leurs rejets mettent la station en péril. Il faudrait peut-être encore deux semaines avant qu'il atteigne Éros.

Miller le précéderait de quatre-vingts heures.

— *Oï*, Pampaw, dit Diogo. *Done-done*?

— Ouais, répondit Miller en réprimant un soupir. Je suis prêt. Rassemblons tout le monde.

Le garçon sourit. Dans les heures qui avaient suivi la réquisition du *Nauvoo*, il avait ajouté trois caches en plastique rouge vif sur ses dents de devant. Apparemment, cela avait une signification profonde dans la culture de la jeunesse résidant sur la station Tycho, l'affirmation qu'il avait accompli une sorte de prouesse, peut-être sexuelle. Un instant Miller éprouva un soulagement certain de ne plus dormir chez lui.

Maintenant qu'il dirigeait les forces opérationnelles de sécurité pour le compte de l'APE, leur caractère irrégulier lui apparaissait plus clairement que jamais. Pendant un temps il avait pensé que l'APE pouvait représenter une puissance capable de vaincre la Terre ou Mars si l'on en venait à un conflit ouvert. Ils disposaient de plus d'argent et de ressources qu'il ne l'avait d'abord imaginé. Ils avaient Fred Johnson avec eux. Ils avaient maintenant Cérès, pour aussi longtemps qu'ils réussiraient à conserver la station. Ils avaient défié la station Thoth, et ils avaient gagné la partie.

Et pourtant les mêmes jeunes gens avec qui il avait donné l'assaut avaient travaillé au contrôle de la foule à bord du *Nauvoo*, et plus de la moitié d'entre eux se trouveraient à bord du vaisseau suicide quand il partirait pour Éros. C'était le genre de choses qu'Havelock ne pourrait jamais comprendre. Holden non plus. Peut-être que toute personne ayant vécu dans la certitude et le soutien d'une atmosphère naturelle n'accepterait jamais complètement la puissance et la fragilité d'une société fondée sur l'action nécessaire, la rapidité d'adaptation, comme l'APE l'avait accepté. Le fait de devenir une entité distincte.

Si Fred Johnson ne parvenait pas à obtenir un traité de paix, l'APE ne l'emporterait jamais contre la discipline et l'unité soudant la flotte d'une planète intérieure. Mais ils ne perdraient pas non plus, jamais. La guerre ne connaîtrait pas de fin.

Bah, qu'était l'histoire sinon ce genre de situation ?

Et en quoi la possession des étoiles y aurait changé quelque chose ?

En chemin pour rejoindre son appartement, il envoya une demande de canal sur son terminal. Fred Johnson apparut sur l'écran. Il semblait fatigué, mais toujours alerte.

— Miller, fit-il.

— Nous nous préparons à appareiller, si tout est OK de votre côté.

— Nous chargeons en ce moment même, répondit le colonel. Assez de matière fissible pour rendre la surface d'Éros impossible à approcher pendant des années. Soyez prudent avec ça. Si un de vos gars descend s'en griller une dans le mauvais endroit, nous ne serons pas en mesure de remplacer les mines. Pas à temps.

Il n'avait pas dit : *Vous serez tous morts*. Les armes étaient précieuses, pas les gens.

— Ouais, je surveillerai ça de près.

— Le *Rossinante* est déjà en route.

Ce n'était pas un détail dont Miller devait absolument être informé, il y avait donc une autre raison pour que

Johnson l'ait mentionné. Le ton soigneusement neutre qu'il avait adopté donnait à la révélation l'apparence d'une accusation implicite. Le seul échantillon de protomolécule sous contrôle avait quitté sa sphère d'influence.

— Quand nous le retrouverons là-bas, nous aurons tout le temps qu'il faut pour empêcher qui que ce soit d'approcher Éros, dit Miller. Ça ne devrait pas poser de problème.

Sur le petit écran, il était difficile de voir à quel point le sourire de Johnson était sincère.

— J'espère que vos amis sont vraiment à la hauteur, dit-il.

Miller eut une sensation étrange, comme un petit vide qui se formait juste sous son sternum.

— Ce ne sont pas mes amis, précisa-t-il d'un ton volontairement léger.

— Ah non ?

— Je n'ai pas vraiment d'amis. Disons plutôt que je connais un tas de gens avec qui j'ai travaillé.

— Vous placez une grande confiance en Holden, remarqua Johnson.

C'était presque une question. Au moins une mise à l'épreuve. Miller sourit, certain que Fred douterait autant de cette réaction que lui-même avait douté de la sienne.

— Il ne s'agit pas de confiance, mais d'une opinion raisonnée.

Johnson toussota autant qu'il rit.

— Et c'est pourquoi vous n'avez pas d'amis, mon ami.

— En partie.

Il n'y avait rien à ajouter. Miller coupa la communication. Il était presque arrivé chez lui, de toute façon.

Ce n'était pas grand-chose. Un cube anonyme perdu dans la station avec encore moins de personnalité que son ancien appartement sur Cérès. Il s'assit sur le bord de son lit, vérifia sur son terminal où en était le chargement des explosifs à bord du vaisseau. Il savait qu'il aurait dû se rendre sur les quais. Diogo et les autres se rassemblaient, et s'il était improbable que les brumes résiduelles des drogues prises pour fêter la mission leur aient permis d'arriver tous à l'heure prévue, le miracle n'était pas non plus impossible. Il n'avait même pas d'excuse.

Julie était assise dans l'espace derrière ses yeux. Elle avait replié les jambes sous elle, et elle était très belle. Comme Fred, Holden et Havelock, elle était née dans un puits de gravité et était venue dans la Ceinture par choix. Elle était morte à cause de son choix. Elle était venue chercher de l'aide et, ce faisant, elle avait tué Éros. Si elle était restée là-bas, sur ce vaisseau fantôme…

Elle inclina la tête de côté, et sa chevelure oscilla dans la gravité de la rotation. Il y avait une interrogation dans ses yeux. Elle avait raison, bien sûr. Cela aurait ralenti le cours des choses, mais sans le stopper. Protogène et Dresden auraient fini par la trouver. Par trouver la protomolécule. Ou bien ils seraient revenus et auraient extrait un autre échantillon. Rien n'aurait pu les arrêter.

Et il savait, comme il savait qu'il l'était lui-même, que Julie était différentes des autres. Elle comprenait la Ceinture et les Ceinturiens, et ce besoin d'aller plus loin. Peut-être pas jusqu'aux étoiles, mais au moins plus près d'elles. Le luxe auquel elle avait droit, Miller n'en avait jamais fait l'expérience, et il ne le connaîtrait jamais. Pourtant elle s'en était détournée. Elle était venue ici, et elle était restée même quand ses parents avaient menacé de vendre sa chaloupe de course. Son enfance. Sa fierté.

Voilà pourquoi il l'aimait.

Dès qu'il arriva aux quais, il comprit qu'il s'était passé quelque chose. C'était évident dans la façon de se tenir des dockers, dans leurs regards mi-amusés, mi-satisfaits. Miller s'enregistra et se glissa dans cette bizarrerie qu'était le sas de style Ojino-Gouch, un modèle passé de mode depuis soixante-dix ans et à peine plus large d'un tube lance-torpilles, pour atteindre le poste d'équipage trop exigu du *Talbot Leeds*. L'appareil semblait avoir été assemblé à partir de deux vaisseaux plus petits, sans souci particulier dans sa conception. Les couchettes d'accélération étaient superposées sur trois niveaux. L'air sentait la vieille transpiration et le métal surchauffé. Quelqu'un avait fumé de la marijuana dans un passé assez récent pour que les filtres n'en aient pas encore éliminé l'odeur. Diogo était là, avec une demi-douzaine d'autres jeunes. Ils portaient des uniformes divers, mais tous arboraient le brassard de l'APE.

— *Oï*, Pampaw ! J'ai gardé la couchette du haut *á dir*.

— Merci, dit Miller. J'apprécie le geste.

Treize jours. Il allait passer treize jours à partager cet espace restreint avec l'équipe de démolisseurs. Treize jours entassés sur ces couchettes, avec des mégatonnes de mines atomiques dans la soute du vaisseau. Et pourtant tous les autres souriaient. Il se hissa sur la couchette que Diogo lui avait réservée et toisa le petit groupe.

— Quelqu'un fête son anniversaire, aujourd'hui ?

Diogo eut une moue éloquente.

— Alors pourquoi tout le monde est d'aussi bonne humeur ? dit Miller, d'un ton plus âpre qu'il ne l'avait voulu.

Diogo ne parut pas s'en formaliser. Il lui offrit son grand sourire plein de dents blanches et rouges.

— *Audi-nichts* ?

— Non, je n'ai pas entendu, sinon je ne poserais pas la question.

— Mars a fait ce qu'il fallait, expliqua Diogo. Ils ont reçu les émissions d'Éros, ils ont additionné deux et deux, et…

Du poing droit, il frappa sa paume gauche. Miller s'efforça d'analyser ce qu'il disait. Mars avait attaqué Éros ? Ils avaient pris d'assaut Protogène ?

Ah. Protogène. Protogène et Mars.

— Ah ouais, dit-il. La station scientifique de Phœbé. Mars l'a mise en quarantaine.

— Que dalle, Pampaw. *Autoclavé*. C'est ce qu'ils lui ont fait. La lune a disparu. Ils lui ont balancé assez de missiles nucléaires pour qu'elle n'existe plus qu'au niveau subatomique.

Il vaut mieux pour eux, songea Miller. Ce n'était pas une lune très volumineuse. Si Mars l'avait réellement détruite et qu'il n'y avait plus la moindre protomolécule sur un morceau de…

— Tu *sabez* ? reprit Diogo. Ils sont de notre côté, maintenant. Ils ont pigé. Une alliance Mars-APE.

— Tu ne le penses pas sérieusement ?

— Nan, répondit Diogo, aussi content de lui en admettant que l'espoir était au mieux fragile, et probablement faux. Mais ça ne fait pas de mal de rêver, *que no* ?

— Tu ne le penses pas sérieusement ? répéta Miller avant de s'étendre sur la couchette.

Le gel d'accélération était trop rigide pour s'adapter à son corps dans le tiers de g régnant sur les quais, mais ce n'était pas trop inconfortable. Il consulta les dernières infos sur son terminal, et en effet un membre de la Flotte martienne avait annoncé cette décision. Cela représentait une grande quantité d'armement à utiliser, en particulier en pleine guerre, mais ils s'y étaient résolus. Saturne avait donc une lune en moins, et un anneau très fin, filamenteux et informe de plus – si toutefois il subsistait assez de matière pour en former un après les explosions. Du point de vue de Miller, qui n'était pas un expert, ces explosions avaient pour but de faire chuter les débris dans la gravité écrasante et donc protectrice du géant gazeux.

Il aurait été inepte d'en déduire que le gouvernement martien ne voudrait pas se procurer des échantillons de la protomolécule. Il aurait été naïf de prétendre qu'une organisation de cette taille et de cette complexité était univoque sur quelque sujet que ce soit, et surtout quand il s'agissait de quelque chose d'aussi dangereux et aussi révolutionnaire que celui-là.

Mais quand même…

Peut-être devait-on se satisfaire de savoir que, de l'autre côté de la ligne de fracture politique et militaire, quelqu'un avait vu les mêmes preuves qu'eux et en était arrivé aux mêmes conclusions. Cela laissait peut-être un peu de place à l'espoir. Il cala une fois encore son terminal sur les émissions venues d'Éros. Un son stroboscopique puissant dansait sous une cascade de bruits divers. Des voix s'élevaient et s'amenuisaient, pour réapparaître ensuite. Des flux de données giclaient les uns dans les autres, et les serveurs de reconnaissance de schémas incendiaient tout cycle disponible pour faire quelque chose du désordre qui en résultait. Julie lui prit la main, et le rêve était si convaincant qu'il aurait presque pu croire qu'il sentait son toucher.

Ta place est auprès de moi, dit-elle.

Dès que ce sera terminé, pensa-t-il. Il était vrai qu'il repoussait la conclusion de cette affaire. D'abord trouver Julie, ensuite la venger, et maintenant détruire le projet qui lui avait volé la vie. Mais quand ce serait fait, il pourrait lâcher les rênes.

Il lui restait seulement cette dernière étape à accomplir.

Vingt minutes plus tard, l'alarme générale retentit. Trente minutes plus tard, les moteurs s'allumèrent, le plaquant au gel d'accélération dans un écrasement qui allait durer treize jours sous gravité démultipliée, avec des pauses à gravité normale toutes les quatre heures, pour les fonctions biologiques. Et quand ils en auraient fini, l'équipage de bons à rien mal entraînés manipulerait des mines à charge nucléaire capables de les anéantir si l'un d'eux commettait une erreur.

Mais, au moins, Julie serait là. Pas réellement, mais quand même là.

Rêver ne faisait pas de mal.

47

HOLDEN

Même le goût de cellulose humide des œufs brouillés reconstitués artificiellement ne réussit pas à dissiper le halo de douce autosatisfaction qui nimbait l'esprit d'Holden. Il fourra les faux œufs dans sa bouche en essayant de ne pas sourire. Assis à sa gauche à la table de la coquerie, Amos se goinfrait avec un enthousiasme bruyant. À la droite du capitaine, Alex repoussait la substance molle dans son assiette à l'aide d'un bout de toast tout aussi contrefait. En face de lui, Naomi buvait à petites gorgées une tasse de thé et l'épiait sous la cascade de ses cheveux. Il se retint de lui lancer un clin d'œil.

Ils avaient discuté de la meilleure manière d'annoncer la nouvelle aux autres, mais n'étaient pas parvenus à un consensus. Il détestait les cachotteries, et garder secrète l'évolution de leurs rapports lui paraissait les rendre sales, ou honteux. Ses parents l'avaient élevé dans la croyance que le sexe était un domaine appartenant au privé, non parce qu'il était source de gêne envers autrui, mais parce qu'il ressortissait au domaine intime. Avec cinq pères et trois mères, les arrangements pour savoir qui couchait avec qui étaient toujours facteurs de complexité chez lui, mais les discussions abordant ce sujet ne lui avaient jamais été cachées. Cette expérience lui avait laissé une aversion profonde pour toute dissimulation concernant ses propres activités dans ce domaine.

De son côté, Naomi estimait qu'ils ne devaient rien faire qui soit susceptible de mettre en péril l'équilibre fragile qu'ils avaient tous trouvé, et Holden avait tendance à faire confiance aux instincts de la jeune femme. Elle possédait une perception de la dynamique de groupe qui lui faisait souvent défaut. En conséquence et pour l'instant, il s'alignait sur sa position.

Par ailleurs il aurait eu l'impression de se vanter de ses exploits sexuels, ce qui pour lui aurait été indécent.

D'un ton volontairement neutre et professionnel, il dit :

— Naomi, vous pouvez me passer le poivre ?

Amos releva vivement la tête et lâcha sa fourchette qui tomba en claquant sur la table.

— Bordel de merde, vous l'avez fait !

— Euh…, fit Holden. Quoi ?

— Il y avait un truc bizarre depuis notre retour sur le *Rossi*, et je n'arrivais pas à mettre le doigt dessus. Mais c'est *ça* ! Vous avez fini par jouer au papa et à la maman, tous les deux !

Le capitaine dévisagea le mécanicien et cligna deux fois des yeux, sans trop savoir quoi dire. Du regard il sollicita le soutien de Naomi, mais elle avait baissé la tête et ses cheveux masquaient complètement son visage. Il nota que ses épaules étaient secouées par les spasmes d'une hilarité muette.

— Bordel, chef, dit encore Amos avec un grand sourire. Ça vous aura quand même pris foutrement longtemps. Si elle m'avait allumé comme ça, j'aurais plongé sans hésiter dans ce merdier.

À l'expression abasourdie d'Alex, il était évident qu'il n'avait pas eu la même intuition qu'Amos.

— Euh…, marmonna-t-il. Oh.

Naomi cessa de rire et essuya les larmes qui perlaient au coin de ses yeux.

— Démasqués, souffla-t-elle.

— Écoutez. Les gars, il est important que vous le sachiez, ça n'affecte en rien notre…, commença Holden.

Mais Amos l'interrompit d'un reniflement ironique.

— Eh, Alex, dit le mécanicien.

— Ouais ? répondit ce dernier.

— Le second se tape le capitaine. Est-ce que ça va faire de toi un pilote minable ?

— Je ne crois pas, non, répondit Alex en souriant et en exagérant son accent.

— Et ce qui est curieux, c'est que je ne ressens pas le besoin de jouer le mécano lourdingue.

Holden fit un nouvel essai :

— Je pense qu'il est important que…

— Chef ? continua Amos. Dites-vous que personne n'en a rien à braire, que ça ne nous empêchera pas de faire notre boulot. Profitez au maximum, surtout que nous serons sûrement tous morts d'ici quelques jours, de toute façon.

Naomi se remit à rire.

— Bon, dit-elle, tout le monde sait que je ne fais ça que pour avoir une promotion. Oh, attendez, c'est vrai : je suis déjà second. Eh, est-ce que je peux être capitaine, maintenant ?

— Non, répondit Holden en riant à son tour. C'est un boulot de merde. Jamais je ne te demanderais de le prendre.

Naomi grimaça. *Tu vois ? Je n'ai pas toujours raison.* Il lança un coup d'œil à Alex. Le pilote le regardait avec une affection sincère. Il était visiblement heureux que Naomi et le Terrien soient ensemble. Tout paraissait aller pour le mieux.

Éros tournait comme une toupie en forme de pomme de terre, son épaisse peau de pierre dissimulant les horreurs grouillant à l'intérieur. Alex les amena assez près pour qu'ils puissent effectuer un scan approfondi de la station. L'astéroïde grossit sur l'écran d'Holden jusqu'à ce qu'il semble assez proche pour être touché du doigt. À l'autre poste d'ops, Naomi balayait la surface avec le ladar à la recherche de tout ce qui pourrait constituer un danger pour les équipages des transports venus de Tycho, encore à quelques jours de voyage. Sur l'affichage tactique d'Holden, le vaisseau scientifique de la Flotte des Nations unies flanqué de son unité d'escorte continuait de faire cracher ses moteurs dans une manœuvre de freinage en direction d'Éros.

— Ils ne parlent toujours pas ? demanda Holden.

Naomi secoua la tête, tapota son écran et relaya les informations relatives au système comm vers le poste de travail du capitaine.

— Non, dit-elle. Mais ils nous voient. Leur signal radar nous cadre depuis deux heures déjà.

Holden pianota de ses doigts sur l'accoudoir de son siège et réfléchit aux choix qui s'offraient à lui. Il était possible que les modifications de la coque du *Rossi* effectuées sur Tycho trompent le logiciel d'identification de la corvette terrienne. Ou bien ils ignoraient simplement le *Rossi* parce qu'ils le prenaient pour un transport de gaz traînant par là. Mais le *Rossi* n'avait pas de transpondeur, ce qui le rendait illégal quelle que soit sa configuration visuelle. Que la corvette ne mette pas en garde un vaisseau non identifié le rendait nerveux. La Ceinture et les planètes intérieures étaient engagées dans une guerre ouverte, or un appareil ceinturien sans identification s'attardait près d'Éros alors que deux unités terriennes se dirigeaient justement vers l'astéroïde. Il était impensable qu'un capitaine n'ayant même qu'un demi-cerveau ignore cette situation.

Le silence de la corvette voulait donc dire autre chose.

— Naomi, j'ai le pressentiment que cet appareil va essayer de nous détruire, dit Holden avec une certaine lassitude.

— C'est ce que je ferais, moi, répondit-elle.

Il termina un dernier rythme complexe sur l'accoudoir de son siège avant de mettre ses écouteurs.

— Très bien, alors je crois que je vais faire le premier pas.

Ne souhaitant pas rendre l'échange public, il visa la corvette terrienne avec le système laser du *Rossinante* et signala une demande standard de liaison. Après quelques secondes, le voyant correspondant passa au vert, et un faible crachotement de parasites envahit ses écouteurs. Il attendit, mais le vaisseau des Nations unies ne se manifesta pas autrement. Ils voulaient qu'il soit le premier à parler.

Il coupa le micro et passa sur le système comm interne du vaisseau.

— Alex, faites-nous bouger. Un g pour l'instant. Si je n'arrive pas à bluffer ce type, ça va être à celui qui tire le premier. Soyez prêt.

— Compris, dit le pilote de sa voix traînante. On prend le jus, juste au cas où.

Holden jeta un œil du côté du poste qu'occupait Naomi, mais elle avait déjà basculé sur son écran tactique et faisait défiler les solutions de tirs et de blocage sur les deux vaisseaux pour le *Rossi*. La jeune femme n'avait participé qu'à une seule bataille, mais elle agissait maintenant avec l'assurance d'un vétéran. Il sourit alors qu'elle lui tournait le dos, et pivota sur son siège avant qu'elle sente qu'il l'observait.

— Amos ? dit-il.

— Verrouillé et en ordre ici, chef. Le *Rossi* ronge son frein. Allons botter quelques culs.

Espérons ne pas devoir en arriver là…, songea Holden.

Il ralluma le micro couplé au faisceau laser.

— Ici le capitaine Holden, du *Rossinante*, qui appelle le capitaine de la corvette de la Flotte des Nations unies en approche, code d'identification inconnu. Veuillez répondre.

Il y eut un moment d'attente pendant lequel on n'entendit que le crépitement des parasites, puis :

— *Rossinante*. Quittez immédiatement notre trajectoire. Si vous ne vous écartez pas d'Éros le plus vite possible, vous serez pris pour cible.

La voix était jeune. Diriger une corvette d'un modèle vieillissant chargée de la tâche fastidieuse de suivre partout un vaisseau scientifique qui établissait la carte des astéroïdes ne devait pas être une mission très recherchée. Le commandant de cette unité d'escorte était certainement un lieutenant sans protecteur ni perspectives d'avenir. Il serait inexpérimenté, mais il pouvait voir dans un affrontement l'occasion de prouver sa valeur à ses supérieurs. Et cette éventualité risquait de rendre leur navigation périlleuse dans les minutes à venir.

— Désolé, répondit Holden. Je ne connais toujours pas votre identification. Mais je ne peux pas faire ce que vous demandez. En fait, je ne peux laisser personne accoster Éros. Je vais donc vous enjoindre d'interrompre votre approche de la station.

— *Rossinante*, je ne pense pas que vous...

Holden prit le contrôle du système de visée du *Rossi* et pointa le laser sur la corvette.

— Laissez-moi vous expliquer ce qui se passe, dit-il. En ce moment même, vous regardez les écrans de vos senseurs et vous voyez ce qui ressemble à un transport de gaz rafistolé qui correspond aux données de votre logiciel d'identification. Et subitement – je veux dire par là : maintenant –, ce vaisseau pointe sur vous le faisceau de son système d'acquisition de cible dernier cri.

— Nous ne...

— Ne mentez pas. Je sais que c'est ce qui se passe pour vous. Donc, voici le marché : en dépit des apparences, mon vaisseau est plus récent, plus rapide, plus résistant et mieux armé que le vôtre. La seule manière pour moi de vous prouver que c'est vrai serait d'ouvrir le feu, et j'espère ne pas devoir le faire.

— Vous me menacez, *Rossinante*? dit la voix juvénile dans les écouteurs d'Holden, avec juste ce qu'il fallait d'arrogance et d'incrédulité.

— Vous? Non, affirma le Terrien. Je menace le gros lourdaud de vaisseau non armé que vous protégez. Vous continuez de faire route vers Éros et je lui balancerai tout ce que j'ai comme puissance de feu. Je vous garantis qu'en ce cas j'effacerai du ciel jusqu'au souvenir de ce labo scientifique volant. Bien sûr, il est possible que vous nous détruisiez pendant que nous ferons ça, mais votre mission sera un échec, vous êtes bien d'accord?

La ligne redevint silencieuse, avec seulement le sifflement bas en fond sonore pour lui prouver que son casque était toujours en fonction.

Quand la réponse vint, ce fut sur le circuit interne du *Rossi* :

— Ils mettent en panne, chef, annonça Alex. Ils ont commencé à décélérer. D'après mes données, ils seront en position fixe à environ deux millions de kilomètres. Vous voulez que je continue de nous rapprocher d'eux?

— Non, ramenez-nous à notre position stationnaire près d'Éros, répondit Holden.

— Bien reçu.

Le Terrien fit pivoter son siège vers Naomi.

— Ils font autre chose?

— Rien que je détecte à travers les émissions résiduelles de leurs moteurs. Mais ils pourraient établir des contacts par faisceau de ciblage dans la direction opposée sans que nous en sachions jamais rien.

Il coupa le circuit comm interne, se gratta la tête un instant, et déboucla son harnais.

— Bon, nous les avons stoppés, au moins pour le moment. Je vais contacter la hiérarchie et ensuite aller chercher un truc à boire. Tu veux quelque chose ?

— Il n'a pas tort, tu sais, dit Naomi plus tard cette même nuit.

Holden flottait à zéro g sur le pont des ops, non loin de son poste. Il avait tamisé l'éclairage, et tout baignait dans une lumière aussi douce que celle d'un clair de lune. Alex et Amos dormaient deux niveaux plus bas. Ils auraient tout aussi bien pu se trouver à un million d'années-lumière. Naomi était suspendue à deux mètres de son propre poste, et ses cheveux défaits ondulaient autour d'elle, tel un nuage sombre. Le panneau derrière elle éclairait son visage de profil : le front haut, le nez aplati, les lèvres larges. Il voyait qu'elle avait les yeux clos. Il avait l'impression qu'ils étaient les deux seules personnes à exister dans tout l'univers.

— Qui n'a pas tort ? demanda-t-il, juste pour dire quelque chose.

— Miller, répondit-elle comme si c'était évident.

— Je ne vois pas du tout de quoi tu parles.

Elle rit, puis frappa le vide du plat de la main pour pivoter et lui faire face. Elle avait ouvert les yeux, quoiqu'ils ne soient que des puits noirs dans son visage, à cause des lumières du panneau derrière elle.

— J'ai réfléchi à Miller, dit-elle. Je n'ai pas été correcte avec lui sur Tycho. Je lui ai battu froid parce que tu étais en colère contre lui. Je lui devais un meilleur traitement.

— Pourquoi ?

— Il nous a sauvé la vie, sur Éros.

Il grommela quelque chose d'incompréhensible, mais elle continua :

— Quand tu servais dans la Flotte, qu'étais-tu censé faire si quelqu'un à bord perdait la tête ? Que cette personne commençait à faire des choses qui mettaient tout le monde en danger ?

Croyant qu'elle faisait allusion à Miller, il répondit :

— Tu la maîtrises et tu la mets à l'écart, parce qu'elle représente un danger pour l'équipage et le vaisseau. Mais Fred n'a pas…

— Et si ça arrive en temps de guerre ? coupa-t-elle. En plein milieu de la bataille ?

— Si la personne ne peut pas être maîtrisée facilement, le chef de quart a l'obligation de protéger le vaisseau et son équipage par tous les moyens qu'il peut juger nécessaires.

— Y compris en abattant le perturbateur ?

— Si c'est le seul moyen de parvenir au résultat souhaité, répliqua Holden. Oui, bien sûr. Mais ça ne pourrait arriver que dans des circonstances extrêmes.

Elle agita la main pour faire tourner son corps dans l'autre sens. Elle freina le mouvement d'un geste inconscient. Holden se débrouillait plutôt bien à zéro g, mais il n'avait jamais eu cette aisance.

— La Ceinture est un réseau, dit-elle. C'est comme un immense vaisseau. Nous avons des nœuds pour fabriquer l'air, l'eau, l'énergie, les matériaux structurels. Ces nœuds peuvent être séparés par des millions de kilomètres de vide, mais la distance n'amoindrit en rien leur interconnexion.

— Je vois où tu veux en venir, dit Holden avec un soupir. Dresden était le type devenu fou à bord, et Miller l'a abattu pour protéger le reste d'entre nous. Il m'a déjà débité ce laïus sur Tycho. Déjà, je n'avais pas gobé sa théorie.

— Pourquoi ?

— Parce que Dresden ne représentait pas une menace imminente. C'était un sale type dans des vêtements de luxe. Il ne tenait pas une arme à la main, il n'avait pas le doigt sur le détonateur d'une bombe. Et je n'accorderai jamais ma confiance à quelqu'un qui croit avoir le droit unilatéral d'exécuter des gens.

Il appuya d'un pied contre la cloison et poussa sur sa jambe juste assez pour venir flotter à quelques dizaines de centimètres de Naomi, assez près pour voir ses yeux et y lire sa réaction.

— Si ce vaisseau scientifique se remet à faire route vers Éros, je lui balancerai toutes les torpilles dont nous disposons, et je me dirai que je protégeais le reste du système solaire de ce qui se trouve sur Éros. Mais je ne vais pas commencer à tirer maintenant, au seul prétexte qu'il *risque* de décider de repartir vers Éros, parce que ce serait un meurtre. Et ce que Miller a fait, c'était un meurtre.

Naomi lui sourit, agrippa sa combinaison et l'attira à elle assez près pour un baiser.

— Tu es peut-être bien la personne la meilleure que je connaisse. Mais tu es d'une intransigeance totale sur ce que tu estimes être bien, et c'est ce que tu détestes chez Miller.

— Vraiment ?

— Oui. Lui aussi est très intransigeant, mais il a une vision différente de la façon dont les choses fonctionnent. Et tu détestes ça. Pour lui, Dresden représentait une menace imminente. Chaque seconde supplémentaire qu'il passait vivant mettait en danger tous les gens autour de lui. Pour Miller, c'était un acte d'autodéfense.

— Mais il s'est trompé. Cet homme était impuissant.

— Il a convaincu la Flotte des Nations unies de fournir à son entreprise des vaisseaux de dernière génération, répliqua-t-elle. Il a convaincu son entreprise de la nécessité d'assassiner un million et demi de personnes.

Tout ce que Miller a dit concernant le fait que nous irions beaucoup mieux si la protomolécule n'existait pas était aussi valable pour Dresden. Combien de temps serait-il resté dans une prison de l'APE avant de découvrir un geôlier susceptible d'être acheté ?

— Il était déjà prisonnier, dit Holden, mais il sentait que la discussion lui échappait.

— C'était un monstre qui avait le pouvoir, les contacts et les alliés qui auraient payé n'importe quel prix pour que son projet scientifique se poursuive. Et c'est mon avis de Ceinturienne : Miller n'a pas eu tort.

Il ne répondit pas. Il continua de flotter à côté d'elle, dans son orbite. Qu'est-ce qui le faisait enrager le plus, entre la mort de Dresden et la décision de Miller, contraire à sa vision des choses ?

Et Miller l'avait su. Quand Holden lui avait dit de se débrouiller par lui-même pour retourner sur Tycho, il l'avait vu dans le regard de l'ancien policier, sur son visage triste de chien battu. Miller avait senti que cela finirait ainsi, et il n'avait pas tenté de résister ou de faire valoir son point de vue. Ce qui signifiait qu'il avait pris sa décision en pleine connaissance de cause, et en acceptation du prix qu'il aurait à payer. Cette attitude était révélatrice. De quoi, Holden n'aurait pu le dire avec précision, mais c'était révélateur.

Un indicateur lumineux clignota soudain sur la cloison, et dans le même temps le panneau de contrôle de Naomi revint à la vie et fit défiler des données. Elle descendit vers son poste en saisissant le dossier de son fauteuil, et tapa quelques commandes rapides.

— Merde, murmura-t-elle.

— Que se passe-t-il ?

— La corvette ou le vaisseau scientifique ont dû demander du secours, expliqua-t-elle en désignant l'écran. Nous avons des appareils qui font mouvement depuis tous les points du système solaire.

— Combien y en a-t-il qui viennent vers nous ? demanda Holden qui s'efforçait d'avoir une meilleure vue de l'écran.

Elle émit un bruit curieux venu de son arrière-gorge, entre le gloussement et le toussotement.

— Au jugé ? Tous.

48

MILLER

— Vous êtes, et vous n'êtes pas, disait l'émission venue d'Éros dans le rythme aléatoire que formaient les vagues de parasites. Vous êtes, et vous n'êtes pas. Vous êtes, et vous n'êtes pas.

Le petit vaisseau frémit et fit une embardée. De sa couchette anti-crash, un des volontaires de l'APE débita un chapelet d'obscénités plus remarquable par son inventivité que par la colère qu'il exprimait. Miller ferma les yeux pour tenter de refouler le début de nausée qu'engendraient les ajustements de la micro-g à leurs manœuvres d'accostage non standards. Après des jours entiers à subir les accélérations douloureuses pour chaque articulation et les périodes d'arrêt tout aussi éprouvantes, ces petits réglages et mouvements paraissaient arbitraires et étranges.

— Vous êtes, êtes, êtes, êtes, *êtes, êtes, êtes*…

Il avait écouté les infos pendant quelque temps. Trois jours après leur départ de Tycho, la nouvelle de l'implication de Protogène avec Éros avait éclaté. De façon étonnante, Holden n'était pas à l'origine de cette révélation. Depuis, la firme était passée d'une position de négation totale à un rejet de la faute sur un sous-traitant agissant en solitaire, puis elle avait réclamé l'immunité en invoquant le statut du secret-défense terrien. L'affaire se présentait mal pour elle. Le blocus de la Terre sur Mars était toujours en place, mais l'attention s'était déplacée et se portait maintenant sur les luttes de pouvoir internes à la Terre, et la Flotte martienne avait allégé sa pression, offrant ainsi aux forces terriennes un peu plus d'espace pour respirer avant qu'une décision soit arrêtée, ce qui finirait par arriver. Quoi qu'il en soit, il semblait donc que l'Armageddon avait été différé de quelques semaines. Miller découvrit qu'il en concevait une certaine satisfaction. Mais cette histoire le laissait aussi épuisé.

Le plus souvent, il écoutait la voix d'Éros. Parfois il regardait également les vidéos transmises, mais en règle générale il se cantonnait au rôle d'auditeur. Au fil des heures et des jours, il commença à discerner, sinon une configuration globale, du moins des structures communes. Certaines des voix relayées par la station agonisante revenaient avec constance – des personnalités médiatiques et des amuseurs surreprésentés dans les archives audio, supposait-il. Il paraissait exister certaines tendances spécifiques dans ce qu'il appelait, à défaut de terme plus approprié, la *musique* qui se dégageait de l'ensemble. Des heures de parasites aléatoires et de fragments de phrases se tarissaient subitement, et Éros s'accrochait à un seul mot ou une seule partie de phrase, se limitait à cela avec une intensité de plus en plus grande jusqu'à céder de nouveau au flot aléatoire.

— ... êtes, êtes, êtes, ÊTES, ÊTES, ÊTES...

N'êtes pas, songea Miller, et le vaisseau fit soudain un saut ascendant qui laissa son estomac trente centimètres plus bas que sa position naturelle. Une série de claquements sonores suivit, puis il y eut le geignement bref d'une alarme.

— Dieu ! Dieu ! s'écria quelqu'un. *Des son vamen roja* ! Ils vont griller *it* ! Griller *us toda* !

Il y eut les petits rires polis qui avaient salué cette plaisanterie répétée tout au long du voyage par le même garçon – un Ceinturien boutonneux qui n'avait pas quinze ans –, ravi de son propre humour. S'il n'arrêtait pas cette litanie bientôt, quelqu'un allait l'assommer avec un outil bien lourd avant leur retour sur Tycho. Mais Miller n'envisageait pas d'être ce quelqu'un.

Une secousse violente l'écrasa subitement au fond de son siège, puis la gravité revint à l'habituel 0,3 g habituels. Peut-être un peu plus. Sauf qu'avec les sas orientés vers le bas du vaisseau, le pilote devait d'abord agripper la peau en rotation du ventre d'Éros. La gravité due à la rotation transforma en plancher ce qui avait été le plafond, et les couchettes du niveau inférieur se retrouvèrent au-dessus des autres. Et pendant qu'ils fixeraient les bombes nucléaires aux quais, ils devraient tous escalader un rocher sombre et glacé qui s'évertuait à les précipiter dans le vide.

Telles étaient les joies du sabotage.

Miller enfila sa combinaison. Après les modèles de type militaire du *Rossinante*, ceux de l'équipement disparate fourni par l'APE donnaient l'impression d'être des tenues de troisième main. La sienne sentait encore l'odeur corporelle de son occupant précédent, et la visière en mylar était marquée d'une déformation là où elle s'était fendillée et avait été réparée. Il préférait ne pas penser à ce qui était advenu du pauvre type qui avait porté cette combinaison avant lui. Les bottes à semelles magnétiques avaient une épaisse couche de plastique rongé, de boue entre les plaques et un mécanisme déclencheur si vieux que Miller pouvait l'entendre cliqueter avant même de bouger le pied. Il eut l'image de la combinaison se collant à Éros pour ne plus jamais s'en détacher.

Cette pensée le fit sourire. *Ta place est auprès de moi*, lui avait dit sa Julie personnelle. C'était vrai, et maintenant qu'il se trouvait là, il avait la certitude absolue qu'il ne repartirait pas. Il avait été flic trop longtemps, et la perspective de tenter de se rebrancher sur l'humanité l'emplissait d'un pressentiment d'épuisement. Il était là pour accomplir la dernière phase de son boulot. Ensuite, il en aurait fini.

— *Oï* ! Pampaw !

— J'arrive. Du calme. Ce n'est pas comme si cette station allait filer quelque part.

— Un arc-en-ciel est un cercle qu'on ne peut pas voir. Peut pas voir. Peut pas voir, dit Éros d'une voix chantante d'enfant.

Miller baissa le volume de la transmission.

La surface rocheuse de la station n'offrait pas de prise particulière pour les combinaisons ou les engins de manipulation à distance. Deux autres vaisseaux s'étaient posés aux pôles, où il n'y avait pas à lutter contre la gravité due à la rotation, mais la force de Coriolis donnerait à tout le monde une vague sensation de nausée. L'équipe de Miller devait se limiter aux plaques métalliques exposées du quai, s'y collant comme des mouches regardant l'abîme piqueté d'étoiles sous eux.

La pose des bombes nucléaires n'était pas une mince affaire. Si les charges ne propulsaient pas assez d'énergie dans la station, la surface risquait de refroidir suffisamment pour laisser la possibilité à quelqu'un d'y faire débarquer une équipe de scientifiques avant que la pénombre du soleil l'avale ainsi que les débris du *Nauvoo* qui y adhéreraient encore. Même avec le concours des meilleurs cerveaux de Tycho, il subsistait toujours un risque que les détonations ne soient pas synchronisées. Si les vagues de pression parcourant la roche s'amplifiaient selon des schémas qu'ils n'avaient pas envisagés, la station risquait de s'ouvrir comme un œuf et de répandre la protomolécule dans l'immensité du système solaire comme on disperse une poignée de poussière dans l'air. La différence entre la réussite et le désastre tenait littéralement à une question de mètres.

Miller sortit du sas et passa sur la surface de la station. La première vague de techniciens installait les sismographes à résonance, et l'éclat des projecteurs et des écrans constituait le phénomène le plus lumineux de l'univers. Miller posa les pieds sur une large plaque en alliage céramique-acier et laissa la rotation éliminer les crispations dans son dos. Après des jours entiers passés sur la couchette anti-crash, cette liberté était euphorisante. Une des techniciennes leva les deux mains, le geste ceinturien traditionnel pour demander l'attention. Miller rehaussa le volume sonore de sa radio.

— … insectes rampant sur ma peau…

D'un geste impatient, il bascula des émissions d'Éros au canal comm de l'équipe.

— Il faut bouger, dit une voix féminine. Trop de panneaux de protection ici. Nous devons aller à l'autre extrémité des quais.

— Les quais s'étendent sur près de deux kilomètres, fit-il remarquer.

— Exact, répondit-elle. Nous pouvons nous désamarrer et déplacer le vaisseau grâce à ses moteurs, ou bien le remorquer. Nous avons assez de filins de treuillage.

— Quelle méthode est la plus rapide ? Nous ne disposons pas de beaucoup de temps.

— Le remorquage.

— Alors remorquez.

Lentement, le vaisseau s'éleva, et vingt petits drones de transport s'accrochèrent aux filins comme s'ils tiraient un grand dirigeable en métal. L'appareil allait rester avec lui ici, sur la station, attaché à la roche tel un sacrifice fait aux dieux. Miller accompagna l'équipe qui traversa les larges portes closes de la soute. Les seuls sons audibles étaient le claquement de ses semelles quand les électroaimants collaient à la surface, puis un déclic sec quand elles s'en séparaient ; les seules odeurs, celles de son propre corps et la senteur de plastique neuf du recycleur d'air. Le métal sous ses pieds luisait comme si quelqu'un l'avait briqué. Tout grain de poussière, tout gravier avait été précipité dans l'infini depuis longtemps.

Ils s'affairèrent à placer le vaisseau, à armer les bombes et à régler les codes de sécurité, et chacun était conscient que le missile géant qui avait été le *Nauvoo* se ruait vers eux.

Si un autre appareil se posait et tentait de désamorcer le dispositif nucléaire, le vaisseau enverrait des signaux synchronisés à toutes les autres unités piégées de l'APE qui parsemaient la surface du satellite. Et trois secondes plus tard, la surface d'Éros serait totalement nettoyée.

Les réserves d'air et de provisions furent débarquées, attachées ensemble et préparées pour leur récupération. Il n'y avait aucune raison de gaspiller ces ressources.

Aucune abomination ne surgit en rampant d'un sas pour attaquer l'équipe, ce qui au final rendit totalement superflue la présence de Miller pendant cette mission. Ou peut-être pas. Peut-être avait-il simplement profité du transport.

Quand tout fut achevé, il envoya le signal de fin d'alerte, lequel fut relayé par le système du vaisseau à présent condamné. Le transport de retour apparut sans hâte, point de lumière qui grossit en taille et en intensité, avec son système d'embarquement en gravité nulle déployé comme un échafaudage. Au signal donné par l'appareil en approche, les membres de l'équipe coupèrent le magnétisme de leurs bottes et allumèrent les petits propulseurs de manœuvre équipant leurs combinaisons ou, si celles-ci étaient trop anciennes, les coques collectives d'évacuation. Miller les regarda décrocher et se laisser aller.

— On y va *and roll*, Pampaw, dit Diogo de quelque part, sans que Miller puisse le repérer à cette distance. Ce métro ne va pas attendre.

— Je ne viens pas, répondit-il.

— *Sa que*?

— J'ai pris ma décision. Je reste ici.

Il y eut un moment de silence. Miller s'y était attendu. Il avait les codes de sécurité. Si besoin était, il pouvait toujours se glisser dans la coquille vide de leur vieux vaisseau et verrouiller derrière lui. Mais il n'y tenait pas. Il avait affûté ses arguments. S'il retournait sur Tycho, il ne serait qu'un pion politique dans les négociations de Fred Johnson. Or il se sentait las et vieux d'une façon que les années écoulées ne pouvaient aider à comprendre. Il était déjà mort une fois sur Éros, et c'était là qu'il voulait être pour finir. Il l'avait mérité. Diogo et les autres le lui devaient bien.

Il attendit que le garçon réagisse, qu'il tente de le dissuader.

— Tout est bien, alors, dit Diogo. *Buona morte.*

— *Buona morte*, répondit-il avant de couper la liaison.

L'univers n'était plus que silence. Sous lui, les étoiles se mouvaient au ralenti mais de façon perceptible tandis que pivotait la station à laquelle il était accroché. Une de ces lumières était le *Rossinante*, deux autres les vaisseaux qu'Holden avait eu pour mission de stopper. Miller ne réussit pas à les repérer. Julie flottait à côté de lui, ses cheveux ondulant dans le vide, les étoiles brillant à travers son corps. Elle paraissait sereine.

Si tu devais le refaire, dit-elle, *si tu pouvais tout reprendre depuis le commencement ?*

— Je ne le ferais pas.

Il vit le transport de l'APE activer ses moteurs, dans un éclat or et blanc, et s'éloigner jusqu'à redevenir une étoile. Une petite étoile. Avant de disparaître. Il tourna la tête et contempla le paysage lunaire vide et sombre, et la nuit permanente.

Il avait seulement besoin d'être avec elle encore quelques heures, et ils seraient tous les deux hors de danger. Ils seraient *tous* hors de danger. C'était suffisant. Il se rendit compte qu'il souriait tout en pleurant, et les larmes remontaient de ses yeux pour se perdre dans ses cheveux.

Tout se passera bien, dit Julie.

— Je sais.

Il resta silencieux pendant presque une heure, puis il parcourut avec une lenteur précautionneuse le trajet pour retourner au vaisseau sacrifié. Il en franchit le sas et pénétra dans la pénombre de ses entrailles. Il restait assez d'atmosphère résiduelle pour qu'il n'ait pas besoin de dormir dans sa combinaison. Il se mit nu, choisit une couchette et se recroquevilla sur la surface dure et bleue du gel. À moins de trente mètres de là, cinq charges nucléaires assez puissantes pour éclipser le soleil attendaient un signal. Au-dessus de lui, tout ce qui avait été humain dans la station Éros mutait et se remodelait, se déversant d'une forme dans une autre comme une peinture de Jérôme Bosch devenue réalité. Et toujours à près d'un jour de voyage, le *Nauvoo*, le marteau de Dieu, se précipitait vers lui.

Miller régla sa combinaison pour qu'elle passe certaines vieilles chansons pop qu'il avait aimées dans sa jeunesse, et il se laissa bercer pour s'endormir. Quand il commença à sombrer dans le sommeil, il rêva qu'il trouvait un tunnel au fond de son ancien appartement, sur Cérès. Un tunnel qui lui promettait qu'enfin, *enfin*, il allait être libre.

Son dernier petit-déjeuner se composa d'une barre vitaminée dure comme la pierre et d'un peu de chocolat trouvés dans une ration de survie oubliée. Il mangea le tout arrosé d'une eau recyclée tiède qui avait un arrière-goût de métal et de pourriture. Les signaux venus d'Éros étaient presque noyés par le vacarme des fréquences oscillantes émises par la station au-dessus de lui, mais il réussit à en entendre assez pour se faire une idée de la situation.

Holden avait réussi, comme Miller l'avait prévu. L'APE répondait à un millier d'accusations furieuses de la Terre et de Mars et, comme c'était prévisible, aux factions à l'intérieur de l'Alliance elle-même. Il était trop tard. Le *Nauvoo* allait arriver dans quelques heures. La fin était proche.

Miller revêtit sa combinaison pour la dernière fois, éteignit les lumières et se glissa de nouveau dans le sas. Pendant un long moment, le panneau extérieur ne répondit pas, l'éclairage de sécurité resta au rouge, et il eut soudain peur de passer ses derniers instants là, coincé dans un tube comme une torpille prête à être lancée. Mais il réinitialisa le système de verrouillage, et l'écoutille s'ouvrit enfin.

L'émission venant d'Éros était maintenant dépourvue de toute parole, et se réduisait à un murmure doux qui évoquait de l'eau coulant sur la pierre. Il sortit et marcha en travers des quais d'accostage. Au-dessus de lui le ciel pivotait, et le *Nauvoo* s'éleva à l'horizon tel le soleil. Il tendit le bras et ouvrit au maximum sa main, mais elle n'était pas assez large pour recouvrir l'éclat des moteurs. Suspendu par ses bottes, il observa le vaisseau qui se rapprochait. Le fantôme de Julie regardait avec lui.

S'il ne s'était pas trompé dans ses calculs, le point d'impact du *Nauvoo* se situerait au centre de l'axe majeur d'Éros. Il pourrait le voir quand cela se produirait, et l'excitation étourdissante qui incendiait sa poitrine lui rappela sa jeunesse. Ce serait un spectacle de première. Oh oui, ce serait quelque chose à ne pas manquer. Il envisagea de l'enregistrer. Sa combinaison était équipée pour cela, et il serait en mesure de réaliser un fichier visuel simple, qu'il pourrait transmettre en temps réel. C'était son heure. La sienne et celle de Julie. Si le reste de l'humanité était intéressé, il aurait tout loisir de se demander à quoi cela avait ressemblé.

L'éclat massif du *Nauvoo* emplissait maintenant un quart du ciel, et sa forme circulaire avait complètement émergé de l'horizon. Le murmure doux des émissions d'Éros passa à quelque chose de nettement plus synthétique : un son ascendant, en spirale, qui sans raison particulière lui rappela les grands écrans radar verts des anciens films. Il y avait des voix en fond, mais il ne put saisir ce qu'elles disaient, ni même en quelle langue elles s'exprimaient.

Les rejets moteur du *Nauvoo* dévoraient la moitié du ciel, et les étoiles alentour étaient effacées par la lumière éclatante de la combustion. Sa combinaison émit un tintement annonçant les radiations, et il le coupa.

Un *Nauvoo* ayant un équipage n'aurait jamais soutenu une telle vitesse. Même dans les meilleurs sièges anti-crash, le nombre de g consécutif à la poussée aurait réduit les os humains à l'état de pulpe. Il essaya de deviner quelle vitesse le vaisseau aurait atteint au moment de l'impact.

Une vitesse suffisante. C'était tout ce qui importait. Une vitesse suffisante.

Et là, au centre de cette corolle éblouissante, il vit un point sombre, pas plus gros que celui laissé par la pointe d'un stylo. Le vaisseau lui-même. Il prit une profonde inspiration. Quand il ferma les yeux, la lumière colora ses paupières en rouge. Quand il les rouvrit, le *Nauvoo* avait acquis une longueur. Une forme. C'était une épingle, une flèche, un missile. Un poing jaillissant des profondeurs. Pour la première fois, Miller fut saisi d'une admiration mêlée de respect.

Éros hurla :

— N'ESSAIE *MÊME PAS* DE ME TOUCHER !

Lentement, la corolle incandescente que créaient les moteurs passa d'un cercle à un ovale, puis à un grand panache étincelant, et le *Nauvoo* apparut argenté en montrant son profil. Miller en resta bouche bée.

Le vaisseau géant avait raté sa cible. Il avait bifurqué. Et maintenant, juste maintenant, il frôlait Éros sans le percuter. Mais Miller n'avait aperçu aucun allumage de fusée de manœuvre. Et comment faire dévier de sa course un appareil aussi gigantesque, lancé à une telle vitesse, assez brutalement pour qu'il infléchisse sa trajectoire en un instant sans se désintégrer ? À elle seule, la gravité accumulée par l'accélération…

Miller scruta les étoiles comme si la réponse était inscrite en elles. Et à sa grande surprise, c'était le cas. L'étendue de la Voie lactée, le saupoudrage infini d'étoiles était toujours là. Mais son angle de vision n'était plus le même. La rotation d'Éros s'était modifiée, comme son rapport au plan de l'écliptique.

Car il aurait été impossible que le *Nauvoo* change de trajectoire sans se disloquer. Et donc, ce n'était pas arrivé. Éros faisait environ six cents kilomètres cubes. Avant Protogène, l'astéroïde avait hébergé le deuxième spatioport le plus actif de toute la Ceinture.

Et sans même annuler l'action magnétique des bottes de Miller, la station Éros avait esquivé le vaisseau.

49

HOLDEN

— Bordel de merde, souffla Amos d'une voix morne.

— Jim ? dit Naomi à Holden.

Mais il lui tournait le dos et repoussa sa sollicitation d'un geste de la main avant d'ouvrir un canal pour contacter le cockpit.

— Alex, est-ce que nous avons bien vu ce que mes senseurs affirment ?

— Ouais, capitaine, répondit le pilote. Le radar et les objectifs rapportent tous qu'Éros a effectué un écart de deux cents kilomètres en un peu moins d'une minute.

— Bordel de merde, répéta Amos exactement de la même voix dépourvue d'émotion.

Le claquement métallique des écoutilles qu'on ouvrait et refermait sans douceur éveilla des échos dans tout le vaisseau et annonça l'arrivée du mécanicien à l'échelle d'équipage.

Holden chassa l'irritation subite qu'il éprouvait devant cet abandon de poste manifeste. Il réglerait cela plus tard. Avant tout, il avait besoin d'être certain que le *Rossinante* et ses occupants ne venaient pas de faire l'expérience d'une hallucination collective.

— Naomi, passe-moi les comms, dit-il.

La jeune femme pivota dans son siège pour lui faire face. Elle était blême.

— Comment peux-tu rester aussi calme ? demanda-t-elle.

— La panique ne nous serait d'aucune utilité. Il faut que nous comprenions ce qui se passe avant de préparer la suite intelligemment.

— Bordel de merde.

Amos grimpa sur le pont des ops. Derrière lui, l'écoutille se referma avec fracas.

— Je ne me rappelle pas vous avoir ordonné de quitter votre poste, matelot, lâcha Holden.

— *Préparer la suite intelligemment*, cita Naomi comme si ces mots étaient dans une langue étrangère qu'elle comprenait presque. *Préparer la suite intelligemment.*

Le mécanicien se laissa choir dans un siège assez lourdement pour que le gel du matelassage l'agrippe et l'empêche de tressauter.

— Éros est un putain de gros morceau, dit-il.

— *Préparer la suite intelligemment*, répéta Naomi, pour elle seule à présent.

— Je veux dire : un vrai putain de gros morceau, précisa Amos. Vous savez quelle quantité d'énergie il a fallu pour appliquer une rotation à ce caillou ? Bordel, ça a pris *des années* pour y arriver.

Holden mit ses écouteurs afin de ne plus les entendre, et il rappela le poste de pilotage.

— Alex, est-ce que la vélocité d'Éros est toujours différente de la normale ?

— Non, chef. Il reste là comme un astéroïde bien sage.

— Bon. Les autres sont sous le choc. Et vous, comment va ?

— Mes mains ne quitteront pas le manche tant que ce salopard sera dans mon espace proche, ça, je peux vous le jurer.

Louée soit la formation militaire, pensa le Terrien.

— Parfait. Maintenez-nous à une distance de cinq cents kilomètres tant que je ne vous donne pas d'autre consigne. Et faites-moi savoir s'il bouge encore, ne serait-ce que d'un pouce.

— Bien reçu, chef.

Holden ôta ses écouteurs et pivota vers le reste de l'équipage. Le regard vague, Amos contemplait le plafond, en comptant sur ses doigts.

— … Je ne me souviens plus exactement de la masse d'Éros…, dit-il, à personne en particulier.

— Environ sept mille milliards de kilos, répondit Naomi. À peu de choses près. Et sa signature thermique a augmenté de deux degrés.

— Bordel, maugréa le mécanicien. Je n'arrive même pas à calculer. Une masse pareille qui gagne deux degrés, comme ça, en un claquement de doigts ?

— Impressionnant, dit Holden. Bon, passons au…

— Dix exajoules, à peu près, lâcha Naomi. C'est juste une approximation, mais je ne suis pas loin de la vérité pour ce qui est de la magnitude ou du reste.

Amos poussa un petit sifflement.

— Dix exajoules, ça correspond à quoi ? Une bombe nucléaire de deux gigatonnes ?

— C'est l'équivalent de cent kilos convertis directement en énergie, précisa-t-elle d'une voix un peu plus assurée. Ce que, bien sûr, nous serions incapables d'accomplir. Mais quoi qu'il en soit, ce qu'ils ont fait n'avait rien de magique, au moins.

L'esprit d'Holden s'agrippa à ces paroles dans un élan qui tenait presque de la sensation physique. Naomi était sans doute la personne la plus intelligente qu'il connaisse. Et elle s'était adressée directement à cette peur nébuleuse qu'il nourrissait depuis le bond de côté d'Éros : c'était bien de la magie, et la protomolécule n'était pas contrainte d'obéir aux lois de la physique. Et si c'était vrai, alors les humains n'avaient pas l'ombre d'une chance.

— Explique.

— Eh bien, dit-elle en tapant sur son clavier, la hausse de température d'Éros n'est pas la cause de son déplacement. J'en déduis donc qu'il s'agissait d'une déperdition de chaleur consécutive à la manœuvre que le satellite a effectuée.

— Ce qui veut dire ?

— Que l'entropie existe toujours. Qu'ils ne peuvent pas convertir la masse en énergie avec une efficacité parfaite. Que leurs machines ou leurs processus ou quoi que ce soit qu'ils utilisent pour déplacer sept mille milliards de kilos de roche entraîne une certaine perte d'énergie. Environ l'équivalent d'une bombe de deux gigatonnes.

— Ah.

— Peuh ! On ne pourrait pas déplacer Éros de deux cents kilomètres avec une bombe de deux gigatonnes, contra Amos.

— Non, on ne le pourrait pas, reconnut-elle. Il ne s'agit là que d'un surplus. Cette chaleur est une conséquence indirecte. Leur efficacité est toujours incroyable, mais elle n'est pas parfaite. Ce qui signifie que les lois de la physique s'appliquent toujours. Ce qui signifie que ce n'est pas de la magie.

— Ça pourrait tout aussi bien en être, grogna Amos.

Naomi se tourna vers Holden.

— Donc, nous…, commença-t-il, mais Alex l'interrompit par l'intermédiaire du système comm interne :

— Chef, Éros recommence à se déplacer.

— Suivez-le, et donnez-moi une trajectoire et une vitesse dès que vous le pourrez, ordonna Holden en pivotant vers sa console. Amos, redescendez dans la salle des machines. Si vous la quittez encore une fois sans que je vous en aie donné l'ordre direct, je demanderai au second de vous rouer de coups avec une clef à pipe jusqu'à ce que mort s'ensuive.

La seule réponse fut le chuintement de l'écoutille de pont qu'on ouvrait, et le claquement quand elle se referma sur le mécanicien.

— Alex, dit le capitaine sans cesser d'étudier le flot de données sur Éros que les systèmes du *Rossinante* relevaient, dites-moi quelque chose.

— La course du soleil, c'est tout ce dont nous pouvons être sûrs, répondit le pilote avec tout le calme du professionnel.

Lorsqu'Holden avait suivi sa formation militaire, il était entré directement à l'école d'officiers. Jamais il n'avait fréquenté les cours de pilotage, mais il savait que des années d'entraînement avaient compartimenté le cerveau d'Alex en deux moitiés distinctes : la première s'occupant des problèmes inhérents à son poste, et la seconde gérant tout le reste. Demeurer à distance constante d'Éros et définir sa trajectoire étaient des tâches concernant la première moitié. L'éventualité que des extraterrestres n'appartenant pas au système solaire soient venus détruire l'humanité ne constituait pas un sujet intéressant le pilotage et pouvait donc sans problème être ignoré jusqu'à ce qu'il lâche les commandes du vaisseau. Il sombrerait peut-être dans la dépression nerveuse par la suite, mais jusque-là il continuerait de faire son job.

— Revenez à cinquante mille kilomètres et maintenez une distance constante, lui dit Holden.

— Euh… pour le maintien d'une distance constante, ça risque d'être coton, chef. Éros vient juste de disparaître des écrans radar.

Holden sentit sa gorge se serrer.

— Vous pouvez répéter ?

— Éros vient juste de disparaître des écrans radar, récita docilement le pilote.

Mais déjà Holden affichait les données des senseurs pour vérifier de ses propres yeux. Ses télescopes montraient l'astéroïde toujours en mouvement sur sa nouvelle trajectoire, en direction du soleil. L'imagerie thermique le dévoilait, un peu plus chaud que l'espace alentour. L'étrange émission de voix et de folie que la station avait déversé était toujours détectable, bien qu'affaiblie. Mais les radars affirmaient qu'il n'y avait plus rien.

C'est de la magie, dit une petite voix au fond de son crâne.

Non, pas de la magie. Les humains possédaient eux aussi des vaisseaux furtifs. Le tout consistait à absorber l'énergie plutôt qu'à la réfléchir. Mais subitement il lui paraissait crucial de garder l'astéroïde dans leur champ visuel. Éros avait démontré qu'il était capable de se déplacer et de manœuvrer très vite, et il était maintenant indétectable pour les radars. Il était tout à fait possible qu'un astéroïde de la taille d'une montagne disparaisse complètement.

La gravité commença à augmenter tandis que le *Rossinante* s'élançait à la poursuite d'Éros, en direction du soleil.

— Naomi ?

Elle leva les yeux vers lui. On y lisait toujours la peur, mais elle tenait le coup. Pour l'instant.

— Jim ?

— Les comms ? Tu pourrais…

La contrariété qu'elle afficha fut pour lui le signe le plus rassurant qu'il ait vu depuis des heures. Elle fit basculer le contrôle comm sur le poste du capitaine, et il ouvrit une demande de connexion.

— Corvette de la Flotte des Nations unies, ici le *Rossinante*, répondez, je vous prie.

— Allez-y, *Rossinante*, répondit l'autre vaisseau après une demi-minute de parasites.

— Appel pour confirmer les données de nos senseurs, dit Holden en envoyant les données relatives aux déplacements d'Éros. Vous constatez la même chose ?

Un autre silence, plus long.

— Bien reçu, *Rossinante*.

— Je sais que nous étions sur le point d'ouvrir le feu l'un sur l'autre, mais je pense que nous sommes un peu au-delà de ces chamailleries, à présent. Bref, nous poursuivons l'astéroïde ? Si nous le perdons de vue, nous risquons de ne jamais le retrouver. Vous voulez vous joindre à nous ? Ce serait une bonne chose d'avoir un peu de soutien s'il décidait de nous tirer dessus, ou autre.

Un nouveau temps d'attente, long de presque deux minutes celui-là, et ce fut une voix différente qui répondit. Plus mûre, féminine, et totalement dépourvue de l'arrogance et de la colère de la jeune voix masculine avec qui il conversait jusqu'ici.

— *Rossinante*, ici le capitaine McBride du vaisseau d'escorte *Ravi*, Flotte des Nations unies…

Ah, pensa Holden. *Depuis le début je parlais au second. Sa supérieure a fini par prendre l'appel. Espérons que c'est bon signe.*

— J'ai prévenu le commandement de la Flotte, continuait McBride, mais il faut compter vingt-trois minutes pour que le message soit réceptionné, et ce caillou prend de la vitesse. Vous avez un plan ?

— Pas vraiment, *Ravi*. Juste suivre et rassembler toutes les informations possibles jusqu'à ce que nous trouvions une occasion de faire la différence. Mais si vous venez avec nous, peut-être qu'aucun de vos hommes ne nous abattra accidentellement pendant que nous cherchons une solution.

Il y eut une longue pause. Il le savait, le capitaine du *Ravi* évaluait les probabilités qu'il dise la vérité en regard de la menace formulée contre le vaisseau scientifique. Et s'il était complice de ce qui se passait ? Il se serait posé la même question à leur place.

— Écoutez, je vous ai donné mon identité : James Holden. J'ai servi comme lieutenant dans la Flotte des Nations unies. Mon dossier devrait être archivé et donc consultable. Il vous révélera un renvoi pour manquement à l'honneur, mais aussi que ma famille vit dans le Montana. Pas plus que vous, je ne veux voir ce caillou percuter la Terre.

Le silence à l'autre bout s'étira sur plusieurs minutes.

— Capitaine, dit enfin McBride, je crois que mes supérieurs voudraient que je garde un œil sur vous. Nous allons vous accompagner pendant que ma hiérarchie réfléchit à la question.

Holden laissa échapper un long soupir bruyant.

— Merci pour ça, McBride. Continuez d'essayer de joindre vos supérieurs. De mon côté je vais aussi passer quelques appels. Deux corvettes ne suffiront pas à régler ce problème.

— Bien reçu, répondit le *Ravi* avant de mettre un terme à la communication.

— J'ai ouvert un canal comm avec Tycho, annonça Naomi.

Holden se renversa dans son siège. La gravité croissante due à leur accélération commençait à exercer une pression physique sur lui. Une boule se formait au creux de son ventre, qui lui confirmait qu'il n'avait aucune idée de ce qu'il faisait, que les meilleurs plans avaient échoué, et que la fin était imminente. Le bref espoir qu'il avait entrevu commençait déjà à se dissiper.

Comment puis-je rester aussi calme?

Je crois bien que je suis en train de contempler le crépuscule de l'espèce humaine. Je vais appeler Johnson afin que ce ne soit pas entièrement ma faute quand personne n'aura d'idée pour empêcher ça. Non, je ne suis pas calme, bien sûr.

Je ne fais que répartir la culpabilité.

— Quelle vitesse? demanda Fred Johnson, incrédule.

— Quatre g, maintenant, et ça continue d'augmenter, répondit Holden d'une voix pâteuse à cause de la compression de sa gorge.

— *Quatre g*. Vous connaissez le poids d'Éros?

— On en a, hum, un peu discuté, oui, répondit le capitaine, et seule l'accélération empêcha son impatience de transparaître. La question est : Et maintenant ? Le *Nauvoo* a raté sa cible. Nos plans sont par terre.

Il y eut un autre accroissement perceptible de la pression quand Alex augmenta la vitesse du *Rossinante* pour ne pas se laisser distancer par Éros. À ce rythme, d'ici peu il serait impossible de parler.

— Et il se dirige droit sur la Terre, c'est confirmé ? demanda Fred.

— Alex et Naomi en sont convaincus à quatre-vingt-dix pour cent. Difficile d'être totalement précis quand on ne se réfère qu'à des données visuelles. Mais j'ai confiance en leur jugement. Je pense moi aussi qu'il se dirige sur le foyer de trente milliards d'habitants.

Trente milliards d'habitants. Dont huit étaient ses parents. Il imagina père Tom transformé en une masse de tubes d'où suintait une boue brune. Mère Élise réduite à une cage thoracique se traînant sur le sol à l'aide d'un seul bras squelettique. Et avec une telle quantité de biomasse, que pouvait faire cette chose ? Déplacer la Terre ? Éteindre le soleil ?

— Il faut les prévenir, déclara-t-il en s'efforçant de ne pas s'étouffer avec sa propre langue en parlant.

— Vous ne pensez pas qu'ils sont déjà au courant ?

— Ils détectent une menace. Ils ne voient peut-être pas la fin de toute vie autochtone dans le système solaire. Vous vouliez une raison pour avoir votre place à la table des négociations ? Que dites-vous de celle-là : *Unissons-nous, ou mourons* ?

Johnson resta silencieux quelques secondes. Les radiations en arrière-plan parlaient à Holden en murmures mystiques chargés de mauvais présages pendant qu'il attendait. *Nouveau venu,* disaient-elles. *Je patiente depuis quatorze milliards d'années, ou peu s'en faut. Voyez ce que j'ai vu. Alors toute cette absurdité ne paraîtra plus aussi importante.*

— Je vais voir ce que je peux faire, dit Johnson, interrompant sans le savoir le discours de l'univers sur l'éphémère. En attendant, vous, que comptez-vous faire ?

Je vais me laisser distancer par un gros caillou, et ensuite j'assisterai à la mort du berceau de l'humanité.

— Je suis ouvert à toute suggestion.

— Peut-être que vous pourriez faire exploser certaines des charges atomiques de surface que l'équipe de démolition a placées. Pour infléchir la course d'Éros. Nous faire gagner un peu de temps.

— Elles sont reliées à des détonateurs de proximité. Je ne peux pas les déclencher d'où je me trouve, dit Holden.

Le dernier mot se termina sur une exclamation quand son fauteuil piqua son corps en une douzaine d'endroits et lui injecta du feu liquide. Alex les avait mis au jus, ce qui voulait dire qu'Éros accélérait toujours, et que le pilote craignait qu'ils perdent tous connaissance. Quelle vitesse allaient-ils atteindre ? Même avec le jus ils ne pourraient pas supporter une accélération prolongée au-delà de sept ou huit g sans encourir des risques sérieux. Si Éros continuait à accélérer sur ce tempo, il finirait par les semer.

— Vous pouvez les faire exploser à distance, insista Fred. Miller doit avoir les codes. Dites à l'équipe de démolition de calculer quelles charges déclencher pour obtenir l'effet maximum.

— Bien compris. J'appellerai Miller.

— Je vais travailler les Intérieurs au corps, ajouta le colonel, utilisant un terme d'argot ceinturien sans aucune gêne. Je vais voir ce que je peux faire.

Le capitaine coupa puis contacta le vaisseau de Miller.

— *Yo*, dit la personne qui s'occupait de la radio de bord.

— Ici Holden, sur le *Rossinante*. Passez-moi Miller.

— Euh…, fit la voix. D'accord.

Il y eut un déclic, puis le crachotement des parasites, et enfin Miller qui répondait avec un faible écho. Il portait toujours son casque, donc.

— Ici Holden. Il faut que nous parlions de ce qui vient de se passer.

— Éros s'est mis en mouvement.

La voix de Miller était étrange, distante, comme s'il prêtait à peine attention à leur conversation. Holden sentit l'irritation naître en lui, mais il la refoula aussitôt. Qu'il le veuille ou non, il avait besoin de sa collaboration immédiatement.

— Écoutez, dit-il, j'ai parlé à Johnson, et il veut que nous nous coordonnions avec vos gars de la démolition. Vous avez les codes de mise à feu des charges à distance. Si nous activons toutes celles qui se trouvent d'un seul côté, nous pouvons dévier Éros de sa trajectoire. Branchez vos techniciens sur cette ligne, et nous allons régler les détails.

— Euh, ouais, ça semble être une bonne idée. Je vais envoyer les codes, dit Miller, et sa voix n'était plus du tout distante, mais on sentait qu'il se retenait de rire, comme quelqu'un sur le point de dévoiler la chute d'une histoire vraiment drôle. Mais je ne vais pas pouvoir vous aider, pour les techniciens.

— Merde, vous vous les êtes mis à dos, eux aussi ?

Miller rit enfin, du rire doux et aisé de quelqu'un qui n'est pas écrasé par l'empilement de g. S'il y avait une chute à la blague, Holden l'avait ratée.

— Ouais, dit l'ancien policier, c'est probable. Mais ce n'est pas pour ça que je ne peux pas les joindre pour vous. Je ne suis pas à bord du vaisseau avec eux.

— Quoi ?

— Je suis toujours sur Éros.

50

MILLER

— Comment ça, vous êtes toujours sur Éros? dit Holden.

— C'est précisément ça, répondit-il, dissimulant un sentiment de honte croissant derrière un ton détaché. Je suis suspendu tête en bas à l'extérieur des quais, là où nous avons arrimé un des vaisseaux. J'ai l'impression d'être une putain de chauve-souris.

— Mais…

— Il y a un truc bizarre, aussi. Je n'ai rien senti quand le caillou a bougé. Avec une accélération pareille, on pourrait croire que j'aurais été arraché de mon support, ou que je me serais retrouvé écrabouillé comme une crêpe, l'un ou l'autre. Mais il ne s'est rien passé.

— Tenez bon. On vient vous chercher.

— Laissez tomber, d'accord?

Le silence ne dura pas plus de douze secondes, mais il charriait son lot de significations. *Il ne serait pas prudent de ramener le* Rossinante *sur Éros,* et *Je suis venu ici pour mourir,* et *Ne rendez pas les choses plus difficiles qu'elles ne sont.*

— Ouais, je voulais juste…, dit Holden, puis : Très bien. Laissez-moi juste… laissez-moi juste établir la coordination avec les techniciens. Je vais… Seigneur. Je vous dirai ce qu'ils en pensent.

— Une chose, quand même, dit Miller. Vous parlez de dévier ce fils de pute? Gardez à l'esprit que ce n'est plus un astéroïde, désormais. C'est un vaisseau.

— Vous avez raison, répondit Holden et, un moment plus tard : Compris.

La communication fut interrompue sur un clic. Miller vérifia sa réserve d'oxygène. Trois heures avec la combinaison, mais il pouvait retourner dans son petit appareil et refaire le plein avant d'être à court. Ainsi donc Éros était en mouvement. Il ne sentait toujours rien, mais en observant sa surface courbe il aperçut des microastéroïdes venant tous de la même direction qui ricochaient. Si la station continuait d'accélérer, ils arriveraient plus souvent, et plus violemment. Il fallait qu'il reste à l'intérieur du vaisseau.

Il bascula son terminal sur l'émission d'Éros. Sous lui, la station gazouillait et marmonnait des sons lents et longs qui se propageaient comme le chant enregistré des baleines. Après les paroles colériques et le crachotement des parasites, la voix d'Éros semblait apaisée. Il se demanda quel genre de musique les amis de Diogo auraient créée à partir de cela. Une danse langoureuse ne paraissait pas être dans leur style. Une démangeaison tenace naquit au creux de ses reins, et il se tortilla dans sa combinaison pour se frotter et la faire disparaître. Presque sans s'en rendre compte, il sourit. Il rit. Une vague d'euphorie le submergeait.

Il existait une forme de vie extraterrestre dans l'univers, et il était en train de la chevaucher comme une tique sur l'échine d'un chien. La station Éros s'était déplacée d'elle-même et grâce à des mécanismes qu'il ne pouvait même pas imaginer. Il ne savait pas depuis combien d'années il n'avait pas été pénétré de la sorte par un sentiment de crainte respectueuse. Il avait oublié ce que cela faisait. Il étendit les bras sur les côtés, aussi loin qu'il le pouvait, comme s'il pouvait étreindre le vide noir infini sous lui.

Et puis, avec un soupir, il se retourna vers le vaisseau.

Une fois revenu dans sa coquille protectrice, il ôta la combinaison pressurisée et relia sa réserve d'air aux recycleurs afin de la recharger. Avec une seule personne à bord et même à un niveau aussi bas, le système d'assistance respiratoire l'aurait rempli dans l'heure. Les batteries du vaisseau étaient encore presque pleines. Son terminal tinta deux fois, lui rappelant qu'il était une fois de plus l'heure de prendre son traitement anticancéreux. Celui qu'il avait gagné la dernière fois qu'il s'était trouvé sur Éros. Celui qu'il devrait respecter jusqu'à la fin de sa vie. Quelle bonne blague.

Les bombes nucléaires étaient rangées dans la soute, caisses grise à base carrée, moitié moins larges que hautes, pareilles à des briques dans un mortier de mousse adhésive rose. Il lui fallut vingt minutes de recherche parmi les coffres de stockage pour dénicher un bidon de solvant qui ne soit pas vide. Sa pulvérisation très fine sentait l'ozone et l'huile, et la mousse rose se dissolvait à son contact. Miller s'accroupit à côté des bombes et mangea une barre protéinée qui avait un goût de pomme assez convaincant. Julie était assise à côté de lui, la tête posée avec légèreté sur son épaule.

À quelques reprises, il avait flirté avec la foi. Surtout quand il était jeune et voulait tout essayer. Puis l'âge était venu, avec un peu plus de sagesse et de lassitude, et il y avait eu l'épreuve dévastatrice du divorce. Il comprenait le désir d'un être supérieur, une intelligence immense et compatissante, capable de tout considérer selon une perspective qui annihilait toute mesquinerie, tout mal, et arrangeait tout. S'il ressentait toujours cette pulsion, il ne parvenait plus à se persuader qu'elle avait une réalité.

Et pourtant il existait peut-être quelque chose comme un plan. Peut-être que l'univers l'avait placé à la bonne place et au bon moment pour faire ce que personne d'autre ne ferait. Peut-être que toutes les souffrances, tous les chagrins endurés, toutes ces années de désillusions et d'expériences déprimantes, passées à se complaire dans ce que l'humanité avait de pire à offrir, peut-être que tout cela n'avait eu pour seule finalité que de l'amener ici et maintenant, alors qu'il était prêt à mourir si son sacrifice permettait de donner un petit répit à l'humanité.

Ce serait joli de le penser, dit Julie à son esprit.

— Ça le serait, oui, approuva-t-il avec un soupir.

Au son de sa voix, la vision s'évanouit. Un autre rêve éveillé.

Les bombes étaient plus lourdes que dans son souvenir. Sous une gravité normale, il n'aurait pas été en mesure de les déplacer. Avec un tiers de g, c'était encore un vrai combat, mais il pouvait en sortir vainqueur. Un centimètre après l'autre, au prix d'efforts exténuants, il traîna l'une d'elles sur un chariot à bras et la tira jusqu'au sas. Au-dessus de sa tête, Éros fredonnait.

Il dut se reposer un peu avant de s'attaquer au plus dur. Le sas était si court que seule la bombe ou lui pouvait y prendre place. Il grimpa dessus pour ressortir par l'écoutille extérieure, puis dut en extraire la bombe à l'aide de sangles qu'il prit au filet de chargement. Et une fois audehors, il lui fallut la fixer au vaisseau à l'aide de crampons magnétiques, afin d'éviter que la rotation d'Éros la détache et la précipite dans le vide. Après l'avoir sortie et attachée au chariot, il s'accorda une pause d'une demi-heure, pour reprendre des forces.

Les impacts se multipliaient, à présent, preuve qu'Éros était bien en pleine accélération. Chacun était pareil à une décharge de fusil, et capable de le transpercer ainsi que le vaisseau derrière lui si la malchance guidait le projectile spatial dans la bonne direction. Mais les probabilités restaient faibles qu'un de ces débris rocheux fonce droit sur sa silhouette de fourmi qui rampait sur la coque. Et dès que le satellite aurait quitté la Ceinture, le bombardement cesserait. Mais Éros était-il vraiment en train de sortir de la Ceinture ? Il se rendit compte qu'il n'avait aucune idée de sa destination. Il avait pensé que c'était la Terre. Holden devait savoir, à présent.

Ses efforts répétés avaient rendu ses épaules douloureuses, mais c'était encore supportable. Il craignait d'avoir surchargé le chariot. Ses roues étaient plus résistantes que ses bottes magnétiques, mais elles pouvaient quand même céder. Au-dessus de lui, l'astéroïde fit une embardée, un mouvement inédit et troublant qui toutefois ne se répéta pas. Son terminal coupa le babillage d'Éros et le prévint de la réception d'une communication. Il consulta l'écran, haussa les épaules et prit l'appel.

— Naomi, dit-il avant qu'elle ait le temps de parler. Comment ça se passe pour vous ?

— Salut.

Le silence entre eux s'étira.

— Vous avez parlé à Holden, alors ?

— Oui, répondit-elle. Il cherche toujours un moyen de vous tirer de là.

— C'est un type bien. Persuadez-le de laisser tomber, d'accord ?

Le silence qui suivit fut si long qu'il commença à en éprouver de la gêne.

— Qu'est-ce que vous faites là ? demanda-t-elle.

Comme s'il existait une réponse à cette question. Comme si toute son existence pouvait se résumer en répondant à une simple question. Il chercha un moyen d'éviter de se dévoiler et décida de ne répondre qu'au sens littéral de sa question :

— Eh bien, j'ai attaché une bombe nucléaire sur un chariot. Et je la traîne vers l'écoutille d'accès pour la faire entrer dans la station.

— Miller…

— Le problème, c'est qu'on a traité Éros comme un vulgaire caillou. Maintenant tout le monde a compris que la réalité n'était pas aussi simpliste, mais il va falloir du temps pour que les gens s'y fassent. Les différentes flottes vont continuer à voir cette chose comme une grosse boule de billard, alors que c'est une vraie saloperie.

Il parlait trop vite. Les mots se ruaient hors de sa bouche. S'il ne lui en laissait pas l'opportunité, elle ne pourrait pas répondre et il ne serait pas obligé d'entendre ce qu'elle avait à lui dire. Il ne serait pas forcé de l'empêcher de le faire taire.

— Ça a une structure. Des moteurs, ou des centres de contrôle. Quelque chose. Si je frappe l'intérieur de cette chose, que j'arrive assez près de ce qui assure sa cohérence, je peux la briser. La faire redevenir une grosse boule de billard. Même si ce n'est que pour un temps, ça vous laissera une chance.

— C'est bien ce que je pensais, dit-elle. C'est logique. C'est ce qu'il faut faire.

Miller rit. Un impact particulièrement intense diffusa dans le vaisseau sous lui des vibrations fulgurantes qui ébranlèrent chaque os de son squelette. Du gaz s'échappa du trou créé. La station se déplaçait plus vite.

— Ouais, fit-il. Bon…

— J'ai parlé à Amos, dit Naomi. Vous avez besoin d'un interrupteur qui fasse homme-mort. Comme ça, si quelque chose arrive, la bombe explosera quand même. Si vous avez les codes d'accès…

— Je les ai.

— Excellent. J'ai un sous-programme que vous pouvez charger dans votre terminal. Il faudra garder le doigt sur la touche de sélection. Si vous l'enlevez pendant plus de cinq secondes, il enverra le signal d'activation. Si vous voulez, je peux vous le charger.

— Donc je vais devoir me balader dans la station avec mon doigt continuellement pressé sur une touche ?

— Ils risquent de vous neutraliser d'un tir en pleine tête, dit-elle sur le ton de l'excuse. Ou vous maîtriser. Plus long sera l'intervalle, plus grands seront les risques que la protomolécule désamorce la bombe avant qu'elle explose. Si vous avez besoin de plus de temps, je peux reprogrammer les paramètres.

Miller regarda la bombe posée sur son chariot, juste à l'extérieur du sas du vaisseau. Tous ses voyants de contrôle étaient verts ou dorés. Le soupir qu'il poussa embua momentanément la visière de son casque.

— Hem, non. Cinq secondes, c'est bon. Téléchargez-moi ce sous-programme. Il va falloir que je le mette au point ; où y a-t-il un endroit simple où je peux placer le système de déclenchement ?

— Il y a une section "Installation", dit Naomi. Suivez les indications données.

Le terminal tinta, annonçant un nouveau fichier. Miller l'accepta et l'afficha. C'était aussi facile à installer que le code de sécurité d'une porte. Il ne savait trop pourquoi, il lui avait semblé que pour une bombe atomique la procédure d'armement aurait mérité une peu plus de complexité.

— C'est fait, dit-il. On peut y aller. Enfin, il me reste encore à bouger ce salopard, mais sinon tout est OK. À quelle vitesse je vais, avec cette chose, au fait ?

— Elle finira par aller trop vite pour que le *Rossi* puisse suivre. Quatre g et en constante augmentation, sans signe que le phénomène va cesser.

— Je ne sens rien du tout.

— Je suis désolée pour ce qui s'est passé avant, dit-elle.

— C'était une situation assez moche. Nous avons fait ce que nous avions à faire. Comme toujours.

— Comme toujours, fit-elle en écho.

Ils laissèrent s'égrener quelques secondes, puis il reprit la parole :

— Merci pour le déclencheur. Remerciez Amos de ma part.

Il coupa avant qu'elle ait le temps de répondre. Les adieux interminables n'étaient le fort de personne. La bombe reposait sur le chariot, les crampons magnétiques étaient en place et une large sangle en acier tressé entourait l'ensemble. Il le déplaça lentement sur la surface métallique des quais. Si le chariot perdait toute adhérence avec Éros, il n'aurait pas la force nécessaire pour le retenir. Bien sûr, si un des impacts de plus en plus fréquents le touchait, ce serait comme prendre une balle. Traîner n'était donc pas non plus une solution. Il chassa ces deux menaces de ses pensées et s'attela à la tâche. Pendant dix minutes tendues, sa combinaison sentit le plastique surchauffé. Tous les cadrans témoins indiquaient une erreur, et le temps que les recycleurs aient agi, sa réserve d'air semblait toujours bonne. Un autre petit mystère qu'il ne résoudrait pas.

L'abîme sous lui brillait de l'éclat fixe des étoiles. Un de ces points lumineux était la Terre. Impossible de déterminer lequel.

L'écoutille de service avait été encastrée dans un affleurement naturel de la roche, et le fer brut du rail de guidage était pareil à un ruban d'argent dans l'obscurité. En grognant, il traîna le chariot, la bombe et son propre corps exténué le long de la courbe, et la gravité de la rotation pesa une fois de plus sur ses pieds au lieu d'étirer ses genoux et sa colonne vertébrale. Un peu étourdi, il composa les codes jusqu'à ce que l'écoutille s'ouvre.

Éros s'étendait devant lui, plus sombre que le ciel vide.

Il fit passer la connexion du terminal sur le système comm intégré de la combinaison. Ensuite il appela Holden pour ce qu'il espérait être la dernière fois.

— Miller ? dit le Terrien presque instantanément.

— J'entre maintenant.

— Attendez. Écoutez, il y a moyen que nous nous procurions un chariot automatisé. Si le *Rossi*…

— Ouais, mais vous savez comment c'est. Je suis déjà sur place. Et nous ignorons quelle vitesse ce fils de pute peut atteindre. Nous avons un problème à résoudre. C'est comme ça que nous procédons.

Holden n'avait pas eu grand espoir de le convaincre, de toute façon. C'était pour la forme. Un geste, peut-être même un geste sincère, songea Miller. Le capitaine essayait de sauver tout le monde, jusqu'au dernier des derniers.

— Je comprends, dit Holden après un moment.

— Bien. Alors, et une fois que j'aurai bousillé ce qu'il y a là-dedans?

— Nous examinons les différents moyens d'anéantir la station.

— Parfait. Je détesterais prendre toute cette peine pour rien.

— Est-ce qu'il y a… Il y a quelque chose que vous voulez que je fasse? Après?

— Non.

Julie apparut à son côté, et sa chevelure ondulait comme s'ils étaient sous l'eau. Elle baignait dans plus de clarté stellaire qu'il n'y en avait réellement.

— Attendez. Oui. Un ou deux trucs. Les parents de Julie. Ils dirigent les Entreprises Mao-Kwikowski. Ils savaient que la guerre allait éclater avant qu'elle commence. Ils entretiennent forcément des liens avec Protogène. Assurez-vous qu'ils ne s'en tirent pas sans payer leur part. Et si vous les voyez, dites-leur que je suis désolé de ne pas l'avoir retrouvée à temps.

— Entendu.

Miller s'accroupit dans l'obscurité. Y avait-il autre chose? Ne devrait-il pas y avoir autre chose? Un message pour Havelock, peut-être? Ou pour Diogo et ses copains de l'APE? Mais un message pour dire quoi?

— Voilà, dit-il. C'est tout. Ça a été bien de bosser avec vous.

— Je suis désolé que ça se termine de cette façon.

Ce n'étaient pas des excuses pour ce qu'il avait fait ou dit, ou pour ce qu'il avait choisi et refusé.

— Ouais, dit Miller. Mais qu'est-ce que vous pouvez y faire, pas vrai?

C'était ce que l'un comme l'autre pouvait dire se rapprochant le plus d'un adieu. Miller coupa la communication, afficha le texte que Naomi lui avait envoyé et l'activa. Pendant qu'il y était, il ralluma l'émission faite par Éros.

Un son doux, feutré, comme des ongles grattant une feuille de papier sans fin. Il mit les lumières du chariot, et l'entrée sombre d'Éros s'éclaira d'un gris industriel tandis que les ombres refluaient dans les coins. Sa Julie imaginaire se tenait dans la lumière comme dans le pinceau d'un projecteur, illuminée ainsi que les structures derrière elle, vestige d'un long rêve touchant à sa conclusion.

Il desserra les freins, poussa et pénétra dans Éros pour la dernière fois.

51

HOLDEN

Les humains peuvent tolérer des forces gravitation-
nelles extrêmement puissantes pendant une courte durée,
Holden le savait. Avec les systèmes de sécurité appropriés, des casse-cou professionnels avaient supporté
des impacts à plus de vingt-cinq g et avaient survécu.
Le corps se déformait naturellement, absorbait l'énergie dans ses tissus souples et diffusait l'impact sur des
zones plus larges.

Il le savait également, le problème avec une exposition prolongée à une haute gravité était que la pression
constante exercée sur le système circulatoire finissait
par attaquer ses points faibles. Une artère avait-elle un
endroit plus fragile qui risquait de développer un anévrisme dans quarante ans ? Quelques heures à sept g risquaient de le faire éclater tout de suite. Les capillaires
des yeux se mettaient à fuir. L'œil lui-même se déformait, ce qui provoquait parfois des dommages irréversibles. Et puis il y avait les espaces creux tels que les
poumons. Si vous amassiez assez de gravité, ils étaient
sujets au collapsus.

Et si les vaisseaux de combat étaient capables de
manœuvrer à plusieurs g pendant une courte période,
chaque instant sous cette poussée multipliait le danger.

Éros n'avait nul besoin de tirer des projectiles sur
eux. Il lui suffisait de continuer d'accélérer jusqu'à ce
que leurs corps explosent sous la pression. Sa console

indiquait cinq g, et sous ses yeux elle passa à six. Ils ne pouvaient pas rester à ce régime. L'astéroïde allait leur échapper, et il ne pouvait rien y faire.

Pourtant il n'ordonna pas à Alex de cesser d'accélérer.

Comme si Naomi lisait dans ses pensées, NOUS NE POUVONS PAS TENIR CETTE VITESSE apparut sur l'écran de contrôle d'Holden, avec l'identité d'utilisateur de la jeune femme en face du texte.

FRED Y TRAVAILLE. ILS AURONT PEUT-ÊTRE BESOIN QUE NOUS SOYONS À PORTÉE D'ÉROS QUAND ILS AURONT TROUVÉ UNE PARADE, répondit-il. Même les mouvements millimétriques de ses doigts afin d'atteindre les touches du clavier miniature encastré dans l'accoudoir de son siège pour cette raison précise furent douloureusement difficiles à exécuter.

À PORTÉE DE QUOI ? tapa Naomi.

Holden ne répondit pas. Il n'en avait aucune idée. Son sang lui semblait en fusion à cause des drogues destinées à le garder éveillé et alerte alors que son corps était écrasé. Elles avaient l'effet contradictoire de faire fonctionner son cerveau deux fois plus vite qu'en temps normal tout en ne lui permettant pas réellement de penser. Mais Fred trouverait la parade. Un tas de gens très intelligents y réfléchissaient.

Ainsi que Miller.

Miller qui trimballait une bombe atomique dans les entrailles d'Éros en ce moment même. Lorsque l'adversaire avait l'avantage sur le plan technique, il fallait le combattre en employant les moyens les moins techniques possible. Peut-être qu'un ex-inspecteur minable tirant une arme nucléaire sur un chariot réussirait à franchir les défenses ennemies. Naomi avait dit qu'il n'y avait pas de magie en face. Peut-être que Miller réussirait et leur donnerait l'ouverture dont ils avaient besoin.

D'une façon ou d'une autre, Holden se devait d'être là, même si c'était seulement en spectateur.

FRED, tapa Naomi à son attention.

Il ouvrit la connexion. Johnson semblait avoir l'expression crispée d'un homme qui se retient de sourire.

— Holden, dit-il. Vous tenez le coup?

SIX G. CRACHEZ LE MORCEAU.

— D'accord. Donc il apparaît que les flics des Nations unies ont décortiqué le réseau de Protogène à la recherche d'indices pouvant expliquer de quoi il retourne. Et devinez qui a émergé comme était l'ennemi public numéro un pour les gros bonnets de Protogène? Moi, mon cher. Et soudain tout est pardonné, et la Terre m'accueille de nouveau dans ses bras aimants. L'ennemi de mon ennemi pense que je suis un salopard plein de qualités.

GÉNIAL. MA MAUVAISE HUMEUR SE DISSIPE. MAGNEZ.

— L'éventualité qu'Éros entre en collision avec la Terre est déjà une catastrophe. Un événement pareil est du niveau de l'extinction, même s'il ne s'agit que d'un gros caillou. Mais les types des Nations unies ont surveillé les émissions d'Éros, et ça leur a foutu une trouille bleue.

ET?

— La Terre s'apprête à lancer tout son arsenal nucléaire au sol. Des *milliers* de missiles. Ils vont transformer cet astéroïde en vapeur. La Flotte doit intercepter tout ce qui restera de l'attaque initiale et stériliser toute cette zone de l'espace par un bombardement nucléaire ininterrompu. Je sais que c'est un risque, mais c'est tout ce que nous avons.

Holden résista à l'envie de secouer la tête tant il était atterré. Il ne voulait pas se retrouver avec la joue coincée dans son siège de façon permanente.

ÉROS A ESQUIVÉ LE *NAUVOO*. ACTUELLEMENT, IL FILE À SIX G ET, D'APRÈS NAOMI, MILLER NE RESSENT AUCUNE ACCÉLÉRATION. QUOI QU'IL FASSE, CET ASTÉROÏDE N'EST PAS SOUMIS AUX MÊMES LIMITATIONS PHYSIQUES QUE NOUS. QU'EST-CE QUI L'EMPÊCHERA D'ESQUIVER ENCORE? À DE TELLES VITESSES,

LES MISSILES NE POURRONT JAMAIS INFLÉCHIR LEUR TRA-
JECTOIRE POUR LE TOUCHER. ET SUR QUELLE CIBLE ALLEZ-
VOUS TIRER ? ÉROS N'APPARAÎT PLUS SUR LES ÉCRANS RADAR.

— C'est là que vous intervenez. Nous avons besoin
que vous tentiez de braquer un laser sur lui. Nous pouvons utiliser le système de visée du *Rossinante* pour guider les missiles sur la cible.

DÉSOLÉ DE VOUS DÉCEVOIR, MAIS NOUS SERONS HORS JEU
BIEN AVANT L'ARRIVÉE DE VOS MISSILES. NOUS NE POUVONS
PAS SUIVRE. NOUS NE POUVONS PAS GUIDER LES MISSILES POUR
VOUS, ET UNE FOIS QUE NOUS N'AURONS PLUS LA CIBLE EN
VISUEL, PERSONNE NE POURRA LOCALISER ÉROS.

— Vous pourriez devoir passer en pilotage automatique, dit Fred.

En clair : *Vous pourriez devoir tous mourir dans les
sièges anti-crash que vous occupez en ce moment même.*

J'AI TOUJOURS RÊVÉ DE MOURIR EN MARTYR, AVEC TOUT
LE TRALALA, MAIS QU'EST-CE QUI VOUS FAIT CROIRE QUE LE
ROSSI PEUT BATTRE CETTE CHOSE SEUL ? PAS QUESTION QUE JE
SACRIFIE MON ÉQUIPAGE PARCE QUE VOUS N'AVEZ PAS TROUVÉ
DE PLAN VIABLE.

Fred approcha son visage de l'écran et plissa les yeux.
Pour la première fois, le masque du colonel glissa et Holden vit la peur et le désarroi qui se trouvaient derrière.

— Écoutez, je suis conscient de ce que je vous demande, mais vous savez ce qui est en jeu. C'est tout ce
que nous avons. Je ne vous ai pas appelé pour m'entendre
dire pourquoi ça ne marchera pas. Aidez-nous, ou laissez tomber. À l'heure présente, "avocat du diable" est
juste le surnom de "connard".

*Je suis en train de me faire écraser au risque d'y
passer, et j'en garderai certainement des séquelles à
vie, justement parce que j'ai refusé de laisser tomber,
espèce de salopard. Alors désolé si je n'ai pas signé la
condamnation à mort de tout mon équipage comme tu
l'as demandé.*

L'obligation de tout taper sur le clavier présentait l'avantage de restreindre les élans émotionnels. Au lieu de lui rentrer dedans parce que Johnson mettait en doute son engagement, Holden répondit simplement LAISSEZ-MOI Y RÉFLÉCHIR et mit fin à leur échange.

Le système de traçage optique qui suivait Éros l'avertit que la vélocité de l'astéroïde continuait d'augmenter. Le géant assis sur sa poitrine gagna quelques kilos quand Alex poussa le *Rossinante* pour ne pas décrocher. Un indicateur clignotant rouge informa qu'en raison du temps passé à subir l'accélération actuelle, il pouvait s'attendre à ce que douze pour cent de son équipage aient une attaque cardiaque. Et ce pourcentage allait augmenter. En patientant un peu, il pourrait même atteindre les cent pour cent. Il essaya de se rappeler l'accélération maximale théorique du *Rossi*. Alex avait déjà poussé la corvette jusqu'à douze g, quand ils avaient quitté le *Donnager*. La limite véritable était un de ces chiffres dérisoires, une façon de se vanter d'un niveau de performance que votre vaisseau ne pourrait jamais atteindre. Quinze g, peut-être? Vingt?

Miller n'avait eu aucune sensation d'accélération. À quelle vitesse pouviez-vous aller si vous ne la sentiez *même* pas?

Presque sans en avoir conscience, Holden activa l'interrupteur du moteur principal. En quelques secondes il fut en chute libre, ravagé par la toux alors que ses organes tentaient de retrouver leur place d'origine à l'intérieur de son corps. Quand il eut récupéré assez pour prendre une vraie et profonde inspiration, la première depuis des heures, Alex le contacta sur le système comm interne :

— Chef, vous avez coupé les moteurs?

— Ouais, c'était moi. Terminé pour nous. Éros nous échappera, quoi que nous fassions. Nous retardions seulement l'inévitable, en risquant la mort de tout l'équipage par la même occasion.

Naomi fit pivoter son siège et lui adressa un petit sourire triste. L'accélération lui avait laissé en souvenir un œil poché.

— Nous avons fait de notre mieux, dit-elle.

Holden réussit à s'extraire de son siège, au prix d'une poussée si violente qu'il se contusionna les avant-bras contre le plafond. Une autre impulsion et il colla son dos à une cloison en saisissant le support d'un extincteur pour maintenir cette position. De l'autre côté du pont, Naomi l'observait, et ses lèvres dessinaient un O comique de surprise. Il savait qu'il devait avoir l'air ridicule, comme un gamin irritable en pleine crise, mais il ne pouvait pas s'arrêter. Il lâcha sa prise et se laissa flotter jusqu'au centre de l'espace. Il ne s'était pas rendu compte que de son poing libre il avait martelé la cloison. Il en prenait conscience maintenant, grâce à l'élancement dans sa main.

— Bordel, gronda-t-il. Bordel de merde.

— Nous…, voulut dire la jeune femme, mais il l'interrompit aussitôt :

— Nous avons fait de notre mieux ? Et alors, quelle putain de différence est-ce que ça fait ? dit-il, en nageant dans une brume rouge qui ne devait pas tout aux drogues. J'ai aussi fait de mon mieux pour le *Canterbury*. J'ai essayé de faire ce qu'il fallait quand j'ai laissé le *Donnager* nous arraisonner. Est-ce que toutes mes bonnes intentions ont changé quoi que ce soit à ce merdier ?

Le visage de Naomi se figea. Ses paupières s'abaissèrent un peu, et elle le regarda les yeux presque mi-clos. Ses lèvres pressées l'une contre l'autre étaient décolorées. *Ils voulaient que je te tue*, pensa Holden. *Ils voulaient que je tue tout mon équipage juste au cas où Éros n'aurait pas été capable de dépasser quinze g, et je n'ai pas pu.* La culpabilité, la colère et la tristesse s'affrontaient en lui pour former quelque chose de ténu et d'étranger. Il n'arrivait pas à mettre un nom sur cette sensation.

— Tu es la dernière personne que je m'attendrais à entendre s'apitoyer sur son sort, dit-elle d'une voix crispée. Où est passé le capitaine qui demande tout le temps : "Qu'est-ce que je peux faire tout de suite pour arranger les choses ?"

D'un geste ample, il montra tout l'appareillage qui l'entourait.

— Dis-moi quelle touche enfoncer pour empêcher que tous les habitants de la Terre meurent, et je l'enfoncerai.

Tant que ça ne risque pas de te tuer.

— Je descends voir comment va Amos, déclara-t-elle, et elle ouvrit l'écoutille de pont. Je suis ton officier détecteur, Holden. La surveillance des lignes de communication fait partie de mes attributions. Je suis au courant de ce que Fred a demandé.

Il ne trouva rien à dire, et elle disparut de son champ de vision. L'écoutille claqua sur elle avec une force qui n'était pas supérieure à la normale mais qui lui parut énorme.

Il appela le cockpit et dit à Alex de faire une pause et de prendre un café. Le pilote s'arrêta en chemin quand il fut sur le pont, comme s'il voulait parler, mais Holden le congédia d'un geste. Alex haussa les épaules et partit.

La sensation désagréable au creux de son estomac avait pris racine et s'était épanouie en un sentiment de panique qui faisait trembler ses membres. La part de lui-même vicieusement vindicative et portée à l'autodestruction insistait pour que son esprit passe en continu le film d'Éros se précipitant vers la Terre. L'astéroïde s'abattait du ciel dans un fracas terrifiant, vision devenue réalité de l'apocalypse de toutes les religions, et le feu, les séismes et une pluie pestilentielle ravageraient les terres. Mais chaque fois qu'Éros percutait la Terre dans son esprit, c'était l'explosion du *Canterbury* qu'il revoyait. Une lumière blanche horriblement soudaine, puis plus rien que le son des galets de glace bombardant la coque de son vaisseau dans une grêle inoffensive.

Mars survivrait, au moins quelque temps. Dans la Ceinture, certaines poches tiendraient encore plus long-temps, probablement. Ses habitants avaient l'habitude de se débrouiller, de survivre avec presque rien, en pui-sant au fond de leurs ressources exsangues. Mais au final, sans la Terre tout périrait. Les humains étaient restés hors du puits de gravité pendant longtemps. Assez longtemps pour développer la technologie leur permettant de cou-per ce cordon ombilical, mais ils n'avaient simplement jamais pris la peine de le faire. Ils avaient stagné. Mal-gré son désir intense de se précipiter dans chaque poche vivable qu'elle pouvait atteindre, l'humanité s'était mise à stagner. Elle s'était contentée de voler ici et là dans des vaisseaux conçus un demi-siècle auparavant, en utilisant une technologie qui n'avait pas progressé depuis plus longtemps encore.

La Terre avait été tellement obnubilée par ses propres problèmes qu'elle avait ignoré ses enfants éloignés, sauf quand il s'agissait d'exiger sa part de leurs réalisations. Mars avait soumis sa population entière à la tâche de remodeler la planète, qui de rouge était devenue verte. Une tentative de créer une nouvelle Terre, dans le but de ne plus dépendre de l'ancienne. Et les Ceinturiens étaient devenus les citoyens de seconde zone du système solaire. Trop occupés à survivre pour passer le moindre temps à créer quelque chose de nouveau.

Nous avons trouvé la protomolécule au moment précis où elle pouvait nous causer le plus de ravages, pensa-t-il.

Toute cette histoire avait ressemblé à un raccourci inespéré. Une façon d'éviter de faire des efforts, l'op-portunité de passer directement au statut divin. Et cela faisait si longtemps que rien ne représentait plus une menace réelle pour l'humanité, à part elle-même, que personne n'avait été assez malin pour avoir peur. Dres-den l'avait dit : les créatures qui avaient conçu la pro-tomolécule, qui l'avaient chargée sur Phœbé et lancée vers la Terre étaient déjà pareilles à des dieux quand les ancêtres de l'humanité pensaient que la photosynthèse et les flagelles représentaient des technologies de pointe. Mais il avait accepté leur antique engin de destruction, et il l'avait activé quand même, parce que, à bien y regarder, les humains étaient restés des singes trop curieux. Il fallait toujours qu'ils triturent tout ce qu'ils trouvaient pour voir ce qui se passait.

Le brouillard rouge qui noyait sa vision était maintenant parcouru de pulsations suivant un rythme singulier. Il lui fallut un moment pour se rendre compte qu'un voyant rouge clignotait sur sa console, l'avertissant d'un appel en provenance du *Ravi*. Il prit appui sur un siège anti-crash proche et se propulsa vers son poste pour ouvrir la ligne.

— Ici le *Rossinante*, allez-y, *Ravi*.

— Holden, pourquoi nous sommes-nous arrêtés ? demanda McBride.

— Parce que nous ne pouvions pas suivre, de toute façon, et que le danger de pertes parmi l'équipage devenait trop grand, répondit-il.

L'explication paraissait faible, même à ses propres oreilles. Une forme de lâcheté. McBride ne sembla pas le remarquer.

— Bien reçu. Je vais demander de nouveaux ordres. Je vous ferai savoir s'il y a du changement.

Holden mit fin à la connexion et posa un regard absent sur la console. Le système de traçage visuel faisait de son mieux pour ne pas perdre Éros. Le *Rossi* était un bon vaisseau. Ce qu'on pouvait trouver de mieux dans sa catégorie. Et comme Alex avait classé l'astéroïde dans les menaces, l'ordinateur de bord ferait tout ce qui était en son pouvoir pour le suivre à la trace. Mais Éros était un objet se déplaçant très rapidement, réfléchissant peu les radiations, et invisible pour les radars. Il pouvait adopter des changements de trajectoire imprévisibles en maintenant une vélocité très élevée. Ce n'était qu'une question de temps avant qu'ils perdent sa trace, en particulier s'il voulait que cela arrive.

À côté de l'affichage des informations relatives au traçage, une petite fenêtre de données s'ouvrit pour l'informer que le *Ravi* avait activé son transpondeur. C'était la procédure standard même pour les unités militaires, quand il n'y avait pas de menace apparente ou de nécessité de discrétion. Le radio de la corvette onusienne l'avait rallumé par habitude.

Et maintenant le *Rossi* l'enregistrait comme appareil connu, ainsi que le prouvait la mention de son nom et le point lumineux vert clignotant à côté de sa localisation. Holden le fixa du regard un long moment, et il sentit qu'il écarquillait les yeux sous le coup de la surprise.

— *Merde…*

Il ouvrit le circuit comm interne.

— Naomi, j'ai besoin de toi aux ops.

— Je pense que je ferais mieux de rester encore un peu en bas, répliqua-t-elle.

Il écrasa le bouton d'alerte du poste de combat sur sa console. L'éclairage vira au rouge et une alarme retentit par trois fois.

— Officier en second Nagata, aux ops, ordonna-t-il.

Elle lui passerait un savon plus tard, et il ne l'aurait pas volé. Mais pour l'instant il n'y avait pas de temps à perdre.

Elle arriva en moins d'une minute. Il était déjà retourné se harnacher dans son siège anti-crash, et il activait le registre comm. Naomi s'installa dans son siège et se sangla elle aussi. Elle lui lança un regard interrogateur – *On va donc y passer, finalement ?* – mais ne dit rien. Il éprouvait pour elle autant d'admiration que d'irritation. Il trouva ce qu'il cherchait dans le registre.

— Bon, nous avons eu un contact radio avec Miller après qu'Éros a disparu des écrans radar. Exact ?

— Oui, dit-elle. Mais le système comm de sa combinaison n'est pas assez puissant pour émettre très loin à travers l'enveloppe d'Éros, donc un des vaisseaux restés sur la station relaie et amplifie le signal pour lui.

— On peut donc en déduire une chose : quoi qu'Éros fasse pour neutraliser la localisation radar, ça ne neutralise pas toutes les transmissions radio venues de l'extérieur.

— C'est ce qu'il semble, en effet, approuva Naomi, sa curiosité éveillée.

— Et tu as toujours les codes de contrôle pour les cinq transports de l'APE à la surface de l'astéroïde, exact ?

— Oui, monsieur, dit-elle. Oh, merde…

Holden fit pivoter son siège vers elle et lui adressa un sourire.

— Très bien. Pourquoi le *Rossi* et chaque autre vaisseau d'une flotte ou d'une autre ont-ils un interrupteur pour couper leur transpondeur ?

— Pour que l'ennemi ne puisse pas caler un missile sur le signal du transpondeur et les détruire, dit-elle, et elle sourit à son tour.

Il remit son siège face à la console et entreprit d'ouvrir un canal comm avec la station Tycho.

— Officier en second, auriez-vous l'obligeance d'utiliser les codes de contrôle que Miller vous a transmis pour réactiver les transpondeurs de ces cinq transports de l'APE ? À moins que notre visiteur sur Éros soit capable d'aller plus vite que les ondes radio, je pense que nous avons contourné notre problème d'accélération.

— Reçu cinq sur cinq, capitaine, répondit la jeune femme.

Sans même la regarder, Holden entendit le sourire dans sa voix, et cela fit fondre ce qui restait de glace dans sa gorge. Ils avaient un plan. Un plan qui allait faire la différence.

— Appel entrant du *Ravi*, annonça Naomi. Tu veux le prendre avant que je m'occupe des transpondeurs ?

— Oh oui…

Avec un petit déclic, la ligne fut établie.

— Capitaine Holden. Nous avons reçu de nouveaux ordres. Il semble que nous allons continuer à poursuivre cette chose encore un peu.

Au ton employé par McBride, rien ne laissait penser qu'elle avait failli être envoyée à la mort. Stoïque.

— Peut-être voudrez-vous attendre encore quelques minutes, dit Holden. Nous avons une autre solution.

Pendant que Naomi activait les transpondeurs des cinq transports de l'APE accrochés à la surface d'Éros sous la supervision de Miller, Holden expliqua son plan à McBride puis, sur une autre ligne, à Fred Johnson. Quand le colonel lui eut donné son approbation enthousiaste du plan commun entre le Terrien et le commandement de la Flotte onusienne, les cinq transports émettaient déjà, révélant leur position au système solaire tout entier. Une heure plus tard, la plus importante salve d'armes nucléaires interplanétaires de l'histoire de l'humanité avait été tirée et se dirigeait vers Éros.

Nous allons gagner, songea Holden en observant la nuée de petits points rouges apparus sur son écran de menaces. *Nous allons vaincre cette chose.* Mieux encore, son équipage allait voir la fin de cette aventure. Personne n'avait plus à mourir.

Sauf…

— Un appel de Miller, annonça Naomi. Il a sans doute remarqué que nous avions réactivé les transpondeurs.

Holden sentit son ventre se nouer. Miller serait là-bas, sur Éros, quand les missiles arriveraient. Tout le monde ne pourrait pas fêter la victoire annoncée.

— Salut, Miller. Comment va ? dit-il sans parvenir à supprimer toute note lugubre dans sa voix.

Celle de l'ex-inspecteur était un peu agitée, à moitié couverte par le déluge crépitant des parasites, mais pas inaudible au point que le Terrien ne puisse en saisir la tonalité et comprendre instantanément qu'il allait gâcher la fête.

— Holden, nous avons un problème.

52

MILLER

Un. Deux. Trois.

Miller appuya sur le terminal pour réenclencher la commande. Autrefois, les doubles portes devant lui avaient été un de ces milliers de mécanismes automatisés ordinaires. Elles avaient fonctionné de façon fiable sur leurs rails magnétiques discrets, pendant des années peut-être. À présent quelque chose de noir ayant la texture de l'écorce d'arbre s'était déployé comme une plante grimpante sur leurs bords et avait gauchi le métal. Au-delà de cet obstacle s'étendaient le tunnel d'accès au spatioport, les entrepôts, les casinos. Tout ce qui avait constitué la station Éros et était maintenant l'avant-garde d'une intelligence extraterrestre envahissante. Mais pour l'atteindre, Miller devait forcer une porte coincée. En moins de cinq secondes. Alors qu'il était engoncé dans une combinaison pressurisée.

Il rangea son terminal et tendit les mains vers la fine ligne de séparation entre les deux battants. Un. Deux. Les battants bougèrent d'un centimètre à peine, et des flocons de cette matière noire tombèrent en une pluie très fine. Voilà. Trois.

Quatre.

Il reprit son terminal, réenclencha le mécanisme.

Cette saloperie refusait tout simplement de fonctionner.

Il s'assit sur le sol à côté du chariot. L'émission d'Éros murmurait toujours, apparemment inconsciente du petit intrus qui grattait la peau de la station. Il emplit lentement ses poumons d'air, au maximum. Les portes ne bougèrent pas. Il fallait pourtant qu'il les franchisse.

Naomi n'allait pas aimer.

De sa main libre, il desserra la sangle métallique autour de la bombe jusqu'à ce qu'elle puisse basculer un peu d'avant en arrière. Avec beaucoup de précautions et sans aucune hâte, il en souleva le coin. Ensuite, et tout en surveillant l'écran de données spécifiant son état, il coinça son terminal sous l'engin et le disposa de sorte que le coin de métal appuie fortement sur la touche "entrée". Le mécanisme resta au vert. Si la station tremblait ou bougeait, il aurait toujours un délai de cinq secondes pour récupérer le boîtier.

Ce qui devrait suffire.

Des deux mains il tenta d'écarter les battants. Un peu plus de cette croûte noirâtre tomba en poussière quand il ouvrit suffisamment les portes pour voir ce qu'il y avait de l'autre côté. Le tunnel se dessinait presque uniquement en courbes, car les excroissances sombres avaient empli les angles jusqu'à ce que le passage ressemble à un vaisseau sanguin géant desséché. Les seules sources lumineuses provenaient de la torche incorporée à son casque et d'un million de minuscules points brillants qui tournoyaient dans l'air comme des lucioles bleues. Au rythme des pulsations de l'émission d'Éros, et quand celles-ci se faisaient plus sonores, les lucioles s'éteignaient presque, avant de réapparaître. Les senseurs de la combinaison pressurisée détectaient un air respirable, quoique avec des concentrations inattendues d'argon, d'ozone et de benzène.

Un des points luminescents passa à côté de lui en tourbillonnant sur des courants qu'il ne pouvait pas sentir. Miller l'ignora et continua son effort. Centimètre par centimètre, il agrandissait l'écart entre les battants. Il put bientôt passer un bras par l'ouverture et tâter la croûte noire sur le sol. Elle paraissait assez solide pour supporter le poids du chariot. C'était un cadeau du ciel. S'il s'était agi d'une boue extraterrestre lui montant au genou, il aurait dû trouver un autre moyen de déplacer la bombe. Il aurait déjà assez de difficultés à faire avancer le chariot sur cette surface courbe.

Pas de repos pour les méchants, dit Julie Mao dans son esprit. *Pas de paix pour les gentils.*

Il se remit au travail.

Quand enfin les battants furent assez écartés pour être franchis, il était en nage. Ses bras et son dos étaient endoloris. La croûte noire avait commencé à s'étendre dans la portion extérieure du couloir, et elle étirait des vrilles vers le sas, en se cantonnant dans sa prolifération aux angles, là où les murs rejoignaient le plafond et le sol. La lumière bleue avait colonisé l'air. Éros sortait aussi vite qu'il entrait. Plus vite, peut-être.

Miller tirait le chariot à deux mains, sans cesser de surveiller l'écran de son terminal. La bombe oscillait latéralement, mais pas assez pour que le bouton de déclenchement ne reste pas enfoncé. Une fois qu'ils furent arrivés sans encombre dans le tunnel, Miller reprit le terminal.

Un. Deux.

La lourde enveloppe extérieure de la bombe avait imprimé un creux léger dans le clavier, mais celui-ci fonctionnait toujours. Il saisit la poignée du chariot et se pencha en avant, la surface organique irrégulière sous lui se transmettant dans l'oscillation et la traction brusque de la vibration du chariot.

Une fois déjà, il était mort ici. Il avait été empoisonné. On lui avait tiré dessus. Ces couloirs, ou d'autres identiques, avaient été son champ de bataille. Le sien et celui d'Holden. À présent, ils étaient méconnaissables.

Il traversa un vaste espace presque vide. Ici la croûte était moins épaisse, et les murs métalliques de l'entrepôt apparaissaient par endroits. Une lampe à LED brillait toujours au plafond, et sa lumière blanche et froide se déversait dans les ténèbres.

Son trajet le mena au niveau des casinos, preuve que l'architecture commerciale aiguillait toujours les visiteurs vers les mêmes lieux. L'écorce extraterrestre y était presque absente, mais l'espace avait été transformé. Les machines à sous avaient conservé leur alignement impeccable, qu'elles aient à moitié fondu, explosé ou, pour quelques-unes, qu'elles continuent à scintiller et à solliciter les informations financières des passants pour débloquer leur éclairage tapageur et des effets sonores de fête. Les tables de jeu étaient toujours visibles sous la coiffe en forme de champignon faite d'un gel translucide et glutineux. Frangeant les murs et les hauts plafonds dignes d'une cathédrale, des nervures noires ondulaient sous l'effet de filaments pareils à des cheveux qui luisaient à leur extrémité sans offrir aucun éclairage.

Quelque chose hurla, et le son fut étouffé par la combinaison de Miller. L'émission de la station résonnait plus fortement et plus pleinement maintenant qu'il se trouvait sous sa peau. Il eut le souvenir soudain et irrésistible de lui-même enfant, alors qu'il regardait un film où un garçon avait été avalé par une baleine monstrueuse.

Quelque chose de gris, ayant la taille des deux poings de Miller réunis, passa en un éclair à côté de lui, presque trop rapidement pour être vu. Ce n'était pas un oiseau. Quelque chose courut à pas précipités derrière un aérateur renversé. Il se rendit soudain compte de ce qui manquait. Il y avait eu un million et demi de personnes sur Éros, et un gros pourcentage de cette population s'était massé ici, au niveau des casinos, quand leur propre apocalypse personnelle s'était produite. Mais il n'y avait aucun corps. Ou plutôt, non : ce n'était pas vrai. La croûte noire, ces millions de ruisselets sombres au-dessus de sa tête, avec leur éclat doux, immense… C'étaient les cadavres d'Éros, recréés. De la chair humaine remodelée. Une des alarmes incorporées à sa combinaison se déclencha pour l'avertir qu'il était proche de l'hyperventilation. Les ténèbres commencèrent à s'amonceler en périphérie de son champ de vision.

Il glissa et se retrouva à genoux.

Ne tombe pas dans les pommes, pauvre connard, se dit-il. *Ne tombe pas dans les pommes, et si ça t'arrive fais au moins en sorte de placer le poids de ton corps sur cette saloperie de déclencheur.*

Julie posa la main sur la sienne. Il pouvait presque la sentir, et ce contact lui permit de retrouver son équilibre. Elle avait raison. Ce n'étaient que des cadavres. Rien de plus que des morts. Des victimes. Une autre fournée de viande recyclée, identique à chaque prostituée non déclarée qu'il avait vue poignardée à mort dans les hôtels borgnes de Cérès. Comparable à tous ces suicidés qui se jetaient dans le vide par un sas. D'accord, la protomolécule avait mutilé les chairs de façon singulière. Mais cela ne changeait pas ce qu'elles étaient. Ni ce qu'il était.

— Quand tu es flic, dit-il à Julie, répétant ce qu'il avait débité à chaque bleu avec qui il avait fait équipe durant sa carrière, tu ne peux pas te payer le luxe de ressentir les choses. Tu dois faire le boulot.

Alors fais le boulot, dit-elle avec douceur.

Il acquiesça. Se redressa. *Faire le boulot.*

Comme en réponse, le son dans ses écouteurs changea, et l'émission d'Éros devint un son flûté plus aigu sur une centaine de fréquences différentes avant d'exploser en un flot brutal de paroles qu'il pensa être de l'hindi. Des voix humaines. *Jusqu'à ce que des voix humaines nous tirent de notre torpeur*, pensa-t-il sans réussir à se remémorer d'où venait cette phrase.

Quelque part dans la station, il allait y avoir... quelque chose. Un mécanisme de contrôle, ou une source d'énergie quelconque remplissant le rôle d'un moteur pour la protomolécule. Il ignorait quelles seraient son apparence et ses éventuelles défenses. Il n'avait pas la moindre idée de son fonctionnement, mais il partait du principe que, s'il le faisait sauter, ce mécanisme fonctionnerait beaucoup moins bien.

Donc nous revenons en arrière, dit-il à Julie. *Nous revenons à ce que nous connaissons.*

La chose qui croissait à l'intérieur d'Éros, transformant l'enveloppe rocheuse de l'astéroïde en son propre exosquelette inarticulé, n'avait pas isolé les points d'accostage. Elle n'avait pas déplacé les murs intérieurs pour refaçonner les salles et les couloirs au niveau des casinos. En conséquence l'agencement de la station devait être très proche de ce qu'il avait toujours été. Très bien.

Quelle que soit sa source, l'énergie utilisée pour mouvoir la station l'était en quantité phénoménale. D'accord.

Alors trouvons son point névralgique. De sa main libre, il vérifia les données que relevaient les senseurs de sa combinaison pressurisée. La température ambiante était de vingt-sept degré : élevée, mais loin d'être insupportable. Il recula vivement. La température baissa de moins d'un centième de degré, mais elle baissa. Parfait. Il lui suffisait donc d'aller à l'entrée de chaque couloir, de trouver celui qui était le plus chaud et de suivre cette piste. Quand il aurait localisé un endroit de la station où la température était, disons de trois ou quatre degrés supérieure à la moyenne constatée ailleurs, ce serait là. Il amènerait le chariot à côté de lui, retirerait le pouce du déclencheur, et compterait jusqu'à cinq.

Aucun problème.

Lorsqu'il revint auprès du chariot, il constata qu'une matière dorée ayant l'aspect de la bruyère croissait autour des roues. Il en enleva le plus gros en grattant, mais désormais une des roues grinçait en tournant. Il n'y pouvait rien.

Tirant le chariot d'une main et l'autre crispée sur le déclencheur de son terminal, il se remit en route, toujours plus avant dans les entrailles de la station.

— Elle est à moi, disait stupidement Éros.

Il ressassait cette phrase depuis près d'une heure.

— Elle est *à moi*. Elle est… *à moi*.

— D'accord, marmonna Miller. Je te la laisse.

Son épaule l'élançait. Le couinement de la roue avait empiré, et sa litanie tranchait dans la folie des âmes damnées que débitait Éros. Son pouce commençait à être anesthésié par un picotement diffus né de la pression constante qu'il imprimait sur le déclencheur pour ne pas s'anéantir encore. À chaque niveau supérieur qu'il atteignait, la gravité due à la rotation devenait plus légère et la force de Coriolis un peu moins sensible. Ce n'était pas exactement le même phénomène que sur Cérès, mais ça le rappelait assez pour qu'il ait l'impression de rentrer à la maison. Il se surprit à être impatient que le boulot soit fait. Il s'imagina de retour dans son appartement, avec un pack de bières, de la musique diffusée par les haut-parleurs qui aurait bénéficié d'un vrai compositeur au lieu de la glossolalie sans queue ni tête de la station morte. Peut-être un peu de jazz léger.

Qui avait jamais trouvé attirante la perspective d'écouter du jazz léger ?

—Attrapez-moi si vous le pouvez, bande de salopards, disait Éros. Je suis parti et parti et parti. Parti et parti et parti.

Les niveaux intérieurs lui étaient à la fois familiers et étrangers. Loin du tombeau de masse que constituaient les casinos, un peu plus de l'ancienne vie d'Éros était perceptible. Les stations du métro fonctionnaient toujours, annonçant des retards sur les lignes et recommandant la patience. Les recycleurs d'air bourdonnaient. Les sols étaient relativement propres, et épargnés. La sensation d'une presque normalité rendait les changements encore plus voyants, plus troublants. Des feuilles sombres au dessin spiralé rappelant les nautiles recouvraient les murs. Des flocons de cette matière tombaient en flottant des hauteurs et tourbillonnaient en accompagnant la rotation de la gravité comme de la suie en suspension. Éros possédait toujours sa propre gravité consécutive à sa giration, mais il ne connaissait pas les effets de celle qu'aurait dû provoquer l'énorme accélération. Miller décida de ne pas essayer de comprendre pourquoi.

Une nuée de choses ressemblant à des araignées, de la taille d'une grosse balle de tennis, rampa dans le couloir devant lui, laissant derrière elle un vernis luisant de bave. C'est seulement quand il fit halte pour en faire tomber une du chariot qu'il reconnut des mains tranchées dont les os noircis du poignet étaient carbonisés et recomposés. Une partie de son esprit se mit à hurler d'horreur, mais elle était lointaine et facile à ignorer.

Il devait respecter la protomolécule. Pour une chose qui s'était attendue à des anaérobies procaryotes, elle accomplissait un travail génial avec ce qu'elle avait à sa disposition. Il prit le temps de consulter les données de sa combinaison. La température s'était élevée d'un demi-degré depuis qu'il avait quitté les casinos, et d'un dixième de degré supplémentaire à son entrée dans ce couloir principal. Le taux de radiations augmentait également, et ses pauvres chairs déjà torturées en absorbaient de plus en plus. La concentration de benzène baissait, et sa combinaison décelait des molécules aromatiques plus exotiques – tétracène, anthracène, naphtalène – au comportement suffisamment singulier pour affoler les senseurs. Il était donc dans la bonne direction. Il se pencha en avant, et le chariot résista à la traction, comme un enfant qui en a assez. Si sa mémoire ne lui jouait pas des tours, l'agencement structurel était à peu près le même que sur Cérès, et il connaissait Cérès comme sa poche. Un niveau plus haut – peut-être deux – et il devrait trouver une confluence des services présents dans les étages inférieurs, avec des niveaux de gravité élevés, et les systèmes de gestion de l'énergie et de l'approvisionnement qui fonctionnaient mieux dans une gravité moins accentuée. L'endroit semblait aussi propice qu'un autre au développement d'un centre de contrôle et de commande. Parfait pour y installer un cerveau.

— Parti et parti et parti, disait Éros. Et parti.

Curieux de constater comment les ruines du passé modelaient tout ce qui venait ensuite, se dit-il. Cela semblait valable à tous les niveaux : une des grandes vérités de l'univers. Dans les temps anciens, quand l'humanité vivait encore entièrement au fond d'un puits de gravité, les voies tracées par les légions romaines étaient devenues des routes au revêtement d'asphalte, et plus tard de béton armé. Sur Cérès, Éros, Tycho, le forage des passages standards avait été effectué par des engins conçus pour répondre aux dimensions des camions et des ascenseurs en usage sur la Terre, lesquels avaient à leur tour été conçus pour parcourir des passages assez larges pour y faire passer un chariot à mulet.

Et à présent l'extraterrestre – cette chose venue de l'immensité ténébreuse – se développait le long des couloirs, des conduits, des tunnels de métro et des canalisations d'eau créés par une poignée de primates ambitieux. Il se demanda ce qui serait arrivé si la protomolécule n'avait pas été capturée par Saturne et avait trouvé son chemin jusque dans la soupe primitive de la Terre. Pas de réacteurs nucléaires, de commandes de navigation, de chairs complexes à s'approprier. Qu'aurait fait différemment la protomolécule si elle avait dû construire à partir d'autres choix dictés par l'évolution ?

Miller, dit Julie, *continue d'avancer.*

Il revint à la réalité. Il se tenait dans un passage désert, au bas d'une rampe d'accès. Il ne savait pas depuis combien de temps il s'était perdu dans ses pensées.

Des années, peut-être.

Il souffla longuement et entama l'ascension de la pente. D'après les relevés des senseurs, les couloirs situés au-dessus de lui étaient nettement plus chauds que la température ambiante. Presque de trois degrés. Il se rapprochait du but. Mais il n'y avait pas d'éclairage, là-haut. Il ôta son pouce engourdi de la touche du déclencheur et alluma la petite lampe incorporée au terminal. Il repositionna son pouce sur le déclencheur juste avant de compter "quatre".

— Parti et parti et… et… et et et *et*.

L'émission d'Éros hurla dans un chœur de voix qui jacassaient en russe et en hindi, dans une clameur noyant la vieille voix unique, avant d'être elles-mêmes englouties par un ululement grave. Le chant des baleines, peut-être. Les senseurs de sa combinaison informèrent poliment Miller qu'il ne lui restait plus qu'une demi-heure d'oxygène. Il éteignit l'alarme.

La station de transit était envahie. Des feuilles claires grouillaient dans les couloirs et s'entortillaient pour former des cordes. Des insectes identifiables – mouches, cafards, araignées d'eau – avançaient au ralenti le long des épais câbles blancs en vagues déterminées. Des vrilles d'une matière qui ressemblait à de la bile mouvante balayaient le sol d'avant en arrière, y laissant un tapis de larves animées. Elles étaient autant les victimes de la protomolécule que la population humaine. Les pauvres.

— Vous ne pouvez pas reprendre le *Razorback*, dit Éros, et sa voix avait presque des accents de triomphe. Vous ne pouvez pas reprendre le *Razorback*. Elle est partie et partie et partie.

La température s'élevait rapidement, à présent. Il lui fallut quelques minutes pour décider qu'aller dans le sens giratoire mènerait peut-être vers un endroit plus chaud. Il tira le chariot. Il sentait le frottement de la roue, un petit tressaillement qui se propageait dans les os de sa main. Entre la masse de la bombe et la roue voilée, ses épaules commençaient à être réellement douloureuses. Une bonne chose qu'il n'ait pas à refaire le chemin en sens inverse avec ce fardeau.

Julie l'attendait dans l'obscurité. Le faisceau lumineux étroit de son terminal trancha dans sa silhouette. Ses cheveux flottaient, la gravité n'ayant finalement aucun effet sur les fantômes de l'esprit. Son visage était assombri.

Comment sait-il ? demanda-t-elle.

Miller fit halte. De temps à autre, dans le courant de sa carrière, un témoin imaginaire avait dit quelque chose, utilisé une certaine phrase, ri au mauvais moment, et il avait su intuitivement qu'il venait de découvrir une nouvelle manière d'aborder l'affaire.

C'était un de ces moments.

— Vous ne pouvez pas reprendre le *Razorback*, croassa Éros.

La comète qui a amené la protomolécule dans le système solaire au départ était un objet mort, pas un vaisseau, dit Julie sans que jamais ses lèvres noires remuent. *C'était juste de la balistique. N'importe quelle balle de glace contenant la protomolécule congelée. Elle visait la Terre, mais elle a raté sa cible quand l'attraction de Saturne l'a happée. Ce qu'il y avait à l'intérieur ne l'a pas guidée. Ne l'a pas dirigée. N'a pas navigué.*

— La chose n'en avait pas besoin, dit Miller.

Elle navigue, à présent. Elle se dirige vers la Terre. Comment sait-elle de quelle manière atteindre la Terre ? D'où lui vient cette information ? Elle parle. D'où lui est venue cette grammaire ?

Qui est la voix d'Éros ?

Il ferma les yeux. Le système de sa combinaison lui indiqua qu'il n'avait plus que vingt minutes d'oxygène.

— Vous ne pouvez pas reprendre le *Razorback* ! Elle est partie et partie et partie !

— Oh, merde, murmura Miller. Oh, Seigneur.

Il lâcha le chariot, se retourna vers la rampe d'accès, la lumière et les couloirs. Tout tremblait, la station elle-même tremblait comme quelqu'un qui est au bord de l'hypothermie. Sauf que ce n'était pas la réalité, bien sûr. Lui seul tremblait. Tout était dans la voix d'Éros. Cela avait toujours été dans la voix. Il aurait dû comprendre.

Peut-être qu'il avait compris.

La protomolécule ne connaissait pas l'anglais, l'hindi ou le russe, ni aucune des langues dont elle avait débité des bribes. Tout cela provenait des esprits et des programmes appartenant aux morts d'Éros, encodés dans les neurones et les programmes grammaticaux que la protomolécule avait ingérés, mais pas détruits. Elle avait conservé les informations, les langues et les structures cognitives complexes, et elle s'était construite sur elles, comme l'asphalte avait recouvert les voies tracées par les Romains.

Les morts d'Éros n'étaient pas morts. Julie Andromeda Mao était vivante.

Il souriait si fort que ses joues en devenaient douloureuses. D'une main gantée, il essaya la connexion. Le signal était trop faible. Il ne parvenait pas à passer. Il commanda à la liaison montante dans le vaisseau à la surface d'augmenter la puissance, et il obtint le lien.

La voix d'Holden se fit entendre :

— Salut, Miller. Comment va ?

Le ton était doux, contrit. Un auxiliaire d'hospice faisant assaut de gentillesse envers un mourant. L'étincelle de l'irritation s'alluma dans son esprit, mais c'est d'une voix posée qu'il répondit.

— Holden, dit-il, nous avons un problème.

53

HOLDEN

— À vrai dire, nous avons trouvé comment résoudre le problème, en quelque sorte, répondit Holden.

— Je ne le pense pas. Je vous connecte sur les données médicales de ma combinaison.

Quelques secondes plus tard, quatre colonnes de chiffres apparurent dans une petite fenêtre sur l'écran du Terrien. Tout avait l'air à peu près normal, même s'il y avait des subtilités que seul un spécialiste comme Shed aurait pu interpréter correctement.

— Super, dit-il. Vous êtes légèrement irradié, mais en dehors de ça…

— Est-ce que je souffre d'hypoxie ? l'interrompit l'ex-inspecteur.

Les données de sa combinaison indiquaient 87 mmHg, ce qui était confortablement supérieur à la limite basse.

— Non.

— Quelque chose qui expliquerait qu'un type ait des hallucinations ou verse dans la démence ? Alcool, opiacées. Quelque chose dans le genre ?

— Rien que je puisse détecter, dit Holden que l'impatience gagnait. De quoi s'agit-il ? Vous avez des visions ?

— Comme d'habitude, répliqua Miller. Je voulais que ce point soit éclairci, parce que je sais ce que vous allez dire.

Il se tut, et la radio siffla et émit un bruit sec aux oreilles d'Holden. Quand Miller reprit la parole après quelques secondes, sa voix était passée à un registre différent. Pas celui du plaidoyer, mais ce n'en était pas très éloigné, et le capitaine remua sur son siège, soudain mal à l'aise.

— Elle est vivante.

Dans l'univers de Miller, il n'y avait qu'une seule *elle*. Julie Mao.

— Euh… Bon, d'accord. Je ne sais pas trop comment répondre à ça.

— Il va falloir me croire sur parole, je ne suis pas sujet à une dépression nerveuse ou à un épisode psychotique, ni rien de tel. Mais Julie est ici, à l'intérieur de la station. C'est elle qui dirige Éros.

Holden consulta les données médicales à nouveau, mais elles étaient toujours normales, avec tous les voyants largement dans le vert, à l'exception du niveau d'irradiation. Les paramètres chimiques de son sang ne semblaient même pas révéler qu'il était particulièrement stressé, surtout pour quelqu'un qui apportait une bombe nucléaire à ses propres funérailles.

— Miller, Julie est morte. Nous avons vu son corps tous les deux. Nous avons vu ce que la protomolécule… lui a fait.

— Nous avons vu son corps, bien sûr. Simplement, nous l'avons supposée morte à cause des dommages…

— *Son cœur ne battait plus*, insista Holden. Elle n'avait plus d'activité cérébrale, ni de métabolisme. Tout ça ressemble beaucoup à la définition de la *mort*.

— Comment savons-nous à quoi ressemble un mort pour la protomolécule ?

— Nous… Nous ne le savons pas, j'imagine. Mais pas de battement de cœur, c'est quand même un signe révélateur.

Miller eut un petit rire bas.

— Nous avons vu ces choses, Holden. Ces cages thoraciques qui se traînaient au sol par un seul bras, vous croyez qu'elles ont un cœur qui bat ? Depuis le début, cette saloperie ne joue pas selon nos règles, et vous vous attendez à ce qu'elle s'y mette maintenant ?

Holden ne put s'empêcher de sourire. Miller n'avait pas tort.

— Admettons. Qu'est-ce qui vous donne à penser que Julie est autre chose qu'une cage thoracique et une collection de tentacules ?

— C'est peut-être ce qu'elle est, mais je ne vous parle pas de son corps, dit Miller. *Elle* est là. Son esprit. C'est comme si elle pilotait sa vieille chaloupe de course. Le *Razorback*. Dans son délire, elle en parle sur la radio depuis des heures, maintenant, et je n'avais pas fait le rapprochement. Mais maintenant que j'ai pigé, tout devient foutrement clair.

— Et pourquoi se dirige-t-elle vers la Terre ?

— Je n'en sais rien, avoua Miller.

Il paraissait excité, passionné par son sujet. Plus vivant qu'Holden ne l'avait jamais connu.

— Peut-être que la protomolécule veut se rendre là et que ça l'ennuie. Julie n'a pas été la première personne infectée, mais c'est la première qui a survécu assez longtemps pour se rendre quelque part. Peut-être qu'elle est le germe cristallin à partir duquel la protomolécule évolue. Je n'en suis pas sûr, mais je peux le découvrir. Il faut seulement que je la trouve. Que je lui parle.

— Il faut que vous ameniez cette bombe là où se trouvent les commandes de la station, et que vous déclenchiez sa mise à feu.

— Je ne peux pas faire ça, dit Miller.

Parce que, bien évidemment, il ne le pouvait pas.

C'est sans importance, pensa Holden. *Dans moins de trente heures, vous ne serez plus que de la poussière radioactive, tous les deux.*

Il demanda aux systèmes du *Rossi* de recalculer le moment d'impact des missiles déjà lancés.

— D'accord, dit-il. Est-ce que vous pouvez trouver votre fille dans moins de vingt-sept heures ?

— Pourquoi ? Il se passera quoi, dans vingt-sept heures ?

— La Terre a tiré tout son arsenal nucléaire interplanétaire sur Éros il y a de ça quelques heures. Nous venons d'activer les transpondeurs des cinq transports que vous avez arrimés à la surface. Les missiles les ont pour cibles. L'ordinateur de bord du *Rossi* situe l'impact dans vingt-sept heures, en se basant sur la courbe d'accélération actuelle. Les Martiens et la Flotte des Nations unies sont déjà en route pour stériliser la zone après l'explosion. Histoire de s'assurer que rien ne survive ou ne passe à travers les mailles du filet.

— Seigneur…

— Ouais, dit Holden, le cœur lourd. Désolé de ne pas vous avoir prévenu plus tôt. J'ai eu un tas de trucs à faire, et ça m'est un peu sorti de la tête.

Il y eut un long moment de silence.

— Vous pouvez les arrêter, dit enfin Miller. En éteignant les transpondeurs.

Le Terrien fit pivoter son siège pour interroger Naomi du regard. Elle avait cette même expression signifiant *Qu'est-ce que je disais ?* qu'il savait arborer lui aussi. Elle fit basculer sur son poste les données médicales transmises par la combinaison de Miller, puis sollicita le programme d'expertise médicale du *Rossi* et lança un diagnostic approfondi. Ce qu'impliquait son attitude était transparent. Elle pensait que quelque chose n'allait pas chez Miller, et que cela n'apparaissait pas directement sur les données reçues de lui. Si la protomolécule avait infecté l'ex-inspecteur, et s'en servait comme ultime recours pour les égarer…

— Aucune chance, Miller. C'est notre dernier espoir. S'il rate, Éros pourra se mettre en orbite autour de la Terre et l'asperger de sa boue brune. Pas question que nous prenions ce risque.

— Écoutez, dit Miller d'un ton oscillant maintenant entre l'argumentation conciliante et l'expression d'une frustration de plus en plus perceptible, *Julie est ici, dans la station.* Si je réussis à la trouver et à la raisonner, je peux tout arrêter sans avoir besoin d'un bombardement nucléaire.

— Quoi? Vous allez prier la protomolécule d'être assez gentille pour renoncer à infecter la Terre, alors qu'elle a été créée dans ce but? Vous allez faire appel à ce qu'il y a de meilleur en elle?

Un instant s'écoula avant la réponse :

— Écoutez, Holden, je pense savoir ce qui se passe ici. Cette chose a été conçue pour infecter des organismes unicellulaires. Les formes de vie les plus basiques qui soient, nous sommes d'accord?

Holden eut une moue de doute, puis il se souvint qu'il n'y avait pas de liaison vidéo et dit :

— D'accord.

— Ça n'a pas marché, mais c'est un salopard très malin, qui sait s'adapter. Cette chose a investi un hôte humain, c'est-à-dire un organisme multicellulaire complexe. Aérobie. Avec un cerveau énorme. Rien à voir avec ce qu'elle a été conçue pour viser. Depuis, elle improvise. Ces horreurs à bord du vaisseau furtif? C'était sa première tentative. Nous avons vu ce qu'elle a fait subir à Julie dans cette salle de bains, sur Éros. Elle apprenait comment travailler sur nous.

— Où voulez-vous en venir?

Le temps ne pressait pas encore, puisque les missiles avaient encore une pleine journée de vol avant d'atteindre leur objectif, mais il n'arrivait pas à supprimer toute trace d'impatience dans sa voix.

— Tout ce que je dis, c'est que l'Éros actuel ne correspond pas à ce que les concepteurs de la protomolécule avaient prévu. C'est leur plan d'origine confronté à des milliards d'années de notre évolution. Et quand vous improvisez, vous vous servez de ce dont vous disposez.

Vous utilisez ce qui fonctionne. Julie est le modèle. Son cerveau, ses émotions ont infesté cette chose. Elle voit cette attaque dirigée contre la Terre comme une course, et elle se vante de la gagner. Elle se moque de vous parce que vous ne tenez pas la cadence.

— Attendez…

— Elle n'attaque pas la Terre, elle rentre à la maison. Pour ce que nous en savons, la Terre n'est peut-être pas son objectif. Et si c'était Luna, par exemple ? C'est là qu'elle a grandi. La protomolécule s'est approprié sa structure, son cerveau. Du coup, elle a été infectée par Julie autant qu'elle l'a infectée. Si je réussis à lui faire comprendre ce qui se passe réellement, nous pourrions négocier.

— D'où vous vient cette certitude ?

— Disons que c'est une intuition. J'ai souvent de bonnes intuitions.

Holden laissa échapper un léger sifflement. Toute la situation venait de basculer, et la nouvelle perspective lui donnait le vertige.

— Mais la protomolécule veut toujours obéir à son programme, fit-il remarquer. Et nous n'avons aucune idée de sa nature.

— Je peux vous affirmer que ce n'est pas l'éradication des humains. Les créatures qui ont envoyé Phœbé vers nous il y a deux milliards d'années ne savaient même pas ce qu'étaient des humains. Quoi qu'elle veuille faire, elle a besoin de biomasse pour y parvenir, et elle l'a, à présent.

Holden ne put s'empêcher de se récrier.

— Et alors ? Il ne nous veut aucun mal ? Sérieusement ? Vous pensez que si nous préférions qu'il ne se pose pas sur la Terre il acceptera gentiment d'aller ailleurs ?

— Pas "il", "elle", rectifia Miller.

Naomi regarda Holden et fit non de la tête. Elle non plus ne décelait rien d'anormal chez Miller, sur le plan organique.

— Je travaille sur cette affaire depuis, quoi, presque un an, poursuivit Miller. Je me suis immiscé dans sa vie, j'ai lu ses mails, rencontré ses amis. Je la connais. Elle est aussi indépendante qu'il est possible de l'être, et elle nous aime.

— Nous ?

— Les gens. Elle aime les êtres humains. Elle a cessé de jouer à la petite fille riche et a rejoint l'APE. Elle a soutenu la Ceinture parce que c'était la chose à faire. Impossible qu'elle nous tue si elle apprend ce qui se passe. J'ai juste besoin de trouver un moyen de lui expliquer la situation. Je peux y arriver. Donnez-moi une chance.

Holden se passa la main dans les cheveux et grimaça en les sentant aussi gras sous ses doigts. Un jour ou deux passés à plusieurs g n'étaient pas favorables à des douches régulières.

— Je ne peux pas, répondit-il. Les enjeux sont trop élevés. Nous continuons selon notre plan. Je suis désolé.

— Elle vous battra, dit Miller.

— Quoi ?

— D'accord, peut-être que non. Vous avez une putain de puissance de feu. Mais la protomolécule a trouvé comment contourner le problème de l'inertie. Et Julie ? C'est une battante, Holden. Si vous avez affaire à elle, je mise sur elle.

Le capitaine avait vu la vidéo de Julie repoussant ses attaquants à bord du vaisseau furtif. Elle s'était montrée méthodique et sans pitié dans sa façon de se défendre. Elle avait combattu sans faire de quartier. Il avait décelé de la sauvagerie dans ses yeux quand elle s'était sentie prise au piège et réellement menacée. Seules les tenues de combat de ses adversaires l'avait empêchée de faire plus de dégâts avant qu'ils la submergent par le nombre.

Il sentit les poils de sa nuque s'électriser en pensant à ce que pourrait être Éros au combat. Jusqu'à maintenant la chose s'était contentée de fuir leurs attaques malhabiles. Que se passerait-il quand elle se déciderait à faire la guerre ?

— Vous pourriez la retrouver, dit-il, et vous servir de la bombe.

— Si je n'arrive pas à la raisonner, dit Miller. C'est la condition que je pose. Je la trouve. Je parle avec elle. Si je n'arrive pas à la convaincre, je l'abattrai, et vous pourrez réduire Éros en cendres. Ça ne me posera pas de problème. Mais vous devez m'accorder le temps d'essayer à ma façon d'abord.

Holden interrogea Naomi du regard. Le visage de la jeune femme était pâle. Il chercha à décrypter son avis dans son expression, pour savoir ce que d'après elle il devrait faire. Il ne discerna aucune réponse. C'était à lui de décider.

— Est-ce que vous aurez besoin de plus de vingt-sept heures ? demanda-t-il finalement.

Il entendit Miller souffler bruyamment. Sa réponse fut empreinte d'une gratitude qui, à sa façon, était pire que le ton implorant employé plus tôt :

— Je ne sais pas. Il y a peut-être deux mille kilomètres de tunnels et de couloirs ici, et aucun des systèmes de transport ne fonctionne. Je dois aller partout en traînant ce putain de chariot. Sans parler du fait que je ne sais pas vraiment ce que je recherche. Mais laissez-moi un peu de temps, et je le découvrirai.

— Et vous savez que, si ça ne marche pas, vous devrez la tuer. Julie, et vous aussi ?

— Je sais.

Holden fit calculer par le système du *Rossi* le temps que mettrait Éros pour atteindre la Terre, en prenant pour base son taux actuel d'accélération. Les missiles terriens couvraient la distance beaucoup plus vite que l'astéroïde. C'étaient simplement des propulseurs Epstein munis d'une ogive nucléaire. Les limites de leur accélération étaient les limites fonctionnelles du propulseur Epstein lui-même. S'ils n'arrivaient pas à destination, il faudrait encore près d'une semaine à Éros pour atteindre la Terre, même avec ce taux constant d'accélération.

Il y avait là matière à une certaine souplesse.

— Attendez, je veux voir quelque chose, dit Holden à Miller avant de couper la connexion. Naomi, les missiles foncent en ligne droite sur Éros, et d'après les calculs du *Rossi* ils l'intercepteront dans environ vingt-sept heures. Combien de temps gagnerions-nous si nous transformions cette trajectoire directe en une trajectoire courbe ? Et quelle courbe pouvons-nous appliquer à cette trajectoire pour que les missiles aient toujours une chance d'atteindre Éros avant qu'il soit trop proche ?

Naomi inclina la tête de côté et lui lança un regard soupçonneux.

— Qu'est-ce que tu t'apprêtes à faire ? dit-elle.

— Peut-être bien lui donner une chance d'éviter la première guerre interespèces.

— Tu fais confiance à *Miller* ? s'écria-t-elle avec une véhémence surprenante. Tu penses qu'il est fou. Tu l'as balancé hors du vaisseau parce que tu le prenais pour un tueur et un psychopathe, et maintenant tu es d'accord pour le laisser parler au nom de l'humanité à cette chose extraterrestre qui veut nous tailler en pièces ?

Holden dut réprimer un sourire. Quand on disait à une femme combien la colère augmentait son charme, cela la rendait très vite beaucoup moins charmante. Par ailleurs, il voulait qu'elle comprenne sa démarche. C'était ainsi qu'il saurait s'il avait raison.

— Tu m'as déjà dit qu'il voyait juste, alors que je pensais le contraire.

— Ce n'était pas un jugement général, répliqua-t-elle en détachant les syllabes de chaque mot comme si elle s'adressait à un enfant peu éveillé. J'ai dit qu'il avait eu raison d'abattre Dresden. Ce qui ne signifie pas que Miller est équilibré. Il est parti pour se suicider, Jim. Il fait une fixation sur cette fille morte. Je ne peux même pas imaginer ce qui lui passe par la tête en ce moment.

— D'accord avec toi sur ce point. Mais il est là-bas, sur les lieux, il a un don d'observation certain, et il saisit vite les situations. Ce type nous a suivis jusqu'à Éros rien qu'en se fondant sur le nom que nous avons choisi pour le vaisseau. C'est sacrément impressionnant. Il ne m'avait encore jamais rencontré, et pourtant il me connaissait déjà assez bien grâce à ses recherches pour savoir que je serais du genre à baptiser mon vaisseau d'après le nom du cheval de Don Quichotte.

Naomi éclata de rire.

— Ah oui? C'est de là que ça vient?

— Donc, quand il affirme connaître Julie, je le crois.

Elle voulut dire quelque chose, se ravisa et demanda d'un ton un peu radouci :

— Tu penses qu'elle peut battre les missiles?

— Lui le pense. Il pense aussi être en mesure de la dissuader de tous nous tuer. Il faut que je lui donne sa chance. Je lui dois bien ça.

— Même si le résultat, c'est la destruction de la Terre?

— Non, dit-il. Pas à ce point.

Elle réfléchit un instant. Sa colère s'était dissipée.

— Alors retarde le moment de l'impact. Mais n'annule rien.

— Fais-lui gagner un peu de temps. Combien est-il possible de grappiller?

Elle fronça les sourcils, consulta les mesures affichées. Il pouvait presque voir les diverses options passer au crible de son esprit. Elle sourit, toute férocité absente de son expression maintenant, remplacée par cette mimique malicieuse qu'elle avait quand elle se montrait réellement intelligente.

— Autant que tu veux.

⚡

— Vous voulez faire *quoi*? dit Fred Johnson.

— Infléchir un peu la course des missiles afin que Miller ait un peu plus de temps, mais pas au point que nous ne puissions pas les utiliser pour détruire Éros si nécessaire, répondit Holden.

— C'est simple, ajouta Naomi. Je vous envoie les instructions détaillées.

— Donnez-moi déjà une vue d'ensemble de votre idée.

— La Terre a défini pour cibles à ses missiles les cinq transpondeurs des transports arrimés sur Éros, dit Naomi en affichant son plan sur la vidéo du système comm. Vous avez des vaisseaux et des stations dans toute la Ceinture. Vous utilisez le programme de reconfiguration pour transpondeur que vous nous avez donné l'autre fois, et vous n'arrêtez pas de déplacer les codes transpondeur à des vaisseaux ou des stations se trouvant sur ces vecteurs, afin d'entraîner les missiles dans une longue trajectoire courbe qui finira par revenir sur Éros.

Fred secoua la tête.

— Ça ne marchera pas. À la minute où il détectera la manip, le commandement de la Flotte des Nations unies fera en sorte que les missiles cessent de suivre ces codes, et il trouvera un autre moyen de cibler Éros. Et il sera très en rogne contre nous.

— Ouais, ils vont être en rogne, c'est sûr, dit Holden. Mais ils ne vont pas reprendre le contrôle de leurs missiles. Juste avant que vous commenciez à les dévier, nous allons lancer sur les missiles un effort massif de piratage venu d'endroits multiples.

— Ils en déduiront qu'un ennemi tente de les prendre au piège, et ils verrouilleront toute reprogrammation en vol.

— Exactement, approuva Holden. Nous leur dirons que nous allons les piéger pour qu'ils arrêtent d'écouter, et dès qu'ils arrêteront d'écouter nous les piégerons.

Johnson secoua la tête une fois encore, en lançant à Holden le regard vaguement effrayé d'un homme qui avait envie de sortir lentement à reculons de la pièce.

— Il n'est pas question que j'entérine cette manœuvre, dit-il. Miller n'arrivera pas à conclure un marché magique avec les extraterrestres. Nous finirons par atomiser Éros, quoi qu'il arrive. Pourquoi retarder l'inévitable ?

— Parce que je commence à penser que ce serait moins dangereux en procédant de cette manière, répondit Holden. Si nous utilisons les missiles sans avoir neutralisé le centre de commandes d'Éros… son cerveau… comme vous voudrez l'appeler, nous n'aurons pas l'assurance que ça marchera, mais je suis certain que nos chances de réussite baisseront. Miller est le seul en position de faire ça. Et ce sont ses conditions.

Johnson grommela une obscénité.

— S'il ne réussit pas à lui parler, il la détruira, poursuivit Holden. Je lui fais confiance. Allons, Fred, vous connaissez les spécifications techniques de ces missiles aussi bien que moi. Mieux. On met assez de boulettes de carburant dans leurs propulseurs pour qu'ils fassent deux fois le tour du système solaire. Nous ne perdons rien en accordant un peu plus de temps à Miller.

Johnson secoua la tête une troisième fois. Holden vit ses traits se durcir. Il n'allait pas accepter. Avant qu'il puisse refuser, le capitaine du *Rossi* ajouta :

— Vous vous souvenez de cette boîte contenant les échantillons de protomolécule, et toutes les notes du laboratoire ? Vous voulez connaître mon prix pour l'avoir ?

— Vous avez complètement perdu l'esprit, dit lentement Johnson.

— Vous voulez l'obtenir, oui ou non ? Vous voulez le ticket magique pour un siège à la table des négociations ?

Eh bien, vous connaissez mon prix, à présent. Donnez sa chance à Miller, et l'échantillon est à vous.

— Je serais curieux de savoir comment vous vous y êtes pris pour les convaincre, dit Miller. Je pensais très probable que je sois foutu.

— Aucun intérêt, éluda Holden. Nous vous avons obtenu un délai supplémentaire. Allez trouver la fille, et sauvez l'humanité. Nous attendrons que vous nous donniez de vos nouvelles.

Il ne jugea pas nécessaire de préciser : *Et nous serons prêts à vous réduire en poussière si vous ne le faites pas.*

— J'ai réfléchi à l'endroit où aller, si j'arrive à lui parler, dit Miller, qui avait déjà perdu l'espoir d'un homme ayant un billet de loterie. Je veux dire : il faut bien qu'elle laisse cette chose quelque part.

Si nous survivons. Si je réussis à la sauver. Si le miracle s'accomplit.

Holden eut une moue expressive que personne ne put voir.

— Donnez-lui Vénus, fit-il. C'est un endroit affreux.

54

MILLER

— Je ne veux pas et je ne veux pas, murmura la voix d'Éros, Juliette Mao parlant dans son sommeil. Je ne veux pas et je ne veux pas et je ne veux pas…

— Allons, dit Miller. *Allons*, espèce de fils de pute. *Sois* là…

L'infirmerie était envahie par une végétation luxuriante, des spirales noires à filaments de bronze et d'acier qui partaient à l'assaut des murs, incrustaient les tables d'examen, se repaissaient des réserves de narcotiques, de stéroïdes et d'antibiotiques qui se déversaient des armoires éventrées. Miller plongea une main dans ce fouillis, et l'alarme de sa combinaison se fit entendre. L'air qu'il respirait avait un goût aigre à force de passer dans les recycleurs. Son pouce qui écrasait toujours le déclencheur était engourdi, quand une douleur soudaine ne le transperçait pas.

Il ôta d'un revers de main les excroissances presque fongiques sur une armoire encore intacte, trouva le loquet. À l'intérieur, quatre cylindres de gaz à usage médical, deux rouges, un vert, un bleu. Il vérifia les cachets. La protomolécule ne les avait pas encore atteints. Rouge pour l'anesthésique. Bleu pour l'azote. Il choisit le vert. Le cache de protection sur l'embout de distribution était intact. Il prit une grande inspiration de l'air vicié. Encore quelques heures. Il posa son terminal *(un… deux…)*, fit sauter le cache *(trois…)*, inséra l'embout dans le clapet d'admission de sa combinaison *(quatre...)* et reposa un doigt sur son terminal. Immobile, il sentit la fraîcheur du réservoir d'oxygène dans sa paume tandis que sa combinaison révisait à la hausse son espérance de vie. Dix minutes, une heure, quatre heures. La pression du cylindre s'égalisa avec celle de sa combinaison, et il retira l'embout. Le referma. Quatre heures de plus. Il venait de s'octroyer quatre heures de plus.

Depuis sa conversation avec Holden, c'était la troisième fois qu'il réussissait un réapprovisionnement. Il avait effectué le premier à un poste anti-incendie, le deuxième dans une unité de recyclage d'urgence. S'il retournait sur les quais, il trouverait sans doute de l'oxygène intact dans certaines des armoires de stockage et à bord des vaisseaux. À la surface, les appareils de l'APE lui en fourniraient en quantité.

Mais il n'avait pas le temps pour cela. Il ne recherchait pas de l'air, il recherchait Juliette. Il s'étira. Les nœuds dans sa nuque et son dos menaçaient de se transformer en crampes. Le niveau de gaz carbonique restait du mauvais côté de la limite, même avec l'oxygène insufflé dans le mélange. Sa combinaison aurait eu besoin d'être révisée, et de recevoir un nouveau filtre. Cela devrait attendre. Derrière lui, la bombe sur le chariot était un conseil muet sur les priorités.

Il fallait qu'il la trouve. Quelque part dans le dédale de corridors et de pièces, dans cette cité morte, Juliette Mao les reconduisait vers la Terre. Il avait relevé quatre points névralgiques à cause de leur chaleur. Trois étaient des candidats acceptables pour son projet initial d'immolation nucléaire généralisée : des entremêlements de câbles et de filaments noirs extraterrestres qui formaient d'énormes amas d'apparence organique. Le quatrième, un réacteur de laboratoire bon marché, moulinait tranquillement dans son coin en se rapprochant peu à peu de la fusion. Il lui avait fallu quinze minutes pour activer la fermeture d'urgence, et il aurait probablement dû s'éviter cette perte de temps. Mais où qu'il aille, pas trace de Julie. Même celle de son imagination s'était évaporée, comme si le fantôme n'avait plus nulle part où exister maintenant qu'il savait la femme réelle bien vivante. Ce n'avait été qu'une vision, et pourtant sa compagnie lui manquait.

Une vague invisible traversa l'infirmerie, et toutes les protubérances extraterrestres se soulevèrent et retombèrent comme de la limaille de fer au passage d'un aimant. Le cœur de Miller s'emballa, l'adrénaline se répandit dans son sang, mais le phénomène ne se reproduisit pas.

Il fallait qu'il la localise, et vite. Il sentait l'épuisement qui le rongeait, ses petites dents qui s'attaquaient à l'arrière de son esprit. Déjà il ne pensait plus aussi clairement qu'il aurait dû. Sur Cérès, il serait retourné à son appartement, aurait dormi une journée entière, et serait revenu à cent pour cent de ses capacités pour régler le problème. Ici, ce n'était pas une option.

Un cercle complet. Il avait décrit un cercle complet. Autrefois, dans une autre vie, il s'était attelé à la retrouver et, après avoir échoué, il avait voulu se venger. Et maintenant la possibilité s'offrait à lui une nouvelle fois de la sauver. Et s'il n'y arrivait pas, il traînait toujours derrière lui un chariot à moitié déglingué qui suffirait à sa vengeance.

Il secoua la tête pour s'éclaircir les idées. Il commençait à connaître trop de moments comme celui-ci, quand il se perdait dans ses pensées. Il raffermit sa prise sur la poignée du chariot, se pencha en avant et repartit. Autour de lui, la station craquait comme il imaginait qu'un de ces anciens navires à voiles pouvait le faire, avec ses poutres assaillies par les vagues d'eau salée et les marées, cette lutte acharnée entre la Terre et la Lune. Ici, c'était la roche, et il ne pouvait deviner quelles forces s'y attaquaient. Avec un peu de chance, rien ne viendrait interférer avec le signal entre sa main et son chargement. Il ne voulait pas être réduit involontairement aux atomes le composant.

Le constat devenait de plus en plus clair, il ne pourrait pas fouiller toute la station. Il l'avait su depuis le début. Si Julie s'était réfugiée dans quelque endroit reculé – si elle s'était cachée dans un recoin ou un trou, comme un chat à l'agonie –, jamais il ne la retrouverait. Il s'était mué en joueur, et contre toute attente il pariait qu'il allait tirer le bon numéro dès le premier coup. Les voix d'Éros changèrent et se mirent à chanter quelque chose en hindi. Un canon enfantin, Éros trouvant une harmonie interne dans un éventail de plus en plus riche de voix. Maintenant qu'il savait comment écouter, il perçut le timbre de Julie qui tressait sa mélodie avec celle des autres. Peut-être avait-il toujours été là. La frustration qui le tenaillait frisait la douleur physique. Elle était si proche, et pourtant il ne pouvait pas l'atteindre.

Il repassa dans la galerie principale du complexe. L'infirmerie avait été un bon endroit où la rechercher. Une cachette plausible. Et un essai infructueux. Il avait regardé dans deux labos bio commerciaux. Rien. Il avait essayé la morgue, les locaux de garde à vue de la police. Il avait visité les salles des scellés, avec leurs théories de casiers emplis de médicaments de contrebande, les armes à feu confisquées et alignées sur le sol comme les feuilles de chêne tombées sur le sol dans les jardins publics. Naguère, tout cela avait signifié quelque chose. Chacun de ces scellés avait joué un rôle dans un drame humain, chacun attendait d'être mis en lumière, de faire partie d'un procès, ou au moins d'une audition. Une petite répétition pour le jour du jugement dernier, à présent repoussé à jamais. Plus rien n'était sûr.

Une chose argentée passa en volant au-dessus de sa tête, plus rapidement qu'un oiseau. Puis une autre, et ensuite toute une nuée qui fila dans l'air. La lumière se reflétait sur le métal vivant, aussi brillamment que sur des écailles de poisson. Miller contempla l'improvisation de la molécule extraterrestre peupler le vide au-dessus de lui.

Vous ne pouvez pas vous arrêter ici, dit Holden. *Vous devez cesser de fuir et prendre le bon chemin.*

Miller regarda par-dessus son épaule. Le capitaine se tenait là, réel et irréel, à l'endroit où sa Julie intérieure aurait dû se trouver.

Eh bien, voilà qui est intéressant, se dit Miller.

— Je sais, dit-il. C'est juste que… J'ignore où elle est allée et… eh bien, regardez autour de vous. Cet endroit est très grand, vous comprenez?

Vous pouvez l'arrêter, sinon je le ferai, répondit son Holden imaginaire.

— Si seulement je savais où elle est partie.

Elle n'est pas partie, déclara le Terrien. *Elle n'est jamais partie.*

Miller se retourna pour lui faire face. La nuée argentée continuait de bruisser dans l'air comme un nuage d'insectes ou un lecteur audio au son mal réglé. Le capitaine semblait harassé. Étonnamment, l'imagination de Miller avait marqué un coin de sa bouche d'une tache de sang. Puis ce ne fut plus Holden, mais Havelock. L'autre Terrien. Son ancien équipier. Et à son tour il fut remplacé par Muss, dont le regard était aussi mort que le sien.

Julie n'était allée nulle part. Miller l'avait vue dans la chambre d'hôtel, quand il croyait encore que rien de plus qu'une mauvaise odeur ne pouvait monter du tombeau. Avant. On avait placé son cadavre dans un sac mortuaire, et on l'avait emmené ailleurs. Les scientifiques de Protogène l'avaient récupéré, ils avaient moissonné la protomolécule et disséminé la chair recomposée de Julie dans toute la station, comme on lâche des abeilles pour qu'elles procèdent à la pollinisation des fleurs sauvages d'une prairie. Ils lui avaient donné la station entière, mais avant cela ils l'avaient placée dans un endroit qu'ils pensaient sûr.

Un endroit sûr. Jusqu'à ce qu'ils soient prêts à répandre la chose, ils avaient voulu la contenir. Prétendre qu'elle pouvait être contenue. Il était peu probable qu'ils aient pris la peine de nettoyer après avoir obtenu ce dont ils avaient besoin. Ce n'était pas comme si quelqu'un d'autre allait être là aussi et utiliser le même espace, et il y avait donc de bonnes chances qu'elle se trouve toujours au même endroit. Ce qui limitait les possibilités.

Il devait y avoir des services pour malades contagieux isolés dans l'hôpital, mais Protogène n'aurait certainement pas choisi un lieu où des médecins et des infirmières étrangers à leur personnel se demanderaient certainement ce qui se passait là. C'eût été courir un risque superflu.

Très bien.

Ils auraient pu s'installer dans une des usines, près du spatioport. Les endroits n'y manquaient pas où il fallait des appareillages de manipulation à distance. Mais une fois encore, ils auraient risqué d'être découverts ou interrogés avant que le piège soit en place et prêt à fonctionner.

Un labo clandestin. Pour fabriquer de la drogue, dit Muss dans son esprit. *Le secret est indispensable. Un contrôle total des opérations est indispensable. Extraire cette chose du corps de la fille morte et extraire la dope des graines de pavot requièrent peut-être des manipulations chimiques différentes, mais dans un cas comme dans l'autre c'est un crime.*

— Bien vu, dit Miller. Et un endroit proche du niveau des casinos... Non, ça ne colle pas. Les casinos représentaient la deuxième étape. La première, c'était la crainte des radiations. Ils ont enfermé des tas de gens dans les abris antiradiations, et ils les ont fait mitonner pour que la protomolécule se développe joyeusement. C'est seulement *ensuite* qu'ils ont infecté le niveau des casinos.

Alors où installerais-tu un labo de production de drogue qui soit assez proche de ces abris ? demanda Muss.

Le torrent argenté au-dessus de sa tête vira à gauche, puis à droite. De minuscules copeaux courbes de métal commencèrent à tomber en pluie, suivis de fines traînées de fumée.

— Si j'y avais accès ? La salle de contrôle environnemental. C'est une installation d'urgence. Pas de visite sauf si quelqu'un vient en faire l'inventaire. Elle est déjà parfaitement isolée et équipée. Ce serait facile de l'aménager.

Et comme Protogène était en charge de la sécurité sur Éros avant même de faire entrer des hommes de main dans son personnel, ils ont très bien pu agencer l'endroit à leur convenance, dit Muss avec un sourire sans joie. *Tu vois ? Je savais que tu réussirais à y penser.*

Pendant moins d'une seconde, Muss céda la place à Julie Mao – sa Julie. Elle était souriante, superbe. Radieuse. Ses cheveux flottaient autour d'elle comme à zéro g. Puis elle disparut. L'alarme de sa combinaison avertit Miller d'un environnement de plus en plus corrosif.

— Tiens bon, dit-il à l'air surchauffé. J'arrive.

Un peu moins de trente-trois heures s'étaient écoulées entre le moment où il avait compris que Juliette Andromeda Mao n'était pas morte et celui où il déverrouilla le système d'urgence et tira son chariot à l'intérieur des locaux qu'occupait la salle de contrôle environnemental d'Éros. Les lignes simples de l'endroit et son agencement destiné à minimiser les erreurs étaient toujours visibles sous les excroissances de la protomolécule. Mais à peine. Des nodosités faites de filaments sombres et de spirales de nautile adoucissaient tous les coins des murs, au sol et au plafond d'où pendaient des boucles pareilles à du tillandsia. L'éclairage habituel des LED perçait encore à travers cet envahissement doux, mais le gros de la lumière provenait des essaims de petits points bleus qui luisaient dans l'air. Dès le premier pas, sa botte s'enfonça jusqu'à la cheville dans cet épais tapis. Le chariot devrait donc rester à l'extérieur. Les senseurs de sa combinaison signalèrent un mélange improbable de gaz exotiques et de molécules aromatiques, mais tout ce qu'il sentait lui-même était sa propre odeur corporelle.

Toutes les pièces à l'intérieur de ce centre avaient été remodelées. Transformées. Il traversa la zone de traite-ment des eaux usées comme un plongeur sous-marin dans une grotte. Les lucioles bleues tourbillonnaient autour de lui sur son passage, et quelques dizaines se collèrent à sa combinaison. Il hésita à les balayer de la visière de son casque, par crainte qu'elles s'étalent comme des insectes écrasés, mais elles redécollèrent en tournoyant. Les moni-teurs du recyclage d'air étaient toujours allumés, et des milliers d'alertes et de rapports d'incidents éclairaient le treillis protomoléculaire qui nappait les écrans. Quelque part, de l'eau s'écoulait.

Elle se trouvait dans un module d'analyse des matières dangereuses, étendue sur une couche faite du filet sombre qui suintait de sa colonne vertébrale jusqu'à devenir indissociable de l'énorme coussin digne d'un conte de fées qu'était sa chevelure. De petits points de lumière bleue scintillaient sur son visage, ses bras, sa poitrine. Les pointes osseuses qui avaient tendu sa peau étaient devenues d'amples raccords presque architecturaux avec le foisonnement autour d'elle. Ses jambes avaient dis-paru, perdues qu'elles étaient dans l'entrelacs sombre des toiles d'araignée extraterrestres. Miller pensa à une sirène qui aurait troqué sa nageoire caudale contre une station spatiale. Ses yeux étaient clos, mais il voyait un mou-vement rythmique sous les paupières. Et elle respirait.

Il s'arrêta à côté d'elle. Elle n'avait pas tout à fait le même visage que sa Julie imaginaire. Celui de la femme réelle était plus large au niveau de la mâchoire, et le nez moins droit que dans son souvenir. Il ne remarqua ses larmes qu'en voulant les essuyer, quand il cogna sa visière de son poing ganté. Il dut se contenter de cligner des yeux jusqu'à ce que sa vision ne soit plus brouillée.

Tout ce temps passé. Tout ce chemin parcouru. Et la raison de sa présence ici se trouvait là, devant lui.

— Julie, dit-il en posant sa main libre sur son épaule. Hé! Julie. Réveille-toi. J'ai besoin que tu te réveilles, maintenant.

Il disposait toujours du kit médical incorporé dans sa combinaison. S'il le fallait, il pouvait lui injecter une dose d'adrénaline, ou d'amphétamines. Il préféra la bercer doucement, comme il l'avait fait avec Candace un certain dimanche matin, quand c'était encore sa femme, quelque part dans une existence lointaine, à moitié oubliée. Julie fronça les sourcils, ouvrit la bouche, la referma.

— Julie, il faut que tu te réveilles, maintenant.

Elle geignit et leva mollement un bras pour le repousser.

— Reviens-moi, dit-il. Il faut que tu reviennes, maintenant.

Elle ouvrit les yeux. Ils n'étaient plus humains : la sclère était veinée de spirales rouges et noires, et l'iris était du même bleu lumineux que les lucioles. Pas humaine, mais toujours Julie. Ses lèvres remuèrent sans émettre un son. Puis :

— Où suis-je?

— Sur la station Éros, dit-il. L'endroit n'est plus ce qu'il a été. Il n'est même plus *là* où il était, mais…

De la main il appuya sur la couche de filaments, pour la tester, puis il la frôla de sa hanche quand il s'assit sur le lit. Son corps lui semblait douloureusement exténué mais aussi plus léger qu'il aurait dû l'être. Ce n'était pas comme la sensation éprouvée dans une pesanteur trop basse. Cette légèreté irréelle n'avait aucun rapport avec ses chairs harassées.

Julie voulut parler à nouveau, fit un effort visible pour y parvenir, s'arrêta, essaya encore.

— Qui es-tu ?

— Ouais, nous ne nous sommes pas présentés dans les règles, pas vrai ? Je m'appelle Miller. J'étais inspecteur dans les forces de sécurité d'Hélice-Étoile, sur Cérès. Tes parents nous ont engagés par contrat, même si c'était plutôt une histoire de relations haut placées qui se rendent mutuellement service. J'étais censé retrouver ta trace, t'enlever et te ramener dans le puits de gravité.

— Une opération de kidnapping ? dit-elle.

Sa voix était déjà plus ferme, et son regard paraissait plus concentré.

— Une mission banale, dit-il, avant d'ajouter dans un soupir : Mais j'ai tout fait foirer, d'une certaine façon.

Les paupières de Julie battirent, et elle ferma les yeux. Mais elle continua de parler.

— Il m'est arrivé quelque chose.

— Ouais. C'est vrai.

— J'ai peur.

— Non, non, non. N'aie pas peur. Tout va bien. D'une façon très particulière, mais tout va bien. Écoute, en ce moment même toute la station se dirige vers la Terre. À très grande vitesse.

— J'ai rêvé que je me déplaçais à toute vitesse. Je rentrais à la maison.

— Ouais, il faut justement qu'on stoppe ça.

Elle rouvrit les yeux. Elle semblait perdue, angoissée, seule. Une larme bleutée perla au coin de son œil.

— Donne-moi ta main, dit Miller. Non, vraiment, j'ai besoin que tu tiennes quelque chose pour moi.

Elle leva lentement un bras qui était comme une algue dans un courant paresseux. Il prit son terminal, le lui plaça dans la paume et lui replia le pouce sur la touche du déclencheur.

— Je te demande juste de rester comme ça. Ne relâche surtout pas.

— Qu'est-ce que c'est ?

— C'est une longue histoire. Ne relâche pas la pression sur la touche.

Les alarmes de sa combinaison le huèrent quand il débloqua les attaches de son casque. Il les éteignit. L'air était étrange, un mélange d'acétate et de cumin, avec une forte note musquée qui lui fit penser à des animaux en hibernation. Julie l'observa pendant qu'il ôtait ses gants. À cet instant précis la protomolécule s'accrochait à lui, s'enfonçait dans sa peau et ses yeux, se préparait à lui infliger ce qu'elle avait fait subir à tout le monde sur Éros. Il ne s'en souciait pas. Il reprit le terminal, puis entrecroisa ses doigts avec ceux de Julie.

— C'est toi qui conduis, dit-il. Tu le sais ? Est-ce que tu t'en rends compte ?

Entre les siens, les doigts de Julie étaient frais, mais pas froids.

— Je sens… quelque chose, dit-elle. J'ai faim. Pas faim, non, mais… Je veux quelque chose. Je veux retourner sur Terre.

— Nous ne pouvons pas faire ça. J'ai besoin que tu changes de direction, répondit-il.

Qu'avait dit Holden ? *Donnez-lui Vénus.*

— Dirige-toi vers Vénus, à la place.

— Ce n'est pas ce qu'il veut, dit-elle.

— C'est ce que nous avons à offrir, répliqua-t-il. Nous ne pouvons pas rentrer à la maison. Il faut que nous allions sur Vénus.

Elle resta silencieuse un long moment.

— Tu es une combattante, Julie. Tu n'as jamais laissé personne annoncer la couleur à ta place. Ne commence pas maintenant. Si nous allons sur Terre…

— Je les dévorerai, eux aussi. De la même façon que ça m'a dévorée.

— Ouais.

Elle leva les yeux et le regarda.

— Que se passera-t-il sur Vénus ?

— Nous mourrons, peut-être. Je ne sais pas. Mais nous n'emmenons pas tout un tas de gens avec nous, et nous nous assurons que personne ne mettra la main sur cette saloperie, dit-il en désignant la grotte autour d'eux. Et si nous ne mourons pas, eh bien… Eh bien, ce sera intéressant.

— Je ne pense pas que j'en serai capable.

— Tu en es capable. La chose qui est à l'origine de tout ça ? Tu es plus maligne qu'elle. C'est toi qui es aux manettes. Emmène-nous sur Vénus.

Les lucioles tournoyaient autour d'eux, et la lumière bleue était parcourue d'une pulsation légère : elle s'amplifiait, baissait, s'amplifiait, baissait. Miller sentit une gêne à l'arrière de la tête, comme le début d'un mal de gorge. Il se demanda s'il aurait le temps de désactiver la bombe. Puis il se tourna vers Julie. Juliette Andromeda Mao. Pilote de vaisseau pour l'APE. Héritière du trône des Entreprises Mao-Kwikowski. Le germe cristallin d'un futur au-delà de tout ce qu'il avait pu rêver. Il aurait tout le temps.

— J'ai peur, répéta-t-elle.

— Il ne faut pas, dit-il.

— Je ne sais pas ce qui va se passer.

— Personne ne le sait jamais. Et puis, tu n'as pas à faire ça toute seule.

— Je sens quelque chose qui guette dans mon esprit. Je veux quelque chose que je ne comprends pas. C'est tellement *énorme*.

Dans un geste réflexe, il déposa un baiser sur le dos de la main de Julie. Une douleur sourde était en train de naître au fond de son ventre. La sensation qu'il allait être malade. Une nausée momentanée. Les premiers symptômes annonçant la métamorphose qui ferait de lui une partie d'Éros.

— Ne t'inquiète pas, dit-il. Tout va bien se passer.

55

HOLDEN

Holden rêvait.

Toute sa vie, il avait appartenu à la catégorie des rêveurs lucides. Aussi, quand il se retrouva assis dans la cuisine familiale de la vieille maison du Montana, en pleine discussion avec Naomi, il sut. Il n'arrivait pas à saisir le sens exact de ce qu'il disait, mais elle n'arrêtait pas de repousser une mèche rebelle de ses yeux pendant qu'elle mâchonnait des cookies et buvait du thé. Et bien qu'il fût dans l'incapacité de prendre un gâteau pour mordre dedans, il décelait leur odeur, et le souvenir des cookies à la farine d'avoine et au chocolat de mère Élise était toujours très agréable.

C'était un bon rêve.

La cuisine fut baignée d'une violente lueur rouge, et quelque chose changea. Holden sentit que quelque chose n'allait pas du tout, et que le rêve passait d'un souvenir douillet au cauchemar. Il voulut dire quelque chose à Naomi, mais il ne put former les mots. La lumière rouge envahit la pièce à nouveau, et la jeune femme ne parut rien remarquer. Il se leva et alla à la fenêtre de la cuisine pour regarder au-dehors. Quand la lueur inonda la pièce une troisième fois, il vit ce qui en était la cause. Des météores tombaient du ciel, laissant derrière eux des traînées incandescentes de la couleur du sang. Et il savait que c'étaient des débris d'Éros qui traversaient l'atmosphère. Miller avait échoué. L'attaque nucléaire avait échoué.

Julie rentrait à la maison.

Il fit volte-face pour dire à Naomi de se sauver, mais les vrilles noires avaient jailli du plancher et enveloppaient la jeune femme. Elles lui transperçaient le corps en de multiples endroits. Elles ressortaient par sa bouche et ses yeux.

Il voulut se précipiter vers elle, la secourir, mais il était incapable du moindre mouvement, et quand il baissa les yeux il vit que les vrilles s'étaient étirées jusqu'à lui et qu'elles l'avaient saisi. L'une d'elles entoura sa taille et l'immobilisa. Une autre força l'accès à sa bouche.

Il se réveilla en criant, dans une pièce sombre qu'illuminait par intermittence une lueur rouge. Quelque chose le retenait à la taille. Paniqué, il la griffa, au risque d'arracher un ongle à sa main gauche, avant que son esprit rationnel lui rappelle où il se trouvait. Sur le pont des ops, sanglé dans son siège anti-crash, à zéro g.

Il porta son doigt endolori à sa bouche pour le soulager, et respira lentement par le nez. Le pont était désert. Naomi était endormie dans sa cabine. N'étant pas de service, Alex et Amos se reposaient certainement, eux aussi. Tous avaient passé presque deux jours à poursuivre Éros sous une pression de plusieurs g. Holden avait donc ordonné à tout le monde de récupérer, et il s'était porté volontaire pour assurer le premier tour de garde.

Et il s'était très vite assoupi. Mauvais.

La lueur rouge apparut de nouveau furtivement. Holden s'ébroua pour chasser les dernières brumes du sommeil, puis concentra son attention sur la console. Un voyant rouge d'alarme clignotait, et il toucha l'écran pour afficher le menu concerné. C'était le tableau répertoriant les menaces. Quelqu'un braquait sur eux un faisceau laser de visée.

Il ouvrit le tableau et activa les senseurs. Le seul vaisseau présent dans un rayon de plusieurs millions de kilomètres était le *Ravi*, et c'était lui qui les prenait pour cible. Selon le décompte automatique, il avait commencé quelques secondes plus tôt.

Il basculait le système comm externe pour contacter le *Ravi* quand le voyant annonçant un appel entrant s'alluma. Il autorisa la connexion, et une seconde plus tard entendit la voix de McBride :

— *Rossinante*, cessez toute manœuvre, déverrouillez votre sas d'accès principal et préparez-vous à être arraisonné.

Il posa un regard perplexe sur la console devant lui. Était-ce une plaisanterie de mauvais goût ?

— McBride ? Ici Holden. Euh... quoi ?

La réponse fut aussi désagréable que le ton était sec :

— Holden, ouvrez le sas d'accès et préparez-vous à être arraisonné. Si je détecte l'activation d'un seul de vos systèmes de défense, je fais feu sur votre vaisseau. C'est bien compris ?

— Non, répliqua-t-il sans réussir à masquer l'irritation qu'il ressentait. Ce n'est pas compris. Et je ne vais pas vous laisser arraisonner mon vaisseau. Mais qu'est-ce qui se passe ?

— Le commandement de la Flotte des Nations unies m'a donné l'ordre de prendre le contrôle de votre vaisseau. Vous êtes accusé d'avoir interféré avec des opérations militaires menées par la Flotte onusienne, d'avoir illégalement réquisitionné des systèmes de la Flotte, sans parler d'une liste d'autres crimes que je m'éviterai la peine de vous énumérer maintenant. Si vous n'obtempérez pas sur-le-champ, nous serons contraints d'ouvrir le feu.

— Ah, fit-il.

Ils avaient découvert que leurs missiles changeaient de trajectoire, ils avaient essayé de les reprogrammer et s'étaient rendu compte que les missiles ne répondaient pas.

Ils n'avaient pas apprécié.

— McBride, dit-il après un moment, nous arraisonner ne donnera rien. Nous ne pouvons pas vous rendre le contrôle de ces missiles. Ce n'est pas nécessaire, de toute façon. Ils effectuent seulement un petit détour.

Le rire de McBride ressemblait assez à l'aboiement bref d'un chien furieux qui s'apprête à mordre.

— Un détour ? dit-elle. Vous avez livré trois mille cinq cent soixante-treize missiles balistiques interplanétaires porteurs d'ogives thermonucléaires à un traître doublé d'un criminel de guerre !

Holden mit un temps avant de comprendre.

— Vous parlez de Fred, là ? Je pense que le terme "traître" est un peu…

— Désactivez les faux transpondeurs qui détournent nos missiles d'Éros, et réactivez ceux à la surface de l'astéroïde, ou nous détruisons votre vaisseau. Vous avez dix minutes pour obéir.

Un déclic ponctua la fin de l'échange. Holden considéra la console avec un sentiment qui se situait quelque part entre l'incrédulité et l'indignation, fit la moue et enfonça la touche d'alerte pour les postes de combat. L'éclairage rouge agressif envahit tous les ponts du vaisseau. Le mugissement de l'alarme retentit par trois fois. Moins de deux minutes plus tard, Alex gravit précipitamment l'échelle menant au cockpit, et trente secondes après lui Naomi se glissa sur le siège de son poste, aux ops.

— Le *Ravi* est à quatre cents kilomètres de nous, dit le pilote. D'après le ladar, ses tubes lance-missiles sont armés, et ils nous ont verrouillés comme cible.

Articulant avec soin, Holden répondit :

— N'armez pas, je répète, n'armez pas nos lance-torpilles, et pas de tentative d'acquisition de cible sur le *Ravi* pour le moment. Gardez-le à l'œil, et préparez-vous à passer en mode défensif s'il fait mine de tirer. Ne faisons rien qui puisse être interprété comme une provocation.

— Je dois commencer le brouillage ? proposa Naomi derrière lui.

— Non, ça pourrait être pris pour une forme d'agression. Mais prépare l'ensemble des contre-mesures et garde le doigt près du bouton pour les lancer, dit Holden. Amos, vous êtes dans la salle des machines?

— Oui, chef. Au poste et prêt.

— Faites monter le réacteur à cent pour cent et basculez le contrôle des canons de défense rapprochée sur votre console. S'ils nous tirent dessus, à cette distance Alex n'aura pas le temps d'esquiver et de riposter. Vous voyez apparaître un point rouge sur votre écran, vous faites parler les CDR immédiatement. Bien reçu?

— Cinq sur cinq, répondit Amos.

Holden inspira à fond sans desserrer les dents, puis il rouvrit le canal comm avec le *Ravi*.

— McBride, ici Holden. Nous ne nous rendons pas, nous ne vous laisserons pas nous arraisonner, et nous n'allons pas satisfaire à vos exigences. On fait quoi, maintenant?

— Holden, dit McBride, votre réacteur monte en régime. Vous vous préparez à nous affronter?

— Non, nous nous préparons seulement à essayer de survivre. Pourquoi, nous devons nous affronter?

Un autre rire aigre, puis :

— Pourquoi ai-je l'impression que vous ne prenez pas la situation au sérieux?

— Oh, mais je la prends très au sérieux, répliqua-t-il. Je ne tiens pas à ce que vous me tuiez et, croyez-le ou pas, je n'ai aucune envie de vous tuer. Les missiles effectuent un léger détour, mais ce n'est pas une raison pour que nous nous descendions en flammes mutuellement. Je ne peux pas vous accorder ce que vous voulez, et la perspective de passer les trente prochaines années dans une prison militaire ne me séduit pas du tout. Vous ne gagnerez rien à nous tirer dessus, et si vous le faites je riposterai.

McBride coupa la communication.

— Chef, le *Ravi* se met à manœuvrer, dit Alex. Il balance un paquet de signaux parasites.

Merde. Holden avait bien cru qu'il réussirait à convaincre McBride de ne rien faire.

— OK, on passe en mode défensif. Naomi, les contre-mesures. Amos ? Vous avez le doigt sur le bon bouton ?

— Prêt, répondit le mécanicien.

— Rien avant de voir le lancement d'un missile, rappela le capitaine. Ne leur forçons pas la main.

Une pression écrasante le frappa soudain en pleine poitrine et le plaqua au fond de son siège. Alex avait commencé à manœuvrer.

— À cette distance, je peux essayer de leur échapper, proposa le pilote. L'empêcher d'avoir un bon angle de tir.

— Allez-y, et ouvrez les tubes.

— Compris.

Malgré son calme professionnel, on sentait dans sa voix l'excitation que faisait naître en lui la proximité éventuelle du combat.

— J'ai brouillé leur acquisition de cible, dit Naomi. Leur système laser n'est pas aussi performant que le nôtre. Je le noie dans les signaux parasites.

— Vive les budgets de défense faramineux des Martiens, commenta Holden.

Le vaisseau tangua subitement dans un enchaînement de manœuvres folles.

— Merde, grogna Alex dont la voix était déformée par les poussées en g accompagnant les crochets qu'il effectuait. Le *Ravi* vient de commencer à nous canarder avec ses CDR.

Holden vérifia son écran de menaces et vit les longs chapelets de projectiles en approche. Les tirs allaient passer loin derrière eux. Le *Rossi* établit à trois cent soixante-dix kilomètres la distance séparant les deux vaisseaux. Un peu trop loin pour que les systèmes de visée d'un ordinateur de bord arrivent à toucher un autre appareil lui aussi lancé dans des évolutions échevelées.

— Tir de riposte ? cria Amos dans le circuit comm.

— Non! répondit Holden sur le même mode. Si elle voulait notre mort, elle lancerait les torpilles.

— Chef, nous sommes en train de leur échapper, dit Alex. Le *Rossi* est tout simplement trop rapide pour eux. Nous aurons une solution de tir dans moins d'une minute.

— Bien reçu, dit Holden.

— Est-ce que je leur envoie un pruneau? demanda Alex dont le ridicule accent de cow-boy martien s'atténuait sous l'effet de la tension.

— Non.

— Leur laser de visée vient de s'éteindre, annonça Naomi.

— Ce qui veut dire qu'ils ont renoncé à essayer de percer notre parasitage, répondit Holden, et qu'ils ont fait passer le ciblage de leurs missiles sur le traçage radar.

— Pas aussi précis, dit Naomi avec espoir.

— Une corvette de ce type a au moins une douzaine de torpilles. Il suffit qu'ils nous touchent avec une seule pour que nous soyons morts. Et à cette distance…

Un son doux s'éleva de sa console de menaces, l'avertissant que le *Rossi* avait calculé une solution de tir réussi sur le *Ravi*.

— J'ai le signal! s'écria Alex. Feu?

— Non! répéta Holden.

À l'intérieur du *Ravi*, il le savait, ils entendaient l'alarme sonore indiquant le verrouillage comme cible de leur vaisseau par un ennemi. *Arrêtez,* leur dit-il en pensée. *Ne m'obligez pas à vous anéantir, s'il vous plaît.*

— Ah bon? fit Alex à mi-voix. Bon…

Derrière Holden, presque au même moment, Naomi l'apostropha :

— Jim?

Avant qu'il puisse lui demander ce qu'elle voulait, la voix du pilote se fit entendre à nouveau sur le réseau comm général :

— Eh, chef, Éros vient de réapparaître.

— Quoi ?

Un bref instant, l'image de l'astéroïde s'immisçant comme un méchant de dessin animé entre les deux vaisseaux de guerre qui tournaient l'un autour de l'autre s'imposa à son esprit.

— Ouais, dit Alex. Éros. Il vient tout juste de réapparaître sur l'écran radar. Quoi qu'il ait fait pour bloquer nos senseurs, il ne le fait plus.

— Et qu'est-ce qu'il fait ? demanda Holden. Donnez-moi une trajectoire.

Naomi bascula son poste sur le système de traçage et se mit au travail, mais Alex eut le résultat quelques secondes avant elle :

— Bien vu, chef. Il change de trajectoire. Il se dirige toujours vers le soleil, mais il a dévié du vecteur terrestre qu'il suivait.

— S'il continue dans cette direction et à cette vitesse, je dirais qu'il fonce sur Vénus.

— Houla, souffla Holden. C'est une blague ?

— Une bonne blague, alors, glissa Naomi.

— Bien, que quelqu'un informe McBride qu'elle n'a plus de mobile pour nous néantiser.

— Eh, dit Alex d'un ton de doute, si nous avons empêché ces missiles d'écouter, ça veut dire que nous ne pouvons pas les arrêter, pas vrai ? Je me demande où Fred va les envoyer…

— Du diable si je le sais, dit Amos. Mais la Terre vient d'être désarmée. Ce qui doit être foutrement gênant.

— Conséquences non recherchées, soupira Naomi. Il y a toujours des conséquences non recherchées.

Le crash d'Éros sur Vénus fut l'événement le plus enregistré et diffusé de l'histoire. Quand l'astéroïde atteignit la deuxième planète du système solaire, plusieurs centaines de vaisseaux étaient déjà là, en orbite. Les unités militaires firent leur possible pour maintenir les appareils civils à bonne distance, mais sans succès. Ils étaient largement dépassés en nombre. La vidéo de la chute d'Éros fut prise par les caméras de l'armement militaire, les télescopes des vaisseaux civils, et les observatoires situés sur deux planètes et cinq lunes.

Holden aurait aimé être présent pour voir la chose de près, mais après sa réapparition Éros avait encore pris de la vitesse, comme si l'astéroïde était impatient de terminer son voyage, maintenant que sa destination était en vue. Son équipage et lui s'assirent dans la coquerie du *Rossinante* et suivirent le déroulement de la situation sur une chaîne d'information. Amos avait déniché une autre bouteille de fausse tequila et en répartissait généreusement le contenu dans les tasses. Alex avait mis le cap sur Tycho, à une allure tranquille d'un tiers de g. Il n'y avait plus aucune raison de se précipiter.

Tout était fini, à part le feu d'artifice.

Holden tendit le bras, prit la main de Naomi et la serra quand l'astéroïde entra dans l'orbite de Vénus et parut s'arrêter. Le Terrien eut l'impression qu'il sentait toute l'espèce humaine retenir son souffle. Personne ne savait ce qu'Éros, ou plutôt *Julie*, allait faire. Personne n'avait parlé à Miller après Holden, et l'ex-inspecteur ne répondait pas aux appels envoyés sur son terminal. Personne ne pouvait dire avec exactitude ce qui s'était passé sur l'astéroïde.

La fin arriva, et ce fut très beau.

En orbite autour de Vénus, Éros tomba en morceaux comme une boîte de puzzle renversée. L'astéroïde éclata en une douzaine de parties distinctes qui s'égrenèrent à la façon d'un long collier autour de l'équateur. Puis chacun de ces fragments se scinda en une douzaine d'autres, et ces derniers reproduisirent le même phénomène pour former un saupoudrage brillant de particules qui se propagea à toute la surface de la planète avant de disparaître dans l'épaisse couche nuageuse qui cachait généralement la surface de Vénus à la vue.

— La vache! marmonna Amos, d'un ton presque révérencieux.

— C'était magnifique, estima Naomi. Légèrement troublant, mais magnifique.

— Ils ne vont pas rester là éternellement, dit Holden.

Alex but ce qui restait de tequila au fond de sa tasse et se resservit.

— Que voulez-vous dire, chef?

— Bah, ce n'est qu'une supposition. Mais je doute que les choses qui ont créé la protomolécule voulaient simplement qu'elle soit stockée ici. Non, elle faisait partie d'un plan plus global. Nous avons sauvé la Terre, Mars et la Ceinture. La question est : Et maintenant?

— Chef, là vous gâchez sérieusement mon plaisir, déclara Amos.

ÉPILOGUE

FRED

Frederick Lucius Johnson. Ancien colonel dans les forces armées de la Terre, Boucher de la station Anderson. De la station Thoth également, désormais. Il avait fait face à sa propre mort une douzaine de fois, avait perdu des amis par la violence, la politique et la trahison. Il avait survécu à quatre tentatives d'assassinat, dont deux seulement figuraient sur un rapport quelconque. Il avait tué un agresseur armé d'un pistolet avec seulement un couteau de table. Il avait donné des ordres qui avaient signé l'arrêt de mort de centaines de personnes, et jamais il n'avait renié ses décisions.

Pourtant un simple discours en public le rendait nerveux à l'extrême. Cela n'avait pas de sens, mais c'était ainsi.

Mesdames et messieurs, nous sommes à un tournant décisif...

— La générale Sebastian sera présente à la réception, lui dit sa secrétaire personnelle. Souvenez-vous de ne pas lui demander de nouvelles de son mari.

— Pourquoi ? Je ne l'ai pas tué, non ?

— Non, monsieur. Mais il a une liaison dont il ne se cache pas, et la générale est assez susceptible sur ce chapitre.

— Il se pourrait donc qu'elle souhaite que je le tue.

— Vous pouvez toujours le lui proposer, monsieur.

La salle de détente était dans les tons rouges et ocre, avec un canapé en cuir noir, un mur recouvert par un

687

miroir et une table dressée avec des fraises de culture hydroponique et de l'eau potable soigneusement minéralisée. La directrice de la sécurité de Cérès, une femme aux traits durs répondant au nom de Shaddid, l'avait escorté du quai au centre de conférences, trois heures plus tôt. Depuis elle faisait les cent pas – ou plutôt, trois pas dans un sens, demi-tour et trois pas dans l'autre – comme le capitaine d'un ancien navire sur le pont arrière de son bâtiment.

Partout ailleurs dans la station, des représentants des factions autrefois opposées occupaient des salles distinctes, avec leurs propres secrétaires. La plupart d'entre eux détestaient Fred, ce qui ne lui posait pas de problème particulier, car la plupart le redoutaient tout autant. Non pas à cause de son rang dans l'APE, bien sûr. À cause de la protomolécule.

Le fossé politique entre la Terre et Mars serait probablement impossible à combler. Les forces terriennes loyales à Protogène avaient manigancé une trahison trop grave pour que des excuses soient acceptées, et il y avait eu trop de victimes de part et d'autre pour que la paix à venir restaure les rapports d'antan entre les deux camps. Au sein de l'APE, les naïfs estimaient que c'était là une bonne chose, une occasion de jouer sur les deux tableaux. Fred n'était pas dupe. À moins que les trois forces en présence – la Terre, Mars et la Ceinture – conviennent d'une paix réelle, elles retomberaient inévitablement dans un conflit réel.

Si seulement la Terre ou Mars considérait la Ceinture comme un peu plus qu'une nuisance à écraser une fois que leur véritable ennemi aurait été humilié… mais à la vérité, les sentiments anti-martiens sur Terre étaient plus virulents maintenant que pendant le conflit, et les élections martiennes n'étaient distantes que de quatre mois. Un changement significatif dans l'orientation politique de cette planète pouvait apaiser les tensions, ou au contraire dégrader considérablement la situation. Les deux camps devaient se projeter dans l'avenir.

Fred fit halte devant un miroir, arrangea sa tunique pour la centième fois, et grimaça.

— Quand me suis-je transformé en un foutu conseiller matrimonial ? dit-il.

— Parlons-nous toujours de la générale Sebastian, monsieur ?

— Non. Oubliez ce que je viens de dire. Qu'ai-je d'autre à savoir absolument ?

— Il est possible que les Bleus de Mars tentent de perturber l'exposé. Par un peu de chahut et des pancartes, pas avec des armes. Le capitaine Shaddid a placé en garde à vue un certain nombre de Bleus, mais quelques-uns peuvent avoir échappé à cette mesure préventive.

— C'est noté.

— Vous avez des interviews programmées avec deux chaînes locales et une agence de presse basée sur Europe. Le journaliste d'Europe risque de vous poser des questions sur la station Anderson.

— Très bien. Du nouveau en provenance de Vénus ?

— Il se passe quelque chose là-bas, monsieur, dit sa secrétaire.

— Ce n'est pas mort, alors.

— Apparemment non, monsieur.

— Magnifique, lâcha-t-il d'un ton acide.

Mesdames et messieurs, nous sommes à un tournant décisif. D'un côté nous avons cette menace très réelle d'une annihilation mutuelle, et de l'autre...

Et de l'autre, il y a le croque-mitaine sur Vénus qui s'apprête à ramper hors de son trou pour venir vous massacrer tous dans votre sommeil. J'en possède un échantillon vivant, lequel constitue notre meilleur si ce n'est notre unique espoir de deviner ce que sont ses intentions et son potentiel. J'ai mis cet échantillon en lieu sûr, afin que vous ne puissiez pas me le prendre par la force. C'est la seule raison pour laquelle vous m'écoutez. Alors, que diriez-vous de me montrer un peu de respect?

Le terminal de sa secrétaire tinta, et elle en consulta brièvement l'écran.

— C'est le capitaine Holden, monsieur.

— Il faut vraiment que je le voie?

— Ce serait mieux s'il avait l'impression d'être parti prenante dans l'effort général, monsieur. Par le passé, il a déjà fait des communiqués de presse…

— D'accord, faites-le venir.

Les semaines écoulées après que la station Éros se fut désintégrée dans les nuées épaisses entourant Vénus avaient été bonnes pour Holden, mais les périodes prolongées passées à plusieurs g comme celle qu'avait endurée le *Rossinante* à la poursuite d'Éros n'étaient pas sans effet à longue échéance. Les vaisseaux minuscules éclatés dans sa cornée avaient guéri. La douleur consécutive à la compression avait disparu de ses yeux et de sa nuque. Seule une légère hésitation dans sa façon de marcher trahissait des articulations encore très sensibles, des cartilages toujours sur la voie de retrouver leur forme initiale. On appelait ces séquelles la "démarche de l'accélération", à l'époque où Fred avait été un autre homme.

— Salut, dit Holden. Vous êtes très élégant. Vous avez vu les dernières infos en provenance de Vénus? Des tours de cristal hautes de deux kilomètres. Qu'est-ce que vous en pensez?

— Votre faute? suggéra Johnson en conservant un ton amical. Vous auriez pu dire à Miller de choisir le soleil.

— Ouais, c'est sûr que des tours de cristal hautes de deux kilomètres sortant de la surface du soleil, ça ne donnerait pas du tout la chair de poule, répondit Holden. Ce sont des fraises?

— Servez-vous, dit le colonel qui n'avait rien pu avaler depuis le matin.

— Alors, dit le capitaine tout en mâchant un fruit, ils vont vraiment me poursuivre pour cette histoire ?

— Pour avoir unilatéralement fait cadeau de tous les droits minéraux et de développement à une planète entière sur un canal radio public ?

— Ouais.

— J'imagine très probable que les gens qui étaient réellement détenteurs de ces droits vous poursuivront, oui, dit Fred. S'ils arrivent un jour à définir qui ils sont.

— Vous pourriez me donner un coup de main, pour cette affaire ?

— Je serai témoin de moralité. Ce n'est pas moi qui rédige les lois.

— Alors qu'est-ce que vous faites ici, exactement ? Il ne pourrait pas y avoir une sorte d'amnistie ? Nous avons quand même retiré la protomolécule de la circulation, retrouvé Julie Mao sur Éros, brisé Protogène et sauvé la Terre.

— *Vous* avez sauvé la Terre ?

— Nous avons aidé à la sauver, corrigea Holden.

Sa voix était soudain devenue plus grave, car la mort de Miller continuait de le hanter. Johnson savait d'expérience ce qu'il éprouvait.

— C'était un effort commun.

La secrétaire particulière du colonel se racla la gorge et jeta un regard explicite en direction de la porte. Il faudrait qu'ils y aillent bientôt.

— Je ferai ce que je pourrai, promit Fred. J'ai beaucoup d'autres choses à régler, mais je ferai de mon mieux.

— Et Mars ne peut pas me reprendre le *Rossinante*, dit Holden. D'après la législation sur le sauvetage en vigueur, ce vaisseau m'appartient, désormais.

— Ils ne verront pas les choses sous le même angle, mais je ferai ce que je pourrai.

— Vous n'arrêtez pas de le répéter.

— Parce que c'est tout ce que je peux vous promettre.

— Et vous leur parlerez de lui, n'est-ce pas ? Miller. Tout le mérite lui revient.

— Le Ceinturien qui est retourné sur Éros de son propre chef afin de sauver la Terre ? Je vais leur parler de lui, ça oui, vous pouvez en être sûr.

— Pas "le Ceinturien". Lui. Josephus Aloisus Miller.

Holden avait cessé de manger des fraises. Johnson croisa les bras.

— Vous vous êtes renseigné, dit-il.

— Ouais, en fait je ne le connaissais pas si bien que ça.

— Personne ne le connaissait bien, dit le colonel, et son ton se radoucit un peu quand il ajouta : Je sais que c'est dur, mais nous n'avons pas besoin d'un homme réel, avec une vie compliquée. Ce qu'il nous faut, c'est un symbole de la Ceinture. Une icône.

— Monsieur, intervint la secrétaire, il faut vraiment que nous y allions, maintenant.

— C'est ce qui nous a amenés là où nous sommes, dit Holden. Les icônes. Les symboles. Des gens sans nom. Tous ces scientifiques chez Protogène pensaient en termes de biomasse et de populations. Pas Mary, qui travaillait à l'approvisionnement et cultivait des fleurs sur son temps perdu. Aucun d'entre eux ne l'a tuée, *elle*.

— Vous pensez qu'ils ne l'auraient pas fait ?

— Je pense que s'ils s'apprêtaient à le faire, ils lui devaient au moins de connaître son nom. Le nom de tous ces gens. Et vous devez à Miller de ne pas faire de lui quelque chose qu'il n'était pas.

Fred rit. Il ne put s'en empêcher.

— Capitaine, si vous sous-entendez que je devrais modifier mon discours à la conférence de paix de façon à ne pas faire allusion au noble sacrifice d'un Ceinturien pour sauver la Terre, si vous suggérez que je dise quelque chose comme "Le hasard a voulu que nous ayons un ex-flic suicidaire sur zone" à la place, alors vous comprenez encore moins comment se passent ces choses. Le sacrifice de Miller est un outil, et je vais m'en servir.

— Même si ça gomme son identité et que ça fait de lui quelqu'un qu'il n'a jamais été?

— En particulier si ça fait de lui quelqu'un qu'il n'a jamais été, approuva Johnson. Vous vous rappelez comment il était?

Holden fronça les sourcils un moment, puis une lueur passa dans ses prunelles. L'amusement. Le souvenir.

— C'était un chieur de première, hein? dit-il.

— Dieu en personne lui serait apparu accompagné de trente anges nus pour lui annoncer que finalement le sexe était une bonne chose, il aurait réussi à rendre la nouvelle vaguement déprimante.

— C'était un type bien, insista Holden.

— Non, mais il a fait son boulot. Et maintenant c'est à moi de faire le mien.

— Alors passez-leur un savon. Et n'oubliez pas de parler de l'amnistie.

Fred s'éloigna dans le couloir courbe, sa secrétaire derrière lui. Les salles de conférences avaient été conçues pour accueillir des activités moins importantes. Des réunions plus mesquines pendant lesquelles des spécialistes de la culture hydroponique laissaient leur femme et leurs enfants au loin pour venir se saouler et parler de la croissance des germes de haricot. Des représentants de compagnies minières se réunissant pour pontifier mutuellement sur la minimisation des déchets et leur traitement. Des concours entre grandes écoles. Mais aujourd'hui ces moquettes usées et ces murs en pierre lisse allaient devoir supporter le pivot de l'histoire. C'était la faute d'Holden si ce décor étriqué et un peu minable lui faisait penser au défunt inspecteur. Jamais il n'avait eu ce genre de réaction.

Les délégations étaient assises face à face, de chaque côté de l'allée centrale. Les généraux, les délégués politiques et les secrétaires généraux de la Terre et de Mars, les deux grandes puissances réunies sur son invitation à Cérès, dans la Ceinture. Un territoire déclaré neutre simplement parce que aucun des deux camps ne le prenait suffisamment au sérieux pour se soucier de ses exigences.

Toute l'histoire les avait amenés ici, en cet instant, et dans quelques minutes Fred allait avoir pour tâche de changer cette orientation. La peur avait disparu. Avec un sourire, il monta sur l'estrade réservée à l'orateur. Le podium.

La chaire.

Il y eut quelques applaudissements polis. Une poignée de sourires, plusieurs moues. Fred souriait toujours. Il n'était plus un homme. Il était un symbole, une icône. Un récit dont il était le sujet, ainsi que les forces en jeu dans le système solaire.

Et pendant un moment, il faillit céder à la tentation. Dans cette hésitation entre l'inspiration et l'amorce de son discours, une partie de lui-même se demanda ce qui se passerait s'il faisait l'impasse sur les éléments historiques et parlait de lui-même en tant qu'homme, de Joe Miller qu'il n'avait connu que très brièvement, de la responsabilité qu'ils avaient tous de déchirer en morceaux l'image donnée d'eux-mêmes pour retrouver les individus véritables, imparfaits, contradictoires qu'ils étaient en réalité.

C'eût été une façon noble d'échouer.

— Mesdames et messieurs, dit-il, nous sommes à un tournant décisif. D'un côté, nous avons cette menace très réelle d'une annihilation mutuelle. De l'autre…

Il s'interrompit un instant, pour assurer son effet.

— De l'autre, les étoiles.

REMERCIEMENTS

Comme la plupart des enfants, ce livre a mobilisé l'équivalent de tout un village. J'aimerais exprimer ici ma profonde gratitude envers mes agents, Shawna et Danny, et mes éditeurs DongWon et Darren. Ont aussi contribué à la formation première de ce roman Melinda, Emily, Terry, Ian, George, Steve, Walter et Victor, du groupe d'écriture New Mexico Critical Mass, ainsi que Carrie, qui a relu un premier jet. J'adresse aussi mes remerciements à Ian, qui m'a aidé pour certains calculs et qui n'est responsable d'aucune des erreurs que j'ai commises en pleine connaissance de cause. J'ai également une dette énorme envers Tom, Sake Mike, Non-Sake Mike, Porter, Scott, Raja, Jeff, Mark, Dan, et Joe. Merci, vous tous, pour avoir effectué les dernières vérifications. Enfin, un merci tout particulier aux rédacteurs de *Futurama* et à Bender Bending Rodriguez pour s'être occupé de mon bout de chou pendant que j'écrivais.

Découvrez la suite de la série *The Expanse*
dans la collection Babel.

LA GUERRE DE CALIBAN
THE EXPANSE 2
traduit de l'anglais (États-Unis) par Thierry Arson

L'avenir de l'humanité tout entière pourrait bien dépendre de la capacité qu'a une poignée de laissés-pour-compte à empêcher une invasion extraterrestre. Si, bien sûr, celle-ci n'a pas déjà commencé...

BABEL

Extrait du catalogue